Aura

천재배우의 아우라

V

천재배우의 아우라 V

초판 1쇄 발행 2020년 8월 31일

지은이 글술술
펴낸이 장길수
펴낸곳 지식과감성#
출판등록 제2012-000081호

디자인 윤혜성
편집 최지희, 장홍은
교정 정은지
마케팅 고은빛

주소 서울시 금천구 벚꽃로298 대륭포스트타워6차 1212호
전화 070-4651-3730~4
팩스 070-4325-7006
이메일 ksbookup@naver.com
홈페이지 www.knsbookup.com

ISBN 979-11-6552-335-0(04810)
ISBN 979-11-6552-308-4(세트)
값 14,400원

ⓒ 글술술 2020 Printed in Korea

잘못된 책은 구입하신 곳에서 바꾸어 드립니다.
이 책의 전부 또는 일부 내용을 재사용하려면 사전에 저작권자와 펴낸곳의 동의를 받아야 합니다.

이 도서의 국립중앙도서관 출판예정도서목록(CIP)은 서지정보유통지원시스템
홈페이지(http://seoji.nl.go.kr)와 국가자료공동목록시스템(http://www.nl.go.kr/kolisnet)에서
이용하실 수 있습니다. (CIP제어번호: CIP2020031809)

 홈페이지 바로가기

Aura
천재배우의 아우라
V

글술술 지음

차례

223. 다 계산된 거야	9
224. 결정 났습니다!	17
225. 되돌릴 수 없는 선	25
226. 반전 싫어하세요?	33
227. 〈Mimicry〉의 첫 상영	41
228. 그렇게도 가능한 건가요?	51
229. 무슨 상일까	59
230. 엄마 운다, 울어	67
231. 동시 대개봉	75
232. 〈Mimicry〉 Teaser	84
233. 2008, 신유명의 해	93
234. 기가 막히는 그림	100
235. 너를 연기하고 싶나 보네	108
236. 진짜 품위	116
237. 투자하실래요?	124
238. 전체 그림을 봐줄 사람	132
239. 제작사를 사신다고?	140
240. 계산해서 연기해보려구요	149
241. 연기콘서트요?	157
242. 명품 연합광고 On	166

243. 다큐멘터리 〈배우〉 2부	175
244. 쪼아주시면 감사하죠	183
245. 테스트 촬영	192
246. 똑같은 얼굴의 세 사람	201
247. 그가 깨어났다	209
248. 너밖에 없다고 생각했어	218
249. 상대역, 제가 하겠습니다	227
250. 수준에 맞는 요구	234
251. 자극하지 말았어야 하는데	243
252. 무언가에 미친 사람들의 숙명	251
253. 너 누구야	259
254. 걔네 말고 나를 따라해보렴	268
255. 힘든 건 사실입니다	276
256. 연기를 위해 노력하는 만큼	285
257. 오디우스 워크숍	292
258. 일상적인 관찰과 연기 관찰	300
259. 연기콘서트 〈IF〉	308
260. 보고 싶으셨어요?	317
261. 뭐 재미있는 거 없나	325
262. 액자 밖	333

263. 작은 혁명 342
264. 됐네요, 다섯 명 350
265. 의외의 캐스팅 358
266. 가장 무서운 사람 366
267. 꿈도 꾸지 마라 375
268. 미호가 돌아왔다 383
269. 유한하기에 발전하는 존재 391
270. 〈인격살인〉 Stage on 400
271. 매진입니다 407
272. 화면조작 아닐까? 416
273. Synchronization(동조화) 425
274. 함께하는 연기 433
275. 업만큼의 값 441
276. 그걸론 셈이 안 맞죠 449

223

다 계산된 거야

피비가 알기로 데렉 맥커디는 자긍심이 대단한 배우이다. 그럴 수밖에 없다. 난다 긴다 하는 할리우드 배우 중에서도 '최고'로 손꼽히는 배우가 아닌가. 그런 그가 유명과 한 작품 더 할 기회를 얻었다며 뛸 듯이 기뻐하고 있다. 그녀의 상식에 혼란이 온다. 물론 그녀도 유명의 팬이다. 그의 기막힌 연기에 반해서 자신의 노선까지 변경하긴 했지만, 데렉은… '그' 데렉 맥커디 아닌가.

「데렉. 당신은 자타공인 최고의 배우잖아요. 그런데 왜 그렇게까지….」

「자타공인? 얼마 전부터 '자'는 빠졌는데?」

「…!」

「봐서 알잖아. 신유명이 나보다 한 수 위인 거.」

피비가 꿈쩍 놀랐다. 유명이 데렉보다 연기를 잘한다고? 그래…. 분명히 그렇게 느낀 적이 있긴 했다. 하지만 피비의 상식이 그것을 우연으로 치부했다. 유명이 데렉과 대등한 수준의 배우라고까지는 생각할 수 있었으나, 그를 넘어선다는 것은 너무 비현실적으로 느껴졌던 것이다. 그만큼 데렉이라는 이름은 견고하기 그지없었다. 그런데 당사자는 아주 쉽게 그가 자신보다 한 수 위라고 말한다.

「말도 안 돼….」

「그게 안 보이나? 그럼 내 말을 믿어. 연기를 보는 눈은 내가 훨씬 정확하니까.」

자신의 패배를 인정할 때조차 오만한 말투라니…. 아니, 그게 중요한 게 아니지.

「그런데 왜 그렇게 기분이 좋아요?」

「음…?」

「분하지 않아요? 당신 자존심 빼면 시체인 사람이잖아. 바득바득 이를 갈며 어떻게든 이기고 싶어 할 것 같은데.」

왜인지 그녀가 조금 억울해져서 따지듯이 내놓은 말에 데렉이 피식 웃었다.

「아아, 20대 때였다면 그랬을지도. 하지만 피비, 영광의 길도 혼자 가면 외로운 법이거든.」

「…….」

「어디가 길인지도 모르면서, 보이지 않는 정상을 향해 수풀에 베이면서 홀로 새 길을 닦아가는 거야. 물론 등산은 즐거워. 정말 좋아하지만, 그렇게 몇 년을 혼자 걷다 보면 같이 걸을 사람이 엄청 그립단 말이지.」

오랜 시간 홀로 걷던 그의 앞에 누군가의 등이 나타났다. 그가 닦아놓은 길도. 아주 오랜만에 눈앞에 길이 펼쳐진다. 저 등을 따라 걸으면 된다. 이왕이면 그의 옆까지 뛰어 올라가 함께 걷고 싶다.

「그와 함께 연기하면 그 장면이, 내가 연기하고 있는 인물이 놀랄 정도로 선명하게 느껴져. 연기하는 게 엄청 멋지게 느껴진다고. 배우라면 그런 희열을 주는 배우와 함께 연기하고 싶은 게 당연한 거 아닐까?」

데렉은 함께 연기하는 배우를 들들 볶기로 유명하다. 재능 있는 배우일수록 더 심하게. 그건 그의 말대로 외로워서였을까. 얼른 여기까지 올라와 나와 함께 걸어달라는 신호.

「물론 두 번째로 만족한다는 얘기는 아니야. 더 열심히 해야지. 그래도 지금은 정말 오랜만에 못 당하겠다 싶은 배우가 나타난 게 설레고 신나는 마음이 더 큰 걸 어쩌겠어.」

「신유명은… 진짜 진짜군요.」

「하하, 당연하지. 아니면 이 데렉 맥커디가 이러고 있겠어?」

피비는 다음 날 유럽으로 날아갔다. 그녀도 자신의 일을 더욱 제대로 하기 위해서였다.

카일러는 편집 중인 화면을 넋 놓고 바라보다가 언뜻 정신을 차렸다. 그의 연기를 보다 보면 종종 하던 일을 잊고 정신을 놓게 된다.
'내가… 제대로 한 게 맞을까.'
이번 영화를 만들며 카일러는 여러 번 자괴감에 빠졌다. 여러 배우들을 만나고 그들의 내면을 응시해오며, 그는 자신의 통찰력에 꽤 자신을 가지고 있었다. 하지만 지금은… 잘 모르겠다. 자신이 과연 한 인간의 본질을 작품에 담을 수 있는 사람인 것인지.
처음 봤을 때부터 신유명은 뭔가 다르긴 했다. 하지만 자신의 손에서 아스가 툭- 하고 튀어나왔을 때, 카일러는 무척 당황했다. 그 캐릭터는 무척 신유명과 비슷하기도, 너무 다르기도 해서 처음으로 자신의 '보는 눈'에 의구심이 생겼다.
3개월하고도 절반 동안 함께 촬영하며 그의 속 깊은 면면을 볼 때마다 의아함은 더 커져갔다. 저렇게 인간적인 사람의 어디에서 자신은 아스를 보았단 말인가. 하지만 그의 아스 연기는 상상을 아득하게 뛰어넘을 정도로 엄청났다. 그것이 정말로 그의 본질이기 때문인지, 혹은 그저 그의 연기력이 대단하기 때문인지도 이제는 헷갈렸다.
또르륵- 아스의 눈에서 눈물방울이 굴러떨어지고 있다. 아름답다. 거대한 자연이, 혹은 깊이를 가늠할 수 없는 신이 인간을 굽어보는 특별한 순간.
'그래…. 고민하지 말자.'
아름다우니까. 그걸로 충분했다. 유명을 좀 더 깊이 반영하는 시나리오를 쓸 수 있지 않았을까, 혹은 마음 가는 대로 써내린 이것이 정답이었을까, 앞으로도 자신은 배우를 통찰하는 시나리오를 쓸 수 있을 것인가. 그런 복잡한 생각들이 저 눈물에 별거 아닌 듯 녹아내렸다. 인간사의 소소한 고민들이 자연 앞에 서면 아무것도 아닌 것처럼 느껴지듯이.
'지금 내가 할 일은 이 연기를 망가뜨리지 않고 원형 그대로 전달하는 것.'
그 뒤로 몇 개월간 카일러는 두문불출 편집에 전념했다.

2008년 1월, 한국.
혹한에 이불 밖을 나가는 것은 어리석은 짓이다. 소진은 귤을 상자째 방 안에 가져다두고 오물오물 까먹으며 열심히 팬카페 관리를 하고 있었다. 커다란 모니터 두 대의 한쪽에는 갓네임드가, 다른 한쪽에는 namedgod.com이 띄워져 있다. 미국 팬클럽의 회장이 따로 있기는 하지만 총괄책임 관리자는 어디까지나 소진이었다.
'으앗, 불독님 최신 떡밥이다!'
Bull dog. 미국 팬사이트에 몇 달 전에 등장한 이 인물은 관계자가 아니고선 얻기 힘든 떡밥들을 종종 투척했다. 특히 유명이 촬영장에서 분장 중에 곤히 잠들어 있는 사진과 카일러의 옆에 서서 모니터를 날카롭게 관찰하는 사진은, 파파라치의 솜씨라고 믿어도 될 만큼 생생한 표정이 절묘하게 포착되어 많은 팬들을 가슴 뛰게 했었다.
'한국 팬클럽이라면 골드회원이라도 임명해드릴 각인데, 글로벌 팬사이트엔 너무 사람이 많아서 그런 체계가 없으니….'
소진이 손에 든 귤을 마저 입에 까 넣은 후, 심호흡을 하고 불독의 글을 클릭했다. 이번에는 유명이 물에 빠져 흠뻑 젖은… 흐읍! 따다닥- 그녀의 손이 바들바들 떨며 다급히 저장을 눌렀다. 그때, 반대쪽 갓네임드가 떠 있는 화면이 갱신되며 새로운 뉴스가 올라왔다.

게시물 10841181 [미친…. NBC가 루머기사 종합해서]

얘네 한 번씩 검증 안 된 가십기사 찔끔찔끔 다루더니, 이번에 작정했네요.
[몇 개월 전부터 반복되는 신인배우에 관한 가십, 어디까지가 진실이고 어디까지가 거짓인가]
이런 제목으로 루머들 싸그리 망라해놨는데, 중립적인 척하면서 돌려 까는 느낌 저만 받는 거 아니죠?

첨부된 링크를 클릭해 보니 NBC의 특정 프로그램이 재생된다. 확인된 바 없는 소문이라고 하면서도 정말 루머에 불과하다면 진작에 가라앉지 않았겠냐는 멘트를 자꾸 던지고 있었다. 소진이 머리를 짚었다.

"왜 이러냐, 진짜…."

유석은 뭘 하고 있는 걸까. 답답하다. 팬클럽 활동을 많이 해본 소진이었기에, 기획사가 작정하고 대응하면 이런 근거 없는 루머들은 충분히 처리할 수 있다는 걸 알고 있었다.

'미국은 좀 다른가? 아직 회사가 힘이 없어서 그런가?'

그렇다면 유명이 너무 안타깝다. 그나마 다행인 것은 한국은 조용하다는 것이다. 아직 〈캐스팅 보트〉 때의 참교육 빨이 떨어지지 않아서인지, 한국의 언론들은 미국의 상황을 보도하면서도 최대한 옹호하는 태도를 보이고 있었다.

소진은 고민하다 전화기를 들었다. 소속사에 믿고 맡기자며 회원들을 달래 왔지만, 공중파에까지 가십이 등장하자 그녀도 심장이 덜컥한다. 다행히 그녀에겐 든든한 백이 있었다.

"어머, 소진아!"

"언니…."

한 달 전, '보형양제'는 미국으로 날아갔다. Agency W 홍보부장의 직함을 달고. 지금쯤이면 슬슬 적응을 마치고 이런 대외업무들을 지휘하기 시작했을까.

"하아, 언니. 안 물어보려고 했는데, NBC 기사 보고 너무 짜증 나서요…."

"아, 그거. 사실 대외비라 얘기하면 안 되긴 하는데, 소진이 너는 내 부인이고, 이제 거의 다 왔으니까…."

"…?"

"걱정 말고 있어. 다 계산된 거야."

"…!"

"곧 반격이 시작될 거야."

믿으라, 구원받을 것이다. 소진은 멍하게 고개를 끄덕였다.

포문은 피비 테일러의 SNS였다.

피비 테일러@pitbullTerrior
'놀릴 뻔했다.'
〈Mimicry〉 촬영 당시, 신유명의 연기를 본 데렉 맥커디의 입에서 이런 말이 흘러나왔다. 순간 귀를 의심할 뻔했다. 거만한 성격과 끊임없는 스캔들로 비난하는 사람은 있을지 몰라도, 연기력으로는 결코 깔 수 없는 최고의 배우가 했다고는 믿을 수 없는 말이었다.
그는 순순히 인정했다. 이 젊은 배우의 연기력은 자신과 견주어도 부족함이 없는 수준이라고. 가십 언론에 묻고 싶다. 당신들 중에 데렉 맥커디보다 연기를 보는 눈이 뛰어난 사람이 있냐고.

— 허위 사실 유포하는 찌라시 수준.
— 하하하, 데렉이 저런 말을 했다구요? 데렉이 신유명 인정하는 건 알고 있지만, 까마득한 신인배우한테 저랬을 리가요. 곧 명예훼손에 허위 기사로 고소장 받으실 듯.
— 설사 그랬다고 해도 기사로 내라고 한 말은 아니겠죠. 이분 목숨 여러 개신가. 파파라치 잡는 데렉 맥커디 모르시나.
— 혹시 이거 데렉이랑 협의된 마케팅 아닐까요? 요즘 너무 까이니까 〈Mimicry〉 흥행 걱정돼서.
└ 윗분, 할리우드 톱배우가 뭐가 아쉬워서 영화 한 편 흥행 때문에 자기 자존심을 팝니까. 말도 안 되는 소리를.

피비의 계정은 원래 팔로워수도 많았지만, 그녀의 글이 박제되어 인터넷 곳곳으로 퍼지기 시작하면서 방문자는 점점 늘어갔다. 그 '데렉 맥커디'의 이름을 그대로 쓴 데다 내용 자체가 자극적이다 보니 초반 댓글은 어마어마한 비난 일색이었다. 분위기가 바뀐 것은 당사자의 직접 등판 이후였다.

데렉 맥커디@thederekmccurdy
내가 한 말 맞음. 그리고 저 말에 부끄러움도 없음. 나니까 눌릴 '뻔'으로 끝났지 나머지는 그냥 눌렸을 것. 내일이면 알게 됨.

— 헐…. 이거 진짜 본인인가요?
— 팬클럽입니다. 제 배우 계정이 확실합니다. SNS 거의 안 해서 유명무실한 계정인데… 연락받고 들어왔나 보네요!

─ 해명하는 말투만 봐도 데렉 맥커디 확실함. 이 말투는 아무도 따라 할 수가 없음.
─ 내일 뭐? 내일 뭐? 내일 뭐?

 순식간에 분위기가 후끈 달아올랐다. 〈캐스팅 보트〉에 신유명을 조작 우승시키기 위해 데렉 맥커디가 일조했다는 가십이 뜬 적도 있었기에 여전히 여론은 분분했다. 하지만 많은 사람들은 데렉이 연기에 관해서 거짓을 말할 리 없는 인물인 것을 알았기에, 그의 말을 믿고 기대했다.
 2개월간 유명에 관한 이슈는 이상할 정도로 식지 않았다. 조금 식을 만하면 다른 해명, 식을 만하면 또 다른 떡밥. 결론은 늘 '개봉하면 알 거 아니냐!'로 끝났고, 대중들은 결과가 나오기만을 고대하고 있었다. 그리고 데렉이 말한 그 '내일'. 〈Mimicry〉의 트레일러가 온라인 릴리즈되었다.
 딸깍- 그것을 클릭한 사람들은 눈을 의심했다.

▶ 00:30:00

'30초? 아니… 30분?'

224

결정 났습니다!

로건 갤록은 심리학 교수였다. 특이사항을 몇 가지 덧붙이자면, 그가 상당히 사교적인 성격이라는 것과 여기저기에 칼럼을 쓰고 있다는 점을 들 수 있겠다.

그중 가장 인지도 높은 칼럼은 〈로건의 영화 심리학〉이었다. 《무비캣처》라는 영향력 있는 영화잡지의 고정 섹션. 심리학을 기반으로 영화에 등장하는 캐릭터와 해당 배우의 연기 사이에 어떤 괴리가 있는지를 짚는 이 칼럼은 날카로우면서도 유려한 필치로 꽤 인기가 있었다.

'데렉 맥커디…. 그 결벽증 환자가 그런 말을 했다고?'

그가 특히 흥미롭게 여기는 배우가 바로 데렉 맥커디였다.

사람들은 누구나 무의식적인 신호를 보낸다. 얘기를 들으면서 집중할 때와 딴생각을 할 때, 이 사람보다 내가 우위라고 생각할 때와 열등하다고 생각할 때, 진짜 자신감이 있을 때와 자신감을 가장하고 있을 때 자신의 본심을 말하는 무수한 신호들을 보낸다. 그것은 그야말로 의식의 아래에 있는 행동이라 자신의 의지로 컨트롤하기가 쉽지 않다.

하지만 데렉의 연기를 보면 소름끼칠 정도로 인물이 디테일하게 조성되어 있다. 무의식적인 행위까지 계산하여 연기하는 것을 보면 진짜 '그 인물'이 존재하는 게 아닐까 싶을 정도다. 그래서 그의 연기는 그렇게 현실감이 넘치는 것이다.

겉으로 드러나는 태도 덕에 일반인들은 잘 눈치채지 못하지만, 로건은 그가 반드시 결벽증이 있으리라 생각했다. 그러므로 로건은 데렉이 대가를 받고 신유명을 옹호하고 있다는 말은 애초에 믿지 않았다. 그런

게 가능한 인간일 리 없다.

'그가 저렇게까지 극찬하는 배우라…. 흐음….'

로건은 오늘 릴리즈된 트레일러 영상을 클릭했다. 영상이 재생된다. 화면에 등장하는 것은 한 고등학생. 로건은 그 인물에게 순식간에 시선을 붙잡혔다. 소년과 청년의 경계에 서 있는 듯한 풋풋함, 입가에 흐르는 살짝 치기를 품은 미소, 하지만 또래에 비해 눈빛이 깊고 속마음을 쉽게 보여주지 않는….

「아스, 이따 농구 한 게임 어때?」

「좋아!」

「안녕, 아스. 주말에 내 생일파티가 있는데 와줄래?」

「최대한 시간 내볼게.」

그는 학교 친구들과 가볍게 대화를 나눈다. 동경과 선망의 눈초리가 모인다. 로건은 목젖을 꼴딱 울렸다. 그가 사용하는 모든 제스처는 자신의 우월함을 상대에게 각인시키면서도 거기에 거부감을 느끼지 않도록 '설계'되어 있다.

'설계? 내가 무슨 생각을….'

영상은 세상에 사랑받는다는 것 외에는 평범한 고등학생인 아스의 일상을 다루고 있다. 그는 '헤티'라는 이름의 아주 평범한 여학생을 만나고 그녀와 점점 가까워진다. 헤티는 아스와 친해지는 과정에서 주변의 질시와 견제를 받지만 꿋꿋한 모습을 보인다. 그것은 이를테면, 학창 로맨스라고 불러야 할 스토리이긴 했으나….

오싹- 순간순간 소름이 돋았다. 화면은 이상할 정도로 사운드가 빈다. 아스는 알 수 없는 표정으로 헤티를 내려다보는데, 그 의도된 침묵들이 가끔 무척 답답하게 느껴졌다.

아스가 헤티의 손을 잡은 장면에서 동영상이 끝났다.

[아스 프리데터의 시선으로 바라보는 세상. 그리고 그의 속마음.

⟨Mimicry⟩에서 밝혀집니다]

　로건은 그제야 시계를 보고 당황했다. 자신도 모르는 사이에 30분이 훌쩍 지나 있었던 것이다. 하지만 그가 진짜 놀란 부분은 비상식적인 트레일러의 길이가 아니었다.

　'저런 게… 가능한가? 아무리 연기라고 해도….'

　심리 전문가인 그가 보기엔 말이 되지 않을 정도로 아스 프리데터에겐 '무의식적인 제스처'가 전혀 보이지 않았다.

　전부 '의식적인 제스처'뿐이었다.

　트레일러로 인한 파문은 빠르게 번져나갔다. 때론 스쿨걸들의 하굣길에서.

「와, 너네 ⟨Mimicry⟩ 트레일러 봄?」

「당연히 봤지. 아스 진짜 대박 섹시하지 않아? 나 영상 500번 돌려본 듯.」

「근데 좀 섬찟한 부분도 있지 않아? 무슨 생각을 하는지 전혀 모르겠던데. 심장 떨리는 눈빛으로 빤히 쳐다보는 장면이 여러 번 나오잖아. 그때 무슨 생각을 하고 있는지 머릿속을 분해해보고 싶더라고.」

「헤티랑 자고 싶다는 생각 아닐까? 남자애들 머릿속엔 그거밖에 없잖아.」

「아하하-」

　때론 비즈니스맨들의 점심시간에.

「그 영화 좀 기대되지 않아요? ⟨Mimicry⟩?」

「아, 나도 트레일러 봤는데, 그거 스쿨 로맨스 아니야?」

「뭔가 더 있지 않을까요? ⟨Mimicry⟩라는 제목도 의미심장하고, 카일러 언쇼 작품이 스쿨 로맨스로 끝날 것 같진 않은데…. 근데 트레일러가 30분이라니 무슨 생각을 하는 걸까요?」

「그냥 배경 설명 같은 거 아닐까? 영화 본 화면이 아니겠지.」

「그렇다기엔 찍은 때깔이 완전 영화 영상이던데요.」

「주인공이 멋있긴 하더라, 쩝…. 연기 잘하던데 왜 그렇게 시끄러운 거야?」

때론 영화광들의 커뮤니티에서.

―――

― 30분의 트레일러라니…. 진짜 실험적인 시도 아닌가요? 이만큼 보여줬지만 한참 더 남아 있다는 건가.

― 그런데 여주 누구예요? 듣도 보도 못한 배우인데. 그냥 일반인 캐스팅했나?

― 여주 포스가 부족하긴 했죠. 그런데 설정이랑은 찰떡인 듯. '나는 누구의 잘못인지 착각할 정도로 멍청하지도 않고, 고작 이런 일에 내 첫 관객을 내칠 정도로 소심하지도 않으니까.' 그 대사 칠 때 좀 멋있었어요.

ㄴ 윗분 대사를 왤 만큼 보신 겁니까아….

― 그런데 아스 프리데터는 진짜 압도적으로 시선을 끌던데, 이 정도면 발연기 논란은 종식 아님?

ㄴ 좀 아는 사람들 사이에선 발연기 논란은 진작에 나가리된 상태예요. 다만 〈캐스팅 보트〉가 신유명 띄우려는 조작 방송이란 얘기는 좀 신빙성 있음.

  ㄴ 신빙성은 개뿔. 연기로 압살하던데.

― 배우로서 존재감은 확실하더군요. 그런데 그게 연기 맞나요? 카일러 언쇼 스타일대로면 그게 그의 '본모습' 아닌가요?

ㄴ 그게 본모습이라면 스폰설도 이해가 가네요. 한숨이 나올 만큼 매력적이던데….

대체로 반응들은 트레일러가 이상할 정도로 긴 것에 대한 의문과 아스 프리데터라는 인물의 지극한 매력에 쏠려 있었다. 가끔 그가 알 수 없는 포스를 풍기는 것에 대해서는 '사이코패스 범죄물'이라는 설이 가장 많은 지지를 받았다. 하지만 연기력에 대한 논란은 완전히 종식되지 않았다. 초반 30분 동안 의태 중인 아스를 보여주기는 하지만 아스가 의태 중이라는 사실은 드러나지 않기 때문이다.

그런데 트레일러가 발표된 다음 주, 영화 주간지 《무비캣처》에 재미있는 칼럼이 등장했다.

[로건의 영화 심리학: 〈Mimicry〉 Trailer를 보고]
- 심리학자로서 이해할 수 없는 한 가지 의문점 -

나는 심리학자이다. 나는 주로 특정 영화의 '캐릭터'와 그걸 뒷받침하는 '연기의 적합성'에 관한 칼럼을 쓰지만, 연기 중인 배우의 성격이나 심리 상태를 파악하는 것은 어쩔 수 없는 나의 직업병이기도 하다. 그런데 화제의 〈Mimicry〉 Trailer를 보고 나는 다소의 혼란에 휩싸였다. 인간은 누구나 무의식적인 리액션이 있다. 예를 들어 A라는 배우는 촬영이 두 번째 테이크로 넘어갈 때 긴장하여 어깨를 티 나지 않을 정도로 살짝 움츠린다. 그래서 A가 등장하는 영화를 보면 나는 자꾸 그 부분을 확인하게 된다. 이 신은 첫 테이크에 오케이를 받았구나. 아, 이건 NG를 제법 냈던 신이구나. 그런 영화 외적인 소소한 정보들이 나도 모르게 머릿속에 입력되는 것이다.

연기를 잘하는 배우들은 이런 무의식적인 제스처까지 계산해서 연기하기도 한다. 그렇다 해도 원래 그 배우가 가지고 있는 습관을 완전히 제거하는 것은 불가능하다. 내가 데렉 맥커디를 높이 평가하는 이유는 그가 인간 '데렉'의 습관을 거의 완전히 감추고 캐릭터만을 온전히 느껴지게 하기 때문이다.

그런데 이 배우는 (아니, '이 캐릭터는'이라고 해야 할지도 모른다) 무의식적인 제스처들을 아주 화려하고 복잡하게 나열한다. 그래서 나는 처음에 그것이 '신유명'이라는 배우 자신의 습관이라고 생각할 수밖에 없었다. 하지만 30분의 트레일러를 주욱 보면서 느낀 것은, 그 제스처들에 일관성이 전혀 없다는 것이었다. 같은 놀람이라고 해도 반응이 일관되지 않았다. 나는 마치 그에게 수십 수백의 인격이 동시에 존재하는 것이 아닌가 하는 생각이 들었다.

그리고 아스가 헤티를 만난 순간, 그 모든 무의식적 반응들이 완전히 사라졌다. 거기에는 아스 프리데터도, 신유명도 없었다. 아니, 아예 '인간성'이 보이지 않았던 것이다.

지금 나는 무척 혼란스럽다. 이것이 계산된 것인지, 계산으로 가능한 범주인지도 알 수 없어 영상을 계속 돌려보고 있지만, 심리학자로서 나의 상식은 도저히 이것을 연기의 범주로 받아들이지 못하고 있다.

'이 인물의 시선과 생각'이 본영화에서 밝혀질 것이란 영화 말미의 예고에 나는 가슴을 두근거리며 기대하고 있다. 그 기대는 지난 몇 달간 가십계를 떠들썩하게 했던 '오디션 배우의 연기력 논란' 따위에 대한 것이 아니라, 저 완벽한 아스 프리데터의 내면에 무슨 생각이 감추어져 있는지에 대한 학자로서의 기대이다.

　로건 갤록의 칼럼에 대한 반응이 다시 한번 핫하게 영화 커뮤니티를 휩쓸었다. 너무 오버한 게 아니냐는 반응, 하지만 자신도 저 인물의 내면이 몹시 궁금하다는 것에 동의한다는 반응…. 다행히 커다란 스포가 될 뻔한 아스가 '인간으로 느껴지지 않는다'는 부분에 대해선 크게 주목하는 사람이 없었다. 누가 봐도 계산으로 해낼 수 있는 일이 아니었던 까닭이다.

이러한 여론들에 호응해 워크브로더스에서는 한 가지 정보를 추가로 발표했다.

[아스의 '속마음', 영화 초반 30분, 주연배우 시점을 따라가는 획기적인 시도]

상업영화에서 유례없는 방식에 대해서 다시 한번 사람들이 시끄럽게 떠들기 시작했다. 그걸 누가 보고 있냐는 비판, 트레일러를 보고 나니 궁금해 미치겠는데 그럼 안 보냐는 반박, 누가 보냐고 얘기한 놈들 개봉하고 보러 가기만 해보라는 비웃음까지…. 2월로 예정된 〈Mimicry〉의 상영을 두고 세간의 관심이 후끈 달아올랐지만, 막상 상영은 5월 말로 연기된다는 것을 이때는 아무도 모르고 있었다.

ABC 방송국.

「파일럿이 잘 빠졌더군요.」

「최근 5년 통틀어 CRD 최고의 자신작이라고 말씀드릴 수 있지요.」

「음…. 그런데 주연배우가… 꽤 논란이 많은 인물이군요. 더구나 동양인이라….」

ABC에서 외주 제작사들을 총괄하고 있는 빌 콜린은 숱이 없는 턱수염을 잡아당기며 의자에 뒤로 기댔다. 조급한 마음을 숨기기 위한 제스처였다.

〈Missing Child〉 Pilot. 제작사가 파일럿을 제작할 땐, 방송사의 픽을 받지 못해 파일럿을 폐기하는 경우의 기회비용도 감수해야 한다. 그래서 그냥 '맛보기'로 만들어왔다가 정식으로 편성을 받은 후에 재제작을 하는 경우도 드물지 않다. 하지만 이번 파일럿은 CRD의 역량을 갈아 넣기라도 한 듯 제대로였다.

당장 방송에 내보내도 손색없을 정도로 수려한 퀄리티. 눈을 뗄 수 없는 긴박한 스토리. 〈캐스팅 보트〉에서 닮은꼴 자매로 유명해졌던 에바 도브란스키-육미영이 협업한 첫 대본인 데다 신유명-마일리 필론-데렉 맥커디로 이어지는 화려한 캐스팅까지 흠잡을 데가 없었다. 하지만… 협상에서 상대에게 너무 쉽게 우위를 내줄 수는 없다. 그래서 빌 콜린은 주연배우의 루머를 빌미로 조금 밀당을 해보기로 한 것이다.

CRD의 영업총괄인 지오반니가 잠시 침묵하다가 말한다.

「TW에서는 먼저 연락 와서 최대한 조건을 다 맞춰주겠다고 매달렸지만 오랜 좋은 관계를 고려해 먼저 ABC로 가져왔는데… 반응이 조금 서운하군요. 파일럿을 보셨으면 이 작품의 가치는 충분히 알아보셨을 텐데.」

물론 넘치게 알아보았다. 내부 파일럿 시사의 반응은 폭발적이었다. 위에서 어떻게든 우리가 잡아야 한다는 특명이 떨어지기도 했다. 하지만 빌 콜린은 이 바닥의 생리를 꿰고 있는 프로였고 협상의 원칙을 잘 알고 있었다. 내가 제공할 것을 최대한 줄이면서 상대에게 최대한 빨아내는 것.

「TW와 저희는 다르지요. 그쪽은 자신이 톱 5라고 공언하고 다니지만, 그런 얘기는 보통 사다리의 가장 마지막에 매달린 자들이 하는 것 아니겠습니까. 1위는 '우리가 최고다'라는 것밖에 알지 못하니까요.」

TW는 아직 우리와 어깨를 겨룰 주제는 아니다. 너도 그걸 아니까 우리한테 먼저 온 것이 아니냐…라는 오만함을 슬쩍 내비치며 빌 콜린은 부연했다.

「이 뒤의 퀄리티가 어떻게 나올지 모르기도 하고, 또 신유명 씨 주연의 영화가 곧 개봉될 텐데, 그게 혹시 망하기라도 하면 저희도 리스크가 생기기도 하고요.」

그는 뻔뻔하게 콧대를 세웠다. 〈Mimicry〉가 트레일러 발표 후 얼마만큼 화제가 되고 있는지를 생각하면 자신의 말은 상당히 억지인 것을 알면서도. 개봉 전 화제 만발이다가 개봉 후 말아먹은 케이스가 없는 것도 아니지 않은가.

그 말에 지오반니가 묘한 표정을 짓는데, 갑자기 그의 전화기가 울린다. 그는 액정을 힐긋 보더니 빌에게 양해를 구했다.

「회사 연락인데 잠시 받겠습니다. 방송국 미팅 중인 걸 아는데 전화가 온 걸 보니 급한 일인 것 같아서요.」

「하하- 그러시죠.」

빌은 여유로운 자세를 취하며 귀는 쫑긋 세웠다. 지오반니가 조금 기분이 나빠 보였는데 전화벨 소리로 무마돼서 다행이라고 생각하며. 하지만 수화기 너머에서 기함할 소식이 들려온다.

「이사님! 〈Mimicry〉가 칸 영화제 경쟁부문에 초청 결정 났습니다!」

'뭐? 칸?'

그는 입을 떠억 벌렸다. 그 순간 판은 완전히 뒤집혔다.

225

되돌릴 수 없는 선

칸에서 사람이 온 것은 사실 포스트 프로덕션의 초반이었다.

— 발롱 씨, 오랜만이에요.

— 아앗, 유명 씨. 이번에는 반드시 칸에 먼저 오셔야 합니다!

칸 영화제의 수석 프로그래머 발롱 파루지에는 〈발레리나 하이〉 이후 계속 유명을 주목해왔다. 부산 국제영화제에서 〈발레리나 하이〉를 발견하고 작품의 존재를 미리 알지 못했던 것에 한을 품은 그는, 이후

〈려말선초〉에도 관심을 보였다. 하지만 뛰어난 영상미와 연기에도 불구하고 전혀 공감대가 없는 국가의 '사극'이라는 것이 발목을 잡았고, 감독 역시 영화제 때문에 개봉을 늦추는 것을 꺼려해서 무산되고 말았다. 그다음 작품이 바로 〈Mimicry〉. 감독도 독특한 영화를 만들기로 이름난 카일러 언쇼인 것이 딱 좋았다. 이에 발롱은 프로덕션 때부터 촬영 상황을 체크하고 있었고, 촬영이 종료된 후 바로 미국으로 건너왔다. 그리고 〈Mimicry〉의 각본과 편집 전 영상을 보고 기함했다.

— 이건 주연배우의 연기력을 보여주기 위한 토털 패키지네요.

하지만 여기서 한 가지 문제가 생겼다. 칸 영화제는 5월 중순 경에 열린다. 하지만 〈Mimicry〉의 개봉은 2월로 예정되어 있다. TW에선 캐스팅 보트의 여파가 조금이라도 남아 있을 때 최대한 빠른 개봉을 원하고 있었던 것이다. 무엇이 더 이득이 될지 머리가 복잡하던 와중에 Agency W의 문유석 대표가 의견을 냈다.

— 칸에서 접촉이 온 것은 비밀에 부치고 1월에 예정대로 트레일러부터 공개하죠.

— 칸을 포기하자는 얘기십니까?

— 아닙니다. 트레일러를 발표하고 한참 기대가 고조될 무렵에 칸 경쟁부문 초청 건을 터뜨립니다.

— 아아…. 칸 영화제 초청으로 어쩔 수 없이 개봉이 늦춰졌다는 핑계를 대자는 겁니까?

— 그렇죠. 다행히 워크브로더스는 배급사이기도 하니까 배급 일정도 조율이 가능할 거구요.

2월로 예정된 영화가 5월로 연기되면 배급 일정에 차질이 생긴다. 하지만 다행히 TW 영화사업부(워크브로더스)는 제작과 배급을 겸하고 있어 페이크로 보여주기식 일정을 잡는 것이 가능했다.

— 흠…. 개봉이 연기되면 원성이 자자할 텐데….

― 그럼 더 좋죠. 원성이 자자하다는 말은 곧, 더욱 기대하게 된다는 말이지 않습니까. 그리고 우리는 기대를 충족시킬 자신이 있구요.

― 하긴…. 그리고 '칸'이란 이름은 원성을 덮을 만한 파급력이 있죠.

칸에서 어떻게든 이 영화를 잡겠다는 욕심, 워크브로더스는 칸 영화제 타이틀과 흥행이라는 두 마리 토끼를 잡겠다는 포부, 그리고 문유석은 그 두 가지를 받고 한 가지 목적이 더 있었다.

「니콜라스. 저 문유석입니다. 〈Missing Child〉 파일럿 공개는 잘 진행 중입니까? 아, 오늘 지오반니가 ABC에 들어갔다구요. 그렇군요. 방금 기쁜 소식을 들어서 전해드리려구요. 〈Mimicry〉가 칸 영화제 경쟁부문에 초청받았습니다. 어이쿠- 고막이야. 네, 정말입니다. 그래서 영화 개봉 일정이 5월 말로 밀리게 생겼습니다. 〈미싱 차일드〉가 시즌 온 되는 9월과 가까워질 테니 드라마 쪽엔 호재겠네요. 네- 연락주세요.」

툭- 전화를 끊고 유석은 회심의 미소를 지었다. 물론 오늘 CRD와 ABC의 미팅이 있다는 것을 알고 타이밍을 계산해서 던진 소식이었다.

[신유명 주연의 〈Mimicry〉, 칸 경쟁부문에 초청되다]

['카일러 언쇼의 신작 기대' 칸 수석 프로그래머의 코멘트]

[신유명을 공격하던 모든 가십성 기사들, 루머로 밝혀지나?]

칸의 여파는 대단했다. 칸 영화제의 경쟁부문에 초청을 받았다는 것만으로도 영화의 퀄리티는 어느 정도 인정받는다. 이제 연기가 졸속이라고 우기기는 힘들어진 것이다.

트레일러를 본 후에도 그 가치를 알아보지 못하고 짖어대던 가십지들이 이번엔 뜨끔했는지 아가리를 다물었다. 제작사에서는 〈Mimicry〉의 칸 영화제 참석이 확정되어 개봉이 5월 말로 미뤄진다는 공식 발표를 띄웠고, 그때까지 어떻게 기다리냐는 영화팬들의 불만이 속출하기 시작했다.

RRR- RRR- RRR-

「네, 죄송합니다. 개봉이 늦춰진 게 맞습니다. 기다려주시면 더욱 좋은 작품으로 보답하겠습니다.」

「네, 죄송합니다. 5월 말에 개봉 예정입니다.」

항의전화가 물밀듯이 밀려왔지만, 워크브로더스는 기쁨의 비명을 지르고 있었다. 그리고 여기 입이 귀에 걸린 회사가 하나 더 있었다.

CRD의 지오반니는 오늘도 ABC 방송국의 전화를 받았다.

「안녕하세요, 빌.」

「지오반니. 그 〈미싱 차일드〉 말인데-」

「아… 또 그 건인가요. 그때 빌의 얘기를 듣고 나니 저희가 뭘 잘못 생각했구나 싶었습니다. 주연배우가 루머에 휘말려 있으니 역시 파일럿 1화만으로는 입증하기가 어려울 거라는 걸 제가 왜 몰랐을까요.」

「아… 아닙니다. 그런 의미가 아니었는데…. 저, 저희가 마침 이번 시즌으로 종영되는 시리즈가 있는데 시간대가 아주 좋습니다. 일단 한 번 더 뵙고 의논을-」

「괜찮습니다. 어차피 5월 업프런트[1] 시즌까지는 전체 에피 사전제작이 완료될 것 같습니다. 결과물 보고 얘기하시죠.」

ABC뿐만이 아니었다. 파일럿을 보여주었던 채널들마다 몸이 달았다. 하지만 CRD는 느긋하게 뜸을 들일 예정이었다.

'결코 싸구려로 팔아선 안 되는 물건이니까.'

지오반니는 멈춰 두었던 〈Missing Child〉의 촬영본을 다시 재생하기 시작했다. 아무리 봐도 물건이었다.

---

[1] 업프런트(Upfront): 다음 시즌에 방영될 프로그램을 타이틀업 하는 것

쾅- 조지 하우슬리는 편집기의 조그 다이얼을 부서질 듯 내리쳤다. ⟨Mimicry⟩의 칸 영화제 초청 소식을 들은 후로 그는 무척 심기가 불편했다. 칸 쪽에 자신도 작품을 찍고 있다는 말을 흘려봤지만, 초청작은 공정하게 선정된다는 완곡한 거절이 돌아왔을 뿐이었다.

'어떡하지…?'

그가 손톱을 물어뜯었다. 조지의 작품 ⟨Divert⟩는 시원시원한 캐릭터와 사이다 전개를 특징으로 하는 블록버스터였다. 그래서 그는 ⟨Mimicry⟩의 트레일러를 봤을 때, 유명의 존재감과 연기력에 몸서리를 치면서도 흥행에는 자신의 작품이 더 유리하다고 생각했다. ⟨Mimicry⟩는 화면이 정적이고 여주인공도 너무 존재감이 부족하다. 뒤에 어떤 반전이 있을지는 모르지만, 대중들을 공략하기에는 어려운 영화라고 판단한 것이다.

'그런데 하필 칸이….'

칸의 초청을 받은 작품이라는 타이틀은 우매한 대중이라도 한 번 더 돌아보게 하는 힘이 있다. '칸에 갔다 온 작품이라는데 문화시민으로서 한 번쯤은 봐야 하지 않을까'라는 지적 허영심을 자극하는 것이다.

'아냐. 그렇다 해도 모든 대중이 그런 것은 아니지.'

조지는 '작품'은 대부분 따분하기 마련이라는 지론을 가지고 있었다. 작품성이 높은 영화는 좋은 문화 콘텐츠이지만 재미있기는 어렵다. 물론 아주 가끔 두 가지 모두를 잡는 대작이 있긴 하다. 카일러의 첫 작이었던 ⟨필로소피아⟩라든가.

'이번엔 그 정도는 아니야.'

카일러의 영화는 편차가 심했다. 하지만 공통된 점은 늘 '예술성'을 추구한다는 점이다. 그래서 조지의 열등감이 더 심해졌는지도 모른다. 그는 '상업영화감독'으로서 흥행에 꽤 재주가 있는 편이지만 예술가로서의 대접은 받지 못했으므로.

하지만 영화는 기본적으로 '대중'문화이다. 예술성과 대중성이 만나면 명작이 되지만 예술성만으로 끝나면 망작이 되는 법.

'물론 배우들의 연기는 뛰어나긴 하지만 영화는 결국 스토리지. 고등학생? 러브스토리? 하하, 반전이 있다 해도 얼마나…. 그리고 칸의 프로그래머는 신유명은 언급하지 않았어. 그걸로 좀 더 여론몰이를 하면….'

사실 칸의 연락이 카일러 언쇼 때문에 온 것처럼 포장한 것도 문유석의 작품이었다. 신유명이란 배우에 대한 기대치를 낮춰 더욱 반전감을 높이려는 의도. 하지만 열등감에 눈이 먼 조지의 눈에 전후좌우의 상황은 보이지 않았고, 그는 파블에 전화를 걸었다.

「우리도 개봉일을 미룹시다. 5월 말로.」

「네? 감독님 한 달 전에 그건 무리….」

「워크브로더스는 하는 걸 왜 못합니까? 변경하세요. 그리고 우리도 영화제들 다 찔러봅시다. 저쪽이 칸으로 밀어붙이면 우리는 세계 유수 영화제의 최다초청으로 홍보하면 되지.」

파블의 홍보부장은 작게 한숨을 쉬었다. 더럽고 치사했지만, 그에겐 조지의 요구를 거부하기 어려운 이유가 있었다.

「…알겠습니다.」

「그리고 일 안 합니까? 칸이 신유명은 전혀 언급 안 했잖아요. 그걸 사용해서 더 몰아붙이면 되잖아요!」

그것으로 그는 되돌릴 수 없는 선을 넘었다.

5월 초, ⟨Missing Child⟩의 촬영이 끝났다. ⟨Mimicry⟩의 촬영이 끝난 후 1개월이 채 지나지 않아 시작했으니, 장장 7개월간의 장정이었다.

에피 22개짜리 시즌 하나를 7개월 만에 찍고 편집까지 병행하는 것은 기록적인 속도이다. 칸 영화제 이슈와 붙여 아예 완성된 작품을 가지고 최고의 딜을 치겠다는 CRD의 전략지침하에 촬영장은 팽글팽글 돌아갔다. 주조연 배우들의 뛰어난 연기력 덕분에 이런 빠른 진행이 가능했다.

시즌 1의 주인공은 데카르도. 천재적 기후학자로 기후 자체를 컨트롤하는 방법을 연구 중인 데카르도는 마지막 한 가지 공식이 풀리지 않아 머리를 싸매고 있다. 그는 그것을 자신의 존경하는 양아버지에게 의논하고, 양부는 비상한 관심을 보이며 자신이 키우는 둘째 양아들, 릴 딜런을 소개해준다.

— 형제가… 있다구요?

양부에게 다른 양아들이 있다는 것을 알고 충격에 빠진 데카르도. 그런 그의 앞에 기자라기엔 굉장히 경박해 보이는 감정과잉의 여기자, 셀리 티셔가 나타난다. 데카르도와 점차 가까워진 셀리는 평소와 달리 진지한 태도로 '양부'의 수상함을 지적한다. 세상만사에 시니컬한 성격이지만 양부에게만은 무한한 신뢰를 보내던 데카르도는 그녀의 말에 처음으로 양부를 의심하기 시작한다.

둘째 릴 딜런을 만나고, 양부에게 셋째, 넷째, 다섯째… 수많은 입양아들이 있다는 것을 알게 되는 충격적인 과정. 그 아이들은 모두 각 분야에서 이름을 날리고 있는 천재였고 양부의 호적에 이름을 올렸다가 제거된 더 많은 아이들이 있었다. 종반으로 갈수록 심해지는 데카르도의 혼란과 드러나는 음모들이 화면을 질척하게 수놓고 끈끈이처럼 시선을 떼지 못하게 했다.

— 내가 돌아오지 않는다면 릴에게 이걸 전해줘, 셀리.

유명은 오늘 데카로드가 '사라지는 장면'의 촬영을 마쳤다. 시즌 1의 마지막 장면이었다.

「수고 많으셨습니다!」

촬영장에 커다란 박수가 울렸고, 유명은 함께했던 사람들 한 명 한 명에게 악수를 청했다.

둘째 릴 딜런 역을 맡은 카이. 유명은 지난 7개월간 그를 집중적으로 가르쳐왔다. 그의 몫인 〈Missing Child〉 시즌 2를 성공적으로 품에 안겨주기 위해서. 그리고 그가 나중에 에이전시 W의 간판 배우가 될 것까지도 안배해서. 카이는 혹독했던 지도를 잘 따라왔고, 지금 그의 연기는 물이 올라 있었다.

셀리 티셔 역의 마일리. 그녀는 굉장히 독특한 캐릭터를 가진 사람이었다. 가끔씩 눈을 동그랗게 뜨고, '헐… 지금 아스가 신유명을 의태하고 있는 거죠? 아니면 이런 연기가 가능할 리가 없어'라고 중얼거리는 그녀의 모습은 무척 귀여웠고, 유명과 연기의 합도 잘 맞았다.

그리고 양부 역을 맡은 데렉. 그의 집요한 연기에는 유명조차 종종 감탄을 터뜨렸다. 유명은 가끔 그를 보면 서류신이 떠올랐다. 물론 성격은 완전히 달랐지만, 연기에 대한 결벽적인 면모나 지치지 않는 투쟁심 같은 부분이. 류신이 잘 커서 좀 더 여유를 갖춘다면 저렇게 되지 않을까. 그리고 그 자리에 있던 모든 크고 작은 배역의 배우들과 스태프들까지 한 명 한 명에게 악수를 청한다.

7개월. 유명이 찍었던 어떤 작품보다 길었던 촬영이 그렇게 끝났고, 그를 바라보는 사람들의 눈엔 경외가 깃들어 있었다.

'나도 언젠가는 형처럼….'

'아, 그는 정말 최고의 파트너였어.'

'후우- 신유명 너는 정말로….'

그건 결코 신인이라고 느껴지지 않는, 주연의 품격이 묻어나는 배우의 마지막 인사였다. 헤어지기 전 마일리가 경쾌하게 묻는다.

「그래서 칸으로는 언제 출발하나요?」

「모레요.」
「와…. 정말 타이밍 칼같이 맞췄네요!」
그렇다. 칸 영화제가 드디어 목전에 와 있었다.

226

반전 싫어하세요?

「안녕하세요, 벨라.」
「하하. 언제 적 이름을.」
「전 세계 남자들의 마음속에 당신은 영원히 벨라니까요, 바네사.」
TF-1[2]의 〈Bavardage〉는 전통 있는 토크쇼이다. 오늘의 초청 손님은 바네사 녹스였다.

바네사 녹스. 한 세대 전의 전설적인 여배우이다. 1982년 그녀의 대표작 〈Bella Donna〉가 나왔을 때 세계는 경탄에 빠졌다. 그녀의 청초한 미모와 애절한 연기는 영화사의 한 페이지를 장식했다. 당시 그녀를 보고 사랑에 빠지지 않으면 남자가 아니라는 말이 있었을 정도였다.

지금 바네사는 40대 후반이 되었지만 여전한 미모를 자랑하고 있었다. 다만… 그녀의 성격은 외모보다 상당히 매웠다.

「이번에 칸 영화제 심사위원장으로 선정되셨다구요.」
「네. 그렇게 됐네요.」

---

2 TF-1(떼에프앙): 프랑스의 국영방송 채널

Bella Donna. 스페인어로 아름다운(Bella) 여성(Dona)을 의미하지만, 독약의 재료로 쓰이는 독초의 이름이기도 하다. 그 이름처럼 그녀의 성격은 깐깐하고 혀끝은 신랄했다. 그녀가 교수로 재직하고 있는 대학에서는 하루가 멀다고 학생들의 울음이 터진다는 소문이 있을 정도였다.

「심사위원장으로서 무엇을 가장 중점적으로 보시려고 합니까?」

「저는 작품 외적인 부분으로 관심을 끌려고 하는 영화를 매우 혐오합니다. 이번에도 선정작들에 논란이 많았죠. 하지만 수상작만큼은 가장 공정하게 뽑을 것을 약속드립니다. '영화 본연의 재미', 오직 그것만을 볼 것입니다.」

그녀가 아름다운 미간을 찌푸리며 공언했다.

「논란이 많은 선정작이라…. 흐음, 떠오르는 작품이 있군요.」

사회자도 눈치를 챈 모양이다. 바네사 녹스는 〈Mimicry〉의 경쟁부문 선정에 불만이 많았다. 티브이 쇼의 상품으로 제작된 영화라는 것도 못마땅했고, 흔치 않은 동양인 주연배우에게도 신뢰가 없었다. 게다가 카일러 언쇼는 그녀의 기준에서 봤을 때 작품별 편차가 너무 큰 감독이었다. 즉 이 영화는 너무 많은 특이함으로 점철되어 있었고, 그것은 곧 대중성의 몰락을 암시했다.

칸 영화제는 프랑스의 자부심. 만약 그녀가 좀 더 심사위원에 일찍 임명되었다면 초청작 선정과정에 문제를 제기했을지도 모른다. 하지만 심사위원 선정은 후보작 초청보다 한참 후에 이루어진다.

'초청은 프로그래머의 권한이지만 수상작 선정은 어디까지나 심사위원의 권한.'

그녀는 어떤 외압에도 굴하지 않고 깐깐하게 작품만을 평가하리라 결심했다.

{지중해당~!}

때는 5월. 매년 이맘때면 프랑스 남쪽 항구도시 칸에는 세계에서 가장 몸값이 비싼 인물들이 바글거린다.

「숙소 구하기가 어렵다고 들었는데….」

「하하, 경쟁부문 선정작 감독과 배우는 어디서나 최고의 VIP로 대접받으니 걱정하지 않으셔도 됩니다.」

카일러, 에르히와 같은 비행기를 타고 칸에 도착한 유명은 주최측에서 마련해준 숙소에 짐을 풀었다. 낡았지만 아주 잘 관리된 고풍스러운 로컬 호텔. 직원들은 극진한 예우를 다해 칸에 도착한 귀빈을 환영해주었다.

「저는 약속이 있어서 저녁 먹고 오겠습니다.」

유명은 한 번 와본 적 있는 이 도시의 지리를 머릿속에 떠올리며 약속 장소로 향했다.

"류신 형."

"유명 씨." "유명 형!"

"어? 효준 씨도 왔네요."

이상하게도 효준 씨라는 경칭에 그의 얼굴이 새빨개졌고, 류신은 피식 웃었다. 유명은 영문을 몰라 고개를 갸웃했다.

"둘 다 잘 지냈어요?"

"우리야 뭐. 유명 씨가 가십지들 때문에 고생 많던데."

"촬영하느라 별로 신경 쓸 새도 없었어요. 걱정 마세요, 하하."

유명이 아무런 근심이 없는 얼굴로 손사래를 치자 류신은 참 신기한 녀석이라고 생각했다. 그는 연예기획사를 운영하는 부모를 두고 아주 어릴 때부터 연예계 생활을 했기에 이쪽 생리를 잘 알고 있었다. 너무 빨리 이름이 알려지면 진통을 겪기 마련이다. 하지만 신유명은 처음부터 지금까지 유례없는 속도로 떠오르면서도 멘탈이 흔들리지 않는다.

마치 정신적으로 한참 성숙한 인간처럼.

"위고 씨는 어때요?"

"아아…. 여전히 악마의 후손이죠."

"류신 형은 악마의 선조격인데…."

"도효준. 칸까지 와서 연습실 한번 잡아볼까?"

"아니요!"

유명은 류신과 효준이 티격태격하는 것을 보고 웃음을 참았다. 둘의 관계는 유명이 예상했던 대로다. 효준이 저렇게 까불거리지만 아마 연습실에선 류신에게 꼼짝도 못 할 것이다. 얼마나 굴렸는지 몸이 예전보다 확연히 탄탄해진 것이 눈에 보인다.

"표는 구하셨어요?"

"그럼요. 위고 씨는 발롱 씨와 오랜 친분이 있으니까요. 〈Mimicry〉 상영 때는 위고 씨도 온다고 했어요."

"그렇군요."

"무척 기대하고 있습니다, 영화."

류신의 말에 유명이 싱긋 웃었다.

"기대하셔도 좋을 거예요."

와…. 눈이 휘둥그레진 유명을 보고 나탈리가 귀엽다는 듯 쿡쿡 웃었다.

「신기해요?」

「아… 네. 세상 유명한 사람들이 다 모였네요….」

「그중에서도 유명 씨가 제일 주목받는 사람일걸요.」

칸 영화제의 개막식. 뤼미에르 극장 앞의 레드 카펫에서 플래시 세례를 받을 때부터 얼굴이 상기된 유명은 내부에 들어와서는 대놓고 감탄한 표정을 짓고 있었다. 칸에 초청되는 것은 배우들뿐만이 아니다. 가

수, 모델, 코미디언. 얼굴을 보면 다 고개를 끄덕일 만한 셀럽들로 가득 차 있는 모습은 유명이 처음 보는 진귀한 풍경이었다.

'내가 제일 주목받고 있다고?'

나탈리의 말이 정말인지, 〈Mimicry〉팀이 모여 있는 곳으로 시선이 콕콕 박힌다. 낯선 사람들이 자신을 쳐다보는 것은 드문 일이 아니었지만, 그것이 모두 유명한 사람들인 것은 무척 신기했다.

실제로 〈Mimicry〉는 이번 영화제에서 꽤 많은 화제를 끌고 있었다. 오디션의 상품으로 만들어졌다는 특이한 영화 제작 배경과 더불어 할리우드 영화에선 드물게 동양인 배우가 주연 롤을 맡았다는 점, 그리고 프랑스의 토크쇼에서 심사위원장 바네사 녹스가 언급했던 '논란이 많은 선정작'이 〈Mimicry〉라는 추측성 보도들도 한몫을 했다.

「칸 영화제에 오신 귀빈 여러분, 환영합니다!」

지난 영화제에서 남우주연상을 받았던 폴 미셸이 개막식의 오프닝을 열었다. 그는 10여 분의 축사를 마친 후 심사위원장을 호출한다.

「61회 칸 영화제의 심사위원장은 프랑스의 아름다움을 상징하는 배우, 바네사 녹스입니다. 박수로 맞아주시기 바랍니다.」

우렁찬 박수와 함께 조명이 빛을 줄이고, 몸에 착 달라붙는 검은 드레스를 입은 바네사 녹스가 나타났다. 그녀는 고혹적인 동작으로 청중을 향해 인사하고, 박수소리가 잦아들기를 기다려 입을 열었다.

「아름다운 밤입니다. 25년 전, 처음 칸 영화제에 초청받았을 때가 생각나네요. 그때 저는 세계에서 가장 화려한 축제에 들떠서 앞으로 이 무대의 주인공이 될 날만 꿈꿨던 소녀였지요. 그땐 저도 나이를 먹고, 이 무대에 다른 주인공들을 초대하는 입장이 되리라곤 상상도 못 했어요.」

그녀가 익살스런 표정으로 어깨를 으쓱하자 객석에서 와르르 웃음이 터졌다.

「어쨌든, 그때건 지금이건 칸은 변하지 않습니다. 상업화된 영화제라

욕을 먹기도 하지만, 누가 뭐래도 영화는 재미있어야 한다고 믿어요. 그건 칸의 생각이자 저 바네사 녹스의 생각이기도 합니다.」

그녀의 발언에 특히 경쟁부문 후보작의 관계자들이 귀를 세운다. 칸 영화제는 결과를 예측하기 어렵기로 유명하다. 심사위원단은 주로 배우와 감독으로 구성되며, 간혹가다 예술인 한둘이 포함되기는 하지만 평론가는 포함되지 않는다. 즉 평단의 의견으로는 수상결과를 예측할 수 없다는 의미이다. 지금 심사위원장의 말을 듣고 '심사 포인트'를 예상할 수밖에 없었다.

「재미는 단순히 Fun만을 의미하는 것은 아닙니다. 템포, 스토리상의 박진감, 적절한 연기, 몰입감, 영화가 주는 메시지와 여운. 모든 것이 더해져서 관객에게 하나의 온전한 세계를 얼마나 잘 전달했는지를 총칭하는 의미죠. 저와 8인의 심사위원은 오직 영화의 '재미' 한 가지만을 보고 심사하도록 하겠습니다. 12일간의 영화 세상에서 잊지 못할 세계들을 만나길 기원합니다. 감사합니다.」

쉽지 않은 성격을 보여주는 까랑까랑한 말투. 하지만 그것이 귀로 전달될 때의 매력적인 울림은 과연 한 시대를 풍미했던 최고의 배우임을 알게 했다.

유명은 감탄하며 박수를 쳤다. 그때 퇴장하는 그녀와 잠시 시선이 부딪혔고, 그녀는 갑자기 좀 더 턱을 꼿꼿이 치켜드는 것처럼 보였다.

'…?'

개막식을 마치고 나오는 길에 데렉이 묻는다.

「괜찮아요?」

「뭐가요?」

「꽤 이단아 취급받고 있잖아요. 지금도 이 시선들… 별로 호의적이진 않은데. 심사위원장한테도 찍힌 모양이고.」

빙글빙글 웃으며 놀리는 데렉에게 유명이 싱긋 웃으며 답했다.

「반전 싫어하세요?」
 그 대답에 데렉이 껄껄 웃음을 터뜨렸다. 주변 사람들이 화들짝 놀랄 정도로.

 유명은 요 며칠 동안, 여태까지 알아온 모든 업계 관계자를 합친 것 이상으로 많은 사람을 만났다. 요트 파티, 루프탑 파티, 이브닝 파티, 선셋 파티…. 셀럽들은 할 일이 파티밖에 없는 것처럼, 아니, 인맥을 구하는 영업사원이라도 된 것처럼 줄기차게 파티를 열어댔다. 그 모든 파티에서 데렉은 1순위 초대 손님이었고, 데렉은 늘 유명을 끌고 다니려고 했으니 만난 사람이 많을 수밖에 없었다. 셀럽들도 일반인들과 별다르지 않다는 것을 깨달을 즈음, 유명은 '진짜 다른' 한 사람을 만났다.
 '맙소사, 존 클로드 감독이 오다니…!'
 존 클로드, 업계의 전설. 그는 원래 배우로 데뷔했다. 그저 그런 배우가 아니라 80년대 영화계의 정점에 올랐던 인물로, 지금도 '클로드 연기론'이 대학 수업 과정에 있을 정도로 연기의 대가로 인정받는 사람이었다. 그런데 그는 30대 후반에 감독으로 전향했다. 두 가지 분야에서 모두 최고에 오르는 것은 쉽지 않지만, 존 클로드는 그것을 해낸다. 그는 현재, 수많은 히트작을 가지고 있는 세계적인 톱감독 중 하나이다. '아카데미가 사랑하는 감독'이라는 수식어가 붙을 정도였다.
 '정말 멋지다….'
 최고의 배우였던 사람답게 핏한 턱시도와 스탠딩 테이블에 살짝 기대선 자세까지도 멋이 넘쳐흘렀다. 마주 본 사람의 눈을 깊이 맞추며 웃음 짓자, 자연스러운 주름들이 깊이 패 매력적인 미소를 만들었다. 파티장 안의 어느 곳보다 그 주변의 인구밀도가 높았다. 다들 그에게 말을 한번 걸어볼 기회만 노리고 있다.

유명도 그를 무척 존경하고 있었다. 연기와 연출, 두 가지 다 정말 어려운 분야인데, 그 두 분야에서 모두 정점을 찍은 사람이 멋져 보이지 않을 수 없었다.

'진짜 칸은 칸이구나….'

유명은 샴페인을 한 모금 꿀꺽 마셨다. 천장에 반짝이는 샹들리에. 보타이를 맨 웨이터들과 회장을 가득 메우고 있는 미남미녀들. 영화 속 한 장면을 그대로 옮겨놓은 듯한 현실. 그 속에 몇 년 전까지만 해도 연기를 소망하는 대학생에 지나지 않았던 자신이 있다.

'여기까지 오다니….'

평소 유명의 삶은 쳇바퀴를 굴리는 다람쥐와도 같았다. 아침에 일찍 일어나 기초 트레이닝을 한다. 촬영이든 인터뷰이든 정해진 스케줄을 소화하고, 집에 오면 미호와 연습을 하다가 잠이 든다. 그야말로 단순 소박한 삶. 하지만 다람쥐가 쳇바퀴를 열심히 굴리고 있을 때 그것을 동력으로 우리는 날아올랐고, 쳇바퀴를 잠시 멈춘 다람쥐가 밖으로 눈을 돌리자….

'우와-'

눈앞에는 눈부신 하늘이 펼쳐져 있었다.

유명은 존 클로드 감독과 이야기를 나누고 있는 데렉을, 젊은 감독들과 대화 중인 카일러를, 아름다운 드레스를 입고 춤을 추는 나탈리와 에르히의 모습을 하나하나 눈에 담았다.

곧 다시 쳇바퀴로 돌아갈 다람쥐는 잠시 아름다운 세상에 기뻐했다.

〈Mimicry〉 상영 당일. 명성 높은 배우며 감독들로 이루어진 심사위원단이 파워 넘치게 등장해 자리에 앉았다. 유명은 에르히와 함께 관계자들을 위한 좌석에 앉았다. 내용을 이미 알고 있다 해도 첫 상영은 두

근거릴 만큼 특별하다.

낯익은 얼굴들이 눈에 보인다. 안면을 익힌 여러 셀럽들보다 훨씬 크게 눈에 들어오는 것은 류신, 효준, 앙투안 그리고 위고의 얼굴. 아, 발롱 씨도 보인다. 그가 감격 어린 표정으로 유명에게 살짝 손을 들어보인다.

— 이 영화… 빨리 보여주고 싶어서 벌써 안달이 납니다.

⟨Mimicry⟩의 비편집본을 시사했을 때 발롱의 흥분에 찬 반응이 떠오른다. 유명도 손을 마주 들어주었다. 이윽고 객석등이 사그라들었고 영화가 시작되었다.

227

⟨Mimicry⟩의 첫 상영

존 클로드는 오랜만에 영화제에 참석했다. 칸 측에선 무척 반가워하며 심사위원 자리를 제안했지만 거절했다. 칸에 가려는 이유는 오직 관심 가는 영화 한 편 때문이었기 때문이다.

'⟨Mimicry⟩….'

존 클로드는 ⟨Mimicry⟩의 트레일러를 본 후 충격에 빠졌다.

'무슨 저런 연기가….'

처음 보는 연기의 재목. 티브이를 잘 보지 않는 그는 '아스'의 연기를 본 후에야 유명이 등장했다는 티브이 쇼의 클립들을 찾아보았고, 그가 희대의 천재라는 것을 확신했다. 어떻게 저런 명확한 증거들을 두고 아직까지 갑론을박이 벌어지고 있는지, 그의 기준에서 도통 이해가 가지 않을 정도였다.

'그리고… 도대체 어떤 스토리인 걸까?'

그는 트레일러를 수십 번 돌려보았다. 주인공이 어떤 인간이고 무슨 생각을 하고 있는지, 그리고 뒤의 이야기가 어떻게 펼쳐질 것인지 이렇게 예측하기 힘든 영화는 처음이었다. 무려 30분의 트레일러를 보고서도 말이다.

'드디어 오늘….'

그는 고대하는 심정으로 뤼미에르 극장에 들어섰고, 영화가 시작되었다.

깜빡- 화면의 위아래가 아물어지듯 빛을 차단했다가 다시 받아들인다. 복도를 걸어가듯 화면이 살짝살짝 흔들리고, 주변의 풍경이 뒤로 지나쳐간다.

'이것이 주인공의 시야인가.'

처음 그가 느낀 것은 색감의 차이였다. 트레일러에서는 화면의 색감이 과거를 회상하듯 조금 난색을 띠고 있었는데 지금은 쨍하면서 차가운 색감으로 바뀌어 있다.

'색감이 바뀌었다는 건, 아스의 시야에선 세상이 차갑게 보인다는 뜻인가.'

전문가의 눈에는 사소한 것 하나까지 정보로 변환되어 들어온다. 클로드는 아스의 시야가 자신의 눈앞에 펼쳐진 듯 주인공이 되어 세상을 둘러보았다. 저 앞쪽에서 곱슬머리 남학생 하나가 자신을 보고 손을 번쩍 치켜든다. 그와 동시에 무감각한 목소리 하나가 빠르게 중얼거렸다.

― *프랭크 티모이. 같이 농구하자는 제안.*

'음…?'

그 목소리가 이끌듯이 곱슬머리 남학생이 큰 목소리로 묻는다.

「아스, 이따 농구 한 게임 어때?」
「좋아!」
'뭐지, 예지능력인가?'
계속 이야기가 진행되며, 그것은 '예지'보다는 '통찰'에 가깝다는 사실이 드러난다. 아스의 '생각'은 짧게 짧게 내레이션으로 삽입되었는데, 그의 통찰은 상대의 행동이나 반응을 대부분 정확히 예측해냈다. 간혹 틀릴 경우에는, '새로운 데이터 입력'이라는 내레이션이 뒤따랐다. 그 기묘하게 감정 없는 톤의 목소리와 실제 입 밖으로 발설되는 호감 가는 목소리는 묘한 대조를 이루어 섬뜩한 느낌을 자아냈다.
'아스의 속마음이 공개된다는 게 이런 뜻이었구나….'
계속 그의 시선으로 지켜본다. 왠지 숨이 가빴다. 카메라 화면이 어느 한 곳을 흔들림 없이 비추고 있을 때마다, 아스가 골똘히 관찰하는 것이 느껴져 마음을 졸이게 된다. 이 평온한 광경에 이런 긴장감은 무엇에서 비롯되는 것일까.
영화가 시작되고 10여 분 후, 아스는 운동장에서 헤티의 음악소리를 감지한다.
「저 소리… 안 들려?」
갸웃- 아스의 목소리에 살짝 의아함이 섞일 때, 카메라가 아주 약간 기울었다. 존이 당황한 것은, 순간 자신의 머리도 갸웃 넘어갔다는 부분이었다. 정말로 아스의 몸에 갇혀 그의 시야로 바깥세상을 바라보기라도 하는 것처럼. 그러면서 그의 머릿속엔 수십 번을 반복 시청했던 트레일러 영상이 선명히 떠올랐다. 저 멀리 음악실을 바라보는 현재의 시야와 당시 트레일러에서 그가 기울이고 있던 갸웃한 고개가 마치 결합이라도 한 듯 퍼즐을 달칵 맞춘다.
— 말이 되지 않는다. 이렇게 전형성이 없는 음악이 아름다운 것도, 그런데도 다들 존재감을 인지하지 못할 정도로 희미한 것도. 누가 이런

소리를 내는 거지?

처음으로 호기심이라는 '감정'이 살짝 드리운 그의 내레이션. 그것은 트레일러의 표정과 기막히게 들어맞아서 존의 팔뚝에는 살짝 소름이 돋았다.

'…트레일러와 본영상을 맞춰서 다시 봐야겠어.'

그런 계산을 할 수 있었던 건 잠시였다. 곧 그는 아무 생각을 할 수 없을 정도로 영화에 몰입했으니까.

처음으로 시점 샷이 뱅글 돌아가 아스를 비췄을 때, 그는 트레일러 속의 고등학생보다 훨씬 성숙하고 멋진 20대의 남자가 되어 있었다. 그 모습으로 그는 헤티를 데리러 간다. 헤티는 레슨 중이다. 음대 교수가 헤티에게 앙칼지게 쏘아붙인다.

「헤티 램. 내가 그 습관 고치라고 했지?」

「그건 습관이 아니라 제 나름대로의 해석-」

「토 달지 마! 제대로 소리라도 내고서 해석 타령을 해야지. 소리에 맥아리는 하나도 없어가지고…. 쯧쯧.」

교수가 레슨실을 나가자 잠시 입술을 꼭 깨물더니 다시 연습하려는 헤티. 그때 똑똑- 노크소리가 들리며 한 여학생이 방 안으로 고개를 들이민다.

「헤티, 남친이 데리러 왔어.」

「아… 고마워.」

「도대체 어떻게 저런 남친을 꼬신 거야?」

그녀를 위아래로 훑어보는 여학생 너머로 아스의 형체가 보인다. 그녀의 얼굴이 환해진다. 그들이 연애하고 함께 살기 시작한 지 벌써 3년여가 지난 시점이었다. 그들은 집으로 함께 걸어가고, 아스가 걱정스런 눈빛으로 묻는다.

「괜찮아?」

「딩동- 그 표정 무척 적절했어.」

「하하.」

「요즘은… 기록 강박은 좀 나았어?」

「…아니.」

'기록 강박?'

그것이 첫 번째 힌트. 그리고 장면은 회상 신으로 이동한다.

'뭐… 뭐야…'

이어지는 장면들은 아스의 '의태'가 극명하게 드러나는 신들. 경마장, 공사판, 보육원. 어느 곳에 가더라도 그곳에 가장 적절하게 의태하여 다른 사람이 되어버리는 아스. 그 모습에 존 클로드는 첫 번째로 입을 벌렸다. 각 장소에 등장하는 사람들이 도저히 한 명이라고 생각할 수 없을 정도로 다양한 개성과 제스처를 가지고 있었기 때문이다.

'각각 다른 작품의 배역이라고 해도 저렇게 다르게 연기하진 못할 것 같은데….'

「그래. 이게 나야.」

「…….」

「사람들은 어떤 모습이 진짜 자신인지를 어떻게 알지? 나는 한 번도 그걸 알던 적이 없어. 어떤 모습이면 이상하지 않은지 늘 계산하면서 행동했지.」

「…언제부터.」

「내가 기억이 있었던 순간부터.」

그의 수상한 행동을 알게 된 헤티는 설명을 요구하고, 아스는 자신의 모든 감정이 흉내에 지나지 않았음을 실토한다. 그럼에도 그를 사랑하는 마음 하나로 아스를 끌어안는 헤티.

'정말 사이코패스 설정이었나…?'

트레일러를 보고서 다들 입을 모았던 '아스 프리데터 사이코패스설'. 그것에 무게가 점차 실려가던 영화의 중반에 드디어 사건이 터진다.

중간중간 비추던 테러 뉴스. 존은 그것이 아스가 저지른 일이 아닐까 추측하고 있었다. 영화에 '필요 없는' 사건이란 없다. 이만큼 잘 짜인 영화라면 더욱 그렇다. 영화에 조예가 있는 관객이라면 테러 얘기가 여러 번 나올 때 이미 '테러가 누구의 소행일까'를 의심했을 것이다. 하지만….

— *3분 이내에 이곳은 폭파될 것이다.*

'뭐?'

아스에게만 들려온 수상한 목소리.

'환청…?'

아니었다. 아스는 재빨리 헤티를 끌고 그 장소를 빠져나왔고 폭파는 실제로 일어났다. 콰아앙- 그 소리를 들으며 존은 재빨리 자신의 예측을 폐기해야 했다.

'테러가 아스를 노리고 벌어진 건가? 아니면 헤티를? 세계 곳곳에서 테러가 자행되는 중이라고 하지 않았나? 어떻게 돌아가는 거지?'

존은, 그리고 관객들은 점점 혼란에 빠지고 있었다.

이번에는 음대를 향한 테러 예고. 테러는 실제로 벌어졌고 아스는 헤티를 지켜낸다. 폭파 신은 워크브로더스의 역량을 갈아넣은 화면답게 장대했다. 실제 크기의 4분의 1 정도의 미니세트를 만들고 실제로 폭파시킨 결과물이었다. 헤티를 그렇게 괴롭히던 음대 교수며, 무시하던 학우들이 모조리 죽었다. 하지만 헤티는 그들의 죽음에 세상을 잃은 듯이 오열했다.

테러 조사관들이 헤티와 그녀의 연인, 아스의 주변을 맴돌지만 그들이 테러에 관계되었다는 정황은 발견하지 못한다.

그리고 어느 밤, 아스는 납치당했다.

'뭐? 외계인이라고?'

SF인지 몰랐던 영화에서 갑자기 우주선과 외계인이 등장했을 때 사람들은 어떤 반응을 하게 될까? 조금만 화면이 엉성해도, 연기가 부족해도, 피식- 웃음이 터지기에 십상이리라. 하지만 영상 전체를 짓누르듯이 등장한 테르카의 포스는 관객을 그대로 상황에 몰입시켰다.

'이런 반전이…! 그래서 제목이 〈Mimicry〉, 의태였구나…!'

이어지는 물고문. 배우들이 목을 부여잡고 괴로워하는 장면에 몸서리치던 관객은 물에 빠진 상태로도 테르카를 관찰해가며 괴로운 표정을 '연기'하는 유명의 '연기'에 경악을 금치 못했다.

'저건 CG겠지? 설마 물에 빠진 채로 저 연기를 해낸 건 아닐 거 아냐. 그런데 CG를 저렇게 정교하게 붙일 수 있나?'

겨우 시험을 통과해내고 집으로 돌아온 아스. 그는 헤티를 지키기 위해 당분간 멀리해야겠다고 결심하고 극단적인 방식으로 이별을 고한다. 하지만….

「아스! 아스 프리데터!」

「얼굴이라도 보고 얘기하자, 응?」

「어차피 너는 나를 사랑한 적이 없잖아.」

헤티의 말에 처음으로 충격을 받은 아스. 밝혀지는 진실과….

「고마워, 그리고 사랑해, 아스.」

가혹한 진실 앞에도 한 점 흔들림 없이 올곧은 헤티 램. 그때 관객들은 '밋밋하다'고 생각했던 이 여주인공의 진짜 가치를 깨닫는다. 그런 그녀를 보고 아스에게 감정이 싹트는 순간.

'아아….'

가장 능숙하던 남자의 서툴고 미묘한 첫 감정. 아스의 눈물이 딱 한 방울만 떨어졌을 때, 객석은 소리 없는 탄성으로 가득 메워졌다. 이즈음이 되어서는 다들 정신없이 화면만을 바라보고 있을 뿐이었다.

다시 한번 납치가 이루어진다. 이번엔 아스와 헤티, 둘이 함께. 테르카의 입으로 '인류학자 파견'의 감춰진 진실이 밝혀지고, 아스의 마지막 도박이 시작된다.

「결국 맞췄군, 테르카.」

'의태'가 아브칸인의 습성이라는 것과 '눈'이 의태한 모든 정보를 기록하는 기관이라는 말을 들었을 때, 존 클로드는 손톱이 파고들 정도로 주먹을 꽉 움켜쥐었다.

'시선…. 시선이 모든 것을 아우르는 테마였구나. 그래서 초반 30분을 그렇게 배치했고, 아스가 헤티를 바라보는 시선을 계속 강조한 것도 그런 이유로…!'

흡입기로 아스의 한쪽 눈이 뽑혔을 때 관객들은 자신의 눈이 뽑히는 것처럼 인상을 찌푸렸고, 그것으로 지구의 정보가 낱낱이 밝혀질 것을 자기 일처럼 염려했다. 하지만… 모두가 염려하는 일은 일어나지 않았다. 다만, 전혀 예상치 못했던 일이 일어났다.

「헤티, 있잖아. 지난번의 납치에서 기억이 조금 돌아온 후 나는 바로 분리에 착수했어.」

「분리…?」

이어지는 그의 설명. 아브칸인조차 상상할 수 없는 방식으로 보통 인간의 정보와 '너'의 정보를 양 눈에 나누었다는 말. 그리고 건네준 것은… 헤티의 정보.

'다른 사람의 정보가 아니라 헤티의 정보? 어째서?'

그는 남은 한쪽 눈에 헤티를 하염없이 담는다. 그리고….
「잠시만 여기 있어. 나 물 한 잔만 마시고 올게.」
무언가 불길한 예감은 현실로 일어났다. 부엌에 도착한 그는 과도를 단단히 쥐고 단숨에 남은 한쪽 눈에 틀어박는다.
'으윽…!'
아븨칸인이라 해도 피는 붉은 것일까, 그 피의 색깔마저 의태한 것일까. 한순간의 망설임도 없이 내지른 동작, 끝까지 감기지 않은 눈꺼풀과 거기에 꽂혀 있는 시퍼런 칼날. 그 옆으로 방울져 고인 새빨간 피가 주륵 흘러내린다. 빙글- 이를 악문 채로 그가 한 바퀴 칼을 비틀자, 자신이 쥐어짜인 마냥 관객들이 몸을 움찔거렸다.
「아스!」
「쉬잇…. 괜찮아, 헤티.」
「괘… 괜찮기는 이게… 이게 무슨…. 흐어… 흐어어어…. 병원, 병원에 가야….」
「괜찮아, 쉬잇…. 나 잠시만….」
아스가 숨을 힘겹게 몰아쉬자 관객들은 눈물을 그렁대기 시작한다. 밖에 나가면 기자들의 플래시 세례가 터질 것도 잊은 듯이, 그들은 양 눈을 내어준 아스를 보고 눈물을 마구 쏟았다.
「나 이제 장님이 되어버렸는데, 이런 나라도 사랑해줄 거야?」
그건 처음으로 감정을 배운 존재의 날카롭기 그지없는 첫사랑이었다.

초반, 강한 인상을 남겼던 풍뎅이와 강아지의 장면. 자비심이 없는, 그렇기에 동물이 두려워하는 아스의 본질을 단적으로 보여주는 장면이었다. 그 장면은 이 장면과 매치된다. 두 눈이 먼 채로 헤티의 집에 멍하니 앉아 있던 아스. 그를 볼 때마다 숨기 바쁘던 헤티의 강아지가 의자 뒤에서 나와 살그머니 다가오더니 처음으로 그의 손등을 핥는다.
 할짝- 아스가 손을 더듬어 작은 강아지의 머리를 쓰다듬었다.
 그리고 마지막. 완전히 깜깜해진 아스의 시야. 나직하게 들려오는 그의 마지막 독백으로 영화가 끝이 난다.
 ─ 의태는 약한 생명체들의 생존 방식이다. 하지만 아븨칸인은 우주에서 가장 강한 포식자인데도 의태한다. 가장 강해 보이는 것이 어떤 면에서는 가장 약한 것일까. 내 옆의 여자가 가장 약해 보이지만 가장 강한 것처럼….
 '아아-' 존 클로드는 탄식을 터뜨렸다. 처음부터 끝까지 예술이었다. 기발한 시도, 과감한 반전, 치밀하게 설계된 미장센, 깊이 있는 메시지 그리고… 기적적인 연기. 이 모든 것이 혼연일체가 된 '작품'은 관객의 시선을 완벽히 휘어잡을 만한 대중성까지 갖추고 있었다.
 '어떻게 이런 작품이….'
 그는 양쪽으로 충격을 받았다. 한때 정점을 찍었던 배우로서 믿을 수 없는 레벨의 연기에 대한 경외와 현재 활발히 활동하고 있는 감독으로서 예술성과 대중성을 완벽히 갖춘 작품에 대한 감동. 그는 엔딩크레딧에 올라가는 주연배우의 이름을 뚫어져라 눈에 담았다.
 '신유명….'
 검게 변한 화면을 멍하니 올려다보고 있던 관객들이 하나둘 일어난다. 그리고 박수가 시작된다. 짝짝짝짝짝-
 칸 영화제에서 기립박수는 일종의 관례이다. 영화를 만들기 위해 최선을 다했을 감독, 배우, 스태프를 향한 존경과 격려의 의미로 모든 영화가 끝난 후 행해지는 전통. 하지만 같은 기립박수라고 해도 그 온도는 다른 법.
 사람들이 눈물을 그렁이며 끝없는 박수세례를 이어가는 장면을 카메라가 담고 있었다. 〈Mimicry〉의 첫 상영이었다.

228

그렇게도 가능한 건가요?

'신유명….'

그를 처음 만난 지 2년이 채 되지 않았다. 자신에게 진한 패배감을 안겨주었던 프레디 머큐리. 〈지킬 박사와 하이드〉에서 처음으로 호적수를 만나 불타올랐던 기분과 마지막에 느낀 충격. 거의 1년여를 틀어박혀 '그가 해낸 것'을 재현하려고 발버둥 치던 인고의 시간. 그 시간이 아무 의미 없는 것처럼 또 한 단계 발전했던 〈발레리나 하이〉의 기막힌 팬텀. 〈예인 장녹수〉와 같은 시기에 개봉한 〈려말선초〉. 패배라고 말하기도 염치없을 정도로 차이가 컸던 결과. 그의 대단함을 받아들이고, 처음으로 즐겁게 함께 만들어갔던 〈피터팬〉.

그것을 보고 자신에게 손을 내밀었던 위고 비아드. 신유명이 자신에게 보낸 도효준. 그가 맺어준 인연들.

'그 짧은 시간 동안 너는 또 한 단계를 넘어섰구나….'

미친놈 같지만 가끔은 미친 듯한 천재성을 발휘하는 위고. 처음엔 한심하고 나약해 보였지만 그걸 고쳐보겠다며 매일매일 구르기를 마다하지 않는 효준. 무엇에게나 양면성은 있다. 자신과 유명의 관계에도.

'너를 만나지 않았으면 나는 이만큼 성장할 수 있었을까.'

가끔 짙은 패배감에 휩싸인다. 평생을 노력해도 유명을 따라잡을 수 있을까 하는 공포로 가위에 눌린 날도 있었다. 하지만 그를 만나지 않았다면 자신은 그저 그런 배우로 끝났을지도 모른다.

배역에 최선을 다하는 정도가 아닌, 내가 하고 있는 것이 과연 최선일까를 의심하며 몸부림치는 배우. 한국에서 웬만큼 잘나가는 배우가 아닌, 세계적인 명사에게 러브콜을 받는 배우. 다시 너와 한 무대에 서기를 꿈꿀 자격이라도 있는 배우. 내가 그런 배우로 성장할 수 있었던 건 결국 너와 만났기 때문이 아니었을까.

'그렇다고 언젠가 너와 대등하게 겨뤄보리라는 목표를 포기한 것은 아니지만.'

그것은 내일의 자신의 몫으로 남겨두고, 오늘의 그에겐 박수를. 최고의 작품을 빚어내어 자신에게 다시 한번 새로운 세계를 보여준 그에게 질투도, 부러움도, 패배감도 아닌, 그저 최고의 배우를 향한 찬사의 박수를 보낸다. 류신은 누구보다도 먼저 객석에서 일어서서 가장 오랫동안 커다란 박수를 보냈다.

'정말… 많이 컸구나.'

오늘 이 작품을 본 것은 장내를 가득 메운 셀럽들뿐만이 아니었다. 영화를 무척 좋아하는 귀(鬼)는 팝콘과 맥주를 준비해서 스크린 앞에 자리 잡았지만, 곧 그것을 치워버렸다.

아스의 다면(多面). 아스의 무(無). 그리고 인간이 되어가는 과정.

'…결국, 인간이 도달 가능한 연기 수준을 넘어섰군.'

뿌듯했다. 한낱 인간에게 저만한 연기의 격(格). 자신이 도와줬다 한들 결코 아무에게나 가능한 일은 아니었다.

'그런데 조금 낯간지럽네….'

〈Mimicry〉를 제대로 보는 것은 처음이었다. 카일러의 대본을 조사하느라 두 달 가까이 촬영장에 따라다니지 못했고, 어머니의 짓임을 알고 나서 복귀했을 땐 이미 촬영의 3분의 2 정도가 진행되어 있었기 때문이다. 자신이 모티브가 된 캐릭터를 연기하는 유명의 모습은 조금 쑥스러운 감정을 불러일으킨다. 이런 식으로 생색내려고 베푼 호의가 아니었는데 말이다.

'쑥쑥 커라. 아직 멀었어.'

인간계에서 최고점을 찍었다 한들 그가 보기에는 아직도 성장의 여지가 많이 남아 있었다. 하지만… 대견한 건 사실이었다.

[역대 최장, 17분의 기립박수. 〈Mimicry〉 화려한 데뷔]

[마이클 버레이 왈, 내 인생 최고의 영화였다]

[숨 막히는 반전. 압도적인 연기. 단 한순간도 마음 놓고 숨을 쉴 수 없었다]

[〈Mimicry〉, 황금종려상 후보로 급부상하나?]

상영이 끝난 직후부터 급보들이 인터넷을 뒤덮기 시작했다. 전 세계의 뉴스들이 〈Mimicry〉를 본 관객들의 격한 반응을 보도했고, 카일러에게도 유명에게도 인터뷰 요청이 물밀듯이 쏟아지기 시작했다.

그뿐만이 아니었다. 뤼미에르 극장 내부의 한 공간. Marche Du Film. 이곳은 칸 영화제의 필름 마켓으로 세계 최대 규모를 자랑한다. 영화제가 열리기 2~3일 전부터 폐막 직전까지의 짧은 기간 동안 1만 2천여 명의 세일즈 에이전트와 바이어, 영화제 관계자, 제작 관계자들이 이곳에 모인다. 올해의 이 행사에는 유독 한 곳에 사람들이 와글와글 모여 있었다.

「프랑스의 뒤퐁 수입사입니다.」

「죄송합니다. 프랑스는 선계약되어 있습니다.」

「하아… 언제….」

「모로코의 베자프 수입사입니다.」

「여기 입찰가를 적어내시면 됩니다.」

TW 영화사업부의 명찰을 단 직원들은 손님 응대에 정신이 없다. 이미 몇몇 국가들은 〈Mimicry〉의 판권이 프리 바잉(선구매)되어서 판매 불가능한 상태. 수입사들은 금액을 적어낸 후에도 자리를 뜨지 못하고 주변을 맴돌고 있다. 자기네 나라에서 다른 '손님'이 오지 않는지 초조하게 확인 중인 모양이었다. 잠시 숨을 돌린 틈에 직원들이 이야기를 나눈다.

「와…. 역대급 아닌가요? 이만큼 수입사들이 눈에 불을 켜는 건 본 적이 없는데.」

「'팔릴 만한' 영화니까. 게다가 영화제에서 뭐라도 수상하게 되면 지금 못 산 걸 땅을 치고 후회할걸? 미국에서 흥행 대박이라도 나면 더 할 거고.」

「대박이 안 날 수가 없는 영화던데….」

철저하게 결과물이 보안 유지되고 있던 〈Mimicry〉였지만, 영화제에 따라온 스태프들의 모티베이션을 위해 어젯밤 호텔방에서 특별 시사회가 마련되었다. 그것을 보고 난 직원들은 현재 전투력 게이지 120% 상승 상태였다.

「그러니까 제값 받아야지. 순진하게 서빙만 하지 말고 다른 쪽 정보들을 슬쩍슬쩍 흘려. 0 하나씩 더 쓰게 만들라고.」

「넵, 팀장님!」

스태프들은 입찰의 폭주로 〈Mimicry〉의 인기를 실감하고 있었지만 배우들은 초대장의 폭주로 실감하고 있었다.

〈Mimicry〉에 깊은 감명을 받은 사람들이 감독님과 배우님들을 모셔 작은 파티를 열고자 합니다. 부디 왕림하시어 자리를 빛내주시길 간곡히 부탁드립니다.

- Madame Vubont

소규모로 진행되는 모임에 신유명 배우님을 꼭 초대하고 싶습니다. 많은 분들이 배우님과 좋은 자리를 갖기를 갈망하고 있습니다. 회신 기다리겠습니다.
- Sharon Babel

호텔 객실로 밀려오는 수많은 초청장을 보며 데렉이 놀려댔다.
「좋아하는 반전, 즐겁습니까?」
「…하하.」
「남프랑스의 이름난 지역 유지에 할리우드 파티걸의 초청장이라…. 이건 돈 주고도 못 구하는 거 알아요? 참석자도 알짜배기들만 모아놨을걸.」
「그런 건가요?」
데렉의 말에 따르면, 파티도 주최자와 참석자에 따라 급이 나누어진다고 한다. 칸에 오는 것은 영화제를 즐기려는 목적도 있지만, 이런 자리에서 만들어지는 인맥 때문도 있다는 것. 파티의 급이 올라갈수록 등장하는 사람들이 더 대단해진다고 했다. 그리고 지금 유명에게 오는 초청장들은 1부, 2부 리그의 초청장이 아닌 히든 리그의 초청장이라고 한다.
「그런 거죠. 결국 '진짜'는 모두 알아보기 마련이니까. 얼른 미국에 돌아가고 싶군요. 나불대던 가십지들이 뭐라고 입을 털지 궁금하네.」
데렉이 장난스럽게 눈을 데굴 굴렸다.

그 시간, 파블의 홍보부장은 사장의 앞에 서서 바들바들 떨고 있었다.
「이게 무슨 상황이야, 도대체!」

사장실의 바닥에는 정체를 알 수 없는 유리 파편들이 어지러이 흩어져 있었다. 분을 못 이겨 사장이 내던진 어느 영화제의 유리 트로피가 부서진 흔적이었다.

「설명해. 일이 이 지경이 되기까지 뭘 한 거야!」

「그… 조지 감독님이…」

「보고! 이 정도 상황이면 나한테 보고를 해야 할 거 아냐!」

「…책임지신다고.」

「책임? 하아… 내 탓이지. 아들놈을 잘못 키운 내 탓이야.」

연예계에선 성과 이름을 바꾸고 활동하는 사람이 흔하다. 조지 하우슬리는 이 남자, 빈센트 하우머의 둘째 아들이었다. 조지는 어릴 때부터 불만이 많았다. 청소년기에 사고를 치고 다니는 작은아들에게 도대체 왜 그러냐고 물어보면, '아버지는 어차피 형만 좋아하시잖아요'라는 말을 하곤 했다.

현 부사장이자 파블을 이어야 할 큰아들에게 더 많은 기대를 한 것은 인정하지만… 두 놈을 차별한 적은 없었다. 그냥 둘째는 자유롭게 제 인생을 살도록 해주고 싶었을 뿐인데, 아비의 마음을 늘 몰라주었다. 그나마 제 길을 찾은 후엔 정서가 안정되었다. 재능도 있는 편이라 정말 다행이라고 생각하고 있는 힘껏 밀어주고 있었는데, 뒤에서 이런 짓을 하고 다녔을 줄이야.

그는 익명의 이메일로 전송되어온 조지와 파블의 홍보부장, 가십지들 간의 지저분한 금전 거래 관계를 보며 눈을 질끈 감았다. 심지어 이번이 처음도 아니었다.

「조지가 협박했다고?」

「…네. 부사장님은 무던하게 경영을 유지할 뿐이지만 자신은 파블에 매년 돈을 벌어다주고 있지 않냐고, 이제 자신이 실세라고 하셨습니다. 일리가 없는 말도 아니라서 조지 감독님 라인을 타려는 직원들도 꽤….」

어이가 없었다. 애정결핍인 듯한 자식놈이 마음 쓰여서 회사의 얼굴로 밀어주었더니, 이제 자신이 회사를 먹여 살리는 줄 알고 큰소리를 치고 있다. 아마 어릴 때부터 아들을 지배했던 피해의식은 치료된 것이 아니었던 모양이다. 오히려 이젠 형을 넘어섰다고 생각해서인지 질투의 대상이 다른 상대에게로 옮겨가 있었다.

「일단 배급부터 중지해.」

「네?」

「〈Divert〉배급 중지하라고. 이대로 맞붙게 할 순 없잖아.」

애달픈 부정. 그는 자식이 잘못된 길을 가고 있음을 알고서도 먼저 자식을 살리려 했다. 이메일을 보내온 상대에겐 목적이 있겠지. 그건 돈으로 막으면 된다. 일단 아들을 카일러와의 경쟁 구도에서 빨리 빼내어 웃음거리가 되는 것을 막아야 했다.

「저… 그건 어렵습니다.」

「왜!」

「2월 예정이었던 배급을 1월에 미뤄달라고 하셔서, 배급사와 크게 문제가 생길 뻔한 것을 가까스로 막았습니다. 그런데 2주 전에 다시 미루겠다고 하면… 이번엔 배급사에서 가만있지 않을 겁니다.」

쾅- 빈센트는 책상을 한 번 세게 내리치며 눈을 감았다. 비탈을 구르기 시작한 수레는 이제 멈출 수 없는 속도로 달리고 있었다.

칸 외곽의 한 고급 빌라에는 아홉 명의 사람들이 모여 있었다. 바네사 녹스를 비롯하여 여성 4인, 남성 4인으로 이루어진 심사위원단은 깊은 침묵에 휩싸여 있었다.

「오늘부로 경쟁작 상영이 한 바퀴를 모두 돌았군요.」

「유난히 퀄리티 높은 작품들이 많은 해였습니다.」

「그래요? 저는 한 작품을 보고 나니 다른 작품들은 영⋯.」

뚱뚱한 사내, 모레이 할츠가 입을 열었다. 그는 캐나다에서 독보적인 명성을 가진 영화감독이었다.

「이게 인간의 손으로 만든 것인지, 신의 손으로 빚어낸 것인지가 의심스러울 정도였습니다. 감독으로서 좌절감을 느끼게 하는 작품이었어요. 아마 올해 최고의 화제작이 되겠죠. 이 작품에게 주요상을 주지 않는다면 칸 영화제가 두고두고 놀림을 받을 겁니다.」

「저도 동의합니다. 다만 걸리는 것은 '감독'을 우선으로 줘야 할지, '배우'를 우선으로 줘야 할지⋯.」

그 말에 둘러앉은 사람들이 침묵했다. 2001년에 〈피아니스트〉가 그랑프리, 남우주연상, 여우주연상의 3개 주요 상을 석권한 뒤, 한 작품이 여러 개의 주요 상을 받는 것을 제한하는 룰이 생겼다. 공동수상은 두 가지 부문에서만 가능하며, 황금종려상은 다른 상들과 함께 수상이 불가능하다.

「황금종려상은 감독에게만 줄 수 있죠.」

「그럼 차라리 각본상과 남우주연상을 함께 주는 건 어떨까요? 그건 심사위원장 재량으로 가능하지 않습니까.」

「⋯저도 재밌게 보긴 했지만, 그 정도까진 아니지 않았나요?」

프랑스 여배우인 까미유 클랑이 심사위원장의 눈치를 보며 슬쩍 말한다. 그녀는 바네사 녹스의 까칠함과 보수적인 면모를 잘 알고 있는 후배 여배우였다. 그녀에게 혼난 적이 여러 번 있었기에 자신도 모르게 비위를 맞춘 것이다. 계속 침묵을 지키고 있던 바네사가 드디어 입을 열었다.

「그 작품을 '그 정도'라고 말한다면 이 자리에 있을 안목이 없는 거고.」

「⋯⋯.」

예상과는 다른 그녀의 말에 까미유가 파랗게 질린다.

「아, 제 얘기예요. 영화를 보지도 않은 채 경솔하게 굴었던 스스로를 돌이켜보는 중입니다. 제가 이 자리에 있을 자격이 되는지 모르겠군요.」
그녀의 폭탄 같은 말에 모든 심사위원들이 침묵에 빠졌다.
「그럼… 심사위원장께서는 어떤 방향으로….」
「최고의 상은 당연히 최고의 작품에 줘야 하는 거지요. 제 생각은 그렇습니다.」
「…그럼 황금종려상을 주자는 겁니까? 남우주연상 말구요?」
「이렇게 하면 어떨까요?」
바네사가 내놓은 의견에 다들 입을 벌렸다.
「어… 그렇게도 가능한 건가요?」

229

무슨 상일까

마담 뷔봉은 손님들을 한 명 한 명 정성을 다해 맞았다.
'어머나… 아름다워라.'
그녀는 반짝이는 것을 좋아했다. 남프랑스에서 손꼽는 자산가의 딸로 태어난 그녀가 평생 수집해온 것은 보석과 가만히 있어도 주위를 환하게 밝히는 진짜 스타들. 그것으로 뭔가를 취할 욕심은 없었다. 그저 자신의 공간 안에서 진짜 별들이 서로 교류하며 멋진 시간을 보내는 것을 물끄러미 바라보는 것이 그녀의 가장 사치스런 취미였다.
칸 영화제에서 화제가 되고 있는 작품 하나는 친구가 많은 그녀의 귀에 쉽게 들어왔고, 그녀는 그 작품을 보고 난 후 완전히 사랑에 빠졌다.
'맙소사. 진짜 별이 저기 있었네.'

그녀는 〈Mimicry〉 트레일러를 보지 못했다. 하지만 보았더라면 주연배우의 연기력 논란이 있었다는 말에 우아하게 눈썹을 치켜올렸으리라. 눈앞에서 광채를 발하는 보석을 두고 진품 여부를 논하는 사람들이 뛰어난 보석 감정사인 그녀로서는 무척 우둔하게 느껴졌을 테니까.

그녀는 그날, 영화를 본 자신의 친한 친구들과 흥분된 감상평을 나누었고, 그를 초대하여 '특별 파티'를 열어야겠다는 구상을 하게 되었다. 그리고 역시 자신의 오랜 친구 중 하나인 데렉에게 연락을 해서 물었다.

— 그 배우분을 초대하면 와주실까요?

데렉은 마담 뷔봉의 이런 면모를 좋아했다. 진짜 중의 진짜만 모이며 '접대를 할 줄 안다'는 평이 자자한, 그래서 누구나 초대장을 얻지 못해 안달인 마담 뷔봉의 파티. 그런 파티의 호스트이면서도 그녀는 거만하지 않고 언제나 배려할 줄 아는 사람이었다. 그래서 그는 효과가 있을 만한 방법을 알려주었다.

— 여주인공인 에르히 데버를 함께 초청하시죠. 아마 그럼 갈 겁니다.

— 아아…. 헤티 램의 연기에 무척 감명받았죠. 기꺼이 그녀도 초대할게요. 그녀를 초대하면 올 거라는 건 혹시 두 분…?

— 아뇨. 그런 건 아니지만, 좋은 모임들에 매번 그녀가 소외되었던 걸 분명 신경 쓰고 있을 사람이니까요.

— 어머, 그런 분이군요…! 정말로 친해지고 싶네요.

에르히 앞으로는 중요한 파티의 초청장이 잘 오지 않았다. 이곳의 사람들은 외견의 화려함, 명함의 반짝임을 무척 중요하게 생각하니까. 유명이 에르히의 자존심이 상하지 않게 애쓰면서 자신의 앞으로 초대가 온 곳에 최대한 그녀를 데리고 다니는 것을 데렉은 눈치채고 있었다. 데렉의 예상은 정확히 들어맞았다. 유명은 에르히가 마담 뷔봉의 초대장을 받았다며 발갛게 웃음 짓는 모습을 보고, 그녀의 파티에 참석하기로 결정했다.

　마담 뷔봉의 파티가 열린 것은 폐막식 전날이었다. 그곳에서 유명은 깜짝 놀랄 제안을 받는다.

「안녕하세요, 신유명 씨.」

「조… 존 클로드 감독님?」

「아, 제 이름을 아시는군요. 영광이에요. 팬입니다.」

「…!」

　한때 세계를 휩쓸었던 대배우, 지금은 매번 히트작을 내고 있는 대감독, 칸 영화제에 참석한 모든 이들이 안면을 트기 위해 발버둥 치는 인물. 그가 유명에게 먼저 말을 걸었다. 팬임을 자처하면서.

「무슨 그런 얘기를…. 제가 감독님 팬입니다. 작품들 모두 감명 깊게 봤습니다. 〈황야의 유혼〉도, 〈프린스턴〉도, 〈미치미츠디치〉도, 〈프랑스와즈〉도, 〈라스트베케이션〉도….」

　흥분한 유명의 입에서 그의 출연작과 감독작이 마구 섞여 나온다. 존 클로드가 유명의 손을 덥석 잡으며 즐겁게 외친다.

「맙소사. 내 스타가 내 팬이라니, 이런 영광이 있나!」

'아니, 감독님 팬이 아닌 사람을 찾기가 더 어려울 텐데요….'

　유명의 속마음을 아는지 모르는지 그가 더욱 쾌쾌하게 말했다.

「우리 작품 하나 같이 할까요?」

「…네?」

「아… 너무 경박했나요? 실수, 흠흠.」

　그가 목소리를 가다듬더니 완벽하게 웃음기를 뺀 진지한 표정으로 제의한다.

「진심으로, 다음 작품이 정해지지 않았다면 저와 함께 해주었으면 좋겠는데요. 유명 씨를 보고 영감을 받아서 어제부터 쓰기 시작한 작품이 있습니다.」

새 작품…! 마침 드라마 촬영이 끝난 참이었던 유명의 눈에 반짝 생기가 맴돌았다.

유석이 오랜만에 음습한 즐거움에 찬 목소리로 미국 현지의 상황을 유명에게 중계했다.

"몸이 달았어요. 지오반니 전화기에 불이 났다고 합니다."

"그래요? 하하."

"뭐, 전혀 서두를 필요는 없죠. 다들 업프런트 시기도 넘겨 가면서 목을 빼고 우리를 기다리고 있는데요."

미드의 편성이 발표되는 업프런트 시기는 보통 5월 초반이다. 하지만 많은 채널들이 〈Missing Child〉를 위해 업프런트 일정을 미뤘다. 혹은 어쩔 수 없이 발표는 했지만, CRD에서 콜을 주기만 하면 기존작을 교체하겠다고 언질을 준 채널도 있었다.

"그럼 칸의 발표가 나는 대로 완성본을 풀 계획인가요?"

"그럴 생각으로 마지막 박차를 가하고 있죠. 내일까지 완성이 되려나 모르겠네요."

"제작팀에서 고생이 많겠군요."

"뭐…. 보너스 두둑하게 챙겨주지 않겠습니까. 오히려 스태프들이 더 난리라고 합니다. 방송국한테 갑질할 기회라구요."

"하하…."

"칸 현지 반응은 더 뜨겁겠네요. 직접 못 봐서 너무 아쉽군요."

"같이 오시지 그랬어요."

"괜찮아요. 내겐 더 큰 즐거움이 있거든요. 그나저나 영화제가 휴양지라서 다행이네요. 〈Mimicry〉 끝나고 너무 바로 드라마에 들어가서…."

사실 그렇게 급하게 끌려갈 이유는 없었는데."

"끌려간 게 아니라 제가 좋아서-"

"하여간 이번에는 진짜 좀 쉬죠. 〈Missing Child〉 방영 시작까지 최소 5개월은 푹 쉬어야 합니다."

유명이 난처한 듯 말을 웅얼거린다.

"아… 대표님, 그게…."

"뭐죠? 갑자기 촉이 엄청 불안한데."

"저… 사실 어제 파티에서 만난 감독님께 차기작 긍정적으로 검토하겠다는 약속을 해버렸는데…."

"뭐라구요?"

이 정도면 기획사가 왜 있나 싶을 정도. 유석은 정말로 답답해져서 살짝 언성을 높였다.

"아니 왜…. 그런 거 함부로 약속하시면 안 되는 겁니다. 지금도 유명 씨 제발 출연하게 해달라는 작품이 쌓였고, 앞으로 두 작품 성공적으로 런칭하고 나면 더 좋은 곳에서 수많은 제안이 쏟아질 텐데 아무리 구두 약속이라지만 그렇게 덥석…."

한바탕 잔소리를 하고 난 유석이 드디어 물었다.

"하아, 그래서 도대체 누굽니까?"

"어… 그게 존 클로드 감독님이-"

"네? 누구라고요?"

"존 클로드…."

"……."

유석의 어안이 벙벙해졌다. 존 클로드라면 할리우드의 수많은 감독 중에서도 독보적인 클래스다. '개봉만 하면 1위'라는 별명도 가지고 있는 그야말로 대감독.

'톱배우를 자기편으로 만드는 것도 모자라 이제 톱감독까지?'

유석이 보기에 유명은 인간관계에 열심인 타입은 아니었다. 자신의 할 일에 최선을 다하고 그때그때 만나는 사람들에 충실하긴 하지만, 호들갑스럽지 않기에 그 진가는 시간이 지나야 알게 되는 사람. 하지만 진짜는 진짜를 알아보는 걸까. 그는 매번 상상도 못 했던 인물들을 자신의 편으로 끌어들인다.

"좋은 분이시더라고요. 대표님도 좋아하시게 될 거예요."

유석의 속도 모르고 유명은 속 편한 소리를 늘어놓고 있었다.

폐막식 당일 정오경, 카일러에게 콜이 왔다. 그의 방에 모여 있던 모든 관계자들이 잠시 숨을 멈췄다.

「칸 영화제 사무국입니다.」

「카일러 언쇼입니다.」

「당일 저녁, 폐막식에 꼭 참석 부탁드립니다. 감사합니다.」

Hooray-! 전화가 끊기기 전부터 소리 없는 함성이 빗발쳤다. 감독이 수화기를 내려놓고 나자 그 함성은 입 밖으로 튀어나왔다.

「감독님!」「축하드려요!」「축하드립니다!」

「아직 뭐가 될지도 모르는데요~」

「뭐면 어떻습니까. 일단 칸 수상은 확실해진 거 아닙니까.」

당일 정오 무렵, 수상작을 대상으로 참석 콜이 뜬다. 수상작이 폐막식에 불참하는 해프닝이 벌어지면 안 되기에 사전 연락을 취하는 것이었다. 즉, 이 전화를 받으면 뭐든 한 가지는 수상하게 된다는 의미. 그것만으로도 이곳에 온 이유는 이미 충분히 채워졌지만….

'무슨 상일까.'

'황금종려상과 그랑프리³, 남우주연상 셋 중 하나는 기대해볼 만한데…!'
'이왕이면 황금종려상!'

모두의 눈에는 짙은 욕심이 어른거리고 있었다. 사실 당연한 일이다. 〈Mimicry〉는 이번 칸 영화제 최고의 화제작이었다. 심사위원장이 바네사 녹스인 것이 조금 마음에 걸리긴 했지만, 이만한 화제성을 완전히 무시하지는 못할 테니까.

그때부터 모두들 바빠졌다. 개막식도 개막식이지만 폐막식의 취재 열기는 더하다. 폐막식에 나타났다는 것은 수상 예정작일 가능성을 시사하기 때문이다.

「데렉, 그 옷 그렇게 막 입으면 안 돼요! 구겨진다고요!」

「유명 씨, 메이크업 지우고 새로 할게요!」

「네? 지금 충분히 좋은데….」

「안 돼! 마음에 안 들어! 다시!」

의상, 분장 담당자들이 되레 난리였다. 제일 예쁜 모습으로 레드카펫에 세워야 한다며 유명과 카일러, 데렉을 들들 볶아댔는데, 물론 옆방에서 나탈리와 에르히가 볶인 것에 비하면 아무것도 아닐 것이다. 에르히는 그녀의 옅은 분위기를 감각적으로 살리는 살구빛 드레스를 입었다. 나탈리는 고혹적인 자태를 돋보이게 하는 짙은 레드의 머메이드 드레스, 그리고 남성들은 최고급 원단이 몸에 매끄럽게 떨어지는 검은 정장에 보타이.

「하여간 이 동네는 후져. 중세도 아니고 무슨 드레스 코드가 이렇게 딱딱한지.」

「권위 있는 곳일수록 변화의 바람은 천천히 부니까.」

여성은 드레스, 남성은 검은 정장에 보타이. 정해진 드레스 코드에

---

3   그랑프리: 심사위원대상. 이름은 그랑프리이나 실제로는 2등상

완벽히 맞추고, 그들은 드디어 뤼미에르 극장으로 향했다.

차차차차차차차차찰-각. 유명은 쏟아지는 플래시 세례에 자칫 눈을 감을 뻔했다. 프레스 라인에서 몸싸움을 벌이는 기자들이 그들을 보고 웅성거린다.

「역시 〈Mimicry〉팀은 왔네.」

「강력한 황금종려상 후보겠지?」

「글쎄…. 그 바네사 녹스잖아. 그래도 무시하진 못할걸. 이번 필름마켓에서 수익이 역대 최고였대.」

「하기야, 유명인들도 줄줄이 찬사를 읊었으니까. 일단 최대한 많이 찍자. 나올 땐 앞자리 못 차지할 수도 있어.」

쏟아지는 플래시들은 빛의 폭풍과도 같았다. 유명은 에르히를 에스코트해 레드카펫 위를 걷다가, 중간쯤에 한 번 멈춰 기자들을 돌아보았다. 기다렸다는 듯이 질문 세례가 쏟아졌다.

「무슨 상을 예상하고 있습니까?」

「단숨에 무명에서 여기까지 왔는데 감흥이 어떠신가요?」

「신유명 씨, 이쪽 좀 봐주세요! 여기요!」

혼잡한 질문들 가운데, 귀를 관통하는 명쾌한 소리가 하나.

"이 영화를 찍으실 때, 칸에 올 것을 예상하셨습니까?"

한국어가 들려오는 곳으로 시선을 따라가 보니 보이는 것은 우정일보 기자, 윤진성이다. 이제는 자신의 전담기자로 배치돼버렸나 보다. 유명은 그에게 한 번 웃어준 후 영어로 대답했다.

「아니요. 하지만 좋은 연기를 하고 좋은 영화를 만들다 보면 언젠가는 오게 되지 않을까, 라는 생각은 했습니다. 생각보다 빨리 오게 되어 기쁘네요.」

칸은 목표가 아니다. 자신의 길을 걷다 보면 만나게 되는 결과, 아니 과정. 저 아득한 연기의 극의를 향해 묵묵히 걷는 사람이 한 번쯤 지나치게 되는 곳.

그 말 한마디를 남겨두고 유명은 뤼미에르 극장 안으로 사라졌다. 기자들은 그가 보이지 않을 때까지 사진을 찍어댔다.

폐막식. 왼쪽에는 마이크가 달린 단상이 있다. 오른쪽에는 황금색의 종려나무 가지가 장식된 심사위원존이 설치되어 있고, 9명의 심사위원단이 앉아 있다. 하나씩 상을 받을 작품들이 호명된다. 이름이 불리지 않는 시간이 길어질수록 가슴은 두근거리고 기대는 부푼다. 뒤로 갈수록 상의 타이틀이 점점 커지기 때문이다.
'작품상…도 아니네.'
'남우주연상도 다른 작품에… 그럼 정말로…!'
황금종려상(Palme D'or). 영화에 대해서 전혀 모르는 사람이라도 이 상의 대단함만은 알고 있을 정도로 세계 영화계에서 최고의 권위를 자랑하는 상. 그 상 하나의 시상만을 남겨놓고 모두가 숨을 죽인다.
왼쪽의 단상에 프랑스의 노장 감독, 피에 모랭이 시상자로 등장해 심사위원장을 호출한다.
「심사위원장님, 이제 올해의 황금종려상을 발표해주시기 바랍니다.」

230

엄마 운다, 울어

황금종려상은 시상자가 호명하지 않는다. 시상자가 심사위원장을 호출하고, 심사위원장이 단상으로 직접 이동해 간단한 심사총평을 얘기한 후 수상작을 발표하게 된다. 바네사 녹스가 심사위원석에서 천천히 걸어나와 피에 감독에게 가볍게 인사하고 마이크를 잡았다.

「올해 황금종려상을 발표하기에 앞서, 한 가지 고백을 하려고 합니다.」

그녀의 나직한 말에 장내의 기류가 흔들렸다.

「우리는 편견이 지배하는 세상에 살고 있습니다. 너무 많은 정보가 난무하고, 그 정보의 진위를 파악하는 것조차 정보가 되어버린 시대죠. 그렇기에 언제나 눈을 똑바로 뜨고 편견에 물들어버린 것이 아닌지 스스로를 검열하지 않으면, 자신도 모르게 누군가를 상처 입히고 있을지도 몰라요.」

가만히 생각하게 만드는 그녀의 이야기.

「그럼에도 진짜에는 그런 편견을 산산이 깨부수는 힘이 있습니다. 그래서 우리는 언제나 예술을, 진짜 작품을 갈망하는 건지도 모릅니다. 이 영화는 저도 모르게 자라나 있던 편견을 산산조각내고, 순수하게 마음이 흔들려버린 저 자신을 만나게 해주었습니다. 모든 심사위원이 한 분의 이견도 없이 이 영화를 황금종려상으로 꼽았습니다.」

한 박자 쉬고, 이어지는 호명.

「〈Mimicry〉.」

와아아아아-! 커다란 탄성이 터진다. 주변 인물들이 벌떡 일어서 환호하며 손을 휘둘렀다. 카일러는 잠시 어지러운 듯 눈을 감더니, 다시 번쩍 떠서 옆자리의 유명을 바라보았다.

「감독님, 축하드려요! 와… 진짜… 황금종려상!」

「유명 씨가 받았어야 하는데….」

「에이, 같이 받은 거죠. 얼른 나가세요! 축하드려요!」

주변의 축하를 받으며 카일러가 자리를 빠져나가고 있을 때, 바네사가 한 번 더 마이크를 잡았다.

「거기 더하여, 저희는 이 영화에 한 가지 의당한 영예를 추가하기로 결정했습니다.」

'...?'

예상에 없던 그녀의 발언에 관객들은 더욱 술렁이고, 기자들의 손은 바빠진다.

「주연배우의 신기에 가까운 연기가 아니었다면 〈Mimicry〉라는 작품은 이런 완성도를 가질 수 없었을 거라는 사실을 참작해, 이번 칸 영화제의 황금종려상은 감독과 주연배우에게 공동으로 수여됩니다.」

'뭐?'

한 번도 없었던 일[4]. 바네사는 유명의 이름을 또박또박 호명하며 함께 올라올 것을 요청했다.

「유명 씨 축하해요!」

「맙소사, 이게 무슨 일이래…. 축하합니다!」

「얼른 나가요, 유명 씨. 얼른요!」

'나…?'

얼굴이 살짝 붉어진 유명이 벌떡 일어나 발을 내딛기 시작한다. 카일러가 유명을 기다려 발걸음을 맞추었다. 나란히 시상대를 향하는 두 사람의 뒤로 폭풍 같은 박수가 쏟아진다. 무대를 오르기 전, 이번에 눈이 마주친 바네사는 개막식 때와는 달리 턱을 치켜들지 않고 살짝 숙여 경의를 표했다.

---

[4] 본래 황금종려상은 해당 작품의 감독에게만 돌아간다. 하지만 2013년 66회 영화제에서는 《가장 따뜻한 색, 블루》의 압델라티프 케시시 감독과 주연배우 두 명(레아 세두, 아델 에그자르코풀로스)이 황금종려상을 공동수상했다. 당시의 심사위원장 스티븐 스필버그 감독이 극찬한 작품으로 배우들의 공로까지 함께 치하해야 한다는 것이 이유였다. 황금종려상을 수상한 작품이 다른 주요 상을 받지 못한다는 규칙 때문에 배우들이 수상을 못 하게 되자 황금종려상을 배우에게도 준 최초의 사례이다. 작중 세계에서는 〈Mimicry(2008)〉가 최초 케이스가 된다.

〈Mimicry〉의 수상이 발표된 순간, 프레스 센터는 난리가 났다. 미국 기자단과 한국 기자단이 동시에 기쁨의 비명을 내질렀다.

「특보야! 〈Mimicry〉, 최초로 감독과 배우 공동수상!」

「맙소사. 미국 영화계가 뒤집히겠는데.」

"아, 안 돼. 왜 내가 눈물 날 거 같지, 하하하."

"이 기자-! 1초라도 먼저 기사 전송해야 해. 좋아하고 있을 때가 아니라고."

몇 분 지나지 않아 인터넷에 급보가 돌기 시작했다.

[〈Mimicry〉, 황금종려상 수상!]

[감독과 배우에게 최초로 황금종려상 동시 수여, 칸의 이변!]

['의당한 영예', 바네사 녹스 〈Mimicry〉에 극찬 남겨]

칸의 상황을 생중계 중이던 한국의 여러 채널 또한 동시다발적으로 수상결과를 전달하기 시작했다.

"지… 지금 믿지 못할 이변이 탄생했습니다! 우리… 우리 신유명 배우가 주연을 맡은 〈Mimicry〉가 황금종려상을! 그런데 황금종려상 사상 최초로 감독과 배우가! 동시에 수상했습니다!"

기자가 평정을 잃고 울먹임과 환희가 섞인 목소리로 뉴스를 전달했다.

"뭐? 유명이가?"

"맙소사, 신유명, 아니 오빠! 오빠아악!"

"유명아! 유명아!"

그 시간 유명의 집. 월드컵 축구 4강에서 골을 넣었을 때와 같은 함성이 아파트 전체를 울렸다. 새벽 4시가 넘은 시간. 한국 전체가 잠을 이루지 못하고 있었으니, 유명의 가족들이야 당연지사였다.

기대하지 말자, 미국에 가서 찍은 첫 영화가 이 정도 성과를 낸 것만 해도 정말 대단한 거다, 그런 말을 하루에도 수백 번씩 마음에 되새겼다. 혹시 수상결과가 안 좋다 해도 엄마 아빠만은 '정말 잘했다, 네가 최고다'라고 한 치의 아쉬움 없이 얘기해줄 수 있도록.

　그러면서도 속으로는 기대했다. 더 큰 상, 더 대단한 영광을 기대해서가 아니라 속이 상해서. 제 뜻한 바를 한번 열심히 해보고 싶다고 해서, 그리고 그 말처럼 최선을 다할 아이일 걸 알기에 눈물을 머금고 물 건너에 보내놓았는데, 참 많은 이들이 아들의 진심을 의심했다.

　한국에서 엉망이던 여론이 겨우 반전되고 나자 이젠 미국이었다. 보지 않으려 해도 어찌나 다들 관심이 많은지, 티브이에서도 뉴스에서도 미국에 떠도는 루머들을 자꾸 내보냈다.

　'혹시 칸에서 무슨 상이라도 받는다면….'

　모난 돌이 정 맞는다고, 특출한 재능을 너무 단시간에 드러낸 아들에게 쏟아지는 질투와 의혹. 그래서 기대했다. 모난 돌이 그저 돌이 아니라 잘못 건드리면 정이 쪼개져버릴 강도의 진짜 다이아몬드라는 걸 누군가 입증해주었으면 하는 마음. 칸이라면 그걸 해줄 수 있지 않을까 하는 마음. 그래서 아들이 쓸데없는 루머에 시달리지 않고, 제 하고 싶은 일을 맘 편하게 하길 원하는 부모의 마음이 그런 욕심을 낳았나 보다.

　[카일러 언쇼 & 유명 신]

　방송에서 이제 막 입수했는지, 시상식 현장 클립을 내보낸다. 어리둥절해 보이는 아들. 주변 사람들의 커다란 축하박수 속에서 아들이 한 발 한 발 걷는다. 아기 때 두 팔을 벌리고 아장아장 엄마에게 걸어오던 모습과 저 당당한 걸음이 오버랩된다.

　'내 아들…. 자랑스러운 우리 유명이….'

　눈시울이 벌게진 엄마의 어깨에 아빠가 손을 올렸다.

　"엄마 운다, 울어."

　지연은 자기도 코끝이 시뻘게져서는 엄마를 놀렸다.

그날 저녁, 칸 모처의 기자회견장. 감독과 네 명의 주연배우들이 문을 열고 들어오는 순간 와르르 플래시가 터졌다. 사회자는 충분히 사진 찍을 시간을 준 후 마이크를 입에 대었다.

「이 자리에 모신 영광의 주인공들에게 큰 박수 부탁드립니다.」

좋은 자리인 만큼 기자회견장의 분위기도 밝았다. 세계 각국에서 온 기자들이 휘파람을 불며 커다란 환호를 보냈고, 그들은 기분 좋게 자리에 앉…

「잠시만요-」

…기 전에 들어온 데렉의 제지에 사회자가 물었다.

「무슨 문제라도 있으십니까?」

「네. 여기 들어올 자격이 없는 사람이 보이는데, 제가 소심하다 보니 마음 편하게 기자회견을 못 할 것 같아서요.」

모두는 '소심하긴 누가…'라고 생각했지만, 데렉이 누구를 말하는 것인지 궁금해 주변을 두리번거렸다.

「할리우드 위크의 샤일로 코마 기자님? 바로 엊그제까지 〈미믹크리〉가 망할 수밖에 없는 이유에 관해 매주 기사를 쓰셨는데 수상 소감 한마디 부탁드립니다.」

수상한 사람이 묻는 수상 소감. 데렉이 삐딱하게 고개를 기울이며 질문하자 나탈리가 쿡쿡 웃었다. 공식 기자회견장에서 이렇게 자기 하고 싶은 말을 다 하는 셀럽이 있을까. 하기야 욕을 안 한 게 어디냐 싶다.

다른 기자들이 쑥덕이며 그를 비웃었다. 어떤 사람은 큰 소리로 '우리 일하게 거긴 좀 나가쇼-' 하고 말하기도 했다. 기자들끼리는 웬만하면 서로 보호해준다고는 하지만, 이런 상황에서 가십지 기자의 편을 드는 사람은 아무도 없었다. 그는 곧 얼굴이 시뻘게져서 회견장을 빠져나갔다.

「후, 이제 악취가 사라졌군요. 시작해볼까요?」

기자회견의 내용은 주로 수상소감과 영화가 만들어지기까지의 과정에 치중해 있었다. 프레스 자격으로 〈Mimicry〉를 관람한 기자들은 영화 내용에 대해서도 궁금한 것이 많지만, 아직 개봉 전인 영화이기에 스포일러가 될 만한 질문은 피하는 것이 예의였다.

「〈Mimicry〉는 독특한 트레일러로도 많은 화제가 되고 있는데요. 트레일러 공개 전날 데렉의 '눌릴 뻔했다' 발언과 '내일 알게 된다'는 말이 한참이나 세간을 떠들썩하게 했죠. 데렉, 그 말의 의미는 무엇이었나요?」

「'눌릴 뻔했다'는 뭐, 연기 얘기죠. 이제 더 설명할 필요가 없군요. 역사상 처음으로 황금종려상을 받은 '배우'이니 제가 눌릴 뻔했다는 게 놀랄 일도 아니구요.」

영화를 본 기자들은 모두 고개를 주억거렸다.

「'내일 알게 된다'는 설마 내일이면 알 줄 알았죠.」

「…?」

「설마 그 트레일러를 보고도 모르는 멍청이들이 있으리라곤….」

데렉이 한숨을 쉬자 몇몇 기자들이 얼굴을 붉혔다. 자신의 안목으로는 트레일러만 봐도 충분히 연기의 격이 보이는데, 왜 그 뒤에도 논란이 수그러들지 않았는지 이해할 수 없다는 표정이었다. 나탈리가 거침없는 그의 발언을 가로막으며 자신 쪽으로 시선을 끌었다.

그렇게 한참 진행된 후, 회견의 막바지. 유명에게 돌아온 한 가지 질문.

「신유명 씨, 믿을 수 없는 연기력을 선보였다는 평가를 받고 있는데요. 아스 프리데터 역을 어떤 마음으로 연기하셨나요?」

그 말에 유명은 가만히 생각하더니 말했다.

「아스 프리데터를 이해하는 한 사람이 되고 싶다는 마음이요.」

「…무슨 의미일까요?」

「헤티는 강하고 멋진 여성이고 아스를 진심으로 사랑하지만 그를 완전히 이해하지는 못해요. 사실 누구나 근본적으로 서로를 완전히 이해할 순 없긴 하겠지만 아스는 좀 다르니까요. 음…. 이건 영화를 보면 이해하실 거예요.」

「아무도 아스를 이해할 수 없다는 겁니까?」
「네. 그러니까 저 하나라도 아스를 진심으로 이해하고 싶었습니다. 어려웠지만 어느 정도는 이룬 것 같구요.」
그 말에 공기 중에서 어스름한 푸른빛이 한 번 반짝 빛났다. 칸 영화제가 끝났다.

칸에서 들어온 특보를 듣고 CRD의 세 거두는 오랜만에 얼싸안고 춤을 췄다.
「월척이로세!」
「어이쿠, 고기를 낚으려고 했는데 금반지를 같이 낚아버렸네!」
「얼씨구나~」
그때부터 밀려오는 전화를 그들은 약속이라도 한 것처럼 받지 않았다. 전화를 안 받으니 문자가 밀려온다.
[이사님, CBS의 니첼입니다. 제발 전화 한 통만…]
[OWN의 토마스 챵입니다. 저희가 무조건 최고의 조건으로…]
[링컨 컨티넨털의 오마스 빌랑입니다. 혹시 〈Missing Child〉 PPL 들어갈 수 없는지…]
[ABC의 빌 콜린입니다. 지오반니! 아니, 이사님! 제발 전화 좀!]
그들은 문자를 느긋하게 서로 읊어주며 이야기를 나누었다.
「올해 업프런트가 전체적으로 밀렸지?」
「그렇지. 티브이 시리즈 하나 때문에 방송사 업프런트 일정을 미루다니, 이런 일은 처음일 걸세, 하하.」
「그만한 걸 손에 쥔 거지.」
「Agency W에 축전은 보냈나?」
「아, 당연하지. 축전에 축하 화환에 직원들 돌릴 선물까지 실어 보냈어.」

「아무리 봐도 문 대표는 정말 물건이야. 앞으로도 니키 자네가 집중적으로 관리해주게.」

「물론. 운 좋은 사람 옆에 찰싹 붙어 있어야 하니까.」

그들이 모든 연락을 거절해가면서 기다리고 있는 것은 이 호재를 탈탈 털어먹게 해줄 무기였다.

달칵-

「됐나?」

「완성됐어?」

방 안으로 들어온 것은 〈Missing Child〉의 메인 PD 제니브 스콧. 그녀가 상기된 표정으로 외장하드 하나를 내밀었다.

「마지막 편까지 들어 있는 전체 완성본입니다.」

「최종본이야?」

「나중에 더 수정할 수도 있지만, 지금 현재로도 완성본으로 전혀 부족함은 없습니다.」

「좋았어! 바로 작업 시작하지.」

지오반니가 전화기를 들어 방송국 담당자들과 약속을 잡기 시작했다. 이제 최고의 거래를 할 시간이었다.

231

동시 대개봉

불붙은 호가 경쟁. CRD는 철저히 수익비율을 높이는 방향을 택했다.

이 정도 작품이라면 재방, 삼방되는 것과 해외 판권까지 계산해볼 때, 제작비를 높게 받는 것보다 비율 수익을 높게 가져가는 것이 훨씬 이득일 것이라는 판단이었다. 아울러,

「그 방송 피디와 아나운서는 경질시켰습니다.」

「그러실 필요까지야….」

「아닙니다. 이건 〈Mimicry〉를 유치하고 싶은 욕심과 별개로, 방송국의 품위를 해친 점에 대한 징계였어요. 다시 한번 사과드립니다. 해당 프로그램 말미에도 정정보도 낼 것을 지시했습니다.」

결국, 송출권을 손에 쥔 승리자는 NBC였다. 사실 NBC의 한 프로그램에서 유명의 루머를 집대성하여 다룬 적이 있었고, 그래서 NBC는 2군 선택지였다. 하지만 그들은 그것을 쉬쉬하지 않고 적극적으로 수습하는 한편, 사과의 의미를 더해 더욱 파격적인 조건을 제시해왔던 것이다.

드디어 업프런트가 고시되었다.

[신유명의 차기작, 〈Missing Child〉 NBC에서 선보여]

[〈Missing Child〉를 두고 방송국들 물밑 공방전. 올해 업프런트 시기가 밀린 진짜 이유는 이것이었다!]

[〈Mimicry〉의 신유명, 데렉 맥커디. 〈Missing Child〉에서 다시 합 맞춰]

[영화에 이어 터진 드라마 소식. 〈Missing Child〉는 어떤 드라마?]

황금종려상 수상과 〈Mimicry〉 개봉 소식에 맞물려 〈Missing Child〉는 최고의 순풍을 맞으며 화제를 몰이했다. 그리고 그날 저녁, ABC의 드라마국 책임자에게서 전화가 걸려왔다.

「안녕하십니까, 국장님.」

「네, 지오반니. 잘 계셨습니까?」

「이번 건은 유감입니다. 사실 ABC에 먼저 가져갔었는데-」

「아아, 들었습니다. 그리고 빌은 다른 부서로 옮겼습니다.」

「네? 아니….」

NBC와는 상황이 달랐다. 그쪽은 문제가 된 사람들을 징계함으로써 송출권을 얻었으니 상관없지만, 얻지 못한 ABC에서 이런 사후액션을 취한다는 것은 좋은 신호일까 나쁜 신호일까. 이번엔 갑의 상황이었다고 하지만, 원래 제작사는 을이다. 방송국과 척을 지는 것은 좋지 않다.

「하하, CRD에 부담을 드리려는 의도는 아닙니다. 사실 파일럿을 보고 중역회의에서 결론이 났었거든요. 이건 우리가 무조건 잡아야 하니 너무 밀당하지 말고 꼭 계약하라는 지시를 했는데 빌이 그걸 어겼죠.」

「…그런 일이 있었군요.」

지오반니가 휴우- 하고 한숨을 내쉬었다. 유감을 표하려는 의도는 아닌 모양이다.

「죄송합니다. 귀사의 배려에도 불구하고 결국 좋은 작품을 놓치고 말았네요. 앞으로 좋은 작품 있으면 저한테 직접 연락주십시오.」

「알겠습니다, 국장님. 감사합니다.」

지오반니는 전화를 끊고 피식 웃었다. 이렇게 방송국에게 먼저 영업을 당하고, 한 곳을 택하고 나서도 나머지들이 먼저 화해의 손길을 내민 적이 있었던가. 그는 신유명이나 에이전시 W의 문유석보다는 자신의 친구인 니콜라스에게 감탄했다. 저런 인물들을 바로 알아보고 미리 정성을 들인 니콜라스의 감. 그는 아직 '신의 손'의 명성을 잃지 않은 것 같았다.

5월 말, 서울.

[칸 황금종려상에 빛나는 〈Mimicry〉, 할리우드 동시 대개봉!]

영화관마다 앞다투어 거대한 현수막을 내걸었다. 아니, 원래 걸려 있던 현수막이 있었지만 '칸 황금종려상'을 크게 강조한 버전으로 변경했다.

"예약했어?"

"그럼! 예매사이트 다운될 거 같아서 표 풀리는 날 영화관 가서 줄 서서 예매했잖아."

"대박…. 나는 못 샀어, 히잉."

극장에는 두 가지 버전의 포스터가 붙어 있었다. 아스와 헤티가 마주 보고 있는 버전과 분위기가 완전히 다른 네 명의 아스가 배치되어 있는 버전. 잠시만 눈을 떼면 포스터가 사라져 있기 일쑤였던 까닭에 극장 경비원들은 신경을 곤두세워야 했다.

"진짜 대단하지 않아? 인생이 레전드야. 4년 전까진 그냥 대학생이었다고 했는데, 〈연예학개론〉으로 데뷔하더니 〈려말선초〉에 〈피터팬〉으로 온갖 기록 세우고, 갑자기 미국 건너가서 미국 오디션 프로에서 우승해 버리더니 우승 상품으로 찍은 영화로 황금종려상을 받아버린다고?"

"그런 게 진짜 천재라는 거지. 나는 팬클럽도 가입했어."

"이제야? 한 천만 번째 회원쯤 되냐?"

그 시간 팬클럽에선 트레일러 시청 횟수로 팬들 사이의 '내가 더 찐팬' 배틀이 벌어지고 있었다.

— 저는 하루 세 번 시청합니다. 아침, 점심, 저녁! 혼밥하거든요. ㅠㅠ

ㄴ 혼밥에 아스라, 천국이 따로 없네!

— 보형이는 애기미가 뿜뿜인데, 아스는 으른미가, 하아… 저 100번 반복 시청함!

— 고작 100번요? 저는 4개월간 천 시간 채웠습니다.

ㄴ 천 시간요? 히익….

ㄴ 그냥 하루 종일 틀어놓으신 듯. 백수로 추정.

— 근데 아스 중독성 있는 거 사실 아닌가요? 유명이 팬이라서가 아니고

홀린 듯이 계속 보게 되던데….
ㄴ 인정.

  실제로 〈Mimicry〉의 트레일러는 미국에서도 엄청난 유행을 일으키고 있었다. 특히 청소년들이 열광했다. 얼마 전 미국의 한 고교에서 'Act like 아스'라는 동아리가 생겼다는 해외토픽이 알려지기도 했는데, 아스 특유의 쿨한 성격과 친구들을 사로잡는 태도를 연구하고 닮겠다는 취지의 동아리라고 했다.

― 그런데 〈Divert〉가 좀 불안하네요. 조지 하우슬리가 카일러 언쇼랑 라이벌이라면서요?
 ㄴ 에이, 그래도 칸 황금종려상을 받았는데 상대가 아니죠.
   ㄴ 그건 모르지 않을까요? 작품성과 개봉 성적이 비례하진 않잖아요. 〈Divert〉는 생각 없이 스트레스 풀기 좋은 블록버스터 같던데.
 ㄴ 한국에선 당연히 〈Mimicry〉가 압승할 것 같은데 미국에선 좀 불안하네요. 역대 전적도 비슷하더라구요.
 ㄴ 아, 한국이면 우리가 표 열 장씩 사서 성적 보탤 텐데….

  티브이만 틀면 나오는 칸 영화제 관련 뉴스, 세계 각국의 스타들이 신유명과 〈Mimicry〉를 격찬했다는 소식, 해외 팬들이 올리는 각국의 기사 번역 자료들, 미국에서 9월에 시작한다는 신유명의 미드 소식. 그리고 〈Mimicry〉의 이후 내용에 대한 사람들의 추측.
  한국이 온통 신유명, 〈Mimicry〉로 점철된 가운데, 드디어 개봉일이 다가왔다.

문유석은 통이 컸다. 개봉 당일, 그는 특정 영화관의 상영관 하나를 통째로 빌렸다. 그 소식에 굿엔터의 직원들, 특히 소속 배우들은 엄청나게 환호했다.

"으아, 얼마 만에 영화관에서 보는 영화야…."

"허엉…. 유명 오빠…."

그동안 수연과 하린은 꽤 친해져 있었다. 그들은 만날 때마다 유명의 이야기로 꽃을 피웠다. 하도 자주 매스컴에 얼굴이 등장하니 멀리 있어도 옆에 있는 것만 같았다. 하지만 그들은 영화를 본 후 '옆에 있는 것 같다'는 생각을 취소하게 된다.

[END]

영화가 끝난 후 객석은 정적으로 물든 가운데, 가끔 훌쩍이는 소리만이 추임새처럼 간간이 울렸다.

'아스와 헤티…. 맙소사.'

수연은 살짝 몸을 떨었다. 의태라는 소재. 그로 인해 가면을 바꾸어 쓰듯 극 중에서 획획 달라지는 모습을 보이는 유명. 하지만 의태를 멈추었을 때의 본모습은 짓눌릴 듯 위용이 넘쳤으며, 그것이 존재감이 희미한 한 인간 앞에서 무너질 때의 모습은 두고두고 생각날 것처럼 아름다웠다.

'옆에 있는 것 같긴 무슨, 아예 하늘로 날아가버렸는데.'

수연이 입술을 깨물었다. 유명이 미국으로 떠난 것은 18개월 전. 유럽여행 기간을 합치면 그를 못 만난 지는 거의 2년이 되었다. 그동안 그녀는 빠르게 성장했고 늘 천재 취급을 받았다. 거기에 기막히게 아름다운 외모까지 더해졌으니, 조연을 맡았던 첫 영화로 스타덤에 오르고 다음 영화에서 바로 주연을 맡게 된 것도 무리는 아니었다.

그런 자신의 성장이 꽤 뿌듯했다. 유명 오빠가 돌아오면 달라진 자신의 모습을 보여주고 칭찬 들어야지- 하고 생각했었다.

'안일했어.'

아니, 사실 안일하진 않았다. 누구도 그녀의 연습량과 집중력을 보고 안일하다고 하지는 않을 것이다. 하지만 그녀의 기준은 류신, 유명과 셋이 함께 했던 연습에 맞추어져 있었다.

불이 켜지자, 정신이 든 사람들이 에어컨의 냉기에 흠칫 몸을 떨었다.

"와… 이건…."

"뭐라고 말을 못 하겠네요. 이런 말도 안 되는…."

"반전이 이런 거였어? 아직까지 소름이 안 가시네."

"이런 게 연기라고요? 우와…."

그들은 양팔을 문지르며 영화관을 빠져나오다 같은 시간, 다른 관에서 〈Mimicry〉를 보았던 관객들과 마주쳤다. 수연과 하린은 순간적으로 모자를 깊이 눌러썼지만, 관객 중 다른 사람의 얼굴을 볼 정신이 있는 사람은 누구도 없었다.

"와… 우와…."

"미쳤다, 미쳤어. 외계인이었다니…."

"감정연기 완전, 후아…."

이곳이나 저곳이나 반응은 동일했다. 모두 표현할 말을 찾지 못하고 있었다.

미국 또한 반응은 비슷했다.

"Oh my god…."

"What the…!"

"Mama…. This is the masterpiece…."

드러난 아스의 정체에 기함했고, 아스와 테르카의 투샷에 숨을 죽였으며, 바스러질 것같이 보이면서도 강인한 헤티의 모습에 가슴 뻐근한 감동을 느꼈다. 그리고 마지막 반전, 아스의 희생. 영화를 본 사람들은 주변인들을 붙들고 '이건 꼭 봐야 해'라며 침을 튀겼다. 유행에 민감한 사람들은 작년부터 보급되기 시작한 '아이폰'을 들고 바로 인터넷에 접속하여 리뷰를 남기기도 했다.

― 이건 단순히 영화가 아니라 작품이다. 다만, 작품이라는 단어를 사용하는 것이 따분함을 연상시킬까 봐 저어될 뿐이다. ★★★★★
― 신유명. 앞으로 그가 다른 연기를 하지 않더라도 〈Mimicry〉 하나로 그는 세계 영화 역사에서 중요한 인물로 손꼽힐 것이다. ★★★★★
― 나는 신유명의 팬클럽에 가입하지 않겠다. 왜냐면 나는 마이너한 성향인데, 이 영화 이후로 신유명의 팬클럽 미가입자가 마이너리티에 속할 것이기 때문이다. ★★★★★

어마어마한 반응들이 폭주했다. 한편 〈Mimicry〉의 표를 구하지 못해 〈Divert〉를 관람한 이들의 평도 올라오기 시작했다.

― 조지 하우슬리는 평소의 템포를 잃었다. 초반 흥미로웠던 시나리오는 힘을 잃고 어울리지 않는 주연배우에게 질질 끌려다니고 있다. ★
― 오웬의 팬으로서 그의 장점을 살리지 못한 캐릭터가 아쉬웠다. 여전히 잘생기긴 했다. ★★★
― 카일러 언쇼와 조지 하우슬리가 라이벌이었다고? 같은 날 두 영화를 모두 본 사람으로서 이해할 수가 없다. 이 두 영화 사이에는 소크라테스와 소피스트 정도의 간극이 있다. ★★

유명도 그날 〈Divert〉를 보았다. 조지는 괘씸했지만, 자신이 좋아하는 배우인 오웬 위트필드의 연기가 궁금해서였다. 그는 영화를 관람한 후 조용히 빠져나오며 생각했다.

'원 시나리오는 좋았을 것 같아. 배우도 좋고. 그런데 뭐가 문제였을까. 허겁지겁 시나리오를 수정한 것 같은데, 아깝네….'

어떤 사람이건 자신의 색이 있다. 타인이 부러워서 이런저런 장점만을 흉내 내다 보면 결국 이도저도 아니게 된다. 〈Divert〉는 그 전형을 보여주고 있었다.

― 이렇게 연기를 잘하는데 왜 그런 루머가 돌았을까요?
― 그러게요. 아 근데 신유명 발연기 동영상은 저도 봤는데… 그건 진짜 좀 그랬거든요.
― 아 그거! 도대체 뭘까요? 〈Mimicry〉를 보고 나니 도저히 이해가 안 가네요. 몇 년 전에 그런 연기를 했던 배우가 몇 년 만에 이렇게 되는 건 절대 불가능….
― 그죠? 저도 너무 궁금하네요. 그러고 보니 〈캐스팅 보트〉 직전 3개월 잠적설도 있었잖아요.
― 그거 피비 테일러가 조사한다고 안 그랬었나?
― 아 참. 그러고 보니….

이날 저녁, 피비 테일러의 SNS에 오랜만에 르포 기사가 떴다.

피비 테일러@pitbullTerrior
오늘 〈Mimicry〉 다들 보셨나요? 취재에 시간이 좀 걸렸습니다. 시원한 진실을 보게 되실 겁니다.
#apologize_or_out

click → 신유명 발연기 동영상의 진실
click → 〈캐스팅 보트〉 직전 3개월, 신유명은 어디에?

click이라는 단어가 무지개색으로 빛깔을 바꾸며 깜빡이고 있었다.

232

〈Mimicry〉 Teaser

[신유명 발연기 동영상의 진실]

동영상에 등장한 피비는 킬힐에 뿔테안경을 쓰고 있었다. 그녀는 한 스튜디오에 서서 진행을 시작했다. 아마 크로마키로 촬영하여 배경을 합성한 스튜디오인 듯했다.

「안녕하십니까. 피비 테일러입니다. 현재 큰 화제로 떠오른 신유명 씨, 칸 영화제 최초로 황금종려상을 탄 배우죠. 우리는 지난 수개월간 이 배우의 많은 가십성 기사들을 접해 왔습니다. 칸이 그의 연기력에 극찬을 보낸 지금, 그 모든 기사가 루머에 지나지 않았던 것인지, 특히 이!」

그녀가 뒤편의 허공에 뜬 동영상을 교편 같은 작대기로 턱- 하고 짚었다.

「-영상의 미심쩍은 연기는 어떻게 설명해야 할지 많은 분들이 궁금해하고 있습니다. 사실 이 영상의 출처는 신유명의 데뷔작인 〈연예학개론〉이라는 작품입니다. 〈캐스팅 보트〉의 화제성이 하늘을 찌르자 TW에서 수입을 확정하기도 했는데요. 최종 금액 조율과 미국 방송 시간에 맞춘 회차 조정, 번역 등으로 방영이 늦어졌고, 얼마 후부터 방영될 것이라고 합니다. 저는 TW의 협조로 이 드라마의 일부를 이곳에서 보여드릴 수 있게 되었습니다.」

그녀가 작대기로 반대편을 짚자 또 하나의 영상이 뜬다. 그 속에서는 한 동양인 배우가 '발연기 동영상'에서와 같은 장면을 연기하고 있다. 유명보다는 훨씬 나은 연기이다.

「이 다음 장면에 이런 대사가 있습니다.」

— 컷-! 은성군과 월공이 팽팽해야 하는데…. 월공 좀 더 분발해주세요.
— …죄송합니다. 죄송합니다. 다시 하겠습니다.

「보시다시피, 이 배역의 직업은 배우입니다. 그것도 촬영장에서 지적받는 배우죠. 이 '태그유민'이라는 인물은 드라마 내에서 '소심하고 우유부단하며 상대역에게 연기로 밀리는 캐릭터'를 가지고 있습니다. 그런 배역에게 어울리는 것은 신유명이 연기했던 식의 '연기를 못하는 연기'가 아닐까요?」

그녀가 조금 옆으로 걷자, 두 개의 화면이 나란히 재생되었다. 그제야 사람들은 그것이 일부러 캐릭터성을 반영한 연기라는 걸 알게 되었다. 그녀는 신유명이 '월공'을 연기하는 영상과 '진짜 탁규민'을 연기하는 영상을 비교해주기도 했는데, '월공 연기'에 탁규민의 톤이 놀라울 정도로 녹아나 있었다.

「저는 이 드라마의 작가를 찾아가 인터뷰를 요청했습니다.」

전환된 화면에서 등장한 것은 육미영 작가.

「아, 맞아요. 당시 이 배역을 맡은 배우가 아파서 촬영장에 나오지 못해서, 신유명 씨에게 잠시 대역을 부탁했죠. 대역인데도 탁규민의 캐릭터를 정확하게 이해하고, 그 캐릭터의 베이스 위에서 '연기를 못하는 연기'를 펼쳐서 대단히 감탄했던 기억이 있어요. 어떻게 이 필름이 외부로 빠져나갔지…?」

 육미영이 시치미를 뚝 떼고 감탄했다. 다시 화면은 피비에게로 돌아온다.

「그랬던 것입니다. 이것은 '연기를 못하는 사람'을 '연기'한 화면이었는데, 그 연기가 너무 자연스러워서 다들 연기라는 것을 눈치채지 못했던 거죠. 사실 그런 주장이 인터넷을 통해서 몇 번 나오기도 했습니다만, 다들 '눈에 보이는 것'만을 믿은 것이 루머를 이만큼 부풀렸습니다. 이 동영상을 습득한 사람은 당연히 그 히스토리를 알고 있었을 텐데, 누가 무슨 의도를 갖고 어떻게 루머를 퍼뜨린 것인지 의심스럽지 않을 수 없습니다.」

 '문유석이', '불씨를 꺼뜨리지 않으려는 의도로', '피비 테일러를 활용해서'. 이 자료를 그렇게 사용한 장본인 중 한 명인 피비는 시치미를 뚝 떼고 안타까운 어조로 말했다. 양심의 가책은 없었다. 처음 불을 지른 것은 상대 쪽이니까.

―――――

― 미쳤네. 연기를 못하는 것까지도 연기였네.
― 어쩐지. 〈캐스팅 보트〉 애청자로서 말도 안 된다고 생각했습니다.
― 그나저나 연기 진짜 자연스럽네요. 진짜 못하는 것처럼 보여서 일이 더 커진 듯.
― 어떤 새끼지, 진짜? 루머 퍼뜨린 놈들 다 족쳐야 함.
― 나는 그럴 줄 알았음.
 ㄴ 지나고 나서 그런 소리는 누구나 다 하고요~

그녀의 첫 번째 영상을 보고 SNS로 돌아온 사람들은 그사이 그 피드에 수천 개의 댓글이 달려 있는 것을 볼 수 있었다.

그리고 두 번째 영상을 클릭했다.

[〈캐스팅 보트〉 직전 3개월, 신유명은 어디에?]

두 번째 영상에는 그녀가 이탈리아에서 찍어온 취재 클립이 삽입되어 있었다. 영상 속 뚱뚱한 남성의 이름은 안드레아 모레띠. 그는 세계 최대의 오페라 행사인 〈베로나 오페라 축제〉에서 무대감독을 맡고 있다고 자신을 소개했다.

— 아니, 그 배우를 알고 계십니까!

1년 9개월 전, 베로나에서 거리 공연을 했던 한 동양인 배우를 기억하냐는 피비의 질문에 그가 광분해서 달려들었다.

— 맙소사…. 그가 실존하는 인물이었다니….

그는 잠시 벅찬 듯 양손으로 얼굴을 감쌌다가 붉어진 얼굴을 들며 말했다.

— 기억하다마다요. 저는 뜨거운 대낮, 이탈리아의 신기루를 틈타 잠시 연기의 신이 유희를 즐긴 게 아니었을까 생각했지요. 그때 그는 흔한 배낭여행자 같은 차림을 하고 있었고… 저는 그의 거리 공연을 두 번 목격했습니다. 평생 그런 연기는 다시 볼 수 없을 거라 생각했는데….

그는 감성 풍부한 이탈리아 남자답게 장황한 묘사와 손짓발짓을 섞어 '얼마나 그 연기가 아름다웠는지'를 설명했다. 그리고 피비가 보여준 〈Mimicry〉의 트레일러를 보더니 정신없이 고개를 끄덕였다.

— 그가 맞습니다. 분명합니다. 오, 신이시여, 그의 연기를 다시 한번 볼 수 있다니…!

「신유명 씨는 한국에서의 마지막 활동과 미국 입국 사이의 공백기에 유럽 배낭여행을 다녔습니다. 연기에 미쳐 있는 배우답게 방문한 곳들도 죄다 셰익스피어 생가, 웨스트엔드, 베로나 오페라 축제 같은 연기 관련 장소들이었고, 저는 여러 곳에서 그를 본 목격담을 확인할 수 있었습니다.」

피비가 마지막으로 날카롭게 화면을 쳐다본다.

「저는 파파라치입니다. 저도 대단히 깨끗하게 살아왔다고 말은 못 하지만, 그래도 '기자'를 업으로 삼는 사람이라면 최소한 거짓을 휘둘러 타인에게 위해를 가해서는 안 된다고 생각합니다. 발로 뛰지 않고 추측만으로 무책임한 루머를 남발하셨던 '기자님'들? 기자라는 직함을 버리시든가, 앞으로 기자질 계속하시려면 사과라도 하시기 바랍니다. 저 피비 테일러는 앞으로 기자답지 못한 기자를 쫓는 '기자 파파라치'가 될 생각입니다.」

영상의 끝에는 TW에서 수주한 〈연예학개론〉 광고가 붙어 있었다. 피비 테일러라는 이름이 이제 자생력 있는 미디어로 기능하기 시작한 것이다.

피비의 르포 기사 후, #apologize_or_out은 거대한 키워드가 되었다. 〈Mimicry〉를 본 사람들은 멀쩡한 배우를 집요하게 괴롭히는 루머가 수개월간 떠돌았다는 사실에 의아해했고, 거기에 휘말린 자신을 반성하며 관련된 자들에 대한 원성을 드높였다. 그리고 확정되지 않은 사실로 특정인을 매도하는 것에 대한 비판이 사회적 운동으로 퍼져나갔다. 많은 셀럽들이 출처불명의 찌라시에 엮여 피해 본 사실을 토로했고, 이번 기회에 가십지들이 반성할 것을 촉구하는 목소리를 냈다.

— 루머를 끈질기게 보도했던 쓰레기 언론 리스트입니다.
— 아, NBC는 한참 전에 담당자 경질하고 사과보도 했으니까 빼주세요!

— 억울하게 당한 사람들이 얼마나 많았을까요. 신유명도 이 정도로 뛰어난 배우가 아니었다면 꼼짝없이 당했을 것 아닙니까. 이번 기회에 정의구현이 필요합니다.

사람들은 해당 언론들에 몰려가 #apologize_or_out을 폭풍처럼 달아댔다. 거기에 피비 테일러는 다시 기름을 끼얹었다.
[조지와 파블, 가십지 간의 지저분한 유착 관계]
[카일러 언쇼에 대한 조지의 집착, 언제부터 시작되었나]
[파블 내부자 고발, '조지가 싹수 있는 신인감독을 경계해 짓밟는 건 이미 회사에서 유명한…']
대중들은 이때까지 현혹당해온 것이 단순루머가 아니라 상대를 짓밟기 위해 계획된 루머였다는 사실을 알고 충격받았다. 경찰이 파블사의 압수수색을 시작했고, #apologize_or_out의 불길은 더욱 거세져 갔다. 많은 가십지들이 사과 성명을 냈고, 일부는 시장에서 퇴출되었다. 〈Divert〉가 소리 소문 없이 상영관에서 사라진 가운데, 〈Mimicry〉는 나날이 기록을 갈아치우고 있었다.

'안 보인다, 안 들린다, 안 보인다, 안 들린다….'
유명의 동생 지연은 지난 일주일, 너무나도 괴로웠다. 그놈의 스포, 스포의 압박! 그녀는 하필 수련회로 〈Mimicry〉의 예매 개시일에 표를 예매하지 못했다. 솔직히 말하자면 오빠놈이 정말 대단한 걸 알면서도 내 오빠라고 생각하면 역시 하찮았기 때문에 방심한 것도 조금 있었다.
"응? 예매 안 했니?"

"으갸아아악! 내 표도 같이 좀 예매하지!"
"넌 니 친구들이랑 갈 줄 알았지. 엄마 아빠는 '개봉일' 거 예매했다?"
무정한 친구년놈들은 자신이 신유명의 친동생인 걸 알면서도 결코 티켓을 양보해주지 않았다.
"응, 안 됨."
"너 두 번 예매했다며!"
"두 번 다 봐야 함."
"같이 좀 살자!"
"넌 친오빠라 이루어질 수 없는 사랑이지만, 나는 아직 가능성이 남아 있음. 한 번은 보고, 한 번은 핥아야 해."
제일 친한 친구라는 것의 정신상태가 저따위다. 그녀는 결국 눈물을 머금고 최대한 가까운 날짜의 표를 예매했는데, 그게 일주일 후였다.
'대한민국 사람들 밥 처먹고 영화만 보냐!'
영화를 보고 온 사람들은 하나같이 혀를 내두르며 '대단한 반전'에 대해 뭔가를 이야기하려 했다. 그러면 그녀는 귀를 막고 몸을 최대한 웅크린 채 샤샤샥 도망갔다. 근 일주일간 티브이도 신문도 보지 않았다. 스포일러는 정말 극혐이었다.
"지연아, 사실 유명이는-"
"아빠! 하지 마!"
그녀가 반사적으로 귀를 막는 것을 보고 아빠가 껄껄 웃었다. 요즘 매일같이 아빠가 치는 장난에 그녀는 이를 으득으득 갈았다.
"으쁘. 느그 브그믄흐믄!"
"그런데 유명이가-"
"으읏! 흐즈믈르그!"
그렇게 일주일을 보내고, 그녀는 피폐해진 상태로 당일을 맞았다. 오늘 저녁에 드디어 영화를 볼 수 있다. 이 지긋지긋한 스포와의 전쟁도 오늘로 끝이다. 마지막 수업 시간, 그녀는 담임을 맡고 있는 똘망똘망한 2학년 아이들이 만들기를 하는 틈을 타 일기 검사를 시작했다.

2008년 6월 5일. 날씨 맑음

신유명은 외계인이다! 라고 아빠가 말했다. 나도 영화 보고 싶은데 어린이는 못 본다고 한다.

"으악-!"

자신도 모르게 육성으로 비명을 지른 그녀에게 아이들이 벌떡 일어나 달려왔다.

"선생님!"

"선생님, 왜 그래요?"

"선생님 아픈가 봐…. 우리가 선생님을 아프게 했나 봐, 히잉."

"선생님, 사랑해요!"

그녀가 파르르 눈물을 머금고 입술을 부들부들 떨며 아이들에게 말했다.

"스승늠 근츤으….″

― 3회차 관람입니다. tvly 님이 추천하신 대로 트레일러 완전히 머리에 넣고 가서 비교하면서 본편 봤는데 미쳤네요. 이거 다 계산하면서 연기하는 거 인간의 영역인가요?

― 나중에 디비디 나오면 트레일러랑 본편이랑 동시에 켜놓고 재감상 필수입니다.

─ 관람 2회차입니다. 아스가 여러 직업군 '의태'하는 부분, 다 다른 사람 보는 것 같아서 완전 소름끼쳐요.
─ 외계인이라니…. 너무 어이없는데, 너무 납득가게 연기해버린 것.
─ 관람 14회차입니다. 볼 때마다 새로운 복선을 발견하고 새롭게 연기에 감탄하게 되네요.
─ 수중 장면, 그거 진짜 물속에서 찍은 거라는 인터뷰 보셨어요? 심지어 NG 한 번 없이 찍었다고….

〈Mimicry〉는 압도적으로 '여러 번 보는' 관객이 많았다. 엄청난 화제성과 보는 사람마다 침이 마르게 칭찬하는 영화퀄리티, 본 사람이 또 보고 또 보는 효과까지 더해져 박스오피스 성적은 빛의 속도로 성장했다. 다만 너무 화제다 보니 스포일링을 피하기는 어려웠다.

─ 에잉 커뮤에서 스포 너무 당했네요. 기대했는데 그냥 디비디 나오면 보려구요.
  └ 님, 후회해요. 얼른 영화관 가세요. 하루라도 일찍 봐야 더 보람찬 인생이에요.
  └ 이분 디비디 보면 영화관 안 간 거 땅을 친다에 올인.
    └ 제가 땅을 왜 칩니까. SF라고 해도 블록버스터도 아닌데, 꼭 큰 화면으로 볼 필요는 없잖아요.
    └ 화면 크기도 있지만 집중도가 다르잖아요. 진짜 스크린으로 봐야 해요 이건.
      └ 아무리 생각해도 굳이….
      └ 냅두시죠. 자기 복 자기가 차는데.

개봉 3주 후, 생각보다 이른 타이밍에 TW는 마지막 한 수를 던졌다. 스포일링이 예상보다 빨리 일어났기 때문이며, 이미 기록적인 누적매출을 달성했기 때문이기도 했다.

[〈Mimicry〉 Teaser]

사람들은 개봉 한참 후 떡하니 등장한 티저에 눈을 비볐다.

'웬 티저…?'

233

2008, 신유명의 해

재키 슈니첼은 어차피 스포당한 바에 DVD 출시를 기다리겠다는 자신의 댓글에 달린 대댓글을 확인하고 있었다. 사실 그는 〈Mimicry〉를 보기 위해 꽤 노력했다. 연일 매진 세례로 표를 구하기가 워낙 어려웠고, 그 사이 결국 스포를 당하고 말았을 때 밀려온 허망함에 영화관 관람을 포기한 것이다.

그런데 갑자기 커뮤에 새로운 자료가 업로드되었다.

[〈Mimicry〉 Teaser]

'개봉 한 달 후에 티저라고…?'

그는 황당함을 금치 못하며 동영상을 재생했다. 새까만 화면에 이런 경고문이 떠올랐다.

[이 영상은 〈Mimicry〉에 대한 스포일링을 담고 있으므로 영화를 관람 예정이신 분들은 보지 않으시는 것을 권장합니다.]

'까고 있네. 이미 다 스포당했거든요?'

잠시 후 화면이 밝아지며 드러난 것은 강을 따라 걷고 있는 아스의 모습이었다.

'음? 이거 트레일러의 초반에서 등장했던 장면 아닌가? 이미 썼던 장면을 다시 내보내면서 무슨 티저-'

그런 생각을 하던 재키가 잠시 눈을 두 번 껌벅였다. 그리고 양 눈을 찢어질 듯 번쩍 떴다. 고작 세 걸음 만에 완전히 달라진 주인공의 분위기.

두근- 두근- 심장이 뛴다. 설명할 수 없다. 그냥 걷고 있는 한 인간을 보고 어째서 공포에 가까운 긴장감이 드는지. 저 얼굴이 갑자기 찢어지면서 어떤 괴생명체라도 튀어나올 것 같은 극도의 위화감, 공기 입자까지 곤두서 있는 것 같다.

그가 걷는 길 위에 한 마리의 풍뎅이가 붙어 있다. 짙은 초록색이 선명한 아름다운 풍뎅이. 재키는 성큼성큼 걸어가는 아스의 '무정한' 분위기를 보고 저 생명체의 운명을 짐작한다.

콰직- 쩌어억-

곤충을 갖고 놀다 죽이는 것 정도야 어렸을 때 많이들 해보는 짓이다. 그럼에도 그가 눈을 질끈 감은 것은, 지금 그는 어쩐지 저 곤충 쪽에 자신을 동화시켰기 때문이었다. 누가 봐도 아스 쪽이 훨씬 인간에 가까운데도 왜 곤충 쪽에 이입되는 걸까. 재키가 꼭 감았던 눈을 다시 떴을 땐 아스는 아무렇지 않게 걸음을 옮기고 있었다. 그가 걸어가는 발자국마다 지저분한 점액질 분비물이 점점 옅게 묻어난다.

다음으로 그의 앞에 나타난 것은 몸을 달달 떨고 있는 하얀 강아지.

'설마…'

역시나 강아지를 한 번 무심한 눈으로 바라본 그는 아무렇지 않게 발로 장애물을 제거하고 지나간다. 그때 그는 캐앵- 비명을 지르며 옆에 처박힌 강아지보다 아스의 표정에서 눈을 뗄 수 없었다.

'인간이 가진 감정 스펙트럼이 전혀 보이지 않아. 감정이 부족한 정도가 아니라… 아예 접점 자체가 없는….'

그리고 깨닫는다.

'아! 그래서 외계인이라고…!'

그래, 외계인. 지구인보다 상위 포식자인 종이 있다면 저런 느낌이 아닐까.

'그런데 이건 트레일러에도 나왔던 장면이잖아. 그때는 이 정도로 충격적이지 않았는데 왜 그때 이걸 쓰지 않고… 아!'

그는 어떤 결론을 떠올리고 소름이 오싹 돋았다.

'아까 이 장면엔 스포일러가 포함되어 있다는 경고문이 떴지. 설마 이게 그대로 나갔으면 개봉 전에 인간이 아니라는 것이 알려질까 봐, 일부러 '레벨을 낮춰서' 연기했던 거야…?'

그의 머릿속에 〈로건의 영화 심리학〉 칼럼이 떠올랐다.

— 아예 '인간성'이 보이지 않았던 것이다.

— 저 완벽한 아스 프리데터의 내면에 무슨 생각이 감추어져 있는지에 대한 학자로서의 기대이다.

영화 개봉 직후, 로건의 그 칼럼에는 '성지순례'가 유행했었다. 트레일러만으로 영화의 본질을 파악한 것이 대단하다며 2탄을 써달라는 요청이 빗발쳤는데, 그가 말한 '인간성의 부재'라는 것이… 이런 것이었단 말인가….

거기까지 생각이 미치자 재키는 더 참기가 힘들어졌다.

'내가 잘못 생각했어. 내용을 모두 알더라도 이 연기의 가치는 바래지 않아!'

그는 티저가 끝나자마자 영화관으로 뛰쳐나갔다. 그날 재키와 같은 수순을 밟은 사람들은 한둘이 아니었다.

「제가 졌군요, 하하하.」

룬드 밸론토는 내기에 지고서도 호탕하게 웃음을 터뜨렸다. 사실 은근히 지기를 바라고 있던 내기였다. 이미 밸론토는 손쓸 수 없을 정도로 경영이 악화되어 있고, 그의 능력으로는 회복이 불가능했으니까.

「이 모든 결과를 정말 예상했던 겁니까? 찍은 게 아니구요?」

「운만으로 이루어지는 결과는 없죠. 물론 가장 좋은 패를 들고 이길 환경을 다 세팅해도 운이 없다면 승리할 수 없겠지만요.」

유석이 제의했던 '성공의 기준'. 〈Mimicry〉는 고작 한 달 만에 그 기준을 넘겼다. 철저한 여론몰이, 파격적인 트레일러, 칸 영화제 황금종려상이라는 배지, 사후 티저까지 모든 것이 착착 맞물려 이 믿을 수 없는 결과를 이루어냈다. 물론 그 중심에는 '좋은 시나리오'와 '진짜 연기'가 있었다는 것은 너무나 당연한 얘기다.

「문 대표님의 능력은 차고 넘치게 증명하셨습니다만, 궁금한 것을 몇 가지 여쭈어도 되겠습니까?」

「물론입니다. 무엇이 궁금하신가요?」

「일단 신유명 씨는 Agency W와 앞으로도 계약 관계가 유지되는 것이 확실합니까?」

의외로 룬드가 예리한 질문을 했다. Agency W의 성공엔 대표 문유석의 안목과 수완도 큰 역할을 했겠지만, 가장 큰 성공요인은 역시 '신유명'이라는 걸출한 배우를 보유하고 있다는 것이다. 그가 갑자기 다른 에이전시로 이적해버리기라도 한다면…?

「저희의 계약은 신의로 묶여 있습니다.」

「신의라…. 참 허망한 말이지요.」

「그 신의가 생성된 과정을 보아야지요. 신유명이라는 배우가… 참 욕심이 없는 배우입니다. 그런데 그 욕심이 없다는 게, 기획사 입장에선 맞추기가 쉽지 않아요.」

「…?」

「그가 원하는 것은 오직 자신이 원할 때 자유롭게 연기하는 겁니다. 그리고 저는 무명일 때부터 그걸 보장해왔죠. 조사해보시면 알 겁니다. 신유명 씨는 작품 활동 외에 기타 수익 창출 활동을 한 적이 거의 없습니다.」

룬드가 조금 놀랐다. 누구보다 손익계산이 빠를 것 같은 남자였다. 그런 그가 저 금광 같은 배우를 돈벌이에 이용하지 않았단 말인가. 그렇다면 더욱 대단하다. 황금알을 낳는 거위의 배를 가르지 않고 배우가 원하는 방식으로 신의를 쌓아왔다는 것이 그의 안목을 다시 한번 증명한다.

「그렇군요. 이건 그냥 팬으로서의 관심인데, 신유명 씨의 다음 활동은 무엇이 예정되어 있습니까?」

「9월부터 티브이 시리즈 하나가 NBC 프라임타임에 방영될 예정인 건 알고 계시겠죠.」

「아, 〈미싱 차일드〉! 벌써부터 대단한 화제라죠.」

「네. 그건 올 사전제작이라 이미 촬영이 끝난 상태입니다. 그리고 바로 어제, 존 클로드 감독과 계약서를 주고받았습니다. 물론 주연입니다.」

「조… 존 클로드 감독요!」

룬드가 이번엔 크게 놀랐다. 기가 막힌 커리어 패스다. 할리우드의 커리어를 무려 칸 황금종려상으로 시작하더니, 다음 작은 NBC의 프라임타임 티브이 시리즈 주연, 그다음 작은 '그' 존 클로드의 신작이라. 이 정도면 밸론토를 운영하며 배우들의 능력을 키우기 위해 노력을 거듭했지만 별 성과가 없었던 자신과는 비교가 안 되는 수준이 아닌가. 유석은 룬드의 어깨에 살짝 힘이 빠진 틈을 타 밀어붙였다.

「밸론토의 배우들 중에도 그런 인재가 있을지도 모릅니다. 그런 재능을 발굴해 전문적으로 육성하고, 조금 재능이 부족한 배우라 해도 연기로 먹고살 수 있을 만큼 체계적인 단역배우 양성 시스템을 구축할 생각입니다. 결코 밸론토의 이름을 헛되이 하지 않겠습니다.」

룬드가 결심한 듯 품 안에서 종이 한 장을 내밀었다.

「꼭 그렇게 해주십시오. 거래가는 이 정도면 어떻겠습니까?」

거기에는 유석이 생각했던 적정가보다 한참 낮은 금액이 적혀 있었다. 룬드가 찡긋 한쪽 눈을 감으며 말했다.

「내기에 크게 졌으니, 크게 할인해드리는 게 맞겠지요.」

그렇게 밸론토가 문유석의 손에 들어왔다.

이후 7개월은 영광의 나날들이었다.

[〈Mimicry〉 15주간 박스오피스 1위, 〈Titanic〉에 이어 박스오피스 역사상 최고기록 달성]

[〈Mimicry〉 프랑스, 독일, 영국에서 개봉. 프랑스에서 역대 작품 중 가장 많은 상영관 수로 개봉해]

한국에서 역대 최고의 성적을 찍었음은 물론, 미국에서도 역사상 손에 꼽을 정도로 기록적인 박스오피스 성적을 거두었다. 영화의 반향이란 역시 예능의 반향과는 비교가 되지 않아서, 이제 유명의 이름은 완전히 대중들에게 각인되었다. 그리고 〈미믹크리〉가 세계 각국에서 개봉되면서 유명의 이름은 미국에 머물지 않고 세계로 날아올랐다.

[신유명, 존 클로드의 신작 〈Appeal to the Sword〉 크랭크인]

[존 클로드 인터뷰. '유명과 함께 하는 시간은 영감 그 자체(A mass of inspiration)']

[본격 판타지 블록버스터. 역대급의 제작비와 제작 환경]

유명은 새로운 작품의 촬영에 들어갔다. 이번에는 〈Mimicry〉 같은 깊이 있는 영화가 아니라 본격적인 판타지 블록버스터였다. 촬영 기간도 7개월로 상당 기간이 소요되었고, 검술과 마상술까지 배워야 했다.

유명은 판타지 세계를 시각화한 환상적인 세트들 속에서 정말 다른 세계에 온 것처럼 날아다니며 행복하게 연기했다. '새로운 종류의 연기'는 언제나 유명에게 커다란 자극이었다.

[〈연예학개론〉 TW 채널에서 상영 시작]

[미국 티브이 시리즈와는 다른 신선한 전개에 화제. 'Bohyung'의 매력에 빠진 미국]

[리걸 시네마, 〈려말선초〉와 〈Ballerina high〉 수입. 주요 도시에서 신유명 특별전 상영 개시]

['위대한 배우는 우연히 만들어지지 않았다' 전작들에서도 대단한 연기력을 보였던 신유명]

〈연예학개론〉, 〈려말선초〉, 〈발레리나 하이〉. 유명의 전작들이 수입되어 소개되었다. 이 작품들은 〈캐스팅 보트〉나 〈미믹크리〉 정도의 신드롬을 불러일으키지는 못했지만, 유명의 연기력을 증명하며 잔잔히 퍼져 나갔다. 특히 '보형'이라는 캐릭터는 상당한 마니아층을 형성했고, 미국판 갓네임드의 숫자는 날이 갈수록 늘어만 갔다.

[모두가 손꼽아 기다리던 〈Missing Child〉 드디어 스타트]

[초반부터 놀라운 흡입력. 데카르도 딜런, 아스처럼 뛰어나지도 멋지지도 않지만, 이 비극적인 젊은이에게서 시선을 뗄 수 없다]

[마일리 필론과 신유명, 하이텐션과 로우텐션의 기막힌 어울림. 최고의 파트너]

[밝혀지는 〈Missing child〉의 진실. NBC 프라임타임대 왕좌 획득. 역대급 시청률]

〈Mimicry〉의 기세를 업고 스타트한 〈Missing child〉는 빨려드는 스토리와 연기력으로 초반부터 피크를 찍었다. 이후 그 피크는 내려가지 않고 올라가기만 했다.

그 해 어느 신문에서 '2008년은 신유명의 해'라고 말했다. 연초의 루머들에서부터 칸 영화제, 〈Mimicry〉 개봉, 〈Appeal to the Sword〉 합류, 〈Missing child〉의 성공까지 신문과 방송에서 그의 이름을 보지 않은 날이 드물었기 때문이다.

그리고 유명은 그 해, 데렉이 소개했던 '톱배우들의 모임'에서 의장의 직함을 받았다. 명예직이라고는 하지만 영광스런 일이었다. 처음 데렉을 따라 모임에 참석했을 때, '등급 외 신인'으로 평가하던 시선들은 온데간데없고, 이제 배우들은 지극한 경외, 혹은 질투의 눈빛을 보내고 있었다.

그렇게 시간이 흘렀다.

234

기가 막히는 그림

2009년 1월.
「Agency W 다시 연락해봤어?」
「신유명 씨는 광고 계획이 없답니다.」
「아니 왜? 일반 광고주도 아니고 명품 광고주들로만 줄지어났다는데 뭐가 마음에 안 든대? 돈도 부르는 대로 준다는데 도대체 왜!」
「글쎄요, 신비주의인지 뭔지…. 작품에만 전념하고 싶다는데 어쩝니까.」
「아니 누가 작품에 전념하지 말래? 광고 찍는 건 하루면 되잖아. 하루면 되는데….」
미국 광고가에 신유명이 블루칩으로 떠오른 것은 이미 오래전의 일이었다. 한 번도 소모된 적이 없는 이미지, 칸 영화제 최초로 황금종려상을 탄 배우라는 타이틀, 〈캐스팅 보트〉와 각종 인터뷰에서 보여진 성실하고 단정한 캐릭터. 광고주 입장에선 탐이 안 날 수가 없는 모델이었다.

다들 그를 탐냈지만, Agency W의 홍보부장이라는 여자는 완전히 철벽을 쳤다. 도저히 그녀를 뚫을 수 없어 다른 루트로 만나본 대표라는 남자는 능구렁이같이 샥샥 피했고.

처음 에이전시들은 이것이 몸값을 올려치기 위한 밀당이라고 생각했다. 하지만 3개월이 지나도, 5개월이 지나도, 7개월이 지나 2009년의 새해가 떠오를 때까지도 그들의 노선은 변하지 않았다.

「처음엔 뭐라고 그랬지? 존 클로드 감독과 영화 촬영 중?」

「네. 그 말을 듣고 광고주들이 더 몸이 달았었죠.」

「후우…. 그리고 〈미싱 차일드〉가 빵 터졌지.」

「말은 바로 해야죠. 지금도 빵빵 터지는 중입니다. 심지어 백악관에서도 〈미싱 차일드〉를 즐겨 본다는 얘기가 나오는 마당인데요.」

〈미싱 차일드〉는 현재 시즌 종반을 달리고 있다. 총 22개의 에피 중 이번 주가 벌써 17번째. 지금 투덜거리는 이 AE(광고 기획자)도 〈미싱 차일드〉에 중독된 사람 중 하나였다.

「아니, 진짜 지금이 피크잖아! 지금이 기회라고, 응? 존 클로드 영화도 12월 말에 크랭크업 됐다면서? 그럼 지금 휴식기일 텐데… 도대체 언제까지 튕길 셈이지?」

「저… 이 정도면 튕기는 게 아니라 그냥 진심일지도….」

「안 돼! 그래서는 안 돼! 그냥 튕기는 것이어야 한다, 유명아. 유명아…. 어흑.」

결국 그녀의 입에서 본심이 튀어나왔다. 광고 촬영도 물론 중요하지만, 계약하게 되면 코앞에서 그를 볼 수 있을 것이 아닌가. 그녀가 저렇게 몸이 달아할 정도로 신유명이라는 이름은 현재 엄청난 파급력을 가지고 있는 것이다.

RRR- 그때 갑자기 전화가 울렸다. 머리를 쥐어뜯다가 스마트폰의 액정을 내려다본 AE는 갑자기 헙- 하고 숨을 들이켰다.

「여보세요. 네, 박 팀장님. 기억하다마다요.」

「박? Agency W의 그 박 팀장?」

「쉬잇!」

고대하던 상대에게서 드디어 전화가 걸려왔다. 그녀는 겨우 평정을 유지하며 전화를 이어나갔다.

「박 팀장님. 설마 신유명 씨-」

「네. 신유명 씨 광고 모델 건으로 연락드렸습니다.」

「네?」

순간 AE의 목소리에 삑사리가 났다.

「어우, 신유명 씨요, 네~ 좋죠. 좋고말고요.」

그녀가 손으로 마구 얼굴을 부채질하고, 옆에서 부하직원이 바짝 당겨앉아 함께 손바람을 부쳐준다. 물론 귀는 쫑긋 세운 채였다.

「미팅요? 네, 네. 언제라도요. 저희 회사에 먼저 연락해주셔서 정말 감사드립니다. 혹시 마음에 둔 광고주라도 있으신지….」

AE는 한참 귀를 기울이더니, 이해하지 못하는 표정을 지었다.

「네? 그게 무슨….」

그럴 수밖에. 박진희가 제안한 컨셉은 기존 광고계에 존재하지 않던 방식이었다. 아니, 누구도 감히 제안할 수 없었던 방식이라고 해야 할 것이다.

"내가 왔다, 할리우드!"

LA 공항에 턱 하니 두 발을 짚고 선 한 남자. 그는 KBK 다큐국의 기자, 반순호였다. 예전에 국장에게 큰소리쳤던 것처럼 순호는 다큐국 최초로 남미도 아니고 북극도 아닌, 문명지 할리우드로 출장 오는 것에 성공했다.

"길었다, 길었어!"

유명이 미국으로 건너가 엄청난 성공을 거둔 후, KBK에는 다큐멘터리 〈배우〉 2부는 언제 나오냐는 문의가 쏟아졌다. 물론 그도 할리우드에 가고 싶은 마음은 굴뚝같았지만, 신유명의 회사에서 쉽게 허락해주지 않았다. 이제 유명의 입장에서 한국은 굳이 홍보가 필요 없는 시장이 되어버렸기 때문이다.

― 그래서 내가 뭐랬어요, 형. 〈캐스팅 보트〉 초반에 한참 가십 떠돌 때 취재요청 넣자니까.

― 공적인 자리에서는 국장님! 이 자식아! 그리고 그때는 다큐국 예산 때문에 미국까지 취재 갈 상황이 아니었잖아.

― 상황 다 봐가면서 일하다간 이 꼴 날지어다….

순호는 국장에게 등짝을 퍽퍽 얻어맞고, Agency W에 취재요청을 계속 넣었다. 거절당하고 다시 넣기를 반복했다. 그러던 어느 날, 긍정적인 답변이 도착했다.

― 마침 〈Appeal to the Sword〉의 촬영이 끝나서 조금 여유가 있습니다. 지금이라면 촬영 협조가 가능할 것 같습니다.

― 감사합니다! 그런데 이왕이면 촬영 중이면 좋았을 텐데….

― …….

― 아, 아닙니다. 저희가 이거저거 따질 계제가 아니긴 한데 다큐란 게 현장감 있는 화면이 중요하다 보니….

― 영화나 드라마 촬영장면은 어렵겠지만, 나름 사용하실 만한 화면은 있을 겁니다.

─ …?

그렇게 촬영이 결정되고, 다큐팀이 급하게 꾸려졌다. 반순호와 그의 파트너 카메라감독 박유선, 조감독과 FD까지 총 4명의 단출한 구성. 하지만 다큐국의 입장에선 나름 최대의 지원을 해준 것이었다.

"안녕하세요."

따스한 캘리포니아의 햇살 아래, 30대 후반 즈음으로 보이는 깔끔한 정장의 여성이 다가왔다.

"혹시 연락 나눴던 박진희 부장님?"

"네, 제가 박진희입니다. 반갑습니다. 반순호 피디님이시죠?"

"맞습니다. 어후, 여기까지 나와주셔서 감사합니다."

"네, 혹시 숙소 주소가 있으신가요?"

박진희는 반순호가 내민 쪽지를 보더니 인상을 살짝 찌푸렸다.

"왜 이 동네에…."

"어… 그냥 예산은 한정되어 있고, 거기가 저렴하고 방도 넓어 보이던데요."

"이쪽은 동네가 안 좋아요. 숙소 주변을 맘 놓고 돌아다닐 만한 동네가 아닌데…."

"헉, 그래요?"

반순호가 난감한 표정을 짓고 있자 박진희가 말했다.

"차라리 잘됐네요. 유명 씨가 피디님께 신세 진 게 많다고 본인 집에 머무르시게 하면 어떻겠냐고 하더라구요. 서로 불편할 거라고 말렸었는데 지금 이런 상황이니…. 괜찮으시면 유명 씨 집에서 지내시겠어요?"

"신유명 배우… 집요?"

다른 방안이 없어 감사히 응낙하면서도 반순호는 걱정했다. 집이라…. 모두 같이 자기엔 좁지 않을까? 우리야 다큐 취재하다 보면 험한데서도 자고 노숙까지 할 때도 있으니 상관없지만 유명 씨가 불편할 텐데, 라는 걱정. 하지만 그 걱정은 곧 기우로 밝혀졌다.

"이게… 집이라구요?"
"와… 말로만 듣던 베벌리 힐스! 신유명 씨 돈 많이 버셨나 보네요."
"미쳤다. 집 안에 수영장! 영화관! 연습실!"
기껏해야 서울의 펜트하우스 규모를 생각하던 반순호는 LA의 전경이 그림같이 내려다보이는 저택을 보고 목젖을 꼴깍 울렸다. 물론 유명이 대단한 건 안다. 누구보다도 잘 알고 있다고 생각했지만, 그가 수백억을 호가하는 베벌리 힐스의 저택에 사는 할리우드의 셀럽이라는 것이 이제야 정말 실감난 것이다.
"우와, 피디님. 오랜만이에요!"
"유명 씨, 아… 안녕하세요."
무의식적으로 허리를 접을 뻔했다. 반순호는 정신을 차리고 살짝 고개를 숙였다. 환하게 웃으며 다가오는 유명은 고작 3년 만인데도 완연히 다른 아우라를 가지고 있었다.
"촬영 허락해주셔서 감사합니다. 이렇게 집까지 초대도 해주시고…"
"아니에요. 어차피 혼자 쓰기엔 과하게 넓은 집이라서요. 방학 피디님도 잘 계시죠?"
"그놈이야 어디 던져놔도 뺀질뺀질하게 잘 지낼 놈인데요, 뭐. 이미 시간이 많이 지났지만 황금종려상 축하드립니다. 연일 대박 중인 〈미싱 차일드〉도 축하드리고요."
"하하, 감사합니다."
간단히 인사를 마친 후 그들은 거실의 테이블에 둘러앉았다. 반순호, 신유명, 그리고 Agency W의 박진희 홍보부장이 회의의 세 주축이었다.
"이번에도 비슷한 컨셉인가요?"

"네. '진정한 배우의 길'이라는 주제는 1부와 동일합니다만, 세계 속의 신유명 씨의 모습을 다루는 버전이 될 겁니다."

"어차피 여기서 지내실 테니 인터뷰는 유명 씨와 시간 조율하시면 되겠네요. 촬영장 비하인드는 요청하시면 최대한 자료를 구해볼게요. 메이킹 필름이라든가…."

"오오! 감사합니다. 그리고 혹시 주변에 인터뷰 딸 만한 사람이 몇 분 있을까요? 유명 씨 매니저분이나 여기 홍보부장님, 문 대표님도 무척 좋구요."

"음…. 대표님은 여쭤봐야 할 듯하고…. 아, 혹시 카이는 어떠세요? 저희 배우니까 섭외하기 쉬운데요."

"우왓! 카이 누넨 말씀이시죠? 좋습니다. 한국에도 팬이 무척 많아요."

그 말에 유명이 살짝 끼어든다.

"데렉은 어떨까요?"

"…데렉 맥커디요?"

"네."

"데렉 맥커디가… 우리 다큐에 인터뷰를 해준다구요?"

"물어는 봐야겠지만 거절하진 않을 거 같은데요. 어차피 이따 놀러 오기로 했거든요."

"놀러 와요? 여길요?"

반순호는 어안이 벙벙해졌다. 유명이 데렉과 두 작품이나 같이 했고 친하다는 기사를 여러 번 보기도 했지만, 역시 실제 눈으로 보고 몸으로 느끼는 것은 충격이 다르다.

"어… 인터뷰는 좋습니다, 나무랄 데 없고요. 현장 그림이 부족한 게 조금 아쉽네요. 1부에선 〈피터팬〉의 연습장면들이 무척 반응이 좋았거든요. 혹시 뭔가 현장감이 나올 만한 상황은 없을지…."

그 말에 박진희가 자신만만한 웃음을 띠었다.

"기가 막히는 그림이 있죠."
"기가 막히는… 그림요?"
반순호는 박진희의 설명을 듣더니 이번에는 벌린 입을 다물지 못했다. 미쳤다. 이건 미친 거였다.

이야기는 약 2주 전으로 거슬러 올라간다. 옴니컴, 코스, 그레이글로벌, TMP. 뉴욕에서 난다 긴다 하는 광고 에이전시들의 AE(광고기획자)들이 한자리에 모였다.
「무슨 일이야, 이게.」
「모아놓고 모델료 경쟁시키려는 건 아니겠지.」
「설마…. 그런다고 해도 받아들여야 할 판이긴 하지만….」
광고업계는 무척 좁다. 실제로 좁다기보다는 그만큼 소문이 금방 퍼지는 판이라는 의미다. 따라서 여기 있는 인물들은 서로를 익히 알고 있었다. 하지만 업무를 같이 해본 일은 당연히 없었고, 같은 테이블에 마주앉은 네 명 사이에는 어색한 침묵만이 흐르고 있었다.
「안녕하세요, Agency W의 박진희입니다.」
드디어 그녀가 등장했다. 오늘 그들을 불러 모은 장본인이자 신유명을 손에 꽉 쥐고 광고업계에 한 입도 내어주지 않고 있는 인물. 그녀는 간략한 자기소개를 마친 후 바로 일 얘기로 들어갔다. 그 얘기는… 그들의 상식에서는 무척 당황스러웠다.
「네?」
「뭐라고요?」
「저… 무슨 말인지 잘 이해가 안 가는데 다시 설명 좀….」
「말 그대로입니다. 하나의 광고에 광고주가 여럿 붙는 형태인 거죠.」
박진희가 야심차게 준비해온 딜을 시작했다.

235

너를 연기하고 싶나 보네

「쉽게 설명하자면, 오데마 피게 시계를 차고, 제냐 정장을 입고, 포르쉐를 탄 신유명 씨가 하루를 살아가는 모습을 보여주는 겁니다.」

「어… 혹시 협찬을 말씀하시는 건가요?」

본디 광고란, 광고주가 돈을 쓰기로 결정하면 광고 에이전시가 아이디에이션을 해 적절한 콘티를 짜고, 그에 적합한 모델을 섭외해 촬영하는 것이다. 그런데 그녀의 얘기는 완전히 뒤집혀 있다. 기획 자체를 배우의 기획사에서 하고 브랜드들은 얹혀만 가는 형태.

「아아, 그렇게 생각하실 수 있겠군요. 이미지를 빌려온다는 점에서는 비슷하네요.」

「이미지를 빌려온다라….」

「네. 협찬의 규모를 크게 키운 거라고 생각하시면 됩니다.」

잡지에는 기획 화보들이 있다. 모델이나 컨셉을 먼저 잡고 거기에 맞는 이미지의 브랜드에 협찬을 받는다. 그리고 옆에 해당 브랜드와 제품명, 가격을 함께 보여주는데, 단일 브랜드인 경우도 있고 여러 브랜드가 섞이는 경우도 있다. 박진희의 제안도 이와 비슷하지만 TV CF라는 차이가 있다.

「글쎄요, 이건 너무 파격적이라…. 제품을 협찬해달라는 정도라면 모르겠지만 지금 얘기는 모델료며 매체운영비까지 저희 쪽에 요구하시는 거 아닙니까?」

「그렇습니다. 하지만 그만한 희소성이 있는 모델과 프로젝트가 될 겁니다.」

「아무리 봐도 무리 같군요. 저는 먼저 일어서겠습니다.」

TMP의 담당자가 일어섰고, 박진희는 부드럽게 웃으며 고개를 끄덕였다. 전혀 아쉬운 것이 없는 기색에 다른 회사 사람들은 서로 눈치를 보며 엉덩이를 떼지 못했다. 쾅- 문이 닫혔다.

「한 분이 가셨군요. 이해합니다. 원래 새로운 시도는 많은 반발을 낳으니까요. 다른 분들도 저희 쪽 의견과 다르시면 언제든지 자리를 뜨셔도 됩니다. 바쁜 분들이시니까요.」

「어… 흠흠. 일단 들어볼까요.」

박진희는 더 나갈 사람이 없다는 것을 확인한 후 가져온 콘티를 돌렸다. 나머지 3인의 광고담당자는 콘티를 넘겨보며 움찔움찔 눈썹을 떨었다. 그들이 모두 읽은 것을 확인한 후 박진희가 다시 이야기를 시작했다.

「재밌지 않나요?」

분명히… 재미는 있다. 사실 이것은 브랜드 광고라기보다는 신유명이라는 배우의 이미지 광고에 가깝다. 자신들의 제품과 돈을 쏟아부어 신유명의 이미지 광고를 해주는 격이 될 것이다. 하지만… 기존에 없었던 프로젝트. 엄청난 희소성과 화제성이 있다. 할리우드 진출 이후 한 번도 광고를 하지 않았고, 앞으로도 함부로 이미지를 팔지 않을 배우라는 프리미엄이 붙기에 더욱 그렇다.

「광고주에게 제안해보겠습니다.」

「네. 거절하시면 다른 대안을 찾을 테니 부담 없이 피드백 부탁드립니다.」

「최대한 빨리 회신하겠습니다.」

「저… 저희도요!」

"…이렇게 진행된 거예요."

"맙소사! 그런 조건을 승낙했다구요?"

"그럼요. 얼마나 공들인 프로젝트인데요. 돌아간 AE들은 다음 날까지 모두 회신을 보냈습니다. 꼭 참가하게 해달라고."

"그런 게… 가능하군요."

"유명 씨의 네임 밸류가 아니면 불가능했을 일이죠."

광고를 거의 하지 않는 배우, 조용히 작품에만 전념하지만 작품이 나올 때마다 세상을 뒤집는 배우, 그를 만난 모든 이들이 실력도 인성도 극찬하는 배우.

유석은 처음부터 이 그림을 계획하고 박진희를 한국에서 불러들였다. 그녀는 지난 1년간 수십 수백 번의 새로운 콘티를 그려가며 시안을 준비했다. 그렇게 만들어진 프로젝트.

"저… 혹시 광고주들이 어떻게 됩니까?"

"포르쉐, 제냐, 톰포드, 라메르, 오데마 피게요."

"흐어…!"

모두 하이엔드 명품 브랜드들.

"그럼 광고료는…."

"물론 최고로 협의했습니다."

반순호가 혀를 내두르고 있자, 유명이 궁금하다는 듯이 물었다.

"부장님, 오데마 피게는 뭐예요?"

순호는 순간 눈을 비볐다. 얼음마녀같이 냉정하던 박진희의 표정이 잠시 아이스크림처럼 흐물흐물하게 녹았기 때문이다.

"시계 브랜드예요."

"아아…."

그때 그녀의 표정은 분명 세상에서 제일 귀여운 것을 본 듯한 표정이었다.

이즈음 유명은 다음 작품을 고민하고 있었다. 러브콜은 어마어마하게

였다. 전혀 아쉬운 것이 없는 기색에 다른 회사 사람들은 서로 눈치를 보며 엉덩이를 떼지 못했다. 쾅- 문이 닫혔다.

「한 분이 가셨군요. 이해합니다. 원래 새로운 시도는 많은 반발을 낳으니까요. 다른 분들도 저희 쪽 의견과 다르시면 언제든지 자리를 뜨셔도 됩니다. 바쁜 분들이시니까요.」

「어… 흠흠. 일단 들어볼까요.」

박진희는 더 나갈 사람이 없다는 것을 확인한 후 가져온 콘티를 돌렸다. 나머지 3인의 광고담당자는 콘티를 넘겨보며 움찔움찔 눈썹을 떨었다. 그들이 모두 읽은 것을 확인한 후 박진희가 다시 이야기를 시작했다.

「재밌지 않나요?」

분명히… 재미는 있다. 사실 이것은 브랜드 광고라기보다는 신유명이라는 배우의 이미지 광고에 가깝다. 자신들의 제품과 돈을 쏟아부어 신유명의 이미지 광고를 해주는 격이 될 것이다. 하지만… 기존에 없었던 프로젝트. 엄청난 희소성과 화제성이 있다. 할리우드 진출 이후 한 번도 광고를 하지 않았고, 앞으로도 함부로 이미지를 팔지 않을 배우라는 프리미엄이 붙기에 더욱 그렇다.

「광고주에게 제안해보겠습니다.」

「네. 거절하시면 다른 대안을 찾을 테니 부담 없이 피드백 부탁드립니다.」

「최대한 빨리 회신하겠습니다.」

「저… 저희도요!」

"…이렇게 진행된 거예요."

"맙소사! 그런 조건을 승낙했다구요?"

"그럼요. 얼마나 공들인 프로젝트인데요. 돌아간 AE들은 다음 날까지 모두 회신을 보냈습니다. 꼭 참가하게 해달라고."

"그런 게… 가능하군요."

"유명 씨의 네임 밸류가 아니면 불가능했을 일이죠."

광고를 거의 하지 않는 배우, 조용히 작품에만 전념하지만 작품이 나올 때마다 세상을 뒤집는 배우, 그를 만난 모든 이들이 실력도 인성도 극찬하는 배우.

유석은 처음부터 이 그림을 계획하고 박진희를 한국에서 불러들였다. 그녀는 지난 1년간 수십 수백 번의 새로운 콘티를 그려가며 시안을 준비했다. 그렇게 만들어진 프로젝트.

"저… 혹시 광고주들이 어떻게 됩니까?"

"포르쉐, 제냐, 톰포드, 라메르, 오데마 피게요."

"흐어…!"

모두 하이엔드 명품 브랜드들.

"그럼 광고료는…."

"물론 최고로 협의했습니다."

반순호가 혀를 내두르고 있자, 유명이 궁금하다는 듯이 물었다.

"부장님, 오데마 피게는 뭐예요?"

순호는 순간 눈을 비볐다. 얼음마녀같이 냉정하던 박진희의 표정이 잠시 아이스크림처럼 흐물흐물하게 녹았기 때문이다.

"시계 브랜드예요."

"아아…."

그때 그녀의 표정은 분명 세상에서 제일 귀여운 것을 본 듯한 표정이었다.

이즈음 유명은 다음 작품을 고민하고 있었다. 러브콜은 어마어마하게 쏟아졌고, 유석 몰래 읽어본 시나리오도 꽤 있었지만… 탁- 하고 마음에 와닿는 것이 없었다.

{뭘 그렇게 고민하냥. 평소 같으면 제일 처음 집어든 시나리오에 빠질 녀석이.}

'그러게….'

이 고민은 미호에겐 의논할 수 없다. 2003년 3월로 돌아왔었으니 약속한 7년까지 이제 1년 조금 더 남았나…. 많아야 두 작품, 혹은 이번처럼 촬영이 길 경우엔 한 작품. 가족들과도 조금은 시간을 보내고 싶기에 보수적으로 이제 한 작품 남았다고 생각해보니, 무엇을 연기해야 할지 도무지 마음이 정해지지 않는 것이다.

다 하고 싶은 배역들이지만 그중 더 하고 싶은 것. 이 작품만큼은 안 해보면 정말 후회할 것 같은 의미 있는 작품이 무엇일까. 그것이 유명의 고민을 길어지게 했다.

디링- 그때 아웃룩의 알림이 울렸다. 친한 사람들만 알고 있는 사적인 메일 계정이었다. 들여다보니 극단 혜성의 극작가가 된 대학 친구 우준호의 메일이다.

유명아! 잘 지내? 너무 보고 싶다. 한국에 한번 올 계획은 없어? 나는 잘 지내고 있어. 〈미싱 차일드〉 매 편 찾아보면서 많이 배우고 있단다, 흐흐. 내가 시나리오를 하나 써봤어. 사실 내가 극대본은 많이 작업해도 영화 시나리오는 안 써봤잖아. 제대로 썼나 어디 물어보기도 민망하고, 너를 주인공으로 상상하면서 쓰다 보니 너한테 먼저 보여주고 싶더라. 혹시 잠시 짬날 때 한번 봐줄래? 급한 일 아니니까 답장은 늦어도 괜찮아! 늘 건강 조심하고, 아 참, 새해 복도 많이 받아~!

〈**첨부파일**〉 Personality Fight_가제.doc

유명은 친구의 다정한 성격이 묻어나는 메일을 읽고 빙그레 웃음을 지었다.

'어디 보자…. Personality Fight?'

유명은 첨부된 파일을 바로 열어보았고, 단숨에 그 이야기에 마음을 빼앗겼다.

'다중인격을 이런 방향으로 풀다니…. 그리고 이 연기, 이걸 가능하리라고 생각하고 쓴 걸까? 하핫….'

〈지킬 박사와 하이드〉의 각본을 각색할 때부터 준호는 배우에게 무리한 요구를 덜렁 해댔다. 그런 그답게 이 시나리오는 말도 안 되는 난이도의 연기를 요구하고 있었다. 정말 말도 안 되기는 하지만….

'나라면 할 수 있을까?'

그 생각은 갑자기 유명의 마음에 화르르 불을 당겼다.

'…이거다! 내 마지막 작품.'

유명은 한국으로 돌아가기로 결심했다.

타다다다닥- 유명은 무엇인가에 쫓기고 있었다. 검은 밤. 사선으로 드리운 그림자들에 몸을 숨기고 자세를 낮추어 최대한 빠르게 달렸지만, 상대는 자신보다 어둠과 친근했다.

"허억… 허억…."

그런 말이 있다. 공포감은 자신이 잘 모르는 대상에게 발생하며, 지레 겁먹지 말고 상대를 차분히 직시하면 의외로 아무것도 아닌 경우가 많다고. 하지만 유명은 누구보다도 저 상대를 잘 알고 있었다. 그리고 저 상대는 지피지기면 백전백패다.

타앗- 결국 상대는 그림자를 타 넘어 자신의 앞을 가로막았다. 그 얼굴을 보자 힘이 쫘악 빠진다. 그래, 알고 있었다. 자신은 도망치고 있으면서도 잡히고 싶었고, 살기 위해 발버둥 치면서도 살해당하길 꿈꾸었다. 그렇기에 그와 맞붙으면 필패하는 것은 당연한 일이었다.

"알았다. 네 마음대로 해."

입을 벌리자 체념의 말이 튀어나왔다. 그는 칼을 쥐고서 한 발자국씩 다가왔고, 유명은 천천히 눈을 감았다. 차라리 편하다. 아주 오랫동안 포기하고 싶었다. 그의 체온이 점점 가까이 느껴지고 푹- 하고 자신의 복부에 꽂히는 칼.

'응…?'

칼을 맞고서도 아픔이 없다는 것에 이상해하는 순간, 유명은 잠에서 깨어났다. 꿈이었다. 헉- 허억- 가쁜 숨을 내뱉자 옆에서 꼬리를 말고 잠들어 있던 미호가 졸린 눈을 가늘게 뜨고 웅얼거렸다.

{왜 그러냥. 악몽이라도 꿨냥?}

유명은 벌떡 일어나 잠들기 직전까지 보고 있던 대본을 펼쳤다. 〈Personality Fight〉. 조금 전까지 자신은 꿈에서 이 대본의 주인공이 되어 있었다. 하지만 원래의 대본에는 존재하지 않는 장면. 조금 전의 자신은 현성, 은성, 민성 중 누구였을까. 유명은 방금 꾼 꿈의 내용을 떠오르는 대로 미호에게 설명했다. 얘기하다 보니 조금 이상했다. 현성, 은성, 민성은 분명 준호의 대본에 등장한 이름들이었지만, 자신의 꿈속에서 느껴진 인물들의 성격은 조금 달랐던 것이다.

미호가 재미있다는 듯이 킥킥 웃으며 말했다.

{너 사실은 우준호의 대본을 연기하고 싶은 게 아니구낭?}

'…?'

{너를 연기하고 싶나 보넹.}

'나…?'

유명은 미호의 묘한 말을 듣고 대본을 다시 들여다본다. 준호의 시나리오를 읽으며 떠올랐던 무수한 심상들. 그것은 평소와 달리 '이 캐릭터를 어떻게 연기하냐'보다 '이런 캐릭터면 어떨까'에 가까운 생각이었다.

그땐 준호가 시나리오에 익숙지 않아서 허점이 보이는 것이라고 생각했지만, 미호가 콕 집어내는 말을 들으니 머릿속이 선명히 정리된다.

'…그러네, 정말.'

{대본, 좀 바꿔야 하지 않겠냥?}

'응…. 준호와 얘기해봐야겠네.'

{공저하자고 해랑. 그게 우준호 입장에서도 부담이 덜 될거당.}

모티브는 준호의 대본이 제공해주었지만, 결국 유명이 연기하고 싶은 것은 자신의 이야기. 미호의 조언이 아니었다면 꽤나 길을 돌아가게 되었을지도 모르겠다.

'준비해야 할 것들이 있어.'

유명은 다시 펜을 들어 머리에 떠오르는 것들을 하나하나 적기 시작했다.

광고 촬영일. 오늘의 로케 장소는 베벌리 힐스의 한 저택으로, 유명의 집에서 차로 5분이면 도착하는 곳이었다. 같은 베벌리 힐스라도 유명의 집은 세련되고 컴팩트한 쪽이라면, 이 집은 우아하고 웅장했다. 방만 10개가 넘는 3층의 대저택으로 검은 대리석을 많이 사용한 외관은 매끄럽게 빛나고 있었다.

저택 안으로 들어가자 머리를 절반은 블루, 절반은 핑크로 물들인 펑키한 스타일의 한 남자와 수수한 차림에 머리를 하나로 질끈 묶은 40대 즈음의 한 여자가 박진희와 회의를 하고 있었다. 정장을 입은 몇몇 사람들이 그들의 뒤에 서서 회의 내용을 훔쳐 듣고 있다.

「유명 씨, 여기예요.」

「우왓, 신유명 씨! 실물! 안녕하세요!」

「반갑습니다. 실물이 더 멋지시네요. 신유명 씨의 첫 광고 작업을 함께 하게 돼서 영광입니다.」

쾌활하게 외치는 남자는 뉴욕에서 최고의 주가를 달린다는 CF 감독, 자크 플루. 내추럴하게 칭찬을 섞어 인사를 건네는 여자는 강렬한 패션 사진을 찍기로 이름난 포토그래퍼 릴리 창이다. 그들이 유명을 보고 반색을 하며 손뼉을 쳤다. 뒤에 서 있던 사람들도 수군거리기 시작했다.

「신유명이다!」

「우와, 실물은 처음이야. 촬영 말곤 외부 행사에 거의 참석하질 않는다니….」

「사인이라도 받아둘까?」

그들은 광고주나 대행사에서 나온 사람들. 현장에서 자신의 역할이 없는 경우가 흔치 않아서 그런지, 그들은 조금 엉거주춤한 자세로 서 있었다. 유명이 먼저 웃으며 그들에게 인사했다.

「안녕하세요. 배우 신유명입니다. 열심히 하겠습니다.」

「네… 넵!」

「잘 부탁드립니다!」

유명은 촬영을 위한 모습을 갖추기 시작했다. 옷차림은 단순했다. 편안해 보이는 수면복에 슬리퍼. 메이크업은 베이스만. 그리고 일부러 헝클어트린 듯 살짝 흐트러진 머리.

그리고 소품들의 위치를 확인한다. 세면대에 가지런히 놓인 라메르의 최고급 남성용 기초화장품 라인. 옷장에 가득 걸려 있는 것은 제냐의 최고급 원단으로 만든 정장과 넥타이들. 거울 앞에 배치된 진열대에는 오데마 피게의 시계가 모델별로 정렬되어 유리 아래서 반짝이고 있고, 유리 위에는 톰포드의 향수가 에메랄드빛을 발한다.

담당자들이 다가와서 상품의 착용법이나 유의점을 설명했다.

「오데마 피게의 짐 크룩입니다. 여기 로얄오크 화이트다이얼 제품으로 착용 부탁드립니다.」

「로얄오크? 그것도 시계 브랜드인가요?」

이런 부분에 전혀 조예가 없는 듯한 유명의 질문에 오데마 피게의 담당자는 조금 당황하며 대답했다.

「아… 저희 모델명입니다. 여기 가운데 있는 거요.」

「그렇군요. 예쁘네요. 이거 어떻게 착용하는 건가요?」

「…여길 눌러서 이렇게-」

각각의 시연들을 유명은 주의 깊게 관찰했다. 이윽고 광고 촬영이 시작되었다.

236
진짜 품위

「알고 계시겠지만, 자유롭게 움직이시는 와중에도 틀려서는 안 되는 순서는 씻고 화장품, 옷 입기, 시계 차기, 향수 뿌리기입니다. 편집은 제가 알아서 할 테니 시간 신경 쓰지 말고 자연스럽게 연기해주시면 됩니다.」

「알겠습니다.」

박진희는 배우의 몰입감 유지를 위해 자크에게 최대한 테이크 수를 줄여서 찍을 것을 주문했다. 자크는 화면을 설계해온 대로 카메라들을 배치했고, 릴리 창과 이야기를 나눴다.

「릴리, 콘티에 자세한 프레임이 표기되어 있으니까 프레임을 침범하지 않는 선에서는 마음껏 촬영하셔도 됩니다.」

「오케이~」

모델컷 촬영은 뒤에 따로 잡혀 있기는 하지만, 자연스러운 느낌을 살리기 위해 CF 영상 촬영 시에도 스틸 컷을 찍기로 했다. 릴리가 한쪽 사각지대에 자리를 잡고, 자크에게 손을 흔들어 오케이 사인을 보낸다.

「카메라 롤! 타이트샷에서 쭈욱 줌아웃! 오케이. 유명 씨 준비되면 바로 일어나세요!」

침대에 누운 유명은 잠이 든 것처럼 숨을 색색 내쉰다. 자고 있는데도 단정한 얼굴. 클로즈업하여 잡고 있던 카메라가 쭈욱 뒤로 빠진 후, 유명은 깨어났다. 눈을 나른하게 몇 번 깜빡거리다가 완전히 뜨고, 천천히 몸을 일으켜 자리에서 일어난다. 슬리퍼를 신는다. 거실로 나가서 물 한 잔을 들고 테라스에 기대어 선다. 카메라는 유명의 뒷모습을 걸고 저택의 정원과 LA의 그림 같은 전경을 함께 내려다보았다.

정적. 실내 장면에서 유명은 대사가 없다. 그래서 촬영장이 굳이 조용할 필요는 없었다. 그럼에도 최고의 배우가 연기하는 것을 직접 본다는 생각에 보는 사람들은 숨소리까지 죽이고 있었다.

삑- 하고 리모컨을 누르자 LP 플레이어에서 웅장한 오케스트라 소리가 흘러나왔고, 그 음악을 배경으로 유명은 외출 준비를 시작했다. 깔끔하게 얼굴을 씻는다. 폭신한 수건에 얼굴을 살짝 묻어 물기를 흡수시키고, 스킨과 수분크림을 부드럽게 펴 바른다. 유명의 깨끗한 피부와 크림을 바를 때 드러나는 턱 선, 목의 라인을 보고 라메르의 광고담당자는 벌어진 입을 손으로 감춘 채 기뻐했다.

'이건 대박 날 거야…'

머리까지 가볍게 손질한 유명은 방으로 들어와 옷장 문을 연다. 쫘악 걸려 있는 정장 중 왼쪽에서 세 번째 옷걸이를 꺼내어 들고, 방의 한쪽에 있는 가림막 뒤로 들어간다.

사락- 사락- 옷감이 스치는 소리에 이번에는 제냐의 담당자가 살짝 얼굴을 붉혔다. 유명이 옷을 갈아입고 가림막에서 빠져나오자 그녀의 얼굴은 더 붉어졌다. 짙은 네이비색에 아주 옅게 패턴이 들어간 투 버튼의 정장. 최고의 원단으로 유명의 몸에 딱 맞게 재단된 정장은 입는 순간 몸에 착 휘감겼다. 유명은 방에 서 있는 전신거울 앞에서 위쪽 단추 하나만을 잠그고 와이셔츠의 소매에 심플한 커프스를 달칵 끼웠다. 그 모습이 너무 바람직해서 제냐의 담당자는 피가 울컥 머리로 쏠렸다. 그녀는 쉽게 흥분하는 성격이었다.

'이거야, 이거!'

목을 살짝 기울인 상태로 넥타이를 매서 착- 하고 목 끝까지 당긴 후, 유명은 수납장 앞으로 향한다. 위에 거울이 얹혀 있는 5단 수납장의 첫 번째 칸에는 고가의 시계들이 자태를 뽐내고 있다. 그 앞에서 살짝 눈을 깔고 내려다보던 그는 가운데 놓인 시계 하나를 꺼낸다. 화이트라지만 실제론 눈부시게 빛나 실버처럼 보이는 시계를 유리면에 지문이 묻지 않는 방향으로 살짝 집어들어 왼쪽 팔목에 채운다. 그 능숙한 동작에 오데마 피게의 담당자가 당황했다. 아까 유명의 질문을 돌이켜 보면 평소 시계에 관심이 없는 듯한데, 지금 그는 시계를 다루는 것이 자신보다 능숙해 보였기 때문이다.

'시계 초보자가 아니었나…?'

로얄오크의 팔각형 라인이 소매에 덮여 살짝 드러났다. 그는 그 모습을 흐뭇하게 바라보았다.

'역시 멋진 남자의 완성은 시계지, 암…'

마지막으로 유명은 톰 포드의 향수를 가볍게 공기 중에 뿌렸다. 스며들어오던 햇살에 공기 중에 도포된 액체 분자가 반짝이다가 유명의 몸으로 내려앉았다. 너무 강한 향기는 원하지 않는다는 듯이 그는 살짝만 향기를 입은 후, 뚜벅뚜벅- 완벽한 모습이 되어 실내를 빠져나갔다.

'우와….'
 별것은 없었다. 하지만 그의 분위기가, 고요한 아침의 일상에도 선명한 색깔이, 이 공간에 완전히 녹아든 듯 품격 높은 동작 하나하나가 시선을 뗄 수 없게 만든다.
 '일상생활이 저렇게 단정한 사람이 있을까?'
 우아하고 고상하다. 몸에 밴 지극한 상류층의 품격. 자세에서도 태도에서도 여유로움과 품위가 묻어난다. 심지어 유명과 자주 보는 박진희도 감탄하고 있었다. 평소에도 움직이는 동작들이 깔끔하긴 했지만, 지금처럼 거리감이 느껴질 정도로 완벽해 보이는 사람은 아니었으므로. 그리고 그의 이 완벽한 일상은….
 '다음이 기대되네.'
 다음 장면을 위한 포석이었다.

 "흐음…. 품위요…."
 광고의 컨셉은 Dignity(품위)였다. 최고의 명품배우, 그가 살아가는 그림 같은 일상과 그 생활 속에 자리한 진짜 명품들을 함께 보여주는 것. 하지만 진희가 광고 시놉을 내밀었을 때 유명이 다른 관점을 제시했다.
 "지금 이 시놉도 무척 멋지긴 한데, 저는 이런 외적인 자산들이 품위를 만든다고 생각하진 않는데…."
 "아, 물론 그렇죠. 하지만 이건 광고니까-"
 "그렇긴 하지만 이건 이미지가 너무 멀지 않아요? 허상 속의 인간 같달까…."
 사실 진희는 유명의 팬이었기 때문에 그가 멋진 옷을 입고 시계를 차고 멋진 차를 타는 모습만 상상해도 행복했다. 하지만 그의 말에 진희는 다시 생각해보았다. 유명의 팬이 아닌 사람이 이 광고를 본다면 그 '품위'에 공감할 수 있을 것인가.

"저는 크루드 광고가 참 좋았어요. 평범한 일상을 살아가는 사람들이라면 한 번쯤 꾸어보는 반전된 인생, 그런 꿈을 건드렸잖아요. 이번 광고는 셀럽에 관한 거죠. 일반적인 사람은 평생 가도 누려보지 못할 인생을 사는 셀럽. 사람들이 그런 셀럽에 대해 가지고 있는 반전된 꿈을 건드린다면 훨씬 공감이 갈 텐데…."

"흐음…."

"예를 들어, 이런 사람의 일상은 의외로 평범하다든가. 사실 제 일상도 평범하잖아요."

그 말에 진희는 신유명이라는 사람을 떠올렸다. 몇 년을 보았지만 한결같이 다정하고 따뜻한 성품. 이제 세계적으로 알려진 배우가 되었지만 여전히 일상은 소박하고 맡은 배역마다 죽을힘을 다하는, 스스로에게 엄격하고 타인에게 관대한 남자.

'아…!'

그때, 진희는 '셀럽'이라는 단어에 대해서 다시 생각하게 되었다. 그래, 대중들은 셀럽이 저런 사람이길 바란다. 유명이 어떤 사람인지만 온전히 카메라에 담을 수 있어도 이 광고는 성공하고도 남으리라.

'그렇다면… 반전을 역으로….'

대중들은 프리티우먼식의 반전에 열광한다. 초라하고 볼품없던 사람이 상류층의 언어와 습관을 배우고, 최고의 것들을 몸에 착용하며 한순간에 다른 모습이 된다는 클리셰. 그걸 역으로 뒤집으면 어떨까? 평소 거리감이 느껴질 정도로 단정하고 품위 넘치는 일상을 사는 사람. 그런 사람이 밖에 나가서는 다정하고 상냥하며, 타인을 배려하기 위해 자신이 망가지는 것을 개의치 않는다면? 박진희가 알고 있는 신유명이라는 사람의 성격을 극대화해서 캐릭터화하면….

'그래, 이거야…!'

그렇게 이 연합광고의 마지막 버전이 완성되었던 것이다.

오후의 로케 장소는 촬영장이었다. 새빨간 포르쉐를 몰고 유명은 촬영장에 등장한다. 그는 이 촬영장의 주인공인 톱스타 역할. 배역과 평소 그의 역할이 일치해서 그런지 무척 자연스러워 보인다. 박진희는 유명의 연기를 지켜보며 자신이 쓴 카피를 머릿속에 떠올렸다.
「스탠바이- 큐!」
유명이 카메라 앞에서 연기를 한다. 연기하는 것 자체가 연기이다. 그의 흠잡을 데 없는 연기를 보고 감독은 단번에 오케이를 외친다. 하지만 유명은 무엇이 마음에 안 드는지 잠시 생각하더니 감독에게 머리를 숙인다.
「감독님, 다시 하겠습니다.」
「왜요, 좋은데~」
「생각했던 대로 안 나와서요. 한 번만 더 부탁드립니다.」
그의 정중한 요청에 다시 카메라가 돌아가고, 더욱 전력을 다해서 연기하는 그. 하지만 그는 만족하지 못한 듯 여러 번 스타일을 바꾸어서 연기했고, 마지막에야 모니터된 화면을 보고 밝게 웃었다.

성실함이 당신의 프라이드를 만들며,

촬영이 끝난 후의 촬영장, 스태프들이 땀을 뻘뻘 흘리며 세트를 옮기고 있다. 그날 스케줄이 여기서 끝이라는 것을 확인한 후 유명은 정장 상의를 벗어두고 거기에 달려든다.
「저도 도울게요.」
「어어, 저희 일인데…. 배우님은 어서 들어가세요.」

그 말을 못 들은 척 유명은 그들 사이에 끼어들어 세트를 옮기는 것을 돕는다. 완벽하게 각이 잡혀 있던 와이셔츠에 주름이 잡히고 먼지가 묻는다. 집에서 그렇게 깔끔하고 완벽하던 그는 함께 일하는 사람들을 돕기 위해 흙먼지를 마다하지 않는다.

겸손함이 당신의 격을 세웁니다

일을 돕기 위해 잠시 풀어서 테이블 위에 올려두었던 시계. 지나가던 아역 한 명이 반짝반짝 예쁜 것을 지나치지 못하고 기웃거리다가 결국에 손에 집어든다. 우와- 하는 표정으로 조물거리다가 툭- 하고 떨어뜨린다. 으앙- 놀란 아이가 지레 겁먹어 울고, 아역의 매니저가 달려와 시계의 브랜드를 보더니 깜짝 놀라 사색이 된다. 대본에 있는 내용이긴 했지만, 오데마 피게 담당자의 얼굴도 순간 사색이 되었다.

「저거 얼마짜리예요?」

「22만 달러[5]요….」

「히익. 부서져도 돼요?」

「안 부서집니다. 떨어뜨려도 스크래치도 안 나긴 하지만… 이로써 중고 확정이죠…. 흑.」

유명이 우는 아이에게 다가오더니 그 앞에 무릎을 접고 주저앉는다. 아이는 혼날 것이 무서워 더 크게 울음을 터뜨린다.

「괜찮아요, 괜찮아. 뚝-」

그 순간, 모두는 감전된 것처럼 유명의 다정한 얼굴에 시선이 멈췄다. 한 치의 언짢음도 없는 밝고 따뜻한 미소. 정말 귀여운 것을 볼 때의 흐뭇한 미소를 지으며 그는 아무렇지도 않게 시계를 받아들고 손목

---

5 약 3억 원(2009년 1월 30일 원달러 환율 1377.10원 기준)

에 다시 채운다.

'와….'

'모르던 사람이 봐도 반하겠네….'

'어떻게 저런 화사한 표정이….'

찰칵- 그 틈을 놓치지 않고 릴리 창이 사진을 찍었다.

이 브랜드들은 결코 당신의 격을 결정하진 않지만, 당신의 격을 잘 표현합니다

그것이 마지막 카피. 평소엔 우아하고 격조 높은 삶을 살지만 바깥에서는 겸손하게 자세를 낮추는 인간. 홀로 있을 때는 품위를 지키지만 타인을 위해선 자신의 완벽함을 버릴 줄 아는 인간. 그것이 박진희가 생각한 진짜 '품위'의 모습.

아무것도 장식하지 않아도 그 품위가 바래지 않는다. 오히려 명품들이 그의 품위를 입고 더욱 빛난다. 진희는 자신에게 그것을 알려준 진짜 셀럽을 한참이나 쳐다보았다. 각 브랜드의 담당자들도 그의 모습을 눈부시게 바라보고 있었다.

이 모습을 지켜보고 있던 또 한 사람. 반순호. 그는 이 촬영장의 모습을 다큐에 녹여내기 위해 오늘 함께 스케줄을 따라다니고 있었다.

'진짜 대단한 스타가 되었구나….'

포르쉐, 오데마 피게, 톰 포드…. 듣기만 해도 귀가 호사스러워질 것 같은 이름의 광고주들이 유명의 한마디, 손짓 하나에 몸을 움찔거린다. CF 감독과 포토그래퍼도 업계 최고의 인재들이라고 들었는데, 그들도 유명과 함께 작업하는 것에 커다란 만족을 표하고 있다. 물론 워낙 광고를 안 찍는 배우다 보니 희소성도 있겠지. 하지만 광고 촬영 전, 유명과 며칠 지낼 때도 만났던 사람들의 급이나 그들이 이야기해주는 유명의 에피소드들이 어마어마했었다.

그는 첫날 저녁, 데렉 맥커디를 만났을 때를 떠올렸다.

─ 〈미믹크리〉의 비화…요?

237

투자하실래요?

「헐…. 아, 안녕하세요, 데렉!」
「유명의 친구시라죠? 반갑습니다.」
「네. 만나 뵙게 돼서 영광입니다!」
'나와 같은 인간이 맞나…?'
깎아놓은 듯한 외모와 완벽한 몸의 비례. 같은 남자가 봤을 때도 가슴이 쿵쾅거릴 정도로 멋진 남자는 살짝 자라난 수염마저도 기막히게 어울렸다.

「인터뷰요?」
「…역시 무리일까요?」
「수염을 안 깎아서….」
「안 깎아도 멋지십니다!」
유명의 말대로 그는 인터뷰를 거절하지 않았다. 오히려 유명의 연기를 주제로 찍는 다큐라는 말에 강한 흥미를 보였다.

「호오, 다큐요. 연기가 주제라면 '신유명과 데렉 맥커디의 연기 대결' 같은 에피소드는 어떨까요?」

「…!」

「에이, 데렉. 왜 그래요 또.」

당황한 사이, 유명이 데렉에게 핀잔을 주며 화제를 돌렸다. 반순호는 잠시 고개를 내밀었다 사라진 기회에 아쉽게 입맛을 다셨다. 그 사이에 박진희가 보냈는지 카이 누넨도 집으로 찾아왔고, 어디서 소문을 들었는지 옆집의 두 작가도 벨을 눌렀다. 그렇게 순호는 도착 첫날부터 할리우드에서 손꼽히는 얼굴들을 카메라에 가득 담게 되었다.

「〈미믹크리〉의 비화라면 역시 그거 아닐까? 촬영 도중에 대본 바뀐 거.」

「오, 중간에 대본이 바뀌었다라…. 그거 궁금한데요?」

데렉이 〈미믹크리〉 종반의 촬영장 에피소드를 꺼냈다. 촬영 전이라면 몰라도 도중에…. 어떤 상황이었을까?

「유명이 한참 아스에 완전히 빠져 있을 때였죠. 스태프들이 저 정도면 아스에 씐 게 아니냐고 얘기할 정도로 연기할 때마다 텐션이 굉장했어요. 그런데 '눈'을 테르카에게 뺏긴 부분을 연기하던 중에 갑자기 유명이 연기를 멈췄어요. 원래 대본에서 아스는 헤티의 정보를 한쪽 눈으로 빼돌리고, 나머지 한쪽 눈을 넘겨주는 설정이었거든요. 아스에게 헤티 외의 인간은 전혀 의미가 없었으니까. 그런데 유명이 그랬다더라고. '아스가, 이건 아스의 선택이 아니라고 말하고 있어요'라고.」

「우왓, 소름 끼쳐!」

「대박…. 그래서요?」

데렉이 자신의 흉내를 내자 유명의 얼굴이 붉어졌다. 순호는 '됐다' 싶은 마음에 코를 벌렁거렸고, 에바와 육미영은 자신들이 더 흥분해서 다음을 재촉했다. 작가인지라 대본 수정 이야기에 감흥이 남다른 모양이었다.

「헤티가 피아노를 얼마나 사랑하는지 알기에 헤티의 피아노와 그걸 들을 청중까지 지켜줘야 한다는 마음이 들었다고 했죠. 아스에 완벽히 몰입한 유명의 마음을 듣고 카일러는 자신이 그 부분을 고려하지 못했음을 시인했어요. 그러면서 작전이 전면 변경되었죠.」

「헤티의 정보만을 건네주어서 테르카를 속이는 방향으로?」

「그렇죠.」

「…와우.」

순호는 다시 한번 카메라 감독을 돌아보았다. 카메라 옆에 앉아 있는 박유선이 잘 녹화되고 있다며 오케이 사인을 날린다. 영화의 내용을 그대로 내보낼 수 없으니 중간중간 내용을 지워야 하는 것이 아쉬울 따름이다. 하지만 '아스가, 이건 아스의 선택이 아니라고 말하고 있어요.' 저 문장만은 확실히 살릴 수 있겠지.

「〈미싱 차일드〉에서도 비슷한 일이 있었어요.」

「어떤…?」

이번엔 에바가 말을 꺼냈다. 그러고 보니 여기 모인 사람들 모두 〈미싱 차일드〉의 멤버. 〈미싱 차일드〉는 한국에서도 대단한 화제였다. 순호 역시 이제 몇 화 남지 않은 〈미싱 차일드〉의 결말에 버닝하고 있는 중이다.

「데카르도가 릴 딜런을 처음 만날 때, 원래 저희는 그가 릴에게 바로 공식을 건네주는 거로 대본을 썼었거든요. 그런데 유명 씨가 이건 데카르도답지 않다고 했어요. 다행히 이건 촬영 도중은 아니었고 촬영하기 전에요.」

「릴이 천사같이 맑고 순수하니까 데카르도도 릴만은 의심하지 않는다는 설정이었는데, 유명 씨가 그러더군요. '예외가 반복되면 예외로서의 힘이 없지 않을까요? 데카르도는 거의 병적으로 타인을 의심하는 인물이고, 그래서 셀리도 끊임없이 의심하지만 어릴 때부터의 세뇌로 양부만은 의심하지 않는 설정이잖아요. 릴까지 예외가 되는 건 좀…'이라고.」

「아…! 그래서 5화의 명장면이 탄생했군요.」

기후를 조절하는 메커니즘을 발견하기 전, 마지막까지 풀리지 않던 공식. 양부는 그 공식을 풀 사람으로 릴을 소개했고, 데카르도는 그를 믿지 않았기에 공식을 조작해서 릴에 전달했다. 릴은 그것을 받자마자 맑은 눈으로 빤히 몇 초 바라보더니 손 한 번 대지 않고 말한다.

─ 이건 풀 수 없는 식이에요. 수학식을 구성하는 균형이 깨져 있군요. 혹시 당신이 건드렸나요?

'그게 유명 씨가 이의를 제기해서 나온 장면이었다니…!'

이날 밤, 시차가 바뀌어서 잠도 오지 않았던 그들은 오래도록 인터뷰를 담았다. 그리고 순호의 마지막 질문은 이것이었다.

「그래서 〈미싱 차일드〉 결말은 어떻게 나나요? 저만 알고 있을게요, 조금만 힌트를!」

물론 대답은 돌아오지 않았다.

새벽의 여명을 받으며 수영을 했다. 수영복 위에 가운을 걸치고 타올로 머리를 닦으며 거실로 들어왔다. 주방에 있는 고급 커피머신에서 블랙커피 한 잔을 추출한 뒤, 거실에 앉아 《LA타임스》를 읽었다. 우아하고 멋진 아침!

"으악, 반순호! 옷 좀 입어!"

"왜, 내가 너무 섹시해? 흐흐."

"어우, 똥배 좀 가려!"

눈을 비비며 나오던 박유선이 순호를 보고 기겁한다. 그녀가 질색하며 주는 핀잔에 순호가 머쓱하게 가운으로 배를 덮었다.

"너무 혼자 호강하는 거 아니냐? 주인도 안 쓰는 수영장을."

"주인이 잘 안 쓰니까 내가 써줘야지. 뭐든 안 쓰면 닳는 법이다~"

"어이고, 말이나 못하면."

박유선은 순호를 구박하며 냉장고에서 오렌지 주스 한 병을 꺼냈고, 반순호는 '지도 잘 누리고 있으면서'라고 투덜대며 소파의 좀 더 끝으로 다가앉았다. 반대쪽에 앉아 유선이 묻는다.

"충분히 땄지?"

"응. 넘칠 정도로. 생생한 영화 촬영 현장이 없는 건 조금 아쉽지만, 촬영장 비하인드 영상은 홍보부장이 충분히 구해줬고, 광고 찍을 때도 좋은 장면이 많이 나왔어. 유명 씨 소개로 감독님들 인터뷰도 따고, 피비 테일러까지 만났으니 뭐."

"컨셉은? 정했어?"

자료만큼 중요한 것이 컨셉이다. 적어도 반순호의 다큐에서는 그랬다. 그는 일관된 컨셉하에 화면을 기깔 나게 배치하기로 이름난 피디다. 지난번 다큐 〈배우〉에서도 'act + or = 행동하는 사람'이라는 컨셉으로 좋은 평가를 얻었고.

"응. 이번 컨셉은 act, or이야."

"지난번이랑 같은 거 아냐?"

"달라, 달라. 좀 더 말끔하게 나오면 알려줄게."

그가 휘휘 손을 젓는다. 헐렁해 보여도 일할 때만은 깐깐한 인간이니 어련히 알아서 잘하겠지, 라고 생각하며 박유선은 다른 걸 묻는다.

"그나저나 신유명 씨, 한국 들어가기로 했다며?"

"응. 그렇다던데."

"기획사에선 그걸 알고 우릴 부른 거야? 유명 씨 귀국 전에 양념 치려고?"

"그런 것 같진 않아. 유명 씨 혼자 결정한 거고 아직 문 대표는 모르는 것 같던데? 사실 굳이 그럴 이유가 없는 위치이고."

"그건 그렇지."

그들은 유명이 할리우드에서 어느 정도의 스타가 되었는지를 체감했다. 사실 한국에 다시 들어온다는 것이 신기할 정도였다.

"그래도 유명 씨 귀국하는 타이밍에 최대한 맞춰서 다큐 릴리즈시키려고. 우리한테도 그게 좋고, 유명 씨에게도 조금이라도 도움 될 테니까."

"흐음⋯. 광고 나오기 전에 먼저 방영하긴 어렵잖아."

"어차피 편집에 그 정도는 걸릴 거야. 네 말대로 광고 릴리즈와 맞춰서 온 시키면 좋겠다."

"그건 괜찮은 방향이네. 잘 만질 자신은 있지?"

"나 반순호다? 그나저나 반응이 기대되네. 신유명 씨 대단한 건 다 알겠지만, 진짜 어떤 위상인지를 제대로 보여주고 싶어."

할리우드에서 최고의 대접을 받고 있다, 라고 말해도 국내에선 그게 어떤 의미인지 잘 모를 것이다. 왜 그렇게 자국 사람에게는 박한 잣대를 대는지, '그래 봐야 할리우드에서는 반짝 몇 작품 띄운 외국인 배우 취급이겠지'라며 깎아내리는 사람도 있다. 신유명이 진짜 최고 중의 최고 대우를 받고 있고, 그럼에도 한국에 '돌아와준' 것이라는 걸 순호는 똑똑히 보여주고 싶었다. 박유선이 순호의 말에 고개를 끄덕이며 남은 오렌지 주스를 꿀꺽 삼켰다.

"호철아. 대표님 어디 계셔?"

"오늘은 밸론토에 계실 거라던데요?"

"내가 찾아봬도 되겠냐고 여쭤봐줄래?"

광고 촬영이 끝난 다음 날, 유명은 유석을 찾아갔다. 밸론토 인수 후 고작 반년이 지났는데도 처음 왔을 때의 분위기와는 완전히 달라져 있었다.

로비에는 사람들이 북적거렸다. 문유석은 외부인들이 밸론토를 방문해서 프로필을 살펴보고, 이미지가 맞는지 즉석에서 카메라테스팅을 할 수 있는 시스템을 만들었다. 따로 오디션을 볼 시간이나 공간이 부족한 소규모 제작자들이 밸론토의 편리한 시스템을 적극적으로 활용하기 시작했다.

2, 3층에 자리한 크고 작은 연습실들에선 다양한 레슨이 이루어지는데, 미리 신청하면 견학도 할 수 있었다. 영화관계자들은 물론이고 배우 지망생들도 많이 보러 온다고 했다. 배우들에게 도움이 될 만한 다양한 종류의 세미나도 개최되었는데, 유명도 한두 번 요청을 받아 세미나를 진행한 적이 있었다. 물론 반응은 폭발적이었다.

활기찬 밸론토의 분위기를 느끼며 유명은 유석의 사무실이 자리한 꼭대기 층으로 향했다.

"어서 와요. 광고 촬영 잘 끝났다면서요?"

"네, 별 탈 없이 끝났습니다."

"별 탈 없는 정도가 아니던데? 그 박진희 부장이 회사에서 표정관리 못 하고 팬심으로 싱글벙글이던데요."

"하하…."

"어쩐 일이에요? 당분간 쉬기로 해놓고, 설마 또 바로 작품 들어가겠다는 얘기를 하려는 건 아니겠죠."

"그건 아닌데… 저 한국으로 돌아갈까 해서요."

깜빡이 없이 훅 치고 들어온 유명의 말에 유석이 잠시 할 말을 찾지 못했다. 그는 유명의 눈을 바라본다. 조용하고 의지가 확고한 눈동자. 그냥 내린 결론은 아닌 거 같다.

"흐음…. 한국에. 휴가를 말하는 건 아닌 거죠?"

"네."

"아예? 완전히 할리우드를 떠난다는 얘긴가요?"

유명이 생각에 잠겼다. 만약 미호가 이 몸에 들어온다면? 굳이 한국을 고집할 것 같진 않다. 미호라면 지금까지 자신이 해온 것보다 훨씬 더 세상을 놀라게 할 수 있을 테니까.

"꼭 그런 건 아닙니다만, 다음 작품은 한국에서 하고 싶어요."

그 말에 이번엔 유석이 잠시 생각하더니 고개를 끄덕였다.

"나쁠 것 같진 않네요. 한국에도 기다리는 팬이 많고, 유명 씨도 가족들과 시간을 좀 보내는 게 좋을 테고. 안 그래도 몇 개월 쉴 거면 한국에 가 있으면 어떨까 물어보려고 했어요."

"…감사합니다."

언제나 유명의 뜻을 지지해주는 유석이지만 이번에는 좀 난감해하지 않을까 싶었다. 기획사가 한창 크는 중이고, 유명은 명실공히 Agency W의 간판스타이니까. 하지만 유석은 쉽게 동의했다. 하기야 매번 쉬라고 잔소리인 이상한 대표이니….

"혹시 또 정한 건가요, 다음 작품?"

"음…. 아직 완전히 만들어진 대본은 아니고, 제가 같이 써볼까 하는데요."

"유명 씨가요?"

그 말에 유석의 가슴이 다시 한번 뛴다. 유명이 연기뿐 아니라 작품을 만드는 쪽에도 재능이 있다는 것은 알고 있었다. 대표적으로 〈피터팬〉이 그랬고, 〈캐스팅 보트〉에서도 심사위원들이 연출의 시각으로도 작품을 볼 줄 안다고 극찬했었지. 유명이 쓰고 연기하는 새 작품이라….

"같이라면… 누가 또 있는 겁니까?"

"우준호라고 대학 친구인데, 제가 처음 했던 〈지킬 박사와 하이드〉의 대본을 각색했던 극작가예요. 지금은 극단 혜성에 소속되어 있어요."

"그럼 다음 작품은 연극입니까?"

유명이 그 질문에 상상치 못했던 대답을 한다.

"네, 연극-"

"…!"

"그리고 영화. 같은 작품을 영화와 연극으로 동시에 만들어보고 싶어요."

영화와 연극을 동시에? 유석의 표정이 펄쩍 뛴다. 놀란 눈썹이 유명에게 설명을 요구하고 있다. 유명은 장난기 어린 표정으로 말했다.

"재밌겠죠?"

"아니 어떻게…."

"연출도 제가 할 생각인데, 투자하실래요?"

유석은 지금 소속사 배우에게 투자 제의를 받았다. 그의 예민한 촉이 강력히 곤두섰다.

'이건 사야 해…!'

238

전체 그림을 봐줄 사람

결단을 내린 유명은 행동이 빨랐다. 준호에게 연락해 대략의 상의를 한 후 최대한 이른 날짜를 잡았다. 돌아갈 날짜는 2월의 마지막 날로 정해졌다.

귀국 전날, 미국에서 만난 많은 친구들이 유명의 집에 모여 환송회를 열었다. 데렉 맥커디, 나탈리 카센, 에바 도브란스키, 육미영, 카이 누넨, 프리야 록하트, 마일리 필론…. 화려한 면면들이 집을 한가득 채웠다.

「형…. 그냥 여기 있으면 안 돼요?」

「갔다 또 올 건데, 뭘 영영 헤어지는 것처럼 서운해해.」

카이가 큰 눈에 눈물을 그렁거리다가 결국 섭섭함을 토로하자 유명이 웃으며 카이의 머리를 슥슥 쓰다듬었다.

「프리야는 요즘 뭐 해요?」

「촬영 하나 들어갔어요. 영화예요, 헤헷.」

「무슨 역할?」

「어… 팜므파탈 캐릭턴데….」

「프리야, 네가 팜므파탈?」

「내가 뭐! 내가 뭐!」

프리야는 감정 표현이 많이 늘었다. 동년배 친구라 그런지 늘 착하기만 하던 카이가 프리야를 짓궂게 놀렸고, 그녀는 버럭 소리치며 카이를 잡으러 다닌다. 무척 보기가 좋았다. 데렉은 무척 마음에 들지 않는다는 표정으로 와인을 마시고 있다. 그 옆에 나탈리가 앉아 있었는데, 그녀가 말을 걸 때마다 틱틱거리는 것이 눈에 보였다. 유명이 그들의 옆으로 다가갔다.

「데렉.」

「한국에 푸우가 꿀단지라도 숨겨놨어요? 여기서도 찍을 게 많은데 왜 꼭 거기까지 가겠다고….」

「거기가 제 뿌리잖아요. 이번 작품은 스스로를 좀 더 파고들 필요가 있어서요.」

「지금보다 더? 도대체 뭘 하려는 겁니까?」

데렉이 조금 흥미를 보이자 유명은 그에게 커다란 떡밥을 던져준다.

「내용은 영화 나오면 보시고…. 제법 재밌는 걸 할 예정이에요.」

「뭘요?」

「영화와 연극을 동시에 만들어보려고요.」

「…!」

데렉이 등받이에서 몸을 일으켜 세운다.
「아니, 그렇게 재밌는 일을 나 몰래-」
「몰래라뇨, 지금 얘기해드리는데요.」
「상대역은 안 필요합니까?」
데렉의 질문에 유명이 난처한 듯 말한다.
「1인극이 될 거라서요.」
「여주도 조연도 없이?」
「네. 단역과 엑스트라는 있겠지만, 메인 스토리 진행은 철저히 주인공에게 몰아서 갈 생각입니다.」
「또 어떤 괴물 같은 걸 만들려고….」
다들 공감하는 듯 고개를 끄덕였고, 유명은 쑥스럽게 웃었다.
헤아려 보면 미국에 온 지 고작 2년 2개월밖에 지나지 않았지만, 참 오래도록 만난 사람들 같다. 사람과 사람 사이에 쌓이는 마음이라는 것은 꼭 물리적인 시간에 비례하는 것은 아닐 것이다.
그날 밤, 그들의 웃음소리가 아주 오래도록 이어졌다.

2008년 3월 1일, 토요일. 엄청난 인파가 인천 공항을 뒤덮었다. 유명의 입국 소식이 알려진 것이다.
"유명아아…. 허어엉…."
"유명님 실물 드디어 알현하나요, 하악."
"버텨요! 밀리면 안 돼!"
정소진을 필두로 한 갓네임드는 가장 좋은 위치를 차지하고 있었다. VIP 전용 게이트를 이용한다고 해도 한 번은 지나갈 수밖에 없는 자리.
팬클럽뿐이겠는가. 대한민국의 기자란 기자는 모두 모인 듯했고, 카메라란 카메라도 모두 출동한 듯했다. 팬클럽이 아닌 일반 팬들, 업계

관계자들까지 공항이 미어터질 것같이 붐비는 가운데, 드디어 유명이 걸어 나왔다.

우와아-! 자지러지는 듯한 비명소리, 박수소리, 환호소리와 셔터소리가 한데 섞였다. 유명은 조금 민망한 듯이 목 뒤에 손을 가져갔다가 그대로 모자를 벗고 고개를 살짝 숙였다.

"으아아악!"

"신유명!"

"유명아 사랑해!"

1차로 환호가 한 번 쓸고 지나가자, 다음은 질문 세례였다.

"신유명 씨! 휴가차 방문하신 겁니까?"

"한국 팬들에게 한 말씀 부탁드립니다!"

"한국에서의 일정은 어떻게 됩니까? 언제 돌아갈 계획인가요?"

"혹시 차기작 계획이 어떻게 되십니까?"

귀가 멍할 정도로 질문 소리가 터져 나왔다. 생업이 걸린 기자들의 목소리는 팬들의 환호에 버금갈 정도로 박력이 있었다. 옆에서 호철이 빨리 빠져나갈 것을 종용했지만 유명은 해바라기처럼 서 있는 팬들 앞에서 잠시 걸음을 멈췄다. 그리고 그들만 들을 수 있도록 나지막하게 말했다.

"늘 기다려주고 응원해주셔서 감사합니다."

"오빠!"

"유명 오빠, 사랑해요, 허어엉…"

"〈미믹크리〉 영화관에서 스무 번 봤어요. 아스 너무 좋아요!"

유명은 그들이 귀엽다는 듯 작게 웃더니 기자들 쪽을 돌아보고 입을 열었다.

"음…. 미국에 돌아갈 예정은 확실치 않습니다만…."

그리 크지 않은 그의 목소리를 듣기 위해 주변이 순간적으로 조용해졌다.

"다음 작품은 한국에서 할 예정입니다."

그 말에 등 뒤의 팬들 쪽에서 먼저 비명이 터졌다.

"꺄아아악-"

"어떡해…. 한국에서 찍는대! 나 잘못 들은 거 아니지?"

"아, 눈물 날 거 같아. 내 배우가 내 빛이다! 신유며어엉!"

기자들이 득달같이 질문하기 시작했다.

"신유명 씨! 자세히 얘기 좀 부탁드립니다! 이미 결정한 작품이 있는 건가요?"

"영화입니까, 드라마입니까! 그것만 좀 얘기해주세요!"

"기획사와 이미 협의가 된 부분인가요? 정말 확정입니까?"

유명은 더 자세한 얘기는 하지 않고 살짝 고개를 숙인 채 그 자리에서 벗어났다. 그의 마지막 뒷모습까지 한순간도 놓치지 않기 위해 계속 플래시가 터졌다.

"신유명!"

2년 2개월 만에 만나는 동생의 눈시울이 붉었다. 칸 영화제 직후 유명의 부모님은 한 번 미국에 다녀가셨지만, 지연은 학교 출근 때문에 함께하지 못했다. 방학 때 한번 부르려고 했는데 유명의 촬영과 시기가 겹쳐서 결국 오지 못했다.

"그 호화찬란한 집에 내가 가보기도 전에 귀국하면 어떡해…. 허엉…."

여전했다. 눈물이 그렁그렁한데 보고 싶었다는 말은 절대 안 하고 다른 핑계를 대며 민망함을 감추는 것이 신지연답다. 늘 장난꾸러기 같던 동생은 그사이에 부쩍 아가씨티가 났다. 역시 사회의 짬밥이라는 것이 무시할 바가 못 되는 모양이다.

{지연앙-!}

미호가 신나서 지연의 주위를 맴돌았다. 듣지도 못하는 그녀의 이름을 불러가며 신이 난 모습이 무척 귀여웠다. 예전에도 지연의 생기가 따뜻하고 강하다며 좋아하더니, 다시 만나니 무척 반가운 모양이다.

"공항에선 어떻게 빠져나왔어?"

"대표님이 공항이 엉망이라 못 빠져나갈 거라고 헬기 준비해주셨어."

"헬기? 헤엘기이이?"

지연이 놀랐는지 딸꾹- 사례가 들린다. 유명은 미국에서 돈을 많이 벌었다. 한국에서 벌었던 것과는 비교가 되지 않을 정도였다. 〈미믹크리〉에서 나온 러닝개런티가 큰 비중을 차지했고, 〈미싱 차일드〉의 계약도 역대급의 조건이었다. 들어오기 직전 찍었던 광고의 모델료도 박진희에게 전해 듣고 깜짝 놀랐었다. 5개 광고주가 모델료를 나누어 냈다고 했었지.

별로 돈을 쓸 일이 없는 유명은 차곡차곡 저금하는 한편 집에도 상당한 액수를 보내드렸다. 그런데도 가족들은 변함이 없다. 어머니 아버지는 장사를 계속하시고 있고, 지연이도 열심히 학교에 출근하고 있다. 그리고 이런 이야기에 매번 깜짝깜짝 놀란다. 귀엽게도.

딩동- 벨이 울린다. 장사를 일찍 접고 들어오신다던 부모님인가 하며 인터폰을 바라본 유명이 깜짝 놀랐다.

"유명아!"

한성과 선하이다. 같은 아파트 옆 동에 사는 그들이 유명이 돌아왔다는 얘기를 듣고 방문한 것이다. 유명은 인터폰 너머 한성의 얼굴을 보고 조금 울컥했다. 너무 바쁜 나머지 꾹꾹 눌러놓았던 그리움이 삐죽 고개를 내민다. 얼마나 모두가 보고 싶었는지, 자신도 이제야 깨달았다. 문이 열리자, 들어온 것은 두 명이 아니었다.

"맙소사⋯. 얘가 하은이야?"

한성의 품에 안긴 작은 아기. 유명은 그 아이의 얼굴을 보고 잠시 숨을 멈췄다. 예쁘다. 이렇게 예쁠 수가 있을까. 눈꼬리가 쳐져서 착해 보이는 눈은 선하를 똑 닮았고, 약간 고집스럽고 정직해 보이는 입매는 한성을 닮았다. 이 아이의 이름이 하은이인 이유는… 선하와 보은이에서 한 글자씩 딴 거겠지.

"하은아. 삼촌 해 봐, 삼촌."

"연습시켰거든. 어제 비슷하게 했었는데."

"벌써 말을 해요?"

"엄마 소리는 7개월 때 했는걸? 하은이 지금 16개월이야."

"벌써 그렇게 됐구나…."

유명이 없는 사이에 태어난 생명은 벌써 16개월이라는 의젓한 나이가 되어 있었다. 옆에서 엄마 아빠가 보채자 아이가 갑자기 유명의 옷자락을 고사리손으로 꼬옥 쥐더니,

"사암추-"

그렇게 말하곤 꺄르르 웃었다.

"와…. 말도 안 되게 귀여워…."

"네가 엄청 마음에 들었나 보다. 웃을 때가 아니야. 앞으로 놀아달라고 엄청 보챌걸?"

그때 유명의 부모님이 돌아왔다. 양손 가득 장을 봐 들고.

"유명아! 어떻게 벌써 왔어. 차가 많이 막힌대서 늦을 줄 알았는데."

"오빠 헬기 타고 왔대~요."

"뭐? 헬기?"

"어이쿠- 우리 잘난 아들 아빠가 한번 안아보자."

온 집안에 웃음소리가 가득 찼다. 유명은 드디어 긴 여정을 끝내고 집으로 돌아왔다.

유명은 머릿속에 필요한 것들을 차곡차곡 떠올렸다. 준호가 요구한 장면을 구현하는 데는 자신의 연기가 가장 관건이긴 했지만, 그만큼이나 필요한 것이 정교한 특수효과였다. 유명은 존 클로드에게 전화를 걸었다.

「감독님. 안녕하세요~」

「유명 씨! 잘 쉬고 있죠? 편집은 잘 되어가고 있습니다. 유명 씨 연기에 판타지 배경을 붙이니까 아주 근사해요.」

존 클로드와 함께 작업해보니, 인격자라는 평판답게 굉장히 편안하고 부드러운 성품의 소유자였다. 그럼에도 촬영장에서의 카리스마는 무척 뛰어났다. 그는 언제나 할리우드 최고의 스태프들과 함께했고, 오늘 유명의 용건은 그 스태프진에게 있었다.

「사실 제가 한국에서 만들고 싶은 영화가 있는데요.」

유명이 대략의 내용을 설명하자 존은 흔쾌히 답을 준다.

「특수효과에 추천할 만한 스태프라…. 니사는 어때요?」

「어… 니사라면 최고지만 〈어필 투 더 소드〉에 투입되어 있잖아요?」

「바로 촬영 시작할 건 아니지 않아요? 어차피 특수효과는 후반 작업이니까 니사네 팀원 한 명을 보내서 촬영 중에 꼭 필요한 전처리들만 돕게 하고, 본작업 때 니사가 넘어가면 되죠. 그녀의 의사가 가장 중요하지만, 유명 씨를 무척 좋아하니까 아마 기뻐할 거예요.」

니사 펄스는 VFX 분야에서 다섯 손가락 안에 꼽는 실력자이다. 프리랜서이지만 존 클로드와 항상 함께 작업하는 사이이기도 했다. 그런 그녀를 흔쾌히 보내준다는 말이 유명은 무척 고마웠다.

「그나저나 직접 연출이라…. 유명 씨도 결국 나와 같은 루트를 타는 건가요?」

「아직 그럴 마음은 아닙니다. 세계를 창조하는 것도 매력적이지만, 저는 아직 그 세계의 주민이 되는 편이 즐겁거든요. 하지만… 이번 영화는 저 자신에 대한 영화라 제 뜻대로 만들어보고 싶어서요.」

「그래도 촬영 때 전체 그림을 봐줄 사람이 한 명쯤은 필요하지 않아요? 본인이 연기하는 건 카메라를 통해서밖에 못 보잖아요.」

「그건 그러네요.」

「나는 어때요?」

「감독님은 이번 영화 편집하셔야죠…?」

「아 참, 그렇지. 그럼 몇 달만 기다려주면….」

「제가 좀 급한 사정이 있어서요. 정말 영광으로 알겠습니다.」

존 클로드가 감독도 아닌 감독의 대리인을 자청하다니, 그 누구도 믿지 못할 이야기일 것이다. 그 정도로 존은 지난 7개월간 유명과 영화를 만드는 내내 놀라고 감격했으며 새로운 영감을 얻었던 것이다.

유명은 전화를 끊은 후, 그의 말을 곱씹어 보았다.

'전체 그림을 봐줄 사람이라….'

맞다. 필요하다. 유명이 가지고 있는 작품관에 간섭하지 않으면서도 그것이 가장 충실하게 표현될 수 있도록 도울 수 있는 사람. 유명이 아직 잘 모르는 영화의 테크니컬한 부분도 조언해줄 수 있는 경험 많은 사람. 한계에 가까운 작업이 될 것이니만큼 유명이 무엇을 보여주더라도 그 이상을 기대할 수 있을 만한 욕심 많은 사람. 유명은 한 사람을 떠올렸고, 다시 전화기를 손에 들었다.

239

제작사를 사신다고?

"Allo~"

「위고 씨 맞으신가요? 저 신유명입니다.」

「오, 유명 씨! 내 뮤즈!」

그는 프랑스 특유의 억양이 섞인 영어로 유명의 전화를 반갑게 받았다. 말투나 내용만으로도 그가 짓고 있을 표정이 선하게 떠오른다.

「한국 들어갔다면서요. 휴가 중이에요?」

「제가 한국 간 소식은 또 어떻게 아셨어요?」

「주변에 눈과 귀가 많잖아요. 서눈, 도귀.」

「하하….」

하기야, 류신과 효준이 알고 있겠구나.

「위고 씨, 요즘 뭐 하세요?」

「왜요? 드디어 내 가치를 알게 됐습니까? 기가 막히는 시나리오가 떠올라서 영화를 제작해보려는 참인데, 캐스팅해줄까요?」

「아… 바쁘시군요. 그럼 어쩔 수 없죠. 캐스팅 제의는 감사하지만 차기작이 이미 정해져 있어서요.」

그제야 유명이 자신에게 제안할 무언가가 있다는 것을 눈치챘는지 위고의 목소리가 진지해진다.

「차기작? 혹시 차기작 관련해서 나한테 제의할 게 있는 건가요?」

「드라마트루그를 찾고 있습니다.」

「호오…. 영화에서 드라마트루그가 필요하다는 게 무슨 의미일까?」

드라마트루그(Dramaturge). 공연 자문과 관리, 또는 지도자의 역할. 공연 전 과정에서 작가, 연출가, 배우 사이를 매개하며 공연을 성공적으로 이끌기 위해 실행하는 총체적 관리자를 말한다. 극의 준비 과정에서 일관성을 유지하고 객관성을 확보하며, 공연이 이루어지는 과정을 지원하는 역할을 한다.[6]

---

6 김정섭(2016), '명품배우 만들기 스페셜 컨설팅', 한울 아카데미

「제가 연기와 연출을 함께 할 예정입니다.」
그 말에 위고가 흠칫 놀랐다.
'진짜 욕심 많은 배우네…. 직접 연출까지….'
「본인이 원하는 톤으로 연출하고 싶은데 거기에 자기 색깔을 안 넣고 관리감독만 해줄 사람이 필요하다?」
「…네.」
「하하하-」
위고가 살짝 비꼬아서 질문을 던졌지만, 유명은 그 말이 사실에 가깝다고 생각해 변명 없이 수긍했다. 오히려 그런 부분에 위고의 웃음이 터졌다.
「왜 나예요?」
「위고 씨라면 제가 원하는 수준까지 함께 기대해주실 것 같아서요.」
이미 아득히 높은 유명의 연기 수준. 거기에 만족하지 않고 그 이상을 함께 기대하고 몰아쳐 가줄 사람.
「그리고….」
「그리고?」
「재밌어하실 것 같아서?」
새로운 시도, 그 자체를 즐길 것 같은 사람.
「하하- 잘 봤군요. 어찌 보면 황당한 제안인데, 유명 씨라 그런지 기분이 안 나쁘네?」
「재밌어하실 게 한 가지 더 있습니다.」
「뭔가요?」
「영화와 연극을 함께 제작할까 합니다.」
그 말에 위고의 눈빛이 달라졌다.
「…당장 대본부터 보내요.」
「알겠습니다. 다만, 이건 완성된 대본이 아닙니다. 상당히 수정될 예정이니 감안해서 보시고, 결정해서 알려주세요.」
「결정은 이미 했어요. 이렇게 재밌는 일에 빠지면 위고 비아드가 아니지. 여기 정리하고 한 달이면 넘어갈 수 있습니다. 그동안 대본 수정 최대한 진행하고 있어요.」
「영화 들어가신다면서요?」
「…들어야 갈 수 있죠. 뭐, 안 들어갈 수도 있는 거고.」
곧 제작에 들어갈 거라던 영화는 유명을 낚기 위한 낚시였나 보다. 하지만 낚싯대가 오히려 고기가 던진 미끼에 걸려 물속으로 풍덩 빠졌다. 그렇게 한 명의 중요한 스태프가 결정됐다.

입국하고 3일째. 시차에 적응하자마자 유명은 가장 중요한 인물을 만났다.
"유명아!"
"우와 준호 너 엄청 변했구나."
"네가 더 변했는데? 이젠 스쳐지나만 가도 대스타의 아우라가 후광처럼 빛나네. 하하."
조금 소심하고 유약한 인상이던 준호. 하지만 성공의 경험이 사람을 변하게 한다고 했던가. 좋아하는 일을 발견하고 거기에서 성과를 내게 되자, 준호의 눈에는 생기가 가득해 보였다. 준호가 본 유명의 변화는 더했다. 이제 대학교 초반의 존재감 없던 동기가 하나도 생각나지 않을 정도로 유명은 반짝거리고 있었다. 그때 그 친구가 이렇게 될 줄 누가 알았을까.
"그런데 그건 무슨 소리야? 영화와 연극을 같이 하자니?"
"말 그대로야. 초반에 영화를 찍고, 포스트 프로덕션 기간에 같은 작품을 연극으로 준비하는 거지. 그리고 영화가 개봉할 때 연극도 같이 개연하는 거야."

"후와…. 어마어마한 프로젝트네."

준호는 약간 창백해져서 숨을 내쉬었다. 별생각 없이 끄적였던 시나리오가 이렇게 큰 건이 되어서 돌아오리라고 상상이라도 했을까. 그나마 다행인 것은, 유명이 공저를 제의한 것이었다. 자신의 이름만으로 나간 작품이 전 세계의 주목을 받는다면? 으으… 생각만 해도 불면증에 걸릴 것 같다.

"그나저나 역시 준호는 대담하더라. 내가 〈지킬 박사와 하이드〉 때부터 알아봤지."

"어? 그… 그래?"

"그 대본 보면 다들 기겁할걸. 배우 사정은 전혀 안 봐주는 대본이었어. 너 혜성에서도 배우들한테 엄청 원망 듣지 않아?"

유명이 빙글빙글 준호를 놀리자 그가 살짝 발끈한다.

"아니거든! 나도 보통 땐 그렇게 안 써. 그건 너를 생각하고 쓴 대본이니까…!"

'희곡 쓰기' 수업을 청강할 때, 준호는 유명의 연기를 보며 제대로 된 첫 희곡을 쓰기 시작했다. 그리고 하늘에 운이 닿아 각색하게 된 〈지킬 박사와 하이드〉의 각본. 그때는 몰랐다. 자신이 무대 위에서 거의 불가능에 가까운 연기를 주문했다는 걸. 하지만 유명은 불가능을 가능하게 했고, 자신이 상상한바 이상의 연기를 펼쳐 보였다. 그때 이후로 신유명은 우준호의 뮤즈였다. 대본을 쓸 때면 늘 그의 연기가 머릿속에 가장 먼저 떠올랐다. 하지만 준호는 자제하고 또 자제했다. 혜성에도 대단히 좋은 배우들이 많지만, 자신의 머릿속 상상을 누구나 그렇게 실현시켜주지는 못한다는 것을 알고 있기 때문이다.

'하지만 이번 시나리오를 쓸 때만큼은 그러지 않아도 됐어.'

말이 안 될 것 같은 장면을 쓸 때조차 유명이라면 어떻게든 근사치를 이룰 것이라는 믿음이 있었다. 게다가 영화는 공연과 다르기에 특수효과를 사용하면 될 거라는 기대도 있었고. 사실 그건 준호가 영화 쪽을 잘 몰라서 했던 기대였지만, 유명은 굳이 지적하지 않고 싱긋 웃었다.

"덕분에 불이 붙었어. 그 정도로 기대해주다니, 최선을 다해서 기대에 부응해야겠네."

"그… 그래. 시나리오 수정은 언제 시작할까?"

"난 이제 시간 많으니까 너 시간될 때 빨리 시작하자."

"나도 괜찮아. 극단에 얘기했더니 작업 기간 동안 무급휴가 처리해주신다고 했거든. 그런데 연극도 같이 할 거면… 극단 쪽 지원은 안 필요해?"

준호가 슬쩍 눈치를 보며 묻자 유명이 웃으며 말했다.

"응. 안 그래도 이번엔 혜성에 협조 요청하려고 했어. 내가 극단에 한 번 들를게."

"우와. 단장님 기뻐서 넘어가시겠네. 지난번에 〈피터팬〉을 줄라이에 뺏겼던 걸 아직 땅을 치고 계시거든. 그런데 영화가 문제네. 어디 생각해둔 제작사라도 있어?"

"아…. 주요 스태프는 도와주실 분들이 해외에서 오실 거고, 대표님이 실무 진행을 위해서 제작사를 하나 사신다던데."

"뭐? 제작사를 사신다고?"

준호가 입을 쩌억 벌렸다.

유석은 굿엔터의 재무팀장과 통화를 하고 있었다.

"컨택해봤나요?"

"처음엔 반가워하더니 갑자기 태도를 바꿔 몸을 사리더라구요. 이유를 잘 모르겠습니다. 혹시 짐작 가는 게 있으십니까?"

유석은 유명의 이야기를 들은 후 제작사를 하나 사야겠다고 생각했다. 무조건 잘될 것이라 믿었고, 그렇기에 제작도 투자도 직접 하는 것이 최선이라고 결론지은 것이다. 재무팀장에게 국내의 영화 제작사들 중 제작능력이 괜찮으면서 재정상태가 어려운 곳을 알아보게 했었다. 몇 개의 후보 중에서 프리튜드라는 제작사를 첫 번째로 접촉해보게 했는데, 재무팀장이 이런 보고를 한 것이다.

'설마 벌써부터 견제가 시작됐나…?'

"혹시 프리튜드가 윤성엔터와 관계가 있습니까? 투자를 받았다든지, 윤성 쪽 일을 했다든지?"

"어? 어떻게 아셨습니까? 거기 사장이 윤성엔터에서 오래 일을 하다 나와서 프리튜드를 차렸다고 하더군요. 분가 형태라 수주도 꽤 받았는데 결국 잘 안 된 모양이구요."

'흐음. 빠르시기도 해라.'

윤성그룹은 유석의 '어머니'의 친정이다. 그녀의 남동생이 윤성엔터의 사장이고, 그 산하에 KP매니지먼트가 있다. 〈연예학개론〉에서 탁규민 역을 맡았던 이규성이 그곳 출신이었던 기억이 난다.

'한국에서 나대는 걸 가만 보고 있진 않겠다는 뜻인가.'

어머니는 문유석이 굿엔터를 운영하는 것을 '취미' 정도로 끝내라고 늘 압박해왔다. 신유명 때문에 점점 굿엔터의 이름이 커질 무렵 어머니는 그를 내보내기를 종용했고, 유석은 유명과 함께 미국으로 떠났다. 문유석의 집안인 태원이나 그의 어머니의 친정인 윤성의 손은 미국까지는 미치지 못했고, 유석은 처음으로 자유롭게 능력을 펼칠 수 있었다.

'세월이 지나도 여전하시네.'

유석이 검지로 톡톡 책상을 두들기더니 다시 재무팀장에게 지시를 내린다. 2년 전만 해도 도망치듯이 미국으로 내뺐지만, 이제 유석도 무력하지만은 않다.

"프리튜드는 포기합시다. 넘어오지 않을 테니."

"그럼 어디 다른 곳으로 알아볼까요?"

"그래야죠. 사이즈는 크지 않아도 됩니다. 기술력이 좀 부족해도 사장이 의욕 있고 제작 스태프들이 젊은 곳으로 알아보세요. 해외에서 최고의 인력들이 지원될 거니까 기술은 가르치면 됩니다. 이왕이면 인수해도 윤성이 별로 신경 안 쓸 정도의 규모로."

"알겠습니다. 혹시 윤성과 무슨 문제라도…."

"그 부분은 알아서 할 테니 신경 쓰지 마십시오."

유석은 전화를 끊은 후 곰곰이 생각을 정리하기 시작했다.

3월 중순. 오랜만에 오디우스 모임이 열렸다. 한성, 선하, 준호, 유리, 혜선, 수호 그리고 한성의 친한 친구인 이재필 교수. 오디우스 전체 모임을 했다간 유명의 사인회가 될 가능성이 있기에 가까운 사람들끼리만 조촐하게 잡은 모임이었다.

"안녕하십니까, 신유명 갓제너럴그레이트킹 배우님. 만나 뵙게 돼서 영광입니다."

"어우, 신수호. 오버 즐."

"우헤헤- 작명의 킹이라고 불러다오."

한성, 선하, 준호는 오늘 전에도 만났었지만 나머지 사람들은 말 그대로 몇 년 만에 만나는 것이었다. 그럼에도 사람들은 변한 것 없이 여전했다.

"유명아, 빨리 할리우드 얘기 좀 풀어봐. 마일리 필론은 실제로 봐도 그렇게 치명적임?"

"성격은 귀여워요. 좀 사차원 타입이랄까."

"으어어억. 오빠 심장 멎었다. 기다려라 마일리, 지금 할리우드로 간다."

"아, 수호 오빠 진짜 주접."

신수호의 멈추지 않는 깝과 혜선의 구박은 여전했다. 그렇게 즐거운 시간을 보내던 중, 이재필 교수가 슬그머니 유명에게 말을 붙인다.

"내가 오늘 이 자리에 끼어서 미안한데-"

"무슨 말씀이세요, 교수님. 충분히 오실 만한 자린데요."

"고맙다, 유리야. 사실 내가 신 배우에게 부탁이 있어서…."

"무슨 부탁이세요?"

이재필은 유명을 보며 감회에 젖는다. 연영과 교수로 재직하며 어린 티 물씬 나던 학생들이 스타가 된 모습을 한두 번 봐온 것이 아니지만, 이 녀석은 정말 특별하다. 처음 봤을 때부터 자신을 기함하게 만들었고, 이제는 세계를 놀라게 하는 배우.

"바쁠 것 같아서 부탁하기 미안하지만, 혹시 올해 오디우스 여름 워크숍에 하루 강사로 와줄 수 있나 해서. 신 배우가 와준다면 학생들에게 커다란 동기부여가 될 것 같아."

"이열, 이 교수, 참스승 포스…."

"윤 배우는 잠시 조용히 하시고."

유명은 잠시 오디우스 여름 워크숍을 떠올린다. 처음으로 겪어본 재능 넘치는 동료배우들과의 시간. 한성과도 그곳에서 인연을 맺었다. 티브이에서나 볼 법한 배우들이 그 바쁜 스케줄 중에도 후배들에 대한 애정으로 워크숍에 참여하여 지도하던 모습이 얼마나 멋있었는지.

"영광입니다. 꼭 불러주세요, 교수님."

"…고맙다."

졸업생은 들으러 가면 안 되냐는 친구들의 아우성을 들으며 즐거운 이야기를 나누고 있을 때, 딸랑- 문이 열리고 또 한 명의 손님이 들어왔다.

"헉…. 류신 오빠!"

"여길 어떻게…. 프랑스에 있는 거 아니었어요?"

"형 어제 귀국했다길래 내가 불렀어. 다들 놀래주려고 비밀로 했지~"

수호가 뿌듯하게 자신의 짓임을 밝혔고, 유명이 물었다.

"어떻게 된 거예요? 브라이즈에 휴가 내고 잠깐 오신 거?"

"아니요. 아예 들어온 겁니다."

서류신이… 돌아왔다.

240

계산해서 연기해보려구요

술자리가 한참 깊어져가고 있을 때, 류신이 자리를 빠져나갔다. 담배를 피우러 가는 모양. 유명은 슬쩍 룸을 빠져나가 류신을 찾았다. 그는 한쪽에 마련된 테라스에서 도시의 불빛을 내려다보고 있었다.

"담배 피우러 나가신 거 아니었어요?"

"끊었습니다."

"끊기 힘들다던데."

"유명 씨는 담배 안 피워봤나요?"

"…네."

많이 피웠다. 몸에 안 좋은 걸 알면서도 삶이 팍팍해서 끊기가 어려웠지. 하지만 원생에서 간암 진단을 받았던 충격이 남아 있어서 그런지 다시 돌아와서는 손이 가지 않았다.

"그렇군요. 나한테는 별로 안 힘들었습니다. 그건 내 의지로 되는 거니까요."

독종으로 유명한 서류신. 의지로 가능한 일은 자신에게 힘든 것이 아니라는 그의 말이 의미심장하게 들린다. 유명은 류신에게 묻고 싶었던 말을 꺼냈다.

"유학은 아예 끝난 건가요?"

"위고 씨에게 배울 수 있는 건 다 배운 것 같습니다. 주로 어떻게 생각의 한계를 깨고 더 미친 시도를 하는가, 라는 부분이었죠."

"하하…. 저도 그래서 위고 씨를 스카웃했어요."

위고를 드라마트루그로 섭외한 것. 당연히 류신도 알고 있을 일을 꺼내자 류신이 고개를 끄덕였다.

"그건 잘한 결정인 거 같아요. 발상도 발상이지만 기술적으로도 나무랄 데 없는 연출가입니다."

"혹시 제가 위고 씨를 스카웃한 게 형에게 폐를 끼친 건 아닌지…."

유명이 묻고 싶던 것은 그것이었다. 위고가 프랑스에 없을 테니 류신도 프랑스에 더 있을 이유가 없어져서 돌아온 게 아닌가 하는 생각. 자신의 계산으로 영화를 촬영할 시간은 3~4개월 남짓이었기에 류신이나 효준에게 영향을 미치지는 않을 거라고 생각했는데, 류신이 덜컥 돌아온 것을 보니 자신이 폐를 끼친 게 아닌가 걱정이 된 것이다.

"아뇨, 원래도 위고 씨는 몇 개월씩 자리를 잘 비워요. 화려한 걸 좋아하고, 여기저기서 많이 찾는 사람이니까. 내가 돌아온 건 그것과는 관계없이…."

류신이 잠시 쉬었다 입을 연다.

"그 영화, 나도 참여할 수 있을까 해서요."

그 말에 유명이 당황했다. 류신과 함께 연기하는 것은 분명 매력적인 일이다. 그가 수년간 얼마나 성장했을지 무척 궁금하기도 하고. 하지만… 이번 영화는 거의 1인극에 가깝다. 유명이 스스로와 마주 보기 위해 선택한 자신의 마지막 작품. 여기에 다른 배역을 끼워넣을 수는 없다.

"죄송하지만 이번 영화의 주제가 다중인격이에요. 그리고 보통의 영화와 성격이 좀 달라서…. 주인공의 비중이 거의 전부입니다. 저도 언젠가 형과 다시 연기하고 싶은 건 마찬가지지만, 이번 작품은 그게 좀 어려운-"

"알고 있습니다. 대본은 못 봤지만 1인극이란 얘긴 들었습니다."

"그러면….'

"배역을 달라는 게 아니라, 유명 씨의 '상대역'을 원하는 겁니다. 다중 인격의 1인극, 무척 어려운 연기가 되겠죠. 기준점이 될 상대가 필요하지 않나요?"

"…그렇긴 하지만, 그건 형 같은 배우가 하실 일이-"

자신을 때에 따라 현성으로 봐주고, 은성으로 봐주고, 민성으로 봐줄 상대가 필요하긴 했다. 일종의 도우미 역할.

"그 연기를 하는 유명 씨를 가장 가까이서 보는 것. 그래서 뭐라도 배우는 것이 지금 내게 가장 도움 되는 일인 것 같아서요."

자존감이 하늘을 찌르기에 어설픈 자존심은 기꺼이 버릴 수 있는 배우. 유명은 다시 한번 서류신에게 감탄했다.

{걔도 진짜 보통이 아니넹….}

'대단한 배우야. 근성은 정말 나도 배워야 할 정도로.'

류신은 유명을 자신보다 한참 연기를 늦게 시작한 후배로 알고 있다. 후배의 작품에 연습 상대로라도 참여해서 자신의 연기를 발전시키겠다는 생각은 아무나 할 수 있는 것이 아니다.

{글쎄. 그 상황이었으면 너도 그랬을걸. 그 의지가 가상한 것은 맞지만, 따지고 보면 걔도 운이 좋은 거당.}

'운…?'

{전 세계의, 서류신 정도의 연기력과 급이 되는 배우들 중에 몇 달간

무급으로 신유명의 연습 상대를 하라고 하면 바로 달려올 사람이 몇 명이나 될 거 같냥?}

'거의 없지 않을까?'

{아닝, 엄청 많을걸. 지금 네 옆에서 연기를 본다는 건 그 정도로 가치 있는 기회인 거당. 그걸 서류신은 네 선배라는 이유로 얻은 거공.}

미호의 말에 유명의 정신이 아득해진다. 자신이 연기를 잘한다는 것을 부정하지는 않는다. 하지만 다른 배우에게 그 정도 영향력을 가지리라고 생각해본 적은 없었다.

{너, 내 연기를 옆에서 보고 조언도 들을 기회가 있으면 어떨 것 같냥?}

이미 그런 기회가 있었다. 미호와의 배낭여행. 그 여행에서 유명은 정말로 많은 것을 배웠다.

'무조건 잡아야지!'

{무급이라동?}

'그게 무슨 상관이야! 일을 안 하면 굶어죽을 상황이면 모르겠지만, 그게 아니라면 무조건 잡아야지.'

{다른 배우들에겐 네가 그런 존재인 거당.}

'……'

그 말을 들으니 약간 이해가 갔다. 물론 자신과 미호를 비교할 순 없지만…

{서류신이 가상하지 않다는 건 아니당. 네 성격이라면 촬영 내내 서류신에게 빚진 것처럼 미안해할 것 같아서, 그럴 필요는 없다는 걸 알려주는 거당.}

'…고마워.'

현명한 여우가 어깨를 으쓱였다.

{서류신도 대본 작업에 참여하는 거냥?}

'응. 본인도 뭐든 돕고 싶어 하고, 〈피터팬〉 때도 좋은 의견을 많이

냈으니까 도움이 될 것 같아서.'

{너도 이번엔 꽤 작정한 것 같은뎅…?}

유명이 싱긋 웃었다. 미호에게 아직 할 수 없는 이야기들. 이번 작품을 끝내고 나면 후련하게 '할 만큼 했다'라고 말할 수 있을까.

'미호. 이번엔 옆에서 지켜봐줄래?'

{무슨 뜻이냥?}

'이 이야기는 나 자신과 아주 밀접한 이야기가 될 거야. 무척 힘든 작업이 될 텐데, 잘 풀리지 않는 때가 오면 네게 조언을 구하고 싶어질 것 같아서.'

{흐음…. 내 조언을 받지 않겠다?}

'응. 처음부터 끝까지 혼자 만들어낸 결과물을 네게 보여주고 싶어.'

배낭여행의 끝에 미호가 내준 졸업시험. 그때 혼자 〈무무〉를 준비했던 것처럼, 현재의 자신을 모두 갈아넣어 미호에게 '자신의 성취'를 보여주고 싶은 마음.

{좋앙. 나중에 슬쩍슬쩍 물어봐도 안 도와준당.}

'응, 헤헷.'

{웃기는. 내 눈에 못 미치면 10년은 더 구를 줄 알아랑.}

10년. 우리에게 그럴 시간은 없겠지만, 약속할게. 너도 조금쯤은 놀랄 만한 연기를 해보이겠다고.

유명은 다시 대본을 들었다. 내일은 준호, 류신과 셋이 만나 대본 수정을 하기로 한 날이다. 나눌 이야기가 무척 많았다.

우준호가 쓴 〈Personality Fight〉의 주인공은 하나이지만 넷이다. '신무성'이라는 인간 속에 들어 있는 네 명의 인격, 현성, 은성, 민성, 유성. 그중 한 명의 인격이 통제되지 않아 범죄를 일으키는 것은 일반적인 다중인격 영화와 같았지만….

"이걸… 어떻게 찍으려고?"

"어? 특수효과로 하면 되는 거 아닌가요?"

"아니, 치고받고 얽히는 것도 있잖아. 포즈를 어떻게 맞추려고? 타이밍은?"

"……."

류신의 날카로운 지적에 준호가 눈을 데굴데굴 굴렸다. 유명이 준호의 대본을 보고 어이없었던 부분도 그것이었고, 의욕이 타올랐던 이유도 그것이었다. 일반적인 다중인격 영화에서 배우는 여러 가지 인격을 가진 하나의 몸을 연기한다. 그런데 준호가 만든 설정은….

"영화라고 다 가능한 게 아니야, 준호야."

내면의 집. 시나리오의 절반은 현실이 아닌 이 '내면의 집'에서 이루어진다. 네 명의 인격은 이 내면의 집에서 하나씩의 방을 차지하고 살고 있다. 그들 사이에 일어나는 갈등과 싸움, 유명은 그 모든 역할을 연기해야 한다. 내면의 집 장면들은 모두 특수효과를 사용해야 하는데, 이것은 기술적인 난이도만의 문제가 아니었다.

— 신은성, 너도 같은 생각이야?

— 민성아, 좀 진정해 봐.

— 내가 지금 진정하게 생겼어?

이런 간단한 대사조차도 한쪽의 대사를 먼저 연기하고 받는 쪽의 대사를 다시 연기해야 한다. 번거롭다는 문제 정도가 아니다. 대사 끝을 물고 들어가야 하는 상황에서는 어떻게 해야 할 것인지, 감정선이 뚝뚝 끊기는 것은 어떡할 것인지, 대사도 대사지만 각각 다른 인격들이 몸으로 얽히는 부분은 어떻게 동작을 따서 붙여야 할 것인지, 생각만 해도 아득하다.

자기가 뭔가 잘못 알고 있었다는 것을 깨달은 준호의 얼굴이 창백해졌다. 영화 쪽 경험이 있었다면 이런 무모한 대본은 쓰지 못했을 것이다. 준호가 무대 극작만 해와서 영화 편집 기술의 한계를 모르기에 쓸 수 있었던 장면들. 하지만….

"저는 그 부분이 기발하다고 생각했어요. 무척 어렵긴 하겠지만요."

"이건 쉽고 어렵고의 문제가 아니-"

"타이밍, 계산해서 연기해보려구요."

"뭐…? 설마… 잘라 붙이는 게 아니라 타이밍을 계산해서 연기한 후 겹치겠다는 겁니까?"

류신이 놀랐다가, 바로 이해하고 되묻는다.

"네. 컷마다 한 명씩 돌아가면서요."

현성과 은성과 민성이 함께 등장하는 장면이라면, 현성의 연기를 원테이크로 녹화하고, 은성, 민성의 연기도 쭉 이어서 녹화한다. 물론 크로마키 촬영으로. 그리고 그 세 가지 컷을 한 번에 합성한다.

"바라보는 시선의 각도, 대사의 타이밍, 동선과 동작. 다 계산하면서요?"

"네."

"…미치겠네."

류신은 말도 안 되는 유명의 주장이 어지러운지 눈을 살짝 감았다. 그게 가능하다면 연기의 신이겠지. 그럼에도 신유명이라면 할 수 있을지도 모른다는 생각이 들어버린 것이다.

"역시 유명이야!"

아직 그 의미를 정확히 이해하지 못한 준호만이 해맑게 박수를 쳤다.

회의는 계속되었다.

"내면의 집이라는 소재가 무척 마음에 들어. 하지만 네 명의 캐릭터와 관계성은 바꾸고 싶어."

"어떤 식으로?"

"내가 생각한 건 일반적인 다중인격은 아니야. 인간에게 내재되어 있는 다양한 욕구의 대치를 다중인격이라는 형식으로 표현한 거지. 누구에게나 이런 욕구도, 저런 욕구도 있잖아? 때로는 스스로도 내가 왜 이러는지 이해 못 하기도 하고."

준호는 녹음기를 켜고 노트에 키워드를 메모하며 유명의 이야기를 듣고 있었다.

"그 욕구 간의 갈등을 극단으로 가져가서 인격으로 표현하는 거지."

"오오, 계속해봐."

"현재 대본에서는 네 가지의 다중인격이 모두 사이가 나쁜 설정이지만, 나는 유성이 태어나기 전까지의 상황은 '균형'을 이룬 상태였으면 좋겠어."

한 사람 속에 세 개의 인격. 이런저런 우여곡절이 있었겠지만 현재로서는 평화 협정이 이루어진 상태. 거기에 하나의 인격이 새로 탄생하면서 이야기는 시작된다.

"균형을 어떻게 보여주지?"

"시간. 내면의 집 안에 시계가 걸려 있어. 12시부터 8시, 8시에서 16시, 16시에서 24시, 시간을 정확히 삼등분해서 쓰는 거야."

생각지 못했던 아이디어에 메모하는 준호의 손길이 빨라진다.

"수면은?"

"두 시간씩. 최소 수면 시간을 채우기 위해서 각자 배당받은 시간 중 두 시간씩은 반드시 자는 데 쓰기로 했어."

"그럼 직업은?"

"그 정도 시간으로도 할 수 있는 일이어야겠지. 그러면서도 각자의 욕망을 정확히 반영하는 일. 생각해둔 게 있는데, 그건 캐릭터를 정할 때 얘기할게."

"그럼 한 명이 늘어나면서 배당 시간은 6시간씩으로 줄어드는 거야?"

"그걸 모두가 받아들이지 못하니까 갈등이 시작되는 거지. 그리고 그건 살인사건으로 번져."

그 말에 준호가 침을 꿀꺽 삼킨다. 자신의 대본에도 살인이 등장하지만 그것을 말하는 것 같지는 않다.

"원 시나리오에서 등장하는 살인사건 얘기는 아닌 거지?"

"맞아. 나는 통제되지 못한 인격이 저지르는 범죄 이야기는 뺐으면 좋겠어. 그런 이야기는 이미 너무 많잖아."

"그럼 네가 말하는 살인이란…."

유명이 고개를 끄덕였다.

"응. 내면의 집에서 일어나는 '인격 살인'이야."

Personality Fight는 Personality Murder로 진화했고, 그것으로 이 영화의 제목이 결정되었다.

241

연기콘서트요?

"배우님!"

"오랜만이에요, 회장님."

근 2년 만인가. 〈캐스팅 보트〉의 〈판도라〉 공연 때 분장실에서 인사를 나눈 게 마지막이었으니 그 정도 되었나 보다. 그녀가 거의 울 것같이 그렁그렁한 눈망울을 하고 물었다.

"잘 계셨어요? 계속 작품 하시느라 무리하신 거 아니에요?"
"괜찮아요, 하하. 저는 연기 중일 때 컨디션이 제일 좋은걸요."
"안 계신 사이에 갓네임드 숫자가 엄청 늘었어요. 카페 혹시 보셨어요? 다들 배우님 돌아오셨다고 난리예요."
"가끔 들어가서 봐요. 힘들 때 보면 더 힘내게 되더라구요."
"으악! 배우님이 가끔 눈팅하신다고 하면 회원들 모두 자지러지겠다. 혹시 공식 행사나 인터뷰 같은 게 있을까요? 다들 기다리고 있는데…."

여러 가지 루머들로 난리법석인 와중에도 한 번의 흔들림도 없이 자신을 믿고 지지해주었던 팬클럽. 유명에게 갓네임드는 자신을 조건 없이 사랑해주는 가족 같은 느낌이었다. 해줄 것이 없어 늘 미안한….

'하지만, 이번엔 해줄 게 있지.'

유명이 호철을 쳐다보자 그가 소진에게 이야기를 꺼냈다.

"누나. 유명 형이 팬들 초청해서 연기콘서트를 하면 어떨까 물어보시던데요."

"…연기콘서트요?"

〈캐스팅 보트〉 초기, 호철과 소진은 언론의 몰지각한 비난에 함께 격분하고 블랙리스트를 만들며 친해진 사이. 하지만 소진은 너무 놀랐는지 호철에게 존댓말을 써서 되물었다. 유명이 그녀의 질문을 대신 받아 설명한다.

"기존에 없던 형태라 느낌이 잘 안 오실 텐데, 코미디언들이 하는 콩트쇼 같은 형태에 연기를 채워 넣는다고 생각하시면 돼요. 기존 작품의 하이라이트들이나 〈캐스팅 보트〉에서 했던 짧은 극들, 간단한 즉흥연기들을 섞어 90분 정도의 무대로 엮으면 어떨까 해서요."

"그걸… 팬들을 위해서 해주신다구요?"

"화면으로 보셨긴 하겠지만 직접 보면 또 현장감이 다를 거예요. 나름 수요는 있을 것 같은데."

"나름 수요가 있다니요! 다들 뒤집어질 겁니다!"

소진의 얼굴이 시뻘게졌다. 유명의 연기를 하이라이트만 뽑아 무대에서 직접 관람할 수 있다고? 상상할 수 없을 정도로 설레는 일이었다. 이게 알려진다면 팬들이 졸도할 것이다. 그리고 표를 사기 위한 격렬한 공방전이 벌어지겠지.

"혹시 지역은…."

"투어 형태면 어떨까요? 다음 작품 준비가 있어서 오래 시간 빼기는 어려울 것 같고, 서울 포함해서 서너 군데 정도?"

"알겠습니다. 혹시 예매는 어떻게 하실 건가요? 〈피터팬〉 때처럼 현장 예매하면 몇 날 며칠 전부터 그 앞에 상주하는 사람들로 사회적 혼란이 발생할 것 같은데…."

"아, 예매 말고 그냥 지원받아서 추첨하면 될 것 같아요. 무료입장으로 하려구요."

"…무료입장요?"

"제반 비용은 제가 부담할게요."

"배우님께 그런 부담을 드릴 수는!"

"걱정 마세요. 저 돈 많이 벌었어요. 이번엔 그냥, 오래 아껴주신 분들께 선물 하나 하고 싶은 거라서."

"…!"

그 말을 듣고 소진은 다시 눈물이 그렁해졌다. 감당하기 벅찰 정도로 멋진 자신의 스타. 그는 어떻게 마음까지 깊고 따듯한 것일까. 그를 좋아하면서 그녀는 더 괜찮은 인간이 되고 싶어졌다. 저렇게 빛나는 사람을 닮고 싶고, 그에게 부끄럽지 않은 삶을 살고 싶은 것이다.

"알겠습니다. 배우님의 뜻에 부끄럽지 않게 잡음 없이! 공정하게! 선정하겠습니다."

"고마워요. 회장님께는 늘 도움만 받네요."

유명이 소진의 눈을 마주치고 웃음 짓자 그녀의 가슴이 주체할 수 없을 정도로 뛰었다. 그는 점점 이 세상 사람이 아닌 것처럼 멋있어지는 것 같았다.

오늘 유명은 류신과 둘이 만났다. 준호가 혜성에 마지막 정리를 하러 출근한 날이라 오늘은 둘에서 아이디에이션을 하기로 한 것이다. 유명은 궁금하던 소식을 물었다.

"효준 씨는 두고 오셨어요?"

"그 녀석 이제야 기본이 좀 잡혔어요. 지금은 누군가 잡고 가르치는 것보다 동료들과 작업하는 데서 더 많이 배울 시기라 공연 준비에 들어갔습니다."

"위고 씨 연출작은 아닌가 보죠?"

"네. 브라이즈극단의 다른 연출자인데 효준이를 좋게 봤어요. 꽤 중요한 배역을 맡았습니다."

"그렇군요. 잘해야 할 텐데…. 이제 회의 시작할까요?"

오늘 그들이 의논할 부분은 캐릭터. 유명은 현성, 민성, 은성의 캐릭터를 아예 바꾸고 싶어 했다.

"현성은 교수로 설정하면 어떨까 해요."

"교수라…. 그나마 시간에 덜 매이는 직업이긴 하군요. 8시간의 제약 때문인가요?"

"네. 그리고 인간에게 내재되어 있는 성공과 인정의 욕망을 잘 대변하는 직업이기도 하구요. 사회적으로 가장 교양 있다고 여겨지는 직업 중 하나니까요."

"흐음…. 민성은요?"

"충동적인 자아. 마음 내키는 대로 행동하고 싶고, 쾌락에 취하고 싶은 본능적인 자아. 예술 계열로 설정하고 싶은데 밤과 새벽을 살아갈 것을 고려해 클럽 DJ 정도면 어떨까 싶어요."

"그럼 은성은?"

성공과 인정의 욕망. 충동과 쾌락의 욕망. 그리고···.

"은성은 가족, 친구, 연인 등 주변 사람들과 애정과 교감을 나누고 싶은 욕구. 자신의 가치를 '관계'에 두는 자아입니다."

"직업은요?"

"한 명 정도는 무직으로 둬도 되지 않을까요?"

"하기야···."

유명이 읊은 키워드들을 종이에 적던 류신이 묻는다.

"이 캐릭터들은 신유명 씨의 내면을 고찰해서 나온 건가요?"

"네. 제가 가져온 캐릭터들은 모두 제 내면의 욕구를 반영하고 있어요."

유명은 준호에게 철저히 '신유명'이라는 인간을 반영한 스토리와 캐릭터를 만들고 싶다는 의사를 전했다. 준호의 적극적인 동의하에 이번 대본 작업은 주로 유명의 아이디어를 준호가 대사로 표현하여 작업하기로 했다. 거기에 도우미로서 류신이 끼어든 것이다. 류신은 가만히 생각하더니 조금 더 낮은 목소리로 다시 물었다.

"그 모든 걸 뒤덮는 욕망이라면 역시 연기에 대한 욕망입니까?"

"···형이라면 이해하시겠죠."

인간의 내면에는 늘 여러 가지 욕망들이 혼재하고 충돌한다. 승진을 위해 여가 시간을 버리고서라도 일에 매진하려는 욕망과 조금 늦게 승진하더라도 칼퇴해서 가족과 시간을 보내려는 욕망의 충돌. 긴 인생을 살아감에 약점이 생기지 않도록 건전하게 살아가려는 욕망과 젊음을 후회 없이 소진하고 싶은 욕망의 충돌. 사람들은 자아를 형성해가며 욕망들 간의 균형을 찾고, 적절히 조화시켜 살아가지만···.

"···알죠."

때로 어떤 사람들에게는 삶을 뒤덮을 만큼, 그래서 다른 모든 욕망을 짓누를 만큼 거대한 욕망이 나타나기도 한다. 인생의 조화를 깨버리고 다른 모든 것을 뒤로한 채 한 가지만을 향해 달려가는 욕망. 거기서 벗어나고 싶은 두려움과 그것을 취하고 싶은 욕심 사이에서 고뇌하는 마음을 류신도 알고 있다. 그것을 연기로 표현하겠다니….

"그 얘기를 하고 싶은 거군요."

"네."

"어렵고 힘든 작업이 되겠네요."

"…네."

유명이 쓰게 웃었다.[7]

유명의 집으로 커다란 소포가 도착했다. 지연은 유명이 자기 몸 크기의 박스를 들고 들어오는 것을 보고 눈을 빛냈다.

"그게 뭐야? 페덱스 찍혀 있는 걸 보니 해외 택배야?"

"회사에서 왔는데? 홍보부장님이 보내신 거로 돼 있네."

"뭐야, 뭐야. 나도 볼래."

지연이 적극 덤벼들어 꽁꽁 싸인 포장을 풀었다. 하지만 박스 안에 또 다른 박스가 있다.

"뭐야, 마트료시카[8]냐!"

---

7 극 중 〈Personality Murder〉의 인물관계도는 다음과 같다.
　외면) 주인공 신무성의 몸
　내면) 현성: 성공과 인정의 욕망
　　　　은성: 애정과 교감의 욕망
　　　　민성: 충동과 쾌락의 욕망
　　　　유성: 연기에 대한 욕망

8 마트료시카: 인형 안에서 더 작은 인형이 계속 나오는 형태의 러시아 전통 인형

"상하면 안 되는 게 들어 있나 보네. 그거도 풀어봐."

"훗. 나의 택배 개방력은 이 정도로 무너지지 않지."

지연이 드르륵- 커터칼의 날을 세웠다. 비장한 눈빛으로 박스 테이프를 샤샥- 절단하자 그 안에서 어마어마한 양의 뽁뽁이가 나온다.

"다음은 너냐!"

유명은 지연이 혼자 잘 노는 것을 킥킥거리며 지켜보고 있었다. 가끔 보면 지연이 연기를 했으면 어땠을까 싶기도 했다. 여기저기 나서는 것을 싫어해서 그렇지, 참 재밌는 아인데. 존재감도 강하고.

"어머! 이게 뭐얏!"

뽁뽁이를 쫘악 찢은 지연은 내용물을 보더니 기겁을 한다. 유명도 호기심이 생겨 슬그머니 들여다보았다.

"비… 빛이 난다, 빛이 나. 이게 다 뭐야."

"광고 찍었던 브랜드 물품들인 거 같은데."

"뭐야, 너 광고도 찍었어? 근데 이걸 왜 주는 거야?"

유명이 뽁뽁이 사이에 낀 봉투를 꺼낸다. 그 안에는 박진희가 쓴 편지 한 장이 들어 있었다.

[배우님! 배우님이 꼭 써주셨으면 좋겠다면서 광고주들이 이런저런 선물을 보내왔어요. 편하게 써주세요~ 오데마 피게에서는 그때 착용했던 모델을 선물로 드리고 싶다고 하는데, 그건 고가의 귀금속이라 교환서를 주셨습니다. 갤러리아 오데마 피게 매장에 동봉한 교환서를 가지고 가시면 될 거예요. 함께 넣은 오메가 쓰리는 제 선물입니다~]

공석에선 팬심을 좀처럼 드러내는 일이 없는 박진희였지만, 편지 속에는 '보혈양제'로서의 마음이 가득 들어 있었다. 유명이 한쪽 구석에 고이 자리 잡은 영양제를 찾아내고 피식 웃을 동안 지연은 눈이 돌아가서 뽁뽁이를 모두 벗겨내고 있었다.

"제냐 정장! 넥타이는 열두 칼라 세트로 왔어. 무슨 12사도냐!"

"라메르…! 크림도 있고 에센스도 있고…. 근데 다 맨즈 라인이네, 쳇."
"톰포드 향수도 있네. 헉, 선글라스도."
"그건 너 쓸래?"
지연이 '오빠'를 외치며 방긋 웃었고, 유명은 오데마 피게의 교환서를 펼쳐보며 무언가를 떠올렸다.
'그러고 보니 그때 떨어뜨린 시계는 어떻게 됐나….'

[[dc outside 신유명 갤러리] 다들 또 국뽕에 해롱대는 듯]

신유명 귀국했다고 야단법석이네. 세계 정상 스타가 되어 금의환향했네 어쩌네 하는데, 솔직히 좀 오버 아니냐? 유색인종이 할리우드에서 잘나가 봐야 얼마나 잘나가겠음?

— 또 뻘태클 시작이네. 〈미믹크리〉 성적이랑 〈미싱 차일드〉 시청률이 말해주는데, 숫자를 보고도 못 믿으면 뭘 어떻게 설득해야 함?
ㄴ 아니, 연기력으로 태클 거는 건 아님. 근데 솔직히 할리우드 톱클래스는 오버 아니냐고. 겨우 두 작품 한 신인인데 한국인이 좀 떴다고 다들 너무 신난 거 아니냐 이거지.
— 겨우 두 작품? 할리우드 첫 작품으로 배우 최초로 황금종려상 찍고, 두 번째 작품으로 역대급 미드 소리 듣고 있는데 겨우 두 작품? 존 클로드 신작이 세 번째 작품인데 신인?
ㄴ 내 얘기는! 연기력으로 인정받는 건 맞는데 대중적인 인기로 톱클래스는 아니라 이거지. 신유명 작품만 하지 인터뷰나 티브이 쇼도 잘 안 나오잖아. 인기 있으면 수십 번은 더 나갔을걸? 아직 광고도 하나 못 찍은 거 보면 광고주들이 동양인은 좀 노노하는 것 같지 않냐?

ㄴ 요건 나도 좀 인정. 진짜 그렇게 잘나가면 광고는 들어왔을 거 같음. 우리나라에도 명품배우 소리 듣는데 인기는 별로 없는 배우들 있잖냐. 그런 축인 듯.
— 아오, 진짜 이놈의 디씨 페인들. 남 잘되는 게 그렇게 부럽냐. 진짜 인생 암울하게 산다.
ㄴ 나 전문직인데? 너야말로 방구석 페인 아니냐? 막장 인생이 막막해서 국뽕 한 사발로 잊고 싶은 게 팩트지요?

김호민은 쾅- 하고 키보드를 내리쳤다.
'아오…. 이 븅신들.'
원래 신유명 갤러리는 신유명을 응원하는 성격의 게시판이었다. 호민은 영화애호가로서 〈려말선초〉와 〈Mimicry〉가 자신의 인생작이라고 생각하고 있었다. 그는 신유명의 팬클럽까진 가입하지 않았지만, 가끔 디씨아웃사이드에서 유명에 관한 자료들을 훑어보곤 했다. 그런데 유명이 귀국하고 난 뒤부터 유독 갤러리 물을 흐리는 어그로꾼들의 출현이 빈번해진 것이다.
'남 잘되는 게 그렇게 보기 싫나….'
증거가 온 세상에 펼쳐져 있는데도 억지 주장을 하는 인간들을 보니, 황금종려상 수상 이전에는 신유명이 얼마나 피곤했을까 싶다. 세상에는 믿고 싶은 것만 믿는 사람들이 너무 많았다.
'광고가 안 들어온 게 아니고 아무 광고나 안 찍는 거겠지! 국내 활동할 때도 똑같았다고!'
김호민은 광고학을 전공하는 대학생으로 AE를 지망하고 있었다. 그래서 Crude 광고의 비하인드 스토리를 관심 있게 찾아보았고, 현성자동차

쪽 담당자의 인터뷰 또한 기억했다. 국내 모든 브랜드들이 그를 광고모델로 쓰고 싶어 했지만, 광고보다는 작품 활동에 전념하려는 그의 의지 때문에 '작품이 될 만한 광고기획안'을 뽑느라 무척 고생했다는 내용이었다.

'아오, 저놈들 입 좀 닥치게 엄청 센 브랜드 광고 하나만 하고 귀국하지…!'

그는 투덜거리며 갤러리를 끄고 광고 AE 지망생 커뮤니티에 들어갔다. 그리고 눈이 번쩍 뜨이는 게시글 하나를 발견했다.

[대박! 신유명 미국에서 역대급 광고 찍었네요]

'뭐? 진짜?'

그는 서둘러 게시글 속의 하이퍼링크를 클릭했고,

"헐…. 이거 리얼?"

입을 헤- 벌린 채 잽싸게 그 링크를 복사했다. 그는 신유명 갤러리에 다시 접속해 그 링크를 게시했고, 갤러리가 뒤집히는 것은 한순간이었다.

242

명품 연합광고 On

'연합 광고'가 런칭된 것은 4월 1일 수요일, All fool's day(만우절) 저녁 9시였다. 프라임 시간대에 여러 방송국에서 동시에 '그 광고'가 런칭되었다. 제인 존스는 바쁜 일과 후 휴식을 취하던 중 그 광고를 보게 되었다.

\# 정돈된 일상, 우아한 하루를 살아가는 당신

진한 흰색으로 한 줄의 카피가 새겨지면서 Fade-in 된 화면에 한 남자가 등장한다. 잔잔한 클래식이 흐르는 웅장한 저택의 거실에 아직 뒷모습뿐인 남자가 서 있다. 흑백 화면이 남자의 뒷모습과 배경의 전경을 고전영화처럼 깊이 있는 톤으로 표현한다. 천천히 돌아선 남자의 얼굴에 제인은 화들짝 놀랐다.

'신유명? 언제 광고 찍었지?'

화면 속 남자의 무표정이 예리했다. 그는 모든 움직임의 끝점에서 살짝 느려지는 듯한 여운이 있었는데, 그것이 굉장히 우아하고 섹시한 느낌을 주었다. 어떤 급박한 상황이 생겨도 자신의 리듬을 잃지 않을 것 같은 어른 남자의 느낌.

'와… 뭐가 저렇게 우아하지?'

그가 외출 준비를 시작하며 화면이 건너뛴다.

첫 번째 컷. 턱을 살짝 옆으로 돌려 들자 드러나는 유려한 목선. 티한 점 없는 깨끗한 피부에 부드러운 크림이 사악 스며든다. 온통 흑백인 화면에 라메르의 케이스만이 푸른색으로 빛나고, 옆쪽 빈 공간에 흰색의 타이포그라피가 타닥타닥 박혔다.

[De La Mer Collection]

'라메르가 신유명을 섭외했구나. 언제? 아니 어떻게…?'

다음 장면. 남자는 정장을 입고 왼팔을 살짝 들어 오른손으로 왼 손목의 커프스를 채운다. 무표정하게 시선을 아래로 향하며 커프스를 끼우는 모습에 살짝 숨이 가빠졌다. 역시 흑백화면 속에 정장 부분만 짙은 남색으로 색상을 드러내고 새로운 타이포그래피가 새겨진다.

[Ermenegildo Zegna]

'제냐도? 아니… 어떻게 라메르와 제냐가 같이?'

다음은 그가 오데마 피게의 시계를 살짝 집어드는 모습. 은색의 팔각 라인과 내부의 청판이 보석처럼 빛난다. 그리고 서랍장 위에 놓인 톰포드의 향수병을 들어 가볍게 누르자 향수의 입자가 에메랄드색으로 빛나며 그에게 스며드는 모습.

[Audemars Piguet Le Brassus]

[Perfume de Tom Ford]

마지막으로 유명이 포르셰의 스포츠카를 타고 있는 장면으로 넘어가며 두 번째 카피가 등장한다.

하지만 당신의 가치는, 이런 것들로 증명되지는 않습니다

고상함의 극. 남자의 완벽함은 아스 프리데터의 완벽함과는 달랐다. 온몸에 격이 배어 있는, 조금은 딱딱하고 엄격해 보이는 상류층의 남자. 태어날 때부터 귀하게 태어나 이런 삶 외의 삶은 알지 못할 것 같은 귀족적인 남자의 모습이었다. 그녀는 순간 이 남자의 모습에 완전히 설득당했고, 잠시 후 그 믿음이 배신당했다. 좋은 방향으로.

남자의 정체는 톱스타. 그가 스포츠카를 타고 도착한 곳은 촬영장이다. 잠잘 때조차 완벽할 것 같던 남자는 촬영장에서 마음에 들지 않는 연기가 나오자 감독에게 재촬영을 요청하며 고개를 숙인다. 자신의 일에 진지하며 스스로의 엄격한 기준을 결코 낮추지 않는 모습. 흑백의 화면에 붉은색의 물체들만이 점점이 색깔을 띤다.

성실함이 당신의 프라이드를 만들며,

촬영 후, 그는 스태프들이 바쁘게 움직이는 것을 보고 함께 뛰어들어 몸을 움직인다. 고급 정장에 먼지가 묻고, 땀으로 와이셔츠가 젖는다. 옆 사람들이 만류하는데도 그는 소탈한 웃음을 지으며 번쩍 장비를 들어 옮긴다. 이번엔 채도가 낮은 푸른색이 더해져 화면이 더욱 화려해진다.

겸손함이 당신의 격을 세웁니다

그리고 시계를 떨어뜨린 어린아이. 한쪽 무릎을 꿇은 채 울먹이는 아이의 눈을 맞추고 짓는 다정하기 그지없는 미소.
'흐아…'
자신도 모르게 몸이 배배 꼬였다. 그것은 '자신과 눈을 맞추고 저 웃음을 지어준다면…'이라는 상상을 부르는 미소였다. 마지막 카피가 깔리며 화면은 드디어 총천연색이 되어 선명하게 빛난다.

이 브랜드들은 결코 당신의 격을 결정하진 않지만, 당신의 격을 잘 표현합니다

아까보다 각이 죽고 지저분해진 정장, 한번 바닥에 떨어졌던 시계. 자신을 포장한 것들이 조금 숨이 죽었어도 돌아서는 그의 걸음에 서린 품위는 절대 바래지 않는다. 아니, 말끔하고 우아했을 때보다 몇 배는 멋있어 보인다.
30초. 일반 광고보다 두 배는 긴 시간. 광고가 아닌 하나의 작품을 본 것 같은 기분으로 제인은 멍하게 화면에서 시선을 떼지 못했다. 그리고 서서히 환상에서 깨어나고 나자 이 상황이 당황스럽기 시작했다.
'이거… 어떤 미친놈이 이런 기획을 한 거야?'
각각의 업계에서 손꼽히는 명품 브랜드들. 누가 그들을 엮어서 이런 기존에 없던 스타일의 광고를 만들어낸 것일까. 무모하고도 당황스러운 도전이다. 하지만 그 결과물을 본다면… 엄청난 관심과 파장을 일으킬 만한 영리한 도전이었다.
'그런데, 왜 이 기획이 우리 회사에는 안 들어온 거지?'
그녀는 람보르기니의 홍보 담당자였다.

─ 와… 미쳤다. 이거 무슨 일이냐? 만우절이라 누가 장난친 거 아니냐?

─ 포르셰, 오데마 피게, 제냐, 톰포드, 라메르…. 끝났다, 끝났어.

─ 잘 이해가 안 가는데, 그니까… 저 브랜드들이 모여서 다 같이 신유명 한 명 섭외한 거예요?

─ 뭔가 엄청난 일이 있었던 듯. 저 광고학과 학생인데, 저렇게 최고라고 불리는 명품 브랜드들이 연합해서 하나의 광고를 찍은 건 역사상 전례가 없는 것 같습니다.

─ 배우면서 황금종려상 탄 것도 그렇고, 매번 역사를 쓰네. 인생 혼자 사나….

─ 모델료 얼마나 받았을까요? 기록 찍었을 것 같은데….

─ 연기할 때 싹- 하고 사람이 달라지는 거 개신기. 진짜 광고에서도 연기를 하고 있네.

광고를 처음 본 사람들은 일단 그 멋진 화면에 시선을 빼앗겼고, 그 뒤엔 어떻게 이런 광고가 가능했는지를 토론하기 시작했다. 그리고 다른 몇몇은 어그로 분탕 종자들을 약 올리고 있었다.

─ 광고 못 따는 거 보면 인기는 없다고 하던 놈 나와 봐. 쪽팔려서 못 나오겠냐?

─ 아오, 까스활명수로 위세척한 듯. 고정닉으로 어그로 끌던 놈 갤로그 방문했더니 닫아났더라. 똥을 싼다, 진짜.

— 증거 확실할 땐 아닥하고 있다가, 몇 주 지나면 또 이상한 논리 들고 슬슬 기어 나오겠지. 일단 오늘 세스코 출동해서 당분간은 벌레 안 나올 듯.
— 근데 미쳤다, 진짜…. 이게 말이 되는 상황이야?

몇 시간 후 다른 버전이 온라인에 뜨자 다시 한번 떠들썩해졌다. 유명의 연기가 쭈욱 담긴 무삭제 버전 자체의 반응도 대단했지만, 더욱 핫한 반응은 그 뒤에 붙여놓은 메이킹 컷에서 발생했다.
「감독님, 다시 한번 갈까요?」
「꼬마 아가씨는 이름이 뭐예요?」
「로열오크? 그것도 시계 브랜드인가요?」

— 광고가 컨셉이 아니고 진짜 그런 성격인가 봐요. 말투 정말 상냥하고 스태프들 분위기도 너무 좋네요.
— 아…. 귀엽고 멋지고 혼자 다 하네….
— 오데마 피게가 뭐냐고 물어보는 거 실화냐…. 돈도 많이 벌었을 텐데 좋은 시계 좀 차지.
— 신유명 성격 좋은 거야 〈캐스팅 보트〉 때부터 유명했죠. 제가 현업에 있는데 나쁜 말을 한 번도 못 들어봤어요.

미국에서는 한 사람의 AE가 엄청나게 깨지고 있었다.
「TMP에도 제안이 들어왔었다구요? 그런데 왜 우리 쪽엔 입도 뻥긋 안 한 거죠?」

「…말도 안 되는 제안이었어서.」

「말도 안 되게 잘되고 있는데요?」

「…….」

「명품 브랜드를 핸들링하는 광고기획사들을 모아놓고 브리핑을 했는데, 다른 회사들은 다 오케이한 걸 TMP만 거부하고 나왔다? 제대로 기획을 보지도 않고?」

「저희는 광고주의 브랜드 가치를 지켜야 하는 입장에서-」

「우리가 열심히 브랜드 가치를 지키는 동안 포르쉐는 가치를 더 끌어올렸군요. 지금 그걸 변명이라고 합니까?」

「…죄송하게 됐습니다.」

「정식으로 문제 삼고 계약파기 요청하겠습니다. 끊습니다.」

뚝-

「네? 여보세요, 여보세요…!」

TMP의 AE가 이미 사라진 수화기 속의 상대를 애절하게 불렀다.

티브이 광고의 런칭과 맞물려 잡지 화보가 등장했다. Dignity(품위). 이것을 컨셉으로 한 광고 화보는 상당히 파격적인 컷들을 담고 있었다. 금이 간 시계를 차고 있는 모습. 팔 한쪽이 뜯어진 양복을 입고 있는 모습. 걸친 것들의 망가진 외형에도 불구하고 그 자체로 온전한 격을 뿜어내는 남자의 모습을 담은 사진들은 마치 작품 같았다.

모델이란 상품을 보여주기 위한 도구이므로 상품보다 모델이 튀어서는 안 된다, 라는 공식을 버리고 강렬한 모델과 망가진 제품을 담은 사진들. 그럼에도 망가진 상품들의 아름다움과 멋이 더욱 돋보이는 것은 사진작가의 힘이었을까 모델의 힘이었을까.

잡지들이 불티나게 팔렸다. 잡지마다 조금씩 다른 화보를 실었기에 전체 버전을 수집하기 위해 모든 종류의 잡지를 사 모으는 사람들도 있었다. 이 광고는 미국 연예계와 브랜드 업계 전반에서 커다란 화제가 되었고, 최고의 브랜드들이 묶여 언급되며 그 가치를 더욱 공고히 했다. 해당 브랜드의 제품들이 불티나게 팔렸고, 특히 유명이 착용했던 품번들은 빠르게 매진되었다.

뉴욕, 재계인들의 파티.

「프랭크도 저거 입었네?」

「하하, 갤록도 딱 '그'가 입은 대로 입었더라고. 그걸 입으면 다 '그'같이 될 줄 아나 봐.」

「그러니까. '그'는 정말 근사해, 그치?」

젊은 숙녀들은 신유명을 '그'라고 3인칭으로 지칭하며 대화를 나누고 있었다. '그'는 최근 그녀들의 대화에 자주 등장하는 핫한 인물이었다.

「'그'를 직접 만난 사람은 없어?」

「샐리가 번호를 알아내서 연락했는데 답변도 못 받았다잖아.」

「우하하, 도도한 척은 다 하더니…! 그런데 '그'는 뭘 믿고 그렇게 튕긴대? 누가 욱해서 앞길이라도 막으면 어쩌려고?」

「하트로이트가 뒤에 있잖아. 대놓고 티는 안 내도 건들면 가만 안 있을걸?」

「아…. 그게 그렇게 되는구나.」

프리야 록하트라는 〈캐스팅 보트〉 출연자가 그 하트로이트의 막내였다는 것은 그들 사이에서도 꽤나 화제였었다. 그녀들이 신유명에 대한 얘기를 하고 있을 때, 남자들은 오데마 피게 로열오크에 대한 이야기를 하고 있었다.

「야, 너 그 모델 구했구나.」

「완판 직전에 겨우 구했다. 친한 매니저한테 꼭 하나 빼놓으라고 신신당부했거든.」

173

「와~ 평소에 그렇게 돈을 써 재꼈던 보람이 있네.」
「그니까. 흐흐. 지금 매장마다 대기가 어마어마하다네.」
「사실 나도 대기 걸어놨어. 1년 넘게 기다려야 할 것 같던데….」
 그 말에 시계를 구한 남자의 어깨가 더욱 으쓱해졌다. 그때였다. 파티장에 늦게 나타난 한 남자의 손목에 사람들의 시선이 쏠렸다.
'쟤 시계가 왜 저래?'
'왜 표면이 금 간 시계를….'
'어? 저거 로열오크잖아. 그것도 구하기 힘든 화이트다이얼.'
'잠시만, 저거 설마….'
 흠집 난 시계를 차고 왔다며 비웃기에는 그는 이 중에서도 손꼽히는 집안의 자제였고, 시계 자체도 현재 가장 구하기 어려운 모델이었다. 한 눈치 없는 친구가 불쑥 물었다.
「브래드, 너 왜 그런 시계를 차고 왔냐? 하하, 광고에서 시계 떨어뜨리는 장면 나왔다고 일부러 흠이라도 낸 거야?」
 그의 어깨가 살짝 올라간다.
「이거 신유명이 찼던 시계야. 잡지 화보 찍을 때 일부러 흠집 낸 거라고 하더라고.」
「뭐? 광고에 나왔던 그 시계라고?」
「이게 어디서 났어?」
「오데마 피게에서 VIP 몇 명 데려다놓고 자선 경매를 했거든. 수익을 기부해서 홍보에 활용하려나 보더라고.」
 그 말에 아까 오데마 피게의 VIP를 자처했던 남자의 얼굴이 붉게 물든다.
「브래드, 그거 나한테 안 팔래? 정가의 두 배 줄게.」
「내가 얼마 줬는지는 알고 하는 소리냐?」
 남자들의 부러움에 찬 눈빛이 그에게 집중되었고, 여자들은 사력을 다해 그의 주의를 끌기 시작했다. 마음속에 한 가지 목표를 담고.

'저 시계 나도 차 본다! 신유명의 손목이 닿았던 시계!'

그렇게 유명이 걱정했던 '중고시계'의 가치는 몇 배로 뛰어오르고 있었다.

그리고 광고로 인한 흥분이 아직 가시지 않은 4월 10일 금요일.

다큐멘터리 〈배우〉, 2부의 방영이 시작되었다.

243

다큐멘터리 〈배우〉 2부

수연은 경건한 자세로 티브이 앞에 앉았다. 오늘은 유명의 다큐가 방영되는 날이다.

'1부 찍을 때… 그때가 정말 재미있었는데.'

그녀는 얼마 전, 인터넷을 보다가 '리즈 시절'이라는 신조어를 알게 되었다. 맨체스터 유나이티드의 미드필더 앨런 스미스가 자꾸 삽질을 하자 '앨런이 그래도 리즈 유나이티드 시절엔 참 잘했었는데'라고 사람들이 자꾸 말하는 것에서 유래된 '인생의 전성기'를 의미하는 단어. 그 단어가 재미있다고 생각하던 그녀는 문득 그런 질문을 떠올렸다.

'나의 리즈 시절은 언제일까?'

대답은 너무 쉽게 나왔다. 어두운 가정사로 점철되었던 어린 날과 마음의 껍질에 갇혀 제대로 연기하지 못했던 20대 초반, 그 암흑 같은 시기를 지나 처음으로 느꼈던 빛과 온도. 유명이 앞에서 끌고 류신이 뒤에서 밀어주었던 〈피터팬〉 시절. 몸이 부수어져라 연습을 거듭하고 목에서 피가 날 정도로 대사를 내뱉으면서도 매일 잠들 때마다 잠자는 시간이 아까울 정도로 내일이 기다려졌던 나날들.

'지금도 무척 행복하지만… 다시 그런 날이 올 수 있을까?'

지금 수연은 떠오르는 신예배우. 작품이 꾸준히 들어오고 연기로도 인정받고 있다. 협찬으로 예쁜 옷들이 쏟아져 들어오고 어딜 가든 부러움과 호의 어린 시선들이 따라온다. 그럼에도 그때와 비교할 수는 없다. 단언컨대 그때가 자신의 리즈 시절인 것이다.

당시에 함께 찍었던 다큐멘터리 〈배우〉의 2부가 3년 만에 나왔고, 2부 속에는 자신과 류신의 자리는 없었다. 유명은 홀로 너무 빨리 질주해 닿을 수 없는 먼 곳으로 가버렸으니까. 그의 성공이 누구보다도 기쁘지만, 한편으로 쓸쓸한 마음이 없을 순 없다. 느리지만 꾸준히 따라가다 보면 언젠가 다시 한번 그와 같은 무대에 설 수 있을까.

한순간도 놓치지 않으려 눈을 부릅뜬 가운데, 다큐가 시작된다. 금요일 저녁 피크 타임, 원래 방송될 예능 프로그램을 밀어내고 다큐가 방영되는 것이다.

다큐멘터리 〈배우〉 2부.

1부에서처럼 이야기는 Actor라는 다섯 개의 스펠로 출발한다.

[A.c.t.o.r.]

— 배우, 영어로는 *actor*라고 한다. *or*는 사람을 나타내는 접미사이기도 하지만 '혹은'이라는 의미를 가진 접속사이기도 하다. 그렇다면 '*act* 혹은 무엇', 이 구절의 뒤쪽에는 어떤 단어를 채워볼 수 있을까.

구절의 뒤쪽에 물음표가 하나 덩그렇게 생긴다.

[Act or ?]

— 여기 한 배우가 있다. 이름은 신유명, 올해 29세가 된 6년 차 배우이다. 이 배우는 데뷔 이래, 그야말로 센세이셔널한 행보를 이어왔다.

데뷔 3년 만에 국내에서 연기력으로 최정상급이라는 극찬을 받던 신인 배우는 어느 날 갑자기 미국행을 선언한다. 당시 국내의 여론은 무척 비판적이었다.

　화면 가득 기사 스크랩들이 겹쳐진다.
　[신유명, 굳이 미국의 '예능 오디션 프로'에 참가를 선언한 이유는?]
　[신인배우의 헛바람, '할리우드 뽕'에 커리어 무너지나]
　[〈캐스팅 보트〉 1, 2화. 별다른 임팩트 없이 겨우 다음 라운드 진출한 신유명, 곧 탈락?]
　― 보장된 성공에도 불구하고 바닥부터 새로운 시작을 선택했던 어린 배우. 그는 어떤 마음으로 그것을 택했던 것일까. 그 질문에 그는 이렇게 대답했다. 연극에 '막'과 '장'이 있듯이 삶에도 막을 넘어가야 하는 순간들이 있다고.
　다시 떠오른 [Act or ?]. 물음표가 분해되었다가 모이며 하나의 단어를 만든다.
　[or 1. Act or Scene(막 혹은 장)]
　본격적인 이야기가 시작되었다.

　― 〈캐스팅 보트〉에서 섭외가 왔을 당시, 그는 국내 유수의 감독과 피디들에게서 차기작 러브콜을 받고 있는 상황이었다. 하지만 그의 선택은 〈캐스팅 보트〉였다. 그는 어떤 생각으로 미국행을 결심한 것일까.
　"카일러 언쇼 감독이 궁금했습니다. 그는 시나리오에 배우를 맞추는 것이 아니라 배우에 시나리오를 맞추는 특이한 감독이었고, 저는 그와의 만남이 제 연기의 지평을 넓혀주리라 기대했어요."
　― 의외로 그는 할리우드를 의식하고 〈캐스팅 보트〉를 선택한 것이 아니었다. 그는 제안이 왔던 '시드'를 거절하고 1차전부터 합류했다. 정

말로 우승할 마음으로 〈캐스팅 보트〉에 참여했던 것이다.

"하지만 진행 과정에서도 많은 것을 배웠습니다. 좋은 동료들과 최고의 심사위원들을 만났죠. 촉박한 시간, 어려운 과제들, 제한된 시간과 자원하에서 최고의 연기를 해내야 하는 미션들이 저를 성장시켰죠. 그것 또한 하나하나의 장(Scene)이었어요."

연극은 보통 3막, 혹은 4막으로 이루어진다. 한 막 안에는 여러 개의 장이 포함된다. 장이 막을 이루고 막이 하나의 연극을 이루는 형태. 막은 이야기가 바뀌는 커다란 변곡점에서 닫히고 다시 열린다.

화면이 돌아가 유명의 곁에 있던 에바를 비추고, 그녀가 호기심 어린 말투로 물었다.

「그렇다면 할리우드로 건너온 건 몇 막이 열린 거죠? 한국에서의 1막을 끝내고 2막?」

「아뇨. 3막이겠죠.」

「그럼 1막과 2막을 가른 것은 언제였는데요?」

「2003년요. 처음 학교에서 '메소드 연기학'이라는 수업을 듣고 연기를 시작했을 때.」

「으음…. 그럼 연기를 시작하기 전까지의 삶을 1막, 그 이후를 2막으로 보는 건가요?」

다른 이유가 있었지만 유명은 슬쩍 웃으며 둘러댔다.

「네. 삶과 연기는 분리된 것이 아니니까요.」

화면의 양쪽에서 붉은 막이 한 번 닫혔다 열린다. 그리고 3막의 하이라이트 장면들이 이어졌다. 〈캐스팅 보트〉에서 〈트루먼쇼〉를, 〈아리자데 왕국 살인사건〉을, 〈판도라〉를 연기하는 모습, 〈미믹크리〉에서 헤티를 한쪽 눈으로 애절하게 바라보는 아스의 모습, 칸 영화제에서 황금종려상을 수상하는 모습, 〈미싱 차일드〉에서 데카르도와 릴 딜런이 마주 보는 영상, 〈Appeal to the Sword〉의 제작발표회에서 존 클로드 감독과 나란히 서서 손을 흔드는 모습. 그리고 수많은 셀럽들이 그에게 호감을 표하는 풍경들과 광고주들의 무수한 러브콜, 최근의 '유례없는 광고'가 성공하기까지의 과정과 실제 광고 촬영장의 장면들까지. 한 번의 꺾임 없이 피크에서 피크로 치고 올라가는 그 모습은 정말로 한 편의 장대한 연극처럼 보였다.

— *화려하기 그지없었던 3막. 하지만 그는 말한다. 10%의 멋진 모습을 무대 위에서 보여주기 위해 배우는 90%의 멋지지 않은 시간을 무대 뒤에서 보내야 한다고. 그는 무대 뒤에서 어떤 시간을 보내고 있을까.*

'Act or ?', 두 번째 물음표가 만든 글자는 Offstage였다.

[or 2. Act or Offstage]

연기 중, 혹은 무대 뒤. 무대 뒤의 이야기가 시작되었다.

「지독한 연습벌레죠. 그런데 무서운 건, 또 지독하게 영리하다는 점이에요. 무턱대고 연습하는 게 아니라 머릿속에서 정확한 이미지를 그리고, 그걸 구현하는 방식으로 연습해요. 그런데 연기력이 뛰어나다 보니 구현하는 속도가 엄청나게 빠르죠. 그러다 보니 평균적인 배우들에 비해 대여섯 배의 효율로 연습할 수 있는 거예요. 그런 사람이 연습 시간은 남들 두 배로 기니, 어떻게 앞서지 않을 수가 있겠습니까.」

데렉이 등장해 유명을 이렇게 평가하자 수연의 얼굴에 홍조가 어린다. 세계 최고의 연기력(이제 두 번째지만!)을 가졌다고 평가받는 배우가 유명에게 내리는 엄청난 고평가에 왠지 자신이 뿌듯해지는 기분이었다. 그다음에 등장한 것은 수연에게도 익숙한 얼굴, 유명의 매니저 호철이다.

[김호철/신유명의 담당 매니저]

"다들 화려하리라 생각하시겠지만, 사실 형의 생활은 수도승과 거의 같아요. 캐릭터에 맞는 정확한 몸을 유지하고 연기할 체력을 기르기 위해서 운동과 식단 관리를 철저하게 합니다. 작품에 들어가면 새벽 6시부터 밤 12시까지 연기만 생각한다고 보시면 돼요. 휴식기에는요? 시간이 조금 줄죠. 아침 7시에서 저녁 11시 정도?"

반순호가 유명의 집에 설치했던 CCTV에서 그의 움직임이 수백 배속으로 재생된다. 동선이 거의 기계같이 일정하다. 언제 어디서나 대본을 붙잡고 있는 유명의 모습과 찢어질 것처럼 너덜거리는 그의 대본들. 그런 노력의 조각조각을 이어붙이며 이야기는 계속된다.

― *이렇게 오롯이 '연기'에만 빠져든 배우의 연기는, 연기가 아닌 진실로 다가왔다. 우리에게도, 그 자신에게도.*

[or 3. Act or Real]
카일러 언쇼의 인터뷰.

「아아, 저는 연기 중일 때의 신유명 씨를 절대 평소의 신유명과 같은 사람이라고 생각할 수 없었어요. 그건 정말로 아스였죠. 배우의 본질을 시나리오로 만든다는 평판이 무색할 정도로 신유명이라는 사람과 아스 프리데터라는 캐릭터는 무척 다르게 나왔어요. 그럼에도 카메라가 돌 때면 그는 정말로 아스가 되었죠. 믿을 수 없을 정도였어요.」

「〈미믹크리〉의 촬영 도중에 대본이 바뀌었습니다. 그때 다들 유명이 아스에 씐 상태라고 했어요. 그렇지 않으면 그런 발상이 나올 수 없다면서.」

― 아스가, 이건 아스의 선택이 아니라고 말하고 있어요.

연기하는 대상의 마음을 느낄 수 있을 정도로 온전히 캐릭터에 몰입한 유명의 연기가 펼쳐졌다.

「〈미싱 차일드〉에서도 비슷한 일이 있었어요.」

〈미싱 차일드〉의 작가들도 입을 모았다. 작위적인 흉내가 아니라 온전히 그 인간이 되어버리는 유명의 연기. 원래도 그러했지만 〈미믹크리〉에서의 동화 정도는 그야말로 엄청났다. 아스가 눈물을 흘리는 장면을 촬영한 후, 유명이 촬영 후에도 눈물을 멈추지 못하고 쏟아내는 자료 화면이 나왔을 땐, 보는 시청자들 모두가 숨을 죽였다. 그리고 심리학 전문가인 로건 갤록의 인터뷰가 나왔다.

「신유명 배우의 연기는 감정적 동화도가 너무 강해서, 본인도 그렇겠지만 보는 사람들도 해당 캐릭터를 가상체험하는 듯한 느낌을 받습니다. 솔직히 저는 이 배우의 연기를 보고 진짜 외계인이 아닌가 의심했어요. 피아니스트들이 어떻게 그렇게 손가락을 놀리는지를 일반인은 결코 이해할 수 없는 것처럼, 예술의 영역이기 때문에 제가 이해할 수 없는 것이라고 납득했지만요. 어쨌든 이 정도의 감정 전달은 지금까지의 연기로는 불가능했던 영역이라고 봅니다.」

― 그렇게 그의 '막을 넘기 위한' 시도는 성공했고, 우리는 황홀한 3막을 감상할 수 있었다.

그리고 그는 이제 4막에 들어선다.

[or 4. Act or Die(연기하느냐 죽느냐)]

― 사느냐 죽느냐. 이것은 인간이라면 누구나 끌어안고 있는 본질적인 명제이다. 하지만 그에게 살아가는 것은 곧 연기하는 것이다. 연기하지 못하는 삶은 죽는 것과 다를 바 없을 정도로 삶과 연기가 일치하는 것이다.

화면은 유명이 한국에 돌아오던 날, 인파로 가득한 공항의 모습을 비춘다.

― 그는 한국에 돌아왔다. 많은 사람들이 묻는다. 왜?

"지금, 여기서밖에 할 수 없는 작품을 만들어보고 싶어요. 미국으로 향했을 때와 한국으로 돌아왔을 때의 이유가 다르지 않습니다. 조금 더 좋은 연기를 하기 위해 필요한 선택을 했을 뿐이에요."

조금 수줍은 듯 담담하게 얘기하는 유명의 모습.

― 그는 또 한 번 기존에 없었던 도전을 하려 하고 있다. 발표했을 때 세계가 주목할 만한 놀라운 도전이다. 하지만 이번에는 누구도 의심하지는 않을 것이다. 그는 이미 몇 번이나 가진 것을 포기하며 도전해 왔고, 그것이 스스로의 연기 인생에 '막의 전환'이 되었음을 누구이 증명해왔기 때문이다.

글자가 마지막으로 흩어졌다 조합된다.

['Act of God']

― God은 한국어로 신이다. 그는 '신' 씨이고, 그의 팬클럽의 이름은 '갓네임드'이다. 그래서 국내외의 팬들은 그를 God이라고 부르기도 한다. 신의 연기력을 가졌다는 의미를 더해서. 신의 연기, 영어로 Act of God. 이 말에는 '불가항력'이라는 뜻이 있다. 우리가 이 천재적인데도 성실하고 겸손한 진짜 배우를 만나고 그에게 빠져든 것은 아마 불가항력이었을 것이다.

닫힌 막 뒤, 유명의 뒷모습을 비추며 내레이션이 이어진다.

― 그는 연기하며 살아간다. 그리고 또다시 새로운 막 뒤에 서 있다. 무대 뒤에서 최선을 다해 준비하고, 그리하여 진짜 그 배역이 되어버린 배우가 새로운 막에서 어떤 모습을 보여줄 것인지. 그 막이 열리는 것을 함께 지켜볼 수 있는 것은 동시대를 살아가는 우리의 커다란 행운일 것이다.

[KBK 기획 다큐멘터리 〈배우〉 2부 END]

크레딧이 올라가는 것을 바라보며 수연은 어느새 눈물을 흘리고 있었다. 너무나 자랑스럽다. 그는 대체 얼마나 큰 사람인 건지.

'나도… 정말 열심히 해야겠다.'

그녀가 그렁한 눈물을 손등으로 닦아내며 굳은 다짐을 하고 있을 때, 갑자기 벨소리가 들려왔다. 발신자를 확인한 그녀가 깜짝 놀라 숨을 들이켰다. 유명의 전화였다.

244

쪼아주시면 감사하죠

"여보세요?"
"수연아. 잘 있었어?"
"오빠! 방금 방송 봤어요. 저 진짜 감동-"
"아 참, 오늘 방송이지? 대본 작업 중이라 깜빡했네."
전 국민이 기다리는 방송을 잊고 있던 당사자가 민망한 듯 작게 웃더니 다른 말을 꺼낸다.
"너 요즘 들어간 작품 있어?"
"며칠 전에 끝났어요. 안 그래도 오빠 환영회 할 때 촬영 중이라 가보지도 못하고…. 흐엉…."
"그러게. 나도 보고 싶네. 그럼 당분간은 휴식기야?"
유명의 질문에 그녀가 드디어 냄새를 맡았다. 용건이 있구나. 설마 그 용건이…!
"아직 부족한 게 많은데 휴식기가 어디 있어요. 작품 찾으면서 계속 연습해야죠."
"그런 생각이면 혹시 쉬는 동안 배역 하나 맡지 않을래?"
"그거 혹시… 오빠 작품…?"
"응. 지금 들어간 작품."
수연은 순간 튀어오르려는 비명을 겨우 집어삼켰다. 유명의 작품이라니. 단역이나 엑스트라라고 해도 온갖 배우들이 하겠다고 줄을 설 것이다. 거기에 자신이 함께한다고? 아니, 배역이 없다고 해도 좋다. 유명의 연기를 가까이서 볼 수 있는 것만으로도 누구나 원할 기회일 것이다.

"당연히 해야죠!"

"이번 영화가 거의 나 혼자 북 치고 장구 치는 영화라 비중이 크지 않아서 미안하긴 한데, 나름 극의 내러티브에서 중요한 축을 담당하는 인물이야. 연기하기는 재밌는 캐릭터일 거야. 회사에는 내가 허락받고, 개런티는 서운하지 않게 챙겨줄게."

"무슨 그런 이야기를 하세요. 와… 너무 좋아요, 진짜!"

그녀는 눈물이 날 것 같았다. 조금 전까지 다큐를 보며 〈피터팬〉 때가 자신의 인생의 리즈 시절일 거라고 추억하고 있었는데, 갑자기 이런 기회가 올 줄은 몰랐다. 류신이 없는 것이 조금 아쉽지만….

"아 참, 류신 형이랑 같이 작업하고 있어."

"네? 들어왔어요?"

"몰랐구나. 형 성격이면 네가 작품 중에 신경 쓸까 봐 연락 안 했나 보네. 얼마 전에 완전히 귀국해서 우리 팀에 합류했어."

"류신 오빠도 출연해요?"

"그건 아닌데, 내가 하는 배역이 일인 다역이다 보니 연기를 받아줄 사람이 필요하거든. 그걸 류신 형이 해주겠다고 해서. 대본 작업도 같이 좀 하고 있고."

"우와…."

꿈을 꾸는 것 같다. 유명과 류신과 자신이 다시 함께 작품을 하는 날은 영원히 오지 않을 꿈처럼 느껴졌는데. 갑자기 그 꿈이 현실로 성큼 나타났다.

"저 지금 꿈꾸는 거 아니죠?"

"하하, 꼬집어 봐."

"배역의 이름은 뭐예요? 어떤 캐릭터인가요?"

"아직 대본이 완전히 안 나오긴 했는데… 이름은 다인이야. 다중인격을 갖고 있는 여성으로, 주인공 신무성과 문제는 비슷하지만 해결 방식이 다르지. 잠깐씩 등장해서 전개를 암시하거나 실마리를 던져주는 신비로운 캐릭터야."

"신비로운…."

"응, 네가 하면 잘할 것 같아."

네가 하면 잘할 것 같다. 담담하게 평한 그의 말에 심장이 쿵쾅쿵쾅 뛴다. 벅찬 희열과 묵직하게 심장을 짓누르는 부담감. 잘하고 싶다. 정말 잘하고 싶다.

"잘할게요."

"많이 컸네. 열심히 할게요, 가 아니라 잘할게요, 라고도 할 줄 알고."

"…헤헷."

"초고 지금 보내고, 수정되는 대로 업데이트해줄게. 일단 대사는 외우지 말고 캐릭터 분석부터 해봐."

"넵!"

"크랭크인 전에 같이 한번 보자."

"네, 감독님!"

그렇게 전화가 끊겼다. 수연은 팔을 한 번 꼬집어보았다.

"아얏-"

아팠다.

다큐는 신유명이라는 배우를 새롭게 조명했다. 먼저 세계 최고의 배우라는 타이틀, 그 타이틀이 얼마만 한 위력이 있는지를 모두에게 체감시켰다. 세계적인 셀럽들이 앞다투어 등장해 유명의 대단함을 간증했다. 이번 연합광고에 참여한 광고주들과의 인터뷰에선 그를 섭외하기가 얼마나 어려웠고 어떻게 이 실험적인 광고가 이루어졌는지 영화 같은 이야기들이 펼쳐졌다.

─ 진짜 최고 중의 최고인가 보네요. ㅠㅠ

─ 알고 있었는데도 온몸에 소름이 쫙쫙 돋았어요. 1시간 내내 숨도 못 쉬고 봤습니다.

─ 여러분, 신유명 팬클럽 가입하세요! 저도 가입했네요.

　└ 이분 오늘 집에 인터넷 까신 듯…. 하이텔이에요, 나우누리예요?

그리고 그 화려함의 Offstage에 있는 신유명이라는 인간을 조명했다. 하나의 배역이 되기 위해서 그가 어느 정도의 시간과 노력을 투자하는지를 보여주었다.

다큐에서 유명이 이런 말을 했다고 했다.

─ 10%의 멋진 모습을 무대 위에서 보여주기 위해 배우는 90%의 멋지지 않은 시간을 무대 뒤에서 보내야 한다.

아니, 아니었다. 더 좋은 연기를 하기 위해 무대 뒤에서 노력하는 '멋지지 않은 시간'이 무대 위에서만큼, 아니 그 이상으로 멋져 보였다. 마치 이번 광고에서 구겨진 정장과 흠집 난 시계를 찬 채 아이를 향해 다정하게 웃는 모습이 저택에서의 완벽한 모습보다 훨씬 멋졌던 것처럼.

─ 정말 감동받았습니다. 다큐멘터리 〈배우〉, 그 이름이 너무나 어울리는 배우였습니다.

─ 어느 분야이든 진짜 최고들은 저런 노력을 하고 있겠죠. 저도 지금 공부하러 갑니다.

─ 다큐멘터리 내용도 컨셉도 너무 좋았습니다. 사랑합니다, 배우님.

반순호는 KBK 방송국장실에 불려갔다. 정규 편성된 예능을 빼고 다큐를 방영하는 말도 안 되는 일을 해냈다. 심지어 예능국에서도 그것을 적극 찬성했다. 다들 신유명의 팬이었기 때문이다. 다큐 전후의 광고 슬롯이 고가에 완판되었다. 시청률 또한 동시간대 압도적인 1위를 찍었다. 방송의 역사에 한 획을 그을 만한 일이었다.

"수고했어, 반 피디."

"네, 저 수고 많았습니다, 국장님."

순호가 빙긋이 웃으며 생색을 내자 방송국장은 껄껄 웃으며 그의 등을 두드렸다. 사실 이번 방송은 다큐멘터리 〈배우〉 1부에서 맺어진 반순호와 신유명의 인연으로 성사된 것이나 마찬가지였다. 순호가 큰소리를 칠 만도 했다.

"어쩜 저렇게 다큐를 잘 만들었나, 껄껄."

"제가 잘 찍기도 했지만 소재가 워낙 좋아서요. 갖다 대면 다 그림이니 누가 찍어도 잘 만들었을 겁니다."

"그런가?"

"하지만 누구나 촬영을 허락받진 못했겠죠?"

"하하하~ 그럼, 그럼. 올해 연봉협상 기대해도 될 걸세."

"감사합니다!"

그렇게 신유명에 대한 관심이 정점을 찍을 무렵, 충무로에는 모종의 파장이 일기 시작했다.

충무로의 한 커피숍.

"형, 혹시 그거 들었어요? 제작사 '밍기뉴' 인수한 곳이 굿엔터라던데요?"

"언제 적 얘기를. 그거보다 요즘 실력 있는 애들 살살 빼가는 데가 거기라는 얘긴 들었어?"

두 남자가 나누는 대화의 주제는 요즘 영화인 둘만 모여도 무조건 입에 오를 정도로 영화계에 파다한 소문이었다. 바로 옆 테이블에서도 세 여자가 같은 주제로 대화 중이었다.

"신유명 차기작을 직접 제작할 생각으로 인수한 거라면서?"

"대박. 다들 거기 들어가려고 난리겠네."

"글쎄. 밍기뉴는 너무 규모가 작지 않나? 왜 그런 데를 인수했지…. 감독은 누구래?"

"신유명이 감독이랑 배우를 같이 맡는다는 얘기가 있더라고."

"어? 그건 좀 무리수 아냐? 배우가 직접 감독하겠다고 욕심부리다가 말아먹는 흔한 테크트리…."

"그래도 신유명은 연출 감각 있다는 말이 워낙 많았잖아. 그리고 주요 스태프들은 할리우드에서 데려올 거라는 말도 있던데."

"영화 업계가 초토화되거나, 굿엔터가 초토화되거나, 둘 중에 하나겠네."

영화계의 중론은 둘로 나뉘었다. 전자는 할리우드 자본과 인력이 들어오는 것이 한국 영화계를 크게 발전시키리라 생각하는 쪽이었다. 우리나라 영화판의 만성적인 열악한 제작 환경이 이 기회에 개선되리라 꿈꾸고, 신유명과 그의 드림팀 옆에 붙어 있기만 해도 한 단계 스킬업이 되리라 기대했다. 그런 꿈을 갖고 밍기뉴의 문을 두드리는 젊은 영화인들이 폭증했다.

후자는 기존의 역학관계가 흔들리는 것을 우려했다. 신유명에 대한 존경심이나 호의와는 별개로 제 밥그릇이 걸린 문제에는 다들 예민할 수밖에 없었다. 그들은 이 영화가 잘되면 할리우드가 한국 영화시장을 집어삼킬 것이라며 두려워했고, 그래서 밍기뉴에 들어가는 것은 한국 영화판에 대한 배신이라는 이야기를 공공연히 퍼뜨리기도 했다.

그 와중에 이상한 소문이 한 가지 더 돌았다. 후자 쪽의 배후에 누군가가 있다는 소문.

"그쪽으로 얼굴 들이미는 인간들은 블랙리스트에 올라서 영화판에서 쫓겨날 거래."

"이쪽 바닥 큰손에게 단단히 찍혔다던데. 이건 비밀인데, 뒤에 대기업이 있다는 얘기도 있어."

그 소문이 단순한 소문이 아니라는 것을 유명은 최루한과의 통화로 알게 되었다.

"엇, 촬영감독님! 잘 계셨어요?"

"유명 씨! 잘 있었어? 이제 형이라고 불러. 그래야 어디 가서 그 신유명이랑 형 동생 한다고 자랑 좀 하지."

〈발레리나 하이〉의 촬영감독이었던 남자는 특유의 허허- 하는 웃음과 함께 인사를 건넸다. 근황 토크를 잠시 나눈 후, 루한은 바로 본론에 접어들었다.

"들은 얘기가 좀 있는데, 유명 씨도 알고 있나 해서."

"무슨 얘기요?"

"혹시 윤성엔터랑 뭐 안 좋은 일 있어?"

윤성엔터테인먼트. 대기업 계열사로 영화 쪽 투자와 배급을 하는 큰 회사이다. 드라마 쪽에도 투자하고 있으며, 자회사인 KP매니지먼트는 국내의 3대 연예기획사이기도 하다.

"미국에서 이제 들어왔는데 안 좋을 일이 뭐가 있겠어요."

"그러게. 그런 소문이 돌아도 내가 유명 씨를 아니까 헛소문이겠거니 했는데, 후배놈 하나가 그러더라고 자기가 밍기뉴에 관심 가지고 알아보던 중에, 그쪽으로 넘어가면 뒤가 안 좋을 거라는 협박 비스무레한 걸 들었다고"

"…누구한테요?"

"윤성 쪽 관계자래. 사실 비슷한 소문은 전에도 들었는데, 이번엔 진짜 믿을 만한 놈한테 들은 거라서."

"흐음…. 너무 걱정하진 마세요. 사실 주요 스태프는 이미 정해진 상태라 큰 리스크는 없거든요."

"그래도 조심해. 유명 씨야 워낙 대스타니 별일은 없을 거라고 생각하지만, 한국에서 대기업 영향력은 무시 못 하거든."

"네. 일부러 연락주셔서 감사합니다. 유념하고 있을게요."

"그래. 나중에 도한이랑 한번 보자구."

전화가 끊어진 후, 유명은 곰곰이 생각해보았다. 아무리 생각해도 자신은 윤성엔터라는 곳과 인연이 없다.

'혹시⋯ 대표님 쪽 문젠가?'

〈캐스팅 보트〉 1화가 나간 직후, 〈트루먼 쇼〉 연기를 보고선 유석이 해주었던 얘기. 그가 재벌가의 일원이라는 말. 아마 그것과 관련이 있을 것 같았다.

'대표님껜 얘기하지 않아야겠다.'

유석의 성격상 자신에게 과도하게 미안해할지도 모르니까.

유명은 어떤 상황인지 궁금하긴 했지만 걱정은 되지 않았다. 자신이 네임 밸류가 없을 때라면 모를까, 지금이라면 소리 소문 없이 작품이 묻힐 가능성은 없다. 결국 작품의 퀄리티가 모든 것을 결정할 것이니 좋은 작품을 만드는 것이 핵심이다. 대본 작업은 마무리되었고, 내일은 위고가 입국한다. 이제 새로운 작품이 시작될 때이다.

「오, 유명 씨, 류신이랑 둘이 같이 있는 그림 오랜만에 보네요.」

「오신다고 수고 많으셨어요.」

「이 작품 끝나고 나서, 요 멤버 그대로 내 작품 하나 하면 딱 좋을 텐데.」

「하하⋯.」

오자마자 성큼 자기 욕심부터 쏟아낸 위고가 류신의 어깨를 툭툭 건들며 시비를 건다.

「브라이즈를 버리고 홀랑 달려갔겠다? 그렇게 신유명 씨가 좋아요?」
「좋아서가 아니라 배울 게 있어서 온 겁니다. 좋아서 온 건 위고 씨 같은데요?」
「…들켰나?」
위고가 히죽 웃더니 트렁크를 류신에게 떠넘기고 휘적휘적 걸어간다. 류신이 후우 한숨을 쉬곤, 그것을 받아들고 걸었다.
「대본 봤습니다.」
「어떠셨어요?」
「상상은 가는데, 그래서 더 상상이 안 가는군요. 뭐, 〈판도라〉 때 보니 쪼면 쪼는 대로 해내는 타입이라 기대가 됩니다.」
「제 기대치만큼 쪼아주시면 감사하죠.」
유명이 웃으며 받아치자 위고가 재미없다는 표정을 했다.
「에이…. 신유명 씨는 안 귀엽네요. 어떻게 그런 걸 요구할 수 있냐고 경악하는 표정을 보고 싶다~」
「그 표정이 나오도록 분발해주세요.」
「…아오.」
그때 유명은 류신의 입가가 슬쩍 올라가는 것을 보았다. 늘 자신을 괴롭히던 인물이 괴로워하니 속이 시원한 모양이었다.
「준비는 다 됐죠?」
「네. 제 디렉팅을 공유해드리려고 콘티로 준비해뒀습니다.」
「바로 시작하죠.」
「피곤하실 텐데 하루 쉬고 내일 보셔도-」
「아니, 대본을 보고 내가 상상한 것과 유명 씨의 디렉팅이 일치하는지 궁금해서 참을 수가 없군요. 바로 시작합시다.」
「저야 좋습니다.」
위고의 포지션은 드라마투르그. 유명이 디렉팅 방향을 전달하면 그는 그것을 화면에 충실히 구현하는 '감독의 눈' 역할을 할 것이다. 뇌와 눈이 서로 다른 것을 보지 않게 유명은 지속적으로 위고에게 감독의 시야를 공유해야 했다. 그들의 첫 회의가 시작되었다.

245

테스트 촬영

Scene 1 오후 6시, 세미나
한 남자가 강단에서 유려한 발표를 진행하고 있다.

현성: 해리성 정체감 장애의 치료에서 '주된 인격'을 파악하는 일은 중요합니다. '지배적 인격'은 의식을 통제하고, 다른 인격들에게 시간을 배당하기도 하죠. 실제로 프랑스에서 발견된 한 사례에서는 지배적 인격이 훌륭하게 다른 인격들을 컨트롤해 30년 이상 아무에게도 들키지 않고 살기도 했습니다. 치료 중에 주된 인격이 숨을 경우, 치료가 상당히 어려워질 수 있으며⋯.

자로 딱 잰 듯한 슈트와 은테안경, 지적인 느낌이 물씬 풍기는 남자. 장내의 모든 사람들은 그의 발표에 빨려들 듯이 집중하고 있다. 발표가 끝난 후 박수갈채소리. 연단에서 내려온 남자에게 의장이 다가와 말을 건다.

의장: 이번에도 반응 좋은데? 신 교수는 젊은 사람이 논문도 잘 쓰고, 강연도 참 잘한단 말이야. 한국 기초 심리학계의 미래가 신 교수한테 달렸어. (현성의 얼굴에 잠깐 스치는 만족스런 미소)

현성: 과찬의 말씀입니다, 의장님.

의장: 케이스 스터디는 안 하나? 조금 전 발표를 듣고 나니까 우리 병원에 다니는 내담자[9] 하나가 떠오르는데 한번 보내볼까?

현성: 어떤 내담자인가요?

현성의 눈에 깃드는 욕심. 클로즈업한 눈동자 속으로 빨려들 듯이 Black out.

유명, 류신, 준호, 위고가 같은 테이블에 앉아 있다. 세 명의 앞에는 한글로 된 대본이, 위고의 앞에는 영어로 번역된 대본이 놓여 있고, 유명은 디렉팅의 방향을 이야기하고 있다.

「'신현성', 영화의 중반 정도까지 주로 이 인격의 시선으로 스토리가 전개됩니다.」

「그런 것 같더군요. 새로 나타난 '유성'이라는 인격이 묘하게 불편하게 느껴져요.」

「네. 관객의 시선을 기존 인격의 시선과 일치시켰죠. 의도적으로 유성에게 침입자의 느낌을 받게 했습니다. 뭐, 사실 침입자가 맞기도 하구요.」

화면의 시선을 누구에게 일치시키는가. 영화에서 이것은 아주 중요한 의미를 가진다. 얼핏 객관적이어 보이는 사각형의 프레임은 의도적으로 정보를 잘라내고 분류하여 보여주는 '주관적 틀'로서 기능한다.

시선을 '유성'이란 인격의 탄생에 맞추었다면, 관객들은 유성에 감정적으로 동화되어 다른 인격들이 빨리 죽기를 바라게 될지도 모른다. 하지만 이 영화에서는 기존 인격들에 대한 정보를 먼저 제공한다. 단순히

---

[9] 내담자: 상담을 위해 방문하는 사람

다중인격을 가진 인간의 내부에서 인격들이 통합되는 것이 아니라 이것이 '살인'이라는 충격을 주기 위해서, 먼저 각 인격들이 각각의 인간이라는 것을 납득시키는 것이다.

「현성이 심리학 교수가 된 것엔 스스로를 치료하려는 의도가 있었나요?」

「네. 하지만 그 이유만은 아닙니다. 인격들 중에 가장 지적이고 사회적 성공을 갈망하기 때문이자, 하루에 쓸 수 있는 시간이 8시간밖에 안 되기 때문이기도 합니다. 내면의 집에서 머무는 시간 동안 사색하는 것으로도 일정한 성취를 이룰 수 있는 학문을 택한 것이죠. 그게 심리학입니다.」

「오, 그건 일리 있는 포인트군요.」

위고가 재미있다는 듯 눈을 빛낸다.

「그래서 현성은 스스로를 어떻게 분석하고 있죠?」

「일반적인 해리성 정체감 장애로는 해석되지 않는 특이 케이스입니다.」

「하기야, 이렇게 인격끼리의 인지가 명확하고 동등한 파워 밸런스를 가지는 경우를 해리성 정체감 장애로 보기는 어렵죠.」

「그렇습니다. 사실 이 작품이 전달하려는 이야기는 정신질환에 대한 것은 아니잖아요?」

유명이 디렉팅에서 가장 중요한 포인트를 주지시킨다.

「결국 메시지는 모든 인간에게 공통적으로 존재하는 다양한 욕망들 간의 갈등이니까요. 그래서 톤이 중요합니다.」

「톤이라면….」

「정신질환자로 보여서는 안 돼요. 세 인격 모두 매우 정상적인 각각의 인간으로 그려내는 것. 그것이 가장 중요합니다. 그건 네 번째 인격인 유성도 마찬가지죠.」

「유성은 초반에는 좀 사이코패스 같은 느낌 아닌가요?」

「서스펜스를 극대화하기 위한 장치일 뿐입니다. 시간이 흐를수록 시선을 서서히 이동해야죠. 어느새 유성마저도 이해하고 있도록.」

위고는 속으로 혀를 내둘렀다. 몰라서 질문한 건 아니다. 유명이 대본의 어디에서 어디까지를 계획하고 썼고, 얼마나 정교한 연출적 시야를 가지고 있는지를 확인한 것이다. 그리고 모든 것이 정리되어 있는 듯 거침없이 흘러나오는 유명의 생각은 위고가 대본을 보며 해석했던 바에 전혀 모자람이 없었다.

'오케이. 일단은 인정.'

위고는 연출적 재능이나 욕심으로는 둘째가라면 서러운 인간. 유명의 제안을 승낙하긴 했지만, 그의 능력이 기대 이하인데도 거기에 맞출 생각은 없었다. 하지만 유명은 위고의 첫 번째 시험을 완벽히 통과했다.

'그렇다고 무조건 따르겠다는 건 아니지. 계속 두고 봅시다.'

위고가 씨익- 음흉한 미소를 지었다.

RRR- 핸드폰이 울린다. 유명은 얼마 전 새 번호를 하나 만들었다. 예전 번호로는 각종 인터뷰 요청에서부터 개인적인 청탁, 유명의 인기를 이용하려는 정치권의 연락들이 줄줄이 이어졌기 때문이다. 기존의 전화는 매니저 호철이 관리 중이다. 즉, 가까운 사람밖에 모르는 이 번호를 알아낸 것만으로도 상대가 심상치 않은 인물임을 알 수 있었다.

"신유명 씨, 우리 한번 만나죠."

"누구신지요?"

"나, 문유석 엄마 되는 사람이에요."

그렇게 이 만남이 이루어졌다. 아이보리색 투피스 원피스를 입은 중년 여인의 첫인상은 고상하고 우아했다. 최고급으로 맞춘 것이 분명한 옷을 입고 전문가가 만져준 것이 확실한 화장과 머리를 한 여자는 표정마저 인위적으로 정돈되어 있었다.

"국내외에서 매우 활약 중이더군요. 팬이에요."

"감사합니다."

"내가 신유명 씨가 참 마음에 들어서 직접 케어하고 싶은데 말이죠."

"…잘 못 알아듣겠습니다만."

"말을 돌려서 하는 걸 싫어해요. 미사여구로 포장한다고 넘어갈 사람도 아닌 것 같고 성공을 미끼로 유혹하기엔 이미 성공한 사람이니, 협박을 한번 해보죠."

뱀같이 차가운 눈빛과 달리 목소리는 차분하고 부드럽다. 나긋한 어조. 협박을 한번 해보자는 얘기를 그녀는 아주 편안하게 얘기한다. 타인의 목숨을 쥐고 흔드는 것이 일상인 사람처럼.

"해보시죠, 어디 한번."

유명은 입가에 미소를 살짝 띠고 등받이 깊숙이 몸을 묻었다. 그 반응에 그녀는 의외라는 눈빛으로 말을 이었다.

"미국에서 하는 활동은, 그래, 솔직히 내 손이 안 미치는 일이죠. 하지만 한국이라면 이야기가 달라요. 이 나라는 재벌의 눈 밖에 나고서는 살아남기 힘든 나라거든."

"저도 그럴까요?"

"정상에 섰던 많은 스타들이 그렇게 사라져갔죠. 유명 씨쯤 되면 쉽진 않겠지만, 내가 정말 하고자 하면 못 할 일은 없어요. 그리고 난 그렇게 할 생각이고."

좋은 얘기가 나올 거라고 생각하지는 않았다. 유석의 입에서 들은 그녀는 칭찬받고 사랑받고 싶은 본능을 이용해 어린아이를 교묘하게 컨트롤했던 사람. 따로 연락해왔을 때 거절하지 않은 것은 그녀가 어떤 사람인지 직접 보고 싶었기 때문이다.

직접 본 그녀는 보통이 아니었다. 유명이 수락하면 문유석만을 뭉개고, 거절하면 둘을 함께 짓밟겠다는 선언. 대놓고 '협박' 운운하는 것도 자신의 권력과 그걸 활용할 방법을 속속들이 알고 있는 자의 자신감으로 느껴졌다. 하지만 왜 이렇게까지? 문유석이 절대 성장하면 안 되는 이유가 있는 것일까. 조금 더 바닥을 들여다보자.

유명은 몸을 앞으로 당기며 표정에 '숨길 수 없는 야망'을 옅게 깔았다.

"받아들인다면 저에게 무슨 이득이 있습니까?"

"흐음…. 생각보다 말이 통하는 분이네?"

그녀가 야릇하게 웃었다.

"돈이야 꽤 벌었겠지만, 유명 씨는 '벼락스타'잖아요? 아직 보증서가 없는 상태랄까. 하지만 태원과 윤성이 뒤에 서면 노는 물의 급이 달라질 거예요."

"급이라…."

"재벌 2세들, 한국을 움직이는 큰손들, 그런 사람들의 이너 서클에 들어갈 수 있죠. 족보 없는 서자 출신은 결코 줄 수 없는 메리트랄까."

보증서. 족보. 그녀는 사람을 마치 동물처럼 족보 유무로 분류했다. 이런 사람들은 말이 통하지 않는다. 자신의 논리로 설명되지 않는 것들은 모두 허상으로 치부해버리기 때문이다. 그러니 이미 실력으로 자신을 증명한 사람에게 '족보'를 줄 수 있다는 헛소리를 하는 거겠지. 누구나 그것을 무조건적으로 탐내리라 생각하는 것이다. 자신이 그런 것처럼.

유석이 어릴 때부터 이런 여자에게 무시당하고 차별받으며 살아왔을 생각을 하니 피가 끓어오르는 기분이었다.

"지금 뭘 잘못 생각하시는 것 같은데…."

"?"

"그쪽은 모르겠지만 저는 개가 아니고 인간이라서요."

"…지금 뭐라고 했나요?"

휙 바뀐 유명의 자세에서 경멸을 읽은 그녀가 믿기지 않는 듯 눈을 치떴다. 감히 자신에게 건방진 소리를 하다니, 믿을 수 없다는 표정이었다.

"그리고 보증서라면 제가 발급해드리는 게 맞지 않을까요? 이쪽은 세계에서 통하는 보증서인데."

"…후회할 거예요."

"저도 연기를 '취미로만' 하게 해주실 건가요? 기대하고 있겠습니다."

사업은 '취미로만' 해라. 자신이 유석에게 무수히 내뱉었던 말이 유명의 입에서 떨어지자 유석 모의 정돈된 표정이 무너졌다. 그녀는 모멸감 어린 표정으로 자리에서 일어섰고, 유명은 앉은 채로 그녀를 배웅했다.

그녀가 나가고 난 뒤에야 유명의 표정이 쓸쓸하게 바뀌었다.

'대표님 어린 시절이 참 각박했겠구나. 이번 작품을 꼭 성공시켜야 해.'

언제나 방법은 한 가지. 좋은 작품을 만드는 것뿐이었다.

4월 말, 영화가 크랭크인했다.

"영화 대바악 나게 해주쎄요오!"

위고가 이상한 발음으로 소원을 빌며 돼지머리에 넙죽 절을 하자 와르르 웃음이 터졌다. 감독 대역은 프랑스인이며, 촬영감독과 VFX[10]팀, 무대미술팀장은 할리우드에서 섭외된 인물들. 유독 외국인 비율이 높은 이번 스태프진들에게 이국적인 추억을 만들어주기 위해 일부러 만든 고사 자리였다.

"진짜 제작진 대박이다, 그치?"

"촬영이나 무대미술은 감각이 크게 좌우한다 쳐도, VFX는 최신 기술로 먹고사는 파트인데 저쪽 팀은 진짜 노났네."

"그러게. 니사 펄스네 팀에서 일했다고 이력서에 쓰면 해외에도 프리패스로 취업될 거 같은데?"

제작사 밍기뉴의 직원들은 할리우드 영화를 방불케 하는 쟁쟁한 제

---

10   VFX(Visual effects): 시각적인 특수효과로, CG의 최신 명칭

작진을 보며 소근거리고 있었다. 외부의 이런저런 구설수에도 불구하고 스태프들의 단결력은 강했다. 신유명이라는 전설적인 인물의 실물을 매일같이 보고 있으며, 영입되어 오는 인물들마다 실력 있기로 유명한 사람들이었기 때문이다.

「고사 끝. 바로 첫 촬영 가겠습니다~」

"바로 첫 촬영 진행하겠습니다."

촬영장에는 여러 명의 통역사가 상주했다. 주요 스태프진들끼리는 대부분 영어가 통했지만, 나머지 스태프들 중엔 영어로 의사소통이 안 되는 사람이 더 많았다. 통역이 전하는 위고의 말을 듣고 스태프들은 바쁘게 촬영 준비를 시작했다.

오늘의 첫 촬영은 지난 수 주간 무대미술팀이 작업해둔 '내면의 집'에서 벌어진다. 내면의 집의 기본 구조는 40평대 아파트와 비슷하다. 아무리 의식 속에 있다고 하더라도, 아니 의식 속에 있기 때문에 더욱 보통 사람들이 생각하는 '집'과 유사할 거라는 준호의 발상이었다.

방 네 개, 거실 하나, 부엌과 화장실도 있기는 하지만 쓰임새는 없다. 네 개의 방은 각각의 인격이 하나씩 차지한다. 현관문 밖을 나가는 것이 곧 '몸을 차지하는' 신호. 각각의 인격들은 배정된 시간에 맞추어 출근하듯이 문을 나서고 퇴근하듯이 집으로 돌아온다.

"조명 라인 삐져나왔어! 거기도 빨리 붙여!"

"네!"

마치 아파트 모델하우스 같은 스튜디오 전체에는 녹색 천이 꼼꼼히 붙어 있다. 벽면과 바닥, 안에 들어 있는 가구에도 모두 다 녹색 처리가 되어 있는 것이다. 미술팀에선 어떤 공간이든 녹색이기만 하다면 합성에는 문제가 없다고 했지만, 유명은 배경이 될 공간과 똑같은 구조를 만들 것을 지시했다.

'결국 그게 시간을 아끼는 길이 될 거예요.'

미술감독은 유명의 의도를 정확히 몰랐지만 그의 뜻을 따랐다.

촬영은 '현성'이 먼저이다. 교수답게 몸에 딱 맞는 슈트와 안경을 착용한 유명이 위고에게 다가온다.

「오~ 잘 어울리네요, 구웃!」

「감사합니다.」

「그럼 한번 들어가볼까요? 대사마다 매번 끊기는 번거로우니 2초? 3초 정도 텀을 주고 다음 대사로 넘어가면 되겠죠?」

현성-은성-현성-민성-현성-은성-민성-현성. 대사가 이런 순서로 이어진다면 현성의 대사를 조금씩 텀을 주고 쭈욱 치라는 뜻이다. 순서대로 하자면 현성 다음에 은성이 되겠지만, 그러면 분장과 의상을 모두 바꾸어야 하는데 한 대사마다 세팅을 다시 할 수 없는 노릇이니까.

하지만 유명이 고개를 저었다.

「아니요.」

「음? 그럼 분장을 매번 바꿔가면서 한 대사 한 대사를 따려고요? 그렇게 해선 촬영에만 몇 년 걸릴 겁니다.」

「그냥 끊지 말고 쭈욱 찍어주세요. 대사 텀을 계산해서 연기하겠습니다.」

「뭐… 뭐라고요?」

위고가 당황한 듯 살짝 말을 버벅댔다.

「말도 안 돼요. 대사간의 타이밍을 맞출 수가-」

「가능하도록 연습했습니다. 단번에 될 거라고 장담은 못 하겠지만, 아마 곧 맞춰질 거예요.」

「아무리 유명 씨라도 그건….」

유명이 담담하게 위고에게 말했다.

「논쟁보다 검증이 빠르겠네요. 테스트 촬영 해보시겠어요?」

246

똑같은 얼굴의 세 사람

현관문이 열리고 현성이 들어온다. 거실에 앉아 있던 두 남자가 그를 쳐다본다. 똑같은 얼굴의 세 사람. 이곳을 현성의 실제 집이라고 생각했던 관객들은 순간 당혹할 것이다. 일란성 쌍둥이인가? 그리고 이야기가 진행됨에 따라 이곳이 의식 속의 공간임을 알게 되겠지.

세 인물 중 첫 번째 인물의 연기가 지금 시작된다.

"다녀왔어."

집 안에 들어서며 남자가 인사를 한다. 조금 지친 듯 안경을 벗으며 소파 쪽으로 시선을 슬쩍 던진다. 신발을 벗고 집 안으로 들어오며, 2초 47의 대사 공백.

"덕분에. 세미나에서 먹었어. 오늘 시간 바꿔줘서 고마워."

2인용 소파의 한쪽에 앉아 있는 것이 분명한 누군가를 향해 그가 감사의 인사를 건넨다. 물론 돌아오는 대답은 없다. 그가 거실을 가로질러 2인용 소파의 나머지 한쪽에 앉는 동안 5초 23의 공백이 흐른다.

"응. 2시간 후에 나가면 돼."

소파 옆자리의 사람에게 친절하게 대답하던 그는 갑자기 건너편 1인용 소파 쪽으로 휙- 고개를 돌린다. 지켜보던 사람들은 자신도 모르게 같은 쪽을 쳐다보았다. 뭔가 시비가 걸린 것처럼 현성이 싸늘한 얼굴로 그쪽을 노려보았고, 잠시 후 다시 옆자리로 눈을 돌린다. 조금 풀어진 얼굴. 9초 79의 시간 후에 현성이 다시 입을 연다.

"그놈은?"

1초 83.

"지금 처리하자니까."

4초 53.

"어리긴. 몸집은 우리와 똑같잖아."

21초 73.

그동안 현성의 표정은 몇 차례 바뀌었다. 소파 옆자리에 시선을 두며 우려 섞인 표정을 짓기도 하고, 건너편을 보며 예리한 표정을 짓기도 했다. 무엇을 기준으로 연기를 하는 걸까. 다들 유명이 주장한 촬영 방식이 말도 안 된다고 생각하면서도 숨을 멈추고 그의 연기를 지켜보고 있다.

위고는 촬영장과 모니터와 초시계를 번갈아 들여다보며 미간에 주름을 가득 잡았다. 자신도 무모한 것을 요구하기로는 둘째가라면 서러운 감독이지만, 이런 것을 상상해본 적은 없었다. 만약 이게 가능하다면 그야말로 연기의 신이 아닐까.

「컷-」

연기하던 배우가 직접 컷을 불렀고, 그는 바로 다음 지시를 내렸다.

「원래라면 의상과 분장을 교체해야 하지만, 테스트 촬영이니 바로 Take 2로 가겠습니다. 은성 파트 갈게요.」

「…좋습니다.」

위고는 아직도 의심스러운 표정을 지우지 못하고 있었다.

유명은 2인용 소파의 한쪽에 앉았다. 아까 현성이 자주 쳐다보던 바로 그 자리다. 카메라가 돌아가기 시작한다. 어떤 소리를 듣고 현관 쪽으로 고개를 휙 돌리더니 살가운 웃음을 짓는다.

"현성아! 밥은 먹었어?"

배낭여행 중, 미호의 〈파리스의 심판〉을 보았을 때 유명은 숨이 턱 막혔었다.

'말도 안 돼.'

이 연기법을 위해서는 극도의 멀티태스킹이 필요하다. 한쪽 머리로는 현재의 인물에 몰입하면서도, 다른 쪽 머리로는 상대역이 되어 대사의 타이밍을 정확히 계산해내야 한다. 아니, 대사 타이밍뿐일까. 상대와 마주 보는 시선의 각도, 상대의 동선 변화에 따라 이동할 시선의 위치, 상대와 어울리는 목소리의 음량, 고려해야 할 것들이 수십 수백 가지가 넘었다. 몰입은 감정의 영역이고 계산은 이성의 영역이었기에 함께 구동하기가 더욱 어렵다.

'하지만 미호는 이능을 사용하지 않고 연기했다고 했지. 그럼 나도 할 수 있다는 얘기야.'

그렇게 자신과의 싸움이 시작되었다. 대본 회의를 하는 시간을 제외한 나머지 모든 시간 동안 유명은 연습하고 또 연습했다. 언제나 최선을 다해서 연습했다고 생각했지만, 이번에는 절박함이 달랐다. 이것은 좀 더 잘하느냐 못하느냐의 문제가 아니라 해낼 수 있느냐 없느냐로 나뉘는 문제였으니까.

'이걸 해내지 못하면 시간 내에 작품을 만들지 못해.'

유명이 잡은 최대한의 촬영 시한은 4개월. 그 안에 촬영이 끝나야만 영화 편집과 연극 준비를 동시에 진행해서 12월에 개봉과 개연을 할 수 있다. 그때는 런칭해야 미호와 약속한 시간이 끝나는 2월 말까지 최대 2달 정도 연극 공연을 할 수 있을 것이다. 대사 하나하나마다 조각조각 잘라 붙이는 방법으로는 기간 내에 촬영과 편집을 완료하는 것이 불가능하다.

피를 토하는 시간이 이어졌다. 〈무무〉 때와는 달랐다. 당시엔 녹음된 음악과 대사가 정해진 시간에 흘러나왔고, 스스로의 대사만을 빈 시간 속에 타이밍 맞게 끼워넣으면 되었다. 그것도 결코 쉬운 일은 아니었지만 이번에는 비교가 불가능할 만큼 어려웠다. 한 인격을 연기하는 중에 자신이 연기할 다른 인격의 감정까지 계산해가며 타이밍을 조절해야 했기 때문이다.

{아닝, 그렇게 미련하게 하지 말고, 좀 더-}

'이번엔 내가 해볼게, 미호야.'

새벽 4시까지 눈에 핏발이 선 채로 연습하다 보면, 자다 깬 미호가 뭔가 도와주려고 여러 번 입을 달싹였다. 자신도 미호의 도움이 정말로 간절했지만, 이번만큼은 스스로의 힘으로 해내고 싶었다. 괜한 고집일 수도 있겠지만 이건 나의 이야기니까. 이번만은 온전히 내 힘으로. 그렇게 오늘이 왔다.

"괜찮아. 필요한 일 있으면 언제든지 얘기해. 지금 몸은 자고 있어?"

Pause.

"아직 안 깨어났어."

Pause.

"안 돼. 좀 더 지켜보자. 아직 어린애잖아."

Pause.

"그래도… 아직 아무것도 모르니까 아이와 같잖아. 알고 보면 좋은 아이일 수도 있잖아."

Pause.

두 번째의 연기가 끝났을 때, 위고는 아무 말도 하지 않고 고개를 끄덕였다. 다음- 이라는 신호였다.

준호는 유명의 연기를 보며 아득해진 정신을 붙잡았다. 이제야 알겠다. 자신이 얼마나 말도 안 되는 연기를 요구했던 것인지. 물론 유명이 자진하여 더 심한 고생길을 가고 있는 것이기도 하지만, 애초에 〈내면의 집〉 자체가 너무 연기하기 힘든 설정이었다.

촬영장의 공기가 오독오독 피부에 와닿았다. 이곳에 존재한 모든 이들의 신경을 통째로 끌어다 쓰는 것처럼 유명은 칼날 위를 걷는 듯한 연기를 하고 있었다. 3번의 테이크가 끝나고 유명이 살짝 숨을 가다듬자, 준호가 하얗게 질린 얼굴로 류신에게 더듬더듬 물었다.

"제가… 엄청나게 무리한 걸 요구한 거죠?"

"…그렇긴 한데, 그걸 해오는 놈이 미친놈이지."

흔들리지 않게 목소리를 붙잡으면서도 류신도 손에 든 대본을 와락 구긴 채 몸을 떨고 있었다. 유명이 이런 방식으로 촬영하겠다고 처음 얘기했을 때, 류신은 단박에 알아들었다. 말이 안 된다고 생각했고, 그러면서도 유명이라면 가능할지도 모른다고 예감했다. 하지만 실제로 드러난 광경은 훨씬 더 류신의 피를 바짝바짝 말렸다. 그는 자신도 모르게 위고의 옆으로 걸어갔다. 정말로 화면이 들어맞는지가 궁금했다.

「…지금 그게 전부 계산해서 한 연기라는 거죠? 방금 찍은 세 테이크를 한 화면에 겹쳐 붙이면 한 장면이 만들어질 거라는?」

위고는 알고 있는 사실을 다시 물었다. 방금 자신이 무엇을 본 것인지를 생각하면 오싹했다. 대충 타이밍을 계산해서 대사를 던졌겠지만 실제로 맞춰보면 어긋나겠지. 머릿속으로는 분명 그렇게 생각했지만, 수십 년을 쌓아온 연출의 감각은 다른 말을 하고 있다.

'진짜 아귀가 들어맞을 것 같잖아…!'

아니, 아닐 거야. 그가 머리를 도리도리 흔드는데 유명이 한마디를 덧붙였다.

「죄송합니다. 완전히 숙련이 안 돼서 한 번 타이밍이 살짝 어긋났어요.」

「…한 번?」

「현성의 '지금 처리하자니까' 다음에 오는 은성의 대사가 조금 늦었습니다. 원래 바로 물고 들어가야 했는데.」

맞춰서 연기하는 거로 모자라서 도중에 어긋난 부분까지 계산했다고? 이건 또 무슨 정신 나간 소리인지.

「…가편집으로 붙여봅시다.」

「준비하겠습니다!」

영화 현장에는 데이터매니저(Data manager)라는 잡이 있다. 촬영이 끝난 신과 컷, 테이크를 라벨링하고 백업하는 역할을 하는 사람으로, 현장에서 즉시 볼 필요가 있는 화면을 가편집하는 역할을 하기도 한다. 데이터매니저는 아비드 미디어 컴포저[11]를 켜고 방금 찍힌 Take 1, 2, 3을 불러와 하나로 합쳤다. 같은 공간에서 같은 프레임으로 촬영된 크로마키 컷들이었기에 화면은 크게 조정할 필요 없이 하나로 합쳐졌다.

띠릭- 버퍼링을 거친 화면이 재생되기 시작했다. 세 명의 유명이 한 화면에 등장한다. 같은 목소리지만 명확히 구분되는 다른 톤으로 유명'들'이 연기를 시작한다.

현성: 다녀왔어.
은성: 현성아! 밥은 먹었어?
현성: 덕분에. 세미나에서 먹었어. 오늘 시간 교대해줘서 고마워.
은성: 괜찮아. 필요한 일 있으면 언제든지 얘기해. 지금 몸은 자고 있어?
현성: 응. 2시간 후에 나가면 돼.
민성: 내 시간은 건들지 마.
은성: 내 시간을 줄인 거니까 걱정 마. 정확히 네 시간 후에 들어올 테니까.

잠시 침묵이 흐른다.

현성: 그놈은?
은성: 아직 안 깨어났어.
현성: 지금 처리하자니까.
은성: 안 돼. 좀 더 지켜보자. 아직 어린애잖아.

---

11 아비드 미디어 컴포저(Avid media composer): 할리우드에서 보편적으로 사용되는 영화 편집 프로그램

현성: 어리긴. 몸집은 우리와 똑같잖아.

은성: 그래도… 아직 아무것도 모르니까 아이와 같잖아. 알고 보면 좋은 아이일 수도 있잖아.

민성: 그러다가 협조가 불가능한 녀석이면? 그때 가서 죽일 수 있겠어? 우리 쪽이 오히려 피해를 보면?

은성: 그래도… 아직은 안 돼. 결국에 우리가 서로를 죽이는 상황이 오지 않으려면… 부당하게 아무나 죽여선 안 된다고.

 화면보다 직관적인 것은 목소리. 세 개의 화면에서 흘러나오는 목소리가 마치 하나의 대화인 듯 어우러지고 있다. 대사와 대사 사이에 필요한 침묵이나, 혹은 대사의 끝을 물면서 쳐야 하는 부분까지, 모든 것이 한 호흡에 찍은 것처럼 차르르 맞물려 있는 것이다. 그뿐이 아니다. 분명 따로 찍은 장면인데 마주 보는 현성과 은성의 시선은 정확히 상대를 바라보고 있다.

 '…….'

 아무도 입을 떼지 못했다. 이것은 마치 눈앞에서 일어난 기적. 화면이 계속 돌아가면서 유명이 얘기했던 부분이 아주 미묘하게 떴을 때, 위고는 경악을 금치 못했다. 그리고 그 뜬 속도를 파악해 조금 빠르게 대사를 마무리해서 타이밍을 다시 맞춘 것을 깨달았을 때는 온몸에 소름이 돋았다.

 '정말 말도 안 되는….'

 유명이 위고에게 말했다. 그러면 유명이 원하는 수준까지 함께 기대해줄 것 같아서 그를 택했다고. 그것이 얼마나 어려운 요구인지… 위고는 이제야 깨달았다.

 '저걸 진짜 해냈냥. 그 시간에….'

연귀는 두 번째로 그 생각을 했다. 첫 번째는, 유명이 첫 연기를 했을 때. 〈Love of his life〉 당시, 툭툭 끊겨서 넘어가는 표정 연기를 알려주었을 때, 수일간 밤잠을 자지 않고 결국 마스터하는 유명을 보며 파문처럼 일렁였던 마음. 하지만 그때와는 다르다. 이번엔 방법조차 알려주지 않았다. 하지만 그는 6년 전과 똑같은 열정으로 스스로 길을 발견해냈다.

'참 한결같은 녀석이야.'

자식이 있어 본 적은 없지만 자식을 키우는 부모의 마음을 알 것도 같다. 갑자기 훌쩍 커버린 모습을 보면 대견하면서도 조금쯤은 섭섭한 마음이 드는 것이다. 연귀는 은빛 털 한 줌을 뽑아 손바닥 위에 놓았다. 은빛의 찰랑거리는 액체가 얇게 늘어져 거대한 스크린을 만든다.

{플래시 백. 재생. 신유명의 삶. 지난 6년간 중요 부분 압축. 4배속.}

이번에 재생시킨 것은 유명의 원생이 아닌 현생이다. 유명이 해온 연기들이 빠르게 스쳐지나간다. 그 화면마다 자신의 모습이 있다. 껌딱지라도 되는 것처럼 유명의 옆에 찰싹 달라붙어 있는 자신의 얼굴을 유심히 관찰한다. 길지 않은 시간이지만 그동안 자신의 표정은 꽤 달라져왔다.

'나도 참… 많이 변했구나.'

금색의 꼬리 하나가 있었다. 인과율을 거스를 수 있게 해주는 천제의 선물. 어떤 귀(鬼)도 선(仙)도 탐심을 숨기지 못했던 세상에 몇 안 되는 보물. 그것을 한 인간에게 쓸 정도로 연기에 대한 욕심이 대단했건만, 어느새 부모의 마음이 되어 그를 바라보고 있단 말인가.

'약속한 5년 후가 코앞이로구나.'

회귀 2년 후, 선계의 음모를 알고 저지했을 때 유명은 5년만 더 연기하게 해달라고 했다. 그리고 자신은 '5년 후에 다시 생각하자. 어디 한번 나를 재미있게 해봐라'라고 말했었지. 그는 자신을 재미있게 해주었나? 아아, 몹시. 재미뿐 아니라 감동, 애틋함, 희열…. 인외의 존재라서 온전히 와닿지 않았던 온갖 인간적인 감정을 알려주었다. 그러니 결론은 이미 난 것과 다름없지만⋯.

'마음을 정리할 시간이 필요해.'

연귀는 그날의 촬영이 끝난 후, 유명에게 다가갔다.

'미호! 보고 있었어? 나 해낸 것 같아!'

{⋯응. 제법이당.}

자신의 칭찬을 듣고 환하게 웃는 그에게 결심을 전한다.

{얼마간 자리를 비울 생각이당.}

247

그가 깨어났다

유명은 갑작스런 미호의 말에 당황했다.

'자리를 비워⋯? 왜?'

〈미믹크리〉 때도 꽤 장시간 자리를 비우기는 했지만, 그때는 따로 예고하지 않았다. 늘 붙어 있던 존재가 사라진다고 생각하니 괜히 불안한 기분이다. 미호의 도움을 받지 않기로 했지만 그래도 그가 함께 있는 것과 없는 것은 안정감이 다르다.

{선계에 좀 다녀오려공. 모친도 뵙공. 그쪽이랑 이쪽 시간 흐름이 달라서 시간이 훌쩍 갈 거당.}

'혹시 내가 이번엔 혼자 해보겠다고 해서 마음 상한 건⋯.'

{캬캬. 무슨 그런 인간 같은 소리를 하고 있냥.}

미호가 어이없다는 듯이 웃음을 터뜨렸다.

{내가 인간의 마음을 좀 알게 됐다 한들, 그 정도로 예민하진 않당. 뭐, 네가 혼자 해보겠다고 하니 나도 휴가받은 셈 치고 일 좀 보려는 거당.}

'…돌아오는 거지?'

{당연한 소리를. 왔는데 엉망이면 잔소리할 거당. 제대로 해랑.}

유명은 그제야 마음을 놓고 빙긋 웃었다. 돌아올 거라는 확답을 받고 나자 갑자기 의욕이 솟구친다. 돌아왔을 때 깜짝 놀라게 해주고 싶다. 이 정도까지 해냈냐며 미호가 놀란 얼굴로 만족스럽게 웃어준다면 마지막 작품이 더욱 보람되지 않을까.

'그럼, 당연하지!'

유명을 가만히 보던 은색 털뭉치는 고개를 끄떡하고는 휙- 날아 사라졌다. 유명은 다시 대본을 펼쳤다. 반드시 잘해야 하는 이유가 또 하나 늘었다.

제작사 밍기뉴의 대표는 두 사람이었다. 민기환과 민기정. 둘은 쌍둥이였는데, 기환은 '돈이 될 만한 영화'를 추구하고, 기정은 '작품성이 뛰어난 영화'를 추구한다는 양극단의 성향을 지니고 있었다. B급 상업 영화 제작사에 오래 있었던 기환과 독립영화판에 있었던 기정은 서로의 장점을 살려서 작품성과 흥행을 둘 다 잡는 영화를 만들려고 했으나,

"이번에도….'

"후우, 우린 영화 보는 눈이 없는 게 아닐까?"

"그냥 월급쟁이로 있을 걸 그랬나….'

세 개의 영화를 말아먹고 나자 제작사의 살림이 몹시 곤궁해졌다. 그러던 차에 굿엔터가 내민 손은 구원의 동아줄 같은 것이었다. 그리고 합병이 끝난 후 첫 회의에서 이번 프로젝트의 윤곽을 알게 된 그들은 손을 마주 잡고 펄쩍 뛰었다.

"신유명의 영화를 저희가 찍는다구요? 그게 정말입니까?"

"네. 다만 현장의 주요 인력은 해외에서 데려올 생각입니다."
"그거야 그래야겠지요. 신유명 씨 레벨이 있으니까. 그래도 일반 스태프들은 저희 회사에서 구성되는 거란 말씀이시죠?"
"맞습니다. 아마 인력 충원을 꽤 하셔야 할 겁니다."
"혹시 제작 투자는…."
"제작비는 모두 마련된 상태입니다. 걱정하지 않으셔도 됩니다."
'따로 투자사가 붙은 것은 아닌 것 같은데. 그럼 개인 투자자? 아니면 굿엔터가 투자사 역할을 하나?'
할리우드 스태프들까지 불러서 제작하려면 돈이 엄청나게 들 텐데, 그걸 투자사 도움 없이도 이미 마련했다는 것에 혀가 내둘러졌다. 굿엔터에 소속되기 전, 밍기뉴의 이름만으로 제작 투자를 받기 얼마나 힘들었는지를 생각해보면 말이다.
그들은 대표직을 내놓고 다시 현장 책임자가 되었다. 그리고 며칠 후, 기환이 기정을 불러내더니 얘기했다.
"기정아."
"무슨 일 있어?"
"윤성엔터에서 오퍼가 들어왔어."
윤성이 기환에게 몰래 접촉해왔다. 제작사 내부에서 상황을 공유해주는, 일명 프락치 노릇을 해준다면 다시 새로운 제작사를 세울 수 있게 투자해주고 윤성엔터의 자회사처럼 일감을 챙겨주겠다는 제안.
"문 대표님 예상이 맞았네."
"어. 제안 조건까지 똑같아. 그 사람, 보통이 아니야."
굿엔터와의 합병이 성사된 직후, 문 대표에게서 연락이 왔었다. 미국에서 온 화상통화 속에서 생각보다 젊은 남자가 가볍게 인사를 건네더니 향후 일어날 수 있는 상황에 대해 경고했었다.
― 죄송하지만, 특히 두 분 대표님은 제작 기간 내내 주시할 예정입

니다. 두 분의 행동으로 인해 손실이 발생하는 경우, 업무상 배임으로 법적 절차를 밟겠습니다. 윤성에선 모든 상황을 커버해주겠다고 말하겠지만 명심하세요. 의리로 개인을 끝까지 비호하는 기업은 없습니다.

― …이미 인수하셨으니 저희를 해고하면 될 텐데 왜 굳이 서로 얼굴 붉히는 상황을 만드시는 겁니까?

그 말에 유석이 화면으로 좀 더 다가오더니 그들과 눈을 맞추며 말했다.

― 민기환 감독님, 〈조폭학원강사〉 재밌게 봤습니다. 당시 사교육 이슈가 터져서 흥행은 주춤했지만 재밌었어요. 원래라면 300만은 들었을 거라고 봅니다.

― …….

― 민기정 촬영감독님, 독립영화 〈신선한 냉동고〉와 〈인적〉에서 카메라 잡으셨죠. 구도나 찍는 템포에 감각이 살아 있더군요. 무척 인상적이었습니다.

― …….

― 두 분, 좋은 대표는 못 되었지만 좋은 스태프라고 생각합니다. 웬만하면 쭉 같이 일하고 싶네요. 제가 야박해지지 않도록 도와주시죠.

발끈했었던 그들은 순간 꿀 먹은 벙어리처럼 얌전해졌다. 예술가란 원래 자신을 알아주는 사람에게 약하다.

민기정은 그때의 대화를 생각하며 말을 이었다.

"그래서 윤성엔 뭐라고 대답했어?"

"당연히 거절했지."

"잘했어. 내가 봤을 때 문 대표, 보통 사람이 아니야. 윤성엔터가 막강하긴 하지만, 앞으로는 판도가 달라질지도 몰라."

"그것도 그렇지만… 정신이 박힌 영화인이라면 그 연기를 보고 어떻게 망가뜨릴 생각을 할 수 있겠어."

"그렇지…. 그 연기…."
 그들은 요즘 촬영장에서 매일 보고 있는 신유명의 연기를 떠올렸다. 이것이야말로 그들이 추구하던 '극도의 작품성이 극도의 상업성이 되는' 첫 작품이 될 것 같았다.

 라이더 자켓에 스키니 바지. 클럽 DJ로 일하며 달라붙는 여자 중 아무나 골라서 밤을 즐기는 민성. 그는 어둡고 위험해 보이지만 자극적인 매력이 있다. 파스텔로 색칠한 것 같은 은성에서 새카만 먹을 비벼놓은 듯한 민성으로 순식간에 전환되는 유명의 모습에 촬영장의 공기가 술렁거린다.
 분장을 하는 유명의 옆에서 준호가 궁금한 듯 묻는다.
 "근데 유명아."
 "응?"
 "이 영화는 네 내면을 반영한다고 했잖아. 너한테도 이런 부분이… 있어?"
 당연히 그에게도 있었다. 본능적인 욕망. 뒤를 생각하지 않고 삶을 파괴하고픈 충동. 다만 그것이 다른 커다란 욕망 앞에 쉬이 무릎을 꿇었을 뿐이다. 유명은 아주 오랫동안 잠들어 있었던 충동적인 자아를 끄집어낸다.
 "바닥에 칭칭 얽어매 둔 놈이 아마 있을걸?"
 그때 유명의 입가를 스치는 자극적인 미소에 분장 스태프가 붓을 툭- 떨궜다.
 첫 번째 촬영장은 클럽. 쿵쾅거리는 음악이 밖에서 들려온다. 이곳은 스테이지 뒤편의 사무실이다. 메가폰을 잡은 위고가 손뼉을 두 번 짝짝 치자 순식간에 촬영장이 고요해진다.
「촬영 시작합니다! 레디-액션!」
 매니저가 그에게 말을 붙인다.

"너 10시 타임 같이 좀 안 뛸래? 너만큼 분위기 살리는 디제이가 없다. 피크타임 아닌 대신 페이는 더 올려줄게."

"싫어요."

"야, 좀. 생각은 해보는 척하고 거절하든지."

"저, 딴 데로 가요?"

소파에 드러눕듯 기대어 무심한 표정으로 매니저에게 일침을 놓는 그의 모습에 보는 사람들이 침을 꿀꺽 삼켰다. 색기가 줄줄 흐른다.

"아니, 그런 말이 아니고…. 됐다, 쩝. 근데 너 낮엔 도대체 뭐 하길래 12시 전엔 죽어도 안 나타나는 거냐? 알고 보면 낮에는 멀쩡하게 회사 다니는 거 아냐?"

"설마요."

다음 신은 디제잉을 하는 민성의 모습. 헤드폰을 낀 그는 화려한 디제잉으로 분위기를 휘어잡으며 클럽 내의 뜨거운 흐름을 만들어낸다. 그의 주위에 달라붙는 화려하고 헐벗은 여성들. 새벽에 그중 한 명과 함께 클럽을 나서는 민성의 모습을 비추며 카메라가 포커스 아웃된다.

'그중 한 명' 역할을 맡은 배우, 이선경은 다음 신 준비를 하고 있었다. 그녀는 한 단역배우 에이전시를 통해 이번 영화에 참여하게 되었고, 제작팀에서 따로 연락을 받아 민성의 짧은 상대역에 응하게 되었다. 사심이 있어서 받아들인 배역은 아니지만, 조금 전 민성의 매력적인 모습을 떠올리니 갑자기 심장이 두근거린다. 게다가 그 신유명이다.

"이번 신은 최소 인원만 빼고 다 스튜디오 밖으로 나가주세요."

"에이, 올 누드 신도 아닌데…."

"1 카메라, 2 카메라와 조명 감독님, 드라마투르그 제외하곤 다 빠져주시기 바랍니다."

멀리서 그의 목소리가 들린다. 누군가 괜한 이의를 제기하자, 그가 단호하게 스태프들을 내보낸다. 자신을 배려해서일까. 선경이 팔다리가 드러난 차림으로 침대 시트를 덮자, 그가 마찬가지의 차림으로 침대 위에 올랐다. 그리고 담담하게 살짝 고개를 숙여 인사한다.

"잘 부탁드립니다."

"네… 넵!"

뽀얀 피부와 무척 잘 관리된 몸. 가까이서 보는 그는 심장이 멎을 만큼 멋있었다. 그는 카메라가 돌아가자 민성의 얼굴로 휙- 돌변해서 그녀의 시선 아래로 고개를 낮춰 나른하게 올려다본다.

"예쁘네. 이름이 뭐야?"

순간 그녀의 얼굴이 훅- 달아올랐다.

이어지는 촬영. 밤을 의미하는 클리셰적인 장면들이 나열된다. 뜨겁기 그지없던 그는 새벽 6시에 알람이 울리자 갑자기 모든 동작을 멈췄다.

"너 가."

"뭐?"

"충분히 했잖아."

"이 시간에 어딜 가라고."

"그럼 조용히 자든가."

휙 돌아눕는 민성. 여자, 어이없다는 듯이 반대쪽으로 돌아눕는다. 민성은 금세 잠에 빠져든다.

「수고하셨습니다. 30분 휴식하시고, 크로마키 스튜디오로 이동해서 마저 찍겠습니다.」

"네-"「네-」

유명은 촬영에 관한 지시사항은 주로 영어로 얘기했다. 외국인 스태프가 더 많았기 때문이다. 동시통역사가 영어를 못하는 스태프들을 위해 지시를 부지런히 통역해 전달했다.

위고가 다가오더니 유명에게 음흉하게 웃음을 짓는다.

「소싯적에 좀 놀아봤나 보죠?」

「아니요. 별로.」

「아니면 어떻게 이런 장면을 넣습니까. 분위기도 엄청 위험하던데.」

위고가 다 알고 있다는 듯이 어깨를 툭툭 치고 떠났고, 유명이 피식 웃었다. 이 장면을 넣은 것은 민성의 캐릭터를 보여줌과 더불어 남자의 가장 급한 본능을 억제할 정도로 그들 사이에 약속된 '8시간 룰'이 중요하다는 것을 보여주기 위한 것. 다음 신에서 현성은 민성의 행동을 비난하고, 민성은 룰을 어기지는 않았다고 받아치며 오히려 적반하장의 논리를 펼친다.

현성: 야! 쫌 집에 가서 자라고.

민성: 바로 출근하면 되잖아. 차에 정장 있어.

현성: 여자라도 보내든지!

민성: 쟤가 안 가는 걸 어떡해. 그리고 은성이 우리가 못 하는 효도를 하듯이 나도 너네가 못하는 욕구불만 풀어주는 거야. 내가 정기적으로 풀어주니까 니들이 편한 거거든?

(기가 막힌 논리에 말문이 막히는 현성.)

티격태격하긴 해도 그들 사이에는 최소한의 룰이 있다. 그 룰을 지키려는 의지도 모두에게 있고. 하지만 갑자기 내면의 집에 한 개의 방이 더 생겨난다. 그 방에 누워 있는 새로운 인격은 아직까지 눈을 뜨지 않았다.

「휴식 끝! 다시 촬영 시작하겠습니다~」

Scene 12 내면의 집, 현성의 방

그는 아무것도 올려져 있지 않은 커다란 책상 앞에 반듯하게 앉아 카메라를 보며 말한다.

"케이스 제로. 이 환자는 세 개의 인격을 가지고 있다."

그는 마치 세미나의 연단에 선 듯이, 혹은 방송에서 전문가 역할로 나선 듯이 냉철한 표정으로 자신을 분석한다.

"왜 한 몸에 여러 개의 인격이 살게 된 것인지, 그 원인과 시작점은 알 수 없다. 그게 궁금했던 나는 심리학 교수까지 되었지만, 우리의 상황이 일반적인 해리성 인격장애와 다르다는 것만 확인했을 뿐이다. 아침 8시에서 4시까지는 내 시간, 다행히 교수는 시간이 자유로운 편이다. 꼭 필요할 때는 은성이가 시간을 양보해주기도 한다. 오후 4시에서 12시까지는 은성의 시간. 주로 집 안 청소며 공과금 처리, 공원을 산책하고 가족과 친구들을 만나며 지낸다. 그리고 밤 12시에서 아침 8시까지는 민성이의 시간이다."

세 가지 인격의 성향과 그들이 합의한 룰에 대한 이야기가 강연처럼 요점정리되어 관객의 머릿속에 입력된다.

"의식의 영향인지 우리는 아파트처럼 생긴 공간 속에서 지내고, 저 대문을 나갈 때 나간 사람의 의식이 '몸'에서 깨어난다. 그리고 인당 의무수면 시간으로 지정한 2시간 동안은 이 공간에서 셋이 함께 만나게 된다."

거실 소파 맞은편에 걸린 티브이의 새까만 표면이 화면에 잡힌다.

"거실의 티브이를 통해 이 신체의 시야가 중계되지만 이미 서로에게 익숙해진 우리는 TV를 잘 보지 않고 각자의 방에서 지내는 편이다. 지금은 수면 중이라 시야가 없는 상태."

티브이를 비추던 화면이 빙글 돌아 하나의 방문을 비춘다. 냉정하던 현성의 목소리에 균열이 생긴다.

"우리의 삶은 적당히 평화로웠다. 갑자기 새로운 방이 하나 생길 때까지는."

아직 눈을 뜨지 않는 새 인격. 깨기 전에 그를 죽여 없앨지, 한번 깨워서 얘기해볼지, 가만히 기다려볼지 셋의 의견이 분분하던 어느 날, 그가 깨어났다.

248

너밖에 없다고 생각했어

깜빡- 아무것도 모르는 새하얀 정신이 눈을 떴다. 눈을 깜빡이는 그를 향해 은성이 손을 내민다.
"안녕, 나는 은성이라고 해."
"…안녕."
"처음이라 혼란스럽겠지만 우리가 많이 도와줄게. 하루에 18시간씩은 함께 지낼 사람들이니까 사이좋게 잘 지내자. 너는 이름이 뭐야?"
"…유성."
새로 태어난 인격은 아직 스스로를 제대로 모르지만 이름만은 알고 있다. 은성은 자신과 똑같은 모습을 가진 그의 머리카락을 쓰다듬으며 씁쓸하게 웃었다. 18시간을 함께 지낸다. 그것의 의미는 인격당 주어진 시간이 6시간으로 줄어들 것이라는 뜻. 그에게 시간을 배분하기 시작하면 1시간 반씩의 수면 시간을 뺀 순수한 활동 시간은 인당 4시간 반으로 줄어들 것이다. 그것이 마음에 들지 않는지 현성과 민성은 눈살을 찌푸린 채 문간에 서 있다.

"혹시 뭔가 원하는 게 떠오르지는 않아?"

"원하는 것?"

그 말에 그의 시선이 확 짙어진다. 세 사람은 본능적으로 몸을 흠칫 떨었다. 하지만 곧 다시 초점이 흐려지며, 그는 멍하게 고개를 흔들었다.

"모르겠어…."

"그래. 천천히 적응해보자."

잠시 후, 현성의 시간이 되어 그가 현관 밖으로 나선다. 유성이 멍하게 현성의 뒤를 따라 나가려고 하자 은성이 그의 어깨를 감싸 안고 만류했다.

"지금은 네 시간이 아냐. 그리고 아직은 안 돼. 좀 더 세상을 알고 네가 원하는 게 명확해지면, 그 뒤에."

그가 고개를 끄덕이더니 거실 소파에 앉는다. 몸이 깨어났는지 TV 화면이 현성의 시야로 바뀐다. 유성은 화면을 뚫어지게 바라보기 시작한다. 아직 보지 못한 바깥세상이 신기한 것일까, 그는 좀처럼 티브이 앞을 떠나지 않는다. 그런 그의 모습을 민성이 유심히 바라본다.

「붙여요.」

위고는 아직도 짬이 날 때마다 촬영분을 가편집해서 타이밍이 맞는지를 확인하고 있었다. 볼 때마다 소름이 돋고 눈이 의심스럽다. 심지어 조금 전 은성이 유성의 어깨를 감싸 안았을 때는 은성의 손이 유성의 어깨에 거의 정확하게 얹혔다. 이 정도면 VFX도 예상만큼 힘들 것 같지 않았다. 각 인격의 테이크들을 겹친 후, 미세조정만 하면 될 것이 아닌가.

「류신. 이게 말이 된다고 생각해?」

「신유명은 처음 만났을 때부터 단 한 번도 말이 된 적이 없었습니다.」

「어릴 때도 그랬나…?」

화면에 시선을 고정한 채로 류신이 고개를 끄덕였다.

「그런 걸 보면 어때? 나는 물론 그런 적이 없긴 하지만, 내가 상상도 못 해본 방식으로 연출하는 감독을 보면 배알이 끓어오를 거 같은데 말이야.」

류신이 피식 웃었다.

'그런 적이 거의 없기는.'

위고가 칸에서 〈Mimicry〉를 본 후 몇 날 며칠 동안 눈에 핏발이 서 있던 것을 기억하지만, 모른 척해주기로 한다.

「사실 저는 저 신기에 가까운 능력보다는 다른 게 더 마음에 걸리는군요.」

「어떤 거?」

「신유명이라는 인간을 정제하고 정제해서 본질만 남겨둔 거 같은 저 유성…. 어떻게 저런 압축된 분위기를 내는 걸까요?」

「그래? 난 그거까진 잘 모르겠는데.」

위고가 고개를 갸웃하자 류신이 생각했다. 아직 자신이 무엇을 원하는지 알기 전인데도 본능적으로 진득하게 묻어나는 욕망. 유성의 저 얼굴에 류신에게도 내재된 욕망이 자극받아 너풀거린다. 이 감각만큼은 배우가 아니면, 인생을 모조리 바칠 만큼 연기에 미쳐 있는 영혼이 아니라면 알 수 없으리라.

'저 연기를 모두 따라잡진 못하더라도 최소한 너에게 도움이 되고 말겠다.'

요즘 류신은 거의 강박적으로 어떤 연습을 하고 있었다.

실력 있는 편집감독들은 개인 편집실을 차리고 외주를 받는 경우가 많다. 그리고 그 편집 기술을 배우기 위해 들어온 어시스턴트들이 성장하여 새로운 편집기사가 된다. 최승태 편집실의 최승태는 한국에서 둘째가라면 서러울 편집감독이었다.

그는 일정 규모 이상의 상업영화들만 외주를 받았다. 늘 일거리가 넘쳐서 어시스턴트들이 가편집을 맡고 마지막에야 최승태가 직접 손을 보았는데, 그가 마술처럼 보이지 않는 속도로 손을 움직이며 편집을 척척 해낼 때면 뒤에서 어시스턴트들이 반짝이는 눈으로 구경하곤 했다.
"아니, 우리 편집실을 뭐로 알고."
"왜 그래?"
"가편집 의뢰가 들어왔습니다. 본편집은 따로 볼 사람이 있고, 시간이 촉박해서 가편집으로 90% 이상 완성시키고 싶다네요. 가편집 비용을 일반적인 편집비만큼 주겠다고 제의하는데⋯ 건방진 놈들, 우리 편집실을 뭐로 보고."
그 말에 최승태의 굵은 눈썹이 꿈틀한다. 그의 욱하는 성미는 업계에서 유명하다.
"어디야?"
"밍기뉴라고, 이번에 매니지먼트 회사에 인수됐다는 곳 있지 않습니까."
"거기, 신유명 영화 찍는대서 다들 신경 곤두세우고 있는 데 아니야?"
"맞습니다. 안 그래도 소문이 껄끄러워서 거절할 판인데, 제안도 엄청 건방지네요."
"무슨 소문?"
수석조수가 암암리에 업계 관계자 사이에 도는 소문을 전했다. 신유명이 감독을 직접 맡았다는 소문, 윤성엔터에 미운털이 박혀서 해외 시장은 모르겠지만 한국에서는 쉽지 않을 거라는 소문, 그쪽으로 넘어간 인력들이 윤성의 블랙리스트에 올랐다는 소문을. 최승태는 오히려 그 소문에 호기심이 생긴 모양이었다.
'감독으로서는 모르겠지만 신유명 연기가 미쳤기는 하지. 그거 편집하면 손맛이 죽이긴 할 텐데⋯. 그리고 양아치 윤성엔터에 미운털이 박혔다라⋯.'
"대본 좀 보자고 해."
"네? 감독님 올해 저희 스케줄 완전히 풀인데-"
"내가 보면 되잖아."

"네?"

수석조수가 당황했다. 최승태는 가편집에 직접 손댈 정도의 급이 아니다. 편집을 의뢰할 때 최승태의 손을 직접 타려면 상당한 추가비용을 내야 한다. 그리고도 그가 손을 대는 것은 마지막 다듬을 때뿐이었다.

"모르겠냐? 우리 편집실에 가편집을 맡기겠다는 건 최종 편집을 할리우드에서 하겠다는 거잖아."

"아…."

"가편집에조차 최고를 쓰려고 한다는 건 편집의 비중이 무지하게 높은 시나리오라는 거고."

"아…."

"일정 촉박하다는 얘기는 사실 이쪽에서 99% 완성해줬으면 좋겠고, 마지막 1%만 최고 중의 최고가 손볼 거라는 얘기 아니겠냐고."

"아…."

최승태가 수석조수를 보고 혀를 끌끌 찼다.

"바보 도 틱는 소리 그만하고 답신 보내. 무조건 한다는 건 아니다? 일단 그만한 가치가 있는 시나리오인지는 확인해야지."

"시나리오는 대외비일 텐데…."

"내가 직접 나간다고, 파일 말고 인쇄물로 초반부만 검토하고 확정하겠다고 해. 그 정도 요구는 들어주겠지."

"네, 감독님."

최승태는 자존심이 상한, 하지만 흥미가 샘솟아 오르는 표정을 지었다. 진짜 그만한 가치가 있을까. 대체 최종으로 누구를 붙이려고 우리 편집실에 가편집을 요청한 것일까. 자신이 마무리한 편집이 그의 손에서 얼마나 조정될지 궁금했다.

말이 가편집이지, 진짜 가편집을 할 생각은 없었다. 최고가 봤을 때도 '손댈 데가 없다'는 소리가 나올 만큼 제대로 하는 것이 당연했다.

Scene 1에서 심리학회장은 현성에게 '내담자'를 받을 생각이 없는지 묻는다. 일종의 케이스 스터디. 그 대상자가 현성의 교수실을 찾아온다.

고다인. 다중인격을 가지고 있는 여성이다. 다중인격의 임상사례는 얼마 되지 않으니 한국에서는 거의 찾아보기 힘든 케이스일 것이다. 현성은 그녀를 연구해 더욱 높은 연구 성과를 얻고 인정받을 목적으로 기꺼이 학회장의 의뢰를 받아들인다.

"유명 오빠! 류신 오빠!"

촬영장에 나타난 여배우에게 스태프들의 놀란 시선이 쏠렸다. 작년, 실물이 더 아름다운 배우 1위로 꼽혔다는 설수연. 보는 순간 한숨이 나올 만큼 고혹적인 아름다움이다.

"잘 왔어."

"영화 후반작업이랑 인터뷰 겨우 맞춰서 끝냈어요, 헤헷."

"네 촬영분은 많지 않으니까, 스케줄 병행해도 되는데."

"싫어요! 한 번 오면 그 뒤엔 매일 안 나오고 못 배길 것 같아서, 일부러 스케줄 모두 이쪽 촬영 앞으로 몰았단 말이에요. 이제 별일 없으면 계속 출근할 계획입니다!"

"하하, 그래."

위고가 고개를 들이밀었다.

「낯익은 얼굴인데? 아… 〈피터팬〉?」

「안녕하세요, 감독님. 열심히 하겠습니다!」

「감독은 이쪽인데?」

「어… 그래도 감독님은 원래 감독님이시니까요.」

위고는 〈피터팬〉 당시를 떠올렸다. 신유명의 피터팬, 서류신의 후크, 설수연의 웬디. 그때 그녀는 아직 서툰 연기에도 불구하고 엄청난 몰입력이 인상적이기는 했지만, 나머지 두 명에 비하면 걸음마 상태였다. 하지만 몇 년 만에 만난 그녀는 허물을 벗은 나비처럼 주변의 시선을 강력하게 끌어당긴다. 얼굴도 예쁘지만, 그보다는 밀도 높은 분위기. 그녀의 주변만 채도가 살짝 높아지는 착시를 일으키는 탁월한 존재감.

'과연 지금은 어떤 연기를 하려나….'

유명도 오랜만에 만나는 수연을 깊은 눈으로 바라보았다. 원래부터 존재감은 탁월한 아이였다. 이번 생의 첫해, 'Rococo'의 화보 촬영에서 그녀를 처음 만나고 돌아왔을 때 미호가 코를 킁킁대며 '생기가 강한 인간을 만나고 왔냐'고 물었던 드문 존재감. 아마 타고난 존재감으로 치면 지금의 자신이나 서류신도 살짝 넘어설 정도의 선택받은 재능. 자신이 껍질을 깨준 그녀의 연기력은 지금 얼마나 발전했을까.

수연이 다인의 차림을 하고 나선다. 긴 생머리에 하얀 얼굴, 거의 화장을 하지 않은 깨끗한 얼굴인데도 입체감이 살아 있다. 치렁치렁한 레이스 치마 위에 후드티를 입은 모습이 평범하지 않지만, 어떤 코디든지 얼굴이 소화해버린다. 그에 반해 유명은 각 잡힌 현성의 모습. 반듯한 슈트에 은테 안경을 쓴 남자의 예리한 인상이 다인과 여러모로 대조된다.

그의 앞에 선 그녀의 손이 살짝 떨린다. 오랜만에 테스트라도 받는 심경이겠지. 유명은 그런 그녀에게 나직하게 말한다.

"수연아."

"네… 넵!"

"긴장하지 말고."

"…하하."

"다인이는 짧게 짧게 등장하는데도 굉장히 설득력이 있어야 하는 인물이잖아. 있을 것 같지 않은데 있을 것 같은 인물."

"네."

"너밖에 없다고 생각했어."

유명의 말에 그녀의 등이 움찔 흔들린다.

"네 몰입력이 다인이를 진짜로 만들어줄 거야."

유명과 친해서가 아니라, 단순히 이미지가 맞아서가 아니라, 이 역에 가장 어울리는 배우는 너밖에 없다는 선언. 그 선언이 담고 있는 신뢰의 무게에 수연이 파르르 떨었다. 계기만 있으면 엄청난 몰입력을 발휘하는 배우. 그녀의 눈빛이 순식간에 가라앉는다.

「시작하겠습니다.」

그런 그녀의 몰입을 깨지 않도록 유명이 작게 사인을 보낸다. 위고가 그것을 받아 큐를 선언했고, 카메라가 차르르 돌기 시작했다.

"안녕하세요, 선생님."

"안녕. 고다인 씨라고 했죠?"

현성은 편안한 웃음을 지으려고 노력하지만, 그쪽에는 영 재능이 없는지 미소가 날카롭다.

"다중인격 진단을 받았다고 들었어요."

"네. 선생님이 이 분야에서 탁월한 연구자라며 상담을 권유받았죠. 그런데 상담에 재능이 있는 선생님 같진 않은데요?"

작중 다인의 설정은 갓 스무 살이 된 아가씨. 소녀와 성인의 중간 즈음에 위치한 그녀지만, 눈빛만은 산전수전 다 겪은 사람처럼 여유롭게 상대를 훑어본다. 누가 환자이고 누가 상담자인지 모를 노릇. 현성이 흥미롭다는 표정으로 묻는다.

"지금 얘기하시는 분은 몇 살입니까?"

"어머, 여자 나이는 묻는 게 아닌데."

그녀가 다리를 꼬고 팔걸이에 몸을 기댄다. 대학생 같은 얼굴이 순간 어느 바에 앉아 있는 마담처럼 노회하게 보인다.

'오….'

위고가 몸을 앞으로 슬쩍 당겨 그녀를 주목하기 시작했다. 웬디 때와 비교해 연기의 기술이 많이 늘었다. 하지만 그런 것보다 훨씬 중요한 것은 빨려드는 듯한 분위기. 몰입력이 극상인 두 배우가 만나자 연기 현장은 순식간에 현실이 되고, 스태프들은 현실의 어느 공간을 관음하는 관중이 된 것처럼 숨을 죽인다. 현성 또한 몸을 앞으로 끌어당기며 묻는다.

"그럼 나이는 묻지 않기로 하고, 몇 분이죠?"

"흐음…. '우리'는 많아요."

그녀는 의외로 거리낌 없이 자신의 상태를 설명해준다. 얘기를 들어보면 그녀에겐 열 개 이상의 인격이 있는 모양이지만, 지금 현성과 얘기를 나누고 있는 인격의 지배하에 서열이 정리된 것 같다. 재미있는 것은 지배하는 인격은 그녀이지만 주된 인격은 따로 있다는 것.

'역시 우리와는 다르네.'

현성은 그런 생각을 하며 다시 물었다.

"어째서죠? 당신만큼 힘이 강하다면 다른 인격을 누르고 온전히 당신 혼자 시간을 쓸 수도 있지 않나요?"

"아아, 매번 직접 활동하는 건 귀찮아서."

심드렁하게 대답한 순간, 그녀의 눈동자가 갑자기 위를 향해 휙- 치솟았다. 보던 사람들이 그녀의 돌변에 긴장했다.

"다인이가 하고 싶은 이야기가 있다네요."

"당신이 다인이 아닙니까?"

"아아, 내 이름은 수인이에요. 다인이는 내가 이 몸의 주된 인격으로 내세운 아이죠. 눈이 아주 좋아요."

꿀꺽- 모두가 침을 삼키는 동안 그녀의 표정이 서서히 변했다. 아까의 닳고 닳은 표정이 아닌, 스무 살에 알맞은 순진하고 맑은 표정으로 그녀가 입을 연다.

"오빠, 새 오빠는 욕심이 많아요. 조심해요."

249

상대역, 제가 하겠습니다

문유석이 돌아왔다.
"유명 씨~"
"대표님! 오셨어요."
원래 유석은 밸론토의 안정화 때문에 미국에 남아 있으려고 했다. 하지만 '어머니'가 작정하고 이번 영화를 방해하기로 한 것을 안 이상, 빨리 돌아와야 했다. 그는 미국의 일을 최대한 봉합해둔 즉시 한국으로 돌아왔다. 오자마자 그는 유명부터 만났다.
"미국 일이 바빠서 촬영 중엔 못 들어오실 거라더니…"
"한국에 더 급한 일이 생겨서요."
"무슨 일 있으세요?"
"혹시 윤성엔터라고 들어봤습니까?"
유명은 유석이 먼저 그 이름을 꺼내자 고개를 끄덕였다. 그가 미안해할까 봐 마음속에 담고 있었는데, 담담하고 강단 있는 표정을 보니 이번엔 뭔가 자신이 있는 모양이다. 그렇다면 최대한 정보를 줘야 할 것이다.
유명이 최루한이 알려준 이야기와 유석 모가 자신을 불러냈던 일을 전달하자 유석의 표정이 사나워졌다.
"이런저런 방해를 하는 건 알고 있었지만, 유명 씨에게 직접 접촉했을 줄은 몰랐습니다. 더러운 얘기를 직접 듣게 해서 미안합니다."
"그건 괜찮아요. 오히려 열은 그쪽이 받았을걸요. 그런데 그쪽 입장에서도 지금 우리를 건드는 건 쉬운 일이 아닐 텐데 이렇게까지 무리하는 이유가 뭘까요?"

"…형보다 내 능력이 뛰어난 걸 어머니가 발작적으로 경계하기 때문이죠."

태원 회장에게는 두 아들이 있다. 첫째 아들이 더 핵심적인 계열사들을 관리 중이고, 그것은 자신의 사촌형이 물려받게 될 것이다. 그리고 문유석의 아버지는 둘째 아들. 그도 큰아들만은 못하지만 몇 개의 계열사를 경영 중이다.

유석의 아버지는 윤성그룹의 장녀이던 '어머니', 진종희와 결혼해서 문도석을 낳았고, 바깥에서 문유석을 낳아왔다. 윤성은 태원보다 규모가 작았지만, 차남인 그에게 처가는 든든한 백이었다. 게다가 혼외자식이라는 약점이 있어서 그는 진종희에게 약할 수밖에 없었다.

진종희의 교활한 점은 티가 나게 유석을 구박하지 않았다는 점이다. 그녀는 문유석이 자신의 친아들보다 똑똑하다는 것을 어릴 때부터 간파하고, 적당한 관심과 적당한 경고를 함께 내리는 방식으로 그를 컨트롤해왔다. 똑똑한 유석이 제 아들의 자리를 탐낼까 봐 끊임없이 짓눌러왔던 것이다.

"대표님은 태원그룹 쪽에 욕심이 없으신 거 아닌가요?"

"예전엔 아예 욕심이 없진 않았지만, 지금은 없습니다. 하지만 어머니는 그렇게 생각하지 않죠. 돈과 권력을 원하지 않는 인간이 있을 리 없다고 생각하니까요. 또 한 가지 문제는 회장님이 건재하시다는 겁니다."

유석은 제 할아버지를 '회장님'이라고 불렀다. 유명의 표정이 씁쓸해졌다.

"우수함을 미덕으로 여기는 분이라, 사실 내 아버지도 내 형도 마음에 들어 하지 않으시죠. 핏줄 중에 우수한 놈이 있다면 제 아들보다 중용할 수 있으니, 어머니는 필사적으로 나라는 존재를 회장님에게서 가리고 싶은 겁니다."

"회장님은 대표님에 대해서 모르시나요?"

"존재는 알지만 능력은 모르죠. 어머니가 필사적으로 숨겨왔으니까요. 사촌형은 나를 대충 압니다만, 그쪽도 내가 부각되는 걸 별로 바라지 않는 상황이라."

그제야 유석 모의 무리수가 이해가 갔다. 유석이 스스로의 힘으로 큰 성공을 거두면 회장의 눈에 들지도 모른다. 그러면 자신의 입지가 무너질 수도 있다고 생각하는 모양이다. 어떻게든 실패하게 만들어야 하는데 상황이 쉽지 않을 것이다. 아무리 그녀가 재벌이라 해도 신유명은 이미 세계적인 네임 밸류를 가진 배우이므로.

사실 그녀는 유명이 아까워서 회유했다기보다는, 유명이 문유석을 버려주는 것이 가장 쉬운 길이기에 접근했던 것이 아닐까. 그녀에게는 엄청난 가치를 가진 '족보'를 무기로.

"참 얕은 사람이군요."

"네. 하지만 그 얕은 사람이 실제로 힘을 가지고 있는 것도 사실이죠."

"흐음…."

"걱정은 말아요. 나한테는 최고의 무기가 있고, 승산이 절반, 아니 열에 둘만 있어도 지지 않을 자신이 있으니까."

유석이 그의 무기에게 장담했다.

영화촬영으로 분주한 와중에도 다른 할 일들이 많았다. 그중 하나는 출중한 연극 스태프를 구하는 것. 유명은 촬영이 일찍 끝난 날 저녁, 혜전당 조명기사인 김성진을 만났다.

"형!"

"와…! 세계적인 배우와 일대일로 만나니 좀 황송한데."

"하하, 오랜만이에요. 잘 지내셨죠?"

까만 모자에 마스크를 쓰고 들어온 유명이 칭칭 동여맨 것들을 푼다. 성진은 순간 후광이 비친 듯한 느낌을 받았다. 그는 못 보던 사이 아주 많이 달라졌다.

"혜전당 대관 신청했다며. 어떻게 됐어?"

"한 해 스케줄이 대부분 연초에 잡혀서 갑자기 두 달씩이나 장기임대는 불가능하다고 하더라구요."

"와, 혜전당이 워낙 빡빡하긴 하지만 너라면 어떻게 될 줄 알았는데."
"어쩔 수 없죠. 그쪽도 아쉬워하길래 연기콘서트 대관도 물어봤더니, 우전당 일정은 하루 빼주셨어요."
"연기콘서트?"
유명이 준비 중인 연기콘서트에 대해 설명했고, 성진은 그것을 경청하며 맥주를 꿀꺽꿀꺽 마셨다. 수전당에 주연으로 설 만한 배우가 되겠다던 배포 큰 대학생은 불과 몇 년 만에 그 치기 어린 목표를 현실로 일구어냈다. 스케줄만 맞았다면 혜전당에서도 당연히 수전당을 내주었으리라.
"영화에 연극에 바쁘다더니 그건 또 언제 하게?"
"영화촬영 끝나고 연극 준비 들어가기 직전에 잠시 시간 내려구요."
"참… 너도 대단하다."
"그래서 말인데, 혜전당은 장기휴가 못 쓰나요?"
"휴가?"
"제 연극 조명, 형이 맡아주면 좋을 것 같은데."
성진은 감각도 실력도 있었다. 유명은 그를 꼭 조명감독으로 섭외하고 싶었다.
"연기콘서트 말고 지금 찍는 영화를 연극으로 만든다는 그거 말하는 거지?"
"콘서트도 맡아주시면 좋죠."
"그건 어차피 혜전당에서 할 거니까 내가 맡겠다고 하면 되는데, 외부 공연이라…. 기간이 얼마나 돼?"
"주 4회고 순수 공연 기간만 두 달 보고 있어요. 앞에 준비 기간까지 하면 조금 더 늘어나겠죠."
"음…. 나도 하고는 싶은데, 직장에 얘기해볼게. 혹시 안 돼도 디자인은 나한테 맡겨줄 수 있을까?"
"저야 땡큐죠."
그렇게 또 한 명의 스태프가 섭외되었다.

한 달 전, 대본 회의. 유명이 이런 말을 했다.

"누가 먼저 죽는지의 순서도 조정해야 할 것 같아."

"아, 그래?"

"응. 그 부분이 의미가 있다고 생각해."

네 가지 인격. 현성은 인정과 성공의 욕구를 가진 똑똑한(賢: 현자 현) 인격이다. 직업은 교수. 은성은 관계와 애정의 욕구를 가진 온화한(慇: 온화할 은) 인격이다. 직업은 없다. 민성은 쾌락과 충동의 욕구를 가진 거칠고 본능적인(悶: 번민할 민) 인격이다. 직업은 클럽 DJ. 그리고 마지막은 유성. 유명의 본질을 가장 많이 닮은, 연기에 대한 강렬한 충동을 가지고 태어난 인격.

'그 인격들이 죽는 순서라….'

잠시 생각하던 류신이 묻는다.

"가장 강한 욕망이 움텄을 때, 어떤 욕망이 가장 먼저 도태될 것인가를 얘기하는 건가요?"

"맞아요."

"그렇다면 현성-은성-민성 순이 아닐까요? 이성적인 욕망이 가장 먼저 도태되고, 가장 본능적인 욕망이 마지막에 남지 않을까 싶은데."

"어? 저는 인정과 성공의 욕구야말로 가장 질척하고 본능적인 욕망이라고 생각하는데요. 안 그래, 유명아?"

류신과 준호의 생각이 갈렸고, 유명이 대답했다.

"이건 사람마다 다를 것 같아요. 쾌락을 마지막까지 포기하지 못하는 사람도 있고, 인정받는 것이 가장 중요한 사람도, 주변의 관계를 무너뜨리지 않는 게 중요한 사람도 있겠죠. 하지만 만약에 저라면…."

'유명이라면' 결국 이것이 정답이 될 것이다. 이번 극은 신유명을 기준으로 만들기로 합의했기 때문에.

"쾌락과 충동이 가장 먼저 도태될 것 같아요. 아니, 연기가 주는 만족감이 너무 커서 다른 쾌락은 쉽게 포기가 될 것 같다고 해야 할까요."

"흐음…."

그러고 보면 유명의 생활은 매우 단조롭다. 남들은 세계적인 스타라고 부러워하겠지만 사실 그에겐 물욕도, 별다른 취미도 없다. 오로지 연기. 하나의 작품이 끝나고 나면 다음 작품. 쾌락과 충동을 모두 연기에만 발현하는 삶의 표본이 아닐 수 없다. 류신과 준호가 고개를 끄덕였다.

"그다음에 도태되는 건 뭡니까?"

"현성이요. 인정과 성공욕."

"인정과 성공…. 이건 배우에게도 정말 중요한데요. 아무리 연기를 좋아한들 관객이 없다면 아무도 봐주지 않잖아요. 누가 봐주지 않는다 해도 연기를 지속할 수 있을까요?"

"…네. 저는 그럴 것 같아요."

그는 현재 최고의 스포트라이트를 받고 있는 배우. 하지만 무명배우가 얼마나 비참한지 몰라서 하는 얘기라기엔 그의 눈빛이 아파 보인다. 류신은 의아했다. 유명은 왜 가끔 저런 눈빛을 하는 것일까.

"인정과 성공은 동기가 아닌 결과라고 생각해요. 인정받는다면 더욱 신나긴 하겠지만, 그렇지 못하다고 해도… 연기를 좋아하는 마음은 변하지 않을 것 같아요."

"흐음…. 그럼 마지막까지 남는 건 은성이군요."

"네. 이건 뭐랄까… 죄책감에 가깝습니다."

"죄책감…."

"저 혼자 오롯이 책임질 수 있는 부분이 아니니까요. 연기를 추구하다 보면 가족과 친구들에게 소홀해질 수밖에 없는 게 늘 미안해요. 제가 성공해서 망정이지, 실패했는데 꿈만 부여잡고 있었다면 가족과도 멀어지지 않았을까요."

류신은 이번 얘기만은 이해하기 어려웠다. 그는 유명의 가족들을 여러 번 보았다. 순박하고 좋은 분들이었다. 크게 성공하지 못했다 해도 그분들이라면 아들이 원하는 길을 응원하고 지지해주지 않았을까.
'이 부분만은 형은 이해할 수 없겠죠.'
유명이 류신의 표정을 읽고 그런 생각을 했다.
"…알겠습니다. 그럼 죽는 순서는 민성-현성-은성의 순이 되겠군요. 죽음의 형태도 있을까요?"
"네. 민성이 거실에 목이 매달린 채 죽어 있는 것을 현성, 은성, 유성이 함께 발견합니다."
"헉… 자살이야?"
"글쎄? 현성은 당연히 유성의 짓이라고 생각해서 그의 멱살을 잡아요. 누가 죽였는지, 혹은 스스로 죽었는지 알 수 없다는 부분이 서스펜스를 만들 겁니다. 민성을 죽인 것은 누구인 것 같아요?"
유명은 수수께끼를 내며 빙긋 웃었었다.

모두가 숨을 죽였다. 거실 가운데 유명이 매달려 있다. 진짜 목을 맨 것은 아니다. 목 부위가 상하지 않게 초록색으로 만들어진 보호밴드가 감싸여 있고 매달린 몸을 보조하기 위해 지지끈들이 뒤쪽으로 가닥가닥 이어져 있다. 하지만 역시 끔찍한 광경이다. 매달려 있는 유명의 안색이 죽은 듯이 창백하여 정말 몸에 문제가 생긴 건 아닌지 걱정될 정도였다.
'어떻게 연기로 저런 창백한 안색을 만들 수 있는 거지?'
분장을 했다 해도 감추어지지 않는 인간의 생기가 있을 텐데 유명의 얼굴이 지나치게 희다. 그것을 보며 위고는 근질근질한 등을 벅벅 긁었다.
「오케이- 컷!」
첫 번째 인격이 살해당했다. 아니, 목을 맨 것을 보면 자살일지도. 현성과 은성은 새로운 인격인 유성을 의심한다. 셋이 살 때는 아무런 문제도 없었으니 당연한 의심일 것이다.

「다음 신이 문제예요. 그죠?」

「제가 어떻게 잘 해보겠습니다. 그리고 후보정하면 되죠.」

「아니, 그렇게 간단한 문제가 아니지. 멱살 잡고 나뒹굴고 이런 동적인 장면들이잖아요. 혼자 연기한 걸 합성하면 자연스럽고 박진감 있는 장면이 안 나올 텐데….」

처음부터 고민했던 부분이었다. 대사의 타이밍이나 시선 처리 등은 유명의 연기로 해결 가능했지만, 배역들끼리 몸으로 얽히는 부분이 문제였다. 그렇다고 상대역을 쓰자니 반대쪽의 합을 어떻게 맞출 것인가.

그때 위고와 유명의 앞에 한 인물이 나섰다.

「상대역, 제가 하겠습니다.」

「아니, 이게 그냥 상대역이 있어서 될 게 아니고 유명 씨랑 타이밍과 동작을 똑같이 맞춰야 하는데-」

「여태까지 그것만 연습했습니다. 이제 할 수 있겠다는 확신이 생겨서 말씀드리는 겁니다.」

류신이 조용히 불타오르는 눈으로 대역에 지원했다.

250

수준에 맞는 요구

류신은 유명의 연기를 보며 마치 판화 같다고 생각했다. 빨간색, 파란색, 노란색, 검은색. 각각의 판을 찍어낸 후 합치면 하나의 온전한 그림이 된다. 어떻게 저런 식의 연기가 가능한 것일까. 엄두가 나지 않았다. 다만 류신은 유명의 연기를 머릿속에 세세히 입력해두었다. 지금 현재 자신의 수준으로 따라할 수 있는 연기가 아니다. 하지만 언젠가는, 반드시.

― Take 1 가겠습니다.
― Take 2 가겠습니다.
― Take 3 가겠습니다.

류신은 이번 영화에서 유명의 '상대역'을 자처했다. 유명이 은성의 연기를 할 때 그를 마주 보고 현성의 대역을 해줄 사람. 유명이 유성의 연기를 할 때 그를 쳐다보는 민성이 되어줄 사람. 그런 사람이 필요하리라 생각했지만, 유명은 상대역 없이도 완벽히 몰입하여 각 판화들을 정교하게 찍어내고 있었다. 보고만 있을 수는 없었다.

'저걸 흉내 낼 순 없더라도 한 개의 판만을 정교하게 카피하는 건 가능할 수도 있다. 아니 가능하게 만들 테다.'

반드시 필요한 순간이 있을 것이다. 특히 각 인물이 몸으로 엮일 때. 아무리 유명이 신들린 연기를 한다고 해도 물리 법칙을 바꿀 순 없다. 때리면 맞을 사람이 필요하고, 붙잡으면 붙잡힐 사람이 필요할 것이다.

「의상은 초록색으로 하면 되겠죠?」

「흐음….」

위고의 의심스런 눈길에 자존심이 상했다. 이보다 훨씬 어려운 유명의 연기는 의심하지 않는다. 아니, 유명이 의심하지 않도록 만들었다. 그보다 더 난이도가 낮은 연기를 하겠다는데도 '네 한계를 넘는 거 같은데?'라고 말하는 듯한 위고의 눈빛이 승부욕을 부추긴다.

하지만 신유명은 살짝 고개를 끄덕였다. 자신이 할 수 있다는 것을 알고 있다는 듯이.

"현성이 유성의 멱살을 잡아챌 거고, 유성은 그 무게를 못 이겨 뒤로 우당탕 넘어질 겁니다. 현성이 유성 위에 올라탄 상황에서 유성이 힘으로 현성을 제압할 거고요. 한번 합을 맞춰보는 게 빠르겠군요."

"그러죠."

타이밍 조율을 마친 후 의상팀이 류신에게 붙었다. 초록색 의상으로 온몸을 감싼 후 머리에도 초록색 두건을 두르고 초록색 장갑까지 꼈다. 나중에 합성을 쉽게 하기 위한 작업이었다. 그 모습이 못내 우스꽝스러웠음에도 아무도 웃는 사람은 없었다. 이것이 얼마나 어려운 도전인지 누구도 모르지 않기 때문이다.

류신이 준비되기를 기다리며 유명은 집음을 위한 마이크를 달았다. 류신의 목소리를 나중에 제거하려면 자신의 목소리가 최대한 선명하게 녹음될 필요가 있었다.

"시작할까요?"

"준비됐습니다."

둘의 마주친 시선이 파직 빛났다.

첫 테이크에서는 유명이 현성, 류신이 유성 역할을 맡았다. 대본상에는 은성도 옆에 서 있다. 하지만 이 장면에서 은성은 다른 캐릭터와 몸이 닿지 않기 때문에 나중에 유명이 혼자 연기하면 될 것이다.

「레디- 액션.」

위고의 신호가 떨어지고, 카메라는 거실의 모습을 비춘다. 매달려 있는 민성의 시체를 현성은 경악한 표정으로 올려다본다. 유성이 방에서 걸어 나오다가 시체를 보고 흠칫 놀란다.

그때 현성이 유성을 돌아본다. 그리고 화가 치미는 얼굴로 그의 멱살을 잡아챈다. 쿠당탕- 요란한 소리가 나면서 둘은 맞붙은 채로 뒤로 넘어간다. 현성이 유성의 위에 올라타 멱살을 잡고 있는 자세.

"네놈이지! 이 미친 살인자 새끼!"

자신의 멱살을 잡은 현성의 손목을 쥐고 유성이 힘을 준다.

"아니야. 나는 모르는 일이야."

"거짓말하지 마. 네가 오기 전에 우리는 아무런 문제도 없었어. 네가 나타난 직후에 민성이가 죽었는데 그럼 누구란 말이야!"

"혼자 죽었나 보지. 아니면 혹시 너 아냐?"

유성이 괴력을 발휘해 자신의 목을 잡은 현성의 손을 천천히 떼어낸다.

"내가 왜!"

"그야 나도 모르지. 쌓인 게 많을지도. 너 저놈이랑 사이가 그닥 좋진 않았잖아. 아, 혹시 재일 수도 있겠네. 생글생글 친절하게 굴지만 속으로 무슨 생각을 하는지 어떻게 알겠어."

'와….'

유명은 속으로 깜짝 놀랐다. 꽤 긴 대사인데 류신은 자신이 대사를 읊는 타이밍을 카피해서 그 속도와 호흡 그대로 대사를 치고 있었다. 예전 〈지킬 박사와 하이드〉를 함께했을 때 자신이 류신의 연기를 카피했던 것을 업그레이드한 듯하다. 저렇게 되기까지 얼마나 연습을 했을까.

탁- 현성의 손을 뿌리친 유성은 매일 티브이를 멍하게 보던 모습과는 달리 의외로 따박따박 냉정하게 말했다.

"안됐지만 죽은 사람은 어쩔 수 없잖아. 이제 신민성 시간을 내가 쓰도록 할게."

그렇게 Take 1이 끝났다. Take 1보다 훨씬 어려운 것이 Take 2이다. 유명과 류신은 Take 1을 반복해서 돌려보았다. 서로 반대역이 되어 연기할 Take 2. Take 1과 Take 2의 일치도가 높을수록 편집 후 자연스러운 화면을 얻을 수 있다.

유명은 준비를 끝내고 조용히 류신을 기다렸다. 류신이 뚫어질 듯이 화면을 노려보고 있다. 그리고 눈을 감고 입으로 중얼중얼하더니 자리에서 벌떡 일어섰다.

"됐습니다. 가시죠."

촬영이 재개되었다. Take 2의 촬영은 대략 3번 정도 반복되었다. 유명은 매번 정확하게 맞추며 류신이 완전한 타이밍을 캐치하기를 기다려주었다. 3번째 촬영이 끝난 순간 그들은 둘 다 본능적으로 감지했다. 이번에는 성공했다는 것을.

유명이 감동한 눈빛으로 류신에게 오른손을 내밀었다.

"형이 이번 영화에 큰 도움을 주시겠군요. 감사합니다."

"내가 더 고맙죠."

데이터매니저는 위고가 시키기도 전에 다급하게 Take 1과 Take 2~3을 붙였다. 초록색 배경을 날리자 류신의 신체 대부분이 날아갔다. 조금씩 드러난 얼굴 부분들이 얼룩처럼 남아 있었지만 전체 그림을 보기에는 무리가 없었다.

'와…'

모두들 입을 벌렸다. 나뒹구는 장면인 만큼 동작이 완벽하게 일치하지는 않았지만, 멀리서 보면 그냥 한 화면으로 생각될 정도로 동작의 합이 딱딱 들어맞았다. 다들 서류신을 다시 한번 쳐다보았다. 그는 더운지 초록색 마스크와 장갑을 벗으며 땀을 닦고 있었다. 살짝 입가에 띤 미소가 그림같이 아름다웠다. 스태프들이 그들을 응원하듯이 박수를 보냈다.

'신유명이 대단한 건 원래 알고 있었지만, 서류신도 저 정도일 줄은…'

위고 역시 혀를 내둘렀다. 아까 류신을 의심하듯 쳐다본 것은 계산된 행동이었다. 서류신을 몇 년간 가르쳐오며 그의 승부욕이 엄청나고, 자존심이 상할수록 더 발버둥 친다는 사실을 알게 되었다. 그래서 그를 자극하기 위해 못 미더운 척한 것이었다. 하지만 솔직히, 자신이 알고 있는 서류신의 기량으로는 성공하기 힘들 거라는 생각도 했다. 하지만 류신은 그의 의심을 훌륭히 되갚아주었다.

'서류신은 신유명과 붙어 있을 때 가장 많이 성장한다는 건가.'

위고 또한 마음속으로 류신에게 박수를 보냈다.

5월도 중순에 접어들었다. 요즘 소진은 무척 행복했다. 일단 유명의 촬영장 떡밥이 꾸준히 굴러들어왔다. 유명은 팬들의 촬영장 출입은 허락하지 않았지만, 호철을 통해 촬영장의 비하인드 컷들을 보내주었다. 특히 〈피터팬〉 3인방이 모여 있는 사진은 '눈호강 끝판왕'이라고 불리며 기록적인 다운로드수를 갱신했다. 게다가 몇 달 후면 존 클로드 감독의 신작이 개봉할 예정이었다. 판타지 영화에 출연한 유명의 모습이라니, 이리 생각하고 저리 생각해도 웃음이 떠나지 않았다.

마지막으로 바로 오늘, 연기콘서트의 일정이 소진의 손아귀에 들어왔다.
"우헤헤!"

그녀는 아주 흐뭇할 때만 나오는 헤벌레한 웃음을 지으며 팬카페에 공지를 올리기 시작했다.

게시물 30652895 [[공지] 신유명 연기콘서트 관람객 모집]

안녕하세요, 시삽입니다. 오늘은 좋은 소식이 있습니다.
유명님이 귀국 직후 직접! 연기콘서트를 열면 어떻겠냐고 제의해주셨습니다. 그 장소와 일정 어레인지가 최근에 끝나 이렇게 공지를 하게 되었습니다. 연기콘서트란? 유명님이 맡아 오신 다양한 배역들의 연기를 콩트식으로 무대에서 보여주는 콘서트입니다. 아마 보형이도! 이방원도! 아스도! 데카르도도! 직접 볼 수 있는 엄청난 기회가 될 것 같습니다. 입장료는 황공하게도 무료입니다. 오래 기다려준 팬들에게 선물로 기획한 콘서트라고 하셨어요. 그때 유명님의 표정을 다들 보셨어야 하는데….

회차는 총 4회.
부산(8/23, 토) 1,350석
대전(8/24, 일) 820석

광주(8/30, 토) 1,200석
서울(8/31, 일) 2,000석

갓네임드의 절대원칙대로 공정하게 추첨으로 선정하겠습니다. 1인당 1번만 지원할 수 있으며 지역 중복은 불허합니다. 중복으로 지원하실 경우 가장 처음 지원한 도시로 임의배정하니 신중히 지원하시길 바랍니다. 모두의 행운을 빕니다!

〈**첨부파일**〉 지원양식.xls

— 이거 현실인가요? 눈 비비는 중 ㅠㅠ
— 헐… 헐…. (말하는 법 까먹었음.)
— 유명아! ㅠㅠ ㅠㅠ ㅠㅠ ㅠㅠ ㅠㅠ
— 이런 배우를 좋아하다니 기특한 나 자신. 아… 갓네임드 초창기 멤버인 것이 너무 자랑스럽다!
— 그 표정 저도 궁금합니다! 찍어 오셨어야죠.
— 아아, 어디 지원하죠? 서울 사람이지만 서울 경쟁률은 박 터질 것 같은데, 어디가 제일 경쟁이 덜할까요. 어디든지 내려갑니다!
— 아스랑 데카르도는 영어 쓰잖아요! 이번 콘서트에서는 한국어로 말해주는 건가요? 기절할 듯….
— 객석수 좀 늘려주세요…. 엉엉.

엄청난 속도로 글이 쏟아졌다. 말 그대로 폭발적인 반응이었다. 콘서트 참가신청 게시판은 새로고침을 할 때마다 로딩에 렉이 걸릴 정도였다. 한동안 광고 떡밥에 불타올랐던 갓네임드에는 이제 콘서트 떡밥이 펑펑 터지고 있었다.

이 소식이 번지면서 기사도 쏟아지기 시작했다.

[신유명, 팬들 상대로 연기콘서트 투어. 8월 말 전국 4회 공연]
['국내 팬들을 위한 선물' 신유명의 연기콘서트, 훈훈한 파장 일으켜]
[놀라운 연기를 현장에서 만나볼 기회. 로또급 경쟁률]

유명은 그 기사들을 보며 남은 시간을 헤아렸다. 크랭크인 후 한 달째인 지금부터 8월 말까지는 3개월이 남았다. 콘서트 일정을 8월 말로 확정한 것은 어떻게든 그전에 촬영을 마무리하겠다는 다짐이자 자신감이었다.

연기콘서트를 8월에 마무리하고, 9월부터는 3개월간 영화 편집과 연극 준비를 병행해야 했다. 몸이 두세 개가 필요할 정도로 바쁜 일정인데도 이렇게 즐거운 것을 보면, 자신은 못 말리는 연기 중독인 것 같았다.

다음 날. 유성의 '외출' 신. 유성은 죽은 민성의 시간을 배분받은 후, 첫 외출에 나선다.

밤 12시. 그가 눈을 뜬 곳은 내면의 집이 아닌 현실의 집. 방 안에는 옷장이 세 개가 있다. 침대와 가구 등은 함께 쓰지만 각자 옷 취향이 다른 세 사람은 옷장을 별도로 관리하고 있다. 유성은 세 개의 옷장을 하나씩 열어보더니 민성의 옷을 걸쳐 입고 거리로 나선다.

'서툴러 보여.'

유성은 사소한 일 하나하나에도 서툴러 보였다. 마치 머리로는 알고 있지만 손으로는 처음 해보는 일을 하듯이, 어색하던 손길이 자연스러워지는 모습은 묘한 중독성이 있었다.

그는 거리를 걸으며 낯선 사람에게 말을 걸어보기도 하고,

"안녕?"

"뭐야, 이 새끼는!"

"나는 유성이라고 하는데."

"미친놈."

편의점에 들어가서 신기한 듯 물건을 쥐고 들어보기도 했다. 그리고 그의 발길이 향한 곳은 민성이 디제잉을 하던 클럽.

"여어~ 잘나가는 DJ 오셨네."

"민성 씨 왔어?"

"흐응~ 오늘은 나랑 나갈래?"

현성과 은성은 호적상의 이름인 '신무성'을 사용하지만, 민성만은 인격의 이름을 현실에서도 쓰고 있다. 일종의 예명처럼.

"어, 오랜만이야."

유성은 민성의 목소리와 어투를 그대로 흉내 내어 대답했다. 주변에 왁자지껄하게 사람들이 모이고, 민성을 카피한 그는 무리 속에 쉽게 받아들여진다. 맥주를 들이켜고 음악에 맞춰서 몸을 흔든다. 그의 얼굴에 민성의 나른한 미소가 스쳤다.

「컷-」

다른 스태프들은 모두 우와~ 하는 표정을 짓고 있는데, 위고만이 살짝 미간을 찌푸리고 있었다. 늘 들려오던 시원한 오케이 사인이 나오지 않는다.

「유명 씨.」

「네.」

「한 번 더 해봅시다. 너무 똑같아요, 지금은.」

「그럼 어떻게 해볼까요?」

「몸짓 말투 모두 민성 그대로이되 마음은 유성인 상태로.」

유명이 싱긋 웃었다. 드디어 위고가 적응을 마치고 자신의 수준에 맞는 요구를 하기 시작했다.

251
자극하지 말았어야 하는데

위고가 처음으로 NG를 불렀을 때, 유명은 눈을 반짝였다. 기다리고 있던 일이었다.

수준별 학습에서 선생은 학생을 가르치기 전에 학생의 수준을 가늠한다. 60점을 받던 아이에겐 70점을, 80점을 받던 아이에겐 90점을 요구할 것이다. 단번에 100점을 바랄 수는 없으니까. 그런데 학생이 120점을 받아버린다면? 그게 선생으로서도 상상해보지 못한 영역의 점수라면? 대부분의 선생은 입을 벌리는 정도밖에 하지 못할 것이다. 혹은 '너 정말 잘하는구나' 하고 칭찬만 거듭하거나.

하지만 유명은 위고라면 120점을 해내는 자신에게 130점, 140점을 요구할 수 있으리라고 생각했다. 누구도 실제로 본 적이 없는 영역을 머릿속에 그려보고, 자신에게 요구해올 상상력과 뻔뻔함. 그게 가능한 변태는 위고뿐이었다.

'몸짓 말투 모두 민성 그대로이되 마음은 유성인 상태.'

방금 위고가 요구한 것의 의미를 알겠다. 갓 태어난 유성은 내면의 집에 홀로 앉아 열심히 TV를 봐왔다. TV는 '시야'를 공유하기 때문에, 민성의 얼굴 표정은 거울을 볼 때를 빼곤 보이지 않는다. 하지만 목소리, 말투, 얼굴을 찡그릴 때 시야의 일그러짐만으로도 유성은 민성이라는 인간을 섬찟할 만큼 똑같이 흉내 낸다. 그 흉내는 그대로 두고 눈빛만 유성으로. 외피는 감쪽같은 민성이지만 내면의 영혼이 다르다는 것을 표현해달라는 것.

보통의 배우들이라면 치를 떨 만한 주문이지만 유명은 이미 비슷한 경험이 있다. 인간을 전혀 이해하지 못하면서도 가장 인간다운 표정을 만들어내던 아스. 그의 표정 깊은 곳에 깔린 인외의 무감각한 느낌, 그것을 이미 구현해보지 않았던가.

유명은 위고의 지시를 충실히 반영하여 민성의 흉내를 내는 유성을 연기한다. 그리고 유성은 은성의 흉내마저 내기 시작한다.

"엄마, 누나, 나 왔어~"

"어이구, 우리 교수님 왔어."

"엄마가 좋아하는 간장게장 사왔지~ 누나는 빵순이니까 빵도 잔뜩 사왔어."

"아유, 넌 맨날 이런 걸 사오니, 집에 오면서."

"잘 먹는 거 보면 내가 기분이 좋아서 사오는 거야."

조금 슬퍼 보이는 다정다감한 미소는 가족과 있을 때 은성의 모습과 거의 흡사하다. 하지만 웃음의 온도가 살짝 차갑게 느껴진다. 분명 같은 얼굴, 같은 제스처인데도 자세히 보면 다른 사람이라는 것이 느껴지는 것이다.

「오케이. 베리 굿-」

자신의 무리한 요구를 즉각 소화하는 유명을 보고 위고의 안면에 화색이 돈다. 더 무리한 요구를 해도 되겠다는 듯 신난 표정이다. 그것을 보며 류신은 머리가 지끈거렸다. 자신은 이제 브라이즈극단을 나왔다지만, 함께 수년을 보냈던 동료들에게 괜히 미안한 기분이다. 이 영화가 끝나고 나면 위고의 버릇은 몹시 더 나빠질 테니까.

'뭐, 그건 그쪽 사정이고, 지금은 내 앞가림하기도 바쁘지.'

류신은 이제 익숙해진 초록색 의상을 입고 다음 장면을 준비했다. 다시 인격들 간의 대치 장면이다.

소파에 무릎을 안고 앉아 침울한 표정으로 TV를 보고 있는 은성. 현성이 방에서 나오더니 은성과 TV 화면을 번갈아 쳐다본다. 분명 은성은 여기 있는데 화면 속에는 가족들의 모습이 비치고 있다. 목소리 또한 다정다감한 은성의 목소리. 현성이 벌컥 화를 낸다.
"뭐야, 이게!"
"혀… 현성아."
"지금은 네 시간이잖아. 설마 네 시간을 뺏은 거야?"
"엄마를 한번 보고 싶대서. 따지자면 내 엄마만은 아니니까…."
"저게 뭐야. 왜 감쪽같이 네 흉내를 내고 있냐고! 시간은 교환한 거야, 그냥 양보한 거야?"
"양보한 거…."
현성의 머리가 지끈거린다. 아직 민성의 죽음에 대한 의문도 밝혀지지 않았는데 유성은 민성과 은성의 흉내를 내는 수상한 짓을 하고 있다. 도대체 그의 목적은 무엇일까.
치직- 달칵- 화면이 검게 변하는 동시에 현관문이 열렸다. 유성이 현관으로 들어오자 현성이 그의 멱살을 잡아챈다.
"뭐 하는 짓이야, 대체!"
"뭐가."
"왜 민성이와 은성이의 흉내를 내고 다니냐고!"
"…글쎄. 내가 왜 그럴까."
유성이 스스로에게 묻는 듯이 중얼거리자 현성의 맥이 탁 풀린다.
"어떻게 그렇게 감쪽같이 흉내 내는-"
"현성아."
은성이 그의 옷깃을 잡아당긴다. 현성은 은성을 돌아보곤 덜컥 놀랐다. 늘 웃고 있던 은성의 얼굴이 아니다. 그는 핏기 없이 창백한 얼굴로 현성을 잡고 애원한다.
"그만해, 현성아…."

그들을 쭉하니 바라보던 유성이 자신의 방으로 들어가는 것을 확인한 후, 은성은 현성에게 들릴락 말락 한 목소리로 말한다.

"자극하지 마…."

"뭐?"

"그를 자극하지 마…. 제발."

「컷-」

류신과 유명이 동시에 한숨을 후- 내쉬었다. 이번 신에는 현성과 유성의 몸이 닿는 장면과 현성과 은성의 몸이 닿는 장면이 있었다. 고로 네 번의 촬영. 그 네 번을 모두 같은 타이밍에 맞춰야 하는 난이도 극악의 촬영이었다.

"형이 아니었으면 정말 힘들어질 뻔했어요."

유명이 땀을 닦으며 류신을 향해 웃었다. 류신이 자신의 타이밍을 카피해 상대역이 되어주기 시작하면서 촬영은 더 빠르게 진척되었다. 어떤 장면들은 몸이 닿지 않더라도 류신을 헬퍼로 쓸 때도 있었다. 시선의 이동이 잦은 장면에서 분위기를 유지해주는 상대가 시선을 받아주는 것만으로도 유명의 연기가 배는 쉬워졌다.

"도대체 어떻게 이런…. 아닙니다."

류신은 유명의 감사에는 답하지 않고 무엇인가를 물어보려다가 말을 삼켰다.

'현성, 은성, 민성, 유성 모두 보통의 사람 같으면서도 달라.'

인간은 복합적 욕구의 총체이지만, 이번 영화에서 캐릭터들은 각각 한 가지의 욕구만을 담당하기 때문에 다른 부분들이 결핍되어 있다. 그로 인해 진해지는 개성. 부족한 부분과 과한 부분을 가진 분리된 인격들이 테이크를 넘나들 때마다 휙휙 모습을 바꾼다.

'그의 연기의 끝은 어디란 말인가.'

그것이 궁금했지만, 그 자신조차도 모르고 있을 것 같았다.

촬영을 쉬는 일요일, 유명은 6월의 날씨에도 얼굴을 모두 가릴 정도로 큰 마스크와 모자를 쓰고 밖으로 나왔다. 버스로 다섯 정거장을 지나 내린 곳은 자신이 다녔던 고등학교 앞. 유명은 정문 앞에 도착해 무언가를 보고 품- 하고 웃음을 터뜨렸다.

[(경) 우화고의 자랑, 신유명 칸 영화제 황금종려상 수상 (축)]

작년에 달았는지 살짝 바랜 플래카드가 위세당당하게 정문 위에 걸려 있다. 하기야, 지연이 그랬었지. 신유명을 낳은 도시 수원을 영화의 도시로 지정하고 동상을 만들자는 이야기도 있었다고.

'으으, 동상이라니. 생각만 해도 소름….'

일요일이라 교문은 잠겨 있었다. 유명이 어떡하나 고민하고 있으니, 수위 아저씨가 손사래를 치며 달려나온다.

"여기 학생 아니면 못 들어와."

"졸업생인데 잠시 둘러볼 수 없을까요?"

"아, 졸업생이여? 평일에 와. 내 마음대로 열어줄 수 있는 권한이 없어."

그 얼굴이 희미하게 낯이 익다. 유명은 머릿속 어딘가에서 기억의 편린을 찾아낸다. 야자를 튀는 소년들과 고함을 지르며 쫓아오던 경비 아저씨. 모두 잡혀도 유명만은 잡히지 않았다. 너무 존재감이 없어서 도망가는 걸 인식하지도 못했나 보다. 유명은 살짝 장난기가 동했다.

"평일에 오면 학교 업무가 마비될 텐데요…."

"그게 무슨 소리여?"

모자를 살짝 올리고 마스크를 내리자, 수위 아저씨의 동공이 흔들린다. 그가 떨리는 손가락을 들어 유명을 가리킨다.

"어? 호… 혹시?"

"우화고 15기 졸업생 신유명입니다."

"마… 맙소사."

경비 아저씨가 빛의 속도로 교문을 열었다.

"어… 어쩐 일이래요?"

"아저씨, 저 기억하세요? 오랜만에 학교 한번 보고 싶어서 왔는데, 살짝 들여보내주시면 안 될까요? 평일에 오면 일이 좀 커질 거 같은데."

유명이 생글생글 웃으며 살갑게 부탁하자 수위 아저씨가 정신없이 고개를 끄덕였다.

"그럼, 그러엄. 들어와요."

"감사합니다!"

"어… 나 사인 한 장 부탁해도 되나?"

"그럼요~"

수위 아저씨를 포섭한 후, 유명은 건물 안으로 향했다. 운동장, 소각장, 1층의 불 꺼진 교무실, 매점, 강당. 그리고 계단을 오르며 1학년 1반, 2학년 4반, 3학년 6반, 자신이 공부했던 교실들의 문을 하나하나 열어본다. 유명이 뒷문에 기대어 빈 교실에 작게 인사를 건넸다.

'안녕, 오랜만이야.'

언제나 튀지 않고 무리 속에 잠겨 있던 한 남고생이 뒤를 돌아보더니, 유명에게 환영 같은 미소로 답한다. 그것은 '연기'라는 욕망을 알기 전 자신의 모습.

'넌 어떻게 지내니? 어떤 아이였어?'

주위에선 자신에게 늘 '조용하고 소극적이다'라는 평가를 내렸다. 사실 제 성격은 꽤 대범한 편이라고 생각했지만 굳이 부정하지는 않았다. 눈치가 빤하던 아이는 자신이 입을 열어도 아무도 귀 기울이지 않는다는 것을 아주 어릴 때부터 깨달았고, 제 나름대로 상황에 적응하여 주로 듣는 입장에 섰다.

하지만 혼자 놀 때 그는 꽤 재미있는 아이였다. 전 과목 선생님들의 성대모사를 할 줄 알았다. 역사 선생님의 장엄한 말투와 체육 선생님의 군기가 바짝 든 말투를 연습했다. 누가 시켜주면 잘할 자신이 있었지만, 아무도 그에게 그런 것을 기대하지 않았다. 티브이에 나오는 코미디나 드라마를 보며 흉내를 내보기도 했다. 남들이 보면 형편없을 거라고 생각했지만 거울로 볼 땐 꽤나 그럴싸해 보였다. 가끔은 동생 앞에서 흉내를 내보기도 했는데, 동생은 그저 개그로 보았는지 깔깔 웃기만 했다. 지금 생각해보면 그때 이미 자신은 연기에 몸이 달아 있었던 것이다. 그게 어떤 욕망인지 알지도 못했던 때에도.

— …글쎄. 내가 왜 그럴까.

유성은 민성을, 은성을, 현성까지도 흉내 낸다. 자신이 무엇을 원하는지 아직 알지 못하면서도 그는 '연기'를 하고 있다.

무언가를 지독히 원하는 원념은 어디서 오는 것일까. 어느 날 갑자기 탄생한 신유성처럼, 인간의 마음에는 어디서 비롯되었는지도 모를 욕망이 존재한다. 인간의 삶은 그 욕망을 좇거나, 혹은 제어하기 위한 평생의 전쟁과 다를 바 없다.

'자기 욕망의 실체를 알게 되는 순간.'

유성은 어떤 얼굴을 할까. 유명은 처음으로 무대에 서서 관객의 시선을 받았던, 그 감전과도 같은 순간을 떠올렸다.

Scene 41

RRR-

— *전화기가 꺼져 있어 음성 사서함으로….*

"젠장!"

현성은 다인을 만나려 한다. 그녀의 눈에는 뭔가 보이는 모양이니 힌트를 얻으려는 생각이었지만 그녀는 연락을 받지 않는다. 현성의 얼굴에 불안, 초조, 공포가 뒤덮인다.

Scene 42

돌아온 내면의 집에는 은성이 사라져 있었다.

[찾지 마.]

짧은 메모와 함께 또 하나의 인격이 사라졌다. 현성이 다시 한번 유성의 멱살을 잡는다.

"너지? 또 네놈이지?"

"무슨 소리야. 나도 방에 있다가 지금 나온 거야. 애꿎은 사람 잡지 마."

"네가 온 후 민성이가 죽고! 은성이가 사라졌잖아! 아니 사라진 것처럼 위장했을 뿐, 이미 죽였을지도 모르지. 살인자! 넌 살인자야!"

현성이 악다구니를 쓴다.

"내가 아니라고."

은성의 실종에는 조금 마음이 동요한 모양인지, 유성은 어두운 표정으로 단호하게 자신의 연관성을 부정했다. 하지만 곧 그는 '은성의 시간'에 욕심을 낸다.

"그럼 앞으로 12시간씩 쓰면 되겠네? 수면은 3시간씩?"

"개새끼."

Scene 44

현성은 자신의 시간이 돌아오자마자 미친 듯이 수소문하여 다인을 찾아간다.

"그 새끼가 범인 맞지? 어떻게 해야 해?"

"자극하지 말았어야 하는데. 상냥하게 생긴 오빠가 그러지 않았어요? 자극하지 말라고?"

유성을 자극하지 말라고 빌듯이 얘기하던 은성. 현성은 내면의 집에서 벌어진 일들을 눈으로 본 듯한 다인의 말에 흠칫한다. 다인이 예언하듯이 선언한다.

"혼자 힘으론 승산이 없어요. 사라진 오빠를 빨리 찾아요."

Scene 47

유성이 몸을 차지한 시간, 현성은 집 안을 샅샅이 뒤진다. 은성의 방을 열어 구석구석 뒤진 후, 별다른 게 없자 온 집 안을 샅샅이 훑었다. 하지만 실마리를 찾지 못하고, 그는 다시 은성의 방으로 돌아온다. 그의 침대에 털썩 주저앉자 반대편 벽에 아까는 분명 보지 못했던 가는 이음새가 보였다.

'응? 이게 뭐지?'

그는 이음새 부분에 조심스럽게 손톱을 넣어 뜯어냈다. 그러자 통로가 하나 보였다. 조심스럽게 통로를 기어나가자 눈앞에 펼쳐진 것은….

'허억!'

드넓은 공간에 온통 삐죽삐죽하고 예리한 것들이 채워져 있었다. 세모, 네모, 별, 모양과 크기가 각각인 형체들이 바닥에 묻혀 있거나, 혹은 공중에 떠 있다. 크기를 알 수 없이 거대한 진자가 슈웅- 공간을 가르자 주변의 것들이 퍽퍽 터져나가고 새로 생성된다. 어떤 곳에서는 펑- 하고 폭발음이 들리며, 수천가지 색의 리본들이 와르르 쏟아져 나왔다가 공간 속으로 흡수되기도 한다.

'은성아…'

은성이 도망간 이 위험한 곳은 바로 무의식의 세계였다.

252

무언가에 미친 사람들의 숙명

현성은 그 공간 속으로 한 발짝 발을 디뎠다. 블랙홀 같은 흡인력이 자신의 발을 잡아당긴다.

'이 기류에 빨려들어가면 길을 잃는 것은 한순간이다. 은성아, 정말 이 속으로 들어간 거냐…'

현성은 안타까운 눈으로 발을 빼고 그 공간을 빠져나온다. 은성의 방에 다시 돌아오자 틈새가 아물어 사라진다.

'스스로 도망친 거냐, 신유성이 강제로 너를 밀어넣은 거냐. 지금 네가 꼭 필요한데….'

"너 은성이 방에서 뭐 해?"

사라진 틈새를 멍하니 바라보고 있는데 유성이 벌컥 문을 연다. 추궁하듯이 바라보는 눈빛에 순간 등골이 서늘한 기분을 억누르며 현성은 애써 태연한 표정을 지었다.

"은성이가 사라진 단서를 찾아봤을 뿐이야."

"흐음…. 뭐 발견한 거라도 있어?"

"별로. 넌 언제 왔어."

현성이 고개를 들어 시계를 보고 깜짝 놀란다. 무의식의 공간 속에서 시간의 흐름이 왜곡되었는지, 벌써 8시 반…. 8시 반?

"너 지금 들어온 거냐?"

"그런데?"

"이제… 룰도 안 지키겠다는 거야?"

민성이 죽고 은성이 사라진 후, 현성과 유성은 각각 12시간씩 사용하기로 했었다. 현성이 오전 8시~오후 8시, 유성이 오후 8시~오전 8시. 수면 시간은 최소 3시간씩.

"30분 늦었어. 너무 빡빡하게 굴 것 없잖아."

"잠은, 잤어?"

"……."

"왜 안 지켜! 네가 뭔데 우리가 기껏 이룩해놓은 질서를 모두 망가뜨리고 뒤집냐고!"

"그래도 들어왔잖아?"

섬찟한 그의 표현. 들어와준 게 어디냐는 적반하장 식의 말투에 현성이 주먹을 쥐고 부들부들 떤다.

"…그따위 식이면 나도 마음대로 할 거다."

"어디 한번 해봐."

"미친 새끼."

유성은 무표정한 얼굴로 방을 빠져나간다. 현성은 그 뒤를 따라나와 휙- 하고 현관을 빠져나갔다.

「컷- 오케이!」

「붙입니다!」

이제 스태프들의 손발이 척척 맞았다. 위고도 이제 감을 잡았는지, 유명과 류신의 연기 타이밍을 계산해가며 오케이 컷인지 아닌지를 짐작했다. 위고도 류신도 점점 칼날 같은 타이밍의 싸움에 익숙해지고 있었다.

위고가 오케이를 내고 유명이 살짝 고개를 끄덕이는 것을 신호로, 데이터매니저는 잽싸게 해당 장면의 오케이 컷들을 합성했다. 타이밍이 정확히 맞는지 확인하는 것이 해당 신의 최종 과정이었다.

「확인 완료! 다음 신으로 넘어갑니다!」

"스튜디오 이동하겠습니다!"

스태프들이 와자지껄하게 장비를 옮긴다. 다음 신은 현성의 교수실. 유명은 지난 신에 마지막으로 '현성'을 연기했기에 분장은 그대로 놓아둔 채, 의상만 정장으로 갈아입었다.

세팅이 끝난 후,

「촬영 시작합니다.」

현성이 출근해서 재킷을 교수실 한쪽의 옷걸이에 건다. 똑똑- 노크소리가 들리고, 현성의 허락이 떨어지자 들어온 것은 조교 역할의 배우였다.

"교수님, 안녕하세요."

"그래요, 퍼스낼리티 심리학 과제는 모두 제출했나요?"

"그럼요. 다들 교수님 스타일 아는데, 감히 어길 리가요."

천재적인 연구 능력과 논문 실적을 바탕으로 30대 초반이지만 교수에 임용된 신현성. 그는 출석과 과제에 칼 같아서 학생들 사이에서 자비 없는 교수로 이름이 높았다. 하지만 조교는 원래 성격이 둥글둥글한 편이라 그를 편하게 대한다. 그녀가 손에 안아든 레포트 뭉치를 탁자에 내려놓더니 생긋 웃으며 말했다.

"교수님께 그런 부분이 있는지 몰랐네요."

"…그게 무슨 소립니까?"

"라이더 자켓 잘 어울리시던데요?"

현성의 얼굴이 사색으로 변했다.

'신유성, 이 미친 새끼가…!'

"한잔할래요?"

"어… 그럴까요?"

류신은 그날 촬영 후, 유명에게 술자리를 권했다. 요즘 그의 눈빛이 점점 깊고 복잡해지는 것이 눈에 보인다. 누구라도 매일 저런 텐션으로 연기한다면 정신이 남아나지 않을 것이다.

'잠시라도 릴랙스할 필요가 있어.'

류신이 일부러 표정을 가라앉히고 술자리를 청하자 유명이 쉽게 응했다. 그를 생각해서 만든 자리라고 한다면 오지 않으려 하겠지. 촬영이 끝난 후에도 잠잘 시간을 아껴가며 연습하는 모양이니까. 맥주가 몇 잔 들어가고 나서 류신이 물었다.

"괜찮아요?"

"…뭐가요?"

"내가 나를 연기한다면 숨이 막힐 거 같은데."

"하하, 조금은요."

유명이 자신의 마음을 읽는 듯한 동료에게 싱긋 웃어 보이더니 맥주잔을 쭈욱 비웠다. 원래 연기라는 것 자체가 타인의 시선 앞에 자신의 알몸을 드러내는 일이다. 그런데 자신의 내면을 연기한다니, 이건 마치 배를 가르고 내장마저 보여주는 작업이 아닌가.

신유명이라는 인간을 들여다본다. 자신의 보기 싫은 부분마저도 눈을 부릅뜨고 샅샅이 스캔한다. 그것을 조각조각 분리하고 합체하여 네 명의 인간으로 형상화한다. 때로 자괴감에 구역질을 하고, 때로 거대한 카타르시스에 온몸을 떨었다. 잘 먹고 운동을 쉬지 않는데도 체중이 조금씩 줄었다. 아마 정신이 다이어트되는 중일 것이다.

"여러모로 대단하다고 생각합니다."

"……."

"오늘 연기한 부분은 연기에 대한 갈망이 일상을 침범한다는 의미죠?"

류신은 화제를 좀 더 편한 쪽으로 돌린다. 극의 해석에 관하여.

유성과 현성만이 남은 후, 8시간 룰은 12시간 룰로 바뀌었다. 심지어 유성은 그 룰조차 어기기 시작했다. 정해진 시간보다 늦게 들어오고 수면 시간도 지키지 않는다. 게다가 현성의 삶에도 끼어들기 시작했다.

심한 갈망은 일상생활을 모조리 침범한다. 균형을 이루었던 일상에 균열이 생기고, 이성(현성)은 갈망(유성)을 제어하려 하지만 자신의 이성은 예전에 알던 것보다 훨씬 무력하다. 주체할 수 없는 갈망이 점점 모든 것을 지배하기 시작한다.

― 그를 자극하지 마.

그래서 은성도, 다인도 현성에게 경고했던 것이다. 유성을 자극하지 말라고. 어차피 언젠가는 제어할 수 없을 것을 알면서도 실낱같은 희망이라도 붙잡는 것처럼.

"형은 그런 기분 들 때 없어요? 연기를 향한 욕망, 이 출처도 모르고 채워도 채워도 만족을 모르는 짐승이 내 삶을 전부 집어삼킬 것 같다는 불안감 말이에요."

"…있죠. 그건 무언가에 미친 사람들의 숙명 아닐까요."

그들은 쓸쓸한 웃음을 지으며 건배했다.

저녁 8시. 교대 시간이지만 현성은 내면의 집으로 귀가하지 않았다.

'나도 당하고만 있지는 않겠어.'

저쪽에서 룰을 무시하기 시작했는데 자신이라고 당하고만 있을 생각은 없었다. 신사협정은 이제 끝이다. 잠을 자면 자동으로 내면의 집으로 돌아가게 되니 잠을 자지 않고 버틸 생각이었다. 룰을 무시하면 유성도 손해를 본다는 것을 느끼게 해줘야 한다. 그러나….

째깍- 시계가 8시 30분을 넘어갔을 때, 눈이 감기면서 신체가 우당탕 바닥에 쓰러졌다. 그리고 현성은 내면의 집으로 강제송환되었다.

"뭐… 뭐야!"

현관 앞에선 유성이 팔짱을 낀 채 버티고 서 있었다. 싸늘한 눈빛에 솜털이 올올이 일어났다. 그가 강제로 자신을 끌어낸 것이 틀림없었다.

'어떻게…!'

함께 룰을 만들어가면서 그들은 수많은 테스트를 했다. 일단 외부로 나간 의식은 강제로 소환되지 않았다. 그래서 초반에 잠을 자지 않고 몸을 차지한 채 버텨본 적도 있었다. 하지만 어차피 잠이 들면 내면의 집으로 소환되었고, 각 인격의 힘이 동등했기에 한 명이 군림하는 것이 불가능했다. 수많은 싸움을 거쳐 그들은 서로의 힘이 동등함을 인정하고 시간을 동등하게 사용하는 데 합의했던 것이다.

하지만 방금 유성은 현성을 강제로 끌어냈다.

"시간 넘겼잖아."

"너도 넘겼잖아!"

"…나 간다."

"어딜 가, 이 자식아!"

현성이 몸을 날려 유성을 덮쳤다. 유성의 몸이 바닥에 나뒹굴었고 현성은 유성을 몇 대 주먹으로 갈겼다. 하지만 다시 한 대를 날렸을 때, 유성이 왼손을 뻗어 얼굴 앞까지 다가온 그의 주먹을 잡았고, 손쉽게 밀어내더니 그를 올라타고 제압했다. 월등한 힘의 차이. 현성이 발버둥을 치자 그는 현성의 양팔을 봉쇄한 채 그의 방으로 밀어넣는다. 쿠당탕- 나동그라진 현성이 다시 뛰쳐나오려 하지만, 방문 바닥에서 흰색 창살이 가닥가닥 솟아나오더니 천장에 쾅- 박힌다.

현성의 방문에 마치 감옥 같은 창살이 생겼다. 현성은 믿을 수 없는 표정으로 창살을 흔들었고, 유성이 냉정하게 말했다.

"진정 좀 해."

"야! 신유서어어엉-!"

"이렇게까지 하고 싶진 않았다고. 머리 좀 식히고 있어. 진정하고 나면 내보내줄 테니까."

유성은 방 밖으로 휙 나가버렸다.

'와아…'

유명과 류신의 연기를 지켜보고 있던 수연의 입이 헤벌어졌다. 인격에도 '격의 차이'가 있다는 것을 현성이 처음으로 실감하는 장면. 그리고 세 사람을 괴롭히는 빌런처럼 묘사되었던 유성이 여태 제 나름대로는 봐주고 있었다는 것을 알게 되는 장면.

현성의 절박함에 이입하면서도 복잡 미묘한 유성의 눈빛이 궁금하다. 민성을 죽이고 은성을 무의식의 공간으로 추방한 것은 과연 유성일까? 현성마저 감금하고 나면, 그는 이 몸을 독차지하게 될 것인가? 그는 왜 태어났고 무엇을 원해서 이 파국을 만든 것일까.

'반면 내 배역, '다인'은 달라.'

그녀는 수십 개의 욕망이 있지만 '수인'이 적절하게 컨트롤하고 있다. 카리스마 있고 이성적인 지배 인격은 심지어 가장 많은 시간을 다른 인격에게 양보한다. 고다인이 상징하는 것은 다양한 욕망이 있지만 참을 때 참고, 드러낼 때 드러낼 줄 알며, 일상을 균형 있게 영위하는 일반적인 인간. 즉, 보통 사람의 욕망체계.

하지만 무엇이 더 바람직한 삶일까. 적절하게 조화로운 인간? 혹은 자신도 두려울 만큼 거대한 갈망을 실현하기 위해 질주하는 인간?

'…정답이 있을까?'

「신 61, 유성과 다인의 만남. 촬영 시작합니다!」

프레임 안에 들어오는 순간, 수연의 얼굴에서 표정이 지워졌다.

"파이팅."

유명의 작은 속삭임에 살짝 입꼬리를 올리는 그녀의 표정은 이미 다인이 되어 있었다.

「스탠바이- 레디- 액션!」

유성은 또 현성의 흉내를 내고 있다. 조교가 교수실에 앉아 있는 그에게 내담자가 찾아왔음을 전달한다. 유성은 흥미가 동한다. 다인이라면 현성에게 자신의 존재를 경고했던 여성. 안 그래도 그녀는 한번 만나볼 생각이었다.

다인은 방에 들어와 그의 얼굴을 유심히 보더니 살짝 한숨을 쉬었다.

"결국, 그렇게 돼버렸네요. 교수 오빠는 가둬버렸나요?"

"…넌 그걸 어떻게 아는 거야?"

"오빠가 어떻게 태어난 건지 모르는 것처럼 나도 어떻게 아는 건지 몰라요"
다인의 말대로 유성은 자신의 존재의의를 알지 못했다. 어디서 생겨났는지도, 무엇을 원하는지도. 지금 당장 그에게 흥미로운 일은 나머지 세 인격들의 흉내를 들키지 않고 해내는 것 정도였다.
"이제 어떻게 할 거예요?"
"현성이는 조금 진정되면 풀어줄 거야. 그리고 어떻게 할 거냐니, 그게 무슨 뜻이야?"
다인의 눈빛이 잠시 꺼지더니, 휙- 다른 종류의 이채를 띤다. 유명은 유성의 마음이 되어 이 새로운 상대에게 긴장했다. 다리를 꼬고 등받이에 느긋이 기대 입술을 말아 올리는 표정. 수인은 그를 빤히 관찰하더니 쯧쯧 혀를 찬다.
"당신, 아직도 모르는구나. 자각도 못 하면서 그 정도의 힘이라… 자각하면 어떨지 궁금하긴 하네."
"그건 또 무슨 소리야?"
"그런데 적당히 해."
수인이 살짝 고개를 숙이더니, 마치 엄마 같은 미소를 지으며 속삭인다.
"나중에 후회하지 말고."

253

너 누구야

최승태 편집실에 처음으로 〈인격살인〉의 파일이 넘어왔다.
"보안 어마어마하네요."

밍기뉴의 직원이 금고에 넣은 외장하드를 사무실로 가지고 와서 최승태의 손에 직접 전했다. 편집 작업 중엔 컴퓨터 인터넷 연결을 끊고 작업해야 하고, 매일 작업이 끝난 후엔 파일을 백업한 후 컴퓨터에서 삭제해야 한다는 조건이 붙었다.

'윤성을 경계하는 건가.'

개봉 전 영화의 보안은 당연히 철저해야 한다. 하지만 이건 정도가 과하다. 누군가 파일을 반드시 노릴 거라는 확신이라도 있는 것처럼. 그렇게까지 하려나, 라는 생각은 엊그제 깨졌다. 최승태 또한 은근한 접촉을 받았기 때문이다. 그의 성질머리가 더럽기로 이름나 있지 않았다면 훨씬 적극적으로 거래를 제시해왔을지도 모른다.

"시나리오 보니까 편집 품이 엄청나게 들 것 같던데, 어떻게 찍었으려나…."

"어떤 시나리오길래요?"

"몰라도 돼, 임마."

〈인격살인〉 초반부의 시나리오를 확인했을 때, 최승태는 입이 바짝 말랐다. 계약 후 전체 콘티를 봤을 때는 말도 안 된다고 생각했다. 이걸 화면으로 구현할 수 있다면 가히 편집의 승리일 것이다. 마치 1만 피스짜리 퍼즐을 조각조각 맞추는 것처럼 각 인물들을 하나하나 이어 붙여야 할 상황이었다.

어떻게 찍어 보냈을까. 편집으로 잘 이어지지 않으면 수없이 재촬영을 해야 할지도 모른다. 그 또한 촬영과 가편집을 동시에 진행하는 이유일 것이다. 촬영 종료 후에 편집이 불가능한 부분들이 나타나면 문제가 커지니까.

"시나리오를 쓴 작가나 그걸 연기하겠다고 덤벼든 배우나 미친놈들이라고 생각하면 돼."

"그 정도입니까…."

"보자, 얼마나 엉망으로 찍어 왔는지."

얼마나 엉망으로 찍어 왔는지 보자. 이것은 최승태의 입버릇이었다.

대충 찍은 장면을 편집으로 손봐야 하는 경우는 꽤 많았다. 손꼽히는 편집감독이 되어 경력 있는 감독들과 일하게 되고 나서는 많이 덜해지기는 했지만, 그래도 결국 화면을 볼만하게 꿰는 것은 편집의 힘. 그는 자신의 일에 커다란 자부심이 있었다. 가끔 들어오는 신인감독들의 작품에는 편집을 고려하지 않고 찍은 장면이 많아, 업계 선배인 최승태에게 된통 깨지기도 했다.

'그 어려운 시나리오에 첫 감독이라…. 물론 위고 비아드가 옆에 붙어 있다고는 하지만….'

그는 기대치를 낮추려 애쓰며 외장하드를 컴퓨터에 연결했다. 파일 목록이 주르륵 뜬다.

'응?'

[S1_C1_T1, S1_C2_T1, S1_C3_T1…]

'뭐야? 왜 테이크가 한 개씩밖에 없어?'

S는 신, C는 컷, T는 테이크. 현장 오케이 컷이 가장 우선시되긴 하지만 편집 중에 오케이 컷이 교체되는 경우도 심심찮게 발생한다. 앞뒤를 이어 붙이다 보면 미묘하게 안 어울리는 경우가 있기 때문이다. 그래서 촬영한 테이크를 모두 보내는 것이 상식인데, 컷마다 테이크가 하나씩만 들어 있었다.

'뭐 하자는 거야? 설마 3번 신도 이렇게 보낸 건 아니겠지?'

'내면의 집'이 처음 등장하는 3번 신. 최승태는 마우스 스크롤을 도르르 내려보고는 기가 찼다.

[S3_C1_T1, S3_C1_T2, S3_C1_T3, S3_C2_T1, S3_C2_T2, S3_C2_T3…]

신 3에서 등장하는 인물은 3명이니 세 개의 테이크는 현성, 은성, 민성을 각각 찍은 것일 것이다. 아마 대사를 치고 잠시 쉬고를 반복하는 방식으로 촬영했겠지. 그런데 인당 테이크가 1개씩밖에 없다고?

'장난하나….'

다혈질인 사람답게 금세 얼굴이 벌겋게 달아오르자, 수석조수가 슬슬 눈치를 보며 밖으로 내뺐다. 저럴 때의 최승태는 위험하다. 최승태는 당장 밍기뉴에 전화를 걸려다 숨을 몇 번 몰아쉬곤 아비드를 켰다.

'일단 한 번 봐준다. 보고 작살낸다.'

하지만 그는 잠시 후 당황할 수밖에 없었다. 컷 1의 테이크 1, 2, 3의 재생 시간이 동일했던 것이다. 분명 현성과 은성과 민성의 대사 분량은 다를 텐데… 어째서? 그는 3개의 레일에 3개의 테이크를 함께 얹고, 크로마키 툴을 사용해 초록색의 배경을 대충 날렸다. 그리고 일단 재생을 눌러보았다.

― 다녀왔어.

― 현성아! 밥은 먹었어?

― 덕분에. 세미나에서 먹었어. 오늘 시간 교대해줘서 고마워.

약 한 시간 후, 최승태가 편집실의 문을 열고 나왔다. 그런데 그의 걸음이 어기적거린다.

"감독님, 어떠셨어요? 어? 어디 불편하세요?"

"아… 아니. 신경 쓰지 말고 일 봐."

최승태는 화장실로 달려가 바지를 확인해보곤 두 손으로 얼굴을 감쌌다. 조금 지려버렸다.

강남의 노른자위에 위치한 빌딩의 최상층 펜트하우스. 유석이 그곳에 도달해 벨을 누르자 말도 없이 대문이 벌컥 열렸다.

"안녕하세요, 여사님."

"왔냐?"

노파는 최상층의 절반을 차지하는 야외테라스에서 밭일을 하고 있다. 강남의 빌딩숲이 내려다보이는 밭에서 밀짚모자를 쓰고 있는 노파는 마치 부조리극처럼 현실성이 없어 보였다.

"무릎도 안 좋으면서 왜 자꾸 농사일을 하십니까."
"늙으니 하루가 길다."
"차라리 어디 전원주택이라도 가시지, 공기도 안 좋은 곳에서."
"잔소리는."

그녀가 호미를 탁 내려놓더니 집 안으로 들어왔다. 이 비싼 건물의 꼭대기 층을 밭으로 만들어놓다니, 누가 보면 기절초풍을 할 것이다. 하지만 노파는 돈이 무척 많았다. 이 건물을 지을 때부터 최상층의 절반을 야외테라스로 설계해 지었다. 무슨 유명한 건축가가 지어서 일반적인 건축비의 두 배가 들었다는데, 그 정도 금액엔 눈도 꿈쩍 않을 사람이었다.

"느그 엄마 왔다 갔다."
"뭐라던가요?"
"밍기뉴에서 투자금 빼라고."
"뭐라고 하셨습니까?"
"똥을 싸라고 했지."

유석이 픔- 하고 실소를 흘렸다. 노파는 돈이 많았다. 그렇다고 대기업을 작정하고 적으로 돌릴 정도로 무소불위의 권력자는 아니었다. 그저 돈이 많을 뿐이었다. 별일 아닌 것처럼 말하고 있지만, 그녀는 상당한 위험을 감수하고 자신의 손을 들어준 것이다.

"착각하지 마라. 네놈이 미국에 가져간 돈 못 돌려받을까 봐 그런 거니까."

그녀는 밸론토를 인수할 때 가장 많은 투자를 해준 사람이기도 했다. 이자가 치가 떨리게 비싸긴 했지만, 그의 능력 하나만 믿고 무담보로 큰돈을 빌려주었다.

— 사내놈이 맥아리 없는 눈을 해가지고.

문유석은 한때 아무 의욕이 없던 시절 노파를 만났다. 그땐 아무리 발버둥 쳐봤자 어머니의 손아귀 안이라고 생각했었다. 노파는 땅 투기를 할 때마냥 그를 뜯어보더니 아까운 능력을 썩히지 말라고 일갈했었다.

'결국 돈으로 움직여보겠다는 겁니까.'

제작사 인수를 방해했을 때, 영화 스태프 모집을 방해했을 때, 찔끔찔끔 어머니가 방해해올 때마다 유석은 칼을 갈았다. 노파는 자신을 높게 평가하기에 아직 제 편을 들어주고 있지만, 다른 투자자들은 흔들리기 시작했다. 그녀도 자신이 약한 모습을 보인다면 결국 투자금을 회수할지도 모른다. 손해 볼 장사를 하는 사람은 아니었기에. 유석이 담담히 말했다.

"돈으로 흥한 자, 돈으로 망하기 마련이죠."

"내 얘기냐?"

"아뇨, 하핫. 어머니가 본격적으로 이를 드러내셨으니 저도 갚아드려야겠네요."

유석이 어떤 서류를 꺼냈다. 의논할 게 있는 모양이었다. 노파는 본론으로 들어가기 전, 궁금하던 것을 먼저 물었다.

"신유명이는 잘 지내냐?"

그녀도 유명의 팬이었다.

지금은 사이가 무척 좋은 가족. 하지만 유명은 늘 가족에게 부채감을 가지고 있다. 자신은 원하는 것에 미쳐서 가족을 한 번 외면했었다. 지금은 다른가? 유명이 얼마나 연기를 좋아하는지 알기에 가족들이 이해하고 배려해주는 것일 뿐, 본질은 바뀌지 않은 것이 아닐까. 미국에 떠나 있는 수년 동안, 엄마 아빠는 아들의 얼굴을 보고 싶어도 보지 못했다. 작품에 들어가면 그 배역을 완벽하게 연기하는 데 미쳐서 가족들과 마주 보고 식사하는 것조차 손에 꼽는다.

"유명아! 바쁠 텐데 어떻게 왔어! 배 안 고파? 뭐 해줄까?"

엄마는 아들이 얼굴을 비추는 것만으로도 큰 은혜를 입은 듯이 황송해한다. 그리고 뭐라도 먹이지 못해 안달이다. 이게 정상일까. 자신이 뭐라고 부모님이 이렇게 자신을 그리워하게 만들고 있는 것일까. 심지어 자신은… 연기에 대한 미호의 진심에 깊이 공감한 나머지, 다시 한 번 가족들을 저버리고 미호에게 몸을 주려고 하고 있다.

"엄마."

"응? 왜 우리 아들."

"나한테 냉정한 표정 한 번만 지어볼래요?"

"잉? 그게 무슨 소리야?"

"그냥. 작품 중에 엄마가 아들한테 냉정한 표정을 짓는 부분이 있거든. 근데 상상이 잘 안 가서. 엄마는 항상 나한테 너무 좋은 엄마니까."

평소보다 어리광이 섞인 아들의 말에 박미혜 여사는 얼굴 가득 행복한 웃음을 지었다.

"하기야 나는 최고의 배우의 엄마니까, 나한테도 숨겨진 재능이 있을지도?"

"맞아. 해봐요, 해봐."

"잠시만 있어봐."

엄마는 눈을 감고 집중하더니 눈꼬리를 샐쭉하게 만든다. 하지만 눈을 뜨고 유명을 바라보는 순간, 사르르- 눈매가 녹았다.

"어우, 안 되네. 우리 아들을 보고 어떻게 냉정한 표정을 지어. 이렇게 사랑스러운데."

울컥- 유명은 순간 치솟는 눈물을 감추려 엄마의 등을 쓸어안았다. 이렇게나 큰 사랑을 받고 있다. 잠시 차가운 표정을 짓는 것조차 불가능할 정도로, 보고만 있어도 샘솟아오르는 깊은 사랑.

"어머, 얘가 갑자기 왜 이래."

유명은 엄마의 등에 손을 두른 채 겨우 눈물을 내리눌렀다. 유성의 존재는 은성을 사라지게 했다. 하지만 유성이라고 부모님께 죄책감이 없을까. 욕망이란 다른 것들을 제쳐놓고 무신경하게 탐하는 것만을 일컫지 않는다. 그러지 않으려고 하면서도 자신도 주체할 수 없이 탐하는 것.

"엄마, 사랑해요."

"나도, 유명아."

그로 인해 잃을 것들을 슬퍼하면서도 자신도 어쩌지 못하는 것이다.

현성을 가둔 후, 유성은 24시간을 모두 손에 넣었다.

"신유성!"

"조금만 더 있어."

"내보내줘. 내보내달라고!"

"내일 풀어줄게."

"어제도 내일이라고 했잖아!"

"……."

조금 있다가 풀어주려고 했다. 하지만… 조금 더. 조금만 더. 밖에 나가는 것이, 현성과 은성과 민성을 흉내 내는 것이, 사람들이 알아채지 못하고 그를 현성으로 은성으로 민성으로 착각하는 것이 참을 수 없이 즐거웠다.

Scene 66

유성은 민성의 옷을 입고, 클럽에 간다. 매니저가 디제잉을 요청하자 그는 고개를 끄덕였다.

"뭐야? 완전 서툰데?"

"왜 저래? 원래 잘하던 DJ 아니었어?"

민성을 관찰했다고 한들, 민성이 가진 스킬을 완벽히 복사한 것은 아니었다. 손님들의 웅성거림에 매니저가 얼굴이 핼쑥해져서 그를 끌어내린다.

"뭐 하는 거야, 임마!"

"…혹시 나 예전에 디제잉 했을 때 녹화본 있어요?"

그는 예전 공연실황을 받아 사무실에서 몇 번이고 파일을 돌려본다. 그리고 매니저에게 다시 스테이지에 올라가겠다고 했다.

"아까처럼 할 거면 올라가지도 마."

"안 그래요."

다시 시작된 민성의 디제잉은 흠잡을 데 없이 예전 그대로였다. 정말 딱, 예전 그대로. 메인 곡과 섞는 곡, 섞는 곡이 들어오는 타이밍, 스크래칭할 때의 손놀림까지, 민성의 모든 동작이 이전의 공연과 완전히 똑같다는 것을 눈치챈 사람은 없었다.

Scene 67

현성의 강의는 흉내 낼 견본이 없기에 이미 여러 날째 휴강 중. 그는 심리학회의 세미나에 현성의 옷을 입고 참석해 현성인 척한다. 다들 자신을 현성으로 착각하고 '신 교수~' 하며 인사하는 것에 그는 올라가는 입꼬리를 슬쩍 잡아 내렸다.

Scene 68

유성은 은성의 옷을 입고 다시 엄마와 누나를 만나러 간다.

"우리 교수님~"

"무성이 왔냐?"

"너는 누나면서 살갑게 좀 인사해라."

"엄마 유전자에서 살가운 건 다 쟤 줬잖수."

그는 은성의 표정을 완벽하게 흉내 내며 엄마와 누나에게 상냥하게 대했다. 그런데 엄마가 흘긋흘긋 그의 표정을 훔쳐본다. 저녁을 한참 먹던 와중, 엄마가 갑자기 젓가락을 탁- 놓았다.

"너 누구야."

"…왜 그래요, 엄마."

"엄마, 왜 그래?"

"진아 넌 가만히 있어. 너 누구야, 내 아들 아니지?"

유성의 얼굴이 파랗게 질린다.

"지난번부터 조금 이상하더니, 이제 확실히 알겠네. 너 누구야, 누구야아악-!"

엄마가 악을 쓰며 소리 지른다.

"내 아들, 우리 무성이 어쨌어어어-!"

254

걔네 말고 나를 따라해보렴

수연은 고다인의 지배 인격인 '수인'이 되어 고개 숙인 유성을 내려다 보았다. 그는 공포에 질린 눈빛으로 몸을 떨고 있었다. 입으로는 작게, '아니, 나는, 그냥' 같은 짧은 단어들을 달싹거리고 있다.

"그래서 내가 적당히 하라고 했잖아."

"난… 아무것도. 민성이도 내가 죽이지 않았어. 은성이도 어디 갔는지 나는 몰라요."

길을 잃은 아이같이 망연한 얼굴에 수인이 쯧쯧 혀를 찼다.

"그래? 정말 네가 죽이지 않았다고?"

"…안 죽였어."

"잘 생각해 봐. 정말 네가 죽인 게 아닐까?"

그의 눈빛이 더욱 혼란스러워지고 세차게 고개를 흔든다.

"아니야, 정말 아니라고!"
"그렇다 치자. 그런데 넌 왜 갑자기 죄책감에 빠진 거야? 처음에는 별생각 없었잖아."
"…엄마가 나를 괴물 보듯이 쳐다봤어. 은성이를 내놓으라고 소리쳤어. 왜? 나도 신무성이긴 마찬가진데…. 엄마를 보러 간 아들인 건 똑같잖아."
아무것도 모르는 백지 같던 인격은 타인을 연기하는 것으로 감정을 배우기 시작한 모양이다. 그러면서 뭔가 자신이 잘못했다는 것을 짐작하게 된 것이 아닐까.
"너, 엄마가 보고 싶어서 보러 간 게 아니잖아. 은성이로 감쪽같이 속여 넘기고 싶은 욕심으로 간 거지."
"…!"
그의 얼굴이 희게 질린다. 자신이 무슨 짓을 한 것인지 이제야 알게 된 듯이. 하지만 아직도 핵심은 파악하지 못한 모양이다.
"나는… 남을 속이는 것을 추구하는 인간인 거야?"
진실을 아는 것과 계속 모르고 지내는 것, 무엇이 나을까. 저 욕망의 실체를 깨닫지 못한다고 해서 그의 충동이 사그라들까. 수연은 수인의 마음에 깊게 빠져들었다. 그녀는 카리스마 있는 여장부이면서도 커다란 모성애를 가진 인물. 그렇기에 욕심을 버리고 다인을 표면에 내세웠고, 수많은 인격들을 적절히 컨트롤하며 다인의 삶을 유지할 수 있었던 것이다.
'가엾어라….'
유성은 가해자이지만 피해자이기도 하다. 그 자신조차 주체할 수 없는 욕망을 어찌하겠는가. 어린아이나 다름없다. 무언가를 향한 욕망이 이성보다 훨씬 커서 스스로 통제할 수가 없는 것이다.
"알려줄게. 차라리 그게 낫겠다."
"…?"
"너, 걔네 말고 나를 따라해보렴."

그 말에 유성이 그녀를 뚫어지게 쳐다본다. 자신을 통째로 삼킬 듯이 집요한 눈빛. 수연은 피부가 근질근질한 느낌이 들면서도 그의 시선을 피하지 않고 받았다. 점차 그의 눈빛이 가라앉는다. 공허하고 맑은 표정을 하고 그가 입을 열었다.

"오빠, 새 오빠는 욕심이 많아요. 조심해요."

소름이 오싹 돋았다. 수연이 연기한 다인의 캐릭터를 복사해서 덮어씌운 것처럼 똑같이 흉내 냈다. 그의 표정 밑바닥에 참을 수 없는 환희가 서린다. 얼굴의 표정이 갈아끼운 듯이 싹 바뀐다. 이번엔 수인의 흉내.

"흐음…. '우리'는 많아요."

"그런데 적당히 해. 나중에 후회하지 말고."

촬영장의 사람들 모두가 수인과 수인을 흉내 내는 유성의 투샷에서 눈을 떼지 못했다. 골격도 외모도 성별까지 다른데도 거울을 마주 보고 있는 것 같다. 수인의 말투와 동작, 감정까지 어찌 저리 똑같을까.

"…그런 걸 연기라고 해."

"흉내 내는 거?"

"보고 흉내 내는 건 시작일 뿐이야. 텍스트 속의 캐릭터를 실제로 구현할 수도 있고, 네가 상상해서 만들어낸 인간을 표현할 수도 있지."

"연기…."

찬물을 덮어쓴 듯한 그의 표정이 곧 진한 쾌감으로 떨린다. 그 표정을 보며 수인은 자신이 더 이상 통제할 수 없는 괴물을 풀어놓은 것이 아닌지 섬찟한 예감이 들었다.

7월 초, 존 클로드의 〈Appeal to the Sword〉가 극장가를 휩쓸었다. 한국은 미국과 동시에 개봉을 했고, 개봉 첫날부터 스코어는 쭉쭉 치고 올라갔다.

[한여름에 딱 맞는 시원한 액션 판타지, 〈Appeal to the Sword〉

매진 행렬]

[존 클로드 특유의 시원시원한 감성과 신유명의 명품 액션 연기가 시너지를 발휘]

[할리우드 판타지에 동양인 첫 주연, 전미 박스오피스 1위]

Appeal to the Sword는 '무력에 호소하다'라는 뜻의 관용구이지만 이 영화에선 검에게 호소하는 것을 의미한다.

대장장이에서 허드렛일을 하는 '키탄'은 어느 날 검이 자신에게 말을 거는 것을 깨닫는다. 귀족도 왕족도 갖지 못한, 세기에 한 번 나올까 말까 한 '검과 소통하는 재능'은 그를 최고의 대장장이로 만들었다. 하지만 그가 의뢰받아서 만든 검의 역작이 그의 곁을 떠나지 않겠다고 고집을 부리고, 그는 검을 의뢰했던 왕족의 미움을 받고 쫓기게 된다. 주인공이 검에 이끌려 검의 명인이 되어가는, 그리고 세기의 영웅이 되어가는 과정을 그린 정통 판타지였다.

―――

— 사실 스토리는 뻔한데, 연기와 연출이 너무 좋아서 홀린 듯이 봤네요.
— 왜 이렇게 빨리 끝나나 어리둥절했는데 시계 보니 두 시간 지나 있어서 허걱함.
— 영상미 끝내주네요. 액션 파트들 대역 안 쓰고 신유명이 직접 연기한 게 사실인가요? 후덜덜하던데.

―――

⟨Mimicry⟩와는 조금 다른 의미로 신유명의 주가가 다시 올랐다. 그는 이미 ⟨미믹크리⟩에서 절정의 연기를 보여주었다. 압도적인 분위기와 숨이 막힐 듯한 매력을 가진 아스 프리데터는 분명 멋있었지만, 편하게 관람할 수 있는 영화는 아니었다. ⟨Missing Child⟩에서의 데카르도 딜런 역시 염세적이고 시니컬한 캐릭터. 시선을 사로잡는 매력이 있지

만 보면서 즐거운 캐릭터는 아니었던 것이다.

하지만 키탄은 조금 어수룩하고 귀여웠다. 검을 만들어 전달하려고 하는데 검이 손에서 떨어지지 않자 '어어어?' 하고 당황하는 바보 같은 모습. 검술 연습을 하기 싫은데도 검이 엉덩이를 두드려 어쩔 수 없이 검을 쥐는 모습, 대충 휘두르는데도 실력이 쑥쑥 성장하는 모습에 웃음이 났다.

초반 관객수는 칸의 위명을 업은 〈Mimicry〉가 높았지만, 〈Appeal to the Sword〉는 가족 단위의 관객들이 영화관을 꽉꽉 채워서 무섭게 〈Mimicry〉의 기록을 추격하고 있었다. 미국 관객들은 신유명이 지금 무엇을 하고 있는지를 궁금해하기 시작했다.

― 신유명 이번에는 연기력이 좀 무뎌진 거 같은데….
― 무뎌진 게 아니고 장르 특성이 다른 거죠. 시원한 맛으로 보는 판타지 영화에서 메소드 연기 원하는 건가. 빵집에서 스테이크 찾을 사람이네.
― 자세히 보면 연기가 엄청 정교해요. 그걸 관객에게 과시하지 않고 자연스럽게 녹여내는 게 '클래스' 아니겠습니까.
― 그래도 〈미믹크리〉처럼 미친 연기력을 볼 수 있는 작품이 그립긴 하네요. 요즘 신유명 뭐 한대요?
― 고국인 Korea에 가 있다는 설이 있던데.
― Korea? South or North?

피비는 그 분위기를 타고 SNS에 근황을 전했다.

피비 테일러@pitbullTerrier
신유명은 현재 감독 겸 배우로 작품을 찍고 있다고 함. 촬영지가 한국일 뿐, 스태프들은 거의 할리우드에서 데리고 가서 할리우드 급

영화가 될 듯. 다중인격을 다룬 영화로 연극과 동시 오픈 예정이라고 함.
― 다중인격? 와…. 신유명의 다중인격물이라.
― 영화와 연극 동시 오픈요? 같은 작품으로? 그걸 힘들어서 어떻게 하지?
― 연극 미국에서도 상연하나요?
ㄴ 신유명 몸이 두 개도 아니고, 한국과 미국에서 연극을 동시에 어떻게 합니까. 생각이 있나 없나, 쯔쯧.
― 으악! 그 무렵에 한국으로 휴가 가면 연극 볼 수 있을까?
― 처음으로 한국인으로 태어나서 다행이라고 생각 중.
― 감독 겸 배우에 영화 겸 연극? 좀 인정받았다고 너무 오버하는 거 아닌가.
― 다중인격물이라면 〈미믹크리〉 때처럼 쩌는 연기력 볼 수 있겠죠? 아싸~ 개봉하는 날 보러 갑니다.

유명의 새 영화에 대한 관심은 전 세계로 퍼져 나갔다.

2009년 7월 15일. 파리 오페라극장. 〈지젤(Giselle)〉.
튤립 모양의 튜튜를 입고 베일을 쓴 한 무용수가 토슈즈의 리본을 묶고 있었다.
'하필 또 지젤이라니, 참….'
세련의 입가에 웃음이 설핏 감돈다. 다짐했던 재활 기간 2년 동안 그녀는 완전히 재활하지 못했다. 하지만 유명에게 농담같이 약속했던 추가적인 1년, 그 약속을 지키려 계속 연습하던 중, 그녀는 〈Ballerina High〉에서 인연을 맺은 발롱 파루지에의 도움으로 파리 유학을 가게 되었다. 세련은 발레 재활전문가와 함께 노력하여 재기에 성공하고, 발레리나들의 성역과도 같은 파리 오페라 발레단에 입단했다. 그리고 또 2년이 지났다. 그녀를 스승과 동료들은 이렇게 평했다.

「세련은 동양인 특유의 정적인 느낌이 있지만 바디 프로포션이 서양인과 비슷해서 길쭉한 팔다리가 굉장히 우아한 느낌을 줍니다. 백조와 아주 잘 어울려요.」

「인내심과 성취욕이 무척 강한 단원이죠. 조언을 했을 때 세련만큼 그것을 빨리 고쳐 오는 무용수는 드물 거예요.」

처음에는 입단만 하면 유명에게 연락하려는 생각이었다. 하지만 그녀가 코르드(군무)의 일원으로 땀 흘리며 연습하고 있을 때 유명은 〈미믹크리〉로 칸 영화제에서 최고의 영예를 안았고, 쉬제(솔리스트) 시험을 통과했을 땐 〈미싱 차일드〉로 미국을 떠들썩하게 했다.

'조금만 더 멋지고 당당한 모습으로…!'

자신이 좋아하는 발레를 할 수 있는 것만으로 유명은 기뻐해주겠지만, 좀 더 확실히 재기한 모습을 보여주고 싶은 욕심에 계속 다음, 그 다음으로 연락이 미뤄졌다. 그리고 5년 차인 올해 드디어 세련은 〈지젤〉의 마르타 여왕[12] 역을 따냈다. 이 역을 훌륭히 마치고 나면 에트왈(수석무용수)의 바로 아래인 프리미에 당쇠르(2등급 무용수)가 되는 것도 불가능하지 않다.

그녀는 드디어 유명에게 자신의 재활 성공을 알리는 편지와 티켓을 보냈다. 그가 한참 촬영 중이라는 기사를 보았기에 직접 올 것을 기대하진 않았지만, 혹시 하는 마음이 아예 없었다면 거짓말이리라.

1막이 시작되자 그녀는 포켓으로 나가 자신이 보낸 티켓의 좌석을 눈으로 찾았다. 꽉 찬 객석 가운데, 덩그렇게 비어 있는 한 자리가 보인다.

'당연할 테지. 그가 더는 내 걱정을 하지 않는 것으로 만족해.'

---

12 마르타 여왕: 〈Giselle〉 2막에서 등장하는 귀신 윌리들의 여왕. 비중이 높은 배역이다.

그녀가 납득하면서도 약간은 어깨가 처져 대기실로 돌아왔을 때, 한 무용수가 그녀를 불렀다.

「세련아. 이거 너한테 온 꽃 같은데? 내 거에 섞여 있었어.」

「아, 그래?」

「이 꽃 뭐지? 처음 보는 꽃이야. 소박한데 예쁘네.」

공연 전부터 대기실을 가득 채운 개연 축하 꽃바구니들. 그중 소담하게 담긴 흰 꽃을 보고 세련은 보낸 이를 예감했다. 캐모마일 꽃. 7~8월의 밤에 오므라졌다 낮에 활짝 피는 강인한 생명력을 가진 꽃. 유명이 자신을 닮았다고 했던 작은 풀꽃.

꽃바구니의 한쪽에는 작은 카드 하나가 꽂혀 있었다. 그것을 펼치니, 함께 〈발레리나 하이〉를 작업할 때 수없이 보았던 유명의 친필로 한 문장이 적혀 있었다.

공연이 좋지 않을 때 '시력 때문'이라는 동정을 받고 싶지도 않고, 공연이 훌륭할 때 '시각장애를 무릅쓰고'라는 칭찬을 듣고 싶지도 않았다.

- 알리시아 알론소

그 카드를 손에 든 채 세련은 등을 가늘게 떨었다. 알리시아 알론소[13]. 시각장애를 극복하고 세계 정상급 발레리나로 인정받았던 쿠바 출신 프리마 발레리나. 그녀는 다시는 춤추지 못할 거라는 진단을 받은 후에도 손가락으로 스텝을 흉내 내며 머릿속으로 안무를 익혔다. 그녀는 한때 동료 무용수들의 모습조차 알아보지 못해 무대조명과 동료들의 속

---

13 참고: 2019.10.20 더프리뷰(http://www.thepreview.co.kr) 기사, '전설의 발레리나 알리시아 알론소 타계'

삭임에 의지해 공연해야 했다. 그리고 정상적인 시력을 거의 상실한 23세 무렵, 〈지젤〉로 데뷔했다. 하필 〈지젤〉로.

카드엔 흔한 인사도, 축하도, 못 가봐서 미안하다는 사과도 없었다. 하지만 세련은 유명의 깊은 마음을 이해할 수 있었다. 부상을 극복하고 드디어 이 자리에 선 자신이 바라는 것은, 부상을 극복하기까지의 과정에 대한 칭찬이 아니다. 온전한 발레리나로서 그녀가 다다른 경지를 보아주기를 바랐다. 그 마음을 꿰뚫고 있는 듯이, 유명은 시각장애인 발레리나가 아니라 오직 '발레리나'이길 바랐던 알리시아 알론소의 말을 전해온 것이다.

그녀의 고통을, 그녀의 노력을 알고 있으며, 그럼에도 고통도 노력도 내보이지 않고 최상의 아름다움만을 전달하고 싶은 그녀의 마음조차 알고 있다는 듯이.

'발레에 원래 관심이 있었던 것도 아니면서 어떻게 알리시아 알론소를…. 너는 참.'

그녀는 눈물을 안으로 머금으며 환하게 웃었다.

「인터미션 종료 10분 전! 윌리들 대기!」

지금 그녀에게 필요한 것은 여자의 얼굴이 아닌 발레리나의 얼굴. 등을 꼿꼿이 펴고 무대로 향한다. 그녀는 이미 의지가 강하고 도도하기 그지없는 윌리들의 여왕, 마르타였다.

255

힘든 건 사실입니다

유석의 어머니, 진종희가 탁자를 짚고 부들부들 떨었다. 그 앞에서 문도석은 살살 눈치만 보고 있었다.

"그 영화, 걸지 말라니까!"

진종희는 문유석과의 전쟁을 위해 아들 문도석을 태원시네마의 전무로 꽂아넣었다. 신유명이 아무리 유명해봤자 일개 배우, 자신이 마음만 먹는다면 이번 영화를 망하게 하는 것이 어려운 일은 아니라고 생각했다. 하지만 의외로 인력을 제어하는 것도 투자금을 빼내는 것도 마음대로 되지 않았다. 결국 그녀가 생각한 것은 배급을 건드리는 방법이었다.

태원시네마는 전체 영화관의 30%를 점유하고 있다. 태원에서만 〈Appeal to the Sword〉를 받지 않았어도 박스오피스 성적이 1위를 찍기는 힘들었으리라. 그걸 빌미로 여론을 호도하는 방법을 쓰려고 했는데 문도석은 해내지 못했다.

"…어떻게 그래요. 미국 쪽 배급사인 팍스와의 관계도 있는데. 나 아직 시네마로 발령난 지 얼마 안 돼서 눈치 보인다구요…."

"너는 왜 네 힘을 쓸 줄을 몰라! 어휴…. 내가 어쩌다 저 모자란 걸 낳아서."

어떻게 그러냐니, 이 말은 이 상황의 위험성을 꿰뚫어보지 못한 도석의 어리광에 가깝다. 설사 팍스와 당분간 관계가 틀어진다고 해도 〈Appeal to the Sword〉는 걸지 말았어야 했다. 파이의 크기가 줄더라도 일단 파이를 내 것으로 하는 것이 우선이니까.

"다음 작은 절대 안 돼."

"그것도 화제작이라 안 걸기는 힘든데…."

"이건 유석이 회사에서 아예 제작과 투자를 한 거잖니. 한 군데 더 걸리는 만큼 그 회사로 돈이 들어가. 그러다 그 회사가 훌쩍 커지기라도 하면 그땐 네 걸 뺏으려 들 거다, 이 답답한 녀석아!"

"유석이가 그렇게 분수를 모르는 애가 아닌데…."

"멍청한 놈."

진종희가 가슴을 쾅쾅 쳤다. 아들이 유석의 절반만 똑똑했으면 싶다.

"걔가 칼을 갈고 있다니까. 지금 사업으로만 만족할 줄 알아? 곧 네 자리를 차지하려 들 거다. 설사 유석이가 그럴 마음이 없다고 해도 네 할아버지가 눈여겨보기 시작하면 어떡할래?"
"…그건 안 되죠."
"똑바로 해, 알겠어? 배급사 어디로 선정하는지 잘 확인하고."
"…네."
"다 네 것 지켜주려고 하는 거야. 대체 왜 그걸 모르니."
"아, 알았다니까요."
도석이 입을 부루퉁 내밀었다.

그 시간, 유석은 성북동의 대저택 앞에 서 있었다. 벨을 누르자 가정부의 것으로 추정되는 차분한 음성이 흘러나왔다.
"누구세요?"
"회장님을 뵈러 왔습니다."
"약속이 되어 있으신가요?"
"…아닙니다만, 손자입니다."
그는 아주 어릴 때 한 번 얼굴을 본 것밖에 없는 회장의 집 앞에서 자신이 그의 손자라고 주장하며 만남을 요청했다. 미리 약속을 잡을 수는 없었다. 회장의 개인 연락처가 없기도 했고, 누군가를 통해 대면을 청하는 순간 진종희에게 탄로 날 것이 자명했으니까.
"약속이 되어 있지 않은 분은 회장님을 뵐 수 없습니다."
"손자로서 처음이자 마지막으로 드리는 부탁이라고 전해주십시오. 제 이름은 문유석입니다."
지잉- 잠시 후, 대문이 열렸다. 유석은 망설임 없이 성큼성큼 걸어 들어갔다. 넓은 정원을 지나 열려 있는 대문 안으로 들어가자, 자세가 꼿꼿하기 그지없는 노인이 거실 소파의 상석에 앉아 있었다.

"네가 유석이라고?"

"네, 회장님."

손자임을 주장해 집 안으로 들어오고서도 자신을 부를 땐 '회장님'이라고 칭하는 그를 회장은 재단하듯이 뜯어보았다.

"무슨 일이냐?"

"제가 윤성엔터테인먼트를 가지려고 합니다."

노인이 어이없는 표정을 지었다. 다짜고짜 쳐들어와서 한다는 말이, 자신의 몫을 달라고 조르는 것이었다는 말인가. 그것도 태원의 계열사도 아닌 윤성의 것을…?

"네가 엔터 쪽으로 자그마한 사업을 한다는 얘기는 들었지. 거기 만족하지 못하고, 대형 엔터 회사를 탐낸다? 그게 손자로서 처음이자 마지막으로 한다는 부탁이냐?"

꾸짖는 듯한 노인의 말에 유석이 고개를 저었다.

"아닙니다. 손자로서의 부탁은 직접 만나주신 거로 끝났습니다. 이건 사업가로서의 제안입니다."

"제안?"

"태원이 윤성엔터 주식의 38%를 보유하고 있죠. 주가는 지지부진하고 배당수익도 거의 없어서 골치이지 않습니까?"

노인이 흠칫했다. 며느리는 아들을 압박해서 오래전부터 윤성엔터에 투자금을 쏟아부었다. 하지만 유석의 지적대로 투자금의 수익은 현저히 낮았다. 손을 떼고 싶어도 당장은 불가능한 것이, 너무 주식 보유 비중이 커서 태원이 손을 떼는 순간 주가가 폭락할 상황이었다.

"제가 윤성을 맡게 되면 수익성을 높여드릴 수 있습니다."

"네놈의 뭘 믿고."

"제가 미국에서 인수한 회사의 경영실태보고서입니다. 확인해보시죠."

노인은 유석이 건넨 서류를 넘겨 보고 깜짝 놀랐다. 서류의 숫자에 조작이 없다면, '밸론토'라는 이름의 회사는 단기간에 눈부실 만큼 경영 상태가 개선되어 있었다.

'저놈….'

차남이 밖에서 낳았다는 아이. 공부 성적도 그저 그랬고, 학업을 마친 후에도 한량 노릇이나 한다고 들어 관심 두지 않았는데 이런 능력이 있었단 말인가. 저만한 배포와 능력을 갖춘 핏줄을 자신이 까맣게 몰랐다고? 누군가 그의 눈을 가렸던 것이 분명했다. 노인의 눈썹이 꿈틀거렸다.

"그리고?"

"태원의 돈을 슬금슬금 윤성에 갖다 넣는 며느리가 맘에 안 드시지 않습니까?"

"…!"

"제가 윤성을 먹는다면 자꾸 선을 넘는 며느리에 대한 경고 정도는 되지 않겠습니까."

"…또 있느냐."

"아무리 소원한 손자라고 한들 며느리보다는 제 피가 회장님과 가깝죠. 결국 태원이 윤성을 먹는 거나 다름없습니다. 그렇다고 그룹에 소속될 마음은 없습니다만."

자신의 능력을 내세우고 회장과 며느리 사이를 이간질하더니, 마지막으로 핏줄에 호소한다. 타고난 모사꾼. 회장은 반쯤 넘어간 상태였지만 괜히 유석을 힐난해보았다.

"결국 네놈이 원하는 건 태원의 주주총회 의결권이냐? 능력도 없으면서 번드르르하게 혀만 놀리는 놈들은 흔하지. 세상은 네 생각처럼 만만치 않다."

"아니요. 회장님은 저쪽 편만 들지 않으시면 됩니다."

"…?"

"나머지 62%의 절반 이상, 제가 모아오겠습니다. 저쪽 편만 들지 말아주십시오. 그럼 제가 윤성엔터를 가져가겠습니다."
'…요놈 보게?'
회장이 유석을 보는 눈빛에 강한 흥미가 깃들기 시작했다.

「요즘 괜찮아요?」
「왜요? 제 연기에 뭔가 문제라도….」
「아니, 연기는 너무 좋습니다만, 유명 씨가 힘들지 않을까 해서.」
위고가 걱정스러운 눈으로 유명을 바라봤다. 크랭크인 한 지 3개월이 다 되어간다. 촬영은 순조롭다. 아니, 대본의 난이도를 생각하면 순조로운 정도가 아니라 경이로운 속도였다. 촬영 후반으로 접어들어 갈수록 유명의 스트레스가 걱정되었다. 매일매일 날이 선 듯한 연기를 끝내고 나면 그는 분명 집에서도 연습을 거듭할 것이다. 스스로의 트라우마를 건드는 내용들인데 잠은 제대로 자고 있을까. 하지만 확실한 것은, 피곤해 보이는 듯한 안색도 카메라가 돌아갈 때만큼은 생기 넘친다는 것이다. 마치 자신이 초래한 파국에 죄책감을 느끼면서도 연기를 하는 순간만은 아이처럼 즐거워하는 유성처럼.
「솔직히 말하자면, 힘든 건 사실입니다.」
유명이 솔직하게 털어놓자 위고가 움찔했다.
「힘들 걸 각오하고 시작한 시나리오이고, 힘든 게 마땅한 내용이죠. 어차피 거쳐야 했고, 해낼 생각이니 괜찮습니다.」
「흐음….」
「그리고 힘든 만큼 즐거워요. 너무 걱정하지 마세요.」
위고는 철없이 사는 것을 예술가의 미덕으로 생각했다. 거기에서 영감이 나온다고 생각했고, 그래서 자신의 조금 어린애 같은 성격도 자랑스럽게 생각했다. 하지만 연기라는 진리를 좇는 구도자같이 어른스러운 유명의 모습을 볼 때면, 저렇게 사는 것도 멋있겠다는 마음이 들기도 한다.
 '꿈도 꾸지 말자. 저렇게 살면 나는 단명할 듯.'
 사람마다 스타일이 다른 법. 그가 옹골차게 자신의 마음을 외면하고 촬영 개시를 선언했다.
 「Scene 80, 촬영 시작합니다!」
 "다들 스탠바이-"
 유성은 처음으로 '자신만의 옷'을 입었다. 현성, 은성, 민성의 옷이 아닌 온전히 자신에게 속한 옷을 입고 그가 처음 찾아간 곳은 극단이었다.
 "무슨 일로 오셨어요?"
 "오디션을 보고 싶은데요."
 "아. 저희는 작은 극단이라 따로 오디션은 없고, 제가 보고 괜찮으면 바로 받습니다. 뭐 준비해온 게 있습니까?"
 "혹시 여기 대본…이라는 게 있나요?"
 이상한 질문을 하는 입단 희망자. 단장이 얘는 뭐지, 라는 눈빛으로 굴러다니던 대본 하나를 건네자, 그가 그것을 읽기 시작한다. 한 장 한 장 넘어갈 때마다 그의 목젖이 울렁인다. 눈빛은 점점 깊은 욕망에 젖어든다. 지독하게 광적인 스토커의 눈빛이 그와 같을까. 대본을 꿀꺽 삼켜도 이상하지 않을 듯한 그의 갈급한 표정에 보는 사람들이 입이 말라 침을 삼켰다.
 '드러냈군.'
 그 광경을 보던 류신이 생각했다. 유성이란 존재의 욕망을 진작부터 느낀 것은 자신과 수연 정도였으리라. 나머지 사람들은 유성이 뭔가 '다르다'고 생각하긴 했겠지만, 그 욕망의 실체는 지금 처음 보게 된 것이다.
 유성의 고개가 점점 대본에 가까워진다. 눈알이 들러붙을 듯이 대본에 밀착해 있다. 마지막 한 장이 탁- 덮이고, 그는 처음으로 갈증을 채운 듯이 만족한 표정으로 고개를 든다. 중얼중얼- 움직이는 입술은 대사를 복기하고 있으리라.
 "연기…해도 될까요?"

"아, 준비되셨어요? 해보시죠."

"…네."

허락을 구하는 것처럼 살짝 떨리던 목소리는 단장의 오케이가 떨어지자마자 배역의 목소리로 변한다. 대본의 내용은 삶의 아름다움에 대한 찬미. 처음부터 행복감에 물들어 시작한 대사는 끝에 가서 마치 웅변처럼 격정적으로 울려 퍼진다.

"아아- 이것이 살아 있다는 것이다-!"

그때 그의 얼굴 어느 한 부분 남김없이 차지한 강렬한 환희.

'너에게… 연기는 그런 것인가. 너무 행복해서 죄를 짓는 것처럼 느껴지는.'

유성은 드디어 제 욕망의 실체를 마주했다. 이제 저 어린아이는 '안 돼'라는 말을 들어도 손을 뻗는 것을 멈추지 못할 것이다.

현성이 발악했다.

"이거 풀어줘! 풀어달라고 이 자식아!"

"……."

유성은 현성을 힐끗 보며 뜨끔한 표정을 애써 지웠다. 그에게 좀 미안하기는 하지만 지금은 자신에게 너무 중요한 시기다. 처음으로 연기라는 것을 접했다. 세상에는 볼 대본이 너무 많고, 연기해볼 캐릭터도 많다. 그는 이때까지 이 몸을 많이 써왔으니, 한동안은 자신에게 양보해도 되지 않을까?

— 장면 사이, 극단에서 홀린 듯이 연기 연습을 하는 유성의 모습

"풀어줘어어!"

현성의 저 소리, 신경에 거슬린다. 차라리 이 집에 돌아오지 않으면 좋겠지만, 잠을 아예 안 잘 수는 없다. 기다리면 곧 풀어줄 텐데 그는 너무 예민하게 굴고 있다. 좀 조용히 있을 수는 없나?

시끄럽다고 생각했을 뿐인데 현성의 입이 새하얀 마스크로 막힌다.

읍- 읍읍- 그는 입이 막힌 채 얼굴이 시뻘게져서 흰 철창을 흔든다. 조금 안됐지만 아까보다 조용하긴 하다.

― 장면 사이, 극단 오디션에서 다음 공연의 배역을 따내 기뻐하는 유성의 모습

"풀어주…세요. 동등한 권리를 요구하지 않을게요. 잠시만… 하루 중 한 시간만이라도…. 숨이 막혀."

현성은 퀭하게 말라 있다. 왜? 정신체는 식사를 하는 것도 아닌데 그는 왜 저렇게 말라가는 것일까.

"…미안해. 지금은 첫 공연 준비로 너무 바쁘거든. 첫 배역을 따서 연습을 많이 해야 해. 그것만 지나면 진짜 풀어줄게."

"…웃기지 마."

애원하던 현성의 눈에 시퍼렇게 날이 선다.

"너는 결국 네 욕심만 중요한 거잖아! 첫 공연 때문이라고? 그다음에는 중요한 오디션이라서! 처음으로 주인공 배역을 맡아서! 요즘 안 풀리는 걸 연습해야 해서!"

"아니야. 정말로 이번 공연만 끝나면…."

"이기주의자. 살인자. 모두 너 때문에 망가졌어. 꺼져버려."

유성은 온갖 비난을 쏟아붓는 현성을 피해 문밖으로 달아났다. 잠이 부족해 다크서클이 잔뜩 내려앉은 신체에서 깨어난 그는 크게 한숨을 쉬었다.

'정말 내가 문제인가…? 나는 그냥 연기를 하고 싶을 뿐인데.'

유성이 다시 내면의 집으로 복귀했을 때, 현성은 창살을 붙잡은 채 잔해처럼 쪼그라들어 있었다.

'…!'

유성의 표정이 드디어, 심각하게 변했다.

256

연기를 위해 노력하는 만큼

가득 쌓여 있는 공과금 고지서에는 장마다 연체 경고가 박혀 있다. 식탁 위엔 빈 인스턴트 용기들이 가득 쌓여 있고, 한쪽에는 대본이 산더미같이 겹쳐져 있다. 그것을 처음으로 찬찬히 들여다본다.

'정말 내가 문제인가…'

그는 민성의 클럽을, 현성의 학교를 찾아간다. 비어 있는 그들의 자리. 엄마와 누나도 찾아가 멀리서 지켜본다. 멀리서 보아도 그들의 얼굴엔 웃음기가 없다. 은성을 보기만 해도 입이 벌어지던 엄마의 미소는 버석하게 말라붙었다.

'이대로는 안 돼.'

유성은 무언가를 결심한 듯 침대에 누워 눈을 감았다. 신체가 잠이 들자 유성이 빨려들어온 곳은 아무런 인기척도 느껴지지 않는 내면의 집. 이제는 그가 독차지하게 된 집이다.

그의 잔해조차 사라져 텅 비어버린 현성의 방, 오래전부터 비어 있어 냉기가 감도는 민성의 방을 훑어본 후, 유성이 도착한 곳은 은성의 방. 그의 눈빛이 방 한쪽의 벽면에 가 닿자 벽면이 부채처럼 촤르르 접혀 길을 틔웠다.

쿵- 콰앙- 퍼엉-

혼잡하기 그지없는 무의식 공간은 유성이 발을 딛자 얌전히 길을 틔웠다. 자신이 무엇을 원하는지를 깨달은 강렬한 욕망 앞에 무의식은 기쁘게 머리를 조아린다. 쉽게 은성을 배신하고 유성에게 은성이 숨은 곳을 안내한다.

「오케이, 류신 투입 준비.」

「저는 준비됐습니다.」

「유명 씨 분장만 체인지하고 바로 들어가죠. 다들 잠시 휴식!」

이 장면만은 은성을 먼저 연기하고 유성을 연기하는 순서가 옳다. 은성의 감정선이 먼저고 유성은 그것에 반응해야 했다. 유명은 번거롭지만 유성에서 은성으로 한 번 분장을 바꿨다.

'드디어 이 장면이 되었구나.'

눈을 감고 분장 스태프에게 얼굴을 맡긴 채 유명은 그런 생각을 했다. 준호의 시나리오를 처음 받은 날 밤에 꾸었던 꿈. 유명은 그 꿈속에서 은성이었다. 다치고 쓸린 채로 유성을 피해 뛰고 또 뛰었지만, 유성은 자신을 쉽게 발견했다. 그 앞에서 은성은 절감한다. 자신은 도망치고 있으면서도 잡히고 싶었고, 살기 위해 발버둥 치면서도 살해당하길 꿈꾸었다는 것을.

'은성의 마음.'

그날 꾼 꿈을 얘기하자 미호는 '너를 연기하고 싶나 보네'라고 말했다. 그렇다. 평생 자신을 지배해온 연기에의 충동과 다른 욕망들의 갈등. 유명에게 이것을 연기하는 것은 마지막 숙제 같은 것이었다.

오늘 유명이 연기하려는 것은, 마지막 남은 두 욕망이 가장 첨예하게 대립하는 파트. 다시 카메라 앞에 선 그의 등을 류신이 가볍게 두드렸다.

"드디어 여기까지 왔네요. 파이팅."

"네. 형도요!"

다시 촬영이 시작되었다.

은성은 톱니바퀴 사이의 공간에 몸을 구겨넣고 쉬고 있었다. 이곳은 너무 위험하다. 몸이 그대로 썰릴 뻔한 것이 한두 번이 아니었다. 그의 옷은 너덜너덜하고 곳곳에서 피가 비쳐 나오고 있다.

스윽 그 공간 앞으로 긴 그림자가 드리운다. 은성은 헙- 하고 입을 막지만 이미 늦었다. 유성의 역을 대신 연기 중인 서류신이 그를 내려다본다.
"여기 있었구나, 은성아."

유명이 미리 녹음해준 타이밍을 복사한 것처럼, 류신은 적절한 타이밍에 대사를 읊었다. 조금 슬픈 듯이 절박해 보이는 표정이 아주 좋았다. 그 애틋한 표정에도 은성의 마음은 덜덜 떨린다. 그는 공포에 질린 낯빛으로 다시 도망치려 하지만, 주변 공간들이 철컹철컹 소리를 내며 앞을 가로막는다. 이곳은 완벽히 유성의 지배하에 놓인 것이다.

"결국… 나도 죽이려고!"
"아니야. 나와 함께 돌아가자. 나는 네가 필요해."
"싫어. 네가 다 죽였잖아."
"내가 죽인 게 아니야!"

믿지 않는 듯한 은성의 모습. 유성이 한숨을 후우 내쉬자, 공간들이 꿈틀꿈틀 움직여 거대한 스크린을 만든다. 미호가 가끔 만들어내던 것 같은 스크린이다. 그곳에서 등장한 것은 죽기 직전의 민성의 모습.

— 아아, 그는 너무 완벽해.
— 그에 비하면 나 따위는….
— 그에게 내 시간을 모두 바치고 싶어. 그러려면….

민성의 모습을 스크린에서 보고 은성은 눈을 크게 뜬다. 자신이 모르는 시간 속의 민성은 광기 어린 눈빛으로 유성을 숭배하고 있었다. 그러고 보니, 유성이 눈을 떴을 때부터 민성의 말수가 현저히 줄어들었다는 것을 은성은 이제야 깨닫는다.

— 그에게 나를 바치고 죽고 싶어.

은성도 알고 있었다. 이 인체는 유성이라는 인격이 조종할 때 폭발적으로 아드레날린을 분비한다. 가장 말초적인 충동에 가까운 민성은 더욱 거대한 쾌락 앞에 기쁘게 몸을 바친다. 그는 황홀한 얼굴을 하며 의자 위에 올라섰다. 그것이 민성의 마지막 모습.

'그랬던 건가…?'

은성의 눈빛이 흔들린다. 유성에게 모든 것을 맡기고 잠들고 싶다는 충동은 자신에게도 있었다. 민성은 그 욕망을 가장 빠르게 실천으로 옮겼을 뿐이다.

"하지만 현성이는? 언젠가부터 현성이가 느껴지지 않아. 걔는 네가 죽인 거잖아?"

"솔직히 책임이 없다고 할 순 없지만…."

스크린은 감금된 현성을 비춘다. 그가 갇혀서 삶의 의욕을 잃어가는 모습에 은성이 눈물을 그렁거린다. 하지만 갇힌 이후 현성의 심적 변화는 예상치 못했던 것이었다.

― 이 몸, 굉장히 즐거워하는구나. 내가 지배할 때와는 달리.

그도 유성이 이 몸을 지배할 때 육체가 뿜어내는 환희를 느낀 모양이다. 누구보다도 이성적인 현성은 자신의 이권을 지키기 위해서 유성이 내면의 집으로 돌아올 때마다 격렬히 비난하고 저항하긴 했지만, 그가 나가고 나면 흰 창살 사이로 보이는 TV로 유성의 시야를 공유하며, 신체의 정직한 환희를 학자적으로 분석하고 있었다.

― 아무리 열심히 공부해도 그 자체로는 즐겁지 않았어. 성과를 내고 주변의 인정을 받을 때만 만족을 느꼈지. 하지만 그런 것 없이 스스로의 만족감만으로 이렇게 높은 행복감을 얻을 수 있다니.

― 그의 시간과 내 시간 중에 뭐가 더 가치 있을까?

― 사실 우리는 독립된 인간이 아니라 욕망에 의해 분할된 인격일 뿐이야. '진짜'가 나타났는데, 굳이 내가 존재할 필요가 있을까.

그가 소멸된 결정적인 이유는 자유를 뺏겨서가 아니었다. 스스로의 존재 가치를 의심하게 되었기 때문이다. 스스로를 의심하는 만큼 그의 육체는 쪼그라들었고, 결국에 말라붙었다. 사라지기 직전 현성이 발악하듯이 던진 비난은 곧 사라질 것을 예감한 자의 마지막 저항이었던 것이다.

"원인을 제공하긴 했지만, 보다시피 내가 그를 죽이려 했던 것은 아니야. 돌아가자, 은성아. 너에겐 그러지 않을게. 맹세해."

유성의 간절한 부탁. 하지만 은성은 숙이고 있던 고개를 들어 유성의 눈을 마주한다.

"아니."

"…!"

"지금은 달콤한 말로 나를 유혹하겠지. 하지만 너도 네 욕망을 주체할 수 없잖아? 결국 너는 매일 돌아오는 시간이 늦어질 거야. 12시간에서 6시간, 3시간, 1시간…. 결국에 너는 또 시간을 독차지할 테고, 나는 현성이처럼 유폐되어 죽어가겠지. 그걸 견디라고?"

유성은 입술을 깨문다. 아니라는 말이 목구멍까지 치솟았지만 자신도 장담할 수 없다. 현성에게도 시간을 나누어주려고 몇 번이나 결심했지만 매번 실패하지 않았던가.

"아니, 솔직해지자. 나는 처음부터 너에게 먹히고 싶었어. 그래서 도망친 거야. 해선 안 될 일을 할 것 같았으니까. 하지만 더 이상은 하고 싶지 않아. 제발 나를 죽여줘."

그 말을 하는 은성의 표정은 말로 표현할 수 없이 처참했다. 붉은 눈으로 다가오는 은성과 뒷걸음질 치는 유성. 유성의 의지대로 움직이는 듯하던 무의식은 이번에는 은성을 돕듯이 유성의 등 뒤를 가로막는다. 더 많은 쾌락을 가져다줄 선택을 돕는 것이다. 곧 유성의 손에는 시퍼런 칼이 생겨난다.

푸욱- 유성은 후퇴할 곳이 없는 벽에 기대어 눈물을 뚝뚝 흘리며 은성을 찔렀다. 아니, 유성의 손에 들린 칼에 은성이 자신의 몸을 갖다 박은 것이나 다름없었다. 그때 눈을 감는 은성의 표정. 절망과 환희가 범벅된 그 표정에 모두는 말문을 잃었다. 그것은 자신도 몰랐던 어떤 밑바닥을 자극하는 표정이었다.

분장 변경을 위한 휴식 시간에도 촬영장은 고요했다. 은성의 아픈 마음을 짐작하는 듯이, 그리고 다시 한번 아파야 할 유성의 마음도 짐작한다는 듯이.

「바로 가도 되겠어요?」

「…괜찮습니다.」

「류신은?」

「저야, 당연히 괜찮죠.」

유명의 마음은 사실 조금 혼란스러웠다. 방금 자신이 연기한 은성이 대사에 저항했기 때문이다. 유명은 은성에서 유성으로 포지션을 바꾸고 다시 크로마키 스튜디오에 섰다. 그리고 이번엔 은성의 자리에 위치한 류신을 바라보았다.

「레디- 액션!」

숨 막힐 듯한 긴장감 속에 같은 장면이 반복된다. 위고는 이번 테이크의 절반도 오지 않아서 이 테이크는 완벽하게 끝날 것이라는 예감을 받았다. 살이 저밀 정도로 촬영장의 공기가 압축되어 있다. 장면은 파국으로 달려간다.

"지금은 달콤한 말로 나를 유혹하겠지. 하지만 너도 네 욕망을 주체할 수 없잖아? 결국 너는 매일 돌아오는 시간이 늦어질 거야."

한 발짝.

"12시간에서 6시간, 3시간, 1시간…. 결국에 너는 또 시간을 독차지할 테고, 나는 현성이처럼 유폐되어 죽어가겠지. 그걸 견디라고?"

한 발짝.

"아니, 솔직해지자. 나는 처음부터 너에게 먹히고 싶었어. 그래서 도망친 거야. 해선 안 될 일을 할 것 같으니까. 하지만 더 이상은 하고 싶지 않아. 제발 나를 죽여줘."

또 한 발짝, 그가 다가온다. 류신이 뱉는 은성의 대사는 완벽했다. 그의 얼굴 위에 아까 자신이 연기했던 은성이 겹쳐 보인다.
'아아…'
 가장 절박할 때의 제 표정을 마주해본 적이 있는가. 목덜미에 얼음 바구니를 쏟아넣은 것처럼 오소소 소름이 돋았다. 그것은 자신도 몰랐던 자신의 표정.
'나는 포기하고 싶지 않았구나. 그때도, 지금도.'
 부드럽기만 해보이던 은성은 생각보다 강인했다. 그의 슬픈 표정 한구석에는 자신도 살고 싶다는 욕망이, 살아야만 한다는 의무감이 분명히 남아있었다. 〈Mimicry〉 때도 아스를 연기하면서 미호의 진짜 마음을 깨달았었지. 하지만 자기 자신의 진짜 마음조차도 연기를 하면서 깨닫게 되다니.
'혹시 잘못 생각했던 걸까.'
 준호의 시나리오를 보자마자 그 꿈을 꾸었다. 그렇기에 유명은 이 영화의 결말을 한 번도 의심하지 않았다.
 유성은 은성까지 죽인 후 완전히 혼자가 된다. 그는 평상시에는 죄책감에 시달리는 듯 어두운 표정으로 살아가지만, 무대에 오를 때만은 어찌할 수 없는 에너지를 뿜어내고 희열에 떤다. 그리고 무대를 내려와서는 이기적인 자신을 비난하듯 다시 우울해진다. 마치 조울증 같은 삶을 비추며 영화가 끝날 계획이었다.
 그것은 원생에서 자신의 삶이었다. 현생에 와서 비슷한 실수를 하지 않기 위해 노력해왔지만, 유명은 자신이 본질적으로 바뀐 것은 없다고 생각하고 있었다. 하지만….
'정말 변한 게 없을까?'
 이번 생에 접어든 후, 유명은 그 무엇보다도 가족을 등지는 것을 경계해왔다. 그 첫 번째 노력이 바로 부모님을 설득하기 위해 〈지킬 박사와 하이드〉 공연에 초대했던 것이었다.
 물론 작품 준비 중에는 신경이 온통 작품에 쏠리는 것은 사실이다.

하지만 그사이에도 유명은 부모님에게 정기적으로 연락드리고 동생의 안부를 챙겼으며, 지인들에게도 도움이 되는 사람이 되려고 애써왔다. 그 노력을 전혀 소용없다고 말할 수 있는 것일까.

'이 욕망들 간의 싸움을 나만 하는 것은 아니잖아.'

주체할 수 없을 정도로 한 가지만을 향해 치닫는 마음. 그것은 때로 괴물처럼 느껴지기도 하지만, 사실 그것 없이 유명은 진정한 행복을 느낄 수 없었을 것이다. 누구나 그 줄타기를 하며 살아갈진대 자신의 욕망이 조금 진한 색깔이라고 해서 정말로 제어하는 게 불가능할까.

'연기를 위해 노력하는 만큼 노력한다면.'

아무리 불가능해 보이는 연기라 해도 배우 신유명은 어떻게든 방법을 찾고 해내어왔다. 그만큼 노력한다면 이 거대하고 제멋대로인 욕망도 길들일 수 있지 않을까. 실제로 두 번째 삶을 사는 유명은 그러기 위해서 부단히 노력해왔지 않은가.

다음 순간, 모든 이들은 전율했다. 유성은 은성이 한 발자국 앞으로 다가왔을 때 역수로 손을 바꾸어,

'…!'

푸욱- 자신의 허벅지를 찔렀다.

257

오디우스 워크숍

'아니…!'

모두가 숨을 멈추었다. 갑작스런 애드립이지만 위화감은 없었다. 스태프들은 유명이 뭔가 다른 영감을 받은 것을 직감하고, 그를 방해하지 않은 채 조용히 주시했다. 류신 또한 자연스럽게 유명의 애드립에 반응하며 그를 마주 보았다.

허벅지에 꽂힌 칼을 내버려둔 채로 유성은 코앞의 은성을 마주 안았다. 꽈악-

"너는 달라, 은성아."

"…!"

"민성이는 애초부터 나의 분신 같은 거였어. 그는 자신보다 더 본질적인 욕망을 가지고 태어난 내게 기쁘게 복종하며 스스로 사라졌지."

한 인간이 추구하는 최상의 욕망을 향해 자신을 헌납한 말초적인 욕망.

"현성이는 자신이 쓸모없다는 것을 깨닫고 스스로 도태된 것일 뿐이야."

최상의 욕망을 알게 되고 나자 스스로의 허망함을 깨달아버린 성공에 대한 욕망.

"하지만 너는 내가 지켜야 하는 존재야. 너 없이는 나도 결국 행복하지 못할 테니까."

"……."

유성은 은성과 이마를 맞대고 그에게 새겨넣듯이 말한다.

"노력할게. 죽을 만큼 노력할 거야. 제발 한 번만 나를 믿어줘."

그것이 유명이 새롭게 깨달은 결론. 그리고 그는 은성에게도 부탁한다.

"너도 포기하지 말고 노력해줘."

촬영장에 기묘한 정적이 흘렀다. 특히 유명과 시선을 맞대고 있던 류신은 강제로 막고 있던 혈류가 통할 때처럼 지잉- 하며 몸이 뜨거워지는 감각이 들었다.

'이건… 무슨 감각이지?'

빨려들어갈 듯이 강렬한 의지를 담은 유성의 눈. 순간 류신은 유성의 마음도, 은성의 마음도 그 속에 들어앉은 것처럼 직접적으로 느낄 수 있었다. 그의 후회, 깨달음, 실수를 반복하지 않겠다는 절박한 의지. 잠시 그에게 씌인 듯했던 시선이 자신의 것으로 돌아오자 류신은 살짝 어지러웠다.

'이런 게… 연기라고?'

〈미믹크리〉의 아스를 보았을 때, 류신은 인간이 할 수 있는 연기의 극한을 보았다고 생각했다. 인간이 아닌 것을 연기할 때의 그 자연스러운 위화감. 그리고 인외의 것이 인간을 흉내 낼 때의 완벽하기까지 한 섬뜩함. 그날 이후 류신은 언젠가 자신도 저런 연기를 해보겠다며 이를 악물고 노력해왔다.

그런데 지금의 연기는….

'너무나 인간적인….'

인간의 욕망을, 나약함을, 갈등과 반목을 거쳐 자신을 만들어가는 과정을, 이렇게 생살을 저미는 듯 펄떡이는 감정을 조금의 필터링도 없이. 그래서 보는 사람들에게 마치 자신이 그 인물이 된 듯한 강렬한 일체감을 느끼게 하는, 이런 것이 연기로 가능한 영역이라고?

사람들이 꿈을 깬 듯 눈을 껌뻑인다. 그 모습을 보며 류신은 조금 전의 체험을 한 것이 자신 혼자가 아님을 깨닫는다. 유명은 지금 이 촬영장의 모든 사람들을 강제로 자신의 내면의 집에 초대했다가 풀어주었다. 감탄조차 하지 못하고 있는 사람들을 보며 류신은 헛웃음을 지었다.

'어디까지 가려는 거냐, 너는.'

감독석에서 위고가 달려오고 있었다.

「그래서, 대본을 바꿀 생각입니까?」

위고는 정신을 되찾은 후 그렇게 물었다. 〈미믹크리〉의 종반에 벌어졌다던 결말의 변경. 그것이 이 촬영장에서도 일어날 것인가. 하지만 유명은 다른 대답을 했다.

「두 가지 버전을 모두 찍고 싶습니다. 새드엔딩과 해피엔딩.」

「…!」
 원생과 현생. 유명은 두 가지의 엔딩을 모두 담아보기로 했다.

 8월 중순.
 "수고하셨습니다!"
 와아- 촬영장 한가운데에 선 배우는 감독의 자격으로 촬영 종료를 선언했다. 총 121일의 촬영, 동일인이지만 다른 성격을 지닌 4개의 캐릭터, 전체 대사 중 80%를 유명이 연기하는 이 집약적인 작업은 예정일보다 며칠 당겨 종료되었다. 밍기뉴의 전 대표이자 현 책임 스태프인 민기환과 민기정은 손이 닳도록 박수를 치며 감상을 나눴다.
 "말이 되냐, 이게?"
 "안 되지. 안 돼."
 "사실 이건 참가한 것만으로 영화인으로서 평생 영광으로 남을 작업이었다고 본다."
 "스태프들도 초반보다 실력이 엄청 늘었어."
 "우리도 마찬가지야."
 감독석에 앉아 있는 위고 비아드는 물론, 촬영감독, 조명감독, 세계적인 스태프들도 모두 함께 박수를 치고 있었다. 자신의 한계를 초월해가는 진짜 예술가에 대한 존경의 박수였다.
 「위고 씨, 수고하셨습니다.」
 「내가 뭐 한 게 있나요.」
 위고가 쩝- 하고 입맛을 다셨다. 유명이 드라마투르그 역할을 해달라고 요청했을 때 그는 속으로 생각했다. 자신의 기대보다 조금이라도 모자라다면 보조 역할로 만족하지 않을 거라고. 하지만 그는 늘 기대 이상. 오히려 자신이 그의 기대를 맞추기 위해 허덕여야 했다. 유명에게 좀 더 참신한 해석을 내놓기 위해 머리를 싸매야 했던 것이다.

유명은 스태프들과 일일이 악수를 나눈 후 수연에게 다가갔다. 진즉에 자신의 분량이 끝난 수연이었지만, 그녀는 하루도 빠지지 않고 촬영장에 나와 유명의 모든 연기를 지켜봐왔다.

"좀 도움이 됐어?"

"넵. 목표로 삼아 정진하겠습니다!"

수연이 존경을 담아 평소보다 깍듯이 인사를 한다. 유명이 피식 웃으며 가볍게 그녀의 머리를 헝클었다.

그리고… 또 한 사람.

"류신 형, 감사합니다."

"고마운 쪽은 나라니까요. 이 영화가 개봉되면 다들 뭐라고 할지 궁금하군요."

"하핫…."

"모레, 오디우스에 간다면서요?"

"네. 가야죠."

유명은 이틀 후 오디우스 여름 워크숍에 참석할 예정이었다. 이번에는 학생이 아닌 특별 강사의 자격으로.

〈인격살인〉의 영화 촬영이 끝났다.

유명은 녹음이 짙은 가운대 캠퍼스에 들어섰다. 그가 먼저 들른 곳은 이재필 교수의 연구실이었다.

"신 배우, 왔어?"

"안녕하세요, 교수님."

"촬영은 끝났어?"

"네. 그제 끝났습니다."

"올해 학생들이 참 좋아. 신 배우 덕분에 가운대 오디우스의 명성이 훌쩍 올라갔거든. 작년에는 전국 연기학과 중에 입학 커트라인이 톱을 찍었어. 경쟁률 인플레가 말도 아니었지."

"하하…."

원래도 유명하던 오디우스는 신유명이라는 세계적인 배우를 배출한 후 이름값이 더욱 폭등했다.

"오늘 제가 오는 거 학생들은 알고 있나요?"

"아니. 학교 뒤집힐 일 있어? 오늘 내 특강으로 알고 있을 텐데 신 배우가 등장하면 애들 난리 나겠네. 가지."

유명은 재필을 따라 걸어 강당의 문 앞에 섰다. 숨을 살짝 골라 쉰다. 꽤나 인정받는 배우가 되었지만, 연기에 대한 강연을 한 적은 거의 없었다. 유석의 요청으로 밸론토의 배우들에게 강연했던 것 정도. 유명을 초빙하길 원하는 곳이야 많았지만 작품을 하기만도 바빴기 때문이다. 하지만 오디우스라면 이야기가 다르다.

어느 날 갑자기 떨어진 타과의 배우지망생을 편견 없이 맞아주었고, 서류신, 윤한성, 그 외 유명의 여러 소중한 지인들을 만나게 해준 곳. 유명이 어느 곳보다도 소속감을 느끼고 있는 오디우스의 후배들을 지금 만난다. 이제 막 연기의 세계에 접어든 후배들에게 조금이라도 도움이 되고 싶었다.

덜컹- 문이 열렸다. 학생들은 재필의 뒤에 모자와 마스크를 쓴 남자가 보이자 고개를 갸웃거렸다.

"누구지?"

"오늘 특강 있었나?"

"뭐야 뭐야, 선배야?"

모자와 마스크로도 아우라를 가릴 수 없다. 한 발 한 발, 편안하게 걷는 걸음걸이마저도 눈을 뗄 수 없을 정도로 시선을 끌어당긴다. 그가 강당의 앞쪽에 접근할 때까지 학생들은 멍하니 그를 쳐다보고 있었다.

강단 아래, 진행석에 붙은 마이크를 쥐고 이재필이 입을 열었다.
"여러분들은 무척 운이 좋군요. 이번 오디우스 여름 워크숍에는 무척 특별한 강사 한 분을 모시게 되었습니다."
그가 한쪽 책상 위에 모자를 벗어 내려놓자, 깨끗하고 길쭉한 눈매가 드러났다. 앞줄에 앉은 학생들의 팔에 소름이 쫘악 지나갔다.
'설마…!'
마스크를 벗는 순간 이재필이 오늘의 강사를 소개했고, 학생들이 미친 듯이 소리 지르기 시작했다.
"자랑스러운 오디우스의 선배, 00학번 신유명 배우를 소개합니다."
"우와아아악-!" "으어어어!" "으악!"
괴상한 비명이 난무하는 가운데, 단상에 오른 유명이 싱긋 웃었다.
"반갑습니다, 후배님들. 배우 신유명입니다."
자신들을 귀여운 듯 내려다보는 그의 눈빛에 모두는 심장을 부여잡았다.

"교수님, 실례지만 교수님 흉내 한번 내도 될까요?"
"흐음…. 좋습니다."
학생들이 조금 진정된 후 유명은 이재필에게 장난기 어린 어투로 양해를 구했다. 재필이 눈썹을 움찔하더니 고개를 끄덕였다. 괜한 농을 치려는 것 같지는 않았던 것이다.
'뭐야?'
'뭘 하시려는 거지?'
'교수님 성대모사?'
그때 유명의 표정이 휙- 바뀌었다. 자신들을 귀엽게 바라보던 멋진 선배의 얼굴이 한순간에 사라지고 깐깐하고 지적인 표정이 덮어 씌워진다. 약간 구부정한 어깨, 턱을 살짝 쓰다듬는 엄지와 검지는 학생들을 어떻게 요리할지 궁리하는 듯하다. 그의 입이 열린다.

"좋아요. 이번 워크숍 참석자들은 눈빛이 좋군요."

학생들은 멍하니 입을 벌렸다. 이재필이다. 아니, 물론 체구도 생김새도 목소리도 달랐다. 머릿속으로는 당연히 그가 신유명이라는 것을 인지하고 있었지만, 그의 제스처, 억양, 학생들을 난도질 할 듯한 냉철한 말투까지, 누구나 그것이 이재필이라는 것을 단숨에 알아볼 수 있을 정도였다.

"이번 워크숍의 결과는 학점에 반영하겠습니다."

순간 학생들은 어깨를 흠칫 떨었다. 학점에 반영한다는 말에 본능적으로 반응한 것이다. 머리가 거짓임을 알고 있음에도 가슴이 반응할 정도로 그 연기에는 감쪽같은 면이 있었.

짝- 유명이 두 손을 들어 한 번 손뼉을 쳤다. 그 순간 표정이 다시 한번 바뀐다. 이번에는 누구일까.

"이 교수는 너무 깐깐한 경향이 있어. 오디우스 멤버쯤 되면 학점으로 협박하지 않아도 워크숍에 최선을 다한다고."

자신을 카피한 연기를 보고 조금 얼굴이 붉어져 생수를 들이켜던 재필은, 이번엔 윤한성을 카피한 연기를 보고 머금은 물을 푸웁- 뿜어냈다. 조금밖에 남아 있지 않아서 다행이었다.

"와…"

"윤한성 선배님 맞지?"

"미쳤다. 눈썹 살짝 내리는 표정만 봐도 바로 알겠다."

엊그제 한성의 워크숍이 있었으므로 학생들은 윤한성의 실물을 알고 있었다. 유명은 한성의 몇 가지 특징을 정확하게 뽑아내서, 그를 한 번밖에 보지 못한 학생들도 단박에 윤한성을 연기한 것임을 인지하게 만들었다.

학생들의 표정이 경악과 경외로 바뀐 후, 유명은 다시 본래의 얼굴로 돌아왔다. 그들의 표정은 아까 유명을 처음 알아봤을 때보다도 초롱초

롱해져 있었다. 대스타를 직접 보았다는 것보다 '나도 저렇게 연기하고 싶다'는 자극을 받았을 때 더욱 흥분하는 꼬꼬마 배우들이었다.

"재미있나요?"

"네!"

"교수님, 실례했습니다. 한성 형에겐 미리 허락받았어요."

"괜찮습니다, 흠흠."

유명은 본격적인 강연을 시작했다.

"처음 교수님께 오디우스 특별강연 요청을 받았을 때, 무엇을 주제로 삼을까 많이 고민했어요."

두 번 걷기를 시켜볼까. 리액션을 제대로 하는 법을 알려줄까. 혹은 이번 영화에서 시도했던, 여러 배역을 각각 연기하고 그것이 마술같이 하나로 이어지는 연기법을 보여준다면? 학생들은 눈을 의심하며 환호하겠지.

하지만 아직 그들에게는 이르다. 자칫하면 기초부터 차근차근 쌓아나가기보다 단숨에 눈을 혹하게 하는 테크닉에만 집착할 수도 있다. 그래서 오늘 유명이 결정한 주제는 이것이었다.

"오늘 제가 여러분과 함께 해보기로 결정한 것은 배우에게 가장 기본적이고 중요한 능력, '관찰'입니다."

258

일상적인 관찰과 연기 관찰

'진짜… 장난 아니다. 가운데 오기를 백번 잘했어.'

가운대 연영과 2학년, 김한나는 미친 듯이 뛰는 심장을 내리누르고 있었다. 그녀는 재작년 대입 원서를 쓸 때, S대 안정권인 성적에도 불구하고 가운대를 고집했다. 담임 선생님이 몇 번이나 집으로 찾아왔다. 지방 고등학교 입장에선 S대에 한 명 더 보내는 것이 학교의 위상을 가르는 일이었으니까. 부모님도 일단 S대에 들어가고, 연기가 꼭 하고 싶으면 다른 방법을 찾아보자고 권했지만….

— S대엔 연영과가 없잖아요. 그리고 가운대는 신유명을 배출한 대학이라니까요!

유명을 보고 연기의 꿈을 키운 그녀는 완강히 자신의 결심을 관철했다. 그리고 오늘 그 보상을 톡톡히 받고 있었다.

'실물 쩐다….'

그녀의 눈빛이 몽롱해져 갔다. 주변 학생들의 모습도 별반 다를 바는 없었다. 연기 지망생들에게 '신유명'이라는 이름은 이미 신앙과도 같았으니까. 유명은 '관찰'이라는 단어를 칠판에 적어두고 다음 이야기를 이어나갔다.

"어느 일이든 프로가 되려면 '경험'이 가장 중요하죠. 배우에게 가장 도움이 되는 경험은 역시 직접 배역을 맡아보는 것이겠지만, 여러분에겐 아직 그 기회가 자주 생기지 않죠. 경험이 부족할 때, 그걸 보충해 줄 수 있는 방법이 바로 '관찰'입니다."

귀에 쏙쏙 들어오는 전달력 있는 목소리. 유명은 돌아서서 관찰이라는 단어의 아래에 두 가지를 더 적는다.

[일상적인 관찰 & 연기 관찰]

"이 두 가지엔 어떤 차이가 있을까요?"

유명의 질문에 그의 눈에 들고 싶은 학생들이 번쩍번쩍 손을 들었다. 그중 한 명을 지목하자 학생이 벌떡 일어나 크게 대답한다.

"일상적인 언어와 연기적인 언어의 차이입니다."

"아주 정확한 대답이에요."

흐뭇한 칭찬에 키가 190에 육박하는 남학생의 얼굴이 발그레해졌다.

"사람들은 일상생활에서 수많은 감정을 표현하지만, 그 표현들을 정제하지 않고 그대로 흉내 낼 경우 연기로는 적합하지 않을 거예요. 자신의 감정을 제대로 인지하지 못하고 짓는 표정인 경우도 많고, 자신만의 표정이라 남들은 이해하지 못하는 경우도 많아요. 그래서 감정 표현에는 객관화가 필요합니다. 제가 세 가지 표정을 보여줄 건데, 어떤 표정인지 맞춰볼까요?"

유명이 손으로 자신의 얼굴을 가렸다가 스윽- 떼어내자, 그곳에 자리한 것은 초췌해 보이는 한 얼굴. 협근이 패이고 하순하체근이 힘없이 처진 것만으로도 뭔가 피로해 보이는 얼굴로 변했다. 스윽- 다시 바뀐 얼굴은 졸음을 억지로 참는 중인지 눈에 힘이 들어가지 않는데, 억지로 전두근을 끌어올려 눈을 뜨려고 하는 모습. 그 익숙한 표정에 몇몇 학생들이 품- 하고 작게 웃는다. 그리고 마지막 표정. 안면근에는 별다른 변화가 없지만 눈빛에 초점이 없이 멍하다.

"뭐가 떠오르나요?"

"퇴근길 지하철요! 뻗기 직전!"

"수면제 교수님 강의요. 다들 표정이 저래요!"

여기저기서 터지는 대답에 다들 꺄르르 웃음이 터진다. 20대 초반의 싱그러운 발랄함이다. 유명은 웃으며 고개를 끄덕이더니 다시 한 가지 표정을 보여준다.

스윽- 깊게 팬 주름, 세상이 무거운 듯이 처진 어깨, 늘어진 눈썹. 눈빛이 한숨을 담은 것처럼 무겁다. 앞의 표정들이 어딘가 명확하지 않은 일상의 얼굴이었다면 이것은 하나의 감정을 그릴 듯이 표현하는 배우의 얼굴. 바뀐 분위기에 학생들은 웃음을 싹 거두고 집중해 그 표정을 바라본다. 유명이 온몸으로 표출하고 있던 분위기를 거둔 후 말한다.

"피로. 방금 제가 표현한 감정입니다."

이만큼 명확한 전달법이 있을까. 앞이 일상적인 표정들이라면 뒤는 관객에게 직접적으로 인물의 감정을 전달할 수 있는 연기적인 표정. 그는 그저 평소 주변을 잘 관찰하는 것만이 전부가 아니라는 이야기를 하고 있는 것이다.

"후배님들은 앞으로 많은 관찰을 해야 해요. 지나가는 분들의 표정 하나하나가 나의 연기적 자산이 되어줄 겁니다. 다만, 관찰로 끝나선 안 돼요. 그 관찰을 재료로 어떤 표정을 어떻게 표현할 때 가장 효과적인지를 생각하고 훈련해서 스스로의 것으로 소화해야 합니다. 그럴 때 좋은 교재가 될 수 있는 것이 '연기 관찰'입니다. 다른 배우가 어떻게 감정을 표현하는지 그 방식을 배우는 거죠. 즉 여러분은 열심히 재료를 모으고 요리법도 배워야 한다는 뜻입니다."

긴장했던 공기가 재치 있는 비유에 살짝 풀린다.

"물론 너무 남의 요리법만 따라하다간 내 레시피는 만들 수 없어요."

재필은 유명의 강의에 감탄하는 한편, 속으로 슬쩍 투덜거렸다.

'나는 강의할 때마다 샘플 사진이나 영상을 찾는데, 신 배우는 편하네. 그냥 본인이 연기해서 보여주면 되니까…'

물론 배우라고 다 그럴 수 있는 것은 아니겠지만 말이다.

한나의 벌어진 입에서 침이 흐를락 말락 하다가 입안으로 꿀꺽 넘어갔다.

'흐억, 추태를 보일 뻔했네. 아, 근데 진짜 연기 미쳤다…'

"거기, 단발머리 후배님."

"네, 넵!"

그런 생각을 하고 있는데 유명이 갑자기 그녀를 지목한다. 한나는 깜짝 놀라 벌떡 일어서서 큰 소리로 대답했다. 평소 똑똑하고 새침하던 그녀의 새로운 모습에 오디우스 단원들이 슬쩍 웃었다. 하기야 자신들도 저 대배우가 자신을 직접 지목한다면 저렇게 바짝 얼 수밖에 없으리라.

"지금부터 '관찰'과 '표현'을 실습해보려고 해요. 방법을 시연하고 싶은데 후배님이 좀 도와주겠어요? 제일 열심히 보고 있길래."

"아… 네엡."

그녀는 얼굴이 붉게 달아올라 단상 위로 올라갔다. 유명과 가까이 서니 심장이 쾅쾅 뛰어 바깥으로 소리가 들릴까 걱정될 정도였다.

"조금 전까지 제 모습을 봤을 텐데, 간단한 부분이라도 좋으니 포착한 게 있으면 한번 연기해볼 수 있겠어요?"

주문을 받고 곰곰이 생각하는 그녀. 순식간에 그녀는 유명의 팬에서 진지한 배우지망생의 모습이 된다. 그녀는 유명의 평소 모습을 지금 처음 보는 것이 아니었다. '갓네임드'로서 유명의 메이킹 영상과 인터뷰 영상들을 수백 수천 번 재생해보았다. 이 강당 안에서 한나만큼 유명의 영상을 많이 본 사람은 없으리라. 그녀는 떠올렸다. 조금 수줍은 미소를 머금고 있지만 언제나 등이 곧고 어깨가 반듯한, 스스로에게 당당하고 자신감 넘치는 배우의 모습을.

스윽- 한나의 바뀐 자세와 표정. 아직 서툴기는 하지만 확실히 유명의 특징이 드러나 있었다. 학생들이 오- 하며 감탄했다.

'와…. 교수님이 올해 학생들이 다 괜찮다고 하시더니.'

유명조차 감탄했을 정도로 한나의 관찰력과 표현력은 상당했다. 유명이 박수를 치자 곧 강당이 박수소리로 가득 찼다.

"오올~ 김한나~!"

"멋있다! 잘한다!"

한나를 들여보낸 후, 유명이 주문했다.

"이제 2인 1조가 되어서 서로를 번갈아 표현해보겠습니다. 내가 매일

보는 사람들을 얼마나 공들여 관찰해왔는지를 알 기회가 될 거예요. 관찰당하는 입장에 섰을 때도 상대가 나를 어떻게 표현하는지를 유심히 봐두세요. 나의 특징적인 표정이나 태도가 타인에게 어떻게 보이는지를 알게 된다면, 배우로서 '스스로를 파악'하는 데 중요한 단서가 될 겁니다."

유명의 설명을 듣고 보니 굉장히 좋은 훈련 같았다. 그들은 짝을 지어 연습을 시작했고, 그 사이를 유명이 돌아다니며 적절한 시범을 보여주거나 조언을 해주었다. 그렇게 의미 있는 연습이 이어졌고, 강연의 끝 무렵.

"뭐 질문할 거 있으신 분?"

한나가 손을 번쩍 들었다.

"네, 후배님?"

"저… 〈려말선초〉가 제 인생작인데, 한 번만 실제로 연기하는 모습 보여주시면 안 될까요?"

아까 교재 역할을 훌륭히 해냈던 후배의 요청. 모두들 그 이방원의 연기를 눈앞에서 볼 수 있을지, 두근거리는 마음으로 유명의 답변을 기다린다. 유명은 잠시 고민하더니, 수락도 거절도 아닌 제3의 답변을 내놓았다.

"그럼 오늘의 강연 주제에 어울리는 방식으로 요청에 응해볼까요?"

'관찰'에 어울리는 방식. 유명이 연기하기 시작한 것은 이방원이 아닌 정몽주였다.

정몽주를 다른 사람 앞에서 연기하는 것은 두 번째였다. 한 번은 데렉의 과제였던 '두 번 걷기'에서 정몽주로서 걸었던 것, 그리고 지금.

하지만 대본을 받으면 다른 배역들도 연습해버리는 습관 때문에 혼자 정몽주를 연기해본 적은 꽤 많았다. 유명은 다양한 해석으로 다양한 정몽주를 만들어냈지만 그럴 때마다 느끼는 것은, 윤한성의 정몽주가 정말 훌륭했다는 것이다.

'역시 한성 형은 좋은 배우야.'

대국의 서신을 품 안에 거머쥐고 굶주림도 공포도 극복한 채 명의 황제 앞에 한 줌 비굴함 없던 청년 시절의 정몽주. 그리고 세월이 흘러 정치가이자 외교관으로서 지극히 우아하고 세련된 태도. 하지만 그 내면에는 수그러들지 않는 굳은 신념을 가진 말년의 정몽주를 한성은 거의 완벽하게 표현해냈다.

오늘 유명이 연기하려는 것은 스스로 해석한 정몽주가 아니다. 〈려말선초〉의 정몽주는 누가 뭐래도 윤한성의 것. '관찰'이라는 주제에 맞게 유명은 한성의 정몽주를 완벽히 카피하여 후배들 앞에 선보이려 한다.

〈려말선초〉 최고의 신, 다담. 적진의 심장에 들어온 당대 최고 정치가의 최후의 한 수가 눈앞에 펼쳐졌다.

"아니라고는 못 하겠군. 송헌대감이라면 좀 더 미적거리셨으리라 생각했는데, 자네라는 변수를 과소평가했어. 그 판단력에 감탄했다네."

유명의 첫 대사에 학생들보다 이재필이 더 긴장했다.

'한성이다…!'

그와 대학 시절을 함께 보낸 동기. 당시 오디우스에서 언제나 주역을 거머쥐었던 한성은 오랜 무명 시기를 극복하고 배우로서 성공했다. 그런 그의 연기 스타일이 어느 날 바뀌었다. 재필은 03년 오디우스 워크숍이 끝나고 자신을 찾아왔던 한성의 표정을 잊지 못한다.

— 고맙다, 이 교수.

— 무슨 말이야?

— 내가 뭘 잘못 생각했다는 걸 그 친구가 가르쳐줬어.

— 가르쳐줘? 윤 배우를? 누가?

감도 잡지 못하고 있던 재필에게 한성이 전달한 이야기는 놀라웠다. '메소드 연기학'에서 재필이 발견한 타과 학생이 있었다. 기막힌 연기에 감탄해 한성에게 동영상을 보여주었고, 그것을 본 한성이 '그에게 조언할 것이 있다'고 하길래, 재필이 그를 오디우스 워크숍에 추천했었다. 한성은 그 학생이 이미 자신보다 뛰어난 배우라고 얘기하는 것이다.

— 설마….

— 내가 한 수 배웠어. 지금 갇힌 틀을 빠져나오지 못하면 앞으로도 계속 자기복제식의 연기만 하게 될 거라더군.

— 말도 안 돼. 그런 건방진 얘기를 했다고?

— 물론 정중하게 말했어. 하지만 결국 그 뜻이었지. 얼마나 찔리던지.

말도 안 된다고 생각했지만, 신유명은 재필의 고정관념을 깨부수듯, 매번 기적 같은 연기를 선보여왔다. 그리고 저 〈려말선초〉에서 신유명과 함께한 윤한성은 말 그대로 비약적으로 발전했었지. 당시 재필은 유명보다 한성에게 더 감탄했었다. 이미 40에 가까운 배우가 단시간에 새로운 경지로 넘어가다니. 정몽주와 이방원의 한 치도 밀리지 않는 투샷은 그야말로 압권이었다.

그리고 지금 무대 위엔 한성의 연기를 복사해내는 유명이 있다. 상대역의 연기를 얼마나 집중해서 관찰했는지, 표정 하나 손짓 하나도 다른 부분이 없는 완벽한 윤한성의 정몽주. 그 연기를 마친 후 완전히 홀려 있는 관객들에게 유명이 부연한다.

"아까 말했듯이 좋은 연기를 '관찰'하는 것도 배우로서 많은 공부가 되죠. 윤한성 선배님의 정몽주는 정말 최고였습니다."

오디우스의 꼬꼬마들은 기적을 관람한 표정으로 마구 박수를 쳤다. 신유명, 윤한성, 이선하, 서류신…. 오디우스를 거쳐간 수많은 선배들이 오디우스라는 이름에 자부심을 더해주고 있다. 그것은 곧 자신들의 이름이었다.

'나도 언젠가는…!'

'배우는 입장이 아니라 후배들에게 가르치는 입장이 되어서…'
'저렇게 멋진 배우가 되어서 이 자리에!'

모두의 가슴에 자부심과 각오가 서렸다. 이들 중 누군가는 다시 이 자리에 돌아오게 될 것이다. 마치 유명처럼.

259

연기콘서트 〈IF〉

「니사~!」
「유명~!」

입을 다물면 웬만해선 말을 붙이기 힘들 정도로 차가운 인상의 니사 펄스. 하지만 방긋 웃을 때의 그녀는 눈꼬리가 주욱 쳐져서 꼬리를 흔드는 강아지 같은 표정이 된다. 물론 그녀가 이렇게 웃어주는 대상이 흔하지는 않았다.

「비행시간이 길어서 고생했죠?」
「나 비행 체질이라 비행기 타고 나면 피로가 풀려요. 지금도 피부 좋아진 거 봐.」
「와… 어떻게 그렇죠?」
「유명 씨 보러 와서 더 그런가 봐.」

니사는 흐뭇한 표정으로 유명을 바라본다. 〈Appeal to the Sword〉의 후반 작업을 마치고 한 달여의 휴가를 가진 후, 바로 한국에 왔다. 그녀는 〈Mimicry〉를 보고 유명의 팬이 되었고, 〈Appeal to the

Sword〉를 작업하며 이 배우의 천재성에 매일같이 경탄했다.

　VFX(Visual Effects) 작업을 하다 보면 배우들에게 욕 나오는 순간들이 많다. 크로마키 촬영 때는 없는 사물이나 대상을 상정하고 연기해야 하는데, 시선의 위치조차 고정하지 못해서 편집할 때 애를 먹였다. 그런데 〈Appeal to the Sword〉의 초반 촬영 때, 존 클로드 감독은 자신에게 문자를 보내서 이해할 수 없는 말을 했다.

　[니사, 이번엔 '본업'에만 충실할 수 있을 거야. 축하해!]

　당시 다른 영화의 후반 작업 중이라 촬영장에 가보지 못하고 있던 니사는 설명을 똑바로 하라고 존에게 짜증을 냈다. 물론 존 클로드 같은 감독에게 짜증을 낼 수 있는 것도 니사 펄스 정도 되니까 가능한 일이었지만.

　[그게 도대체 무슨 말이에요?]

　[그런 게 있어. 하하.]

　나중에 촬영된 파일들을 보고 니사는 기가 막혔다. 무슨 배우가 편집을 고려해서 정확한 위치에 몸을 갖다 두고 정확한 타이밍에 대사를 친단 말인가. 니사는 존이 했던 말 그대로 '본업'에만 충실할 수 있었다. 얼마나 화려한 그래픽을 제작하고, 어떤 다이내믹한 효과로 관객들을 가슴 부풀게 할 것인지에 온전히 집중할 수 있었던 것이다. 그러니 그녀가 유명을 예뻐하는 것은 당연한 일이었다. 게다가 그는 언제나 매너 있고 상냥하기까지 했으니까.

　「촬영은 어땠어요? 메리가 '그' 촬영 방식 말해줘서 어이가 없었는데. 당신을 몰랐다면 안 믿었을 거야.」

　「잘 끝났어요. 이제 니사가 마술을 부릴 일만 남았죠.」

　메리는 니사가 미리 보내두었던 팀원 이름이었다. 그녀는 니사와 연락할 때마다 'Oh my god, Unbelievable!'만 반복했다.

　'도대체 어땠기에….'

그녀가 빨리 가편집본을 보고 싶다고 조르자 유명은 바로 밍기뉴로 향했다. 니사 펄스의 얼굴을 알아본 스태프들이 깜짝 놀라 인사를 한다. 편집에 관심이 있는 영화인이라면 모를 수가 없는 얼굴이었다.

편집실. 유명은 최승태 편집실에서 넘어온 가편집본을 연결해 재생했다. 그녀는 한마디도 없이 집중하기 시작했다. 유명은 살짝 긴장했다. 지금의 그녀는 유명에게 호감을 가진 지인이 아닌, VFX 분야에서 세계 최고의 몸값을 자랑하는 프로이니까.

「가편집 감독이 실력이 있나 보네요. 원본 있어요?」

그녀는 초반 10분 정도를 보고, 장면을 스킵하며 몇 군데를 더 확인한 후, 원본을 찾는다. 유명은 말없이 원본 파일들을 연결해주었다. 그녀가 파일의 개수가 그리 많지 않은 걸 보고 마우스를 쥔 손을 멈칫한다.

「이게 다예요?」

「네.」

「촬영 방식도 말이 안 되는데… 심지어 NG컷도 거의 없다고?」

그녀가 그렇게 중얼거리며 익숙하게 맥을 만져서 아비드를 켠다. 그리고 몇 개의 파일들을 얹어보기를 반복하더니 헛웃음을 짓는다.

「가편집 감독의 실력이 아니라, 파일 자체가 원래 완벽했네. 와… 이런 게 진짜 가능하다고요? 유명 씨 사람 맞아요?」

그제야 유명이 살짝 안도의 한숨을 내쉰다. 통과인가 보다.

「크게 할 것도 없네. 메인 편집은 누가 잡아요?」

「가편집 하신 분이 한국에서 이름난 편집감독이라 많이 건들 건 없더라구요. 니사가 효과들을 작업하고 나면 위고 씨가 메인 편집을 보고 제가 검토하기로 했어요.」

「흐음….」

니사가 고개를 끄덕이더니 유명을 내쫓는다.

「이제 나가요.」

「네?」
「난 이제 목을 빼고 기다려왔던 영화를 볼 거예요. 유명 씨 연기라면 보다가 울 게 뻔하고, 난 질질 짜는 거 보여주기 싫거든. 보고 견적 나오면 연락할게요.」
 그녀의 시원시원한 말에 유명은 웃으며 출입키를 목에 걸어주었다.
「잘 부탁해요, 니사.」

"얼굴이 많이 편해졌네요."
"그런가요?"
"엔딩을 둘로 나누기로 한 그날부터, 유명 씨 얼굴이 달라지더군요."
 서류신에겐 숨길 수 없다. 유명은 그런 생각을 하며 작게 웃었다. 〈인격살인〉 촬영 내내 유명은 심적으로 많이 몰려 있었다. 그렇지만 그날, 스스로도 몰랐던 자신을 발견하게 되면서 유명의 마음은 훨씬 평온해졌다.
'할 수 있는 일들을 하자. 최선을 다해서.'
 유성은 초반부에 나머지 세 사람에게 악인으로 그려진다. 그만큼 유명은 자신의 일상을 모두 차지하려는 '연기라는 욕망'을 두려워하고 있었다. 하지만 누군가 그것을 가져가겠다고 한다면 내어줄 것인가? 아니, 결사적으로 저항할 것이다. 그 마음이야말로 유명에게 무한한 행복을 주는 그의 모든 것이므로.
 그러니까 받아들이고 공존할 수 있는 방법을 찾아보자. 포기할 수 없는 것은 포기하지 않을 방법을 생각해보자. 그렇게 생각하고 나니 마음이 편안해진 것이다.
"형도 제겐 해피엔딩의 상징이에요."
 유명이 이번 생에서 가장 열심히 지켜온 것은 가족과의 관계이다. 그 다음은 깊이 마음을 나누는 지인들. 그중 가장 대표적인 사람이 윤한성과 서류신이 아닐까.

한성과의 관계는 처음부터 따뜻했다. 첫 만남, '감정 극대화'에서 딸을 잃었던 한성의 지극한 슬픔을 보았기에 더욱 그랬을 것이다. 초반부터 좋은 선후배 관계였고, 유명이 한성의 트라우마를 극복하도록 도와주는 과정에서 좋은 형 동생이 되었다. 한성의 딸 하은이는 유명에게 친조카나 다름없었다.

하지만 류신은 다르다. 그와는 처음부터 라이벌로 시작했다. 그는 자신에게 말조차 놓지 않았다. 그 정도로 자존심이 고고하고 쉽게 곁을 주지 않는 사람이었다. 하지만 배우로서 그들은 누구보다도 서로를 이해하고 있다. 그리고 오랜 시간과 다양한 작품을 거쳐, 이제 그들은 단둘이 만나도 어색하지 않은 관계가 되었다. 이보다 멀고도 가까운 관계는 없을 것이다.

"별 얘기를 다…."

류신이 시선을 돌린다. 저 냉담한 무표정이 쑥스러움을 의미한다는 것을 이제는 안다.

"형, 다음 주말이랑 다다음 주말에 혹시 바쁘세요?"

"…별일은 없는데요."

"혹시 제 콘서트에 카메오 출연 안 하실래요?"

유명이 제안에 류신이 시선을 다시 휙 가져왔다.

⟨If Concert⟩ 1st in 부산.

"우야노…. 내 기절하면 깨워주라."

"어, 니도."

"후욱 후욱…. 숨이 안 쉬어진다…."

관객들이 떠들썩하게 들어와 자리를 차곡차곡 채워갔다. 1인 1매씩만 배정되었기 때문에 대부분은 모르는 사이였지만, 당첨자 모임에서 미리 만나 얼굴을 익힌 사람들은 십년지기라도 되는 양 즐겁게 떠들고 있다. 자리를 모두 채운 팬들의 구성은 예전 팬미팅 때와는 달랐다. 여성, 남성, 노인, 대학생, 다양한 성별과 연령대의 사람들. 이제 신유명은 특정 계층이 아닌 모든 사람들에게 사랑받는 배우가 된 것이다.

공연 30분 전, 콘서트 무대감독이 무대 뒤를 호령하고 있다. 유명은 이 새로운 형식의 공연을 지휘하는데 연극보다는 콘서트 무대감독이 적합하리라 생각하고, 업계에 소문난 프로를 고용했다. 과연 그녀가 없었으면 큰일 날 뻔했다.

"신유명 배우님. 무대 하나가 끝날 때마다 여기 주연 씨만 따라가세요."

지목당한 스태프는 검은 티셔츠에 형광별을 덕지덕지 붙이고 있다. 어두운 곳에서도 형광빛을 보면 그를 알아볼 수 있도록.

"의상 교체만 하면 되는 경우엔 이분이 바로 갈아입혀줄 거고, 분장이 필요한 경우엔 필요한 곳으로 데려다줄 거예요."

"알겠습니다."

"주연이 너는 곡마다, 아니 무대마다 변경사항들 잘 숙지하고 있지?"

"네, 여기 시트 가지고 있습니다."

"외웠어? 내가 외우라고 했잖아."

"앗, 넵. 외웠습니다. 시트는 비상용으로 챙겼습니다."

"헷갈리게 대답하지 마. 오케이. 주연이는 진행 순서대로 관련 스태프들 다시 한번 체크하고. 어두우면 잘 안 보일 수 있으니까 시트 보지 말고 외워서 해봐. 민경이가 봐주고."

"네, 감독님."

"그거 끝나고 나면 민경이는 카메오들 챙겨. 동선 꼬이면 큰일 나니까 두 번 체크해."

그녀의 날카로운 지적에 스태프들이 군기가 바짝 들어서 대답한다.

가수 콘서트를 진행할 땐 지금보다 훨씬 날이 서 있다고 한다. 아이돌의 경우 멤버 수가 열 명 이상이 되기도 하고, 곡마다 의상과 소품을 교체해야 하니까. 이 정도면 아주 차분한 분위기에서 진행되는 거라고 하는데도, 유명은 그 모습이 꽤나 신기하고 재미있었다.

그녀가 다시 유명 쪽으로 고개를 돌린다. 높은 톤으로 스태프들에게 명령하던 것과는 달리 친절한 프로의 미소를 띠고.

"배우님은 걱정하지 말고 연기에만 전념하세요. 뒤는 저희가 책임질 게요. 어수선해 보이지만 다 베테랑들이라 보조 잘해드릴 겁니다."

"네, 잘 부탁드립니다."

"얘들아, 배우님이 잘 부탁하신단다-!"

"걱정 마세요!" "신유명 파이팅!" "팬입니다아-!"

스태프들이 떠들썩하게 박수를 보내자, 유명의 입에 웃음꽃이 피어난다. 현장의 파이팅 넘치는 분위기다.

"공연 5분 전, 스탠바이!"

"스탠바이-!"

지금 밖에는 수많은 사람들이 유명을 기다리고 있다. 팬심을 가득 충전한 채로.

"안녕하세요. 갓네임드 회장, 정소진입니다."

"회장님-!" "예뻐요!" "갓네임드 만세!"

소진은 위로 올려 묶은 포니테일에 까만 바지 정장을 입고 있었다. 갓네임드의 공식 행사인 만큼 회장이 오프닝을 맡았다. 워낙 어릴 때부터 팬클럽 간부로 다양한 행사를 열어온 경험이 있어서 그런지, 소진의 진행은 능숙했다. 콘서트 무대감독조차도 일반인이 프로 못지않다며 감탄했으니, 말 다했다.

"우리는 갓네임드입니다."

소진이 서두를 열자 관중석이 조용해진다.

"2004년 12월, 〈연예학개론〉 1회 방영일에 갓네임드가 만들어졌습니다. 그리고 4년 9개월간 우리는 한 배우의 성장에 울고 웃었으며, 그가 보여주는 멋지고 다양한 풍경들에 행복해했습니다."

관객들에게 매번 좀 더 멋지고 다양한 풍경을 보여주는 것. 다큐멘터리 〈배우〉 1회에 나왔던 유명의 말을 빌린 표현에 팬들은 아련한 표정으로 지난 세월을 곱씹는다. 진짜 팬은 자신의 스타와 함께 늙어간다고 했던가. 물론 그들이 유명과 함께해온 시간이 그 정도로 오래되지는 않았지만, 정말로 그러고 싶은 마음이었다. 그가 보여주는 때로 화려하고, 때로 소박하며, 언제나 가슴 떨리게 멋진 풍경들을 함께 관람하며, 신유명이라는 배우의 일생을 응원하는 팬으로 쭉 함께하고 싶었다.

무대 양편에 설치된 커다란 전광판에 유명과 갓네임드의 지난 세월이 흘러간다. 동영상 편집에 조예 있는 팬들이 공들여 만든 영상은 가히 프로의 작품 같았다.

〈발레리나 하이〉. 〈연예학개론〉. 〈려말선초〉. 〈피터팬〉. 크루드 광고. 〈캐스팅 보트〉의 하이라이트. 〈미믹크리〉. 〈미싱 차일드〉. 명품 연합 광고. 〈어필 투 더 소드〉.

어느 하나 버릴 것 없는 작품들이 스쳐 지나갔고, 그 사이에 유명의 인터뷰나 다큐 촬영분, 팬미팅 장면들도 함께 삽입되었다. 그 영상을 팬들은 두근거리는 마음으로 보고 있었다. 저 영상 속의 연기를 오늘 실물로 볼 수 있다는 기대감에 엉덩이를 들썩이며.

"고맙습니다, 신유명 배우님. 이렇게 많은 사람들을 행복하게 해주셔서요. 그리고 고맙습니다, 회원님들. 내 스타를 한결같이 응원하는 멋진 팬클럽을 만들고 싶다는 제 소원은 여러분이 아니었다면 이루어지지 못했을 겁니다."

늘 정확하고 공정한, 그래서 몇몇 별난 팬들도 그녀의 눈치를 봐서 함부로 나대지 못한다는 카리스마 회장은 회원들 앞에서 처음으로 살짝 목소리가 젖었다. 무대 뒤에서 대기 중이던 유명이 그녀를 따뜻한 눈빛으로 바라보았다.

'저렇게 말씀하시지만, 이렇게 좋은 팬문화가 만들어진 건 역시 회장님 덕분이야.'

누구도 그것을 부인하지는 못할 것이다.

"오늘 콘서트의 이름은 IF입니다. 왜 IF인지 팬카페에서도 한참 추측이 떠돌았으니 다들 짐작하셨을 겁니다. 신유명 배우님이 연기했던 여러 배역들, 그 배역들의 스토리가 이런 식으로 전개되었다면 어땠을지, 만약의 이야기들을 오늘 실제로 만나보실 수 있습니다."

오오~ 객석에서 기대감이 소리가 되어 흘러나왔다. 유명의 연기를 직접 본다는 것도 설레는데, 거기다 새로운 이야기까지 볼 수 있다니…!

"원작과 변경된 부분에 대해선 각 작품의 작가님들께 허락을 받았으니 오해 없으시기 바랍니다. 그리고 주의사항을 알려드립니다. 이 자리는 콘서트의 형식을 가지고 있지만, 기본적으로 연극 무대입니다. 공연 중 촬영이나 돌발적인 함성, 박수는 연기하는 배우의 집중을 흐트러뜨릴 수 있습니다. 박수는 한 무대의 시작 전이나 종료 후에, 촬영은 모든 무대가 끝난 후에만 허용됩니다. 갓네임드의 질서정연한 모습을 보여줍시다!"

"네~!"

"그럼 첫 번째 무대를 시작하겠습니다. 첫 번째는, 모두들 기대하실 IF Story-"

소진은 입가에 번지는 웃음을 겨우 참았다. 진행 스크립트에서 이것을 보고 그녀도 얼마나 기대해왔던가. 다들 이걸 들으면 자지러질 것이다.

"하나와 보형의 러브 스토리, 지금 시작합니다."

까아아아악- 비명 같은 함성이 터졌다.

260

보고 싶으셨어요?

유명의 입지가 높아지고, 〈연예학개론〉보다 훨씬 유명한 작품들을 많이 찍었음에도 '보형이'는 아직도 압도적인 지지를 받는 캐릭터였다. 카페에는 '보형이가 하나와 맺어졌다면'이라는 주제로 쓰여진 팬픽도 여러 개 있었다. 그만큼 다들 한 번쯤은 상상해보았던 IF Story인 것이다.

조명이 스르르 꺼진다. 캄캄한 어둠 속에서 다들 잊지 못했던 음성이 들려온다.

"안 해요."

관객들은 회장이 준 주의를 떠올리며 터지는 비명을 겨우 참았다. 이미 골수팬들은 이 대사가 어디에 등장한 것인지를 정확하게 떠올리고 있었다. 15화, 하나에게 고백하지 않냐고 실장이 묻자 목마른 표정으로 고개를 저었던 보형이 아직도 눈에 선하다.

'보형아…'

소진은 한 손을 입에 물고 눈물을 글썽거렸다. 몇 년 만에 보는 보형이인가. 불이 켜지고, 무대 위에는 핀 조명을 받고 있는 보형이. 다들 입 밖으로 환성을 내지 않으려고 애쓰며 보형의 다음 대사에 귀를 기울인다. 음향으로 보형을 보좌하는 실장의 목소리가 들려온다.

― *이유를 여쭤봐도 되겠습니까.*

"눈이 너무 좋아서요."

벌써 4년 넘게 지난 〈연예학개론〉. 당시 파릇한 스물넷이던 유명은 이제 스물아홉의 청년이 되었다. 하지만 여전히 변함없이 사랑스러운 보형이다. 그는 바닥에 주저앉아 무릎을 안더니 팬들의 눈높이에서 다음 대사를 읊는다.
"결과가 뻔하게 보이는데요. 잠시 속 시원한 대가가 너무 참혹하잖아요."
아, 이다음 대사.
"저 목소리로 '보형아'라고 다시는 불러주지 않으면…."
순식간에 팬들의 눈에 눈물이 들어찬다. 보형에게 있어 이름의 의미. 일찍 돌아가신 부모님과 바쁜 할아버지. 그를 언제나 어렵게 대하는 사람들의 딱딱한 부름이 아닌, 다정하고 따뜻하게 수십 번이나 자신의 이름을 불러줬던 하나의 '보형아'. 소중한 것을 잃느니 가지지 못하는 것을 택한, 그래서 자신의 사랑을 목이 마른데 소금물을 마시는 것에 비유한 남자는 어깨를 축 늘어뜨린다. 그때 핀 조명 안으로 하얀 손 하나가 들어와 그 어깨를 톡톡 건드렸다.
"보형아."
모두의 심장이 덜컹 내려앉았다.
'설마… 이 목소리는!'
조명이 켜지자 드러난 것은 차하린이었다.

'진짜 하나가 오다니…!'
두근두근. 모두는 긴장했지만 입은 호선을 그리고 있었다. 다시 이 투샷을 보게 될 줄이야. 게다가 이번엔 보형에게 해피엔딩이 예정되어 있다는 것에 그들은 벌써 행복해지기 시작했다.
"하… 하나야."
"그랬구나. 날 도와줬던 건 그래서?"
"아니, 아니야! 그건 절대 아니라고!"
처연했던 원래의 장면과 달리 자신의 본심을 들켜 허둥지둥대는 보형의 모습. 하나의 오해 아닌 오해에 발끈하는 모습까지도 귀엽기만 하다.

"하나 네가 정말 열심히 살았으니까…. 멋진 배우이고 멋진 사람인 김하나를 순수하게 응원하는 마음이었다고."

그는 시무룩해져 시선을 아래로 떨군다.

"이런 오해를 받을까 봐 들키지 않으려고 했는데…."

"그래서, 못 들은 걸로 했으면 좋겠어?"

"어어. 그래줄래…? 난 괜찮아. 그냥 잠깐 지나가는 바람이니까. 곧 네 친구 보형이로 돌아갈 테니까."

그는 깊은 마음이 버거운지 하나와 눈도 맞추지 못한다. 하나의 눈빛에 다정함이 깃든다. 누구보다도 눈치가 빠른 아이가 자신이 왜 여기와 있는지도 모를 정도로 긴장해 있다. 보형은 계속 횡설수설한다.

"실장님은 어디 가셨지? 설마 실장님이 하나 너를 여기 부른 거야? 하하하, 이분이 왜 안 하던 짓을…."

"보형아. 못 들은 걸로 할 수는 없어."

"어?"

그의 얼굴에 다급한 절망이 깔린다. 그녀의 말뜻은, 자신의 이런 마음을 알게 된 이상 친구로도 남을 수 없다는 걸까. 그녀를 얻지 못하는 건 어쩔 수 없지만 잃을 수는 없다.

"안 돼, 하나야! 곧, 금방 마음 정리할 수 있어. 아니, 이미 정리했어. 정리했으니까-"

"내 마음도 너와 같거든."

"…뭐?"

보형이 획- 고개를 든다. 혼란스러운 그의 눈빛. 그 끄트머리에 매달려 있는 희망. 권도준이 아니라 나라고? 언제부터?

"3년이 걸렸네. 어디 가서든 나는 배우라고 당당히 말할 수 있게 되기까지."

"……."

319

"권도준을 보면 설렜던 적도 있었지. 그와 스캔들이 나더라도 권도준의 연애 상대가 아닌 배우 김하나로 기사가 날 수 있을 정도의 급이 되면, 그때 다시 생각해보자고 결심했었어."

보형은 그런 하나의 결심을 누구보다도 잘 알고 있다. 3년 내내 곁에서 그녀를 보아오지 않았던가. 그녀는 배우로서 자신의 이름을 갖기 위해 보는 사람이 안쓰러울 정도로 힘겹게 노력했고, 이제 정말로 손꼽히는 배우가 되었다.

"그런데 이번 작품에서 권도준이랑 같이 연기했잖아?"

하나의 소원은 이루어져 그녀는 이번 작품에서 권도준과 남녀 주인공으로 캐스팅되었고, 남주와 여주의 연기 배틀물이라는 평가를 받을 정도로 좋은 연기를 보였다. 그러니 이제는 그녀가 그에게 갈 타이밍이라고 생각했는데….

"같은 눈높이에 서보니 알겠더라고. 나는 그를 동경한 거지 사랑한 게 아니었어. 오히려 내 마음은 이미 다른 사람에게 가 있더라고. 너무 귀여운데도 든든하고, 종잡을 수 없지만 속 깊은, 가장 내 가까이에 있는 남자에게."

하나의 조용한 고백을 들으며 보형의 눈이 크게 뜨이더니 눈물이 방울방울진다. 성인 남자라면 보통 눈물을 숨기려 하겠지만, 감추지 못하고 도르르 구르는 눈물이 보형에겐 너무나 잘 어울린다. 오랫동안 아끼고 응원했던 그의 여신은 결국 그에게 손을 내밀었다. 보형은 매달리듯이 그 손을 꼬옥 잡았다.

"허엉…. 하나야. 너 연기하는 거 아니지? 나 놀리는 거 아니지?"

"좋아해, 보형아."

하나의 그 말에 보형의 얼굴이 화르르 달아올랐고, 털썩 주저앉아 두 손으로 얼굴을 가렸다. 지켜보던 팬들의 몸이 배배 꼬였다. 감추고 눌러왔던 마음이 허락되자 그가 보여준 표정은….

'어떻게 숨겨왔을까, 저걸….'

보는 이들이 애잔할 만큼 누군가를 지극히 아끼는 마음이었다.

그리고 그들이 사랑하는 순간들이 재생된다. 보형은 자신의 무릎에 누운 하나의 머리를 쓸어주며 그녀의 하소연에 '뭐? 그 개 같은 놈이?' 하고 자신의 일보다 더 분노해주기도 했고, 예전처럼 밝고 티 없는 모습으로 노래하듯이 그녀에게 재잘대기도 했다. 그러면서 하나를 향한 감정은 나이가 더 먹어갔다. 드라마에서 화제가 되었던 보형이 사랑에 빠지는 장면. 지금의 그는 이미 사랑에 빠진 남자가 더욱더 사랑이 깊어져가는 변화를 보여주었다.

"사랑해."

그것이 마지막 대사. 보형은 하나에게 하는 말을 객석을 향해 던졌다. 그 한마디에 묻어나는 터질 듯이 부푼 감정에 팬들은 자신이 고백을 듣는 것처럼 심장이 콩콩 뛰었다.

"네가 너여서, 고마워."

그것은 마치 오랜 시간 같은 자리에 있어준 팬들에게 보내는 감사같이도 느껴졌다.

와아아아아아-! 첫 번째 무대가 끝나고 다들 참았던 숨을 터트리듯이 함성을 질렀다. 유명은 하린과 나란히 서서 허리를 숙였다. 한 스태프가 잽싸게 마이크를 가져다주었다.

"안녕하세요~"

"안녕하세요오오-!"

"오늘 카메오로 와주신 동료배우 차하린 씨에게 다시 한번 감사의 박수 부탁드려요."

커다란 박수가 쏟아지며, '예뻐요~', '잘 어울린다~' 하는 목소리들이 함성 속에 섞였다. 하린은 웃으며 팬들에게 손을 흔들어주곤 퇴장했다.
 이제 무대 위엔 유명 혼자. 공연장의 공기는 늘 빽빽하고 예리하지만, 유명은 오늘만은 그 공기가 부드럽고 따뜻하다고 느낀다. 그만큼 이 공간은 자신을 향한 호의로 가득 차 있었다. 그래서인지 생각보다 편안하게 말이 흘러나온다.
 "저 미국에 가 있는 동안 보고 싶으셨어요?"
 "네~!" "보고 싶어서 죽는 줄 알았어요!"
 유명의 팬들은 유명을 너무 좋아하고 아끼면서도 조금 어려워하는 부분이 있었다. 그가 너무 완벽할 정도로 대단한 데다, 작품 활동 외엔 외부 활동을 거의 하지 않았기 때문이다. 이번 연기콘서트가 있기 전까지는 몇 년 전 유명의 팬미팅에 다녀온 팬들이 '계 탄 분들'로 모두의 부러움을 샀을 정도로, 그는 팬들에게 멋지지만 조금 먼 스타였다.
 어쩌면 유독 보형이 인기가 많은 것도 그것 때문일지도 모른다. 손에 닿지 않을 것 같은 유명에 비해 보형이는 보고 싶다고 투덜대면 애교부리며 달래줄 것 같은 말랑한 느낌이니까. 그래서 팬들은 유명이 편안하게 건네는 드물게 애교 섞인 말에 기다렸다는 듯이 투정을 부린다. 우리는 언제나 너를 지지하고 응원하며 결코 네 발목을 잡고 싶지 않지만, 그래도 가끔은 우리를 돌아봐주었으면 좋겠다는 마음으로. 유명은 다정하게 웃으며 그 투정을 받아준다.
 "미안해요. 제가 욕심이 너무 많아서."
 그 말에 팬들은 또 아우성친다.
 "아니에요!" "하고 싶은 거 다 해요!" "저희는 지금도 너무 행복해요."
 오늘 첫 공연에 와 있던 유석은 그런 유명의 모습을 보며 그가 어떤 분기점을 맞이했음을 짐작했다. 예전보다 훨씬 얼굴이 풀려 있다고 해야 할까.
 "부족하지만 오늘 이 자리는 오랫동안 저를 기다려준 친구들의 마음에 보답하기 위해 마련한 자리입니다. 그리고 제 다른 친구들도 여럿 함께해서 이 자리를 더욱 즐겁게 해줄 거예요. 모두들 재미있게 봐주세요."

"네~!"

"다음 If Story는 스토리 자체를 변형시킨 것은 아닙니다. 하지만 이 조합을 상상해보신 분들이 많더라구요."

다음은 뭘까. 팬들은 두근대며 유명의 이야기를 기다린다.

"서류신, 설수연 배우와 함께 준비했습니다. 〈피터팬〉 하이라이트. 단, 피터팬과 후크의 변경된 캐스팅을 즐겁게 감상해주시면 좋겠습니다."

그 말에 모두의 눈이 휘둥그레진다. 다음으로 그들이 보게 될 것은 신유명의 후크와 서류신의 피터팬이었다.

문유석은 무대에 등장하는 서류신을 보며 혀를 내둘렀다.

'저 친구도 참 대단해.'

배우라는 종자들의 연기에 대한 집요함. 유명을 보며 그것을 잘 알게 된 유석이었지만, 그럼에도 서류신은 종종 감탄이 나올 정도였다.

'감히 저 신유명에게 역을 바꿔서 해보자는 제안을 했다니.'

연기력으로 세계 최고라 불리는 배우가 원래 자신의 배역을 연기하는 것이 신경 쓰이지 않을 리가 없다. 애정을 가지고 만들어냈던 자신의 배역을 누군가가 쉽게 자신보다 더 잘 해내는 것은 얼마나 끔찍한 일일까. 유석이 아는 유명이라면 먼저 나서서 그런 제안을 할 사람이 아니다. 그러므로 저건 서류신이 먼저 제안한 것이 분명하다.

가벼운 몸놀림으로 무대를 휘젓고, 순진무구한 눈으로 잔혹한 짓을 일삼는 류신의 피터팬은 예전 유명의 피터팬에 버금갈 정도로 무척 좋았다. 하지만 피터팬이 내는 시계 소리를 듣고 손목을 부여쥔 채 발작하는, 그러다 진정제를 맞고 완전히 늘어져 닦지도 못하는 눈물을 줄줄 흘리는 유명의 후크는 예전 류신의 후크와는 격을 달리하고 있었다. 서류신이 신유명을 죽어라 쫓아오는 동안 신유명은 그보다 더 빠른 속도로 앞으로 달아났으니까.

그럼에도 류신의 기세만은 유명 못지않았다. 게다가 〈인격살인〉에서 합을 맞췄던 각이 살아 있는지, 두 사람의 호흡은 조금의 오차도 없이 빠듯하게 맞물렸다. 거기에 예전보다 훨씬 몰입감 넘치는 설수연의 연기가 집중력을 더해주었다.

'정말 탐나는데…'

유석은 서류신을 보며 생각한다. 재능도 재능이지만 저 근성, 꺾이지 않는 연기에의 열정. 그의 직계가족이 기획사를 운영하고 있지만 않았다면 진즉에 위약금을 줘서라도 배드엔터로 끌어들였을 것이다.

'하지만 그쪽 기획사엔 해외 진출의 노하우는 없겠지. 해외 쪽이라도 우리와 계약하자고 꼬셔봐야겠어.'

계속해서 무대가 진행되었다. 이번 콘서트의 주제에 맞는 If Story들도 있었지만, 예전 그대로 가져온 무대들도 있었다. 〈트루먼 쇼〉를 다시 보여주었을 때 모두는 자유로 도약하는 인간에게 갈채를 보냈고, 〈무무〉를 보여주었을 땐 작은 생명을 향한 날 것 같은 애정에 한 명도 빠짐없이 눈물을 흘렸다. 〈Missing Child〉의 데카르도를 한국어로 연기했을 때는 다들 '데카르도의 시니컬한 말투는 이런 느낌이었구나' 하며 감탄을 거듭했다.

연기콘서트. 그 명칭을 관객들은 갈수록 납득하고 있었다. 마치 가수의 콘서트처럼 이미 발표한 작품들의 연기를 다시 보여준다. 같은 곡을 반복재생만 하는 것이 아니라 바뀐 레파토리로, 더 나은 가창력으로. 연기의 선물세트를 아낌없이 퍼붓는 이 무대는 분명 '콘서트'가 아니고서는 설명할 길이 없을 것이다.

꿈같은 2시간이 거의 마무리되고, 유명은 다시 무대 위에서 마이크를 들었다.

"사실, 원래 준비한 무대는 여기까지였습니다."

아쉬운 작별을 할 준비를 하던 관객들은 뭔가 여운이 남는 멘트에 '어?' 하고 기대를 한다.

"그런데, 이틀 전에 한 분이 갑자기 이 나라에 들이닥쳤어요. 덕분에 한 가지의 레퍼토리가 추가될 수 있었죠."

'설마…'.

"제 소중한 벗 데렉을 소개합니다."

"뭐…?"

"데렉? 그 데렉 맥커디?"

모두의 경악한 시선을 즐기듯 끌어당기며, 무대의 한쪽에서 진짜 '그 데렉 맥커디'가 등장했다.

261

뭐 재미있는 거 없나

압도적으로 우월한 비주얼과 분위기를 가진 남자가 성큼성큼 걸어 나왔다. 모두의 시선이 자신에게 모이는 것을 너무 당연하게 여기는 저 오만한 태도. 유명이 최고의 연기력으로 인정받았다고 해서 이 배우의 가치가 폄하될 수는 없다. 한국에 내한하는 것만으로도 온 매스컴의 주목을 받을 만한 대배우가 언제 몰래 입국해서 여기까지?

양쪽의 전광판에 즉석으로 통역 자막이 뜨기 시작했다. 어제 통역가를 급하게 섭외하여, 자막을 실시간 삽입하는 방식으로 대화를 전달하기로 한 것이다.

「안녕하세요, 데렉.」

「안녕 못 해요.」

「왜요?」

「나만 빼고 이런 재밌는 일을 하고 있었다니.」

꺄악~

턱을 살짝 들고, 유명을 힐난하듯 말하는 데렉을 보고 팬들이 비명을 질렀다. 데렉 맥커디의 캐릭터는 워낙 유명해서 이제 그가 거만한 태도를 보이지 않으면 팬들이 실망할 지경이었다.

「잘 지냈어요?」

「아니, 누가 사라지고 나니까 영 재미가 없더라고.」

「그거 설마 저 말하는 건가요?」

원래 데렉은 자신이 흥미를 느끼는 배우들을 괴롭히는 것이 취미이던 사람이었다. 그 사람들 중엔 나탈리 카센도 있었고, 마일리 필론도 있었다. 물론 상대들을 연기적으로 더 성장시키기 위한 괴롭힘이었다.

그렇게 눈부신 성장을 이끌어내고 나면 그는 또 다른 배우를 찾는다. 한 번 함께 작업한 배우는 그가 놀랄 만큼 변화한 모습을 보이지 않는 이상 데렉의 흥미 대상에서 제외되었다. 나탈리 카센이 수년간 데렉을 쫓아다녔던 이유였다.

그런데 유명을 만나고 그는 십수년 만에 자신보다 뛰어난 상대와 연기할 때의 희열을 느꼈다. 질리지가 않았다. 그는 매번 자신도 다다르지 못한 새로운 연기의 경지를 보여줬으니까. 그러니 지금 데렉의 투정도 이해할 만하다. 그는 유명이 한국으로 가버린 후 약 8개월간 따분해 죽을 지경이었던 것이다.

「그렇다기엔 〈미싱 차일드〉 시즌 2, 굉장히 열심히 찍으셨다고 들었는데요. 다다음 주에 시작하죠?」

「그렇겠죠?」

마치 남 얘기인 양 시큰둥하게 반응한 데렉은 팬들을 바라보며 씨익 웃는다.

「드라마 촬영 끝나고 후반 작업에 필요한 일들 정리되자마자 들어온 겁니다. 뭐 재미있는 거 없나~ 하고.」

그러면서 유명의 어깨에 팔을 두르자, 팬들이 꺄아악- 비명을 지른다.

「그런데 봐, 딱 재밌는 거 하고 있잖아. 나만 빼고.」

「하하….」

유명이 어색하게 웃더니 다시 한국어로 팬들에게 마지막 무대를 예고했다.

"마지막 무대는 아스와 테르카의 If Story, '아스의 계획을 테르카가 눈치챘다면'입니다. 급조한 무대라 의상이나 분장은 마련하지 못한 부분 양해 부탁드립니다. 시작할게요."

팬들의 함성과 함께 연기콘서트의 마지막 무대가 시작되었다.

「이거, 조작된 정보였지?」

둥근 물체를 던져 올렸다가 탁- 하고 손에 쥐어 챈다. 그것은 아마도 아스의 안구. 분장 하나 없이도, 머리를 올백으로 묶은 것만으로 테르카는 테르카였다. 그는 압도적인 분위기를 뿜어내며 아스에게 한 걸음 한 걸음 다가온다.

아스는 두 눈을 감고 있다. 그는 눈 하나를 테르카에게 내어주고 남은 눈을 제 손으로 찔렀다. 그만큼 희생했음에도 테르카는 결국 수상한 낌새를 눈치채버렸다. 소중한 것이 생겨버린 아스는 두려움을 알게 되었다. 그는 몸이 떨릴 것 같은 기분을 억지로 제어한다. 헤티를 지켜야 한다. 어떻게 그를 속일 수 있을까.

「내가 왜 조작을 하겠어.」

「뭔가 수상해서 알아보니 다른 한쪽의 눈도 사라졌더군. 네가 직접 없 앴나? 아븨칸인이 무엇보다도 소중한 눈을 없애다니, 너무 이상하잖아.」

어차피 증거는 없다. 일단 태연하게 굴어야 한다. 그녀가 자신의 약점인 것을 들킨다면, 그는 눈앞에서 그녀를 으스러뜨려버릴 것이다. 테르카가 의심하지 않을 이유가 뭐가 있을까?

「후우…. 좋아. 네게만 말해주지. 네가 눈 하나를 가져간 후, 미약하지만 내게 '감정'이 생겼다.」

테르카가 눈을 부릅뜬다. 아븨칸은 문명이 고도로 발전하면서 감정적인 부분이 퇴화해버렸고, 그래서 타 인종에게서 쾌락을 추출하여 미약으로 사용하고 있다. 그런데 감정이 생겼다고? 가능한 일인가?

「이유는 모르겠어. 다만 추정하기로, 아븨칸인의 '눈'은 모든 것을 읽고 분석하는 절대 이성의 도구이니까, 그것을 뺏기자 퇴화되었던 감정이 다시 싹튼 게 아닐까.」

「말도 안 돼. 그렇다면 아븨칸에 있는 수많은 외눈박이들은? 그들에게도 감정이 생겨야 하는 것이 아닌가? 하지만 그런 말은 한 번도 들은 적이 없어.」

아븨칸에서 눈은 가장 큰 재산이다. 눈 한쪽을 팔고 외눈으로 지내는 빈민이 흔하며, 눈을 노린 범죄가 발생하기도 한다. 그런데도 아스가 말한 것 같은 현상은 아무에게도 일어나지 않았다. 이건 거짓일까, 진실일까.

「흡수해온 정보가 달라서 그런 게 아닐까 싶다. 아븨칸엔 감정이 없잖아. 하지만 나는 수십 년간 이 행성에서 지구인의 감정을 눈에 축적하며 살아왔지. 그것이 단순히 정보로만 존재하다가 강제로 눈을 제거당한 순간 감정으로 연결된 것일까, 라는 가설을 세웠다.」

제발 믿어라. 너는 학자는 아니지만 이 이야기는 흥미롭겠지. 흥미로운 이야기에는 신빙성이 더 생긴다.

「그래서?」

「나머지 하나도 제거한다면 감정은 더 커질까? 그것이 궁금했다.」

「…!」

그것 때문에… 눈을? 테르카는 말이 안 된다고 생각하면서도 아스의 주장에 마음이 쏠렸다. 현재의 아브칸인에게 감정이란 미지의 영역이다. 미약으로 간접적으로만 체험할 수 있는 것. 그들은 그것을 갈구하면서도 두려워했다. 이성으로 통제되지 않는 영역을 본능적으로 경계하는 것이다.

「그래서… 결과는?」

「보다시피.」

아스의 아우라가 압도적으로 번졌다. 조금 전까지 테르카가 지배하던 무대의 중심은 이제 아스 쪽으로 훌쩍 기울었다. 헤티와 함께 있을 때처럼 '인간다운 감정'이 아니다. 그는 아브칸인의 폭발적인 존재감을 발산하면서 새롭게 얻은 감정을 살짝만 실었다. 혼신의 연기. 테르카는 그 새로운 아우라를 취한 듯이 바라본다.

「감정을… 정말로 각성했군!」

「그렇다.」

「대단해. 아브칸으로 돌아간다면 다들 깜짝 놀랄 연구 성과-」

「아니, 나는 돌아가지 않는다.」

그의 선언에 테르카가 흠칫 놀란다. 왜…?

「감정을 직접 느낀다는 거, 생각보다 더 미묘한 기분이라고 해야 하나. 어쨌건 나는 만족한다. 눈의 힘을 쓰지 못하는 것은 아쉽지만 학자인 내게 있어 새로운 영역의 발견은 커다란 가치를 지니니까.」

「그렇다면 더 돌아가서 연구해야 하는 것이 아닌가?」

「설사 내 연구가 성공한다 한들 누가 이 짓을 하려고 하겠나.」

「…!」

테르카가 흠칫한다. 아스의 말대로다. 감정을 직접 느낀다는 것에 향수를 느낀다 한들, 누가 장님이 되어가면서까지 그러려고 하겠는가. 디지털 세계의 현대인들은 아날로그 감성을 그리워하지만, 그렇다고 스마트폰을 없애고 과거로 돌아가자고 주장하는 사람이 있다면 이건 무슨 미친놈인가 할 것이다. 그처럼 아븨칸인들은 이미 이성을 고도로 사용하고, 감정은 다른 인종을 착취하여 맛보는 세상에 길들여져 있었다.

「감정을 직접 느낀다는 것은 과연 진화의 영역인가 퇴화의 영역인가. 성과를 내본들 아무도 원하지 않겠지. 심지어 두 눈을 잃었으니 나는 아븨칸에서 열등한 입장이 된다. 아, 네가 가져간 하나는 돌려줄 건가?」

그 말에 테르카가 자신도 모르게 아스의 안구를 꽉 쥐었다. 이렇게 돌려주기엔 너무 아깝다.

「가져라.」

「…뭐?」

「내가 그걸 다시 끼운다면 기껏 깨달은 감정의 폭이 다시 줄어들겠지. 학자로서 원하는 바가 아니야. 그걸 가지고 조용히 돌아간다면 너는 그걸 얻고 나는 여기서 감정이라는 영역을 계속 탐구할 수 있다.」

「…!」

「그리고 혹시 내가 느끼고 있는 이 감정이 궁금하다면 내 안구를 오래 착용하고 있다가 파괴해봐라. 거기엔 내가 보아온 지구인의 감정적 행태가 스며있으니 혹시 모르지. 너도 나처럼 감정이 열리게 될지.」

아스의 안구는 여분. 이걸 파괴한다 해도 자신에게 리스크가 없다. 손에 든 안구를 내려다보는 테르카의 얼굴에 참을 수 없는 탐욕이 서린다. 가지고 싶다. 여러 가지 의미로 탐나는 물건이다.

「아, 혹시 나를 의심하고 있는 것을 함대원들이 알고 있나? 그렇다면 어쩔 수 없-」

「아니, 모른다.」

역시 아스의 짐작대로였다. 욕심이 많은 테르카는 모든 경우의 수를 상정했고, 만약의 경우 자신이 아스의 안구를 가질 수 있도록 함대원에게 자세한 설명을 하지 않았다.

「너의 학자로서의 호기심에 경의를 표한다. 그리고 네 연구를 돕는 방향으로 협조하도록 하겠다.」

테르카는 그 말로 자신의 욕심을 정당화했다.

「그럼, 행운을 빈다.」

아스가 고개를 끄덕였고, 테르카는 아스의 안구를 소중히 갈무리하고 사라졌다.

그가 떠난 무대 위에서 아스는 드디어 주저앉는다. 덜덜 떨리는 손. 이전엔 느껴보지 못한 두려움. 헤티를 잃을 수 있다는 공포는 그를 그만큼 몰아붙였고, 이런 말도 안 되는 연기를 가능케 했다.

「헤티… 보고 싶어.」

그의 얼굴에 안도의 기색이 서리며 무대가 어두워진다. 온몸의 근육에 힘을 주고 있던 관객들은 겨우 몸에서 힘을 풀며 박수를 치기 시작한다. 유명이 커튼콜을 하는 동안, 그리고 객석등이 켜지고 나서도 사람들은 떠날 생각을 하지 않고 박수를 보내고 있었다.

2시간, 한여름 밤의 꿈 같은 콘서트였다.

"와…. 아직도 소름이 안 가시네."

"진짜. 화면으로 봤을 때는 오졌는데 실제로 보니까 지린다."

"팬텀은 안 나왔네. 아쉽다…. 히잉."

유명의 작품 중 대부분이 다루어졌지만 〈발레리나 하이〉만은 제외되었다. 〈발레리나 하이〉의 원작자는 윤세련이다. 작품 내용을 변경하기 위해선 원작자의 허락을 받아야 했는데, 유명은 지금 막 파리 오페라단에서 중요한 배역을 맡아 날아오르고 있는 그녀의 집중을 깨고 싶지 않았다. 두 팬이 종알거리며 길을 걷는다.

"그런데, 데렉 맥커디가 엊그제 들어왔다고 하지 않았어?"

"어, 자막에 분명히 그렇게 나왔었어."

"그럼 아까 아스랑 테르카의 If Story, 그거 어제오늘 맞춰서 연기한 거라는 거야?"

"…대박. 그 생각은 못 했는데 완전 소름인데?"

그들은 스마트폰으로 팬카페에 접속했다. 오늘 무슨 내용들을 공연했냐며, 제발 알려달라는 아우성이 게시판을 가득 채우고 있었지만 스포는 할 수 없었다. 아까 유명이 직접 부탁했기 때문이다.

― 죄송해요. ㅠㅠ 내일도 다음 주도 공연이 있으니까 비밀 지켜달라고 유명이가 직접 부탁해서….

― 근데 확실한 건, 진짜 최고였어요. 꿈속에 들어갔다 나온 기분이에요.

― 아아, 오늘 봤는데도 내일 보실 분들이 부럽다. ㅠㅠ

ㄴ 다 떨어진 사람은 보신 분 안구가 부러워 죽겠습니다.

ㄴ 직관러들 안구 훔치러 가실 파티 모집 (1/99)

　ㄴ 현실 〈미믹크리〉인가. ㄷㄷ

공연 내용은 올리지 못한다지만, 공연장의 분위기와 유명의 인사를 담은 짧은 영상들이 부지런히 올라왔다. 소진의 작품이었다. 특히 '저 보고 싶으셨어요?' 부분에서 다들 발악하듯이 댓글을 달았다.

― 보고 싶었어!

― 보고 싶었다고!
― 견우야~ 넌 어디 있니! 어딜 가야 만날 수 있는 거니!

 다음 날 콘서트를 볼 사람들의 기대감은 걷잡을 수 없이 커져가고 있었다.
 식사를 겸한 간단한 뒤풀이. 유명의 지인들이 둘러앉은 자리에는 묘한 긴장감이 흘렀다. 서류신, 설수연, 차하린 그리고 데렉. 데렉은 요 꼬맹이들 봐라, 하는 표정으로 그들을 느긋하게 내려다보고 있었고, 수연과 하린은 그 위압감을 이기지 못하고 안절부절못하고 있었다. 류신만이 그 시선을 피하지 않으며 앞에 놓인 물을 주욱 들이켰다.
「제 친구들이에요, 데렉.」
「흐음….」
 유명의 그들을 소개하자 데렉은 류신에게 손을 내민다.
「당신이 서류신이군요. 딱 듣던 대로네.」
 새로운 흥미의 대상을 찾았다는 눈빛. 그의 입꼬리가 씨익 올라갔다.

262

액자 밖

[신유명 연기콘서트, 관람 후 넋이 빠진 관객들(현장 취재)]
[연기의 새로운 역사를 쓰다. 연기콘서트란?]

[신유명 연기콘서트에 데렉 맥커디 깜짝 등장, 함께 연기 선보여]

다음 날 아침. 부산에서 열린 첫 번째 연기콘서트에 대한 기사가 언론 지면을 휩쓸었다. 사상 최초의 연기콘서트, 배우가 팬을 위해 마련한 무료입장 콘서트, 국내 유수의 배우들이 앞다투어 카메오로 출연했다는 것, 그 모든 것이 화제였다. 특히 데렉 맥커디가 한국에 방문했다는 사실에 사람들은 거품을 물며 그들의 소재를 궁금해했다.

그들은 이미 대전에 도착해 있었다. 투어콘서트 일정은 꽤나 빡빡했다. 의상과 소품 등은 부산 공연이 끝나자마자 화물차에 실려 대전으로 달렸고, 유명도 공연 후 저녁식사 겸 뒤풀이를 마치자마자 바로 대전으로 향했다. 오늘도 아침 일찍부터 유명은 대전의 콘서트홀에 나와 있었다. 무대 구조나 음향의 반사 정도가 달라서 테크니컬한 조정이 필요했다.

"아- 아-"

"울림이 좋아서 마이크 안 달아도 될 것 같긴 한데요."

"관객들 꽉 차면 또 어떻게 될지 모르니까요. 안 쓰더라도 일단 달아놓는 게 좋을 것 같아요."

"알겠습니다."

대전 공연의 좌석은 4번의 공연 중 가장 적은 820석. 규모로는 중극장 정도라 마이크를 달지 안 달지 미묘한 규모였다. 유명도 공연장에서 자신의 목소리가 기계를 거치지 않고 다이렉트로 전달되는 것을 선호하긴 했지만, 내용의 명확한 전달이 더 중요하니 무리수를 두지 않기로 했다.

그렇게 그가 오전 내내 콘서트홀을 체크하고 새 무대를 익히는 동안 데렉은 그 모습을 지켜보고 있었다. 어차피 밖에 나가봐야 기자들에게 시달릴 뿐이다.

「점심 먹으러 가요.」

「그래도 되나?」

유명이 그를 데리고 간 곳은 대전에서 유명하다는 한식집. 호철이 급하게 섭외한 곳이었다. 유명인들이 많이 찾는 곳이라더니, 직원은 살짝 눈이 커지긴 했지만 티내지 않고 조용히 그들을 내실로 안내했다. 데렉은 좌식 의자에 어색하게 주저앉은 후 유명을 보고 비죽비죽 웃었다.

「연애라도 해?」

「갑자기 무슨 말이에요…?」

「무대가 있는 날에 이렇게 여유 부리는 타입이 아니었잖아?」

「…데렉은 휴가잖아요. 좋은 데 데려가진 못해도 맛있는 거라도 먹여야죠.」

이것도 변화라면 변화였다. 원래의 유명이라면 공연 당일, 이미 준비가 끝났더라도 더욱 완벽을 기하기 위해 공연장을 떠나지 않았을 것이다. 하지만 오늘 그는 점심을 먹기 위해 외부로 나왔다. 한국에 도착하자마자 어디 가보지도 못하고 자신의 공연에 참가한 데렉을 위해서였다.

「많이 드세요. 출연료예요.」

「감히 나를 밥 한 끼로 부려먹겠다고?」

「음…. 이거 무료 공연인데…. 그래도 출연료 드릴까요?」

「못 보던 사이에 능청이 늘었네?」

음식이 나왔다. 데렉의 표정이 휘둥그레진다.

「뭐야. 왜 디시가 수십 가지가 나오지? 이게 뭐야?」

「이게 바로 Korean table d'hote(한정식)라는 거죠.」

「뭐? Table d'hote(식당에서 파는 정식)라고? 한국인들은 매일 이런 걸 먹는단 말이야?」

유명이 쿡쿡 웃었다. 이런 반응을 기대하고 한정식집에 데려온 것이긴 했지만, 기대 이상의 반응이었다. 유명은 다음 반응도 기대했다. 한 상을 다 비운 후, 그릇을 쫘악 걷어내고 다시 한 상을 차릴 때.

「뭐야, 같은 게 왜 또 나와?」

「자세히 봐요. 다 달라요.」

「다 다르다고? 그럼 아까 스무 가지, 지금 스무 가지, 요리가 총 마흔

가지야? 이거 프랑스보다 더 음식에 미친 나라네?」

「아하하하-」

결국 유명의 웃음이 빵 터졌다. 데렉은 이게 무슨 2인분이냐며 계속 투덜대더니,

「이거 그냥 밥 한 끼가 아닌데? 내 출연료가 될 만해.」

평소처럼 거만한 어투로 한정식의 가치를 인정했다. 그들은 그렇게 든든한 점심을 먹고 공연장으로 돌아왔다.

「그거 한번 넣어보지 않을래? 〈아리자데 왕국 살인사건〉.」

「아, 안 그래도 네 명이 안 돼서 못 넣었는데.」

데렉의 제안에 유명이 눈을 반짝였다. 이번 공연의 레퍼토리는 매회 조금씩 다르다. 겹치는 레퍼토리가 있는 반면, 회차마다 추가되거나 빠지는 것도 있는데 올 수 있는 카메오가 매번 달랐기 때문이다. 카메오들 중 4회를 빠짐없이 참석하는 사람은 유명과 함께 연기하기 위해 귀국한 서류신과 휴식기에 들어간 설수연, 둘뿐이었다. 그래서 4명이 필요한 〈아리자데 왕국 살인사건〉은 넣지 못했던 것.

「흐음, 그 둘이면 괜찮지. 맞춰보자. 오늘 당장은 무리겠지?」

「하하, 류신 형은 몰라도 수연이는 힘들어요. 몰입력은 좋지만 순발력이 좋은 과는 아니라서. 게다가 대사도 아직 모르고요.」

「그럼 다음 주?」

「좋아요. 다들 재밌어하겠네요.」

「넌 바쁠 테니 내가 연습 좀 시킬까?」

「그렇게 해주시면 고맙죠. 류신 형이랑 수연이도 아마 좋아할 거예요. 일단 물어보고 확정하는 거로 해요.」

「좋아.」

데렉의 얼굴에 진한 미소가 걸린다. 낚았다, 라는 표정이다.

오후 3시경에 류신과 수연이 도착했다. 그들에게 데렉의 제안을 전하자 두 사람 모두 흥미로워했다.

"좋습니다. 그 대본은 〈캐스팅 보트〉에서도 특히 재미있게 봤었죠."

"데렉 맥커디랑 같이 연기한다고요? 으아아!"

"그럼 두 분 다 찬성하셨으니 확정할게요. 무대구성 추가하고 의상도 공수해야겠네요. 대사는 아무래도 자막 깔고 영어로 해야 할 것 같아요. 데렉이 한국어를 할 수는 없으니까."

"그렇겠네요. 수연이는 영어 잘하든가?"

"저 기획사에서 해외 진출시킬 거라고 몇 년 전부터 원어민 과외 붙여줬어요! 자… 잘할 수 있어요."

수연이 절대 자신을 빼놓으면 안 된다는 표정으로 힘주어 주장했다.

"그럼 그렇게 하기로 하고, 오늘 공연부터 열심히 해볼까요?"

"넵!" "좋아요."

대전 공연장은 가장 작아서 제일 끝줄에서도 무대가 그리 멀지 않았다. 덕분에 관객들은 정말 황홀한 공연을 즐길 수 있었다.

"안녕하세요, 신유명입니다."

"우와아아아-"

그날도 유명은 무대를 날듯이 휘저었다. 빡빡하기 그지없는 일정인데도 왜 피곤하지 않을까. 4개월간 피가 마를 정도의 집중력이 필요했던 〈인격살인〉의 촬영. 그것이 끝나자마자 연기콘서트를 준비했고, 심지어 오늘은 이틀째 연이은 공연이었다. 그런데도 유명은 힘들기보다는 오히려 에너지를 받고 있는 느낌이 들었다. 애정과 신뢰로 가득한 팬들의 눈빛이 진짜 영양제라도 되는 것처럼….

'기분 최고다…!'

작지만 뜨거운 열기 속에 또 한 번의 공연이 무사히 끝났다. 그리고 남은 두 번의 공연을 위해 유명과 그의 벗들은 새로운 레퍼토리를 준비하기 시작했다.

굿엔터가 이전했다. 이제는 사무실이 아니라 사옥이었다. 굿엔터와 밍기뉴를 한곳에 두기 위한 것으로, 사업의 규모를 좀 더 키우겠다는 유석의 의지가 담긴 결정이기도 했다. 그 신사옥의 바깥에서 한 명의 머리가 기웃거리고 있었다.
"누구십니까?"
"저… 여기가 굿엔터테인먼트 맞아요? 이사 갔다고 하던데…."
"네. 누구 찾아오셨습니까?"
"아, 아니에요."
사옥 바깥에서 한참을 얼쩡거리고 있는 수상한 남자. 유석은 외근을 나갔다 돌아오면서 그를 발견했다. 저 뒷모습은….
"도효준?"
"헉… 아, 안녕, 형?"
어색하게 인사한 그가 유석의 눈을 피한다. 프랑스에 있어야 할 녀석이 왜 여기에….
"설마 또 힘들어서 도망친 거야?"
"아… 아니야!"
효준이 놀라 두 손을 마구 흔든다. 유명의 한국 귀국 소식이 들리고 위고와 류신 또한 그를 따라 사라진 후, 효준도 무척 한국으로 돌아오고 싶었다. 하지만 '지금 너는 동료들과 함께 작품을 만들어나가는 걸 배울 시기'라는 류신의 엄명에 그는 찍소리 못 하고 브라이즈의 공연에 참여했다. 그 공연이 엊그제 끝났고, 그는 한국행 비행기를 타버렸다.
'허락받는 것보다 혼나는 게 쉽다!'

사실 공연 하나가 끝나면 한동안은 휴가 기간이므로 누가 효준의 한국행을 말릴 이유는 없었다. 하지만 괜히 물어봤다가 만에 하나라도 오지 말라고 하면? 류신이 허락하지 않을 경우 그의 말을 어길 용기는 없었으므로, 효준은 묻지 않고 한국에 들어와버린 것이었다.

"공연 끝나고 휴가라서…. 유명 형이랑 류신 형도 보고 싶고… 형도."

그가 말끝을 흐리더니 발끝으로 땅을 툭툭 찬다. 사실 가족이 없는 효준에게 유석은 진짜 형 같은 사람이었다. 그의 애정을 시험하듯이 말썽을 피우던 지난 시절이 부끄러웠다. 그런 그를 향해 유석이 오랜만에 웃어주었다.

"잘 왔어. 왜 안 들어오고 거기서 그러고 있었어."

"어… 건물도 낯설고…."

유석이 환영해주지 않을까 봐. 이제 자신에게 정나미가 떨어졌을까 봐. 효준은 그 말을 꺼내지 않고 꿀꺽 삼켰다. 이제 겨우 자신의 불안함을 이유로 어리광을 부리기보단 상대의 기분을 먼저 생각하는 어른이 되어가고 있는 것이다.

"들어가자."

사무실에 앉아 효준은 오랜만에 유석과 많은 이야기를 했다. 언어가 통하지 않았던 프랑스 생활의 어려움, 매일 토할 것처럼 연습을 시켰던 서류신의 악랄함, 하지만… 이제야 느끼고 있는 '연기라는 세계'의 멋짐.

'이제 좀 배우 같네.'

유석은 흐뭇한 미소를 지으며 말 안 듣는 막냇동생 같던 녀석의 성장을 음미했다. 그리고 효준이 마지막으로 꺼낸 말은….

"형, 나 유명 형이 한다는 콘서트 지인짜 보고 싶은데… 컨트롤박스에서 심부름이라도 하면서 보면 안 될까?"

데렉은 머리를 절레절레 저었다.

'뭐 저런 독종이 있어?'

재능이 뛰어난 배우들을 굴려서 성장시키는 것은 그의 오랜 취미였다. 〈캐스팅 보트〉의 액션스쿨 때도 그의 조에 소속된 배우들은 숨 쉴 틈도 없이 굴렀다. 데렉의 과제를 가뿐하게 소화해내던 유명을 제외하곤 다들 그의 훈련에 치를 떨었다. 그런데 이 친구는 또 달랐다.

'시킨 훈련 이상을 자진해서 하는 타입은 또 처음이네⋯.'

유명은 (데렉을 존중하는 의미에서) 그가 부과한 훈련을 끝내고 개인 연습을 하는 타입이었다면, 류신은 그가 부과한 훈련의 난이도를 더 높이거나 양을 늘려서 스스로를 몰아붙이는 타입이었다.

'내 훈련이 만만해?'

그런 그에게 항복 선언을 받고 싶다는 심술에 데렉은 연습의 강도를 더 올려갔다. 하지만 류신은 잠을 줄이고 이를 악물지언정 결코 앓는 소리를 하지 않았다. 수연 또한 눈물 콧물을 빼면서도 기어코 따라오고 있었다.

'한국엔 재미있는 배우가 많네.'

데렉은 결국 그들을 인정할 수밖에 없었다.

〈If Concert〉 3rd in 광주. 기존에 있었던 레퍼토리들이 쭉 이어진 후, 이번 공연의 마지막엔 드디어 '아리자데'가 공개되었다.

〈아리자데 왕국 살인사건〉은 〈캐스팅 보트〉에서 가장 좋았던 과제로 손꼽힌다. 조원들 간의 갈등과 화합, 그 사이에서 빛나는 유명의 리더십, 극 중 작가가 숨겨놓은 의도들을 유명이 하나하나 간파해나가는 소름 돋는 장면들과 그로 인해 조원 전원이 합격하는 카타르시스까지. 하나의 작품이 만들어지기까지 배우들이 겪는 '드라마'를 가장 잘 보여준 과제였기 때문이다.

"마지막 무대는 〈아리자데 왕국 살인사건〉을 재구성한 무대입니다."

그것을 최고의 배우들이 보여준다는 것에 팬들은 대단히 흥분했다. 떠나갈 듯한 함성이 울렸고, 조명이 들어온 무대 위에는 네 개의 커다란 액자틀 속에 네 사람이 정물처럼 서 있었다.

데렉이 왕. 수연이 귀족. 유명이 상인. 류신이 노예.

〈캐스팅 보트〉 당시 유명은 노예 역을 연기했었고, 유명의 연기를 보고 자극받은 데렉도 뛰쳐 올라가 노예를 재해석해 연기한 적이 있었다. 그러나 지금 그들의 배역은 완전히 바뀌어 있었다. 팬들의 가슴이 두근두근 뛰었다.

'또 어떤 연기가, 어떤 이야기가 펼쳐질까…!'

삐그덕삐그덕, 정물들의 자세가 풀려간다. 네 명의 등장인물이 그림 속의 인물이라는 것을 캐치해 작가인 에바 도브란스키를 놀라게 했던 그 해석대로. 그리고 왕이 처음으로 입을 뗀다.

「경들은 이 홀에서 일어난 왕자 시해사건에 대한 의견을 말해보라. 과연 범인은 누구일까?」

데렉 맥커디의 왕. 머리에 올려져 있는 왕관과 어깨에 두르고 있는 붉은 망토가 그렇게 어울릴 수 없다. 그가 온몸으로 펼쳐 보이는 고귀한 아우라는 왕이 사라진 이 시대에도 특별한 혈통이라는 것이 있을 수 있다는 것을 입증하는 것처럼 사람들의 눈을 홀린다.

영어로 이루어지는 무대. 콘서트홀의 양쪽 대화면에 자막이 쏟아지고 있었지만, 골수팬들에겐 큰 의미가 없었다. 이 극의 대사를 거의 외우다시피 하고 있으니까.

'다음이 귀족의 대사였지.'

모두들 다음 대사를 예상하고 있을 때였다. 갑자기 액자 속에 갇혀 있던 인물들이,

"…!"

틀을 넘어 액자 밖으로 나왔다.

263

작은 혁명

〈캐스팅 보트〉에서 〈아리자데 왕국 살인사건〉의 인물들은 처음부터 끝까지 화폭 속에만 존재했었다. 상인이 노예를 찔러죽일 때 상인의 칼이 한 번 노예의 화폭으로 넘어가긴 하지만, 인물들은 화폭에 고정된 것처럼 자신의 공간을 벗어나지 않았는데.

'액자 밖으로… 나왔어?'

예전의 인물들은 굳어진 관절이 풀리듯이 서서히 동작이 부드러워졌었다. 하지만 이번엔 다르다. 덜그럭거리던 움직임이 액자를 벗어나는 순간을 기점으로 바뀐다. 한 명 한 명 액자를 빠져나올 때마다 그림이 사람이 된 것처럼 자연스러워지는 움직임에 관객들은 시선을 빼앗겼다.

이동에도 순서가 있다는 듯 왕이 먼저 거만하게 액자를 빠져나와 상석에 자리했고, 귀족과 상인이 왕의 양옆에 시립했으며, 노예는 제일 마지막에 나와 왕을 마주 보고 엎드렸다.

사람들은 특히 노예에게 주목했다. 〈캐스팅 보트〉 당시 노예의 해석엔 세 가지가 있었다. 유명이 처음 연기했던 부정과 비리를 고발하다 살해당하는 '민중'으로서의 노예. 데렉이 보여줬던 기득권과 똑같이 비열하고 이익만을 탐하는 노예. 그리고 유명이 액션 스쿨 졸업과제에서 보여주었던 버려진 왕자이자 민중의 기수가 된, 품위 넘치는 노예의 모습.

'서류신의 노예는 그중 어떤…?'

위엄 넘치는 데렉의 왕, 아름답기 그지없는 수연의 귀족, 처음 보는 유명의 상인도 궁금했지만 역시 아리자데의 주연에 가까웠던 '노예'의 해석이 궁금하지 않을 수 없다. 그리고 류신의 노예는….

'저 반듯한 걸음걸이…! 마지막 버전인가?'

팬들은 머릿속에 떠오르는 온갖 추측들을 가라앉히며 무대에 집중하기 시작했다.

「폐하, 나르바가 이미 모든 것을 자백했습니다. 독살에 쓰인 약물과 구입 내역까지도 그의 침실 깊숙한 곳에서 나오지 않았습니까.」

설수연의 귀족은 우아하고도 교활했다. 범행의 주체는 알지 못하지만 귀족들이 가장 의심받을 상황이다. 귀족들은 허수아비 왕을 손아귀에 넣고 실세를 쥐고 있고, 1 왕자는 그런 세태에 반발하는 인물이었기 때문. 그래서 그들은 희생양 하나를 내세워 이 사건을 빨리 덮고 넘어가려고 한다.

그리고 유명의 상인.

「폐하, 폐하께서 가지신 왕의 혜안으로 굽어 살펴보아 주시옵소서. 일국의 왕자가 시해당한 사건입니다. 나르바 공이 키신 전하와 어떤 앙금이 있었건 독단으로 그런 행동을 한다는 것은 있을 수 없는 일이지요.」

"…!"

원래 교활한 미소를 지으며 귀족과 힘의 줄다리기를 하던 상인이었다. 그런데 지금 유명의 상인은 달랐다. 그의 상인은 칼칼한 목소리로 이 수상한 상황에 문제를 제기했다. 그 비장함은 단순히 권력을 위한 야욕으로는 느껴지지 않았다.

'상인의 캐릭터가 그때와 완전히 다른데?'

'해석이 바뀌었나?'

관객들의 표정에 호기심이 어릴 때, 갑자기 조명이 꺼지며 배역들이 동작을 멈추었다. 그리고 한 사람의 머리 위로만 스팟이 떨어졌다. 상인의 독백이었다.

「이 나라의 유일한 희망이, 죽었다.」

머리 위로 떨어지는 스팟 조명은 얼굴의 돌출부에 닿아 짙은 음영을 드리운다. 상인은 비장한 음색으로 독백을 시작했다.

「이 나라는 썩었다. 백성들의 고혈을 빨아먹으며 매일같이 파티를 여는 귀족들. 위엄을 뽐내지만 허세일 뿐이며, 귀족들의 아첨과 뇌물에 눈이 멀어 백성을 돌보지 않는 군주. 이 상황을 안타까워하던 키신 전하만이 이 나라의 마지막 희망이었지만 그의 정신은 너무나 나약했다.」

유명은 이번 If Story에서 상인을 타고난 혈통 없이도 제험으로 돈을 벌고 지식을 축적한 실력자로 해석했다. 마치 프랑스 대혁명 시대, 한껏 부패한 왕과 귀족에 개탄하여 민중과 발맞추던 초기 부르주아계급 같은 존재. 이 현명한 실력자는 이미 모든 상황을 꿰뚫고 있다.

「그를 죽인 것은 귀족이 아니다. 아마 왕자는 이 엉망진창의 나라에 대한 책임감, 그러나 지금 아무것도 할 수 없는 무력감을 이기지 못하고 스스로 목숨을 끊었을 것이다. 귀족들이 나르바라는 희생양을 내세운 것은 왕자가 자살한 진짜 이유가 드러나는 것보다 희생양을 한 명 제공하고 이 사건을 잽싸게 덮는 것이 이익이기 때문에.」

왕자의 뜻이 알려지면 자신들의 기득권이 흔들릴 수 있기에 차라리 귀족의 일원을 희생시키는 것을 택한다. 치가 떨리는 교활함.

「그것을 알면서도 나는 정말 나르바의 짓이냐고 부르짖을 수밖에 없구나. 그럴 리 없지만 제발 폐하가 정신을 차리길 바라면서. 정녕 이 나라에 희망은 없는 것인가.」

뚝뚝 떨어지는 한숨. 해답을 궁구하는 지성 어린 미간. 관객들은 그의 비장함에 함께 젖어든다. 노예를 찌르던 순간을 빼곤 가장 존재감이 낮았던 상인이란 캐릭터가 재조명되고 있다.

다시 불이 들어온다. 귀족과 상인은 무의미한 논쟁을 이어나간다. 귀족은 역력히 귀찮아하는 기색으로 나르바의 짓임을 주장하고, 상인은 말꼬리를 잡아 따지고 들고 있다. 어떻게든 이 문제를 이대로 덮지 않기 위해서.

 하지만 왕은 귀족과 상인의 논쟁이 귀찮다는 듯 귀나 후비고 있다. 무능한 왕에게 왕자의 죽음은 자신을 위협하던 정적이 사라진 것 이상의 의미가 없는 것이다. 드디어 노예의 입이 열렸을 때, 왕이 그의 말을 들어준 것은 상인의 입을 그만 닫게 하기 위함이었다.

「저… 비천한 소인이 한 말씀 올려도 되겠나이까?」

「아리자데의 주인인 짐이 허하니, 그대는 하고 싶은 말을 모두 하라.」

「저는… 왕자 전하의 죽음이 자살…이라고 생각합니다.」

 맑고 공손하게 울려퍼지지만 의지가 확연한 목소리. 밑바닥에 있기엔 어울리지 않는 고상한 분위기의 노예.

 '목격했다고…?'

 그 말을 들은 상인의 눈빛이 홱- 하고 돌변했다. 그가 자살의 이유까지 밝힐 수 있다면, 이번에야말로 왕이 정신을 차릴지도.

「어찌하여?」

 노예는 그가 목격했던 정황을 토로한다. 왕자가 독약이 담긴 것으로 추정되는 주머니를 입에 털어 넣은 것, 일부러 홀까지 가서 죽은 것, 그리고 방문을 나서며 '나는 허수아비로 살지 않겠다'라는 말을 남긴 것. 상인은 계급에 어울리지 않게 단아한 그의 음성에 이상함을 느끼고, 고개를 숙인 노예의 얼굴을 흘끔흘끔 관찰한다. 그리고 노예가 맑은 눈빛을 들어 왕을 주시한 순간, 그는 한 대 얻어맞은 듯한 표정을 지었다.

 깜빡- 그때 다시 조명이 전환되었다. 상인의 독백.

「저 태도는 노예가 가질 수 있는 것이 아니다. 도대체 그는 어떤 사람이지? 아니, 멧티아 왕비님과 판박이같이 닮은 얼굴. 설마 저분은…!」

 왕의 첫 번째 비. 백성을 긍휼히 여기는 마음이 있었으며, 그래서 귀족에게 견제를 당했던 멧티아 왕비. 그녀의 아이가 소리 소문 없이 납치된 후, 그녀는 시름시름 앓다가 죽었다. 설마… 납치된 왕자가 노예가 된 것일까? 노예가 되어서도 고귀한 피는 속일 수 없다는 것인가. 상인은 왕을 바라보며 간절히 속삭인다.

「폐하, 보이지 않으십니까. 당신의 아들 중 하나는 어릴 때 납치당했고, 또 하나는 이 나라의 꼴을 개탄하며 스스로 목숨을 끊었습니다. 하지만 납치당한 아들이 돌아왔습니다. 지금이라도 정신을 차리신다면 아리자데에 아직 희망은 있습니다. 제발….」

팟- 다시 들어온 불 아래, 상인은 염원하는 얼굴로 왕의 얼굴을 관찰한다. 하지만 왕은….

「미천한 노예 주제에 그게 무슨 근거 없는 망발이며, 어찌 감히 내 눈을 똑바로 마주 보는가. 경은 저 무엄한 노예의 목을 쳐라!」

「알겠습니다, 폐하.」

하고 싶은 말을 모두 하라고 했던 자신의 발언이 부끄럽지도 않은지, 왕은 버럭 화를 내며 노예의 참수를 명한다. 귀족은 안도의 한숨을 쉬며 칼을 빼들고, 노예는 달관한 표정으로 조용히 눈을 감는다.

그때, 푸슉- 칼이 뱃가죽을 찢었다.

「무…슨…」

「도저히 못 봐주겠군. 네놈부터 죽어라.」

상인의 칼이 귀족의 배에 꽂혀 있었다.

「이게 무슨 짓이냐! 네 이놈!」

「당신도 마찬가지다.」

「당신? 이 무엄한…!」

「당신에겐 군주의 자격이 없다. 그대들이 지배하는 한 이 나라엔 희망이 없어. 오늘 이 나라의 왕이 바뀔 것이다.」

상인은 칼을 마저 휘둘러 왕까지 베었다. 명백한 반정이었다. 순식간에 두 명의 인간이 쓰러져 뒹굴고, 남은 것은 상인과 노예. 눈앞에서 죽음을 목도하고 얼어붙은 노예의 앞으로 다가간 상인은 털썩 한쪽 무릎을 꿇는다.

「요아힘 전하.」

「…그게 무슨 말씀이십니까?」

「멧티아 왕비님의 납치된 아들. 당신은 요아힘 전하가 틀림없군요.」

「무… 무슨. 저는 그런 사람 모릅니다.」

「분명히 전하입니다. 이 얼굴, 이 분위기. 가장 고귀한 혈통을 타고나신 분이지요.」

그리고 상인은 목소리를 낮춰 말한다.

「설사 아니라도, 맞으셔야 합니다.」

그 말에 무언가를 깨달은 듯 노예의 눈빛이 변한다. 영민한 인간이다. 그는 상인과 깊이 눈빛을 주고받더니, 작게 고개를 끄덕인다. 상인은 죽은 왕의 머리에서 왕관을 벗겨 노예에게 씌우고, 피로 얼룩진 망토를 그의 낡은 옷 위에 둘러준다. 순식간에 완성된 고귀한 왕의 모습.

「새로운 시대를 열어주십시오, 전하. 이 암흑 같은 아리자데 왕국을 우리가 구원하는 겁니다.」

「…네.」

그들은 액자로 다시 돌아간다. 노예는 왕의 자리로. 상인은 귀족의 자리로. 원래 상인과 노예의 자리는 비워진 채로. 이것은 그림 속에서 일어난 작은 혁명. 그림 속 이야기는 아리자데 왕국의 미래를 상징적으로 보여주는 역할을 한다. 좀 더 나아질 아리자데의 미래를 기원하며, 그림 속의 If Story는 이렇게 끝났다.

지잉- 다시 조명이 꺼졌다 켜지자, 죽어 뒹굴던 왕과 귀족이 노예와 상인의 옆에 함께 섰다.

팬들은 끝없는 갈채를 보냈다. 3회차 공연의 종막이었다.

마지막 서울 공연의 장소는 혜전당에서 2번째로 큰 극장, 우(優)전당이었다.

"반갑습니다, 신유명 배우님, 허허."

"네, 살펴주셔서 감사합니다, 관장님."

"하필 수전당 스케줄이 차 있어서 아쉬울 따름이네요. 그 영화랑 연극을 동시에 올린다는 무대도 욕심나는데, 연초에만 스케줄을 미리 잡아도…."

"그러게요, 저도 아쉽지만 우전당도 정말 멋있습니다."

관장은 혜전당을 칭찬하는 유명의 말에 기분 좋게 웃었다.

"그럼, 오늘 마지막 연기콘서트 잘 마무리하시기 바랍니다."

공연 준비를 모두 끝낸 후, 유명은 누군가에게 전화를 걸었다.

"병우 씨, 혹시 도착하셨어요?"

"네. 아까부터 뒷문 쪽에서 기다리는 중입니다."

"연락하시지 그러셨어요. 매니저 보낼 테니 잠시만 계세요~!"

잠시 후 무대 뒤로 들어온 사람은 지팡이를 짚고 있다. 그의 이름은 전병우, 원생에서의 유명의 첫 번째이자 마지막 팬이었던 사람. 못 보던 사이에 그의 눈은 더 나빠졌는지, 유명이 코앞에 오기까지 그를 인식하지 못했다.

"안녕하세요."

"우와, 신유명 씨! 반갑습니다!"

그가 손을 덥석 잡자 유명의 표정이 애잔해졌다. 팬들을 위한 선물로 준비한 공연. 자신의 첫 번째 팬에게도 이 공연을 꼭 보여주고 싶었지만, 초대석이 무대에서 너무 멀었다. 일반 팬들이 더 가까이서 볼 수 있게 초대석을 가장 뒷자리로 뺐던 것이다.

'2천 석 공연장의 제일 뒷자리라면 병우 씨는 정말 소리밖에 안 들릴 텐데….'

그래서 유명은 포켓에 한 자리를 설치했다. 포켓의 동선 하나를 빼버리고 그곳에 의자를 놓은 것이다. 무대가 측면으로 보이는 자리라 보통이라면 불편하겠지만, 감각이 예민한 전병우라면 거리가 먼 정면보다는 가까운 측면에서 공연을 더 잘 느낄 수 있으리라.

"여기 앉아서 보시면 돼요."

"왜 제게 이런 호의를 베푸시는지 모르겠지만… 정말 감사합니다, 배우님."

그리고 관객 입장이 시작되었다.

"극장 엄청 크다~!"

"으아, 너무 뒷자리야. 얼굴 보일까?"

"양쪽에 설치된 화면에서 클로즈업화면 나온대요~"

자리가 하나씩 채워지기 시작했다. 서울 마지막 공연에 초대된 2천 명의 팬들은 부산에서, 대전에서, 광주에서 들려오는 소식들에 지난 2주간 일이 손에 잡히지 않았다.

'심장이 터질 것 같아…'

객석의 등이 어두워질수록 자신의 심장소리는 더 크게 느껴진다. 유명 또한 지금까지 중 가장 큰 규모의 공연장에 자신의 팬들이 가득 차 있다는 사실에 심장이 쿵쿵 뛰고 있었다. 팬들을 위해 준비했지만 자신에게 더 선물 같은 시간.

'마지막 무대를 즐기자.'

유명의 입가에 참을 수 없이 즐거운 미소가 드리웠고, 드디어 공연이 시작되었다.

264

됐네요, 다섯 명

효준은 초대석의 한자리에 앉아 있었다. 유석이 그의 몫을 양보해준 것이다. 극구 사양했지만, 유석은 효준의 머리를 헝클어뜨리며 엄포를 놓았다.

"나는 첫 공연 봤으니까 됐어. 나보다는 배우인 너한테 도움이 되겠지. 보고 느낀 점 독후감 써와라?"

"…고마워요, 형. 진짜."

"이럴 때만 존댓말은."

한 자리도 빠짐없이 들어찬 2천 석의 객석. 그 한 명 한 명의 얼굴이 가장 행복할 때의 꿈을 꾸는 듯이 밝다. 기분이 이상해진다. 자신은 수년간 관객에게서 도망다녔고, 〈캐스팅 보트〉 때는 시청자들에게 욕을 먹기까지 했다. 프랑스에 가선 팬들도 좀 생기긴 했지만, 이런 풍경은 아직 엄두도 내지 못한다.

'나도 언젠가는… 이렇게 많은 사람들에게 사랑받는 배우가 될 수 있을까?'

그리고 공연이 시작되었다. 하나하나의 무대가 끝날 때마다 효준은 짜릿한 감각에 시달렸다.

'내가 미쳤었구나…. 저런 배우한테 연기로 깝쳤다니.'

그때는 몰랐다. 적당한 능숙한 자신의 연기가 그의 연기와 크게 다를 바 없다고 생각했었다. 지금 생각해보면 당시 자신이 했던 것은 연기라기보다는 재주였다. 몸도 마음도 연기에 젖고 나서야 비로소 그가 얼마나 대단한 배우인지를 절감하고 있는 것이다.

'앞으로 안 까불어야지….'

한편, 무대 위에 선 유명도 자신을 객관적으로 평가 중이었다.

'연기가… 꽤 늘었구나.'

예전에 했던 배역들을 다시 연기해보면서 유명은 자신이 얼마나 발전했는지를 실감했다. 어떤 어려운 자세를 취해도 무리가 없고, 어떤 대사를 해도 그 인물의 마음으로 자연스럽게 읊을 수 있다.

'특히 이번 작품이 컸어.'

〈인격살인〉은 기술적으로도 심적으로도 가장 힘겨웠던 작품이었다. 자로 잰 듯한 연기도 그렇지만, 자신의 내면을 피하지 않고 바라보는 것이 가장 어려웠다. 스스로의 마음을 깨닫고 받아들인 후 유명의 연기는 한 단계 더 발전했다.

'…미호야. 나 좀 성장한 거 같은데, 너는 언제 돌아와서 기뻐해줄 거야?'

벌써 미호가 사라진 지 네 달이 넘었다. 유명은 요즘 조금 불안해지고 있는 중이었다. 생각보다 미호가 돌아오는 것이 늦어지고 있다. 설마 돌아오지 않을 생각인 건 아닐까, 때로 떠오르는 불안을 애써 가라앉힌다. 오늘따라 미호가 무척이나 보고 싶다.

'오늘 네가 있었다면, 배우들과 관객들의 생기 최고로 맛있당! 하면서 신나게 꼬리를 돌렸을 텐데.'

유명이 습관처럼 공연장의 허공을 바라본다. 아름다운 푸른빛으로 가물거리는 형체는 오늘도 보이지 않는다. 유명은 애써 미호의 생각을 떨쳐내고 다시 무대에 집중했다.

기본 레퍼토리들에 아스와 테르카의 If Story, 〈아리자데 왕국 살인사건〉의 If Story도 무대에 올랐다. 숨 막힐 듯이 멋진 이야기들의 향연에 두 시간은 순식간에 삭제되었다. 유명이 마지막 무대의 의상을 교체하러 들어간 사이, 소진이 그를 대신해 무대 위에 올라 진행을 맡았다.

"오늘의 마지막 공연, 궁금하시죠?"

"네에~!"

"요즘 한국에서 손꼽히는 톱배우 한 분이 함께하셨습니다."
그 말에 팬들은 무언가를 예감하고 자지러지기 시작했다.
"윤한성 배우님과 함께합니다. 〈려말선초〉의 다담 신입니다."
마지막 콘서트의 마지막 무대를 함성이 가득 메웠다.

두 남자가 무대를 향해 나란히 정좌해 있다. 그 사이엔 찻주전자가 얹힌 작은 소반이 하나. 원래 마주 보는 구도이지만 공연 무대의 특성에 맞추어 객석을 향하는 것으로 변경한 상태. 관객들은 그들이 서로를 마주 보고 대화하는 것임을 상정하고 이 무대를 지켜본다.

조명은 불그스레한 색을 머금고 떨어지고 있다. 두 사람이 입은 톤이 다른 두 푸른색의 도포가 그 붉은빛 아래에서 오묘한 빛을 낸다. 3년 반 만에 다시 보는 다담 신. 이미 몰입에 들어간 두 배우의 표정에 관객들은 숨을 죽였다.

"강녕하십니까."

"자네의 활약 덕에 강녕할 수가 없으이."

콘서트를 준비하면서 유명은 고민했다. 다담 신의 스토리를 변형시킨다면 어떻게 만들 수 있을까. 팬들이 가장 바라는 If 엔딩은 이방원과 정몽주가 손을 잡는 모습이겠지. 그러나 이방원과 정몽주가 스승과 제자 사이였다는 것까지야 팩션[14]의 범주로 볼 수 있지만, 두 사람이 화해하게 되면 역사 개변이 되어버린다.

— 아무래도 다담 신은 건들지 않고 그대로 연기하는 게 좋을 것 같아요.

— 그렇겠지? 그래도 좀 아쉽네. 나도 뭔가 변화된 연기를 해보고 싶

---

14 팩션(Faction): 역사적 사실에 상상력을 덧붙인 새로운 장르. 팩트(Fact)와 픽션(Fiction)을 합성한 신조어

었는데.

― 영화 화면을 연극 무대로 가져오는 것도 사실 연기적인 변형이 필요한 거니까요. 그리고 마지막 날의 마지막 무대는 원작 그대로를 보여주는 것도 의미 있을 것 같아요. If Story들이 참 재미있긴 하지만, 그래도 원작의 무게감을 따라갈 수는 없으니까요.

〈려말선초〉의 콘서트용 버전을 의논하며 유명과 한성이 나누었던 대화였다.

"그리 목소리를 높이시는 것은 처음 봅니다."

"지금 자네가 막말을 하고 있지 않나!"

"정말 그래서입니까…?"

유명이 말했듯이, 영화 연기와 연극 연기는 조금 다르다. 영화팬들은 종종 '연극적 연기는 너무 과장되어 있어서 보기 불편하다'라고 비판한다. 어느 정도는 사실이고, 그래서 세월이 지날수록 연극에서도 자연스러운 연기를 추구하는 바람이 불기도 하지만, 사실 그 차이점은 매체의 특성에 기인한 바가 크다.

작은 표정변화까지도 클로즈업 처리할 수 있는 영화 연기에 비해, 연극 연기는 무대에서 객석까지 최소 수 미터의 공간이 있다. 표정이나 감정변화를 영화처럼 일상적으로 표현하면 관객에게는 너무 작게 와닿는 것이다. 심지어 객석 끝의 관객까지도 고려해야 하기 때문에 '감정의 과장폭'은 더 늘어난다.

그러므로 지금의 이방원은 영화에서보다 더욱 압도적인 존재감을 내뿜고 있었고, 지금의 정몽주는 영화에서보다 더욱 세련된 분위기를 휘감고 있었다. 두 정적의 팽팽한 대치에 관객들은 정신없이 빠져들어 갔다.

"혹여 마음이 변하시진 않았습니까."

오연한 분위기에 묻어 있는 한 점 강한 집착. 이방원의 작은 손짓 하나에 공연장의 공기가 숨 막히게 죄어든다. 〈려말선초〉 이후 미국으로 떠나, 온 세계에 자신의 가치를 증명하고 돌아온 신유명의 이방원은 당시보다 훨씬 복잡하고 깊어져 있었다.

"그때부터는 정치가가 아닌 필부에 불과한 것이다."

그에 대응하는 정몽주의 홉뜬 눈동자는 무대를 집어삼킬 듯이 번들거린다. 윤한성의 연기력 또한 〈려말선초〉를 기점으로 크게 도약했다. 영화평론가들이'배우 윤한성의 재발견'이라고 할 정도로 그는 제2의 전성기를 맞고 있었다.

"이런들 어떠하리, 저런들 어떠하리…."

무대에 붉은 노을이 진다. 26세에 이미 세상을 집어삼킬 패기의 총체. 패왕의 자질을 갖추고 태어난 맹수는 자신이 갖지 못하는 고고한 학을 바라보며 개탄하듯이 시조를 읊는다. 가지고 싶다, 가지고 싶다. 그러나 내가 갖지 못한다면 저 낭창한 목을 꺾어버리리라. 그 운명을 안다면 그냥 포기하고 자신에게 와주지 않겠냐는 마지막 권고.

그리고 그 노을이 꺼지기 직전, 마지막으로 강렬한 붉은빛을 내는 가운데 정몽주는 고고한 모습으로 답가를 읊는다.

"이 몸이 죽고 죽어, 일백 번 고쳐 죽어-"

관객들은 숨도 쉬지 못한 채 두 인물의 마지막 대치를 역사의 산증인처럼 눈 속에 기록하고 있었다. 정몽주는 한 점 미련 없는 태도로 무대를 저벅저벅 걸어나갔다.

그리고 방원의 마지막 말.

"죽여라. 가장 변화한 곳에서 가장 처참하게."

"명 받들겠습니다."

"…그리하여 그의 죽음은 역사가 될 것이다."

연기콘서트의 마지막 무대를 포켓에서 지켜보며, 전병우는 이 무대의 넘쳐나는 아우라를 온몸으로 느끼고 있었다. 3년 전 배우들의 사이에서 체감했던 〈피터팬〉의 에너지는 정말 굉장했지만, 지금 자신은 무대

곁 포켓에서도 그보다 강렬한 에너지를 느끼고 있다.
'거기서 더 나아가다니, 당신은 정말….'
그 생각을 하는 것은 전병우뿐만이 아니었다. 이 무대를 지켜보는 모든 팬들이 같은 마음으로, '자신의 배우'에게 갈채를 보냈다.
와아아아아아- 신유명이라는 배우를 사랑하는 수천 명의 거대한 함성이 휘몰아친다. 유명은 커튼콜에 등장해 그 모든 사람들에게 깊이 허리를 숙였다.

"정말, 정말로 대단했어요."
혜전당의 관장이 공연을 끝낸 유명에게 다가와 입에 침이 마르도록 감탄을 거듭했다.
"감사합니다. 공연장이 한몫했어요."
"이걸 보고 나니 다음 연극무대를 저희 쪽에서 못 올리는 게 더 아쉬워지는군요."
"저도 아쉽습니다, 하하."
"다음에라도 무대공연 할 일이 있으면 꼭 저희 쪽으로 연락 부탁드립니다. 신유명 배우의 공연이라면 무조건 최대한 편의를 봐드리겠습니다."
"기억해두겠습니다. 감사합니다."
분장을 지우면서도 유명은 꿈같이 행복한 기분에서 헤어나오지 못했다. 연기는 즐겁지만, 연기를 완성하는 것은 자신 혼자만의 몫이 아니다. 무대에 최고로 집중해주는 팬들과 무대를 함께 불태우는 동료배우들. 그 모든 사람들이 너무나 사랑스럽게 느껴지는 밤.
"성공적인 공연 축하드립니다!"
"정말 최고였어요~!"

"이 공연에 참여한 걸 잊지 못할 겁니다."

공연 뒤풀이 장소. 이번 콘서트를 기획한 콘서트 감독과 이하 스태프들, 김성진을 포함한 혜전당의 관계자들, 굿엔터의 관계자들과 배우들 전원이 한 고깃집에 모였다. 다들 유명과 악수 한 번, 대화 한 번 해보려고 눈치싸움을 했다. 그리고 이 역사적인 공연에 참여한 것이 영광스럽다는 인사를 남겼다.

"다들 정말 감사드립니다."

유명은 그들 한 명 한 명에게 진심으로 감사를 표했다. 함께한 배우들에게도.

"형, 촬영 중에 시간 빼주셔서 너무 감사해요."

"무슨 소리야. 이런 자리에 내가 어떻게 빠져."

윤한성은 영화촬영 중에 어렵게 시간을 빼서 마지막 공연에 참석해주었다. 무리한 일정 조정에 유명이 감사하자, 그는 오히려 서울 공연밖에 참석할 수 없었던 것을 아쉬워했다.

「나는? 나도 고맙지?」

「고맙긴 한데… 데렉은 저를 위해서라기보다는 그냥 재미로 한 거 아니에요?」

「…들켰나?」

유명은 데렉과 마주 보며 함께 피식 웃었다. 장난으로 받아치긴 했지만, 자신이 얼마나 고마워하고 있는지 데렉은 누구보다도 잘 알고 있으리라. 류신과 수연과도 눈이 마주친다. 역시 말하지 않아도 마음이 통하는 사람들.

'역시… 연기는 함께 하는 게 즐거워.'

에일 듯한 추위를 무릅쓰고 설원에 한 발 한 발 발자국을 남기는 것은 대단한 고통과 희열을 함께 가져다준다. 하지만 정말로 자신이 좋아하는 것은… 데렉, 류신, 수연, 한성, 선하, 카이, 나탈리, 마일리, 에르히, 하린…. 연기를 진심으로 좋아하고 연기에 미쳐 있는 친구들과 함께 달려가는 시간. 마음을 나누는 사람들과 함께하는, 원생에서는 알지 못했던 즐거움. 꼭 한 가지 정답만 있는 것은 아니라는 것을 그는 이제야 깨닫기 시작했다.

유명은 얼마 전부터 생각하던 이야기를 꺼냈다.

「혹시 〈인격살인〉 무대, 같이 만들어보실 생각 있으세요?」

"뭐라고요?"

「무슨 말이야, 그게? 자세히 설명해봐.」

영어로 물었지만, 깜짝 놀란 류신이 한국어로 먼저 반응했다. 데렉이 호기심 어린 눈빛으로 다음 말을 종용했고, 수연은 자신이 낄 자린지 아닌지를 몰라서 눈만 동그랗게 뜨고 있었다.

「그냥 같이 연기하는 게 재밌어서요. 공연 기간이 두 달이니까 초반 한 달은 단독 공연으로, 후반 한 달은 여러분과 같이 만들어보면 어떨까 해서요.」

「호오…. 어떻게? 그 작품의 주인공은 인격만 나누어져 있을 뿐 한 사람이라면서?」

「어차피 인격인데 꼭 모습이 같을 필요는 없지 않을까요?」

유명의 말에 누구보다도 류신이 먼저 달려들었다.

「하죠. 재밌겠군요.」

「나도 막 작품 끝나고 몇 개월 휴식기라 괜찮아.」

「그런데 오빠, 사람이 하나 모자라지 않아요?」

하나, 둘, 셋, 네 명. 하지만 〈인격살인〉의 주요인물은 다섯이다. 인격 넷에 다인까지. 확실히 한 명이 모자란다. 촬영 중인 한성을 끌어들일 수도 없고.

「흐음… 그건 제가 생각-」

딸랑- 그때, 고깃집의 문이 열리면서 문유석이 들어왔다. 그리고 그 뒤로 낯익은 한 명의 얼굴이 고개를 빼꼼 내밀었다.
"혀… 형! 안녕하세요오….."
"도효준, 너 여기 어떻게!"
"나 공연 끝나고 휴가 기간인데…요?"
찔끔한 듯 유명과 류신의 눈치를 번갈아 보는 효준을 보고 유명이 빙긋 웃었다.
「됐네요. 다섯 명.」
세상에 다시 없을 특별한 공연진이었다.

265

의외의 캐스팅

― 제발 콘서트 끝나고 공연 DVD 만들어주세요.
― 전 재산을 들여서라도 삽니다.
― 이프으? 이프으? 아 놔, 미치겠네. 나도 보고 싶다고!

유명의 부탁을 칼같이 지키는 팬들은 자신이 보았던 공연의 내용을 누설하지는 않았지만, 콘서트가 얼마나 황홀했으며 If 무대들이 얼마나 재미있었는지를 자랑했다. 그걸 본 나머지 대부분의 콘서트 탈락자들은 땅을 치며 그들을 부러워했다. 그러면서 가장 많이 나온 이야기가 바로 공연 DVD를 풀어달라는 간청이었다.

그런데 If 콘서트가 끝난 다음 날, 팬들은 눈을 의심했다. 가장 첫 공연인 부산 공연부터 공연 실황영상이 무료로 풀리기 시작한 것이다.

[[공지] If Concert 부산: 〈연예학개론〉 If 보형과 하나가 만난다면]
[[공지] If Concert 부산: 〈트루먼 쇼〉]
[[공지] If Concert 부산: 〈무무〉]
[[공지] If Concert 부산: 〈피터팬〉 If 피터팬과 후크가 바뀐다면]
　　　　　　　　　　　⋮
― 이거 실화인가요? 귀한 자료들이 이런 누추한 곳에….
― 제가 제일 사랑하는 〈발레리나 하이〉는 콘서트에 안 나왔군요. 아쉬워라.
― 한 편 한 편 예술이네요. ㅠㅠ 어떻게 이런 일이….
― 와 이걸 눈앞에서 봤으면 심장 멎었겠네요. 떨어져서 다행…. (신포도)

〈연예학개론〉은 KBK에 저작권이 있었고, 〈미믹크리〉는 TW 영화사 업부에 저작권이 있었다. 그런데도 이 무료 공개를 허용한 것은 기존 작품의 재판매에 긍정적인 유인이 되리라는 계산에서였으리라. 자료의 링크들은 금세 국내외의 다른 팬커뮤니티로도 퍼져나갔고, 이번 콘서트에 촉각을 곤두세우고 있던 해외에서도 관련 기사들이 쏟아지기 시작했다. 또한 〈발레리나 하이〉를 못 봐서 아쉽다는 반응이 속출하면서, 프랑스에 사는 한 팬이 세련이 마르타 여왕으로 캐스팅된 〈지젤〉의 포스터를 올렸고, 그녀의 재기 소식이 한동안 화제가 되기도 했다.

그리고 그날 저녁, 팬카페를 뒤집어놓은 글이 하나 올라왔다.

게시글 48557788 [안녕하세요. 신유명입니다]

안녕하세요. 갓네임드 여러분. 배우 신유명입니다. 이렇게 직접 인사를 드리는 건 처음인 것 같네요.

연기콘서트는 팬들의 오랜 사랑에 감사하고자 마련한 자리였습니다. 팬들을 위해 만든 무대이기에, 그날 오지 못하신 다른 팬들도 보실 수 있도록 무대촬영분을 공개했습니다. 선물을 드리려 했는데 콘서트에 와주신 분들의 열기에 오히려 제가 선물을 받은 것 같습니다. 감사합니다. 앞으로도 하나하나의 배역에 최선을 다하는 배우가 되겠습니다.

- 신유명 드림

— 저희가 감사해요. ㅠㅠ ㅠㅠ ㅠㅠ ㅠㅠ
— 공연실황 보고 있는데 봐도 봐도 질리지 않아요. 다시 공연해주세요. 이번엔 입장료 받으시고!
— 사랑한다, 유명아!
┗ 아오, 이런 건 우리끼리 있을 때만 합시다, 좀.
— 신이 강림하셨도다…. 성지순례왔습니다. 굽신.

이날 팬클럽의 방문자수는 역대 기록을 갱신했다.

"수고했어요."

"별로 수고한 것도 없는데요. 다 해봤던 연기였고, 관객들도 워낙 호의적이었구요."

"다 해봤던 거라니…. 스토리가 몇 개가 바뀌었는데. 영화연기를 무대로 가져온 것도 따로 연습이 필요했잖아요."

"〈인격살인〉 촬영 후에 한계가 늘었나 봐요. 연기콘서트는 진짜 하나도 안 힘들었어요."

무지막지한 유명의 말에도 이제 익숙해졌는지 유석은 웃기만 했다. 그럴 만도 하다는 생각을 하며.

자신이 가 있으면 밍기뉴의 스태프들이 눈치를 볼까 봐 촬영장에 거의 가보지 못했다. 그래서 유석은 가편집된 파일로 〈인격살인〉을 접했다. 처음 그것을 봤을 때의 충격은 이루 말할 수 없는 것이었다.

"그런데, 그렇게 흥행하지 못할지도 몰라요."

"그건 무슨 말입니까?"

"열심히 찍었고, 생각보다 잘 빠지긴 했어요. 하지만 막상 뽑힌 그림을 보니 좀 어두워서…. 이런 내용이 대중적으로 어필하긴 어려울 것 같기도 하고…."

유명은 정말 최선을 다해 연기했고, 좋은 극을 만들었다고 자부할 수 있었다. 하지만 좋은 극이 곧 대중적으로 팔리는 극은 아니다. 그러다 보니 유석에게 괜스레 미안해진 것이다. 그의 '어머니'가 아무리 훼방을 놓더라도 흔들리지 않는 탄탄한 작품을 만들리라 결심했었는데….

그 얘기를 듣고 유석이 웃었다.

"이번 작품이 상당히 예술영화스러운 부분이 있기는 하죠. 하지만 걱정 마요. 팔릴 테니까."

"…그럴까요?"

"이 정도로 좋은 물건을 구해놨으면 파는 건 장사꾼 재량이죠. 이건 유명 씨 연기력 하나만으로도 팔리고도 남을 작품입니다. 내가 보장해요."

자신만만한 사업가의 얼굴. 유명은 믿음직한 대표의 모습을 보며 고개를 끄덕인다. 그가 된다고 했으면 되는 것이다.

"그리고 엔딩을 나누어서 찍었던데, 어쩔 생각이에요?"

"감독판에 실을까 하고요. 그런데 어느 쪽을 본편으로 하고 어느 쪽을 감독판에 실을지 고민 중이에요."

그만큼 새드엔딩과 해피엔딩이 우열을 가리기 어려울 정도로 잘 빠졌다. 그 말을 들은 유석이 다른 대안을 제시했다.

"둘 다 팔죠."

"네?"

"해피엔딩은 옐로라벨, 새드엔딩은 블루라벨로."

"어… 후반 10분을 빼고 앞 내용은 완전히 같은데…. 같은 내용을 두 번 팔아먹는 상술이라고 욕먹지 않을까요?"

"아뇨."

유석이 단호하게 고개를 내저었다.

"둘 중에 하나라도 퀄리티가 떨어진다면 욕할 수도 있겠지만, 둘 다 너무 좋아요. 오히려 감독판에만 들어간다면 왜 이건 영화관에서 보여주지 않았냐는 원성이 쏟아질 겁니다."

"으음…."

"걱정이 되면 이렇게 해요. 영화표에 일회성 코드를 부여하고, 그 코드를 입력하면 반대쪽 엔딩을 무료로 볼 수 있는 시스템을 만들어볼게요. 하지만 예상컨대, 대부분의 사람들은 하나를 보면 다른 엔딩도 또 보러 올 겁니다. 이건 영화팬들을 위해서도 둘 다 영화관에서 상영하는 게 옳아요."

유석은 팬의 눈빛에 사업가적인 눈빛을 보태 실었다.

"그리고 좋은 명분을 만들어줄 겁니다."

"명분이라면…?"

"이제 본격적으로 방해를 시작할 거거든요."

유명은 유석이 하는 이야기를 금방 인지했다. 그의 어머니의 방해를 말하는 것이겠지. 정확한 방법은 모르겠지만, 저런 표정을 한 문유석이 실패하는 경우는 없었다.

"무대가 중요해."

준호와 마주앉은 유명의 말이었다. 이번 공연은 환상 요소를 다분히 내포하고 있으며, 특히 유명 혼자 4인을 표현해야 하기 때문에 고려할 요소가 많았다.

"어느 정도를 원하는 거야?"

"브로드웨이나 웨스트엔드의 뮤지컬 무대 급으로. 이미 섭외는 해뒀어."

준호는 꿀꺽 침을 삼켰다. 세계 최고의 무대미술감독들이 설계하는 뮤지컬의 무대들은 엄청난 정교함을 자랑한다. 준호는 해외에 나가본 적이 없어서 직접 본 적은 없지만, 화면으로만 봐도 구조물이 회전하며 살아 있는 듯 변화하는 무대장치들은 스펙타클했다. 국내에선 아직 그 정도의 무대장치를 본 적이 없는데….

"이미 대본은 보냈어."

"어… 그래?"

"응, 연극대본으로 각색한 거 네가 보내줬잖아. 그걸 웨스트엔드의 무대미술감독인 짐 로버한테 보냈어. 그랬더니 이런 시안을 보내왔더라고."

준호는 유명이 내민 파일 속의 시안들을 한 장 한 장 넘겨 보고 오싹한 기분이 들었다. 첫 번째 시안은 거대한 스크린을 배경으로 곳곳에 서 있는 작은 흰색의 스크린들이 미묘한 분위기를 조성한다. 내면의 집이다.

"그림자를 프로젝터로 투영할 거야."

초반 1개월은 유명의 단독 공연이다. 그들이 생각한 방식은 각 장의 주요인물을 유명이 직접 연기하고, 나머지 인물은 그림자 환영으로 처리하는 방식이었다. 그림자의 대사는 녹음으로 내보내야 하니 일반배우라면 소화할 수 없는 방식이었지만 유명이라면 가능했다. 무무에서와 같이 녹음된 대사 사이에 자신의 대사를 정확하게 끼워 맞추는 방식으로.

준호도 그 방식에 동의했지만 실제 시안은 처음 본다. 그림자가 등장하는 장면이 유치해 보일까 봐 걱정했는데, 이 정도 퀄리티의 무대라면 염려하지 않아도 될 것 같다.

두 번째 시안은 실제 세계였다. 무채색에 가까운 내면의 집에 대비되도록 강렬한 색감을 입고 있는 무대들은 각각 현성, 은성, 민성, 유성이 실제로 살아가는 세계를 반영했다. 그중 유성이 공연에 오르는 무대는 어느 세계보다도 강렬한 붉은빛을 띠고 있었다.

"무대 전환을 어떻게 해야 하나 했는데…. 이런 방식이면 걱정할 건 없겠네. 그런데 돈이 너무 많이 들지 않아?"

"괜찮아. 대표님이 영화에서 벌면 된다고 하고 싶은 거 다 하라고 하셨어."

준호는 고개를 끄덕인다. 그 대표님이 그렇다면 그런 거겠지. 그리고 마지막 시안을 넘겼을 때, 그는 히야~ 하고 감탄을 금치 못했다.

"무의식 세계구나, 이건."

"응, 잘 나왔지."

무대 천장에서 내려온 거대한 진자가 흔들리고, 공중에 회색의 불규칙한 다각형들이 둥둥 떠 있다. 그리고 좌우의 기계식 세트에서 등장하는 복잡한 미로 같은 지형들. 그야말로 균형이 부재하는 무의식 속의 세계.

"이대로만 되면 진짜 좋겠네."

"무대 셋업에 시간 걸릴 것 같아서 대관 기간도 길게 잡았으니까 괜찮을 거야. 짐 로버도 곧 입국할 거고."

자신이 별생각 없이 보냈던 대본 하나로 나날이 일이 커지고 있다. 너무 잘나가는 친구를 둔 덕일까. 무대 스케치를 빤히 응시하는 준호를 보며 유명이 한 가지 아이디어를 보탰다.

"그리고 실물 크기의 밀랍 인형을 하나 제작하려고."

"헉… 그건 왜?"

"영화에서 가장 섬찟한 게, 똑같은 얼굴이 한자리에 모여 있을 때의 이질감이잖아. 연극에서도 그런 느낌을 조금이라도 주고 싶어서."

"밀랍 인형은 연기를 못 하잖아? 어느 장면에 쓰게?"

유명이 싱긋 웃었다.

5명이 한 연습실에 모인 모습을 보고 준호는 입을 벌렸다. 연습실이 자체발광하는 것 같다. 기럭지로도 분위기로도 압도하는 데렉. 까칠한 듯 귀족적인 분위기가 나는 서류신. 배우의 아우라를 여실히 뿜어내고 있는 유명. 장난기 어린 동안의 외모에 톡톡 튀는 느낌의 도효준. 그리고 너무 예뻐서 연기가 묻힌다는 평을 듣는 설수연까지.

'미쳤네, 진짜! 이 캐스팅으로 내 작품을 연기한다니…'

준호는 바싹 마르는 입을 다시 한번 생수로 축였다.

「죄송하지만, 이번 캐스팅은 오디션 없이 제가 임의로 지명하겠습니다.」

영화에서 주연배우이자 감독이었던 것처럼 연극에선 주연배우이자 연출이 된 유명이 캐스팅을 자신이 정하겠다고 선포했다. 이유는 모두 알고 있었다. 이것은 '유명 자신의 이야기'이기 때문. 어느 역이 누구에게 맞을지도 그가 판단할 수밖에 없는 것이다.

「이미 생각해왔나 보지?」

「네.」

모두가 유명의 입술에 시선을 집중하고 있다. 과연 누가 어느 배역에 캐스팅될 것인가.

「먼저 다인 역.」

유일한 조연이자 사건의 분기점이 되는 중요한 배역. 유명은 그 역할에 의외의 인물을 캐스팅했다.

「데렉이 맡아주세요.」

그 말에 놀란 것은 데렉보다 수연이었다. 당연히 다인이 자신의 역할이라고 생각하던 그녀는 깜짝 놀라 유명을 쳐다보았다. 데렉이 조금 심술궂은 말투로 답했다.

「그럴 줄 알았지. 언어 때문인가?」

「그 문제도 없진 않지만, 그보다는 다인이 워낙 중요한 역할이라서 그래요. 데렉이 해주면 영화와는 또 분위기가 달라질 거 같아서.」

「위로하지 마. 젠장. 한국어를 배워야 하나.」

다섯 중에 넷이 한국인이며, 관객들도 대부분이 한국인일 무대이다. 데렉이 유명의 인격 중 하나를 맡으려면 내면의 집에서 일어나는 모든 대화를 영어로 진행해야 한다. 반면 다인은 설정을 바꾸면 얼마든지 데렉이 맡을 수 있었다. 다인이 등장하는 순간만 자막 처리를 하면 되기 때문이다.

「일단 알겠어. 대신 다들 나만 못하면 각오하라고.」

그의 으름장에 수연의 동공이 흔들렸다.

「다음은 은성 역입니다.」

이번 극에서 유성만큼이나 중요한 역할. 모두가 집중한 가운데, 유명은 한 사람을 호명했다.

266

가장 무서운 사람

「류신 형.」

서류신은 움찔했다. 유명이 〈인격살인〉을 함께 연기해보자고 했을 때, 류신은 캐스팅이 어떻게 될지를 미리 궁리해보았다. 은성은 유성과 대척점에 서는 인격이자 유성을 제외하면 가장 중요한 인격이니

만큼, 데렉이 맡지 않을까 생각했었다. 하지만 유명은 확고한 눈빛으로 모두에게 말한다.

「이 캐스팅을 가장 먼저 결정했어요. 은성 역을 가장 잘 해낼 수 있는 건 류신 형이라고 생각합니다.」

누구보다 인정하는 라이벌. 아니 혼자 라이벌이라고 생각하고 있을 뿐, 누가 봐도 자신의 수준을 훌쩍 넘어선 최고의 배우가 은성 역을 가장 잘 해낼 수 있는 건 자신이라고 말한다.

「그건 인정. 신은성 역은 서류신 거지. 나머지 꼬맹이들이 문제지.」

데렉도 고개를 끄덕였다. 가편집 테이프를 구경한 그는 유명이 선택한 말도 안 되는 촬영 방식과, 그것에 기어코 따라붙은 서류신에게 감탄했다. 유명의 인정에 데렉 맥커디의 인정까지 받은 류신의 목이 슬쩍 붉어졌다.

「나머지 둘의 캐스팅은 어떻게 할 건데?」

「그게 고민이 많았는데요….」

처음에는 당연히 수연에게 현성을, 효준에게 민성을 맡기는 것이 좋지 않을까 생각했다. 하지만 마지막 순간에 그 말이 떠올랐다. 왜 하필 '왕'을 골랐냐는 질문에, 그게 자신이 제일 못할 것 같은 배역이라서 골랐다던 카이의 말. 그렇다. 아직 배울 것이 많은 수연과 효준에겐 좀 더 어려운 과제가 필요하다.

「효준이 현성, 수연이 민성.」

「네?」

아직 제대로 대본을 보지 못한 효준은 그저 고개를 갸웃했고, 수연 혼자 비명을 질렀다. 가만히 있어도 색기를 폴폴 날리는 퇴폐와 격정의 화신을 자신이 연기해야 한다고?

「재밌겠네. 나만 재미없는 배역을 맡은 대신 요구할 게 있는데.」

데렉이 말한 '재미없는 배역'이라는 것은, 다인이라는 배역이 매력이 없다는 뜻은 아니다. 내면의 집에 포함되지 않은 독립적인 캐릭터라서 자신에게 새로운 도전이 필요한 배역은 아니라는 뜻. 유명이 고개를 끄덕이자, 그가 나머지 배우들에게 말한다.

「유명은 바쁠 거야. 그에게 개인 연습 시간을 만들어주려면 너희가 굴러야 돼. 내가 굴려서 나만큼 만들어주지.」

「정말요?」「히익-」

기꺼워하는 류신과 숨을 들이쉬는 효준. 수연은 반응도 하지 못하고 있다. 유명이 그의 제안을 반갑게 받아들인다.

「잘됐네요. 정식으로 드라마투르그 권한을 부여할게요. 안 그래도 위고 씨는 편집해야 해서, 누구에게 부탁할지 고민했는데.」

그렇게 주요 배역의 캐스팅이 끝났고, 이 가을, 다섯 명의 인원들은 함께 지독하게 구르고 구를 예정이었다.

뜻밖의 인물이 한국을 찾았다.

「안녕하세요, 유명 씨.」

「발롱 씨! 잘 계셨어요?」

발롱 파루지에. 오랫동안 유명을 눈여겨보았고 결국 칸에 데려간 장본인. 위고를 보러 휴가를 낸 것인 줄 알았건만, 그는 〈인격살인〉을 보고 싶다고 간청했다.

「음… 그런데 발롱 씨, 〈인격살인〉은 칸에 갈 순 없어요.」

「…왭니까?」

「12월에 개봉 예정이거든요.」

「뭐… 일단 보고요. 보고 얘기하면 어떻겠습니까.」

못 보여줄 건 없었다. 워낙 인연이 깊은 사람인 데다 위고와도 가까운 친구였으니. 유명은 그를 편집실로 데려갔다. 따로 세팅한 편집실엔 위고와 니사, 니사의 팀원들이 함께 작업하고 있었다.

「발롱!」

「위고! 잘 있었나?」

「부탁한 것들은 다 가져왔겠지? 내 치즈! 캐비어!」

보자마자 먹을 걸 가져왔냐고 칭얼대는 위고를 보며, 발롱은 못 말린다는 듯한 표정을 지었다.

「위고 씨, 발롱 씨에게 가편집본 좀 보여주세요.」

「오, 오랜만에 이 친구의 놀라 자빠지는 모습을 볼 수 있겠군. 나도 같이 들어가야지!」

그들이 가편집본을 보러 들어간 후, 유명은 니사와 이야기를 나누었다.

「작업은 어때요, 니사?」

「안 그래도 부르려고 했어요. 이거 좀 봐봐.」

그녀는 유명을 컴퓨터 앞으로 데려가더니, 마야[15] 프로그램으로 작업 중인 무의식 세계의 배경을 보여준다.

「와….」

유명은 보자마자 입을 떡 벌렸다. 기본적인 이미지와 스케치를 공유하긴 했지만, 정말 자신이 상상한 세계가 그대로 화면에 펼쳐져 있다. 신기할 정도다.

「어때요?」

「어떻게 이럴 수 있죠? 제가 상상하던 그림과 똑같은데요?」

「재밌는 게 말야, 유명 씨 연기를 보면서 딱 이런 그림이 떠올랐어요. 눈에 선하다고 해야 하나?」

니사가 정말 신기한 듯이 말했다. 유명의 연기를 보고 있으니 이 공간의 이미지가 선명하게 떠올랐다. 어떻게 그의 연기는 배경의 심상까

---

15 마야(MAYA): 할리우드에서 CG를 만드는 표준 툴

지 전달하는 걸까. 그게 아니었으면 훨씬 더 시간이 오래 걸렸을 것이다.

「작업 기한이 너무 빠듯하죠? 미안해요.」

「별로 그렇지도 않아요. 본격적으로 CG가 들어가는 건 무의식 세계 정도고, 내면의 방은 고정 배경인 데다 미리 구조를 상정하고 연기해서 별로 할 것도 없어요. 유명 씨 연기가 워낙 딱딱 들어맞기도 하고.」

크로마키 스튜디오를 제작할 때, 유명은 일부러 배경에 맞게 스튜디오를 제작한 후, 그 위에 그린스크린을 씌웠다. 덕분에 동선들이 정확히 자리 잡아 편집의 수고를 크게 덜어주었다.

「그런데 그 배우는 누구예요? 유명 씨 상대역?」

「류신 형요? 잘하죠?」

「유명 씨가 잘하는 거야 너무 잘 알고 있지만, 그 배우는 어떻게 그걸 따라가지? 존한테 얘기했더니, 그도 무척 관심을 보이더라구요.」

「진짜 잘하고 열심히 하는 배우예요.」

의외의 루트로 존 클로드가 서류신에게 관심을 가지게 된 것 같다. 그런 이야기를 나누고 있을 때, 방 안에서 가편집본을 모두 관람한 발롱이 비틀거리며 걸어나왔다.

「저게… 뭡니까?」

「…?」

「저거, 어떻게 찍은 거예요? 내가 꿈을 꾸고 있는 건가….」

「하하, 내가 그랬지? 놀라 자빠질 거라고.」

위고가 얄밉게 놀리는 것을 받아치지조차 못하고, 발롱이 유명에게 다가와 두 손을 모았다.

「칸….」

「죄송합니다, 발롱 씨. 12월에 꼭 개봉해야 해서요.」

「아니 그래도….」

「연극과 동시 개연해야 하는데, 지금 구성원들을 내년 5월까지 붙들어둘 수가 없어요.」

그가 시무룩하게 어깨를 늘어뜨렸고, 유명은 겨우 통한 핑계에 안도의 한숨을 쉬었다.

물론 그때까지 기다리지 못하는 이유는 따로 있었다.

연습이 시작되었다.

「꼬맹이들, 정신 똑바로 차리고. 발성 다시!」

「아-」

유명은 아직 단체 연습에 거의 참석하지 못했다. 영화, 연극의 연출 업무와 1인극 연습으로 정신없이 바빠서, 어느 정도 기본 연습이 끝난 후에 합류하기로 했다. 자동적으로 데렉이 진행하게 된 연습의 강도는 상상을 초월했다. 수연은 If 콘서트 준비로 함께 연습하면서 데렉의 스타일을 웬만큼 알았다고 생각했지만, 본 연습에 들어가자 그는 그때와 비교할 수 없을 정도로 배우들을 압박했다. 그가 소리 지를 때마다 소심한 수연은 심장이 발발 떨렸다.

「도효준, 정신 똑바로 안 차려?」

「넵! 다시 하겠습니다!」

3년 만에 보는 효준은 무척 변해 있었다. 배드엔터에 입사했을 당시, 수연은 연기 연습에서 효준을 처음 만났다. 그때의 그는 거만하고 재수 없는 녀석이었다. 연기 수업에서 수연보다 과제를 빨리 해내고 보란 듯이 으스대던 모습이 잊히지 않는다.

그런 그가 〈캐스팅 보트〉에서 된통 혼나고 자진하여 사퇴했다. 당시 잔뜩 기가 죽어 고개를 숙이는 모습을 보고 안 됐다고도 생각했지만, 사람이 그리 쉽게 변하지는 않을 거라 생각했었다. 그런데 웬걸,

「하나- 둘- 하나- 둘-」

그는 땀을 뻘뻘 흘리며 불평 한번 없이 연습장을 구르고 있다. 데렉이 무섭게 을러대도 힘주어 대답하고 빠르게 시정한다. 멘탈이 강한 모양이다. 원래도 재능이 넘치는 사람이 연습도 열심히 하니, 실력이 하루가 다르게 늘어갔다.

수연은 어느 날 슬쩍 효준에게 말을 걸었다.

"저기…."

"응?"

"데렉 씨… 안 무서워?"

"안 무서운데? 자랑은 아니지만, 나는 셋 다에게 갈굼당해본 경력자잖아?"

"어… 그러고 보니 그러네."

"그래서 괜찮아. 데렉보다 류신 형이 훨씬 무섭거든."

"그래? 나도 류신 오빠랑 연습해봤지만, 데렉 씨가 더 무서운 거 같은데."

"데렉은 포기할 마음은 없잖아. 류신 형은 날 포기할까 봐 무서웠어. 나는 워낙 꼴통이라서 류신 형까지 손 놓겠다고 하면 갈 데가 없는 상황이었거든."

의외의 솔직한 말에 수연이 합- 하고 입을 다물었다.

"그리고… 류신 형보다 유명 형이 더 무서워."

"그래…?"

"유명 형은 내가 못하는 걸 뭐라고 하진 않겠지만, 할 수 있는데 안 하는 건 귀신같이 알아채고 실망할걸? 대놓고 까는 것보다 원래 온화한 사람이 실망하고 등 돌리는 게 백배 무섭지 않아?"

그 말에 수연은 어느 날을 떠올린다.

─ 준비되지 않은 배우를 가능성만으로 무대에 올릴 수는 없어.

자신에게 늘 다정하고 따뜻하던 오빠가 선배 배우로서 선언했던 말.

그때 자신은 결코 그를 실망시키고 싶지 않다고, 실망시키느니 죽는 게 나을 거라고 생각했었다. 저 아이도 저렇게 가벼워 보여도 같은 절박함을 느꼈던 것일까.

"그러게. 그건 상상만 해도 숨이 막히네."

"그렇지?"

효준의 말을 듣고 보니 갑자기 데렉이 별로 무섭지 않게 느껴진다. 수연은 싱긋 웃는 효준을 보며, 처음으로 그가 귀엽게 생겼다는 생각을 한다.

"아 참, 계속 사과하려고 타이밍을 봤었는데, 미안해."

"뭐가?"

"나 예전에 엄청 재수 없게 굴었었잖아. 철이 안 들어서 그랬어. 미안."

그가 조금 쑥스럽게 웃으며 손을 내밀었다. 수연도 밝게 웃으며 그의 손을 잡아주었다.

'사람은 잘 변하지 않지만 계기가 있으면 변하기도 하는구나. 그래, 나처럼.'

그런 생각을 하며.

10월 초. 유명이 처음으로 연습에 합류했다.

「1인극의 얼개가 거의 잡혔는데 다들 한번 보시겠어요?」

「좋죠.」

유명은 컴퓨터를 가져와 스피커와 연결해서 파일을 재생했다. 그리고 연기를 시작한다. 유명이 현성일 때는 녹음된 파일에서 은성과 민성의 목소리가 흘러나왔고, 유명이 유성일 땐 대치하는 현성의 목소리가 흘러나왔다. 정해진 파일의 빈 공간마다 퍼즐 조각처럼 목소리를 채워넣는 유명의 연기. 그런 와중에도 감정의 몰입도는 어마어마했다.

'이걸 대신해야 하다니….'

'내가 할 수 있을까….'

'어떻게 이런 식으로 연기하는 걸까.'

100분에 걸친 1인극. 물론 대사는 녹음 파일과 번갈아 읊는다지만, 그 타이밍을 계산하는 것은 대사를 모두 말하는 것 이상의 정신력을 소모할 것이 분명했다. 그럼에도 목소리도 동작도 끝까지 흔들리지 않는다. 연기력은 당연하지만, 체력도 어마어마하다.

「어떠세요?」

극이 끝난 후, 효준과 수연은 넋이 나가 있었고 데렉은 말없이 손뼉을 쳤다. 류신은 '저 텐션을 따라잡아야 한단 말이지'라고 작게 중얼거렸다.

「유명과 합을 맞춰야 할 테니 우리도 연습해온 걸 보여주자. 도효준, 준비해.」

가장 먼저 이름이 불리자, 효준이 긴장한 듯 뻣뻣이 앞으로 나갔다. 땀을 닦으며 걸터앉는 유명에게 류신이 낮게 속삭였다.

"놀라지 마요."

"네?"

"옛날의 도효준이 아닙니다. 사실 유명 씨 빼곤 저런 놈 처음 봤어요."

효준은 연습장 한가운데 서서 지그시 눈을 감고 집중했다. 깊이, 깊이, 내면으로 가라앉는다.

그리고 그가 두 눈을 번쩍 떴을 때, 유명은 움찔했다.

'…!'

그의 표정은 분명히 현성과 닿아 있었다.

267

꿈도 꾸지 마라

　도효준의 외양은 따지자면 귀여운 편에 속한다. 끝이 살짝 올라간 눈매에 붉은 입술. 예리한 턱선은 아이돌 가수같이 미려하다. 눈은 총기가 어려 반짝거리는데, 언제나 서려 있는 장난기가 싹 지워지고 나니 의외로 지적이고 예민한 느낌이 들었다. 마치 현성처럼 말이다.
　"신유성."
　효준이 유명을 정면으로 바라보며 도발했다. 유명은 그가 원래 대본을 연기하려는 게 아니라는 것을 깨닫고 그의 장단에 맞춰주기로 한다.
　"응?"
　"너는 왜 깨어났을까."
　그 한마디로 유명은 눈치챘다. 아마도 지금은 유성이 깨어난 지 얼마 되지 않은 시점. 그가 원하는 것은 현성과 유성이 둘만 남아 있을 때의 에뛰드(즉흥연기).
　유명은 단숨에 그 시점의 유성이 되어 시선의 초점을 흐린다.
　"나… 왜, 무엇을 원해서…?"
　유성이 혼란스러운 눈빛으로 띄엄띄엄 말을 뱉자, 효준이 속으로 안도했다. 역시 신유명은 첫마디만 듣고도, 자신이 어느 시점 어떤 상황을 의도한 것인지를 알아주었다. 믿을 수 있는 배우 앞에서는 안심하고 연기할 수 있다. 자신이 어떻게 연기한다 해도 그는 맞춰줄 테니까. 상대역을 신뢰할 수 있다고 생각하니 몰입은 더욱 깊어진다.
　"심리학자로서의 의견인데, 이 신체의 무의식은 아직 네 욕망을 인지하지 못하는 것 같다. 너와 달리 나와 은성이, 민성이는 태어났을 때부터 스스로의 욕구를 웬만큼 알고 있었거든."

"그래? 나만…."

유명이 살짝 흠칫했다. 효준은 매우 정확하게 자신의 마음을 짚고 있었다. 연기라는 화려한 세계는 자신과 어울리지 않는다는 무의식, 그래서 계기가 생길 때까지 스스로도 깨닫지 못했던 자신의 욕망을 말이다. 게다가 인간을 분석하는 습관, 예리하고 딱딱 떨어지는 말투, 모든 것을 이론에 끼워 맞추는 습성까지 모두 현성답다.

'굳이 에튀드를 시도한 것은 자신이 현성을 얼마나 이해하고 있는지 봐달라는 걸까….'

확실히 대단한 재능이다. 2년 반 상간에 이 정도로 연기가 발전하다니. 자유분방한 효준에게 현성이라는 캐릭터는 쉽지 않을 거라고 생각했는데, 그는 한쪽으로 쏠린 욕망이 자아내는 금욕적인 분위기마저 훌륭히 재현하고 있다. 물론 유명이 연기했던 현성과 분위기는 조금 다르다. 그리고 그 다른 분위기가 색다른 조합을 만들어내리라.

"스스로의 욕망을 관조하는 것은 심리학적으로 매우 중요한 일이야. 하지만 욕망이 뭔지 알기도 전에 거기 매몰되어서 감당할 수 없는 일을 벌여선 안 돼."

"감당할 수 없는 일…."

"솔직히 네가 어떤 인격일지 모르니, 깨어나기 전에 미리 없애자는 의견도 있었다. 하지만 우리는 네게도 이 시간을 누릴 자격이 있다고 생각해서 널 받아들인 거야. 그 뜻을 이해하고 함께 살아가기 위해 노력해줬으면 한다. 그럼 우리도 네가 원하는 것을 찾도록 도와줄 테니까."

심리학자인 데다 교수인 현성. 대본엔 등장하지 않았지만 둘 사이에 이런 대화가 한 번쯤은 있었을 법하다는 생각이 든다.

그리고 유성이라면…? 그 생각에 유명은 본능적으로 반응했다.

"내가 왜…?"

"…!"

"그건 너희끼리 합의한 질서잖아?"

 목을 살짝 꺾고 올려다보는 유성의 무심한 눈빛에 현성은 흠칫 떨었다. 아이처럼 단어를 짜깁던 순하고 서툰 말이 순식간에 문장을 이루고, 그 문장은 현성을 압박한다.

 왜? 그러게 왜…? 그걸 정할 때 그는 존재하지도 않았었는데? 효준은 불쑥 말문이 막혔다. 그래도 괜찮았다. 그것이야말로 현성이 느낄 기분이었으므로.

「왜 에뛰드를 연기했지?」

 다소 날카롭게 질문한 것은 혹시나 효준의 치기가 다시 발동한 것일까 봐. 효준이 살짝 고개를 숙이고 대답한다.

「제가 대사와 지문 속에서만이 아니라 현성이라는 인격 자체를 제대로 이해하고 있는지 확신이 안 서서요. 형이 자주 못 나오니까 나왔을 때 검증받고 싶었어요.」

 슬금슬금 눈치를 보는 효준을 향해, 유명은 씨익 웃었다.

「잘했어. 연기 많이 늘었네.」

「휘유우~ 통과했네, 꼬맹이? 좋냐?」

「도효준. 다음부턴 상대의 의사라도 확인하고 시작해. 무작정 그러는 게 어딨어.」

 데렉의 놀림과 류신의 잔소리를 들으며 유명은 효준을 찬찬히 훑는다. 배우라면 저 정도 패기는 있어야 한다. 〈캐스팅 보트〉 당시 크게 데였던 경험이 있기에, 효준이 사소한 것에도 쫄지 않을까 조금 걱정했었다. 그런데 그는 에뛰드를 훌륭히 해냄으로써 유명의 걱정이 기우에 불과했음을 증명했다.

'나를 시험하는 의도도 있었겠지.'

예전처럼 유명을 얕잡아봐서가 아니라, 지금의 유명이 자신보다 어느 정도 위에 있는지 확인하려는 심산도 있었을 것이다. 여전히 맹랑한 녀석이다. 하지만 그렇게 튀는 성격이 과감한 해석을 낳고 빠른 발전을 부른다. 괜히 천재가 아닌 것이다.

그리고 반대쪽에서 효준은 유명을 훔쳐보고 있었다.

'진짜 굉장해.'

신유명이라는 배우는 정말 굉장했다. 마주 보고 있을 때의 압박감도 어마어마했고, 자신의 첫마디에 바로 상황을 읽고 대응한 것도 대단했지만… 무엇보다도 띄엄띄엄 아이같이 이어지던 말이 조금씩 연결되고 부드러워지는 과정.

'그 사이에 그걸 계획했다는 거지…?'

어느 순간 매끄럽게 연결된 한 문장이 자신의 말을 반박했고, 그 논리와 말의 유창함에 당황해서 할 말을 잃어버렸다. 현성의 말문이 막힌 것은 유명의 의도에 온전히 낚인 것이었다.

'멋져!'

효준은 유명을 보며 두 눈을 반짝반짝 빛냈다. 알고는 있었지만 역시 멋지다. 빨리 저 연기를 따라잡고 싶다. 그런 생각을 하고 있을 때, 옆에서 데렉이 코웃음을 쳤다.

「꿈도 꾸지 마라. 아직 나도, 아니 서류신도 못 넘는 주제에 눈높이만 하늘이지.」

「…헤헷. 꿈은 높게 가지라고 했는데요.」

「꿈이 높으면 그만큼 노력을 해야지. 앞으로 배로 굴려주마.」

「히익…. 잘 부탁드립니다.」

하얗게 질려서도 데렉의 말에 고개를 끄덕이는 효준을 보며, 유명은 피식 웃음을 터뜨렸고 류신은 입술을 잘근 물었다. 아주 위에 치이고 아래에 치이고 맘 편할 날이 없지만….

'이제 뭘 좀 제대로 하는 것 같네.'

바로 이런 분위기가 자신이 원하던 거라는 것만큼은 부정할 수 없었다.

청담동의 한 룸살롱. 여자들의 웃음소리와 남자들의 지분거리는 속삭임이 방문 밑으로 새어 나온다. 그중 한 방에서는 양옆에 여자를 낀 두 남자가 양주를 들이켜고 있다. 호칭은 친근했지만 갑을관계는 분명해 보였다.

"형, 그래서 진짜 〈인격살인〉은 안 받을 거라고? 밑에 놈들 반발은 없어?"

"있었는데, 이 멍청한 놈들이 명분을 줬어."

"무슨 명분?"

문도석에게 알랑대며 묻는 이 남자는 도석의 외사촌 진고원이다. 윤성엔터테인먼트 사장의 아들이자 낙하산 상무. 태원그룹 자체도 윤성그룹보다 크지만, 특히 태원시네마는 제작사이자 배급사인 윤성엔터의 갑 사이기 때문에 진고원은 문도석의 눈치를 보는 처지였다.

"영화의 엔딩에 따라 두 가지 버전을 상영하길 요구하더라고. 그리고 따로 난수 번호를 티켓에 인쇄해달라는 요청도 하더라. 장난하나."

"헐… 정신 나갔네. 그걸 딴 데선 해준대?"

"딴 데서 하고 말고가 중요하냐. 어차피 우린 받으면 안 될 상황이었는데 그럴 명분이 생겼다는 게 중요하지."

"하긴. 그나저나 그 새끼들 완전 개오번데? 오픈하고 쌍욕 먹는 거 아냐?"

일반적으로 대형 시네마는 배급사에게 갑이지만, 배급사가 기대작을 쥐고 있는 경우엔 꼭 그렇지만도 않다. 특히 〈인격살인〉의 경우, 신유명이라는 세계적인 배우를 내세운 티켓 파워 때문에 대형 시네마들도 눈치를 봐야 할지도 모르지만….

'태원시네마가 아예 등을 돌린다면 그쪽도 타격이 클 거야. 어쨌건 한국 영화시장의 3분의 1을 점유하는 태원이니까.'

태원, 메가 X, 시네스타는 한국의 3대 영화관 체인이다. 그중 태원은 점유율 30%에 달하는 최대 업체이다. 태원백화점 대부분의 지점에 태원시네마가 들어가 있기 때문이다. 그런 태원에서 버전이 두 개란 이유로 〈인격살인〉을 받지 않는다면? 박스오피스 순위에 타격을 줌은 물론이고, 버전이 두 개인 것 자체에 문제가 있다는 여론을 조성할 수도 있다.

'물론 태원에도 리스크가 있겠지만, 그건 태원의 리스크이지 윤성의 리스크는 아니니까.'

진고원은 여기서 자신들이 빨아먹을 단물은 무엇일지 잽싸게 머리를 굴렸다.

"우리가 괜찮은 작품 하나 밀어줄까?"

"응?"

"그 시기에 다른 대박작 하나 섭외해서 태원시네마에 쫘악 도배해버리면 어때? 프로모션도 빵빵하게 하고. 그럼 다른 시네마에서도 관심을 가질 테니까 〈인격살인〉의 스크린수가 더 줄어들 거야."

진고원이 머릿속에 떠올린 것은 그때쯤 제작 완료될 윤성의 자체 제작 영화였다. '대박작 섭외'라고 말했지만 밀 작품은 이미 정해져 있는 것이다.

"오…! 그거 쓸 만한 생각인데!"

"좋아, 섭외해볼게. 〈인격살인〉 따위는 압살할 만한 작품으로."

"역시 너는 잔대가리가 잘 굴러가."

짝짝- 도석이 박수를 쳤다. 두 남자는 챙- 하고 잔을 부딪치더니 다시 옆의 여자들을 지분거리기 시작했다.

「안녕하세요, 니콜라스.」
「잘 계셨습니까, 유석 씨.」

유석은 CRD의 니콜라스 판다스에게 전화를 걸었다. 요즘 그들은 많이 가까워져 있었다. 함께 발을 담근 사업이 있기 때문.

「모건 TY 쪽 지분 의결권 위임받으셨다구요?」
「네. 그리고 소액주주들은 개별로 만나 의결권을 위임받거나 매입을 하는 중입니다.」
「28퍼센트. 거의 다 왔습니다.」
「이거 흥분되네요.」

니콜라스가 만족스런 미소를 띠었다. CRD는 지금껏 여러 번 Agency W와 밸론토에 투자의사를 표했지만, 유석이 매번 고사했었다. 그런데 얼마 전 유석에게서 연락이 왔다.

― 한국의 엔터사 하나를 적대적 인수할 생각입니다. 영화 제작, 배급을 하는 업체인데 자회사로 매니지먼트도 가지고 있어요. 꽤 규모가 있죠.
― 시가총액이 얼마나 됩니까?

유석이 숫자를 말했고, 니콜라스가 고개를 갸웃했다.

― 그 정도면 제 자본까지 필요합니까?
― 늘 말했듯이, 투자하실 분들은 충분합니다. 다만 제가 한국에 있어야 하는 상황이라, 미국 쪽 주주들을 설득할 수완이 있는 마땅한 인물이 니콜라스밖에 떠오르지 않더라구요.
― 하하. 정확한 곳에 연락하셨군요.

유석은 니콜라스가 확보한 의결권 지분만큼 향후 투자할 권리를 주겠다고 약속했다. 어찌 보면 어이없는 조건이었지만, 어떻게든 Agency W와 엮이길 바라는 니콜라스에겐 솔깃한 제안이었다. 그리고 그는 지금 그 작업을 훌륭하게 해내고 있다.

「32퍼센트만 모으면 그 회장이란 사람이 유석 씨 편을 드는 건 확실한 겁니까?」

「다행히 욕심이 많으신 분이라서요.」

자신이 탐낸 것이 태원의 계열사였다면 일이 이렇게 쉽게 풀리진 않았으리라. 하지만 지금 자신이 원하는 것은 윤성엔터. 회장이 보기엔 타 기업의 일부를 뜯어내어 자신의 핏줄에게 소속시키는 일이다. 명분만 있다면 반대할 이유가 없다.

「마지막 4퍼센트는요?」

「아직 간을 보시는 분들이 있네요. 영화만 뜨면 자동으로 넘어오실 분들입니다.」

「역시 유석 씨는 적이 되고 싶지 않은 사람입니다.」

「저도 마찬가지입니다.」

동류의 남자들이 의미심장한 웃음을 교환했다. 전화를 끊은 후 유석은 한 통의 전화를 더 걸었다.

"박진희 부장님."

"네, 대표님. 안 그래도 연락드리려고 했습니다. 워크브로더스에 배급 루트 섭외 끝났고, 영화평론가들 리스트업해서 시사 일정도 잡았습니다."

무릇 해외에서 잘나가는 자국 상품에 국내 여론은 더욱 너그러운 법. 유석은 얼마 남지 않은 개봉과 개연 일정을 앞두고 부지런히 움직이기 시작했다.

268

미호가 돌아왔다

　11월 말. 유석과 유명은 〈인격살인〉의 내부 시사회에서 오랜만에 만났다. 지난 3개월, 두 사람 다 눈코 뜰 새 없이 바빴던 것이다. 1차 내부 시사회에 모인 사람은 딱 넷이었다. 유명, 유석, 위고, 니사. 블루라벨의 시사에 1시간 50분, 옐로라벨의 추가본이 10분. 약 2시간의 시간이 흐른 후….

　"와… 이거 조정이 더 필요 없겠는데요."

　유석이 먼저 감탄을 내뱉었다. 1차 시사라고는 하지만 원본 자체가 워낙 정교했던 데다 국내 최고로 손꼽히는 최승태 편집감독이 가편집을 맡았고, 세계 최고로 손꼽히는 니사 펄스가 VFX를 만졌다. 거기에 위고 비아드가 편집을 총괄하기까지 했으니….

　「위고 씨. 아까 38분 55초에서 대사 간격 조금 더 붙여야 할 것 같고요, 42분 내면의 집에서 외부로 빠져나올 때 화면이 좀 뜨고….」

　하지만 유명은 체크한 메모지를 보면서 추가 조정이 필요한 부분을 얘기하기 시작했다. 유석은 입을 꾹 닫았다. 위고와 니사가 다시 편집의 늪으로 빨려들어간 후, 유석과 유명은 마주 앉았다.

　"잘 지냈어요?"

　"네. 대표님도 좋아 보이시네요."

　"연극 준비는 몇 퍼센트 정도?"

　"무대는 85퍼센트, 의상과 소품은 95퍼센트, 전반부 배우들은 준비 완료입니다."

　"전반부라 함은 유명 씨 버전 말하는 거죠?"

"네. 후반부는 전반부 공연 중에도 다른 배우들과 계속 맞춰갈 예정이에요."

초반 한 달의 전반부 공연에서는 신무성 역에 신유명, 고다인 역에 설수연, 그리고 몇몇 단역배우들이 함께 무대를 만들어나갈 것이다. 그리고 후반부 한 달은 신무성의 여러 인격을 각각 다른 배우들이 맡아 연기할 예정이었다.

"그럼 12월 19일까지 무난히 준비 완료되겠죠?"

"네. 염려 마세요."

"들었겠지만, 공연 티켓팅은 오픈하고 수 초 만에 끝났습니다."

며칠 전 〈인격살인〉의 연극 티켓팅을 개시했다. 1,700석의 뮤지컬 전용극장을 대관했고, 주에 4회씩 8주 공연이니 총 32회, 따라서 54,400개의 좌석이 있었지만, 말 그대로 수 초 만에 매진되었다. 유명의 네임 밸류에 데렉 맥커디의 출연 소식까지 겹쳐 해외에서도 서버 접속률이 어마어마했다고 한다.

"영화는 12월 19일 정오가 첫 타임인가요?"

"맞아요. 그것도 예매 경쟁이 어마어마하겠죠. 예상대로 태원시네마에서는 받아주지 않아서, 초반 스크린 점유율은 아주 높진 않아요. 게다가 윤성엔터에서 같은 날 개봉하는 신작을 작정하고 푸시 중입니다. 메가 X와 시네스타의 스크린도 상당수 뺏길 거예요."

"대표님 예상대로네요?"

"유명 씨는 연기가 재능이지만 나는 그게 재능이라서."

유석이 자신만만하게 싱긋 웃었다.

"그럼 예상대로 스크린수가 올라오는지 지켜보면 되겠네요?"

"물론. 내기라도 할까요?"

"대표님이랑 내기는 안 한다니까요."

유명이 단호하게 거부하자 유석은 아쉽다는 듯이 입맛을 쩝쩝 다셨다.

[신유명의 신작 〈인격살인〉, 두 가지 버전으로 개봉]

[후반 10분만 달라지는 2가지 버전. 고도의 상술인가?]

[〈인격살인〉 보려면 18,000원 든다?]

2009년. 영화 관람료 인상으로 반발이 많았던 해이다. 그 반발심을 이용하려는 듯이, 〈인격살인〉을 보려면 가장 비싼 주말 요금 9,000원의 2배인 18,000원이 든다고 주장하는 헤드라인은 명백한 악의를 내포하고 있었다.

태원시네마의 전무 문도석은 그 기사들을 보며 이맛살을 찌푸리고 있었다.

'왜 팍팍 위로 안 올라가냐…'

많은 기자들을 불러 접대를 했지만, 수년 전 신유명을 물어뜯다 된통 당한 기억이 있는 언론들은 꼬리를 말았다. 결국 반응한 곳은 찌라시 언론 몇 군데뿐이었다. 그래도 다행이다. 인터넷 기사의 특성상 언론사의 네임 밸류가 아닌 조회수와 댓글 수에 비례해 기사 순위가 올라가니까. 도석은 부하 직원들에게 최대한 많은 아이피로 기사를 클릭하라는 지시를 내리는 한편, 자신도 댓글을 하나 달았다.

[Imtheking / 신유명 돈독 올랐네요. 오래 못 가겠네, 쯧쯧.]

그렇게 새로 고침을 반복하던 중이었다.

[버전 2개는 신의 한 수. 세계적 영화평론가 배넷 스미스 극찬]

'이건 또 뭐야?'

도석의 눈에 다른 기사 하나가 걸렸다. 그가 신경질적으로 기사를 클릭하자 곧 본문이 떠올랐다.

〈Personality Murder: 인격살인〉의 한미 동시 개봉을 앞두고, 미국에서는 최고의 영화평론가들을 초청해서 시사회가 열렸다. 독설의 대가

385

배넷 스미스, 영화평론 전문사이트 'Sour cabbage'의 편집장 짐 게녹, 평론가인데도 팬덤이 형성되어 있기로 유명한 메릴 하우어 등 화려한 참석진들은 엔딩크레딧이 한참을 올라갈 때까지도 아무런 말을 하지 못했다. 메릴의 손수건은 이미 푹 젖어 있었다.

"인간의 연기라는 것을 믿을 수가 없군요." 짐 게녹이 먼저 탄성을 터뜨렸다. "영화의 내용도 내용이지만, 이런 연기가 가능하다는 것 자체가 놀랍습니다. 저런(스포일러가 될 수 있으므로 자세한 내용은 언급하지 않는다) 화면을 어떻게 합성했는지도 궁금하네요. 제가 봤을 땐 족히 수년은 걸릴 작업 같은데, 신유명 씨가 분명 작년 말까진 미국에 있지 않았나요?"

"인간의 존재의미에 대해 많은 것을 생각하게 됩니다." 메릴은 그때까지도 손수건으로 한 번씩 눈을 훔치고 있었다. 그녀는 초반부, 영화의 기술적인 면에 시선을 빼앗겼지만, 갈수록 주인공이 겪는 고뇌와 갈등에 몰입했다고 한다. "이건 다중인격 영화라기보단 차라리…." 그녀는 말을 아꼈다.

"버전 2개가 신의 한 수군요." 한참을 침묵하던 배넷 스미스가 마지막에야 말을 뱉었다. "엔딩 버전을 구분해 상영한다는 말에, 재미있긴 하지만 위험한 시도가 아닌가 생각했습니다. 그런데 두 가지 버전을 모두 보고 나니 납득이 갑니다. 아니, 하나만 개봉하고 다른 하나를 감독판에서 봤다면 화가 났을 것 같아요. 이걸 영화관에서 못 보다니…. 개인적으로 블루라벨을 먼저 보고 옐로라벨을 보시는 걸 추천합니다. 둘 다 멋지지만, 옐로라벨의 엔딩이 강렬한 잔상으로 남았거든요. 그걸 마지막 기억으로 하는 게 좋을 것 같아요."

〈인격살인〉에 대한 기타 다양한 평론가들의 영화평은 'Sour cabbage'의 '개봉 예정 영화' 탭에서 만날 수 있다.

@우정일보 윤진성 기자

─ 으악, 빨리 보고 싶어요. ㅠㅠ

─ 다중인격 영화라기보단 차라리… 뭐요! 으악, 갑갑해.

─ 그래도 110분짜리 영화에 100분이 똑같고 10분만 다른 건 상술 아닌가?

　└ 반대쪽 엔딩도 관람할 수 있게 코드 준다잖아요! 너는 하나만 보면 되잖아요. 두 개 다 보고 싶은 사람들도 많은데 왜 초를 치나.

─ 독설의 대가 배넷 스미스가 저렇게 순한 칭찬을 했다고?

　도석이 기사를 처음 읽기 시작했을 때 저 아래쪽에 있던 기사는, 기사를 다 읽었을 때 중위권으로 올라왔고, 1시간 후엔 당당히 1위를 차지했다. 그러자 다른 언론들도 'Sour cabbage'의 영화평이나 시사회에 참석한 평론가들의 SNS 멘션 등을 바탕으로 기사를 양산하기 시작했다.

　쾅- 도석은 책상을 내리쳤다.

　"으악!"

　아픈 건 자신의 손이었다.

　12월 18일. 〈인격살인〉 개봉 D-1.

　미국발 기사의 영향으로 메가 X에서 〈인격살인〉의 스크린 개수를 더 늘렸다더라. 윤성에서 제작 배급하는 한국식 판타지 〈수라도〉가 홍보에 어마어마한 비용을 쏟아붓고 있다더라. 태원시네마는 상영관의 절반을 〈수라도〉에 몰아줬다더라. 이런저런 소문과 우려들이 귀를 적시는 것도 하릴없어진 개봉 하루 전날 밤, 미호가 돌아왔다.

샤아아- 눈앞에서 익숙한 푸른 빛무리가 번지자 유명은 처음에는 눈을 비볐다. 이번에도 착시인가 싶었다. 이전에도 미호가 궁금하고 그리웠던 날이면, 몇 번이나 눈앞에 저 푸른빛이 아른거리는 듯 했으니까. 하지만…

{잘 지냈냥.}

귀가 아닌 심장으로 바로 전달되는 듯한 이 목소리의 울림과 독특한 말투까지 환청일 수는 없다.

"미호야!"

유명은 자신도 모르게 벌떡 일어나서 육성으로 소리를 내뱉었다. 푸른 빛무리는 어느새 형체를 갖추어 귀여운 은색 여우의 모습을 드러냈다.

'너 왜 이렇게 오랫동안…!'

{오래? 얼마나 됐는뎅?}

'8개월이야! 내가 얼마나 걱정을-'

{8개월? 얼마 안 됐넹.}

유명은 말문이 턱 막혔다. 하기야, 천 년이 넘게 살았다는 미호에게는 8개월이 찰나 같은 시간일지도 모른다. 예전에 화를 낼 상황인지 아닌지 판단이 안 설 때는, 100년 후에 다시 떠올려도 빡칠 것 같은지 생각해보란 말도 했으니까. 어안이 벙벙하고 조금 억울해 보이기까지 하는 유명의 표정에 미호가 킥킥 웃었다.

{장난이당. 8개월이라…. 꽤 오래됐넹. 그런데 선계의 시간은 훨씬 느리게 간당. 한 열흘 정도 걸린 것 같은뎅….}

'그 정도로 시간이 다르게 가?'

{응. 개봉 전에 돌아오려고 애썼당.}

미호가 돌아오니 알겠다. 어느 때보다도 가족과 사이가 좋고 최고의 동료들과 매일같이 보람찬 시간을 보내고 있는데도, 가슴 한편이 빈 것 같이 허전하던 이유. 자신의 스승이자 벗이자, 이제는 가족 같은 존재를 느낄 수 없었기 때문에. 유명은 보드랍지만 무게는 느껴지지 않는 자그마한 형체를 손에 받쳐 덥석 안았다.

{으악! 왜 이러냥!}

'걱정했잖아. 진짜 무슨 일이라도 생긴 줄 알았다고.'

그렇게 한참을 꼭 안은 후에야 유명은 미호를 놓아주었다. 미호가 캑캑거리더니 관심 없는 척 새침하게 물었다.

{영화랑 연극 다 무사히 준비했냥?}

'그럼. 너한테 보여주고 싶어서 무척 기다렸어.'

{호오, 자신 있나 보징?}

'많이 늘었거든.'

유명은 한 점 그늘 없이 맑게 갠 얼굴로 자신 있게 말한다. 그 표정에 연귀는 가슴이 살짝 뛰었다. 이미 자신이 인간의 한계를 넘어섰다고 판단했던 배우. 그는 어떤 성취를 이루었기에 저렇게 자신감 넘치는 표정을 하고 있을까.

{좋아. 내 마음에 든다면 좋은 선물을 준당.}

'선물…?'

바스락- 연귀의 꼬리뭉치 속에서 종이소리가 났다.

태원시네마 영등포점.

"〈인격살인〉 티켓 2장이요!"

"죄송합니다. 〈인격살인〉은 상영하지 않습니다."

"네? 12월 19일 개봉이라던데, 혹시 개봉 연기됐어요?"

"그게 아니라, 태원시네마에선 〈인격살인〉을 상영하지 않습니다."

"네? 왜요?"

시네스타 잠실점.

"〈인격살인〉 티켓 2장이요!"

"매진입니다."

"네? 현장판매분 따로 있다던데요? 오늘 아무 때나 괜찮은데…. 아! 따로 앉아도 돼요."

"마지막 타임까지 전석 매진입니다. 죄송합니다."

전국 어디에서나 벌어지고 있는 흔한 풍경이었다.

유명은 오늘 공연장에 최종 리허설을 하러 갔지만, 연귀 혜호[16]는 주변의 영화관을 찾았다. 영화를 먼저 보고 연극 공연을 보러 갈 생각이었다. 12시 정각, 상영 첫 타임에 혜호는 한 상영관에 들어갔다. 타입은 블루라벨(새드엔딩). 관객들은 기대감 가득한 표정으로 자리에 깊숙이 몸을 묻고 있다.

바스락- 소곤소곤- 쭈욱-

팝콘을 깨물고 콜라를 빨아들이고 주변인과 작게 속삭이는 영화관의 익숙한 작은 소음들 속에서 혜호는 오랜만의 영화관의 분위기를 만끽했다. 그리고 영화가 시작되었다. 그가 처음에 유심히 본 것은, 배역들 간 연기의 타이밍.

'진짜 처음부터 끝까지 그렇게 찍은 건가….'

그가 떠나기 직전, 유명은 타이밍을 재서 여러 배역을 연기하는 것에 성공했다. 하지만 그것을 계속할 수 있을지는 의문스러웠다. 연귀조차도 〈파리스의 심판〉을 연기할 때 꽤나 신경을 곤두세워야 했었기 때문이다. 그만큼 집중력이 많이 소모되는 작업이었다.

'했겠지. 저 녀석이라면.'

혼자 연기해 합성한 것인데도, 마치 네 명의 톱배우가 한 무대에서 서로의 존재를 온 감각으로 느끼며 연기한 것처럼 딱 맞아떨어지는 호

---

16 혜호(惠狐): 미호의 진명. 미호는 유명이 붙여준 애칭

흡. 대사가 쉬어가는 타이밍에도 감정은 여백 없이 맞물려 긴장을 놓지 못하게 한다.

'지나치게… 고요한데?'

어느 순간 혜호는 작은 위화감을 느꼈다.

"갑자기 새로운 방이 하나 생길 때까지는 우리의 삶은 적당히 평화로웠다."

스피커에선 현성의 독백이 흘러나온다. 그 공백 사이사이로 언제나 익숙하게 끼어 있던 작은 노이즈들이 뚝 멈춰 있다. 혜호는 순간 섬찟한 기분이 들어 발아래를 내려다보았다. 객석을 가득 메운 인간들은 단 한 명도 콜라나 팝콘에 손을 대지 않고 못 박힌 듯 화면에 시선만을 두고 있었다.

완벽한 정적이었다.

269

유한하기에 발전하는 존재

"아니, 이번 타임은 왜 이렇게 쓰레기가 많아."

청소 아주머니가 투덜대는 가운데, 관객들은 멍한 표정으로 상영관을 빠져나간다. 나가서도 한참이나 사람들은 말이 없었다.

"나연아…"

"응 지현아…"

"너 오늘 저녁에 이거 연극으로 보러 간다고 했지?"

윤지현과 강나연은 룸메이트였다. 지현은 평소 시니컬한 성격으로, 사실 이번 〈인격살인〉의 엔딩별 개봉에는 비판적인 입장이었다. 그런데도 오늘 두 가지 라벨을 다 보기로 한 것은 나연이 티켓을 쏠 테니 제발 같이 보자고 읍소해서였다.

— 나 영화 두 가지 버전 다 보고 연극 보러 가고 싶단 말야…. 같이 보자, 응?

— 넌 그럼 하루에 같은 걸 세 번이나 보겠다는 거야?

— 그게 왜 같은 거야. 하나는 해피엔딩, 하나는 새드엔딩, 하나는 연극인데. 같이 가자잉~ 뒤에 건 내가 보여줄게.

— 쯧쯧.

못 이기는 척 나연의 뜻을 따랐지만, 지현은 상영관에 앉은 순간 정신없이 영화에 빠져들었다. 끝날 때까지 옆에 둔 콜라를 마시는 것을 잊었을 정도로 화면 속의 배우는 시선을 흡입하고 온몸을 꽁꽁 묶어두는 연기를 했다.

'이거, 어디서 비슷한 느낌을 받은 적이 있는데….'

"앗…!"

"어? 왜, 왜?"

"연극제! 〈향수〉!"

매사에 비판적인 지현도 입을 닥치게 만들었던 공연이 하나 있었다. 2003년 전국 연극제. 당시 중학생이던 그녀는 파트리크 쥐스킨트의 소설 〈향수〉를 무척 좋아했고, 그래서 기대작이 아니라는 평에도 불구하고 극단 해운대의 〈향수〉를 보러 갔었다. 그리고 커다란 충격을 받았다.

— 엄마. 진짜 그 시대로 빨려들어갔다가 다시 나왔다니까?

— 아유, 우리 딸. 아직 네가 어려서 상상력이 풍부하구나. 부럽다~

— 그게 아니라니까!

자신이 어려서 그렇게 느낀 게 아니었다. 연극제 게시판이 뒤집히고,

자취를 감춘 배우에게 최우수연기상이 수여되었을 정도였으니까. 하지만 못 본 사람들은 코웃음을 쳤다. 잘하기야 했겠지만 너무 오버하는 것 아니냐며.

그때의 '천상연' 같은 배우가 또 있을까 하는 마음에 그녀는 대학생이 된 후 몇 번이나 연극 공연장을 찾았지만, 그런 연기를 다시 볼 수는 없었다.

"천상연… 설마 신유명이었나?"

"뭐?"

나연이 영문 모르고 되물었지만, 지현은 계속 생각에 빠져 있었다.

'동일인인가? 분위기가 조금 다른 거 같은데. 하기야 연기 중에 분위기가 달라지는 배우는 많으니까. 그래도 그때는 좀 더 강렬한 느낌이었는데.'

7년 전이라 그녀의 기억도 가물가물하다. 하지만 연기를 보고 있으면 모든 것을 잊고 그 세계 속으로 빨려들어가는 것 같은 몰입감에는 분명 비슷한 점이 있었다.

"천상연? 그게 뭔데?"

"아니… 아니야. 고마워, 나연아."

"응? 뭐가?"

"네 말대로 둘 다 볼 가치가 있는 것 같아. 하나만 예매했으면 후회할 뻔했네."

"그치? 헤헷."

"연극 티켓 진짜 부럽다…."

"이건 못 줘, 미안해. 히잉."

두 여대생의 머리 위로 방금 지현이 떠올렸던 '천상연'이 휘익 날아가고 있었다.

'신유명….'

그 표정은 조금 심각했다.

'저렇게 늘었다고?'

연기의 술(術)만 말하는 것이 아니다. 보는 사람이 모든 걸 잊고 연기에만 빠져들 정도의 몰입감이라…. 그전에도 인간치고는 대단한 몰입감을 주었지만, 지금의 그는 한 단계가 아니라 한 차원을 성장한 것 같다. 다른 차원으로 관객들을 끌고 갈 정도로.

'어떻게…'

처음으로 살짝 몸이 떨린다. 그것은 압도적인 재능에 대한 흥분 그리고… 신유명이란 인간에 대해 물꼬가 터지는 듯이 쏟아져내린 이해의 폭포였다.

'넌 그런 마음으로….'

무릇 연기란, 그 이야기와 아무런 관계가 없는 타인에게 다른 존재를 이해시키는 도구이다. 유명이 〈Mimicry〉의 아스를 연기하면서 혜호의 마음을 온전히 이해했다면, 혜호는 유명이 스스로를 연기한 〈인격살인〉을 보면서 처음으로 유명을 온전히 이해할 수 있었다.

혜호에게 인간이란 매우 흥미롭지만 '정보'로만 존재하던 것. 그래서 잘 흉내 낼 수는 있어도 온전히 공감할 수는 없었던 것. 그랬던 그가 유명을 만나면서 인간에게 마음을 주게 되고, 그의 열정과 주변인에 대한 애정에도 어느 정도는 공감하기 시작했지만… 그렇다고 해서 인간 신유명의 본질을 완벽히 이해한 것은 아니었다.

그런데 지금, 보는 자를 온전히 빠져들게 하는 훌륭한 연기가 그를 덮쳤다. 그리고 혜호가 깨달은 것은….

'유성이… 나를 말하는 거였어?'

이것이 인간들이 말하는 소름이 돋는다는 걸까. 대본만 봤을 때는 몰랐다. 단순히 유명의 어디서 왔는지 모를 '연기에의 욕망'과 다른 욕망들 간의 갈등이라고, 그리고 유명은 모든 것을 포기하고라도 결국 연기에의 욕망을 택한 것이라고, 그렇게 이해하고 있었다. 그런데 다른 함의가 있었다.

자신보다 더욱 거대하고 본질적인 욕망에게 지배되기 위해 스스로 기꺼이 목을 매단 민성. 살기 위해 투쟁하면서도 유성의 시간과 자신의 시간 중 무엇이 더 가치 있는지를 고민했고, 결국 스러져버린 현성. 그리고 유성의 앞에 자신을 내놓은 은성까지. 그들의 모습이 모두 신유명이라면, 어느 날 갑자기 나타나 다른 모든 욕망을 지워버리고 몸을 독차지하는 유성은….

'내가 네 몸을 쓰는 게 맞다고, 그게 옳다고, 스스로에게 납득시키는 과정이기도 했단 말인가.'

천 년을 살아온 귀(鬼)의 눈꼬리가 잘게 떨렸다. 마치 울음을 참기라도 하듯이.

자신에게 몸을 양보하려는 것은 알고 있었다. 그 양보하려는 마음의 원천은 여러 가지가 있을 것이다. 그를 배우로서 살게 해준 자신에게 보은하고 싶은 마음, 연기에 목마른 자신의 욕망을 이해하는 같은 배우로서의 안타까움, 거기에… 자신보다 더 연기를 잘하는 배우가 몸을 쓰는 것이 맞지 않을까, 라는 마음도… 있었나 보구나.

욕심이 있었던 것도 사실이었다. 하지만 혜호는 이미 5년 전 그날부터 자신이 유명의 몸을 뺏지 못할 것을 예감했다. 모르고 취한다면 모를까, 알고 무엇을 앗아가기엔 너무 선량하고 가엾은 영혼. 다만 그 아쉬움을 완전히 접어넣기까지 시간이 걸렸을 뿐이다.

― 네가 내게 준 15년의 시간 중 절반, 내가 서른이 될 때까지만…

연기하게 해주면 안 될까?

약속했던 7년의 끝이 코앞으로 다가오면서, 혜호는 잠시 선계를 유람했다. 떨어져 있으며 마지막 욕심을 접기 위한 시간이었다. 그 사이에 유명은 아득한 고뇌를 했고, 그만큼 아득히 성장해 있었다.

'인간이란… 정말 신기한 존재구나.'

인간이 특별한 것일까, 유명이 특별한 것일까. 혜호는 상영관의 인간들을 따라 다른 상영관으로 이동했다. 블루라벨의 첫 상영은 12시, 옐로라벨의 첫 상영은 2시이다. 2시 상영관의 절반은 블루라벨을 보고 온 사람들로, 나머지 절반은 처음 관람하는 사람들로 채워졌다. 어느 쪽이든 기대가 가득한 표정이다.

'엔딩이 추가됐다라….'

원래의 혜호라면 연기에만 매진하며 살아가는 삶이 새드엔딩이라는 것을 이해할 수조차 없었을 것이다. 하지만 방금 유명의 연기를 보고 나니 왜 그것이 새드인지를 납득당해버렸다.

'그럼 네가 찾은 해피엔딩은 무엇이냐.'

그는 뚫어질 듯이 스크린을 주시했다. 2번째 영화가 시작되었다.

세 명의 인격이 살던 내면의 집에 태어난 새로운 인격. 민성의 죽음과 다인의 경고. 분배받은 시간을 민성을 흉내 내는 데 사용하는 유성. 그에 만족하지 않고 은성의 삶에도 끼어들며 그들이 협의한 원칙을 깨기 시작하는 유성. 사라진 은성과 감금당하는 현성. 자신의 욕구를 인지하고 연기를 시작하는 유성. 말라붙어 사라진 현성의 모습까지….

'여기까진 똑같…진 않고 비슷하군.'

똑같다고 들었지만, 사실 초반 110분에도 미묘한 편집의 차이가 있었다. 은성의 눈빛을 조금 더 길게 보여준다든지, 현성과 유성이 대치할 때 유성의 망설임을 0.2초 정도 늘이는, 그야말로 미묘한 차이. 실로 정성이다. 이걸 누가 알아본다고….

그리고 분기점. 무의식의 세계 속에서 자신을 죽여달라며 다가오는 은성을 코앞에 두고, 유성은 칼을 돌려 자신의 허벅지를 푸욱- 찔렀고, 그대로 은성을 껴안았다.

'뭐…?'

"너는 달라, 은성아."

"너는 내가 지켜야 하는 존재야. 너 없이는 나도 결국 행복하지 못할 테니까."

"노력할게. 죽을 만큼 노력할 거야. 제발 한 번만 나를 믿어줘."

그 슬프면서도 강철 같은 의지가 서린 표정.

"너도 포기하지 말고 노력해줘."

유성은 은성을 설득하는 데 성공한다. 온통 상처 입은 은성을 데리고 내면의 집으로 돌아와서 말없이 그의 상처를 치료하고 등을 도닥인다. 그런 유성에게 은성은 제안했다.

"나에겐 세 시간만 줘. 자는 시간은 제외하고."

"아니, 예전처럼 반반-"

"그러지 마. 우리 서로 할 수 있는 만큼 하자. 대신 가끔 가족들과 여행가거나 할 땐 좀 더 양보해줬으면 해."

이후 둘은 함께 살아간다. 유성은 강박적으로 은성의 시간을 지켜주었다. 그리고 은성이 몸을 차지한 동안에는 무릎을 안고 멍하게 티브이만 보고 있었다.

"아무 생각도 하면 안 돼. 생각만으로도 은성이를 방해할 수 있으니까."

자칫 연기에 대한 단상이라도 떠올리면 온 무의식이 그것에 반응한다. 그러면 몸을 차지하고 있는 것이 은성이라 해도 온전히 그의 삶에 집중할 수 없을 것이다. 그래서 유성은 가엾어 보일 정도로 자신을 내리눌렀다. 말 그대로 '노력'이었다. 그리고 마지막 장면에서,

'아아….'

생김새는 같지만 분명히 다른 사람임을 인지할 수 있을 정도로 달랐던 두 사람의 표정. 그 표정이 섞인다. 유성의 하나밖에 모르는 집요하고 순수한 눈빛에 은성의 다정한 입매와 서글서글한 이마가 합쳐진 얼굴은….
'신유명….'
그건 분명 현재 유명의 얼굴과 닮아 있었다. 자신도 인지하지 못하겠지만, 그는 이미 그런 삶을 살아오고 있었던 것이다.

이번에도 관객들의 홀린 듯한 표정은 똑같았다. 블루라벨을 먼저 보러 온 사람들의 상당수는 뒤에 옐로라벨을 볼 계획이 있었던 반면, 옐로라벨을 먼저 본 사람들 중에는 이번 한 번만 보려고 했던 사람이 많았다. 그들 대부분은 몸싸움을 하듯이 저돌적으로 예매 창구를 향해 달려갔다.
"브… 블루라벨 표 없어요?"
"오늘 표는 전체 매진입니다."
"히잉…."
혜호는 생각이 많은 듯 느릿느릿하게 허공을 날았다.
'인간은… 유한하기에 발전하는 존재인가?'
자신은 연기의 귀(鬼). 연기에 바친 세월만 천 년 이상이다. 아무리 연귀라 한들 처음부터 이런 연기가 가능한 것은 아니었다. 수많은 극을 보았고, 역사에 존재하는 모든 극의 원형과 변형을 겪어왔다. 그뿐인가, 수많은 희대의 재능들을 만나왔다. 그 오랜 시간에 걸쳐 이룩한 것을 신유명은 이렇게나 단시간에 따라잡고 있다.
'내가 가르쳐준 것이 많다고 하지만, 가르쳐준다고 따라할 수 있는 것들도 아닌데….'
원생에 15년, 현생에 7년. 고작 22년의 세월로 그는 자신을 많이도 따라왔다. 물론 아직도 자신과 비교하면 멀었지만… 그러면 언젠가는 자신을 따라잡을지도 모른다. 그가 이렇게 눈부시게 발전한 것은 인간의 삶이 유한하기 때문일까? 그중에서도 자신에게 주어진 시간이 고작 7년뿐이라고 믿고 있기 때문은 아니었을까.

천천히 날아서 혜호가 도착한 곳은 오늘 유명의 공연이 개연하는 극장 앞.

'아직 2시간쯤 남았네.'

리허설 중에 흘러나오는 연기의 기운도 맛있을 것이다. 하지만 혜호는 극장 밖에 머물렀다. 이왕 이렇게 된 것, 온전히 그의 무대를 관람하고 싶다.

'공연은 또 어떨는지….'

같은 시각, 유명은 공연장 안에서 분장을 하고 있었다. 지난번 연기콘서트에서 안면을 튼 분장 스태프가 얼굴에 붓터치를 하며 조잘거린다.

"유명 씨. 영화 반응 난리 났대요!"

"아, 정말요?"

"제 친구도 보고 왔다던데 입에 거품을 물더라구요. 무조건 같은 날 두 개 다 예매해서 보라던데요?"

"하하, 감사하네요."

영화는 이미 제 손을 떠난 일이지만 오늘의 공연은 아직 손안에 있다. 꿈틀대는 연기에의 욕망을 다섯 손가락 안에 잘 구겨 넣는다. 곧 열어 보일 때가 온다. 바깥의 객석을 가득 메운 1,700명의 관객들에게 마법처럼 짠- 하고 손바닥을 펼쳐보일 때가.

준비가 끝났다. 막이 열릴 시간이다.

270

〈인격살인〉 Stage on

"헐, 데렉 맥커다!"

"으악…!"

"여기 초대석 근처인가? 왜 여기에…. 사인해달라고 해볼까?"

"티셔츠에… 방해하지 말라고 써 있는데?"

정말이었다. 객석 중에서도 무대가 정면으로 보이는 명당자리에 팔짱을 끼고 앉아 있는 데렉의 티셔츠 등판에는 '관람 중 방해금지'라는 글자가 한글로 또박또박 새겨져 있었다. 어찌 보면 우스운 장면이었지만, 글자 인쇄 티셔츠도 그 훌륭한 골격에 걸치자 명품같이 잘 어울렸고, 이미 무대 쪽으로 고정된 시선은 진지하기 그지없어 도저히 말을 걸 엄두가 나지 않았다.

데렉의 매니저 채드는 그의 옆좌석에 앉아 주변에 몰린 시선들과 눈을 맞추며 가슴 위에 엑스 자를 그려보였다. 말을 걸지 말라는 의미. 데렉이 그에게 〈인격살인〉 초회 공연 티켓을 구하라고 주문한 것은 몇 개월 전이었다.

― 신유명 성격상 초대석은 좋은 자리로 배정 안 할 거야. 일반 관객들이 제일 좋은 자리에서 봐야 한다고 생각하니까. 사람을 수십 명 고용하든, 슈퍼컴퓨터를 대여하든, 돈은 얼마가 들어도 상관없으니까 최대한 좋은 자리로 예매해.

― 넵!

근 10년째 데렉의 매니저로 일해온 채드. 데렉의 괴팍하고 자기중심적인 성미는 유명하지만, 사실 몇 가지 고집을 빼면 그는 별로 까탈스러운 부분이 없는 좋은 상사였다. 몇 가지 고집이란 바로 이럴 때 발동한다. 연기에 대한 강박이 작용할 때. 이럴 때는 그의 요구를 무조건 따르는 수밖에 없다.

데렉은 이글거리는 눈으로 무대에 시선을 고정하고 있었다.

'오늘 나는 네가 어디까지 갔는지 확인하겠다.'

〈Mimicry〉와 〈Missing Child〉 때만 해도 이 정도로 초조하지는 않았다. 작품이 끝나자마자 휴가를 내서 한국으로 달려오고 함께 연기 콘서트에 올랐을 때까지만 해도 역시 신유명은 굉장하구나, 라고 생각하며 즐거운 마음으로 지켜볼 수 있었다. 하지만 〈인격살인〉의 촬영분을 보고 연극 연습을 하는 신유명을 지켜보면서… 충격을 받았다.

'이건 좀 사기에 가까운데….'

그전까지는 매번 혼자 개척하던 연기의 극의를 향한 길에 동반자가 생긴 것이 마냥 기뻤었다. 그의 등을 바라보며 걷는 길은 더 이상 외롭지도 막막하지도 않았기에.

그런데 어느새 앞을 걷던 사람의 등이 보이지 않는다. 따라 걸을 발자국마저 휘몰아친 눈보라에 지워져버렸다. 어느 방향으로 갔을까? 따라잡을 수는 있을까? 연기에 대한 욕심이라면 누구에게도 질 수 없는 남자는 이를 악물었다. 이대로 당연하다는 듯이 2인자가 될 순 없었다. 아니, 서류신의 성장 속도를 볼 때, 머물러 있으면 그조차 지키기 어려울지도.

「시작하나 봐요.」

매니저가 그의 주의를 환기하듯이 살짝 속삭였지만 데렉은 미동도 없었다. 그는 오감을 열고 이 무대의 모든 정보를 받아들일 준비가 되어 있었다.

둥- 둥- 두둥- 암전 속에서 막이 조용히 열렸다. 아직 눈이 멀어 있는 관객들의 귀에 소리가 먼저 흘러들어왔다. 아니 촉각일까. 심장소리와 비슷한 북소리는 귀로 들어오고 진동으로 느껴지며, 몸의 내부와 외부를 함께 떨리게 하고 있다.

둥- 무대를 가로지르며 한 줄기의 빛이 지나간다. 푸른색의 빛은 무대의 좌측에서 우측으로 쏘아져 나간다. 희미한 빛무리 사이로 무대의 양 옆에서 제 몸보다 더 큰 북을 두드리고 있는 두 명의 고수[17]가 보인다.

두웅- 다시 한번 북소리와 함께 노란색의 빛이 쏘아져 나간다.

두웅- 그리고 또 한 가닥. 이번엔 짙은 자주색.

세 개의 빛의 선은 무대의 정 가운데서 정확하게 교차된다. 소리가 둥둥- 더욱 빠르게 들려오고, 교차된 지점의 천장에서 희고 강렬한 빛줄기 하나가 다시 떨어졌을 때, 교차점의 바로 아랫바닥이 열리며 한 사람이 머리부터 서서히 드러나기 시작했다.

그의 얼굴은 기괴하게 꿈틀거리고 있다. 오른쪽 뺨이 제멋대로 수축했다가 이마가 일그러지고 턱이 앞으로 빠진다. 울룩불룩한 근육의 변화는 마치 어떤 생명체가 좁은 태로를 비집고 나오는 탄생의 순간처럼 우악스럽다. 어깨, 허리, 다리. 머리부터 빠져나온 것은 드디어 온전히 지상에 모습을 드러냈고, 그 순간 세 개의 색조명이 꺼지며 그의 표정은 완전히 무로 변했다.

꿀꺽- 누군가의 타는 목에 침이 넘어가고 북소리가 질주한다.

둥둥둥둥둥둥둥둥- 두둥-

있는 힘을 다해 내려친 마지막 한 번의 북채가 온 공연장을 쩌렁하게 울렸을 때, 스윽- 감겼던 두 눈이 번쩍 뜨였다.

---

17 고수(鼓手): 북 치는 사람

위에서 새하얀 조명이 내려오고, 백에는 보랏빛의 조명이 들어온다. 남자의 흰옷이 살짝 보랏빛으로 물들어 보인다는 생각을 할 때, 남자가 나른한 눈매로 관객들을 훑어보았다.

"흐음…. 오늘도 이렇게 나를 원하는 사람들이 많네?"

목덜미를 스쳐 지나가는 뇌쇄적인 음성. 영화를 본 사람이라면 단번에 눈치챌 수 있었을 것이다. 민성이다.

"새로운 인격이라니, 번거롭게. 8시간도 충분히 짧은데 그냥 지금 죽여버리자."

자신이 원하는 바에 솔직한, 그래서 잔혹한 그의 대사가 끝나자 조명이 짧게 꺼졌다가 켜진다. 이번의 백조명은 노란색. 0.5초 정도 불이 꺼졌던 사이에 유명의 얼굴은 완전히 변해 있다. 난처한 표정을 짓고 있는 것은 다정이 배인 얼굴, 은성이다.

"안 돼, 민성아. 서로를 동등하게 인정하는 게 우리의 룰이잖아. 조금 시간을 줄이더라도 우린 잘 지낼 수 있을 거야."

다시 Light off & on. 푸른 백조명이 들어오자 또 다른 남자의 얼굴.

"글쎄, 은성아. 너도 이성적으로 다시 한번 생각해봐. 지금 처리하는 게 나을 수도 있어."

아주 짧은 사이에 유명은 민성이 되고, 은성이 되고, 현성이 된다. 이전 표정의 잔상 하나 남기지 않고 완전히 달라진 목소리와 제스처 때문에 관객들은 신기한 경험을 한다. 어두운 극장 속에 스팟 라이트만 켜진 상태에서 빠르게 세 가지 캐릭터를 왔다 갔다 하는 유명의 연기에, 마치 세 사람이 저곳에 있는 듯한 착각마저 드는 것이다. 그것을 보고 혜호는 짜릿한 웃음을 지었다.

'영리해. 정말 영리한 녀석이야.'

지금 혜호의 발밑에서 관람 중인 데렉이 유명의 연기에서 눈을 떼지 못하고 있다면, 혜호는 이 도입부의 의미에 더욱 감탄했다.

'이건 앞으로의 전개를 설명하는 장면이네.'

땅속(무의식)으로부터 탄생한 원초적 욕망들. 그 욕망들은 네 개의 인격이 된다. 유명은 그중 셋의 캐릭터와 각 캐릭터들이 등장할 때 보조할 색상이 무엇이 될지를 첫 장면 하나만으로 관객에게 각인시켰다. 의상과 분장의 변화 없이도 아예 다른 사람으로 보일 수 있다는 것을 한 장면으로 미리 설득해버린 것이다.

이제 관객들은 저 냉철한 표정과 푸른색의 보조 조명을 볼 때마다 현성을, 온화한 표정과 노란색의 보조 조명을 볼 때마다 은성을, 나른한 표정과 보라색의 보조 조명을 볼 때마다 민성을 떠올릴 것이다.

백조명이 꺼지고 위에서 강하게 떨어지는 톱조명 하나만 남았을 때, 유명은 모든 표정을 지우고 다시 눈을 감았다.

"나는 무엇을 원하는가."

"나는 어떻게 존재하게 되었을까."

"나는 눈을 뜨고 싶은가."

아직 태어나지 않은 새로운 인격의 나직한 속삭임이 메아리치며 조명이 Fade-out[18]되었다. 관객들은 마법에 걸린 것처럼 무대 속 세계로 빠져들었다.

〈인격살인〉은 거의 유명의 1인극이나 다름없었으므로, 장과 장 사이에 의상이나 분장을 교체할 틈이 거의 없었다. 그래서 외부세계를 연기할 땐 간단히 각 캐릭터의 포인트만 강조하기로 했고, 내면의 집에서는 캐릭터 간에 외양의 구분을 두지 않기로 했다. 아무 장식 없는 새하얀 상하의에 머리는 자연스럽게 흩뜨렸다. 오직 연기만으로 네 캐릭터를

18　Fade-out: 서서히 빛을 줄임

다르게 보여줄 수 있다는 자신감이 아니라면 불가능한 설정이었다.

1막 2장, 현성의 세미나 장면이 끝났다. 1막 3장에선 처음으로 내면의 집이 등장한다. 혜호조차 궁금했다. 이 장면을 어떻게 소화할지.

지잉- 무대가 밝아졌다. 전환된 세트는 집의 구조를 띠고 있다. 그리고 한가운데의 긴 단상에 유명이 잠든 듯이 누워 있다. 옆으로 사람 키만 한 스크린 두 개가 서 있고, 그곳에는 사람과 비슷한 크기의 그림자가 하나씩 투영되어 있다.

'〈무무〉에서 썼던 방식을 쓰려고 하나 보네.'

그림자들은 유명이 직접 연기한 아웃라인을 따고 내부를 검정으로 채워서 만든 것이 분명하다. 그림자만 봐도 팔다리의 움직임이 유려한 것이, 유명의 흔적이 느껴진다. 혜호가 짐작한 대로 음향으로 그들의 대화가 전달되기 시작했다.

— 아직 안 깨어났을 때 콱- 목을 누르면 캑- 하고 죽지 않을까? 하핫.
— 안 된다니까, 민성아!

기묘한 광경이다. 살아 있는 사람은 눈 감고 입을 닫은 채 누워 있고 그림자들이 대화를 나누는 광경. 이 묘한 그림은 홀로 색을 가지고 있는 진짜 사람에게 더욱 시선이 집중되게 한다. 그런데….

'…!'

대문처럼 생긴 문이 달칵 열리고, 유명이 걸어들어오자 관객들이 혼이 달아날 듯 놀랐다. 모두들 눈을 껌뻑이며, 누워 있는 유명과 지금 막 들어온 유명을 번갈아서 쳐다본다.

'하하핫- 영리하네. 재밌는 발상을 했어.'

혜호는 당연히 누워 있는 저것이 유명이 아니라는 것을 알고 있었다. 생기가 전혀 느껴지지 않았으니까. 하지만 눈에 보이는 것에 쉽게 속는 인간들은 정교하기 그지없는 인형에 홀랑 속아 넘어간 모양이었.

한 무대에 같은 얼굴의 사람이 두 명. 그건 한 스크린에 같은 사람이 여러 명 있는 것보다 몇 배는 충격적이었다. 분명 어떤 트릭이 있겠지, 라고 생각하면서도 눈에 보이는 모순에 무의식이 섬찟하다고 느껴버리는 것이다. 이어지는 유명의 연기.

"아직 안 깨어났어?"

― 응. 벌써 며칠째야. 우린 안 그랬던 것 같은데….

― 안 깨어나고 그냥 뒈졌으면 좋겠네.

― 민성아…!

콘서트홀의 훌륭한 음향은 녹음된 소리도 실제와 유사한 울림으로 전달했다. 그 소리들의 타이밍에 맞추어 완벽하게 대사를 치는 현성의 모습에 관객들의 시선이 못 박혔다. 스크린으로 유명의 연기를 그대로 보여주지 않고 그림자로 변형해서 보여준 것엔 이런 이유가 있었던 것이다. 현성의 대사가 없을 때조차 현성의 리액션을 주시하게 된다. 그리고….

― 어? 방금 쟤 눈 뜨지 않았어?

"뭐?"

순식간에 유성으로 쏠리는 관객들의 시선. 그때, 누워 있던 신유명과 똑같은 형체가 눈꺼풀을 깜빡- 열었다. 처음의 충격이 점차 가시고, 잘 만든 인형이겠지 하며 안정되었던 관객들이 다시 놀란 숨을 들이켰다.

'인형에 장치를 했나 보군.'

혜호는 간단히 결론을 내렸다. 놀랄 정도의 장치까진 아니었다. 웨스트엔드의 뮤지컬 무대에선 무대 위를 날아다니는 자동차도 볼 수 있으니까. 하지만 저렇게 정교한 밀랍인형에 눈꺼풀을 움직이는 기계장치까지 심은 것을 보니, 얼마나 무대와 소품에 공을 들였는지 알 만하다는 생각이 들었다.

실제로 그랬다. 한국에서 이때까지 볼 수 없었던 규모의 무대장치는 그것을 수십 배로 살릴 수 있는 배우의 연기와 함께 매 장면 장관을 이루었다.

인형은 또 한 번 등장했다. 민성이 목매달려 죽은 장면에서.

흐억- 누군가 자신도 모르게 비명 같은 한숨을 토했다가 겨우 삼켰다. '아까 그 인형이겠지'라고 생각하고 있다 해도, 좋아하는 배우가 목을 매고 늘어져 있는 광경은 충격적이었다.

중간중간에 배치된 연기력이 뛰어난 단역배우들도 무대에 다양성을 더했다. 특히 다인이 등장할 때면 매번 새로운 암시에 호기심이 허덕였다.

"혼자 힘으론 승산이 없어요. 사라진 오빠를 빨리 찾아요."

1,700석의 공간은 결코 좁지 않다. 그럼에도 옆 사람의 호흡까지 느낄 수 있을 정도로 공간은 예리하고 촘촘하게 변해 있었다. 그리고 그 공간의 결은 오직 한 방향으로 쏠려 있다.

"왜 안 지켜! 네가 뭔데 우리가 기껏 이룩해놓은 질서를 모두 망가뜨리고 뒤집냐고!"

아우라가 휘몰아친다. 폭풍 같은 존재감이 이글이글 타오르다 못해 실처럼 뻗어져 나와 공연장의 구석구석까지 뻗치고 있다. 어느 순간부터 혜호는 그 폭발할 듯한 생기의 향연을 바라보고 있었다.

'아름다워….'

그 생기는 1,700명의 관객들을 통째로 묶어 어디론가 데려가려 하고 있었다.

271

매진입니다

'왜 이런 기분이….'

무대가 종반으로 치달을수록 데렉의 표정은 넋을 잃었다. 마치 자신이 유성이 되고 은성이 된 것처럼 그가 표현하는 감정들이 선명하게 느껴진다. 다른 관객들의 반응도 확인해보고 싶지만 고개를 돌릴 수가 없다. 몸을 자신의 의지대로 움직일 수 없는 것일까, 의지가 몸을 움직이길 거부하는 것일까. 그는 눈도 한 번 깜빡이지 못하고 절정을 향해 가는 연기에 사로잡혀 있었다.

4막. 내면의 집에 홀로 선 유성이 벽의 틈을 주시한다. 그러자 벽이 스르르 밀려나고, 무대를 채운 온갖 구조들이 들어가고 나오고 뒤집히며 완전히 다른 형태를 구성하기 시작했다.

'하아…'

관객들의 몸에 전율이 흐른다. 무대장치란 한정된 공간 안에 인간의 모든 상상을 구현하는 예술. 기존에 쓰였던 계단이 뱅글 뒤집혀 거꾸로 매달린다. 내면의 집을 구성하던 벽들이 불규칙한 모양으로 갈라져 미로 같은 틈새길을 형성한다. 마치 꿈속처럼 일상의 파편들이 불규칙하게 뒤섞인 모습을 구현하기 위해, 의식 공간의 무대 구조를 분해해서 무의식 공간을 구성하자는 유명의 제안을 듣고 무대미술감독 짐 로버는 대단히 흥분했었다.

스윽- 변화하는 무대의 한쪽에서 유성은 은성을 찾고 있다. 그의 눈짓 하나, 손짓 한 번에 거대한 구조들이 변화해 길을 여는 모습은 모세의 기적처럼 장엄했다.

조명이 어두워졌다가 다시 밝아졌을 때, 유명은 어느덧 움직이는 무대에 실려 반대편에 서 있었다. 은성의 얼굴이 되어.

"가… 갑자기 왜 이러지?"

은성은 조용하던 무의식이 날뛰는 것을 보고 무언가를 짐작한 듯 절망적인 표정으로 변했다. 그는 다시 일어서서 뛴다. 하지만 삐죽이 솟아오르는 돌기나 앞을 가로막는 벽들에 그의 발걸음이 점점 느려졌고,

버겁게 몰아쉬는 숨에 맞춰 관객들의 호흡도 점점 버거워졌다. 그리고… 그가 왔다.
― 여기 있었구나, 은성아.
은성의 사선 뒤쪽은 야트막한 벽으로 막혀 있다. 그 벽 사이로 그림자 하나가 삐져나와 있었다. 아마도 유성이리라. 무대는 쉼 없이 역동하는 무의식 세계를 보여주듯 지금도 천천히 움직이고 있다. 은성은 유성을 보고 뒷걸음질 쳤지만, 어느새 다가온 벽이 그의 등 뒤를 가로막았다.
"결국… 나도 죽이려고!"
― 아니야. 나와 함께 돌아가자. 나는 네가 필요해.
"싫어. 네가 다 죽였잖아!"
울부짖는 은성의 감정에 이입해 관객들은 잔뜩 얼굴을 일그러뜨린다. 뒤에서 스크린이 내려와 사건들의 전말이 밝혀지기 시작했지만, 관객들, 특히 영화를 보고 온 사람들은 스크린의 내용보다는 은성의 얼굴 표정에 시선이 꽂혀 있었다. 진실에 놀라고 당황하고 슬퍼하는, 하나하나 진심이기 그지없는 은성의 감정들. 그것이 밀려들어오는 게 아니라 내부에서 솟아나 차오른다.
"아니, 솔직해지자. 나는 처음부터 너에게 먹히고 싶었어. 그래서 도망친 거야. 해선 안 될 일을 할 것 같으니까. 하지만 더 이상은 하고 싶지 않아. 제발 나를 죽여줘."
프로젝터가 떨리는 그림자를 투사한다. 유성이 떨고 있다. 은성은 결심을 단단히 한 표정으로 가려진 벽 쪽을 향해 한 걸음씩 다가갔고, 다시 그 공간에서 튕겨져 나왔을 때는 배에 칼을 꽂고 있었다.
'…허억!'
데렉은 순간 기이한 감각을 느꼈다. 자신이 칼에 찔린 것처럼 다소의 이물감이 속을 비집는다. 그 순간 은성이 느꼈을 고통과 이제 죽을 수 있다는 환희를 제 몸이 느끼고 있는 마냥. 그는 그 순간 거대한 충격에 소스라쳐, 엄청난 의지를 실어 고개를 돌려보았다.
'이럴 수가…!'
왼쪽. 오른쪽. 주변의 관객들은 모두 은성과 같은 표정을 하고 있었다. 마치 그들 하나하나가 은성이 되어버린 것처럼.

공연이 끝나고 난 후, 박수는 생각보다 우렁차지 않았다. 신기한 체험을 한 관객들은 약간 멍한 표정으로 극장을 빠져나오고 있었다. 그중에는 데렉도 섞여 있었다. 매니저가 걱정했던 것과 달리 극장을 나설 때까지도 데렉에게 들러붙는 팬들은 없었다. 그만큼 다들 반쯤 넋을 놓은 상태였던 것이다.
'이건… 뭘까.'
공연장의 공기는 마약 같은 측면이 있다는 것을 알고 있다. 데렉 또한 자신이 최상의 컨디션인 날 관객들과의 합까지 딱 맞아떨어지면, 무대와 객석이 한 몸인 생물이라도 된 양 일체감을 받은 적이 여러 번 있었다. 하지만 이건 정도가 다르다.
'아까 내 배를 무언가가 할퀴고 지나간 듯한 느낌은…'
통증까진 아니었지만 분명 실존했던 감각. 자신이 예민해서 과도하게 몰입한 것일까. 아니, 아니다. 관객들의 살짝 찌푸려진, 그러면서도 체념한 듯한 그 표정은… 분명 같은 것을 느끼고 있었음이다.
'모르겠어…'
신유명의 현재 수준을 샅샅이 파헤쳐보려고 결심하고 온 자리인데, 보고 나니 오히려 더 알 수 없게 되어버렸다. 도대체 얼마만큼 집중하고 어떻게 연습해야 저런 수준에 도달할 수 있다는 말인가. 조금 울고 싶은 마음이 들려고 했지만….
피식- 데렉은 웃어버렸다.

「채드.」

「네.」

「우리 한국으로 이사와버릴까?」

「네?」

「모르면 물어봐야지. 달라붙어서 귀찮게 해야 하지 않겠어?」

영문을 모르고 당황한 채드를 뒤에 두고 성큼성큼 걸어 나간 데렉은 극장 밖의 찬 공기를 흠뻑 들이마셨다. 다행히 자신은 그의 벗이 아닌가. 앞서가는 사람의 등이 보이지 않고 발자국조차 지워졌다면, 전화해서 어디냐고 물어보면 된다. 알려준 곳으로 쉬지 않고 달려갈 체력과 멘탈은 언제나 충분하니까.

한 인간이 그런 결론을 내렸을 때, 한 귀(鬼)는 영 정신을 차리지 못하고 있었다.

'어떻게…'

영화를 봤을 때 이상으로 충격적이다. 화면을 통하지 않고 직접 봐서 더 생생하게 와닿는 부분도 있겠지만, 그보다는….

'영화 크랭크업을 하고 연극 준비를 하는 그 사이에… 또 발전한 건가?'

관객들이 유사 체험처럼 생생하게 배역을 느끼게 만든 것도 놀라웠는데, 은성이 느꼈을 감각을 미약하게나마 동조시키다니….

'무언가를 깨달은 건가…'

옐로라벨의 엔딩에서 유명의 표정이 이전보다 훨씬 편안해 보이기는 했다. 그리고 보니, 자신이 돌아왔을 때 유명이 보인 애정표현도 예전보다 훨씬 솔직하고 거침없었던 것 같다. 이번 영화를 통해 스스로와 마주 본 것이 그를 저렇게나 발전시킨 것일까. 그렇다면 자신은….

'연기…하고 싶다. 그럼 뭔가 보일 것 같은데…'

푸른빛이 바르르 떨렸다. 유명의 앞에선 내보이지 못할 그의 간절한 바람이었다.

개봉일 저녁. 한 영화 순위 사이트에는 묘한 후기가 올라왔다.

〈인격살인〉을 보러 가서 이상한 체험을 했습니다. 잠시 넋을 놓았다가 정신을 차려 보니 엔딩크레딧이 올라가고 있었는데… 영화를 본 기억은 없는데 영화 내용은 모두 생생히 기억이 나더라구요. 몰입이 너무 과했던 모양입니다.
아, 그리고 영화는 강력 추천입니다. '이것이 연기다'의 끝판왕을 보실 수 있습니다.
— 앗. 저도 그랬어요. 영화에 빨려 들어갔다가 정신차려보니 끝나 있었습니다. 뭘 본 건지 멍한 기분이라 다시 보러 갈 생각입니다.
— 저도요! 원래 영화 보면서 팝콘 두 봉지 먹고 나오는 사람인데, 영화 끝나고 팝콘 하나도 안 준 걸 보고 내가 드디어 미쳤나 했었는데…!
— 콜라, 팝콘 사가지 마세요. 어차피 못 먹어요. 오늘 블루라벨만 봤는데, 옐로라벨 볼 땐 절대 안 사갈 겁니다.
— 또 인터넷이라고 과장질 시작이네, 쯧쯧. 오늘 밤에 예매해뒀는데 내가 보고 와서 뻥튀기인 거 인증하겠음.
ㄴ 취소 취소. 죄송합니다. 보고 왔는데 뻥튀기 아니었습니다. ㅠㅠ 영화 보고 나면 '나는 누구 여긴 어디' 하게 됨.

인터넷 강대국에서 소문은 쉽고 빠르게 퍼졌다. 그날 저녁 네이버 실검 1위에 '〈인격살인〉 이상체험'이 올랐고, 사람들의 관심은 더욱 부풀어 오르기 시작했다.

게시물 48751359 [블루, 옐로라벨 둘 다 본 후기 요약]

연기력 말 그대로 미쳤음. 보고 있으면 엄청 황홀한 한편, 유명이가 이런 갈등을 겪어왔구나 싶어서 눈물 남. 알려진 대로 관람 순서는 블루 → 옐로 루트가 정석임. 블루를 나중에 봤으면 속상해서 잠 못 잤을 듯. 하지만 개인적인 취향은 블루 > 옐로임. 51 대 49 정도? 엔딩 두 가지로 개봉한 게 상술이라고요? 어차피 기본 2회 이상 관람각인데….

— 학교 다닐 때 노트필기 좀 하신 분인 듯. 정리 잘하네.
— 블루만 겨우 예매한 사람입니다. 오늘 진짜 잠 못 잘 거 같습니다. 빨리 옐로 보고 싶네요.
— 저 오늘 블루 + 옐로 + 연극 초연 보고 왔는데요… 셋 중에 제일 압권이 연극입니다. 지금도 눈앞에서 잔상이 왔다 갔다 해요…. ㅠㅠ
  ㄴ 헉, 지구를 구했다는 초연 티켓팅러! 연극 썰 좀 풀어주십셔…. ㅠㅠ

세 버전을 동시 관람했다는 댓글을 쓴 사람은 바로 미호와 같은 영화관에서 〈인격살인〉의 첫 상영을 관람했던 여대생, 강나연이었다. 그녀는 팬카페에 채팅방 하나를 개설했고, 그 방은 삼시간에 정원이 모두 찼다.

아슬아스: 안녕하세요!
보형이만보형: 안녕하세요! 초연 보셨나요!
아슬아스: 헉, 시삽님도 오셨군요. 네, 운 좋게 초연 티켓을 구할 수 있었어요. ㅠㅠ
보형양제: 빨리, 빨리 얘기해주세요. 현기증…. 유명이 보려고 미국으로 취업했는데 다시 한국으로 가버리다니. 확 퇴사해버릴까…. ㅠㅠ
트루먼유: 헐… 운영진들도 다 오셨네.

팬클럽 최고 고인물들의 등장에 다른 회원들이 야단법석을 떨었다. 그들이 후기를 간청할 정도로 초연 티켓의 예매 성공률은 극악에 가까웠던 것이다.

아슬아스: 영화 보신 분들은 아시겠지만, 몰입감이 어마어마하잖아요. 그런데 연극은 그거의 세 배 정도?
보형이만보형: 세 배! 오늘 영화 세 번 봤는데 그걸 다 합친 것만큼!

소진은 첫날 영화를 세 번이나 예매해서 봤다. 다음 날도 두 번을 예매해놓았다. 간절한 팬심이었다. 그런 그녀도 연극 티켓팅은 1월에 단 한 번 성공했을 뿐이다.

아슬아스: 그리고 진짜 묘한 기분이 들었어요. 마치 주인공이 되어서 기분과 감각을 그대로 느끼는 것 같은…? 이건 진짜 설명하기 힘들어서 직접 보셔야 아실 듯요.

그녀의 말에 연극 티켓팅을 성공한 사람들의 기대치는 점점 올라갔고, 패배한 사람들은 눈물을 머금었다. 나중에 공연 녹화 테이프라도 풀리길 바라는 수밖에 없었다.

다음 날, 국내 기사보다 해외의 기사들이 더 화려하게 터졌다.
[존 클로드, '미친 몰입감' 〈인격살인〉 관람 후 충격의 리뷰]
[나탈리 카센, '인격살인, 존경해 마지않는 배우의 역작' 감탄 일색]
[칸 영화제 수석 프로그래머, 〈인격살인〉 초청에 안간힘을 썼지만 거

절당해]

　미국에서 〈Personality Murder〉로 개봉한 〈인격살인〉은 최대의 스크린수를 확보하며 화려하게 데뷔했다. 그것이 현재 할리우드 영화계에서 신유명이라는 이름이 가진 클래스였다. 그리고 그 클래스를 배신하지 않는 압도적인 연기에 영화관계자들은 호평일색의 리뷰를 쏟아냈다.

　국내 매스컴들은 노가 났다. 국내 관람객들의 〈인격살인〉에 대한 열띤 반응들로 모자라 해외의 온갖 유명인사들까지 〈인격살인〉의 리뷰를 내놓으니 그걸 번역해서 가져오는 것만으로도 기사가 되는 것이다. 그리고 그런 기사들은 신유명에 대한 대중의 애정에 더욱 불을 붙였다.

　"〈인격살인〉 표 있어요?"

　"매진입니다. 죄송합니다."

　"아, 이게 몇 군데째야. 예매는 안 돼요?"

　"온라인에서 매 5일 전 12시마다 예매 오픈되니까 그걸 시도하시는 게 빠르실 거예요. 현장예매는 요즘 새벽부터 줄 서거든요…."

　기현상이었다. 무슨 공연표도 아닌 영화표를 새벽부터 줄 서서 산단 말인가. 이쯤 되니 사람들의 불만이 터져나오기 시작했다.

─ 왜 이렇게 표 구하기가 힘들죠? 상영관이 적나?
　└ 시네스타는 상영관의 거의 절반이 〈인격살인〉이던데요?
　└ 메가 X도 상영관이 적지는 않았어요. 〈인격살인〉이랑 〈수라도〉가 투톱인 듯?
─ 어? 태원시네마에서는 〈인격살인〉 상영 안 하네요?
　└ 그러니까요. 저도 이상하다고 생각했음. 태원은 완전 〈수라도〉만 깔렸는데요?

태원시네마는 한국에서 가장 큰 시네마 중 하나이고, 〈인격살인〉은 올해 하반기 최대 기대작이다. 그런데 왜 태원시네마에서는 〈인격살인〉을 '아예' 상영하지 않을까.

뭔가 이상하다. 그런 의혹이 제기되는 것은 한순간이었다.

272

화면조작 아닐까?

신촌 모 대학의 영화 동아리. 그들은 매주 1회씩 함께 영화 관람을 한다. 그런데 오늘 그들은 드물게도 2개의 영화를 연달아 보게 되었다. 선배 중 한 명이 〈수라도〉의 프로모션 티켓을 공짜로 선물해준 덕분이었다.

먼저 본 것은 〈인격살인〉 블루라벨이었다. 오늘만을 기다려왔던 회원들은 조마조마한 마음으로 극장에 나란히 앉았다. 스포당한 대로 콜라와 팝콘은 사가지 않았다. 어차피 못 먹는다고들 하니까.

그리고 2시간 후. 영화를 보고 나서도 한참을 말이 없던 회원들은 매표소 앞 의자에 주저앉고 나서야 겨우 입을 열었다.

"와…."

"뭐지, 이게…."

"우리 뭘 본 거죠…?"

나름 어릴 때부터 영화광을 자처해왔던 사람들. 그런데도 이런 몰입감은 경험해본 적이 없다. 자동적으로 옐로라벨이 미친 듯이 궁금해졌는데 당연히 표는 이미 매진이었다.

"…이런 여운을 버리고 〈수라도〉 보는 게 맞을까요? 차라리 나중에 다시 오는 게 어때요?"

"그건 좀…. 티켓 주신 성우 선배가 오늘 보고 나서 꼭 인증해달라고 했거든. 자세히 얘기는 안 하는데 회사에서 관객수 늘리려고 풀고 있는 티켓 같아."

"그럼 어쩔 수 없죠."

그들은 다시 영화를 보았다. 영화를 두 개 연달아 보는 것 정도는 문제가 안 되었다. 영화제라도 가면 새벽부터 밤까지 하루 5~6개의 영화를 기본으로 소화하는 사람들이었으니까. 하지만… 이상할 정도로 지루했다. 아예 텐션이 늘어진다는 느낌을 받는 것이다. 그들은 영화 관람이 끝난 후 맥도날드에 앉아 햄버거를 먹으며 토론을 시작했다.

"〈수라도〉 완전 쉣이던데? 왜 그렇게 공격적으로 미는 거지?"

"이규성 연기 잘하는 편 아니었어? 이번 작품이 안 맞았나?"

"그러게…. 아 눈 버렸네. 블루라벨 본 뒤에 〈수라도〉 말고 옐로라벨을 봤으면 얼마나 좋았을까. 아님 차라리 블루라벨만 보고 집에 갔었어도 좋았을 텐데."

그때 동아리 회장인 희수가 다른 의견을 내놓았다.

"객관적으로 봤을 때 〈수라도〉, 쏘쏘는 되지 않아?"

"잉? 올해 본 것 중에 최악의 영화였는데?"

"〈인격살인〉이랑 비교돼서 그럴 거야. 차라리 장르가 다르면 좀 나았을 텐데 내면을 파고드는 연기가 〈수라도〉에서도 등장하잖아? 그런데 연기 레벨이 너무 다르니까."

어…? 다른 회원들이 진짜 그런가 하고 따져보기 시작한다. 〈수라도〉는 한국형 블록버스터다. 영화에는 온갖 인간군상을 대표하는 인간들이 등장한다. 정치인, 경제인, 종교인, 법조인…. 그들이 모두 각자의 이득을 위해 눈이 벌겋게 달려드는 세상에서 스스로가 세운 정의를 지키기 위해 악을 더한 악으로 집어삼키는 주인공 백승현(이규성 분)의 이야기였다.

내용 자체는 완전히 다르다고 한들, 영상 전반에 깔리는 비장미나 스스로의 욕망과 정의를 고뇌하는 주인공의 캐릭터는 다소 〈인격살인〉과 겹치는 부분이 있었다. 그리고 이규성의 연기와 신유명의 연기는 아득한 레벨 차이가 났고.

'그래도… 우리 같은 영화 마니아들이 객관적인 판단을 아예 못하게 만들 정도의 차이라고?'

갸웃갸웃하는 회원들을 보며 회장 희수가 단언했다.

"두고 봐. 〈수라도〉 평이 엄청나게 갈릴걸?"

회장의 말은 사실이었다. 〈수라도〉의 평점분포도는 2~3점과 8~9점으로 중간 없이 갈렸다. 별로인 영화에 알바를 대거 투입한 것이라기엔 10점보다 8~9점의 분포도가 높았다.

― 최악입니다. 이규성 좋아했는데, 이렇게 실망시킬 줄 몰랐네요. 전혀 집중 안 하고 연기한 듯요. (2점)
― 뭔가 심오한 이야기를 담으려고 노력했는데 전혀 표현이 안 된 듯. (3점)
― 저는 볼만했는데요? 이 정도면 초대박작까진 아니라도 대작 반열엔 드는 거 아닌가요? 출연진도 좋았고 이규성 연기는 원래 탄탄한 편이고, 세트나 액션도 할리우드 급이었는데…. (9점)
― 돈을 많이 쓰면 뭐 하나요? 몰입이 아예 안 되는데. 이규성 연기가 탄탄한 편? 이번 영화에선 완전 망이던데. (1점)
― 너무 평가가 박한 거 아닌가요? 메시지도 있고 나름 괜찮던데…. (8점)

하지만 시간이 지날수록 〈수라도〉에 대한 평가는 박해졌다. 〈인격살인〉에 대한 수요를 맞추기 위해 메가 X와 시네스타는 〈수라도〉의 스크린을 줄이고 〈인격살인〉의 스크린수를 늘려갔다. 더 많은 사람이 〈인격살인〉을 보게 될수록 〈수라도〉의 평점은 점점 내려가고 있었다.

"알바 더 풀어!"

이 정도면 괜찮은 퀄리티로 뽑혔다고 자축하고 있던 윤성엔터에선 당황하며 더욱 공격적인 마케팅을 밀어붙였다. 그러나 거대한 흐름을 거스르는 것은 무리였다.

가끔 그런 평가가 흘러나왔다. 하필 〈인격살인〉과 같이 개봉하지 않았다면 〈수라도〉도 나름 볼만했을 거라는 목소리. 하지만 그건 영화 마니아층의 의견이었을 뿐 일반인들은 단순명쾌, 직관적으로 얘기했다. 〈수라도〉는 완전 쉣이라고.

하지만 〈수라도〉가 망하는 것만으로 문제가 끝나지는 않았다.

[발연기 vs 명품연기! 〈연예학개론〉의 동일 장면을 연기한 신유명과 이규성의 연기 비교]

미국에서 엄청난 화제가 되었던 신유명의 '발연기 동영상'. 당시 원래 탁규민 역인 이규성의 연기는 크게 조명되지 않았었다. 그런데 누군가가 작금의 〈인격살인〉 vs 〈수라도〉 구도와 〈연예학개론〉에서 두 사람의 연기 격차를 섞어서 편집한 동영상을 올려버렸다.

─ 이렇게 보니까, 그때부터 이미 레베루가 달랐네요.
─ 이규성도 안됐다. 하필 신유명이랑 엮여서.
─ 그런데 도대체 왜! 태원은 〈수라도〉만 밀고 있는 거냐니까요?

이 동영상이 화제가 되면서 사람들은 더욱 미심쩍어하기 시작했다.

누가 봐도 〈수라도〉보단 〈인격살인〉인데, 왜 태원시네마는 〈수라도〉에만 몰빵을 했는지.
 자칭 '업계관계자'들의 출처 불명의 이야기들이 떠돌기 시작했다. 거기에는 분명 누군가의 손길이 뻗어 있었다.

— 업계관계자인데요, 〈인격살인〉 배급사가 태원에도 영화 넣으려고 여러 번 읍소했는데 한 개의 스크린도 안 내주고 잘랐다고 함. 엔딩 2개 구분상영하는 것 때문에 괘씸죄 걸렸다는 말이 있음.
— 미친 거 아닌가요? 그 엔딩 두 개는 구분상영하는 게 당연한 퀄리티잖아요. 심지어 미국에서도 구분상영하는데.
— 사실 그건 핑계고, 태원시네마와 윤성엔터가 모종의 관계가 있어서 〈수라도〉를 민다는 얘기가 있던데….
— 헐…. 공시 봤는데 태원이 윤성엔터 지분 개 많이 가지고 있네요? 이거 담합 아닌가요?
— 친한 회사 작품 밀어주려고 좋은 작품 보이콧한 건가? 사업하다 보면 더 친한 업체, 덜 친한 업체가 있을 순 있겠지만 이건 너무 대놓고인데요?
— 그리고 보니 이규성도 윤성엔터 자회사인 KP 매니지먼트 소속이네요? 이런 게 카르텔인가?
— 와…. 나 지금 소름 돋았음. 얼마 전에 태원 회장 손자가 태원시네마로 발령 났는데, 거기 엄마 친정이 윤성임.
— 진짜요? 헐…. 이거 진짜 뭔가 있나 본데요?

"닥치고 시키는 대로 하라고 해!"
 태원시네마의 전국 지점상들이 고객 컴플레인과 매출 저하를 호소해

오고 있는데도, 문도석은 기조를 바꾸지 않았다. 사실 그에겐 그것 외의 방법도 없었다. 이제 와서 문유석이 〈인격살인〉의 배급에 협의해줄 리도 없으니까.

[03년 전국연극제 최우수연기상 천상연. 신유명과 동일인이라는 소문, 사실일까?]
[영화와 연극, 09년 연말을 휩쓸어버린 〈인격살인〉 흥행돌풍]
[매번 조금씩 변화하는 연극. 신유명의 연기 세계에 빠져버린 관객 속출]
영화에서 겪은 과몰입을 연극에선 몇 배나 더 깊이 겪게 된다는 후기에 연극에 대한 관심도 급증했다. 온라인 경매 사이트에 올라온 한 티켓은 원래보다 가격이 열다섯 배까지 뻥튀기되었는데, 알고 보니 가짜 매물로 밝혀져 화제가 되기도 했다.

게시물 49521545
[〈인격살인〉 연극 두 번 본 사람의 비교 후기(약스포)]

제 별명이 '빠른손'입니다. 친구들 수강신청 제가 다 해줄 정도로 한 빠름 하는데, 그 강점을 십분 발휘하여 연극표를 두 장 겟하게 되었습니다. (승리의 브이)
다행히 처음 본 게 블루라벨이고 뒤에 건 옐로라벨이라서 두 가지 버전을 모두 볼 수 있겠다고 기뻐했는데… 두 번째 공연을 보면서 깜짝 놀랐습니다. 처음 본 날은 클라이맥스 장면에서 유명이가 은성을 연기했는데,

이번엔 유성을 연기하더라구요. 그리고 내면의 집에서 유명이가 연기하는 캐릭터들도 죄다 바뀌어 있었습니다. 원래 현성을 연기하던 장면에서 은성을 연기하기도 하고, 민성을 연기하기도 하고…. 이렇게요.
결론은 뭘 해도 미친 연기력이긴 한데, 두 가지 버전만 있는 게 아니라 매 공연 버전이 바뀌는 것 같습니다. 역시 유명이! 너무 힘들 거 같지만 보는 사람 입장에선 황홀한 경험이었습니다!

— 빠른손! 진짜 세상에서 제일 부러운 사람. ㅠㅠ
— 매번 디테일을 조정하면서 한다구요? 진짜 미친 거 아닌가요? 실제로 한 번만 봤으면….
— 티켓 삽니다. ㅠㅠ (실낱같은 희망)
— 저도 연극 봤는데 이해가 안 가더라구요. 보면서도 이게 가능한 영역인지 눈을 의심하게 됩니다. 솔직히 보는 중간엔 그런 생각도 안 나고, 끝나고 나서 생각나는 거지만요.

이런 이야기는 한국에서만 나오는 것이 아니었다. 연극은 아예 보지도 못한 해외 팬들도 영화에 대한 의문점을 쉴 새 없이 제기했다.

— 현업 종사자인데, 〈인격살인〉의 촬영법은 이해가 안 가는 부분이 많습니다. 분명 크로마키로 촬영해서 붙인 걸 텐데 타이밍, 시선 처리, 리액션, 텐션 등이 완벽해서 4명의 배우가 동시에 연기해도 저렇게는 안 나올 것 같습니다. 솔직히 어안이 벙벙합니다. 동양인이니 소림무술을 배워서 분신술이라도 쓰는 걸까요? / Johnny Billiard. New York

― 저도 궁금합니다. 상대역의 위치를 고정한 상태라면 좀 이해가 갈 것 같은데, 〈인격살인〉을 보면 4명의 배우의 동선이 계속 바뀌거든요. 그런데도 모든 타이밍이며 몸의 각도까지 딱딱 들어맞습니다. 영화인으로서의 소견은, 이렇게 만드는 게 불가능한 건 아니지만 최소 3년은 걸릴 것 같아요. 그런데 〈인격살인〉은 촬영에 4개월, 편집에 3개월 걸렸다고 하잖아요? 도대체 어떻게 만든 건지. / Lesley Q. Chicago

― 대학에서 연기를 가르치는 교수입니다. 〈인격살인〉을 보고 엄청난 충격을 받았습니다. 아는 사이면 멱살이라도 잡고 물어보고 싶더군요. 깊은 내면연기야 예술적인 부분이니 물어봐도 소용없겠지만, 기술적인 부분이라도 좀 알고 싶습니다. 혹시 메이킹 필름 안 나올까요? / Petrik Levlon. Munick

여러 가지 의문이 난무하던 개봉 3주차. 문유석은 비장의 카드를 풀었다.

[〈인격살인〉, 메이킹 필름 공개. 세계 영화인들 초미의 관심사]

이미 메가 X와 시네스타의 스크린점유율이 한계를 찍은 시점이었다.

「이게… 뭐야?」

메이킹 필름이 공개된 순간, 세계 각지에서 접속한 사람들은 할 말을 잃었다.

― 잘라 붙이는 게 아니라 타이밍을 계산해서 연기하겠다는 겁니까?

― 바라보는 시선의 각도, 대사의 타이밍, 동선과 동작, 다 계산하면서요?

423

유명이 제안한 촬영 방식에 경악한 스태프들의 반문.

― 그냥 끊지 말고 쭈욱 찍어주세요. 대사 텀을 계산해서 연기하겠습니다.

― 논쟁보다 검증이 빠르겠네요. 테스트 촬영 해보시겠어요?

그리고 그것을 담담히 긍정하는 유명의 표정.

유명은 하나의 역을 연기한다. 또 하나의 역을, 또 하나의 역을 연기한다. 세 가지, 혹은 네 가지의 배역을 각각 찍은 테이크들을 한 화면에 합성하자 조정할 것도 없이 완벽하게 겹쳐지는 화면과 사운드. 그것을 보고 경악하는 위고 비아드와 다른 스태프들의 표정을 생생하게 담은 메이킹 필름의 조회수는 미친 듯이 증가했다.

「그거 봤어?」

「〈인격살인〉 메이킹 말하는 거지? 화면조작 아닐까?」

「조작일 수가 없는 게, 그런 방식으로 찍은 게 아니라면 7개월 만에 촬영에서 편집까지 끝날 수가 없긴 해….」

「어떻게 그럴 수가 있지?」

메이킹 필름은 〈인격살인〉의 촬영법에 대한 궁금증을 완전히 풀어주었지만, 어떻게 그런 연기가 가능한 것인지의 의문은 풀어주지 못했다. 메이킹 필름이 공개된 다음 날, 전 세계의 매스컴들은 앞다투어 기사를 냈다.

[세계 영화 역사를 다시 쓴 작품, 〈인격살인〉의 촬영 기법 대공개]

[지금 당신이 이 시대를 살고 있다면, 이 영화는 보아야 한다!]

[전 세계 영화인들의 경악 섞인 리뷰들. 촬영장을 단 한 번만이라도 직접 보고 싶다]

이제 사람들은 어떤 의무감으로 영화를 보기 시작했다. 원래 영화관에서 영화를 보지 않던 사람들도 '이 작품을 영화관에서 보지 못하면 인생을 손해 보는 것'이라는 말에 이끌려 영화관을 찾기 시작한 것이다. 그리고 4주차에 문유석은 어떤 연락을 받았다.

"유명 씨!"

"네?"

"티쉬 예술대학에서 컨택 왔어요!"

273

Synchronization(동조화)

티쉬 예술대학은 뉴욕 대학교에 속한 단과대학이다. 공연예술 분야에서 최고의 인지도가 있으며, 전 세계적으로 영향력을 행사하고 있다. 마틴 스콜세지, 우디 앨런, 안젤리나 졸리 등도 이 학교의 졸업생이다.

"거기뿐만이 아니에요. 줄리어드 스쿨이랑 로열 연극 아카데미에서도."

"…!"

세계적인 명문 드라마 스쿨인 줄리어드 스쿨과 영국 최고의 연기 학교로 꼽히는 로열 연극 아카데미의 이름이 문유석의 입에서 차례로 언급되었다.

"무슨 일로…."

"티쉬와 줄리어드에선 특강을 요청했고, 로열 연극 아카데미에서는 휴식기에 반년 정도 영국에 와서 강의를 해줄 수 없겠냐고 하더군요."

〈인격살인〉의 메이킹 필름을 보고 세계 최고의 연극학교들은 유명의 연기력과 연기법에 감탄했다. 전통 있는 연기 스쿨들의 콧대는 매우 높다. 그들이 이런 요청을 보내왔다는 것은 연기에 관해 세계 최고의 권위를 가진 집단들이 유명의 연기가 최고라는 것을 인정했다는 뜻. 유명의 얼굴이 살짝 달아올랐다.

'재밌겠다.'

연기에 무한한 열정을 가진 세계적인 재능들. 그들을 가르치고 함께 시간을 보내며 영감을 교류하는 것은 생각만 해도 설레는 일이다. 받아들일 상황은 되지 못했지만, 무척 영광스러웠다.

"수락하기는 어렵지만 감사하다고 회신해주세요."

"왜요? 지금은 공연 중이지만 다 끝나고 나서 기분전환 삼아 한번 가보는 것도 괜찮을 텐데. 혹시 모르니까 여지는 남겨놓을게요. 아마 여지를 남기는 것만으로도 고마워할 겁니다."

"…네. 아 참, 스크린수는 역시 대표님 예상대로 됐네요?"

유석은 순간적으로 유명의 얼굴에 스쳐 지나간 어떤 표정을 캐치하지 못했고, 화제는 다른 곳으로 넘어갔다. 〈수라도〉가 짜부러지고 메가X와 시네스타의 스크린수가 맥시멈으로 올라오면서 〈인격살인〉은 박스오피스 1위를 가볍게 찍고 있었다. 태원시네마에서 상영을 하지 않음에도 불구하고.

"얘기했잖아요. 그렇게 될 거라고."

"네네, 그러셨죠. 그런데 해외발 기사들은 어디서 어디까지가 대표님 작품이에요?"

"에이~ 반응 자체를 조작한 건 없어요. 떡밥만 적재적소에 던진 것뿐이죠. 메이킹 필름을 딱 좋은 타이밍에 공개한 것처럼."

"하하, 그래서 대표님 계획은 몇 퍼센트까지 진행된 건가요?"

"이제 딱 절반 왔네요. 하지만 남은 절반은 내리막길이라서 액셀을 밟지 않더라도 저절로 가속될 겁니다."

"…대표님이 제 편이라 다행이에요."

"영원히 유명 씨 편에 있을 겁니다. 왠지 알아요?"

지는 게임을 하지 않으려면 이기는 쪽에 서야 하니까. 예전의 유석이라면 그렇게 대답했겠지만….
"이제 나한테 이 일은 취미가 아니거든요."
"취미가 아니라 본업이 되셨다는 뜻?"
"아니요. 취미가 아니라 '가치'가 되어버렸죠. 패배가 예정되어 있다고 하더라도 끝까지 지켜야만 하는 가치요."
뭔가 비장한 말을 던진 유석은 멋쩍게 피식 웃으며 덧붙였다.
"물론 말이 그렇다는 거고, 이길 거지만요."

전반부의 마지막 공연일. 공연이 끝나고 한참이 지난 후에야 극장에 엄청난 함성이 회오리치기 시작했다. 와아아아아아아~! 다른 세계에 빠졌던 관객들이 정신을 차리고 박수를 치기 시작하는 데 그만한 시간이 걸린 것이다.
"후아…. 장난 아니다."
"오늘이 신유명 단독공연 마지막 날이었지? 다른 배우들과 함께하는 공연은 어떨까?"
관객들이 깊은 만족감을 나누며 퇴장하고, 텅 비어버린 극장 안. 유명은 홀로 무대 위를 거닐었다. 아니, 타인의 눈에는 보이지 않는 한 존재와 함께였다.
'끝났네, 절반.'
{……}
'미호, 요즘 말이 별로 없네. 무슨 안 좋은 일 있어?'
돌아온 미호는 말수가 많이 줄었다. 〈인격살인〉을 본 미호의 반응을 잔뜩 기대했지만, 영화와 연극을 보고도 별다른 평가가 없었다. 다그쳐 묻지는 않았지만 그 시간이 길어지자 걱정이 되었다. 선계에서 뭔가 안 좋은 일이라도 있었던 걸까.

{너… 연기가 많이 늘었당.}

'앗, 그래?'

{연극하는 도중에도 자꾸 늘더랑.}

연귀는 그간 매일매일 유명의 공연을 보았다. 이미 일개 인간으로서 불가능한 영역에 도달하고도 그는 만족하지 않았다. 어떤 날은 관객을 민성의 감정에 몰입시켰고, 어떤 날은 현성의 감정에 몰입시켰다. 어떤 날은 관객들에게 눈물을 펑펑 뽑아내며 마무리했고, 어떤 날은 은은한 미소를 피워내기도 했다. 아쉬웠다, 전반부 공연이 끝나는 것이. 이대로 단독 공연을 계속한다면 더 발전할 수 있지 않을까.

유명의 친구들은 분명 인간계에서 손꼽는 재능과 열정을 가진 배우들이다. 하지만 유명과 비교한다면 높이 뛰는 포유류와 낮게 나는 조류 정도의 차이가 있다. 이미 그는 인간의 경지를 넘어 '나는 법'을 터득한 것이다. 아직은 날갯짓을 시작한 정도이지만 더 높이 날아오르게 된다면….

{…계속 이대로 공연한다면 더 실력이 늘 텐데 아깝지 않냥?}

그가 다른 배우들과 함께 공연하는 것은 스스로의 가능성을 낮추는 일이 아닐까? 그런 연귀의 질문에 유명은 잠시 생각해보다 맑게 웃었다.

'글쎄…. 같이하는 쪽이 더 재미있을 것 같아서.'

{흐음….}

'그리고 그쪽이 덜 늘 거라는 보장은 없잖아?'

유명은 〈인격살인〉의 공연을 하면서도 연합 공연의 연습에 꾸준히 참석하고 있었다. 타인이 자신을 연기하는 것은 조금 민망했지만, 동료들이 하루하루 정교해지고 깊어지는 모습을 보는 것은 놀라운 쾌감이었다. 무대 위에서 하는 교감만큼 깊은 것이 있을까. 짧은 눈짓만으로도, 동공이 살짝 확장되는 것만으로도, 상대배우의 의도를 간파할 수 있다. 재능 있는 배우들과 함께 연습하는 것은 그 자체로 커다란 자극이었다. 아마 전반부의 매 공연마다 유명이 발전한 것은 연합 연습의 효과도 있을 것이다.

{하지만 수준이 다르잖냐.}

'꼭 나보다 잘하는 사람에게서만 배울 수 있는 건 아니니까. 걱정 마. 열심히 할게.'

연귀는 입을 꾸욱 닫았고, 그런 그의 털을 유명이 슥슥 쓰다듬었다. 그리고 무대를 바라본다. 유명이 네 배역을 모두 연기하는 것을 상정하고 만들어진 '그림자 무대'는 이제 여러 배우들이 동시에 등장하는 무대로 변화할 것이다. 또다시 새로운 무대이다.

"흐음…. 이름이 뭐야?"

보는 사람들의 얼굴이 후끈 달아오른다. 긴 생머리를 한쪽으로 넘긴 여성의 눈꼬리가 치뜨듯이 올라갔다가 나른하게 내려앉았다. 작은 혀가 살짝 나와 도톰한 입술을 적시고 들어간다. 뜨거운 밤을 연상하게 하는 깊고 새까만 눈동자. 민성이다.

"좋습니다."

유명의 오케이 사인에 카메라가 꺼졌다. 그리고도 시간이 조금 지나서야 수연의 표정이 평소처럼 돌아왔다. 언제 봐도 기가 막힌 몰입력이다. 연습 기간 동안 가장 많이 발전한 것은 효준과 수연이었다. 특히 수연은 기존의 청순하고 깨끗한 이미지를 내려놓고 본능적이고 뇌쇄적인 민성을 연기하기 위해 부단히 노력했다. 그리고 공연이 얼마 남지 않은 시점인 지금, 수연의 민성이 완성된 것이다.

"잠깐 쉬고 있어 봐. 화면 좀 확인할게."

이번 공연의 재미있는 포인트는 '내면의 집'의 캐스팅과 '외부세계'의 캐스팅이 다르다는 점이다. '외부세계'의 현성, 은성, 민성, 유성은 모두 유명이 연기하게 된다. 당연한 일이다. 인격이 다를 뿐 사람 자체가 달라지는 것은 아니니까.

즉 내면의 집에서의 민성은 수연이 연기하지만, 외부세계에서의 민성은 유명이 연기한다. 이 두 사람이 동일인이라는 것을 관객에게 설득시키려면?

"흐음…. 이름이 뭐야?"

유명은 수연이 연기한 민성의 촬영분을 여러 번 돌려보더니, 민성의 연기를 시작한다. 그것을 본 수연이 딸꾹질을 했다. 순간 놀라서 목에 헛바람이 들어간 것이다.

지금 유명이 연기한 민성은 기존과는 달랐다. 방금 수연이 연기했던 민성을 그대로 카피한 버전. 가벼운 손짓부터 목소리의 작은 떨림까지 소름 끼칠 정도로 똑같았다. 유명의 몸을 빌려 자신이 연기하고 있는 것이 아닌가 싶을 정도로.

유명은 연기를 맞춰본 후, 다시 한번 수연에게 주문했다.

"좋아. 거의 다 온 것 같아. 조금만 더 느린 템포로 한 번만 더 가보자."

"넵!"

그들의 연습 방식은 이러했다. 각 캐릭터를 맡은 사람들은 내면의 집과 외부세계 장면을 모두 연습한다. 실제 무대에선 외부세계는 유명이 연기하게 되겠지만 캐릭터를 완성하기 위해서 전체 장면을 연습하는 것이다.

그렇게 캐릭터를 1차적으로 완성시킨 후 유명이 그것을 카피한다. 그가 연기해보며 조정할 부분을 다시 주문하고, 해당 배우는 그에 따라 연기를 세세하게 조정한다. 그리고 유명은 마지막 조정본에 자신의 연기를 다시 맞춘다. 이로써 내면의 집의 민성과 외부세계의 민성은 겉껍질만 다를 뿐 같은 영혼을 가지게 되는 것이다.

'이런 걸 가능한 방법이랍시고 내놓는 것부터 글러먹었지.'

편집이 끝나고도 한국에 눌러앉아 연극 연습을 구경 중이던 위고가 속으로 투덜거렸다. 그 '글러먹은 방법'을 쉽게 해내고 있다는 점이 더욱 글러먹었다.

'〈인격살인〉 공연을 한국에서 해서 망정이지, 미국에서 했으면 연기를 포기하는 배우들이 속출했을지도….'

이건 데렉의 생각이었다. 근성이라면 둘째가라면 서러운 자신조차도 유명의 연기를 보고 있으면 가끔은 의욕을 잃을 것 같으니 말이다.

"그럼 다시 연습 시작할게요."

민성을 마지막으로 이 'Synchronization(동조화)' 작업이 끝났다. 이제 이틀 후면 시작될 공연을 향해 마지막 박차를 가할 때였다.

"자기, 진짜 신유명이랑 친한가 봐."

"하하, 아니야. 걔가 속이 깊어서…."

"나 정말 자기랑 결혼 잘했어. 우리 남편이 최고야."

육아 스트레스로 한껏 예민해졌던 아내가 나긋하게 웃으며 팔짱을 낀다. 남편이 최고라는 이유가 〈인격살인〉의 공연 티켓을 구해와서라는 것이 조금 비참했지만, 오랜만에 밝게 웃는 아내의 얼굴에 준한의 가슴이 콩콩 뛰었다.

'유명아, 고맙다.'

성공하면 공연 티켓이나 보내달라고 했던 말을 유명은 이번에도 지켰다. 초대석 수가 제한되어 있어 초연에 초대하지 못해서 미안하다며, 대신 후반부의 첫 공연 티켓을 준비했다는 자필 편지까지 곁들였다. 그것을 본 사준한의 아내 민유정, 혹은 갓네임드 골드회원 '계같은인생'은 편지를 액자에 넣어 신줏단지처럼 모셨다. 남편을 바라보는 얼굴에 존경심이 가득 깃든 것은 물론이었다.

'오늘은 서류신도 볼 수 있겠네.'

한때의 후배와 창천의 라이벌이었던 배우가 같은 무대에 오른다. 그것도 세계적으로 주목받고 있는 무대에. 인생이 이렇게 갈릴 수가 있나 싶기도 하지만….

― 솔직히 나도 운만 좋았으면 저렇게 됐을 거 아니냐, 쓰벌.

창천 모임에서 만났던 최철주를 떠올리며 준한은 고개를 휙휙 저었다. 어느 중형 극단에 들어갔다는 철주는 신유명과 서류신이 운이 좋았다며, 자신도 줄만 잘 탔으면 저렇게 될 수 있었다는 헛소리를 떠들어 댔다. 절대 그런 착각을 하고 싶진 않았다. 한심하기 그지없어 보였으니까.

"자기는 후회 안 해? 우리 유명이도 서류신도 알던 사이라며. 저렇게 잘 나가는 걸 보고 있으면, 그때 연기 계속할걸 하는 생각도 들 거 같은데."

"전혀. 한때 같은 공간에 있었다고 재능도 비슷한 건 아니지."

아내의 질문에 준한은 단호하게 고개를 흔들었다.

"그리고, 취업 안 했으면 당신 못 만났잖아."

지친 아내의 얼굴에 꽃 같은 웃음이 피어났다. 서비스 멘트인 걸 알면서도 여자들은 이런 것에 녹는다는 걸 아는 남편이 기특하다. 그러고 보면 남편이 학창 시절에 연극을 하길 잘한 것 같다. 감정 표현이 풍부하거든.

"아, 시작하나 봐."

"그러게. 연극 보는 것도 오랜만이네, 그치?"

조명이 어두워진다. 무대를 가득 채운 1,700명의 관객들은 저마다의 기대를 담고 조명 속으로 가라앉았다. 다시 불이 밝았을 때, 관객들은 네 명의 배우들이 함께하는 인트로를 볼 수 있었다.

'아아….'

화려한 서막이었다.

274

함께하는 연기

사람 키의 세 배는 될 듯한 커다란 시계가 무대 위에 서 있다. 군사용으로 쓰이는 것 같은 24시간 시계이다. 가장 상단에는 24, 이와 마주 보고 있는 하단에는 12가 쓰여 있다. 이 커다란 시계의 앞에 설치된 높낮이가 각기 다른 철골 구조물 위에는 세 사람이 서 있다.

24~8시를 가리키는 우상단의 공간에는 짙은 스모키 화장을 한 아름다운 여자가 등이 파인 드레스를 입고 요염한 옆태를 드러내고 있다. 8~16시를 가리키는 하단 중앙에는 각진 슈트에 은테 안경을 쓴 날카로운 인상의 남자가 반듯하게 정자세로 서 있다. 16~24시를 가리키는 좌상단의 공간에는 분홍색 후드티가 새하얀 얼굴을 더욱 도드라지게 하는 부드러운 갈색머리의 남자가 양 무릎을 안고 멍하게 허공을 바라보며 앉아 있다.

설수연, 도효준, 서류신. 이미 〈인격살인〉 영화 개봉이 한 달이 지나, 오늘의 관객들은 모두 영화를 본 상태였다. 지금도 티켓난이 극심하다고는 하지만, 연극표를 구할 정도의 열성 관객들이 영화표를 못 구했을 리는 없다. 그래서 관객 모두는 이 그림의 의미를 직감적으로 이해했다.

'캐스팅이 그렇게 됐구나…!'

저 여성이 표현하는 캐릭터는 민성. 그런데 저 여성은 원래 고다인 역을 연기하던 설수연이다. 고로 고다인은 다른 사람이 연기할 것이다. 이다음의 추측은 어렵지 않았다.

'다인 역은 데렉 맥커디이겠구나…. 우와.'

그 데렉이 다인을 어떻게 연기할까, 라는 기대는 저 세 배우가 연기할 민성, 현성, 은성의 연기만큼이나 가슴을 뛰게 했다.

잊어버린 어떤 과거를 자극하는 듯이 예리하고 서정적인 음악이 흐르는 동안, 거대한 시계의 시침이 한 바퀴를 돌았다.

12시에서 8시를 통과하는 동안엔 민성만이 움직였다. 그녀는 느린 음악에 맞추어 천천히 춤을 췄는데, 관객들은 시침이 움직이는 것을 애달파하며 그녀의 뇌쇄적인 움직임을 좇았다.

8시가 정확히 넘어가는 순간, 민성의 춤이 정지 동작처럼 멈추고 현성이 움직이기 시작했다. 신유명이 연기한 신현성보다 조금 더 날카롭고 예민해 보이는 남자는 아주 잘 훈련된 연설가처럼 정제된 움직임으로 무언가를 발표했다.

시침이 16시를 넘어가자 현성이 멈추고 은성이 기지개를 켠다. 그는 앉은 자리에서 많이 움직이지 않았다. 하지만 슬픈 표정, 기쁜 표정, 걱정하는 표정, 행복한 표정을 짓는다. 본성이 다정한 사람만이 지을 수 있는 풍부한 표정의 향연에 관객들은 금세 이 인물을 사랑하게 되었다.

시계가 한 바퀴를 돌아 24에 가까워지면서 음악소리는 점점 잦아들었고, 대신 둥- 둥- 하는 북소리가 점점 커지며 세 인격은 동시에 가운데로 시선을 모은다. 쾅- 커다란 소리가 나며 시계 중앙부가 뜯기듯 열렸다.

쿵쿵쿵- 쿠웅- 어지럽고 격한 소리들 사이에서 한 남자가 기듯이 그곳을 빠져나왔다. 서서히 웅크린 몸을 펼치는 남자. 그것을 보고 있는 현성, 은성, 민성의 얼굴이 경악으로 물들었고, 남자는 시계의 중앙에 서서 무표정하게 관객을 내려다보았다. 관객들은 그 찰나의 표정에 압도당했다.

1막 2장. 세 사람이 한 명을 내려다본다. 누워 있는 것은 유성. 나머지 세 명의 거주민은 그를 내려다보며 갑론을박을 펼치고 있다.

"꽤 오랫동안 안 깨어나네. 우리와는 달라."

"지금 처리하자니까."

"안 돼. 좀 더 지켜보자. 아직 어린애잖아."

"그러다가 협조가 불가능한 녀석이면? 그때 가서 죽일 수 있겠어?"

묘하다. 분명 덩치도, 성격도, 말투까지 다른 인격들인데도 관객들은 그들이 묘하게 닮았다는 느낌을 받고 있었다. 마치 형제자매들을 보듯이. 그런 느낌을 주기 위해 그들은 일부러 특정 습관들을 맞췄다. 생각이 길어질 때 말머리를 채우는 감탄사의 종류, 대사의 어떤 부분에서 숨을 쉬어 가는지, 놀랄 때 어떤 안면근육을 사용하는지. 보통 사람들은 의식조차 하지 못하는 작은 습관들을 맞추기 위해 그들이 해온 연습량을 관객들은 상상도 하지 못하리라. 그렇기에 그들은 자연스럽게 '닮았다'는 느낌을 주고 있었다.

좀 더 대사가 길어지면서 개개인의 캐릭터가 분명해진다. 이미 영화를 본 관객들은 자연스럽게 유명이 연기한 캐릭터와 그들의 캐릭터를 비교하게 되었다. 도효준의 현성은 신유명보다 조금 더 날카롭다. 설수연의 민성은 신유명보다 좀 더 요염하다. 서류신의 은성은 신유명보다 조금 더 표정이 다채로웠다.

다양한 배우들과 좀 더 컬러풀해진 캐릭터들. 유명이 혼자 연기한 〈인격살인〉이 마치 명인이 그린 수묵화처럼 섬세한 필치와 명암으로 세상을 깊이 있게 그려낸 느낌이었다면, 지금의 〈인격살인〉은 색깔을 한껏 사용한 수채화처럼 넓고 다채롭게 세계를 표현했다.

그리고 유명의 유성이 눈을 떴다. 그의 시선이 닿는 곳마다 색채들이 깊어진다. 신유성이라는 압도적인 존재가 가져오는 무거운 긴장감이 다채롭게 무대를 채운 색깔들에 명암을 부여하고 있다.

'어떻게 이런 조합이….'

공간이 채색되어 간다. 명인이 최고의 장인들을 지휘해가며 거대한 캔버스를 채우듯이. 영화와 달리 1, 2장에서 네 인격 간의 밸런스를 먼저 보여준 것은 의도한 한 수. 관객들에게 그 화려한 조합을 제대로 각인시켜둔 후 다시 놀라게 한다. 그 각인을 활용하여.

"너 10시 타임 같이 좀 안 뛸래? 너만큼 분위기 살리는 디제이가 없다. 피크타임 아닌 대신 페이는 더 올려줄게."
"싫어요."
"야, 좀. 생각은 해보는 척하고 거절해라."
"저 딴 데로 가요?"
1막 3장. 클럽. 유명이 연기하는 민성을 보고 관객들은 순간 당황했다. 영화에서의 민성과는 느낌이 무척 달랐기 때문이다.
― 후반부 연극은 영화나 전반부 연극과는 설정이 달라요.
― 어떻게?
― 일단 데렉이 다인이잖아요. 원래 다인은 여자이지만 연극에서의 다인은 남자죠. 그에 따른 여러 가지 설정들이 바뀌어야 해요. 필요하면 대사도 조정할 거구요. 마찬가지로 인격들의 세부 설정도 달라진다고 봐야죠.
― 그럼 민성이는….
― 맞아요. 수연이가 민성을 연기하니까 민성의 인격은 여성이에요. 실제로 다중인격 환자 중 인격 간 성별이 다른 경우는 흔하니까요.
그래서 수연이 연기하는 민성의 인격은 여성이 되었다. 유명의 연기에 미묘하게 민성의 여성성이 묻어난다. 클럽에서 춤추는 신. 첫 장면에서 수연의 춤과 닮은 동작들 사이사이에 흘리는 눈빛은….
'와…. 진짜 아까의 설수연이 신유명한테 들어간 거 같아….'
그런 생각이 들 정도로 유명의 민성에게서 수연의 민성이 그대로 묻어나고 있었다. 관객들은 같은 몸 안에서 설수연의 민성, 도효준의 현성, 서류신의 은성을 왔다갔다하는 신유명의 연기에 빠르게 홀려갔다. 그리고 데렉이 등장했다.

「안녕하세요, 머피. 신현성입니다. 상담을 요청하셨다구요?」

「당신, 이쪽에서 꽤 권위 있는 연구자라고 하더군요. 뭐, 내가 궁금한 쪽은 댁의 지식보다는 영혼 쪽이지만.」

「영혼요?」

좌우의 스크린에 영어 대사의 번역 자막이 떴다. 사실 데렉은 자신의 대사를 모두 한국어로 암기했고, 연습을 거듭해 자연스러운 발음까지 구현하는 데 성공했다. 놀라운 연기 강박증이었다. 하지만 그걸 자랑스럽게 내보인 날, 유명은 1초도 고민하지 않고 커트했다.

— 아뇨, 영어로 가죠.

— 왜! 설마 내 발음이나 억양이 아직 부족한가?

— 아뇨. 완벽해요. 이번에는 대본의 대사들만 연습한 거겠지만, 나중에 한국어를 배우더라도 정말 자연스럽게 잘할 것 같아요. 하지만 데렉의 한국어가 완벽한 만큼 관객들은 놀라서 거기에 정신이 팔릴 거예요.

— 아….

— 고다인의 설정만큼 머피 맥의 설정도 좋아요. 다인은 추천을 받고 현성을 찾아왔지만, 머피는 티브이와 동영상으로 현성을 보고 현성 속에 있는 여러 인격에 흥미를 느껴서 직접 찾아왔죠. 저는 새롭고 매력적인 설정으로 연기하는 데렉이 더 보고 싶어요.

— 괜히 연습했네, 젠장….

데렉은 툴툴대면서도 유명의 뜻에 따랐다. 그리고 그가 완성해온 신무성의 내면을 꿰뚫어보는 인물, 머피 맥은 데렉 맥커디의 존재감만큼이나 강렬하게 시선을 사로잡았다.

「최근에 '가정'에 큰 변화가 있었군요.」

「저희 가족요? 별일 없습니다만….」

「아뇨, 방이 세 개 있는 집이요. 새로운 세입자가 생겼군요. 불청객이네.」

「…!」

「그런데, 세상이 그래요. 같은 세입자라고 생각했던 사람이 알고 보니 집주인일 수도 있단 말이죠.」

알 수 없는 힌트를 뿌리고 사라지는 머피 맥과 무너진 질서에 망가져 가는 인격들. 사건이 중첩되고 감정이 켜켜이 쌓이며 무대는 클라이맥스로 달린다. 관객들은 입을 벌리고 이 새로운 세계에 푹 빠져 있었다.

엔딩. 유명은 류신과 마주 보고 섰다. 갈 곳이 분명한 시선이 기껍다. 자신만큼이나 뜨거운 열정을 담은 눈빛이 제 시선의 종착지이다. 영화를 촬영하는 4개월 내내, 유명은 칼날 같은 타이밍의 싸움을 해왔다. 전반부 연극에서도 마찬가지였다. 미리 녹음해놓은 자신의 목소리와 합을 맞추어야 했다. 이미 그런 계산을 하면서도 그에 방해받지 않고 연기에 몰입하는 경지에 이르렀지만….

'생생해….'

지금 자신의 연기 상대는 살아 있다. 혼자 네 명을 모두 연기할 때처럼 완벽한 예측을 하는 것은 불가능하다. 하지만….

'어떤 변화구를 던져도 받아낼 상대.'

혼자 연기할 때와는 다르다. 현재의 감정에 빠져들어 내키는 대로 애드립을 치더라도 반드시 응해줄 거라는 신뢰가 있는 파트너. 그렇기에 신은성을 맡길 사람은 서류신밖에 없었다.

고오오- 거대한 벽들이 천천히 회전하고 하늘에서 진자가 흔들리는 무의식 속에서 유명은 류신에게 손을 내밀었다. 그러자 반응하는 것은 은성이었다.

"여기 있었구나, 은성아."
"결국… 나도 죽이려고!"
"아니야. 나와 함께 돌아가자. 나는 네가 필요해."
"싫어. 네가 다 죽였잖아."
"내가 죽인 게 아니야!"

은성의 눈이 펄떡댄다. 유성은 회유하고, 진실을 밝히고, 설득하지만 은성의 고집은 꺾이지 않았다. 체념했던 자신의 은성보다 좀 더 발악하는 듯이 슬퍼 보이는 서류신의 은성. 그것을 보고 갑자기 그런 마음이 동한다. 네가 고집을 부린다면 묶어서 강제로라도 끌고 돌아가겠다는 충동.

"으윽…. 이게 뭐 하는 짓이야!"
"돌아가자고."
"그냥 죽이라고 했잖아!"
"어차피 나는 욕망을 주체 못 하는 놈이라며? 그러니 그냥 내가 하고 싶은 대로 할 거다."

유성은 은성을 간단히 제압해서 내면의 집으로 돌아간다.

'역시 류신 선배. 의도한 그대로 따라오네.'

이후 두 사람의 연기는 애드립이라는 것을 누구도 눈치채지 못할 정도로 격정적이었다. 발악하는 은성은 내면의 집에 유폐되어 제2의 현성이 되어간다.

"신유성!"
"신유서어엉-!"
"…신유성."

냉담한 압제자가 되어버린 유성과 나직하게 흐느끼며 죽어가는 은성의 모습은 그날 공연의 절정을 이루었다.

'그렇게 즐거워…?'

그것을 보고 있던 연귀의 마음이 두근두근 떨리기 시작했다.

'함께하는 연기란 그리 즐거운 것이냐. 그렇게 황홀할 정도로…'

인간의 격을 넘은 연기를 펼치는 신유명과 그에 죽을힘을 다해 응하는 서류신의 모습. 두 사람이 내뿜는 저릴 정도의 에너지에 연귀는 취한 듯이 어지러웠다.

와아아아아-! 공연이 끝나고, 다섯 명의 배우는 손에 손을 잡고 커튼콜을 했다. 모든 에너지를 쏟아낸 배우들의 후회 없이 깨끗한 표정은 무척 아름다웠다.

"백화점 매출이 시네마 때문에 줄고 있다고요? 그 무슨 황당한…!"

문도석이 말까지 버벅대며 분노했다. 태원시네마의 사장은 회장의 손주 앞이라 대놓고 따지지는 못했지만, 불만이 가득한 얼굴로 말을 이었다.

"황당하다고만 볼 수는 없습니다. 백화점과 시네마는 공생사업이니까요. 지난 두 달간 시네마 매출이 확 떨어진 건 사실이지 않습니까."

첫 달에는 〈수라도〉를 평펑 밀어주었지만 〈수라도〉가 폭삭 망하면서 결국 스크린수를 줄일 수밖에 없었다. 대책으로 할리우드 블록버스터를 밀어 넣었지만, 그땐 이미 인터넷에서 태원시네마 불매 여론이 터져 나온 후였다. 그것은 매출에 고스란히 반영되었다.

'하지만 백화점 매출까지 우리 탓을 하는 건 좀 너무한 거 아니야?'

그런 생각을 하며 도석이 이맛살을 찌푸리고 있을 때, 한 통의 전화가 걸려왔다.

[문명석]

도석의 사촌형이었다.

275

업만큼의 값

"도석아."
"아이고, 형님. 어쩐 일이세요!"
사장 앞에선 불퉁하던 문도석의 목소리가 순식간에 비굴해진다. 태원 회장에겐 두 명의 아들이 있다. 그중 큰집의 장남이 문명석이다. 즉 그는 높은 확률로 차기 태원을 이어받을 존재인 것이다.
도석이 휘휘 손을 내젓자 그보다 한참 나이가 많은 사장이 황급히 사장실을 비워주고 나갔다. 사장이라고 한들 그는 월급쟁이 CEO에 불과하고, 문도석은 태원 오너가의 핏줄이다. 태원그룹에서 입지가 높지 않은 태원시네마에서 갑자기 전무로 발령 난 오너가의 핏줄은 사장도 눈치를 보게 만드는 존재였다. 그러니 사장도 작금의 사단을 막지 못한 것이다.
"너 시네마 가서 뭐 하고 있냐. 왜 자꾸 쓸데없는 잡음이 들려? 태원백화점 앞에서 시네마 의혹 해명하라고 1인 시위한다는 얘기는 들었어? 이번 달에 백화점 매출 하락한 원인이 태원시네마라고 전략실에서 분석한 건 알고나 있냐? 〈인격살인〉 쪽이랑은 뭐가 문제야?"
다다다- 예리하고 칼칼한 말투가 사정없이 그를 몰아친다. 문명석은 태원그룹에서도 핵심 계열사인 태원유통의 사장이었다. 집안에서의 입지가 도석과는 비교도 되지 않게 탄탄하다. 태원유통의 브랜치 중 하나가 태원백화점이며, 태원백화점 영상사업부가 점점 커져서 떨어져 나온 것이 태원시네마였다. 즉 태원유통의 입장에서 태원시네마는 분가시킨 자식과 다름없다는 말이다.
집안에서의 입지든, 회사 간의 입지든, 도석은 명석에게 철저히 약자였다. 도석이 한껏 쭈글쭈글해져서 변명한다.

"그게 아니고요, 형님. 그 영화사에서 말도 안 되는 요구를-"

"유석이야?"

문도석은 예리하게 정곡을 찔러오는 명석의 질문에 깜짝 놀라 펄쩍 뛰었다.

"그게 무슨 말입니까, 형님!"

"유석이를 미국으로 내쫓은 것도 모자라서 어떻게든 한국에서 자리 못 잡게 하려고 수 쓰다가 역으로 얻어맞은 거 같은데?"

"형님!"

"어릴 때부터 유석이가 똑똑하긴 했지. 동생 구박 좀 작작 하지, 해도 그렇게 멍청하게 티를 내면서 하냐."

"……."

문도석의 주먹이 부르르 떨린다. 문명석은 영민하면서도 음험한 인간이었다. 따지자면 동생 유석과 결이 비슷한 인간. 분명 그는 여태까지 자신들이 문유석을 견제하는 것을 못 본 척해왔다. 그게 자신에게도 이익이 되니까. 그런데 이제 와서 전혀 몰랐다는 듯이 자신들만을 비난하다니.

"하여간, 유통 쪽에 피해 끼치는 일 없도록 수습해. 더 문제 생기면 그룹 감사실에서 조사 들어갈 수도 있다. 그럼 나도 못 막아줘."

언제는 막아주기라도 했다는 듯 명석은 싸늘하게 경고하고 전화를 끊었다. 도석은 끝까지 전화기 앞에서 허리를 숙이다가 완전히 끊어진 것을 확인하고서야 전화기를 집어던졌다.

콰앙- 액정에 쩌억 금이 갔다.

RRR- RRR-

[부재중전화 7통]

문유석은 안락의자에 앉아 끊임없이 울리는 전화기를 가만히 내려다보고 있었다. 발신자는 문도석. 드디어 발등에 불이 떨어진 모양이다.

'쓸데없이 꼬리와 대화할 필요는 없지.'

이대로 전화를 받아 도석의 굴욕적인 항복멘트를 듣는 것도 꽤 재미있겠지만, 그보다는 기다리고 있는 것이 있다. 모든 것이 예상대로 진행되고 있었다. 오늘 만나기로 한 다른 인물의 연락까지도.

강남의 한 조용한 바. 유석은 가림막이 쳐진 안쪽 자리로 안내되었다. 그곳에 앉아 있는 것은 오랜만에 얼굴을 마주하는 유석의 사촌형, 문명석이었다.

"안녕하세요."

"오랜만이네. 잘 있었어? 요즘 활약이 굉장하던데."

"제가 아니라 저희 배우가 활약하는 거죠."

"그거나 그거나."

명석이 자신의 앞에 놓인 빈 크리스탈 글라스에 술병을 기울인다. 유석은 속으로 피식 웃었다. 몇 년 전 그가 자신을 불렀을 때는 분위기가 훨씬 고압적이었다. 그때 그는 '신유명을 태원의 이미지 모델로 쓰는 것'을 의논하겠다는 핑계로 자신을 부른 후, 그의 칼이 되어 아버지와 형을 쳐내기를 종용했었다. 그때와는 분위기가 확연히 달랐다. 훨씬 더 친근한 태도. 핏줄이라 한들 서로가 처한 입장과 처지에 따라 이렇게 태도가 달라진다.

"미국에 갈 땐 숙모에게 쫓겨서 도망가는구나 했었는데, 이렇게 성공해서 돌아올 줄이야."

"과찬이십니다. 제가 아니라 제 배우가 성공한 겁니다."

"그거나 그거나라니까."

유석은 꿈에도 모를 것이다. 원생의 그가 명석의 손을 잡은 것이 바로 이맘때였다. 역사는 변형된 방식으로라도 재현되고 있는 것이다. 그리고 그 변형이란, 문유석이 가진 입지의 변형이었다. 지금 그들의 관계는 더는 갑을관계라고 할 순 없다.

"태원시네마가 욕을 먹으면서 태원유통의 실적에도 악영향이 미치고 있어."

"그건 제 쪽이 아니라 태원시네마에 책임을 물으셔야 할 것 같군요. 저희는 태원에도 작품을 넣고 싶었습니다. 보이콧을 당해서 어쩔 수 없었을 뿐이죠."

"정말? 내가 보기엔 네가 짠 그림 같은데?"

유석이 긍정도 부정도 하지 않고 빙긋 웃었다.

"어쨌든 죄송합니다. 형님을 난처하게 할 생각은 없었습니다."

"그 정도로 난처할 건 없어. 그냥 네 의도가 궁금할 뿐이야. 목적이 뭐냐? 태원시네마라도 갖기를 원하는 거야? 하긴 너도 우리 집안 핏줄이니 그 정도 가질 자격은 있지."

"아뇨. 태원과 엮일 생각은 없습니다."

"흐음…. 다른 생각이 있구나?"

명석은 유석을 지그시 바라본다. 문도석은 전혀 자신의 자리를 위협할 상대가 아니었지만 문유석은 다르다. 조부가 유석을 눈여겨보기 시작한다면 자신의 자리를 위협할 만큼 성장할지도 모른다. 그래서 그는 작은어머니가 유석을 견제하는 것을 못 본 척했다. 그러면서도 어쨌건 태원의 핏줄이고 그가 가진 능력이 아깝다는 생각에 손을 내밀기도 했었다. 자신의 밑으로 들어오면 자신이란 우산 아래서만은 마음껏 날게 해주겠다고.

하지만 유석은 그것을 거절하고 미국으로 떠났다. 그리고 태원도 어찌할 수 없는 미국에서의 입지를 구축하고 다시 한국에 돌아왔다. 심지어 그의 배우는 국내외 여론에 막대한 영향을 미치는 최고의 셀럽. 드디어 그는 포섭의 대상이 아닌 협상의 대상이 되었다. 그리고 다행히도 태원그룹에 욕심이 없다는 것은 진심으로 보였다.

"내가 뭐 도와줄 건 없어?"

"형님 손까지 필요한 일은 없습니다만…."

"나도 멍청한 도석이보다는 네 쪽이 사업파트너로 마음에 든다. 형이 성의를 좀 보이고 싶은데."

이번에는 유석이 명석을 바라본다. 그는 이름 그대로 명석한 인간이다. 친척으로서의 정은 없지만, 기업가로서는 인정할 만한 뛰어난 사업가. 자신을 방해하지만 않는다면 굳이 척을 질 이유는 없다. 저 정도로 자세를 낮춰온다면 조금 여지를 주는 것도 괜찮지.

"방해만 하지 않아도 도와주시는 거로 알겠습니다. 기껏 쥐를 몰아넣은 곳에 도망갈 쥐구멍이 불쑥 생기는 일만 없었으면 좋겠군요."

"그건 나도 바라는 바야."

오너 일가라고 흐지부지 파묻지 말고 책임자가 책임을 지게 해달라는 말. 작은집의 손발을 묶는 것은 명석도 오랫동안 원하던 일이다.

챙- 유석이 잔을 들어 그의 잔에 가볍게 맞부딪쳤다. 공동의 이해가 일치했다.

띠링- 네이트온 메신저가 깜빡거렸다. 그룹 채팅을 호출한 사람은 하린이었고, 유명과 육미영이 함께 초대되어 있었다.

차하린: 와, 대박…. 방금 속보 난 거 보셨어요?

육미영: 우왓. 하린이랑 유명 씨 오랜만. 거긴 밤 11시 아니야? 나는 밤새고 아침인데.

육미영은 현재 뉴욕에 있었다. 그녀는 〈Missing Child〉의 공동집

필자로 이름을 알린 후, 많은 곳에서 러브콜을 받았다. 특히 〈Missing Child〉 촬영 도중 마일리 필론과 친해져 지금은 그녀를 위한 시나리오를 쓰고 있었는데, 역시 4차원끼리는 통하는 게 있었던 것이리라.

유명은 당일 공연을 끝내고 돌아와 다음 날 보강할 부분을 체크 중이었다. 그런데 네이트온으로 하린이 말을 건 것이다.

신유명: 작가님 안녕하세요. 하린이도 안녕. 나 좀 전에 집에 들어왔는데. 왜, 무슨 일 있어?

차하린: 오빠, 난리 났어요! 이거 지금 인터넷에 퍼지기 시작했는데 내일이면 발칵 뒤집힐 것 같아요. 와, 이규성 진작부터 별로라곤 생각했는데 알고 보니 완전 쓰레기….

유명은 하린이 보내준 링크를 클릭했다. '톡톡'이라는 게시판에 올려진 글에는 이미 수천 개의 댓글이 달려 있었다.

[〈수라도〉 이규성의 망언 폭로 (녹음 파일 有)]

이규성 매니저입니다. 아니, 매니저였습니다. 몇 년간 개돼지처럼 일하다가 이건 아닌 것 같아서 어제 사표 던졌습니다. 머리 툭툭 치고, 욕하고, 온갖 비인격적인 대우까지는 참았는데 진짜 이건 아닌 것 같아서요. 〈수라도〉 망한 거 다들 아실 겁니다. 그래서 이규성 기분이 요즘 더 안 좋았습니다. 신유명은 〈연예학개론〉 때부터 건방졌다느니, 〈인격살인〉이 뭐라고 다들 미쳐 돌아 있냐느니, 별의별 막말을 다 해대는 것까진 듣고 넘겼는데… 엊그제 술을 진탕 먹더니 이런 말을 하더군요.

— 태원도 가오가 있지, 대기업에서 한 번 밀어주기로 한 걸 이따위로 흐지부지 만드냐. 나만 엿 된 거 아니냐'

이규성 말로는 원래 〈인격살인〉과 안 붙으려고 개봉일을 뒤로 미뤘었는데, 태원시네마 쪽에서 〈수라도〉 무조건 밀어준다며 〈인격살인〉이랑 제대로 한번 붙자고 꼬셨다는 모양입니다. 그 말 하면서 대기업에 찍혔으니 신유명도 오래는 못 갈 거라고 악담을 하더군요.

저도 한때 배우지망생이었습니다. 꿈을 못 이루고 매니저 일을 하고 있긴 하지만, 신유명을 보면 가슴이 떨립니다. 저게 얼마나 말도 안 되는 연기인 줄 알거든요. 그 정도의 배우를, 세계적으로 국위선양 중인 명배우를 대기업에서 일부러 매장시키려고 하다니, 사실이라면 끔찍한 일입니다.

못 믿으실 분들을 위해 녹음해둔 파일 일부를 게재합니다. 그 외 평소에 지껄이던 개소리들 녹음한 파일 수백 개는 가지고 있으니까, 까불지 마라, 이규성 개새끼야. 갈 데까지 한번 가보든가. 인간말종 새끼.

〈첨부파일〉 이규성 망언.mp3

— (Best) ㅆㅂㅅㄲ ㅈㅇㅂㄹㄷ. ㅈㄱㅌㅅㄲ ㅁㅊㅅㄲ ㅇㄱㅅ ㄴㄴㄲㄴㄷ
　└ 끊김 없이 잘 읽히네요. 공감 추천 드립니다.
— (Best) 이규성 팬이었다는 사실이 수치스럽군요. 굿즈 화형식 가겠습니다.
— 진짠가? 이건 태원 말도 들어봐야 함. 이규성이 쓰레기인 건 맞는데, 걔가 지어낸 말일 수도 있지 않음?
　└ 태원이 〈인격살인〉 보이콧한 게 증거인데요?.

이미 댓글창은 난리가 나 있었다. 사이트에서 잽싸게 차단했는지 mp3 파일의 링크는 이미 비활성화되어 있었지만, 하린이 따로 내려받은 mp3를 전송해왔다. 그걸 들은 후 유명은 착잡한 기분이 되었다.

'그러고 보니 원생에 이규성의 매니저가 폭탄을 터뜨렸던 게 이즈음이었나….'

시간이 되돌려졌다고 인간의 본질이 변화하는 것은 아닌가 보다. 새로운 생이라 해도 이규성은 여전히 쓰레기였고, 원생에 횡포를 참지 못하고 폭로했던 이규성 매니저의 성격이 어디 가는 것도 아니었다. 결국 누군가가 크게 변화하지 않는 한, 역사는 비슷하게 흘러가는 것이다. 지금처럼 약간의 디테일은 달라질 수도 있겠지만 일어날 일은 결국 일어나고 만다.

'내가 살아가는 대로.'

그 업만큼의 값이 돌아오는 것이다.

차하린: 유명 오빠? 너무 충격을 심하게 받았나….
육미영: 저놈 저저 그때부터 싹수가 노랬지. 지금 보니 노란 것도 아니고 시커멓네. 완전 썩었어.
신유명: 괜찮아. 대충 돌아가는 상황은 알고 있었어.
차하린: 이렇게라도 밝혀져서 다행이에요. 내일부터 난리 나겠네요.
육미영: 그런데 태원이랑은 뭔 일 있었어? 그렇게 커다란 기업에서 유명 씨를 왜?
신유명: 좀 사정이 있어요. 제가 잘못한 건 없으니까 괜찮을 거예요.

하린의 말대로 다음 날부터 전국이 발칵 뒤집혔다. 사람들은 태원시네마 불매운동을 벌였고, 이규성의 발언에 대한 해명을 촉구했다. 〈수라도〉의 제작사인 윤성엔터의 주가는 하한가를 찍었다. 아마 태원시네마도 상장사였다면 주가가 바닥을 찍었을 것이다.

그리고… 유석에게 드디어 기다리던 전화가 왔다.

"여보세요."

"……."

수화기 너머의 상대는 한동안 말이 없었다. 유석도 함께 침묵으로 대응하자 한참 후에야 감정을 추스른 나긋한 목소리가 흘러나왔다.

"유석아, 오랜만이야. 엄마야."

문유석의 입술이 참을 수 없는 비소를 머금고 비틀렸다. 아주, 아주 재미있었다.

276

그걸론 셈이 안 맞죠

"오랜만입니다, 어머니."

유석도 그녀를 아무렇지도 않게 '어머니'라고 불렀다. 엄마로서 선처를 바랄 그녀에게 엄마다웠던 적이 있는지를 반문하는 말. 엄마라는 세상에서 가장 보드라운 말이 이곳에선 가시가 되어 여기저기 꽂힌다.

"형이 힘들어해, 유석아."

"형이요? 이 상황을 만든 게 형인데…. 하하."

"…마음이 많이 상했구나. 어릴 때부터 영리한 너한테 콤플렉스가 있다 보니 질투심에 조금 오버한 모양인데, 내가 따끔히 혼낼게. 가족이잖아, 응?"

ー 동생인 네가 양보해야지. 형을 굳이 이겨 먹으려고 하니. 엄마는 눈치 있는 아이를 사랑한단다.

형보다 두각을 드러낼 때를 빼곤 어머니는 온화하게 웃어주었다. 어렸던 자신은 파블로프의 개처럼 엄마의 미소라는 보상을 받기 위해 납작 엎드려 꼬리를 흔들었다. 하지만 조금 머리가 굵어진 후 그는 그 웃음의 온도를 느끼기 시작했고, 그녀가 주는 것이 '애정'이 아니라 '훈련용 먹이'라는 것을 알아차렸다.

차라리 자신을 집에 들이지 않았다면. 혹은 대놓고 미워했다면. 너를 우리 가족으로 받아들일 수 없다고 선을 긋고, 아무것도 주지 않는 대신 그를 자유롭게 내버려두었더라면, 조금쯤은 그녀를 이해했을지도 모른다. 어찌 보면 그녀도 피해자니까. 하지만 그녀는 자신을 거두어들였다. 그 어린아이에게 애정을 줬다 뺏었다 하며 길을 들였다. 유석이 시아버지이자 태원 회장의 관심을 끌지 않도록 자신의 통제하에 두기 위해.

"여론이 안 좋아…. 네 쪽에서 해명을 해주면 오해가 풀릴 텐데. 응? 엄마가 부탁할게."

지금도 똑같았다. 사실은 그녀가 원흉일 텐데도 문도석의 탓을 하며 가족이란 미명으로 자신을 통제하려고 한다. 예전에는 알고도 당해주었다. 자신에게 대응할 힘이 없었으니까. 하지만 이제는 아니다.

"오해요? 어느 부분이 오해라는 건지."

유석의 목소리에 비꼼이 섞인다.

"제작사를 인수할 때 방해했던 것도 오해였고, 스태프들 모집할 때 거기로 가면 윤성에 찍힐 거라고 친절히 협박하신 것도 오해였고, 〈인격살인〉을 태원시네마에서 받아주지 않은 것도 물론 오해겠죠."

"…바라는 게 뭐니. 오해였다는 성명을 내주는 대가."

회유가 먹힐 것 같지 않자 그녀는 부끄러움도 없이 안면을 싹 바꾸었다. 순식간에 차가워진 목소리는 이제 거래를 제시한다. 유석은 코웃음을 쳤다.

"앞으로 널 건드리지 않겠다는 약속? 좋아. 내가 대신해주마."

"그걸론 셈이 안 맞죠."

유석의 냉담한 거절에 그녀의 언성이 고조된다.

"혹시 태원시네마를 노리는 거니? 그래서 이런 상황을 만든 거-"
"말은 똑바로 하시죠. 제가 만든 상황이 아닙니다. 그리고 태원시네마엔 관심 없고요."
"설마 그 이상을 바라는 거니? 하여간 족보 없는 애들은 염치도 없어. 내가 정말 다른 방법이 없어서 연락한 줄 아니? 그래도 키운 정이 있어서 오해를 풀어보려고 했더니 결국 이런 식으로 천한 티를 내는구나."
"다른 방법이 뭐가 있는지 궁금하네요, 정말로."
"한국에서 대기업 척지고 뭘 할 수 있을 줄 아니? 앞으로 몸조심하렴."
이제 대놓고 협박이다. 글쎄, 당신을 등진 거지 태원을 등진 건 아닌데. 언제나 나긋하게 목을 죄던 목소리가 화를 참지 못하고 뒤집히는 것은 꽤나 들을 만했다.
'위선적인 다정함보다는 차라리 이쪽이 낫군.'
유석은 화를 내는 그녀에게 다정히 속삭였다.
"키워주신 정이 있어서 알려드리는데, 어머니가 예상하시는 것과 제가 바라는 것이 다를 수도 있습니다. 어머니도 몸조심하시죠."
탁- 먼저 전화를 끊은 유석이 실소를 흘렸다. 그렇게 커 보이던 어머니가 처음으로 두렵지 않았다. 그녀만큼 키가 크고 나서야.

"휴…. 이제 좀 주가가 회복됐습니다."
"십년감수했네요."
진고원은 가슴을 쓸어내렸다. 〈수라도〉가 망하고 이규성과 관련된 커다란 폭탄이 터지면서 윤성엔터의 주가는 바닥을 뚫고 내려갔다. 처음에는 어이가 없었다. 그가 봤을 때 〈수라도〉는 상당히 잘 빠진 영화였다. 그래서 초반의 낮은 별점과 악평이 밍기뉴 측의 작업질이라고 생각했었다. 하지만 〈인격살인〉을 보고 다시 한번 〈수라도〉를 보자 이유를 알 수 있었다.

'내가 뭘 모르고 덤볐어.'

그가 알기로 영화는 자본과 인력의 싸움이다. 신유명이 미국에서 성공했다고는 하지만 그게 할리우드 영화가 아니고 국내 영화였다면? 감독이 카일러 언쇼나 존 클로드가 아닌 무명감독이었다면? 저렇게 대박 나긴 어려웠을 것이라는 게 그의 생각이었다.

그렇기에 한국에 돌아와서 작가와 감독을 병행하면서 연기한다는 신유명의 패기를 보고 혀를 찼다. 연기를 잘한다고 연출까지 잘할 수 있는 건 아니다. 잘 돼야 중박이라고 생각했다. 태원을 등에 업으면 붙어볼 만할 거라고 생각했는데…. 겁이 없는 게 아니고 자신이 있는 거였다. 그걸 왜 몰랐을까.

"5일째 계속 매수가 들어오네요. 오, 또 올랐다."

"이제 주가는 안심해도 되겠군요."

"그럼요. 스캔들 이슈는 오래 안 갑니다. 안심하셔도 됩니다."

최근 진고원은 안팎으로 무척 시달리고 있었다. 아빠는 큰고모에겐 찍소리도 못하면서 자신만 들들 볶고 있었고, 고종사촌인 문도석은 이 사태의 탓을 자신에게 돌렸다. 그때는 좋은 생각이라고 뛸 듯이 기뻐했으면서 정말 치사한 놈이다.

'그런 건 버틸 만해. 주가만 안정된다면.'

진고원은 큰 경영상의 과실만 없으면 내년쯤 윤성엔터의 대표이사직을 물려받게 될 예정이었다. 〈수라도〉의 실적이야 다른 것들을 돌려 어떻게 메꾸면 된다지만, 주가가 심하게 내리는 것은 대표이사 취임의 걸림돌이 될 수 있었다. 하지만 이제 됐다. 여론이야 금세 가라앉을 것이다. 안 가라앉으면 연예인 스캔들 같은 다른 떡밥을 좀 뿌리면 된다. 진고원이 안도했을 때, 전화 한 통이 걸려왔다.

"상무님, 큰일 났습니다. 5% 공시가 떴어요!"

"뭐!"

고원은 전화를 건 상대가 보낸 공시자료를 받아 황급히 열었다. 보유 지분은 7%, 보유목적은 경영참가…?

'아니 이게 무슨….'

한국 자본시장법상 상장기업의 주식을 5% 이상 대량보유하게 된 사람은 5영업일 이내에 금융위원회와 거래소에 공시를 해야 한다. 최근 5일간의 상승세에는 이유가 있었다. 누군가가 바닥까지 떨어진 주식을 쓸어담다가 5%를 넘긴 순간부터는 주가가 껑충 뛸 만큼 적극적으로 매집한 것이다.

'도대체 누가…!'

주식매집 주체를 보고 진고원은 머리카락이 쭈뼛 섰다.

[Good Entertainment]

진짜 전쟁이 시작되었다.

"뭐?"

진종희가 조카의 연락을 받고 바들바들 떨었다. 유석의 회사에서 윤성엔터의 주식을 매집 중이라니.

― 어머니가 예상하시는 것과 제가 바라는 것이 다를 수도 있습니다. 조심하세요.

타깃이 태원이 아니라 윤성이었다는 건가. 그녀는 황급히 윤성의 주식지분을 손에 꼽아보았다. 태원이 여러 번 투자금을 꽂아주며 그 대가로 넘겨받은 지분이 38%. 그러다 보니 윤성이 자체적으로 보유하고 있는 주식은 현재 6%밖에 되지 않는다. 나중에 서서히 태원의 지분을 친정 쪽으로 돌릴 계획이었다. 그렇지만 윤성파이낸스와 여동생 진현희가 시집간 신혁은행에서 각각 4%씩을 가지고 있다. 그것만 해도 50%인데?

"혹시 파이낸스에서 보유한 엔터 주식 매각했니?"

"그게… 지금 전력투구하는 물건이 있어서 잠시…."

"왜 나한테 말을 안 했니?"

진고원은 고모의 부드러운 비난에 피부의 솜털이 바짝 섰다. 그가 말을 잇지 못하는 동안 진종희는 계산했다. 모든 설계가 끝난 후 터뜨린 것일까? 아니, 그건 불가능하다. 윤성에 재직 중인 임원들 중에도 주식을 보유한 사람들이 있다. 그리고 일반 투자자 물량. 그걸 모두 매집을 끝냈다고? 말도 안 되는 소리.

"일단 현희한테 연락 넣어서 신혁은행 보유분량 한 번 더 체크해보라고 하고, 주식 갖고 있는 임원들 단도리 잘해. 다른 데 비싸게 넘길 바에야 차라리 우리한테 넘기라고."

"저, 회사에 자금이…. 〈수라도〉 때문에…."

"하아…."

고원이 우물쭈물하며 현재 윤성엔터의 사정을 털어놓자 진종희는 짜증 섞인 한숨을 쉬었다.

"일단 설득해보고, 안 되면 태원에서 매집해줄 테니까."

"감사합니다, 고모님!"

"나도 1, 2%씩 가지고 있는 대주주들 만나서 설득해볼 테니까 정신 바짝 차리고 움직여."

"넵!"

전화를 끊은 진종희는 생각에 잠겼다.

'그게 네가 말한 수였니….'

그녀의 입가에 피식 비웃음이 떠오른다. 차라리 유석이 태원을 노리고 있다고 생각했을 때가 더 위협적이었다. 그가 괴팍하고 제멋대로인 시아버지의 눈에 들면, 그래서 도석이 그와 비교당하기라도 하면, 그건 자신의 힘으로도 어떻게 할 수 없으니까.

'그런데 기껏 생각한 게 M&A? 하….'

돈질이라면 자신의 전문 분야였다. 진종희는 전화기를 들었다.

[모 대기업과 신유명과의 갈등. 로컬 이기주의인가]

[모국에서 홀대받는 세계적 스타. 한 영화관이 명작 〈인격살인〉을 보이콧한 이유는?]

[이규성의 명예훼손 주장에 매니저 쪽 2차 폭로전. 결국 법정공방 가나?]

유석 모가 언론을 제어하려 발버둥을 쳤지만 2010년은 옛날같이 언론 통제가 쉬운 시대가 아니었다. 국민의 대다수가 인터넷을 쓰고 있고 스마트폰도 보급되었다. 발로 뛰는 기자 정신을 표방하는 소규모의 매체들이 기사를 터뜨리기 시작했고, 그것은 점점 다른 매체들로 확산되었다. 해외에서도 이 사건은 큰 화제가 되었다.

[〈인격살인〉의 뉴욕 공연을 기대하며]

이미 오랫동안 전미 박스오피스 1위를 차지하고 있는 〈인격살인〉. 하지만 이것이 연극으로도 공연되고 있다는 사실을 아는 사람은 많지 않을 것이다. '신'은 이번 시나리오를 처음부터 영화와 연극, 두 가지로 기획했다고 한다. 영화에서 신기에 가까운 연기법과, 그것을 활용한 자연스러운 'Multi Youmyoung(다중유명)' 화면들로 우리를 경악시킨 신유명. 하지만 연극에서는 CG 처리가 불가능한 만큼 오직 연기로만 그 한계를 극복하기로 마음먹었다고. 그래서인지 연극 공연장을 나서는 사람들의 표정은 영화 관객들보다 몇 배는 더 황홀해 보였다.

"모르겠어요."

메이킹 필름에서 보여줬던 것처럼, 신유명이 스스로가 연기한 다른 캐릭터와 합을 딱딱 맞추는 모습을 볼 수 있었는지를 물어보자, 관객들은 멍한 얼굴로 이렇게 대답했다. 그들은 완전히 몰입해 극 중 세계에 빠져들었고, 연기의 기술을 하나하나 따져볼 정신이 없었다고 했다. 그래서 공연에 관한 자세한 이야기는 들을 수 없었지만, 한 관객에게 이런 정보를 얻을 수 있었다.
"공연이 매일 바뀌어요."
초반의 단독공연에서 후반의 합동공연까지, 연극은 단 한 번도 똑같이 구성되지 않았다고 했다. 캐릭터가 바뀌든, 감정이 바뀌든, 결말이 바뀌든 늘 무언가가 달라졌다는 이야기를 도무지 믿을 수 없었다.
그래서 나는 주장한다. 〈인격살인〉은 뉴욕에서도 공연되어야 한다고. 영화보다 몇 배 깊다는 극 중의 세계에 우리도 풍덩 빠져보고 싶지 않은가. 신유명과 데렉 맥커디, 그리고 그들에 못지않다는 나머지 배우들이 펼쳐내는 〈인격살인〉의 현장에 함께하고 싶지 않은가.
덧붙여 한국에선 지금 이해할 수 없는 일이 벌어지고 있다. 한 멀티플렉스 체인에서 〈인격살인〉의 상영을 작정하고 보이콧했다고 하는데 무슨 연유인지 궁금하다. 쓸데없는 태클이 이 믿을 수 없는 배우의 발목을 잡지 않길 바랄 뿐이다.

M.Scot@New York Times

이규성 사건의 전말에 국내뿐 아니라 세계적인 관심까지 쏠리고, 태원 타도의 목소리가 들끓던 어느 날,

[윤성엔터테인먼트 임시 주주총회]

최근에 5% 이상을 취득한 대주주가 발의한 긴급 임시주주총회가 열렸다. 굿엔터 쪽에서 대표로 참석한 사람은 물론 문유석이었다.

"어머니, 조심하시라니까요."

회장에 들어서다 진종희와 마주친 문유석이 상냥하게 그녀를 걱정했다.